八雲御抄の研究

正義部 作法部

本文篇・研究篇・索引篇

片桐洋一 編

青木賜鶴子　泉 紀子　内田美由紀　金井まゆみ
木藤智子　阪口和子　田中まき　鳥井千佳子
中 周子　東野泰子　三木麻子　山崎節子
吉田 薫

和泉書院

序

『八雲御抄の研究　枝葉部・言語部』（一九九二年二月刊）を出してから十年がたった。その勉強のために大阪女子大学歌語研究会を結成したのが、ほぼその十年前であるから、当初から言えば、実に二十年近くを経過したことになる。もちろん途中で抜けた人もあり、新しく加わった人もいるが、二十年の間ほとんど休んでいない人もいる。よく続いたものだと思う。

当初、大阪女子大学歌語研究会として出発したので、最初の出版は「第三　枝葉部」「第四　言語部」から始まったが、十年を経た今、ようやく「第一　正義部」「第二　作法部」という、『八雲御抄』の最も重要な部分の本文と研究をまとめることができた。その中で内閣文庫本の特性を追究するなど、一同努力はしたつもりであるが、失考も多いと思う。大方の御指導をお願いするものである。

今、上梓にあたって、貴重な伝本の翻刻を許可された国立国会図書館、宮内庁書陵部、国立公文書館に深甚な謝意を表するとともに、このような複雑な著書の刊行を引き続いてお引受けいただいた和泉書院社長廣橋研三氏、編集・校正に並々ならぬ御尽力をいただいた廣橋和美専務に、心から御礼申しあげる次第である。

なお、末筆ながら、本書の出版にあたっては、日本学術振興会「平成十三年度科学研究費補助金（研究成果公開促進費）」をいただいたことを、ここに記録して、感謝の意を表すものである。

二〇〇一年六月八日

片桐洋一

目次

索引篇

本文篇

本文篇目次

八雲御抄　巻第二　作法部（内閣文庫本）

本文篇凡例

一　本書は八雲御抄の主要伝本である国立国会図書館所蔵本（本別一三—六二）、宮内庁書陵部所蔵細川幽斎本（鷹・六七二）、宮内庁書陵部本（五〇〇・五九）、国立公文書館所蔵内閣文庫本（楓二〇二—一）の四本を翻刻したものである。巻一正義部はこれらを四段に対照し、巻二作法部は内閣文庫本が著しく相違するので、別に翻刻し、ほかの三本を三段に対照した。なお、内閣文庫本の巻二作法部の凡例は別に掲げた。

一　翻刻にあたって、仮名遣いは底本のままを原則としたが、カタカナはひらがなに、漢字は通行の字体に改めた。

　例　廿→二十　卅→三十

見せ消ちは訂正された形で掲げた。また、判読不可能な部分は字数分の□で示した。さらに、脱字がある思われる箇所の空白部分は、（空白）、（三字分空白）などとして示した。

一　底本にある反復記号は、原則として、そのまま「ゝ」「ゞ」「〳〵」「――」を用いたが、漢字には適宜「々」を当てた。

一　割注、傍注、肩注、行間や余白の小字による書き入れは〔　〕に入れて、一行に翻刻した。ただし、振り仮名、振り漢字、人物注記の類は省いた。また、朱筆の書き入れは（朱）として、これを示した。

一　また、読解の便をはかって、次のような処置を加えた。

①巻一正義部、巻二作法部ともに、国会図書館本の冒頭の目録章題ではなく、本文中に掲げられた「六義事」「序代」等の章題にしたがって、章を立て、その巻における通し番号を漢数字で付し、さらに、本文の内容を区切って、各章ごとに、通し番号を算用数字で付した。

②国会図書館本にない部分が、それ以外の三本にある場合、小文字のアルファベットを付した。アルファベットは各章ごとに、幽斎本から書陵部本へ、巻一正義部はさらに内閣文庫本への順序で付した。

④内閣文庫本、巻二作法部を除いて、各本を対照しやすいように、おおよそのまとまりごとに配置を揃えた。

（序）

国会本

夫[1]和歌者起自八雲出雲之古風　広
于文武聖武之皇朝　言[2]泉流遠　詞
林道鮮　其[3]降已来　貴賤翫之　道
俗携之　然而不学意雪丹鳥之窓
恐詠三十一字之句　無[4]窺玉淵争知
驪龍之勢　不視上邦誰詠英雄之詞
　所[5]以依代々記文付家々髄脳聊抄
一篇　先達口伝故人教誡雖可足
依部類不広遺漏誠多　第[6]一正義
第二作法　第三枝葉　第四言語
第五名所　第六用意　雖非六義之
救錦　只為一身之鑑鏡也　録為六
巻　名曰八雲抄　常[7]置綺席側　須
廃忘而已

幽斎本

書陵部本

八雲抄序
夫和歌者起自八雲出雲之古風　広
于文武聖武之皇朝　言泉流遠　詞
林道鮮　其降已来　貴賤翫之　道
俗携之　然而不学素雪丹鳥之窓
恣詠三十一字之句　無窺玉淵争知
驪龍之勢　不視上邦誰詠英雄之詞
　所以依代々記文付家々髄脳聊抄
一篇　先達口伝故人教誡雖可足顧
問　依部類不広遺漏誠多　第一正
義　第二作法　第三枝葉　第四言
語　第五名所　第六用意　雖非六
義之披錦　且為一身之鑑鏡也　録
為六巻　名曰八雲抄　常置綺席側
　須備廃忘而已

内閣本

夫和歌者起自八雲出雲之古風　広
于文武聖武之皇朝　言泉流遠　詞
林道鮮　其降已来　貴賤之道俗携
之　然而不学素雪丹鳥之窓　愁詠
三十一字之句　無窺玉淵争知驪龍
之勢　不視上郡誰詠英雄之詠　所
以依此記文付家々髄脳聊抄一篇
先達口伝故人教誡雖可足　依部類
不広遺漏誠多　第一正義　第二作
法　第三枝葉　第四言語　第五名
所　第六用意　雖非六義之披錦
只為一身之鑑鏡　為六巻　名曰八
雲抄　倚席側須廃忘而已

国会本

八雲抄第一

正義部

六義　序代　短歌〔或号長歌〕　反
歌　旋頭　混本　廻文　無心所着
　誹諧　折句　沓冠折句　沓冠
物名　贈答　異体連歌　八病　四
病　七病　歌合　歌会　学書

（一　六義事）

六義事
一[1]　風といふはそへ歌也　物をも
のにそへよめる也　その事をいは
てその心をさとらすといへり
難波津[2]にさくやこの花冬こもり
　いまは春へとさくやこのはな
是は[3]仁徳天皇の位をゆつりえすし
て難波宮におはしますを　王仁か
そへよめる也　早可有践祚といへ
る心也

幽斎本

八雲抄第一

正義部

六義　序代　短歌〔或号長歌〕　反
歌　旋頭　混本　廻文　無心所着
　誹諧　折句　折句沓冠〔沓冠〕
物名　贈答　異体連歌　八病　四
病　七病　歌合　歌会　学書

六義事
一　風といふはそへ歌也　物をも
のにそへよめる也　そのことをい
はてその心をさとらすといへり
　なにはつにさくやこの花冬こも
りいまは春へとさくやこのはな
これは仁徳天皇の位をゆつりえす
して難波宮におはしますを　王仁
かそへよめる也　早可有践祚とい
へる心なり

書陵部本

八雲抄第一

正義部

六義　序代　短歌〔或号長歌〕　反
歌[a]〔普通三十一字　或称短歌〕旋
頭　混本　廻文　無心所着　誹諧
　折句　沓冠折句　沓冠　物名
贈答　[b]諸歌　異体　連歌　八病
四病　七病　歌合　歌会　学書

六義事
一　風といふはそへ歌也　物をも
のにそへよめる也　其事をいはて
其心をさとらすといへり
　難波津にさくやこの花冬こもり
　今は春へとさくやこのはな
これは仁徳天皇の位をゆつりえす
して難波宮におはしますを　王仁
かそへよめるなり　早可有践祚と
いへる心なり

内閣本

八雲抄第一

正義部

六義　序代　短歌〔或号長歌〕　反
歌　旋頭　混本　廻文　無心所著
　誹諧　折句　沓冠　折句沓冠
物名　贈答　異体　連歌　八病
四病　七病　歌合　歌会　学書

□義
一　風といふはそへ歌也　物をも
のにそへよめるなり　其事をいは
てそのこゝろをさとらすといへり
なにはつにさくやこのはな冬こ
もりいまははるへとさくやこの
はな
是は仁徳天皇の位をゆつりえすし
て難波宮にをはしますを　王仁か
そへよめる也　早可有践祚といへ
る心也

国会本

二[4]　賦はかすへ歌也　ものにもた
とへすしていへり
さ[5]く花におもひつく身のあちき
なさ身にいたつきのいるもしら
すて
古[6]今云　五たゝ事歌といへるなむ
是にはかなふへきとしるせり
三[7]　比はなすらへ歌也　物になす
らへたる也　たとへはたとへたる
といまも同事也
君[8]にけさあしたの霜のおきてい
なは恋しきことにきえやわたら
ん
古[9]今には是歌かなへりともみえす
とてしるせる歌は
たらちめのおやのかふこのまゆ
籠いふせくもあるかないもにあ
はすて
四[10]　興はたとへ歌也
我[11]恋はよむともつきしありそ海
のはまのまさこはよみつくすと
も

幽斎本

二　賦はかそへ歌也　物にもたと
へすしていへり
さく花におもひつく身のあちき
なさ身にいたつきのいるもしら
すて
古今云　五たゝ事歌といへるなむ
是にはかなふへきとしるせり
三　比はなすらへ歌也　物になす
らへたる也　たとへはたとへたる
といふも同事也
君にけさあしたの霜のおきてい
なはこひしきことにきえやわた
らん
古今には是歌かなへりとも見えす
とそしるせる歌は
たらちめのおやのかふこのまゆ
こもりいふせくもあるかいもに
あはすて
四　興はたとへ歌也
わか恋はよむともつきしありそ
海のはまのまさこはよみつくす
とも

書陵部本

二　賦はかそへ歌也　物にもたと
へすしていへり
さく花におもひつくみのあちき
なさ身にいたつきのいるもしら
すて
古今云　五にたゝこと歌といへる
なん　是にはかなふへきとしるせ
り
三　比はなすらへ歌也　物になす
らへたる也　たとへはたとへたる
といふもおなし事也
君にけさあしたの霜のおきてい
なはこひしきことにきえやわた
らむ
古今には此歌かなへりとも見えす
とてしるせる歌
たらちねのおやのかふこのまゆ
こもりいふせくもあるかいもに
あはすて
四　興はたとへ歌也
わかこひはよむともつきし有磯
海のはまの真砂はよみつくすと
も

内閣本

二　賦はかすへ歌也　物にもたと
へすしていへり
さくはなにおもひつく身のあち
きなさ身にいたつきのいるもし
らすて
古今に云　五たゝ事歌といへるな
ん　これにはかなふへきとしるせ
り
三　比なすらへ歌也　物になすら
へたる也　たとへはたとへたると
いふも同事也
きみにけさあしたの霜のおきて
いなはこひしきことにきえやわ
たらむ
古今には是歌かなへりともみえす
とてしるせる歌
いふせくもあるかいもにあはす
て
四　興はたとへ歌也
わかこひはよむともつきしあり
そ海のはまのまさこはよみつく
すとも

国会本

古今にそへ歌におなしやうなれとすこしさまをかへたるといへり

　須磨[12]のあまの塩やく煙風をいたみおもはぬかたにたなひきにけり

これをかなふへきと古今にいへり

五[13]　雅はたゝ事歌といへり

　い[14]つはりのなき世なりせはいかはかり人のことの葉うれしからまし

古[15]今に是はことのとゝのほりたゝしきをいふ也

　山[16]桜あくまて色をみつるかな花ちるへくも風ふかぬまに

是をかなふへきといへり

六[17]　頌はいはひ歌也

此[18]とのはむへもとみけりさきくさのみつはよつはにとのつくりせり

是[19]はよをほめて神につくる也　此歌いはひ歌とはみえすと古今にいへり

幽斎本

古今にそへ歌におなしやうなれとすこしさまをかへたるといへり

　すまのあまのしほやくけふり風をいたみおもはぬかたにたなひきにけり

これをかなふへきと古今にいへり

五　雅はたゝ事歌といへり

　いつはりのなき世なりせはいかはかり人のことの葉うれしからまし

古今にこれはことのとゝのほりたゝしきを云也

　山さくらあくまて色をみつるかな花ちるへくも風ふかぬ世に

是をかなふへきといへり

六　頌はいはひ歌也

　このとのはむへもとみけりさき草のみつはよつはにとのつくりせり

是はよをほめて神につくる也　此歌いはひ歌とは見えすと古今にいへり

書陵部本

古今にそへ歌に同やうなれとすこしさまをかへたりといへり

　すまのあまの塩やくけふり風をいたみおもはぬかたにたなひきにけり

是をかなふへきと古今にいへり

五　雅はたゝこと歌といへり

　いつはりのなき世なりせはいかはかり人のことの葉うれしからまし

古今に是はことのとゝのほりたゝしきをいふ也

　山さくらあくまて色をみつるかな花ちるへくも風ふかぬよに

これをかなふへきといへり

六　頌はいはひ歌也

　このとのはむへもとみけりさき草のみつはよつ葉にとのつくりせり

是はよをほめて神につくるなり　此歌いはひ歌とは見えすと古今にいへり

内閣本

古今にそへ歌に同やうなれともすこしさまをかへたりといへり

　すまのあまのしほやくけふりかせをいたみおもはぬかたにたなひきにけり

是をかなふへきと古今にいへり

五　雅はたゝ事歌といへり

　いつはりのなき世なりせはいかはかり人のことのはうれしからまし

古今に是は事のとゝのほりたゝしきをいふなり

　山さくらあくまていろを見つるかなはなちるへくも風ふかぬよに

これをかなふへきといへり

六　頌はいはひ歌也

　このとのはむへもとみけりさきくさのみつはよつはにとのつくりせり

是は世をほめてかみにつくるなり　この歌いはひうたとは見えすとこと（ママ）にいへり

国会本

春[20]日野にわかなつみつゝ万よを
いはふこゝろは神そしるらん
これやすこしかなふへからむ

今[21]案　貫之おほよそむくさにわかれむことは　えあるましき事といへり　誠六義に様をかへむ事は難分歟　但それもやうによりことによるへき也　第[22]六いはひ歌は所詮いつれも同事なれと　いはふ心といへるはいはふよしとおもへるか　むへもとみけりはいはひ事ならても有ぬへし　仍第五のたゝ事歌は　又二首いくはくのかはりめありともみえす　たとへ歌　なそらへ歌　かそへ歌なとは　またいつれもすこしのかはりめはかり也　大略同事のやうなること也　そへ歌はこれらにはかはりたり　これらはさる事と心えなは　ふかき心またあるへからす　近[23]比も歌の十体とて品々をたてたる物ありき

幽斎本

かすか野にわかなつみつゝよろつよをいはふこゝろは神そしるらん
これやすこしかなふへからん

今案　貫之おほよそむくさにわかれんことは　えあるましきことゝいへり　誠に六義に様をかへん事は難分か　但それもやうによりことによるへき也　第六いはひ歌は所詮いつれも同事なれとも　いはふ心といへるはいはふよしとおもへるか　むへもとみけりはいはひ事ならてもありぬへし　仍第五のたゝ事歌は　又二首いくはくのかはりめありとも見えす　たとへ歌　なすらへ歌　かそへ歌なとは　またいつれもすこしのかはりめはかり也　大略同事のやうなる事也　そへ歌はこれらにはかはりたり　これらはさることゝ心えなは　ふかき心又あるへからす　近比も歌の十体とて品々をたてたる物あ

書陵部本

かすか野にわかなつみつゝよろつよをいはふこゝろは神そしるらん
これやすこしかなふへからんといへり

今案　貫之おほよそむくさにわかれんことは　えあるましきことゝいへり　誠に六義に様をかへん事は難分歟　但それもやうによりことによるへき事也　第六にいはひうたは所詮いつれもおなしことなれと　いはふ心といへるはいはふよしをおもへるか　むへもとみけりはいはひことならても有ぬへし　[a]仍如此　但それも祝の心にてこそはあれは　たゝ同事也　第五のたゝこと歌は　又二首いくはくのかはりめありとも見えす　たとへ歌　なそらへ歌　かそへ歌なとは　又いつれもすこしのかはりめはかり也　大略同事の様なること也　そへ歌は是等にかはりたり　これらはさることゝ心えなは　ふか

内閣本

かすか野にわかなつみつゝよろつよをいはふこゝろは神やしるらむ
これやすこしかなふへからんといへり

今案　貫之おほよそむくさにわかれん事は　えあるましき事といへり　誠六義に様をかへんことは推（ママ）分歟　但それもやうにより事によるへき事也　第六いはひ歌は所詮いつれも同事なれと　いはふ心といへるはいはふましと思へるか　むへもとみけりはいはひ事ならても有ぬへし　仍第五のたゝ事歌は　又二首いくはくのかはりめありともみえす　たとへ歌　なそらへ歌　かそへ歌なとは　またいつれもすこしのかはりめはかりなり　大略同事のやうなる事也　そへ歌はこれらにはかはりたり　これらはさることゝ心えなは　ふかき心またあるへからす　近比も歌の十体とて品々をたてたるものありき

国会本

それもいはゝ同様なる事なれと　少しのかはりめはかり也　歌のすかたをいはゝ　十体よりもおほくかはりたる物なれと　いつれもたゝ同事也　しつかに歌のやうをみは　たれも心えつへき事なれは　子細事多注に及はす　[24]普通三十一字号反歌也

幽斎本

りき　それもいはゝ同様なる事なれと　すこしのかはりめはかり也　歌のすかたをいはゝ　十体よりもおほくかはりたる物なれと　いつれもたゝ同事也　しつかに歌の様を見は　これも心えつへき事なれは　子細事多注に及はす　普通三十一字号反歌也

書陵部本

き心又あるへからす　近比も歌の十体とて品々をたてたる物ありき　それもいはゝ同様なることなれと　すこしのかはりめはかり也　歌の姿をいはゝ　十体よりもおほくかはりたる物なれと　いつれもたゝ同事也　静に歌の様をみは　誰も心得つへきことなれは　子細を多く注にをよはす　普通三十一字号反歌也

内閣本

それもいはゝ同様なる事なれと　すこしのかはりめ斗也　歌の姿をいはゝ　十体よりもおほくかはりたる物なれと　いつれもたゝおなし事也　しつかに歌のやうを見は　誰も心えつへき事なれは　子細事多注にをよはす　普通三十一字号反歌也

(二)　序代

国会本

序代

[1]昔は可然歌会なとには　多は仮名序代にて　真名は少也　[2]やうもなく　文なとのやうにかく也　それかさすかに又和語をくしたるなり　[3]貫之大井序代なとにてもみるへし　[4]昔よりいたく透逸のことみえす　[5]集序も同事也　[6]古今序は歌眼なれは　不及子細　後拾遺千載なとの序はさる程也　[7]新古今の序は首尾かきあひて　こと葉つゝき尤

幽斎本

序代

昔は可然歌合なとには　多はかな序代にて　真名は少也　たゝやうもなく　文なとのやうにかく也　それかさすかに又和語をくしたる也　貫之大井川序代なとにてもみるへし　昔よりいたく透逸のことみえす　集序も同事也　古今序は歌眼なれは　子細に及はす　後拾遺千載なとの序はさる程也　新古今の序は首尾かきあひて　こと葉

書陵部本

序代

昔は可然歌会なとには　多く仮名序代にて　真名はすこし也　たゝやうもなく　ふみなとの様にかくなり　それかさすかに又和語をくしたるなり　貫之大井序代なとにても見るへし　昔よりいたく秀逸の事みえす　集序も同事也　古今序は歌の眼なれは　不及子細　後拾遺千載なとの序はさる程なり　新古今の序は首尾かきあひて　詞

内閣本

序代

昔は可然歌会なとには　多は仮名序代にて　真名は少也　たゝやうもなく　ふみなとのやうにかく也　それかさすかに又和語を□したる也　貫之大井序代なとにても見るへし　昔よりいたく透逸の事みえす　集序もおなし事也　古今序は歌眼なれは　不及子細　後拾遺千載なとの序はさるほとなり　新古今の序は首尾かきあひて　こと

国会本

妙にありかたき程也　たゝ[8]の序代はかまへてみしかくて　いたく詞かちにはあるへからぬもの也　お[9]〔ほ〕めたることは頻ましるところ返々見苦　よく〳〵心えて書へき事也　清輔[10]曰　匡房真名序もたゝ詞にまかせて書といへり　まして仮名序はたゝ任口可謂云々

（三）短歌

短歌〔或[1]称長歌　両[2]説子細多之　俊成古語抄に巨細いへり　いつれも有謂　只[3]所詮長歌短歌　皆長歌の名也〕

初[4]四句はたゝの歌のやうにて　七文字にてはつる所を五文字にて　それより後は七文字五文字をいくらも心にまかせて作也　はつる所は又七〻にてはつ　た[5]ゝ首尾は歌にて　中に七五句か多有也　長[6]短

幽斎本

つゝき尤神妙にありかたき程也　たゝの序代はかまへてみしかくて　いたく詞かちにはあるへからぬ物也　おめたることはましるところ返々見苦　よく〳〵心えて書へき事也　清輔いはく　匡房真名序もたゝ詞にまかせて書といへり　まして仮名序はたゝ任口可謂云々

短歌〔或称長歌　両説子細多之　俊成古語抄に巨細いへり　いつれも有謂　只所詮長歌短歌　皆長歌の名也〕

初四句はたゝのうたのやうにて　七文字にてはつる所を五文字にて　それより後は七文字五文字をいくらも心にまかせて作也　はつる所は又七〻にてはつ　たゝ首尾は歌にて　中に七五句か多有也　長

書陵部本

つゝき尤神妙に有かたき程也　たゝの序代はかまへてみしかくて　いたく詞かちには有へからぬ物也　をめたる詞頻ましるところ返々見苦　よく〳〵心えてかくへきこと也　清輔曰　匡房真名序もたゝ詞に任て書くたすといへり　まして仮名序はたゝ口にまかせて可誦之

短歌〔或称長歌　両説子細多　又俊成古語抄に巨細いへり　いつれも有謂　只所詮長歌短歌　皆なか歌の名なり〕

短歌長歌事　家々髄脳　俊頼口伝　俊成抄なと所詮両説歟　難決定

初四句はたゝの歌の様にて　七文字にてはつる所を五文字にて　それより後は七文字五文字をいくらも心にまかせて作也　はつる所は　又七〻にてはつるなり　たゝ首尾は歌にて　中に七五句か多有な

内閣本

はつゝき尤神妙にありかたき程也　たゝの序代はかまへてみしかくて　いたくことはかちにはあるへからぬ物也　おめたる詞頻ましるところ返々見苦　よく心得てかくへき事也　清輔卿　匡房真名序もたゝ任詞て書といへり　まして仮名序は任口可謂云々

短歌〔或称長歌〕　両説子細歟〔俊成古時抄に巨細いへり　いつれも有謂　只所詮長歌短歌　皆なか歌の名なり〕

初四句はたゝの歌のやうにて　七文字にてはつるところを五文字にて　それより後は七文字五文をいくらも心にまかせて作也　はつる所は又七〻にてはつ　たゝ首尾は歌にて　中に七五句かた有也　長

国会本

はたゝ任心　[7]但其も過法て長も見
さめすれは　よく〳〵心えて作へ
し　[8]五七五七五ミミミ〔不定
員〕
[9]〔短歌長歌事　家々髄脳　俊頼か
伝　俊成抄なと所詮両説　難決定
方事歟〔朱〕〕
[10]病なとをたゝすことはなけれと
同事の多はわろし　[11]万葉短歌はわ
さと同事をいひつかへたるやうな
るも多　近代はさやうの事はよく
もきこえす　[12]たとへは　あさ川わ
たり　ふなきとき　夕川わたり
此川の　いへるてい也　[13]この様は
数しらす多也
[14]短歌本
[15]舒明天皇登香具山望国之時御製
　やまとには　むら山ありと　と
りよろふ　あまのかく山　のほ
りたち　くにみをすれは　くに
はらは　けふりたちこめ　うな
はらは　かすめたちたつ　おも
しろき　国そあきつ嶋　やまと

幽斎本

短はたゝ任心　但其も過法て長も
見さめすれは　よく〳〵心えて作
へし　五七五七五ミミミ〔不定
員〕
〔短歌長歌事　家々髄脳　俊頼か
伝　俊成抄なと所詮両説歟　難決
定一方事歟〕
病なとたゝすことはなけれと　同
事の多はわろし　万葉短歌はわさ
と同事をいひつかへたるやうなる
も多　近代はさやうの事はよくも
きこえす　たとへは　あさ川わた
り　ふなきとき　夕川わたり　此
川の　といへるてい也　このさま
はかすしらす多也
短歌本
舒明天皇登香具山望国之時御製
　やまとには　むら山ありと　と
りよそふ　あまのかく山　のほ
りたち　くにみをすれは　くに
はらは　けふりたちこめ　うな
はらは　かすめたちたつ　おも
しろき　国そあきつ嶋　やまと

書陵部本

り　長短はたゝ心にまかす　但そ
れも法に過てなかきも見さめすれ
は　よく〳〵心えて作へし　五七
五七五ミミミ七ミなり
病なとたゝす事はなけれと　同事
の多はわろし　万葉短歌は態と同
事をいひつかへたる様なるも多
近代はさやうの事はよくも聞えす
　たとへは　あさかはわたり　ふ
なきとき　夕川わたり　この河の
　といへる体也　此様かす不知多
なり
短歌本
舒明天皇登香具山望国之時御製
　やまとには　むら山ありと　と
りよろふ　あまのかく山　のほ
りたち　くにみをすれは　くに
はらは　けふり立こめ　うなは
らは　かまめたちたつ　おもし
ろき　国そあきつ嶋　やまとの

内閣本

短はたゝ任心　但其も法にすきて
長も見さめすれは　よく〳〵心え
て作へし　五七五七五ミミミ
病なとをたゝす事はなけれと　同
事の多はわろし　万葉短歌はわさ
と同事をいひつかへたるやうなる
も多　近代はさ様の事はよくもき
こえす　たとへは　あさかはわた
り　ふなきとき　ゆふ川わたり
この川の　といへるていなり　此
様かすしらす多なり
短歌本
舒明天皇登香具山望国之時御製
　やまとには　むら山ありと　ゝ
りよろふ　あまのかく山　のほ
りたち　くにみをすれは　くに
はらは　煙たちこめ　うな原は
かもめたちたつ　おもしろき
国そあきつしま　やまとの国は

国会本

の国は
検[16]税使大伴卿登筑波山時作
くさまくら　たひのうれへを
なくさむる　こともありやと
つくはねに　のほりてみれは
をはなちる　しつきのたゐに
かりかねも　さむくき鳴ぬ　に
ひはりの　とはのあふみも　秋
かせに　白波たちぬ　つくはね
の　よはをみつれは　なかきけ
に　おもひつゝこし　うれへは
やみぬ
以[17]上二首　万葉の中にはことは
つゝきよき也　されと　みゝとを
き事少々あり　古[18]今以後至于今多
かれとも　みなやうをかへて難多
伊[19]勢及躬恒冬長歌は本也
ち[20]はやふる　神な月とや　今朝
よりは　くもりもあへす　はつ
しくれ　もみちとゝもに　ふる
さとの　よしのゝ山の　山あら
しも　さむく日ことに　なりゆ
けは　玉のをとけて　こきちら

幽斎本

の国は
検税使大伴卿登筑波山時作
くさまくら　たひのうれへを
なくさむる　こともありやと
つくはねに　のほりて見れは
おはなちる　しつきのたゐに
かりかねも　さむくき鳴ぬ　に
ひはりの　とはのあふみも　あ
きかせに　しら波たちぬ　つく
はねの　よはを見つれは　なか
きけに　おもひつゝうし　うれ
へはやみぬ
以上二首　万葉の中にはことは
つゝきよき也　されと　みゝとを
き事少々あり　古今以後至尓今多
かれとも　みなやうをかへて難多
伊勢及躬恒冬長歌は本也
ちはやふる　神な月とや　けさ
よりは　くもりもあへす　はつ
しくれ　もみちとゝもに　ふる
さとの　よしのゝ山の　山あら
しも　さむく日ことに　なり行
は　玉のをとけて　こきちらし

書陵部本

くには
検税使大伴卿登筑波山時作
草まくら　旅のうれへを　なく
さむる　事も有やと　つくはね
に　登て見れは　おはなちる
しつきのたゐに　かりかねも
さむくきなきぬ　にひはりの
とはのあふみも　あき風に　白
浪たちぬ　つくはねの　よゝを
みつれは　なきかけに　思ひつ
ゝこし　うれへはやみぬ
已上二首　万葉の中にはことは
つゝきよき也　されと　耳遠きこ
と少々あり　古今以後至于今おほ
かれ共　皆様をかへて雖多　伊勢
及躬恒冬長歌は本也
ちはやふる　神無月とや　今朝
よりは　曇りもあへす　はつし
くれ　紅葉とゝもに　ふるさと
の　吉野の山の　やまあらしも
さむく日毎に　なりゆけは
たまのをとけて　こきちらし
あられみたれて　霜こほり　い

内閣本

検執使大伴卿登筑波山時作
草枕　たひのうれへを　なくさ
むる　こともありやと　つくは
ねに　のほりてみれは　おはな
ちる　しつきのたゐに　かりか
ねも　さむくきなきぬ　にゐは
りの　とはのあふみも　秋風に
しら浪たちぬ　つくはねの
おくを見つれは　なかきけに
おもひつゝこし　うれへはやみ
ぬ
以上二首　万葉の中にはことは
つゝきよきなり　されと　みゝと
をき事少々あり　古今以後至于今
多かれとも　みな様をかへて難多
伊勢及躬恒名長歌の本なり
ちはやふる　神な月とや　けさ
よりは　くもりもあへす　はつ
時雨　もみちとゝもに　ふるさ
との　よしのゝ山の　山あらし
も　さむく日ことに　なりゆけ
は　玉のをとけて　こきちらし
あられみたれて　霜こほり

国会本

しあられみたれて しもこほ
り いやかたまれる 庭のおも
に むら〳〵みゆる ふゆ草の
うへにふりしく しら雪の
つもり〳〵て あら玉の 年を
あまたも すくしつる哉
[21]此歌は短歌本 詞調姿艶事甚以難
相兼両方歌也 尤可為本 此外[22]伊
勢長歌又殊勝物也 其後[23]相兼両方
は不見 [24]俊頼述懐長歌も是等には
不及歟 [25]貫之忠岑は誠可指南 然
而依不兼両方不入之
[26]抑称長歌短歌事 有両説 [27]浜成幷
孫姫式には以之称長歌 [28]喜撰式幷
新撰髄脳には以之称短歌 [29]普通歌
〔三十一字〕或又長歌 [30]万葉又以
三十一字謂短歌歟
〔[31]又万葉集中字句を二添歌もあり
但非普通 所謂 鶯の かひこ
の 郭公 とはしめたる歌也 俊
頼云 短歌之旋頭歌といへり [32]俊
成古来風体抄に 雖両説彼心引長
歌歟 崇徳院御時 短歌と侍 古

幽斎本

あられみたれて しもこほり
いやかたまれる 庭のおもに
むら〳〵見ゆる 冬草の うへ
にふりしく しら雪の つもり
〳〵て あらたまの 年をあま
たも 過しつるかな
此歌は短歌本 詞調姿艶事甚以難
相兼両方歌也 尤可為本 此外伊
勢長歌又殊勝物也 其後相兼両方
は不見 俊頼述懐長歌も是等には
不及歟 貫之忠岑は誠可指南 然
而依不兼両方不入之
抑称長歌短歌事 有両説 浜成幷
孫姫式には以之称長歌 喜撰式幷
新撰髄脳には以之称短歌 普通歌
〔三十一字〕或又謂長歌 万葉又
以三十一字謂短歌歟
〔又万葉集中字句を二そゆるうた
もあり たゝし普通にあらさる事
いはゆる うくひすの かいこ
の ほとゝきす とはしめたるう
た也 俊頼いはく 短歌の旋頭歌
といへり 俊成古来風体に 雖両

書陵部本

やかたまれる 庭のおもに 村
々みゆる 冬草の うへに降し
く しら雪の つもり〳〵て
あらたまの 年をあまたも す
くしつるかな
此歌は短歌本也 詞調姿艶事甚以
難相兼両方歌也 尤可為本 此外
伊勢長歌又殊勝物也 其後相兼両
方は不見 俊頼述懐長歌も是等に
は不及歟 貫之忠岑は誠可指南
然而依不兼両方不入之
抑称長歌短歌事 有両説 浜成幷
孫姫式には以之称長歌 喜撰式幷
新撰髄脳には以之称短歌 普通歌
三十一字 或又謂長歌 万葉又以
三十一字謂短歌歟
又万葉十字句を二添たる歌も有
但非普通事 所謂 鶯の かいこ
の中の 郭公 とはしめたる歌也
俊頼云 短歌旋頭といへり 俊
成古来風体抄云 雖有両説彼心引
長歌歟 崇徳院御時 短歌と被出

内閣本

いやかたまれる 庭のおもに
むら〳〵みゆる 冬草の うへ
にふりしく 白雪の つもり
〳〵て あらたまの 年をあま
たも すくしつるかな
此歌は短歌本 詞調姿艶事其以難
相兼両方歌也 尤可為本 此外伊
勢長歌又殊勝物也 其後相兼両方
は不見 俊頼述懐長歌是等には不
及歟 貫之忠岑は誠可指南 然而
依不兼両方不入之
抑称長歌 喜撰式幷新撰髄脳には
以之称短歌 普通歌三十一字
或又謂長歌 万葉又以三十一字謂
短歌歟
〔又万葉集中二十句を添歌もあり
但非普通事 可謂 鶯の かひ
この中の 郭公 とはしめたる歌
也 俊頼云 短歌之旋頭歌といへ
り 俊成古来風体抄云 従両説彼
心引長歌歟 崇徳院御時 短歌と

国会本

人皆詠長歌云々　俊頼曰[33]　長歌云
々　俊頼曰　長歌をも同事を云な
かせる称長歌　様々によめるをは
称短歌云々　其[34]も難決定　有子細
歟　所詮両説也〔朱〕」

（四　反歌）

反歌
三[1]十一字也

（五　旋頭歌）

旋頭歌
三[1]十一字にいま一句をそへたる也
　普通歌は五句是は六句也　初[2]五
七五なへての歌の様にて　其後七
字句或五字句を添たるもあり　又
五七〻〔上句〕　五七〻〔下句〕
なるもあり　さて七〻はなへての
歌にかはる事なし
　う[3]ちわたす遠かた人にもの申わ
れそのそこにしろくさけるはな

幽斎本

説彼心引長歌歟　崇徳院御時　短
歌に侍　古人皆詠長歌云々　俊頼
曰　長歌をも同事を云なせる称短
歌　様々によめるを称短歌云々
是も難決定　子細有か　所詮両説
也」

反歌
三十一字也

旋頭歌
三十一字にいま一句をそへたる也
　普通歌は五句是は六句也　初五
七五なへての歌のやうにて　其後
七字句或五字句を添たるもあり
又五七〻上句　五七〻下句なるも
あり　さて七〻はなへての歌にか
はる事なし
　うちわたすをちかた人にもの申
すわれそのそこにしろくさける

書陵部本

人皆詠長歌云々　俊頼云　長歌を
も同事をいひなかせるをは称長歌
　やう〱によめるをは称短歌
云々　是も難決定　有子細歟　所
詮両説なり　五[a]も七文字も任心
たゝいつれにても一句也　但初五
文字添はいまた見す

反歌
三十一字也

旋頭歌
三十一字に今一句をそへたる也
普通歌は五句是は六句也　初五七
五はなへての歌の様にて　其後七
字句或五字句をそへたるもあり
又五七〻上句　五七〻下句なるも
あり　さて七〻はなへての歌にか
はる事なし
　うちわたすをちかた人にものま
うすわれそのそこにしろくさけ

内閣本

侍　古人皆長歌云々　俊頼曰　長
歌をも同事を云なせるを称長歌
やう〱してよめるをは称短歌云
々　是も難決定子細歟　所詮両説
也」

反歌
三十一字也

旋頭歌
三十一字にいま一句をそへたる也
　普通歌は五句是は六句也　初五
七五なへての歌のやうにて　其後
七字句或五字句を添たるもあり
又五七〻上句　五七〻下句なるも
あり　さて七〻はなへての歌にか
はる事なし
　うちわたすをちかた人にもの申
すわれそのそこにしろくさける

国会本

にの花そも
是ははてに七字添と俊頼口伝いへ
り
〔万人丸〕[4]かの岡に草かるをの
こしかなかりそありつゝも君か
きまさむみまくさにせん
是は中に五字を添歌也
[5]あさつくひむかひの山につきた
てるとをつまをもたらん人はみ
つゝしのはむ
是は二五字の句を入たる也
[6]ますかゝみそこなる影にむかひ
ゐてみるときにこそしらぬ翁に
逢心ちすれ
是は七字句を入たる也
[7]旋頭歌多かれ共耳近きもなし　大
方旋頭歌なとをはいたくやさしく
はつくるましき物也　されはとて
耳遠き事をもとむへきにてはなけ
れと　すこしおもふへき也　朝夕
なとつくりすへていたくこれをせ
んとすへからぬ物也　[8]又五七七五
七七なるもあり　古今に

幽斎本

はなにの花そも
是ははてに七字を添と俊頼口伝い
へり
〔万人丸〕かの岡に草かるをの
こしかなかりそありつゝも君か
きまさむみまくさにせん
是は中に五字を添歌也
あさつくひむかひの山につきた
てるみゆとをつまをもたらん人
はみつゝしのはむ
これは二五字の句を入たる也
ますかゝみそこなるかけにむか
ひゐてみるときにこそしらぬ翁
に逢心ちすれ
旋頭歌多かれとも耳近きもなし
大方旋頭歌なとをはいたくやさし
くはつくるましき物也　されはと
て耳遠き事をもとむへきにてはな
けれと　すこしおもふへき也　朝
夕なとつくりすへていたくこれを
せんとすへからぬ物也　又五七ゝ
五七ゝなるもあり　古今に
君かさすみかさの山のもみちは

書陵部本

るはなにのはなそも
是ははてに七字を添と俊頼口伝に
いへり
〔万〕かのをかに萩かるをのこ
しかなかりそありつゝもきみか
きまさむみまくさにせん　人丸
是は中に五文字を添歌なり
〔同〕あさつくひむかひの山に
つきたてるとをつまをもたらん
人はみつゝしのはん　同
是二は五字句を入たるなり
ますかゝみそこなるかけにむか
ひゐてみる時にこそしらぬおき
なにあふこゝちすれ
是は中に七文字の句を入たる歌な
り
旋頭歌おほかれとみゝちかきもな
し　おほかた旋頭歌なとをはいた
くやさしくはつくるましきもの也
　されはとて耳遠き事をもとむへ
きにてはなけれと　すこし思ふへ
きや　朝夕なとにつくりすへてい
たく是をせんとすへからぬものな

内閣本

はなにのはなそも
〔是はてに七字を添と俊頼口伝に
あり〕
このをかに草かるをのこしかな
かりそありつゝもきみかきまさ
んみまくさにせむ
〔是は中五文字添歌也〕
あさつくひむかひの山につきた
てるとをつまをもたらん人は見
つゝしのはむ
〔是には五字の句を入たる也〕
ますかゝみそこなるかけにむか
ひゐてみる時にこそしらぬおき
なにあふこゝちすれ
〔是は七字の句を入たる也〕
旋頭歌おほかれとみゝちかきもな
し　大かた旋頭歌なとをはいたく
やさしうはつくるましき物也　さ
れはとて耳とをき事をもとむへき
にてなけれと　すこし思ふへき也
　朝夕なとつくりすへていたくこ
れをせんとすへからぬもの也　又
五七ゝ五七ゝなるもあり　古今に

国会本

君かさすみかさの山のもみちは
の色神な月しくれのあめのそめ
る也けり
といへる也　春されはのへに先さ
く　といへるも五七〻五七〻也

（六　混本歌）

混本歌
三[1]十一字内一句なき也　又有五句
字不足　是[2]一体にてはあれとも普
通の事にあらす　よみたる事もす
くなし
〔是[3]は末の七字をよまさる歌也〕
朝かほのゆふかけまたすちりや
すき花の世そかし
〔是[4]は中の七文字十一字ありて末
の七文字無也　句は〕
いはのうへにねさす松かえとの
みこそおもふこゝろあるものを
小町歌

幽斎本

の色神な月しくれのあめのそめ
るなりけり
といへる也　春されは野へに先さ
く　といへるも五七〻五七〻也

混本歌
三十一字内一句なき也　又有五句
字不足　是一体にてはあれとも普
通の事にあらす　よみたる事も少
し
〔是はすゑの七句をよまさる歌也〕
あさかほのゆふかけまたすちり
やすき花の世そかし
〔是は中の七文字ありて末の七文
字無也〕
いはのうへにねさす松かえとの
みこそおもふこゝろあるものを
小町歌

書陵部本

り　又五七〻五七〻なるもあり
古今に
君かさすみかさの山のもみちは
の色神無月しくれの雨のそめる
なりけり
といへるなり　はるされは野へに
まつさく　といへるも五七〻五七
〻なり

混本歌
三十一字の内一句なき也　又有五
字不足　是一体にてはあれと普通
の事にあらす　よみたる事もすく
なし
朝かほの夕かけまたすちりやす
き花のよそかし
是はすゑの七文字をよまさる也
岩の上にねさす松か枝とのみこ
そ思ふ心有物を
是は中の七字下七字ありて末の七
文字なき也　[a]句はあまりて文字た
らすともいひてん

内閣本

きみかさすみかさの山のもみち
はの色神な月しくれのあめのそ
めるなりけり
といへる也　春されはのへにまつ
さく　といへるも五七〻五七〻也

混本歌
三十一字内一句なき也　又有五句
字不足　是一体にてはあれとも普
通の事にあらす　読たる事もすく
なし
あさかほのゆふかけまたすちり
やすきはなのよそかし
〔是は末の七字をよまさる歌〕
いはのうへにねさすまつかえと
のみこそおもふこゝろある物を
小町歌
〔是は中の文字十一字ありて末の
七字なき也　句はありて文たらす

国会本

[5]かやう体の物也　善悪なとあるへき程の物ともみえす　只古今序に一のすかたといへる斗也

(七　廻文歌)

廻文歌

[1]これはさかさまにおなしやうによまるゝ也

むらくさにくさのなはもしそなはらはなそしもはなのさくにさくらむ

といへるほかまことしくつゝけるたにすくなし　[2]すへてかやうの事をよめる　大方の歌のためよからぬ事也

(八　無心所着)

無心所着

[1]万葉十六巻に在之　たゝすゝろ事也　あしくよめはそのすかたともなきもの也

幽斎本

かやう体の物也　善悪なとあるへき程の物とも見えす　只古今序に一のすかたといへるはかり也

廻文歌

これはさかさまにおなしやうによまるゝ也

むらくさにくさのなはもしそなはらはなそしもはなのさくにさくらむ

といへるほかまことしくつゝけるたにもすくなし　すへてかやうの事をよめる　大方の歌のためよからぬ事也

無心所着

万葉十六巻に在之　たゝすゝろ事也　あしくよめはそのすかたともなきもの也

書陵部本

かやうていの物也　善悪なとあるへき程のものともみえす　唯古今序に一のすかたといへるはかりなり

廻文歌

是はさかさまにもおなし様によまるゝ也

むらくさにくさのなはもしそなはらはなそしもはなのさくにさくらむ

といへるほかまことしくつゝけたるたにもすくなし　すへてかやうの事を好よめは　おほかたの歌のためよからぬことなり

無心所着

万葉十六巻に有之　たゝすゝろ事也　あしくよめはそのすかたともなきものなり

内閣本

らんといひけん〕

かやうの体の物也　善悪なとあるへき程のものともみえす　只古今序に一のすかたといへるはかりなり

廻文歌

むらくさにくさのなはもしそなはらはなそしもはなのさくにさくらむ

〔是はさかさまにも同やうによまるゝ也〕

といへるほかまことしくつゝけるたにもすくなし　すへてかやうの事をよめは　おほかたの歌のためよからぬ事也

無心所着

万葉十六巻に在之　たゝすゝろ事也　あしくよめは其すかたともなきものなり

国会本

〔万（朱）〕わきもこかひたいに
おふるすくろくのことひのうし
のくらのうへのかさ
〔同（朱）〕わかせこかたうさき
にするつふれ石のよしの丶山に
ひをそか丶れる
右[2]歌者舎人親王令侍座日　或有作
無所由之歌人者賜以銭帛　于時大
舎人安部朝臣子祖父乃作此歌献上
登時以募物銭二万文給之也

（九　誹諧歌）

誹諧歌
〔俊頼抄[1]　公任曰　随分先達雖尋
未得心之也　宇治関白語給経信
云々（朱）〕
是[2]はいかなるをいふにかあらん
まさしき様しる人なし　公任[3]卿な
とも不知之　而通俊なにと心え
たるにかありけん　是を入後拾遺
　経信云入誹諧歌にてこと事のわ
ろさも被知之　誠[4]如公任経信不知
ほとの事なれは　末代の人非可定

幽斎本

わきもこかひたいにおふるすく
ろくのことひのうしのくらのう
へのかさ
わかせこかたうさきにするつふ
れ石のよしの丶山にひをそか丶
れる
右歌者舎人親王令侍座日　或有作
無所由之歌人者賜以銭帛　于時大
舎人安倍朝臣子祖父之作此歌厭上
登時以募物銭二万文給之也

誹諧歌
是はいかなるをいふにかあらん
まさしき様しる人なし　公任卿な
とも不知之　而通俊なにと心えた
るにかありけん　是を入後拾遺
経信云入誹諧歌にてこと事のわろ
さも被知之　誠如公任経信不知ほ
との事なれは　末代の人非可定
又千載集にもあり　大方はされよ
めるなとは推せらるれとも其様知
事なし　後拾遺千載集に入たる歌

書陵部本

〔万〕わきもこかひたひにおふ
るすくろくのことひのうしのく
らのうへのかさ
〔同〕わかせこかたうさきにす
るつふれいしのよしの丶山にひ
をそか丶れる
右歌者舎人親王令侍座曰　或有作
無所由之歌人者賜以銭帛　于時大
舎人安倍朝臣子祖父乃作斯歌献上
登時以所募物銭二万文給之也

誹諧歌
是はいかなるをいふにかあらん
まさしき様しる人なし　公任卿な
とも不知之　而通俊なにと心えた
るにか有けん　入是於後拾遺　経
信云入誹諧歌にてこと事のわろさ
も被知云々　誠如公任経信不知ほ
とのことなれは　末代人非可定
又千載集にもあり　大かたはされ
よめる事やらんなとは推せらるれ
とも其様知事なし　後拾遺千載集

内閣本

〔万〕わきもこかひたひにおふ
るすくろくのこといのうしのく
らのうへのかさ
〔同〕わかせこかたうさきにす
るつふれいしのよしの丶山にひ
をそか丶れる
右歌者舎人親王令侍座曰　或作無
所由之歌人者賜以残帛　于時大舎
人安倍朝臣子祖父乃作此歌献上
登時募物銭二万文給之也

誹諧歌
〔俊頼抄　公任曰　随分先達雖尋
未得心由申　宇治関白〕
是はいかなるをいふにかあらむ
まさしき様知人なし　公任卿なと
も不知之　而通俊なにと心えたる
に有けん　入是前後拾遺　経信云
入誹諧歌にてこと事のわろさも被
知云々　誠公任経信不知程の事な
れは　末代人非可定　又千載集に
もあり　おほかたはされよめるな

国会本

又千載集にもあり[5]　大方はされ[6]
よめるなとは推せらるれとも其様
知事なし　後拾遺千載集に入たる
歌は物狂の事共なれは　さやうの
歌を云にやあらん　但これをしり
かほに定にはあらす　[7]歌体可見古
今　[8]或説云　誹諧有様有様　三誹
諧　二誹諧　三俳諧　四滑稽　五
諧謔　六謎字　七空戯　八鄙諺
九狸言　此等子細未弁之

（十　折句）

折句
[1]毎句上物名を一文字つゝをきたる
也
[2]から衣きつゝなれにしつましあ
れはゝる〳〵きぬるたひをしそ
おもふ
[3]をくら山みねたちならしなく鹿
のへにけん秋をしる人そなき
[4]これはかきつはた　をみなへし也
かやうの歌数をしらす

幽斎本

は物狂の事ともなれは　さやうの
歌を云にやあらん　但これをしり
かほに定にはあらす　歌の体可見
古今　或説云　誹諧有様　一誹諧
　二誹諧　三俳□　四滑稽　五諧
謔　六謎字　七空戯　八鄙諺　九
狸言　此等子細未弁之

折句
毎句上物名を一文字つゝをきたる
也
から衣きつゝなれにしつましあ
れはゝる〳〵きぬるたひをしそ
おもふ
をくらやま嶺たちならしなく鹿
のへにけん秋をしる人そなき
これはかきつはた　をみなへし也
かやうの歌数をしらす

書陵部本

に入たる歌は物狂の事ともなれは
　さやうのことをいふにやあらむ
　但是を知かほに定にはあらす
歌体可見古今也　或説曰　誹諧有
様〻　一俳諧　二誹諧　三俳□
四滑稽　五誹謔　六謎字　七空戯
　八鄙諺　九狂言　此等子細未弁
之

折句
毎句上物名を一文字つゝをきたる
なり
から衣きつゝなれにしつましあ
れはゝる〳〵きぬるたひをしそ
おもふ
をくら山みねたちならしなくし
かのへにけん秋をしる人そなき
是はかきつはた　をみなへし也
か様の歌数を不知

内閣本

とは推せらるれとも其様知事なし
　後拾遺千載集に入たる歌は物狂
の事ともなれは　さやうの歌をい
ふにやあらん　但是を知かほに定
にはあらす　歌体可見古今　或説
曰　誹諧有様　一誹諧　二誹諧
三誹謔　四滑稽　五誹謔　六□字
　七空戯　八鄙諺　九狸言　此等
子細未弁之

折句
毎句上物名を一文字つゝをきたる
也
からころもきつゝなれにしつま
しあれはゝる〳〵きぬるたひを
しそおもふ
をくら山みねたちならしなくし
かのへにけん秋をしる人そなき
是はかきつはた　をみなへし也
か様の歌かすをしらす

（十一　折句沓冠）

国会本

折句沓冠
[1]これは毎句上下に文字を入たる也
[2]あふさかもはてはゆきゝのせき
もゐすたつねてとひこきなはか
へさし
是はあはせたきものすこしといへ
るなり　[3]凡此文字のをきやう　是
は普通也　[4]此外も又よめるやう
をのゝはきみし秋にゝすなりそ
ますへしたにあれなしるしけし
きは
是はをみなへしをかふりにして
花すゝきをくつにして　さかさま
によませたり
[5]はかなしなをのゝ小山田つくり
かねてをたにも君はてはふれす
や
是は花をたつねてみはやといふ事
を云　[6]これはさき〳〵の字のすゐ
やうにはあらす　如此様々也

幽斎本

折句沓冠
是は毎句上下に文字を入たる也
あふさかもはてはゆきゝのせき
もゐすたつねてとひこきなはか
へさし
是はあはせたき物すこしといへる
也　凡此文字のをきやう　是は普
通也　此外も又よめるやう
をのゝはきみし秋に似すなりそ
ますへしたにあれなしるしけし
きは
是はをみなへしをかふりにして
花すゝきをくつにして　さかさま
によませたり
はかなしなをのゝ小山田つくり
かねてをたにも君はてはふれす
や
これは花をたつねて見はやといふ
事を云　是はさき〳〵の字のすへ
やうはあらす　如此様々也

書陵部本

折句沓冠
是は毎句上下に文字を入たるなり
あふさかもはては往来の関もゐ
すたつねてこえこきなはかへさ
し
是はあはせたき物すこしといへる
也　凡此文字の置やう　是は普通
の様也　このほかも又よめるやう
をのゝはき見し秋にゝすなりそ
ますへしよにあれなしるしけし
きは
これはをみなへしをかふりにして
はなすゝきを沓にして　さかさ
まによませたり
はかなしな小野のをやまたつく
りかねてをたにもきみはてはふ
れすや
これは花をたつねて見はやと云事
をいふ　是はさき〳〵の字のすへ
やうにはあらす　如此様々なり

内閣本

折句沓冠
是は毎句上下に文字を入たるなり
あふさかもはてはゆきゝのせき
もゐすたつねてこえこきなはか
へさし
是はあはせたきものすこしとかへ
る也　凡此文字のをき様　これは
普様也　此外も又よめる様
をのゝはき見しあきにゝすなり
そますへしたにあれなしるしけ
しきは
是はをみなへしを冠にして　はな
すゝきを沓にして　さかさまによ
ませたり
はかなしなを野のをやま田つく
りかね手をたにもきみはてはふ
れすや
是ははなをたつねて見はやと云事
を云　これはさき〳〵の字のすゐ
やうにはあらす　如此様也

国会本

（十二　沓冠）

沓冠
[1]はしめをはりに其字とさためてをく也　文字は一も二も三も心にまかせて詠す
[2]花のなかめにあくやとてわけ行は心そともにちりぬへらなる
是ははをはしめにて　るにてはてたり　なかめをかけたる春也　かやうの事ともは力もいらす　むけにやすき事なれは注に不及

（十三　物名）

物名
[1]これはかくし題也　物の名をかくしてよむ歌也
[2]くきも葉もみなみとりなるふかせりはあらふねのみやしろく見ゆらん
藤六か多詠中に是は得体　あらふねのみやしろとかくせり　此外は

幽斎本

沓冠
はしめおはりにその字はさためてをく也　文字は一も二も三も心にまかせて詠す
花のなかめにあくやとてわけ行はこゝろそともにちりぬへらなる
是ははをはしめにて　るにてはてたり　なかめをかけたる春也　かやうの事ともは力もいらす　むけにやすき事なれは注におよはす

物名
これはかくし題也　物の名をかくしてよむ歌也
くきも葉もみなみとりなるふかせりはあらふねのみやしろく見ゆらむ
藤六か多詠中に是は得体　あらふねのみやしろとかくせり　此外は

書陵部本

沓冠
始をはりに其字とさためて置也　文字は一も二も三もこゝろにまかせて詠之
はなのなかめにあくやとてわけゆけはこゝろそともにちりぬへらなる
是ははをはしめ　るを果にて　なかめをかけたる春なり　かやうの事ともはちからもいらす　むけにやすきことなれは注にをよはす

物名
是はかくし題なり　物の名をかくしてよむ歌也
くきも葉もみなみとりなるふかせりはあらふねのみやしろくみゆらん
藤六か多詠か中に是は尤得体　あら舟の御社とかくせり　此外は五

内閣本

沓冠
はしめをはりに其字とさためてをく也　文字は一も二も三も心にまかせて詠之
はなのなかめにやあくとてわけゆけはこゝろそともにちりぬへらなる
是ははをはしめ　るをはてにて　なかめをかけたる春也　かやうの事ともはちからもいらす　むけにやすき事なれは注すにをよはす

物名
これはかくし題也　ものゝ名をかくして読歌なり
くきもはもみなみとりなるふかせりはあらふねのみやしろくみゆらむ
藤六か多詠中に是は得体　あらふねの御社とかくせり　此外は五文

国会本

五文字以下むけにやすし　六字七字もすこしやすくもきこえす　是は九字のよくかくれたる也　三四字をかくしてよくよみたるは多けれとも　あまたの字はすくなる事かたし　[3]登蓮か　かさきのいはや　七字そ近くなにともきこえぬ　これなとはよくかくしたる也　わ[4]らひ〔蕨〕をわらひ〔藁火〕かくしたるなとは　音こそかはりたれとも同物名也　是なとはかくしたるといふへきにあらす　[5]かつらのみやを月の桂の　とかくしたるもいたくかくれたるとも見えす　[6]惣て古今拾遺なとにも少々かくれぬも有也　[7]古今なとにはかくす物をやかて題にて多は其心をよめり　鶯は鳥のなくらん　なといふてい也

（十四　贈答）

贈答

[1]これは歌をかへすをいふ　極大事

幽斎本

五文字以下はむけにやすし　六字七字もすこしやすくもきこえす　是は九字のよくかくれたる也　三四字をかくしてよくよみたるは多けれとも　あまたの字はすくなる事かたし　登蓮か　かさきのいはや　七字そ近くなにともきこえぬ　これなとはよくかくしたる也　わらひをわらひかくしたるなとは　音こそかはりたれとも同物名也　これなとはよく（ママ）したるといふへきにあらす　かつらのみやを月の桂の　とかくしたるも　いたくかくれたるとも見えす　惣て古今拾遺なとにも少々かくれぬもある也　古今なとにはかくす物をやかて題にて多は其心をよめり　鶯は鳥のなくらむ　なと云体也

贈答

これは歌をかへすをいふ　極大事

書陵部本

文字以下はむけにやすし　六字七字もすこしやすくも聞えす　是は九字のよくかくれたるなり　三四字をかくしてよくよみたるは多けれとも　あまたの字はすくなる事かたし　登蓮か　かさきのいはや　七字そちかくなにとも聞えぬ　是なとはよくかくしたる也　蕨を藁火とかくしたるなとは　声こそかはりたれとも同物名也　これなとはかくしたるといふへきにあらす　かつらの宮を月のかつら　とかくしたるも　いたくかくれたりともみえす　惣而古今拾遺なとにも少々かくれぬも有也　古今なとにはかくすものをやかて題にておほくは其心をよめり　うくひすとのみ鳥のなくらん　なといふ体也

贈答

是は歌をかへすを云　極て大事な

内閣本

字已下はむけにやすし　六字七字もすこしやすくもきこえす　是は九字のよくかくれたる也　三四字をかくしてよくよみたるは多けれとも　あまたの字はすくなる事かたし　登蓮か　ゝさきのいはや　七字そちかくなにともきこえぬ　これなとはよくかくしたる也　わらひを塵わらひと藁火かくしたるなとは　声こそかはりたれとも同物名也　これなとはかくしたるといふへきにあらす　かつらの宮を月のかつらの　とかくしたるも　いたくかくれたりともみえす　総而古今拾遺なとにも少々かくれぬもある也　古今なとにはかくすものをやかて題にて多は其心をよめり　鶯はとりのなくらん　なと云体也

贈答

これは歌をかへすをいふ　きはめ

国会本

なる事也　人のやすくおもひてお
かしけにかへすは見苦事也　[2]かへ
すやうも様々也　たとへはたゝ人
の返事をするもなに事かはなとい
へる返事もなに事も候はすなとも
いふ　又別の事も候はすなともい
ふ　体にいふ体にいふ所の詞をく
してかへす事もあり　心はおなし
事なれとこと葉をかへてもかへす
也　[3]歌はよけれともかへしにわろ
きもあり　歌はよからね共返しの
作法なるもある也
[4]真浄法師か説法をきゝて安倍清行
か小町かもとへ
　つゝめとも袖にたまらぬ白玉は
　人をみぬめの涙也けり
といへる小町か返し
　をろかなるなみたそ袖にたまは
　なすわれはせきあへすたきつせ
　なれは
[5]業平朝臣家に侍ける女に敏行か
　つれ〳〵のなかめにまさる涙河
　袖のみぬれてあふよしもなし

幽斎本

なる事也　人のやすく思ておかし
けにかへすは見苦事也　かへすや
うもさま〳〵なり　たとへはたゝ
人の返事をするもなに事かはなと
いへる返事もなに事も候はすなと
もいふ　又へちのことも候はすな
とゝもいふ　体にいふ所の詞をく
してかへす事もあり　心はおなし
ことなれとこと葉をかへてもかへ
す也　歌はよけれともかへしにわ
ろきもあり　歌はよからねとも返
しの作法なるもある也
真浄法師か説法をきゝて安倍清行
か小町かもとへ
　つゝめとも袖にたまらぬ白玉は
　人をみぬめのなみた也けり
といへる小町か返し
　をろかなるなみたそ袖にたまは
　なすわれはせきあへすたきつせ
　なれは
[a]（あひにあひたる贈答になん）
業平朝臣家に侍ける女に敏行か
　つれ〳〵のなかめにまさる涙川

書陵部本

る事也　人のやすく思ひてをかし
くかへすは見苦事也　返す様もさ
ま〳〵なり　たとへはたゝ人の返
事をするも何事か□なといへは返
事になに事も候はすなともいふ
又へちの事も候はすなとも云　体
にいふところの詞を具してかへす
事も有　心はおなし事なれと詞を
かへても返すなり　歌はよけれと
かへしにわろきもあり　歌はよか
らねとも返しの作法なるも有也
真静法しか説法をきゝて安倍清行
か小町かもとへ
　つゝめとも袖にたまらぬしら玉
　は人をみぬめのなみたなりけり
といへるに小町か返し
　をろかなるなみたそ袖に玉はな
　す我はせきあへす滝つせなれは
業平朝臣家に侍ける女に敏行か
　つれ〳〵のなかめにまさるなみ
　た河袖のみぬれてあふよしもな
　し

内閣本

て大事なる事也　人のやすく思て
をかしけにかへすは見苦事也　か
へす様もやう〳〵なり　たとへは
たゝ人の返事をするもなに事かは
なといへる返事もなに事も候はす
なともいふ　又へちの事も候はす
なともいふ　体にいふところの詞
をくしてかへすこともあり　心は
同事なれとことはをかへてもかへ
すなり　歌はよけれともかへしに
わろきもあり　歌はよからねとか
へしの作法なるもある也
真浄法師か説法をきゝて安倍清行
か小町かもとへ
　つゝめともそてにたまらぬしら
　たまは人を見ぬめのなみたなり
　けり
といへるに小町かゝへし
　をろかなるなみたそゝてにたま
　はなすわれはせきあへすたきつ
　せなれは
業平か家に侍ける女に敏行か
　つれ〳〵のなかめにまさるなみ

国会本

といへる返事業平か女にかはりて
あさみこそ袖はひつらめなみた
川身さへなかるときかはたのま
む
[6]大弐三位さとにいて侍けるをきか
せ給て
まつ人は心行ともすみよしのさ
とにのみとはおもはさらなん
とありける後冷泉院の御かへしに
すみよしの松はまつともおもほ
えす君か千とせのかけそ恋しき
[7]かやうのたくひおほかれとも返し
するやうの本に成ぬへきはこれら
也　此外もあれとも事多けれはし
るさす　[8]人のもとへやる歌もよく
〳〵心えてよむへし　[9]禁中仙洞す
へて貴所へまいらする歌をはわた
くしに君かなとはよまぬ也　上御
事を君と申はゝかりなし　其人
を君とはいはぬ也　是古今教訓也

幽斎本

袖のみぬれてあふよしもなし
といへる返事業平か女にかはりて
あさみこそ袖はひつらめなみた
川身さへなかるときかはたのま
む
大弐三位さとにいて侍けるをきか
せ給て
まつ人は心行ともすみよしのさ
とにのみとはおもはさらなむ
とありける後冷泉院の御返しに
すみよしの松はまつともおもほ
えす君か千とせのかけそ恋しき
かやうのたくひおほかれとも返し
するやうの本に成ぬへきはこれら
なり　この外もあれとも事多けれ
はしるさす　人のもとへやる歌も
よく〳〵心えてよむへし　禁中仙
洞すへて貴所へまいらする歌をは
わたくしに君かなとはよまぬ也
上御事を君と申はゝかりなし
其人を君とはいはぬ也　是古今教
訓也

書陵部本

といへる返事業平か女にかはりて
あさみこそ袖はひつらめなみた
河身さへなかるときかはたのま
ん
大弐三位さとに出侍けるをきかせ
給て
まつ人は心ゆくともすみよしの
さとにとのみはおもはさらなん
とありける後冷泉院の御返事に
すみよしの松はまつともおもほ
えて君かちとせのかけそこひし
き
か様のたくひおほかれと返しする
様の本になりぬへきはこれら也
此外もあれとも事多けれはしるさ
す　人のもとへやるうたもよく
〳〵心得てよむへし　禁中仙洞す
へて貴所へまいらする歌をはわた
くしにきみかなはよまぬ也　上の
御ことを君と申はゝかりなし
其人を君とはいはぬ也　是古今の
教訓也

内閣本

た川袖のみぬれてあふよしもな
し
といへる返し業平か女にかはりて
あさみこそゝてはひつらめなみ
た川身さへなかるときかはたの
まむ
大弐三位さとにいて侍けるをきか
せ給ひて
まつ人は心ゆくともすみよしの
さとにとのみはおもはさらなん
とありける後冷泉院の御かへしに
すみよしのまつはまつともおも
ほえすきみか千とせのかけそこ
ひしき
かやうのたくひおほかれとかへし
するやうの本になりぬへきはこれ
ら也　此外もあれとも事多けれは
しるさす　人のもとへやる歌もよ
く〳〵心えてよむへし　禁中仙洞
総而貴所へまいらする歌をはわた
くしにきみかなとはよまぬ也　上
御事をきみと申はゝかりなし
其人をきみとはいはぬ也　是等今

国会本

又[10]あふむかへしといふものあり
本歌の心詞をかへすして同事をい
へる也　あふむといふ鳥は人の口
まねをする故にかく名つけたり
俊頼抄物にはおもひよらさらん折
はさもしつへしといへり　[11]いたく
神妙の事にはあさるか　むかし今
多けれともみなさせる事なき事な
れは集なとに入たる事はすくなし
[12]たとへは是なとそあふむかへし
といふへき
後一条院春日行幸に上東門院そひ
たてまつりたりけるをみて
　そのかみやいのりをきけんかす
かのゝおなしみちにもたつね行
かな
返し　上東門院
　くもりなきよのひかりにやかす
かのゝおなしみちにもたつね行
らん
かやうにかはらぬを云也　[13]これほ
とことはつゝかね共たゝ同心同詞

幽斎本

又あふむかへしといふものあり
本歌の心詞をかへすして同事をい
へる也　あふむといふ鳥は人の口
まねをする故にかく名つけたり
俊頼抄物には思よらさらむ折はさ
もしつへしといへり　いたく神妙
の事にはあらさるか　むかし今多
けれともみなさせる事もなきこと
なれは集なとに入たる事はすくな
し　たとへはこれなとそあふむ返
しといふへき
後一条院春日行幸に上東門院そひ
たてまつりけるをみて
　そのかみやいのりをきけんかす
かのゝおなしみちにもたつね行
かな
返し　上東門院
　くもりなき世のひかりにやかす
か野のおなしみちにもたつね行
らん
かやうにかはらぬを云也　これ程
ことはつゝかねともたゝ同心同詞

書陵部本

又あふむ返しといふ物あり　本歌
の心詞をかへすして同事をいへる
也　あふむと云鳥は人の口まねを
する故にかく名付たり　俊頼抄物
にはおもひよらさらんおりはさも
しつへしといへり　いたく神妙の
事にはあらさるか　昔今多けれと
もみなさせる事なけれは集なとに
入たる事はすくなし　たとへはこ
れなとそあふむ返しといふへき
後一条院春日行幸に上東門院そひ
てたてまつりたりけるを見て　法
成寺入道
　そのかみやいのりをきけんかす
か野のおなしみちにもたつねゆ
くかな
返し　上東門院
　くもりなきよのひかりにや春日
野のおなしみちにもたつねゆく
らん
かやうにかはらぬをいふなり　是
程詞つゝかねともたゝ同心同詞な

内閣本

教訓也
又あふむかへしといふ物あり　本
歌の心詞をかへすして同事をいへ
る也　あふむといふ鳥は人の口ま
ねをするゆへにかく名つけたり
俊頼抄物には思ひよらさらんおり
はさもしつへしといへり　いたく
神妙の事にはあらさるか　むかし
いま多けれともみなさせる事なき
事なれは集なとに入たる事はすく
なし　たとへはこれなとそあふむ
かへしといふへき
後一条院春日行幸に上東門院そひ
たてまつりたりけるを見て
　そのかみやいのりをきけむかす
か野のおなしみちにもたつねゆ
くかな
返し　上東門院
　くもりなき世のひかりにやかす
か野のおなしみちにもたつねゆ
くらむ
かやうにかはらぬをいふ也　これ
ほとことはつゝかねともたゝ同心

国会本

なるはおほかる也　三句さなから
かはらす　二句又常事也
[14]又さきに所注のやうには少かはり
て詞をかへたる
[15]あたなりと名にこそたてれ桜花
年にまれなる人も待けり
といへるかへしはあたなりともあ
たならすともいひ又まれなるよし
をも云へし　それはなにともいは
て業平返事に
けふこすはあすは雪とそふりな
ましきえすはありとも花とみま
しや
是又一のやう也　是[16]ならすもかは
りはあれとも是らを心えてたりぬ
へし
大方業平はことに返事をよくした
る也　殊に歌人もかへしを心えぬ
も有へし　[17]昔今多は一番にしるす
われはせきあへすの心にのみかへ
すなり　しかあれともあしく成ぬ
れはすこしはあしさまに取なして

幽斎本

なるはおほかる也　三句さなから
かはらす　二句又常事也
又さきに所注のやうにはすこしか
はりて詞をかへたる
あたなりと名にこそたてれさく
ら花としにまれなる人もまちけ
り
といへる返しはあたなりともあた
ならすともいひ又まれなるよしを
もいふへし　それはなにともいは
て業平返事に
けふこすはあすは雪とそふりな
ましきえすはありとも花と見ま
しや
これ又一のやう也　是ならすもか
はりめあれとも是らを心えてたり
ぬへし
大方業平はことに返事をよくした
る也　殊歌人もかへしを心えぬも
あるへし　昔今多は一番にしるす
われはせきあへすの心にのみかへ
す也　しかあれともあしく成ぬれ
はすこしはあしさまにとりなして

書陵部本

るはおほかるなり　三句さなから
かはらす　二句は又つねの事なり
又さきにしるすところの様には
すこしかはりて詞をかへたる
あたなりとなにこそたてれさく
らはなとしにまれなる人もまち
けり
といへるかへしはあたなりともあ
たならすともいひ又まれなるよし
をもいふへし　それは何ともいは
て業平か返事に
けふこすはあすは雪とそふりな
ましきえすはありとも花と見ま
しや
是又ひとつの様也　是ならすもか
はりめあれともこれらを心えてた
りぬへし
大かた業平は詞返しをよくしたる
也　殊に歌人も返しを心得ぬも有
へし　昔今多は一番にしるすわれ
はせきあへすの心にのみかへす也
しかあれともあしく成ぬれはす
こしはあしさまになる也　[b]又詞を

内閣本

同ことはなるはおほかる也　三句
さなからかはらす　二句又常事也
又さきに所注の様にはすこしか
はりて詞をかへたる
あたなりと名にこそたてれさく
らはなとしにまれなる人もまち
けり
いへるかへしはあたなりともあた
ならすともいひ又まれなるよしを
もいふへし　それはなにともいは
て業平返事に
けふこすはあすはゆきとそふり
なましきえすはありとも花と見
ましや
是又一の様なり　これならすかは
りめあれともこれらを心えてたり
ぬへし
大かたは業平はことにかへしをよ
くしたる也　殊歌人もかへしを心
えぬもあるへし　むかしいま多は
一番にしるすわれはせきあへすの
心にのみかへす也　しかあれとも
あしくなりぬれはすこしはあしさ

国会本

のみかへす　これもひとつのやう
なれと能々心えて返すへし

（十五　諸歌）

諸歌〔[1]諸歌段　一本此段無之
（朱）〕
[2]一　反歌〔[3]常三十一字　[4]かへし歌
と云〕
[5]是短歌の歌也　[6]雖不限一首或両首
も詠之　[7]万葉は一首二首或三首
又多百也　[8]然而常は一首之短歌意
趣也　非他事　[9]詞替も多　[10]心は甚
末也
[11]一　挽歌
[12]俊頼抄悲歌云々　[13]古挽歌大略歟
何も非悲も有歟
[14]一　相聞
[15]以恋為本之　[16]故春相聞夏相聞秋冬
同之と云は皆春夏恋也　以之可知
之也　[17]俊頼抄恋歌也云々[18]但少々非
恋にも有歟　其も多は思人歌也
然而以恋為本　[19]但万葉十二古今相

幽斎本

のみかへす　これもひとつのやう
なれと能々心えて返すへし

諸歌
一　反歌〔常三十一字　かへし歌
と云〕
是短歌の歌也　雖不限一首或両首
も詠之　万葉は一首二首或三首又
多百也　然而常は一首之短歌意趣
也　非他事　詞は替も多　心は其
末也
一　挽歌
俊頼抄悲歌云々　古挽歌大略歟
何も非悲も有歟
一　相聞
以恋為本之　故春相聞夏相聞秋冬
同之と云は皆春夏恋也　以之可知
之也　俊頼抄恋歌也云々　但少々
非恋も有歟　其も多は思人歌也然
而以恋為本　但万十二古今相聞往

書陵部本

さかさまにとりなしてのみ返す
是もひとつのやうなれとよく〳〵
心得て返すへし

諸歌
一　反歌〔常三十一字　かへし歌
といふ〕
是短歌之歌也　雖不限一首或両首
も可詠之　万葉集は一首二首或又
多有小有也　然而常は一首也　短
歌意趣也　非他事　詞は替も多心
は其末也
一　挽歌
俊頼恋歌云々　古挽歌大略歟　何
も非恋も有歟
一　相聞〔以恋為本之　故春相聞
夏相聞秋冬同之　是皆春夏恋なり
以是可知也〕
俊頼抄恋歌也云々　但少々非恋も
有歟　其も多は思人歌也　然而以
恋為本　但万十二古今相聞往来歌

内閣本

まにのみ取なしてのみかへす　こ
れも一の様なれともよく〳〵心え
てかへすへし

諸歌
一　反歌
是短歌之歌也　雖不限一番或両是
も詠之　万葉一首二首或三首　又
多首　然而常は一首之短歌意趣也
非他事　詞は替も多　心は甚末
也
一　挽歌
俊頼抄非歌云々　古挽歌大略歟
何も非悲も有歟
一　相聞
以恋為本之　故春相聞夏相聞秋冬
同之と云は皆春夏恋也　以之可知
俊頼抄恋歌也云々　但少々非恋
も有歟　其も多は思人歌也　然而
以恋為本　但万二十二古今相聞往

国会本

聞往来歌類之上下とたてて　其内
正述心緒　寄物陳思　問答　羇
旅発思　悲例以下とあり　猶々可
勘
一[20]　譬喩
[21]たとへ歌といへり　[22]但たとへとも
なきもある歟　[23]寄衣喩思寄弓喩思
なといへり　只寄物歌也
一[24]　問答
[25]問答也　[26]防舎も大略同事歟委事可
尋　[27]問答は多二首也　問事を答た
る也　一は問　二は答
一[28]　相歓
[29]寄物思人歌歟　万十七云　天平十
八年八月越中掾大伴池主附大帳使
起向京師而同年十一月還到本任
仍設詩酒之宴弾糸飲楽　是日也白
雪忽降積地尺余　此時也漁夫之船
入海浮瀾　爰守家持卿寄情二眺聊
載以歌或寄雪寄船　恋しく思しよ
しをいへる也

幽斎本

来歌類之上下とたてゝ　其内正述
心緒　寄物陳思　問答　羇旅発思
悲例以下とあり　猶ゝ可勘
一　辟喩
たとへ歌といへり　但たとへとも
なきも有歟　寄衣喩思　寄弓喩思
なといへり　只寄物歌也
一　問答
問答也　防舎も大略同事歟　委事
可尋　問答は雖多二首也　問事を
答たる也　一は問　二は答也
一　相歓
寄物思人歌歟　万十七云　天平十
八年八月越中掾大伴池主附大帳使
起向京師云同年十一月還到本任仍
設詩酒之宴弾糸飲楽　是日也白雪
忽降積地尺余　此時也漁夫云船入
海浮瀾　爰守家持卿寄情二眺聊裁
以寄或寄雪寄舟　恋しく思しよし
をいへる也

書陵部本

類之上下たてゝ　其内正述心緒寄
物陳思　問答　羇旅発思　悲別歌
とあり　猶可勘
一辟喩
たとへ歌といへり　但たとへとも
なきも有歟　寄衣喩思　寄弓喩思
なといへり　唯寄物歌也
一　問答
問答也　防人歌も大略同事歟　委
事可尋　問答は多二首也　問事を
を答たる也　一は問　一は答なり
一　相歓
寄物思人歌歟　万十七云　天平十
八年八月越中掾大伴池主附大帳使
赴向京師而同年十一月還到本任仍
設詩酒之宴彈糸飲楽　是日也白雪
忽降積地尺余　此時也漁父之船入
海浮瀾　爰守家持卿寄情二眺聊裁
傾歌或寄雪寄舟　恋しく思しよし
をいへるなり

内閣本

来歌類に上とたてて　其内正述心
緒　寄物陳思　問答　羇旅発思悲
例云とあり　猶可勘
一　譬喩
たとへ歌といへり　但たとへとも
なきもある歟　寄衣喩思　寄弓喩
思なといへり　只寄物歌也
一　問答
問答也　防舎も大略同事歟　委事
可尋　問答は多二首也　同事を答
たる也　一は問　一は答也
一　相歓
寄物思人歌歟　万十七云　天平十
八年八月越中掾大伴池主附大帳使
起句京師云同年十一月還到本任仍
設詩酒之宴弾糸飲楽　是日也白雪
忽降積地余尺　此時也漁父之舟入
海浮瀾　爰守家持卿寄情一眺聊栽
欣歌或雪舟　恋しく思よしを云也

（十六　異体）

国会本

異体
[1]たとへはやう〳〵の雑体をよむ也
　定たる名もなけれとも　人々の
おもふまゝにいまもいにしへも詠
也　[2]無同字之歌とて
　よのうきめみえぬ山ちへいらむ
にはおもふ人こそほたしなりけ
れ
なといふ体の事　[3]これならすも多
　題につきてもまた字につきても
多　[4]万葉
　ねすみのいへよねつきふるひ木
をきりてひきゝりいたすよつと
　といふや是
を云　是はなそ〳〵なとの様也あ
な恋しと云心也　[5]又三年三日我恋
なと云体事多　[6]凡神代にはもしも
定まらさるえひす歌といへり　[7]す
さのをのみことの八雲たつより三
十一字に定て　様々種々無辺の雑
体はある也

幽斎本

異体
たとへは様々の雑体をよむ也　定
たる名もなけれとも　人〳〵のお
もふまゝにいまもいにしへも詠也
無同字之歌とて
　よのうきめ見えぬ山ちへいらむ
にはおもふ人こそほたしなりけ
れ
なといふ体の事　これならすも多
題につきても又字につきても多
万葉
　ねすみのいへよねつきふるひ木
をきりてひきゝりいたすよつと
　いふや是
と云　これはなそ〳〵なとの様也
あな恋しと云心也　又三年三日我
恋なと云体事多　凡神代にはもし
も定まらさるえひす歌といへり
すさのをのみことの八雲たつより
三十一字に定て後　様々種々無辺
の雑体はある也

書陵部本

異体
たとへはやう〳〵の雑体をよむ也
　定たる名もなけれ共　思ふまゝ
に今もいにしへも詠也　無同字之
歌とて
　世のうきめ見えぬ山ちへいらむ
にはおもふ人こそほたしなりけ
れ
なといふ体の事　是ならすも多題
につきても又字につきてもおほし
　万葉に
　ねすみのいゑよねつきふるひ木
をきりてひきゝりいたすよつと
　といふやこれ
といふ　これはなそ〳〵なとの様
なり　あな恋しといふ心なり　又
三年三月我恋なといふていの事多
し　凡神代にはもしもさたまらさ
るゑひす歌といへり　すさのおの
みことの八雲たつより三十一字に
定てのち　さま〳〵種々無辺の雑

内閣本

異体
たとへは様々の雑体をよむなり定
たる名もなけれとも　人々のおも
ふまゝにいまもいにしへも詠也
無同字歌とて
世のうきめみえぬ山路へいらん
には思ふ人こそほたしなりけれ
等といふ体の事　これならすも多
題につきても又字につきても多
　万葉
ねすみのいへよねつきふるひ木
をきりてひきゝり出すよへとい
ふ也これ
と云　これはなそ〳〵なとのやう
也　あなこひしといふ心也　又三
年三月我恋なといふ体の事多　凡
神代には文字もさたまらさるえひ
す歌といへり　すさのをのみこと
の八雲たつより三十一字にさたま
りて後　様々種々無辺の雑体于今
ある也

（十七　連歌）

国会本

連歌
[1]昔は五十韻百韻とつゝくる事はな
し　[2]たゝ上句にても下句にてもい
ひかけつれは　いまなからをつゝ
けらる也　[3]いまのやうにくさる事
は中比の事也　[4]賦物なとも中ころ
よりの事歟　[5]万葉八尼かしたるを
家持卿付之
　さほ川のみつをせきあけてうへ
し田を
家持曰
　かるはついゐはひとりなるへし
[6]是連歌根源也　[7]其後或先後に付上
又普通にもこれをいふ　[8]多は一
句につくるは秀句にてのみあるな
り　[9]或人〔監命婦也〕
　人心うしみついまはたのましよ
といへるを　宗貞朝臣曰
　ゆめにみゆやとねそ過にける
[10]又天暦

幽斎本

連歌
昔は五十韻百韻とつゝくる事はな
し　たゝ上句にても下句にてもい
ひかけつれは　いまなからをつゝ
けける也　いまのやうにくさる事
は中比の事也　賦物なとも中ころ
よりの事歟　万葉第八尼かしたる
家持卿付之
　さほ川のみつをせきあけてうへ
し田を
家持曰
　かるはついねはひとりなるへし
是連歌根源也　其後或先後に付上
又普通にもこれをいふ　多は一
句につくるは秀句にてのみある也
或人〔監命婦也〕
　人こゝろうしみついまはたのま
しよ
といへるを　宗貞朝臣曰
　夢に見るやとねそ過にける

書陵部本

体は有也

連歌
昔は五十韻百韻とつゝくる事はな
し　たゝ上句にても下句にてもい
ひかけつれは　いまなからをつゝ
けるなり　今の様にくさる事は中
比よりの事也　賦物なとも中比よ
りの事歟　万葉第八尼かしたるを
家持卿付之
　さほ川の水せきあけてうへし田
を
家持曰
　かるはついねはひとりなるへし
是連歌根源也　其後或先下後に付
上　又普通にも是をいふ　多は一
句につくるは秀句にてのみあるな
り　経信卿云　女房なとの連歌し
かけたるは不聞よしをはしして
其間案する故実也　或人〔監命
婦也〕
　ひと心うしみつ今はたのましよ

内閣本

連歌
むかしは五十韻百韻とつゝくる事
はなし　唯上句にても下句にても
いひかけつれは　いまなからを付
ける也　いまの様にくさる事はな
か比よりの事也　賦物なとも中比
よりの事歟　万葉八尼かしたるを
家持卿付之
　さほ川の水をせきあけてうへし
田を　かるはついねはひとりな
るへし
家持曰　是連歌根源也　其後或先
下後に付上　又普通にてもこれを
いふ　多は一句につくるは秀句に
てのみあるなり　或人〔監命婦
也〕
　ひと心うしみついまはたのまし
よ
といへるを　宗貞朝臣曰
　夢にみゆやといねそすきにける

国会本

さ夜ふけて今はねふたく成にけ
り
滋野内侍〔少弐命婦〕云
夢にあふへき人や待らん
[11]これらは上古の事也　非朝夕事而
次第に多連之　近代は女法事也
[12]古は是を詮とする事にあらされは
不及口伝故実　近年こそ繁多事な
れは付之有少々故実
[13]〔経信卿　女房なとの連歌しか
けたるには不聞之由をしはしゝて
其間に案之故実也〔朱〕〕
[14]又禁制事及末代尤可存事也
一[15]発句者於当座可然人得已　無
何人不可令　[16]或又付執筆者　連句
入韻与連歌発句事体同　可然人可
令事也
〔一[17]本云　清輔云　発句は当座
主君　若は女房なと暫可相得之
達者時に可詠出〔朱〕〕
一[18]発句は必可言切　なにの　な
には　なに　なとはせぬ事也

幽斎本

又天暦
さ夜ふけて今はねふたく成にけ
り
滋野内侍〔少弐命婦〕云
夢にあふへき人やまつらん
これらは上古の事也　非朝夕事而
次第に多連之　近代は如法事也
古はこれを詮とする事にあらされ
は不及口伝故実　近年こそ繁多事
なれは付之有少々故実
又禁制事及末代尤可存事也
一　発句者於当座可然人得已　無
何人不可令　或又付執筆者　連句
入韻与連歌発句事躰同　可然人可
令事
一　発句は必可言切　なにの　な
には　なに　なとはせぬ事也

書陵部本

といへるを　宗貞朝臣曰
夢に見ゆやとねそすきにける
又天暦
さよ更て今はねふたくなりにけ
り
滋野内侍〔小弐命婦也云々〕
夢にあふへき人やまつらん是等
は上古の事也　非朝夕事而次第に
多連之　近代は如法事也　古は是
をせんとすることにあらされは不
及口伝故実　近年こそ繁事なれは
付之有少々故実
又禁制事及末代尤可存知事也
一　発句は於当座可然人得之　無
何人不可令　或又時執筆者　連句
入韻与連歌発句は事躰同　尤可然
人可令事也
一　発句は必いひきるへし　なに
のなには　なにを　なとはせぬ
事也　[a]かなとも　へしとも　又春

内閣本

又天暦
さよふけていまはねふたく成に
けり
滋野内侍〔少弐命婦也〕云
夢にあふへき人や侍らん
是等は上古事也　非朝夕事定次第
に多連之　近代は如法事也　古は
是を詮とする事にあらされは不及
口伝故実　近年こそ繁多事なれは
付之有少々故実
又禁制事及末代尤可存事也
一　発句者於当座可然人得之　無
何人不可令　或又付執筆者　連句
入韻而連歌発句は事体同　可然人
可令事也
一　発句は必可言切　なにの　な
には　なにを　なとはせぬ事なり

一[19]初三句中は可顕賦物也　あらはすとは　たとへは物名をかくしてはせぬ也　こからと云鳥をこからしといひ　さめと云魚をはるさめといふ体也
一[20]三句か内は可去病　〔四句〕五句かうちにも同事は用意すへし　されとそれまては云へきにあらす　惣[21]一座連歌にいたく同事のおほかるはあしき也
一[22]上句にあしひきのなといひはてゝ　下句に山といはてはいひにくきやうなる事　すへてせぬ事也　あしひきにかきらす　しもといふなとして　かつらと人ことに案する事　尤あしき也　久かたは月にかきらす　雲ともなにともいひつへけれ共　すへてはしめにいふかことく　いひきりたる様なるへし　百韻[23]のうち　いひきらぬ句の五六なとにあまりたらんは　連歌おもてあしかるへき也　能々心え

国会本

一　初三句中は可難賦物也　あらはすとは　たとへは物名をかくしてはせぬ也　こからといふ鳥をこからしといひ　さめと云魚をはるさめと云体也
一　三句か内は可去病　四句五句かうちにも同事は用意すへし　されとそれまては云へきにあらす　惣一座連歌にいたく同事のおほかるはあしき也
一　上句にあし曳のなといひはてゝ　下句に山といはてはいひにくきやうなる事　すへてせぬ事也　あしひきかきらす　しもとゆふなとして　かつらと人ことに案する事　尤あしきこと也　久かたは月にかきらす　雲ともなにともいひつへけれとも　すへてはしめにいふかことく　いひきりたる様なるへし　百韻のうち　いひきらぬ句の五六なとあまりたらんは　連歌おもてあしかるへき也　能々心

幽斎本

霞　秋の風なとの体にすへし
一　初三句中は可顕賦物也　あらはすとは　たとへは物の名をかくしてはせぬ也　こからと云鳥を木からしといひ　さめといふ魚をはるさめなといふ体也
一　三句か中には病をさるへし　四句五句か内にも同事は用意すへし　されとそれまては云へきにあらす　すへて一座の連歌にいたく同事のおほかるは悪事歟
一　上句にあしひきのなといひはてゝ　下句に山といはてはいひにくきやうなる事　すへてせぬ事也　足引にかきらす　しもといふなとして　かつらきと人毎に案する事　尤悪事歟　ひさかたは月にかきらす　雲とも何ともいひつへけれとも　すへて始にいふかことく　いひきりたる様なるへし　百韻の中　いひきらぬ句の五六句なとにあまりたらんは　連歌おもてあしかるへきなり　よく〳〵心えて

書陵部本

一　初三句中は可顕賦物也　あらはすとは　たとへは物名をかくしてはせぬなり　こからといふ鳥をこからしといひ　さめといふ魚を春雨そといふ体也
一　三句内は可去病　四句五句かうちにも同事は可用意　されとそれまてはいふへきにあらす　総一座連歌にいたく同事のおほかるはあしき事也
一　上句にあし引のなといひはてゝ　下句に山といはてはいひにくき様なる事　すへてせぬ事也　足引にかきらす　しもとゆふなとして　かつらとひとことにあへする事　尤あしき事也　久方は月にかきらす　雲もなにともいひつへけれとも　すへてはしめにいふかことく　いひきらぬ句の五六なとにあまりたらんは　連歌おもてあしかるへき也　よく〳〵心えてすへし

内閣本

国会本

てすへし

〔清輔云[24]　連歌不云切は凶　案之不可必然歟云々　加之誠に毎度　不可然（朱）〕

一[25]　これは下句せむおりおもふへし　上句に山桜なとしはてたらんに　花のなにかしとつくることはわろき事也　又つけむ人の同さまに案するやうか惣てわろき也

一[26]　かまへて連歌をはあらぬやうにひきなし〳〵つくる也　春にて久く　秋にて久は　連歌せぬものゝあつまりたるおりの事也

一[27]　いたくいとしもなき連歌　おもひいたすをせむに　はやくする事　返々みくるし　連歌を人にしはし案せさせてすれは　人もかむする也　いまたたれも案しいれぬさきにしつれは　よしあしをもおもひわかて　したるしるしもなし　されはとて　せられたらむを猶

幽斎本

えてすへし

一　これは下句せむおりおもふへし　上句に山さくらなとしはてたらんに　花のなにかしとつくることはわろき事也　又つけん人の同さまに案するやうかすへてわろき也

一　かまへて連歌をあらぬやうにひきなし〳〵つくるなり　春にて久　秋にて久は　連歌せぬものゝあつまりたるおりの事也

一　いたくいとしもなき連歌　おもひいたすをせむに　はやくする事　かへす〳〵みくるし　連歌を人にしはし案せさせてすれは　人もかんする也　いまた誰もあんしいれぬさきにしつれは　よしあしをも思ひわかて　したるしるしもなし　されはとて　せられたらん

書陵部本

すへし

一　是は下句せんをり思へし　上句に山桜なとしはてたらんに　花のなにかしと付る事はわろき也　又つけん人の同さまにあんするやうかすへてわろき事なり

一　かまへて連歌をはあらぬ様にひきなをし〳〵つくるなり　春にて久しく　秋にてひさしきは　連歌せぬものゝあつまりたるおりの事也

一　いたくいとしもなき連歌　おもひ出すをせんに　はやくする事　返々見くるし　連歌人にしはし案せさせてすれは　人もあんする也　いまた誰も案しいれぬさきにしつれは　よしあしをも思ひわかて　したるしるしもなし　されはとて　せられたらんを猶いはさる

内閣本

一　これは下句せんおり思ふへし　上句に山桜なとしはてたらんに　花のなにかことつくることはわろき事也　又つけん人の同様にあんする様か総而わろきなり

一　かまへて連歌をはあらぬ様にひきなし〳〵つくる也　春にて久しく　秋にて久きは　連歌せぬものゝあつまりたるおりの事也

いたくいとしもなき連歌　おもひいたすをせんに　はやくする事　かへす〳〵みくるし　連歌を人にしはしあんせさせてすれは　人もかんする也　いまた誰もあんしいれぬさきにしつれは　よしあしをもおもひわかて　したるしるしもなし　されはとて　せられたら

国会本

いはさるへきにはあらす
—[28]いたくまさなきふし物し　い
りたちたる魚鳥名なとは　わ
かゝらん人なとは返々すへからす
　よにあしくきこゆる事也
—[29]まさなき事は能々心えてつく
へし　栗下といふ物ましりたるに
は　一定ありぬへき事也　[30]むかし
無心か　すにさしてこそ　といふ
連歌をしたりしに　有心より　あ
はひかひ　とつけたりき　[31]又なま
しきとおほしたるもいふ事のあり
しに　有心の中よりわらひなとし
たりし　それは其人のからさもと
おほゆれはこそあれ　わかき人
またかみさまなとには　よく〳〵
おもふへき事也
—[32]一字あるものゝ名はあらはし
てはいつくにもす　たゝ一字をす
るにも句のはしめにする也
—[33]さきの上句に　春くれは　な
といひはてたるに　下句はかりを
隔てゝ　なにすれは　なと　文字

幽斎本

を猶いはさるへきにあらす
一　いたくまさなきふし物し　い
りたちたる魚鳥名なとは　わかゝ
らん人なとは返々すへからす　よ
にあしくきこゆる也
一　まさなき事は能々心えてつく
へし　栗下といふものましりたる
には　一定ありぬへき事也　むか
し無心か　すにさしてこそ　とい
ふ連かしたりしに　有心より　あ
かひかひ　とつけたりき　又なま
しきはとほしたるといふ事のあり
しに　有心の中よりわらひなとし
たりし　それは其人からさもとお
ほゆれはこそあれ　わかき人　ま
たかみさまなとには　よく〳〵お
もふへき事也
一　一字あるものゝ名はあらはし
てはいつくにもす　たゝ一字をす
るにも句のはしめにする也
一　さきの上句に　春くれは　な
といひはてたる　下句はかりを隔
て　なにすれは　なと　文字ある

書陵部本

へきにあらす
一　いたくまさなきふし物　いり
たちたる魚鳥の名なとは　若から
ん人なとは返々すへからす　世に
悪く聞ゆる事也
一　まさなきこと葉よく〳〵心得
てつくへし　栗下と云ものましり
たるには　一定ありぬへき事也
昔無心か　すにさしてこそ　とい
ふ連歌をしたりしに　有心の中よ
り　あはひかひ　と付たりき　又
なましきとほしたるといふことの
有しに　有心の中よりわらひなと
したりし　それは其人からさもと
覚ゆれはこそあれ　わかき人　又
かみさまなとには　よく〳〵心え
て思ふへき事なり
一　一字有物の名はあらはしては
いつくにもす　唯一字をするには
句のはしめにする也
一　さきの上句に　春くれは　な
といひはてたるに　下句はかりを
へたてゝ　なにすれは　なと　は

内閣本

んを猶いはさるへきにはあらす
一　いたくまさなき賦物し　入た
ちたる魚鳥の名なとは　若からん
人なとは返々すへからす　よにあ
しく聞ゆる事なり
一　まさなき事はよく〳〵心えて
つくへし　栗にといふ物ましりた
るにゝ　一定ありぬへき事也　む
かし無心か　すにさしてこそ　と
いふ連歌をしたりしに　有心より
あはひかひ　とつけたり　きく
なましきとほし多ことに　いふ事
のありしに　有心の中よりわらひ
なとしたりし　それは其人からさ
もとおほゆれはこそあれ　若人
又上様なとには　よく〳〵おもふ
へき事也
一　一字ある物の名はあらはして
はいつくにもす　たゝ一字をする
にも句のはしめにするなり
一　さきの上句に　春くれは　な
といひはてたるに　下句はかりを
へたてゝ　なにすれは　なと　は

国会本

ある体の事は　尤すへからす　あしく聞ゆる也
—[34]　傍の賦物をする事はわろくきこゆる也　たとへは　賦禽獣にけた物のたひ　賦物にはあらて時鳥なとする事は　よく〳〵おもふへき事也　是はつねの事　ふかき難にはあらね共　賦物にすきさらんにはさらに不及　すきなんにもいたくはつくまし　されとすきなんはあなかちの事にあらす　連句の韻におなし
—[35]　両方かねたる賦物　一方に先しつれは　又する事なし　たとへは　なきといふもの　木にも草にもあり　それは先一方にしつれは　又はせぬ也
[36]国与源氏を賦に　みゆきとして〔源氏名〕　国のゆきに用る事　あしき也　[37]又賦草に　しのふ草として　しのふ草はさきに候へは　これはし候なと云事　返々見くるし　[38]しらきくなとしては　字に用は

幽斎本

体の事は　尤すへからす　あしく聞ゆる也
一　傍の賦物をする事はわろくきこゆる也　たとへは　賦禽獣にけた物のたひ　賦物にはあらて郭公なとする事は　よく〳〵思ふへき事也　これはつねの事　ふかき難にあらねとも　賦物にすきさらんにはさらに不及　すきなんにもいたくはつくまし　されとすきなむはあなかちのことにあらす　連句の韻におなし
一　両方かねたる賦物　一方に先しつれは　又する事なし　たとへは　なきといふものゝ　木にも草にもあり　それは先一方にしつれは　又はせぬ也
国与源氏を賦に　みゆきとして〔源氏名〕　国のゆきに用る事　あしき也　又賦草に　しのふ草として　しのふ草はさきに候へはこれはし候なと云事　返々見くるし　しらきくなとしては　字に用は

書陵部本

もしあるていの事は　尤すへからす　あしくきこゆるなり
一　傍の賦物をする事はわろく聞ゆるなり　たとへは　賦禽獣にけたものゝたくひ　賦物にはあらて郭公なとする事は　よく〳〵思ふへき事也　是はつねの事　深き難にはあらねと　ふし物にすきさらんにはさうにをよはす　すきなんにもいたくはつくまし　されとすきなんはあなかちのことにあらす　連句の韻におなし
一　両方に兼たる賦物は　一方にまつしつれは　又する事なし　たとへは　なきといふ物は　木にもくさにもあり　それはまつ一方にしつれは　又はせぬ也
一　国と源氏とを賦物に　みゆきとして〔源氏名〕　国のゆきに用事　あしき事なり　又草を賦物に　しのふ草として　しのふ草はさきに候へは　是はし候なといふ事　返々見くるし　白菊なとして

内閣本

もしある体の事は　尤すへからす　あしくきこゆるなり
一　傍の賦物をする事はわろくきこゆる也　たとへは　賦禽獣にけたものゝたくひ　賦物にはあらて郭公なとする事は　よく〳〵思ふへき事也　これはつねのこと　ふかき難にはあらねとも　賦物に過さらんには左右におよはす　過なんにもいたくはつくましけれと　過なむはあなかちの事にあらす　聯句の韻の字におなし
一　両方かねたる賦物は　一方にまつしつれは　又する事なし　たとへは　なきといふものゝ　草にもあり
一　国与源氏を賦に　みゆきとして〔源氏名〕　国のゆきに用る事　あしきなり　又賦草に　しのふ草として　しのふ草はさきにかへは　これはし候なといふ事　返々みくるし　きくなとしてはしに用

国会本

猶いかゝせむ　白といふ草なけれは　きくはかりはゆるすかたもあり　無風情物をふたかたにする　尤可心　[39]又かくしたるにてはなくて　名物をあらぬものになす事わろきこと也　玉かつらとして桂はなといふ風情也　かやうの事数しらす　みな心得へし

[40]〔俊頼抄云　句中に云へき事を云はつる　心残てつくる人にいひはてさする　わろしとす　たとへは　[41]夏の夜をみしかき物といひ初し　人は物をや思はさりけん　といはするはわろし　此歌を連歌にせんは　みしかき物とおもふ哉　と云へし　さてそかなふへき　[42]さほ川の水せきあけしの連歌　万葉のよもをろかなる事にてはあらしとおもふに　心残て末につけあらはせり　いかなる事にか　といへり　[43]誠に可然　但近代百句五十句とせ

幽斎本

猶いかゝせん　しらと云草なければ　きくはかりはゆるすかたもあり　無風情物をふたかたにする　尤可止　又かくしたるにてはなくて　名物をあらぬものになす事わろきこと也　玉かつらとして桂はなといふ風情也　かやうの事数しらす多　みな心得へし

〔俊頼抄云　句中にいふへき事をいひはつる　心残りて末つくる人にいひはてさする　わろしとす　たとへは　夏の夜をみしかき物といひそめて　といひて人は物をやおもはさりけん　といはするはわろし　此歌を連歌にせんに　みしかき物と思ふかな　といふへし　さてそかなふへき　さほ川の水せきあけしの連歌　万葉のよもをろかなる事にてはあらし　こころのこりてするにつけあらはせり　いかなる事か　といへり　まことにし

書陵部本

しらに用は　猶いかゝはせん　しらといふくさなけれは　きくはかりはゆるすかたもあり　無風情物をふたかたにする　尤可止　又かくしたるにてはなくて　名物をあらぬ物になす事　わろき事也　玉かつらとして　桂なといふ風情也
　かやうの事数不知多し　みな心うへし

　俊頼抄曰　句中にいふへき事をいひはつる也　心のこりてはすゐ付る人にいひはてさする　わろしとそ　たとへは　夏の夜をみしかき物といひをきし　といひて　人は物をや思はさりけん　といはするはわろし　此歌を連歌にせは　みしかき物と思かな　といふへし　さてそかなふへき　さほ河の水をせきあけての連歌は　万葉集の歌にもをろかなる事にてはあらしとおもふに　心のこりて末につけあらはせり　いかなる事にか　といへり　誠に可然　但近代百句五

内閣本

は　なをいかゝせん　しらといふ草なけれは　きくはかりはゆるすかたもあり　無風情物をふたかたにする　尤可止　又かくしたるにてはなくて　名物をあらぬものになす事　わろきことなり　玉かつらとして　桂はなといふ風情なり
　かやうの事かすしらす多　みなこゝろうへし

〔俊頼抄曰　句中にいふへき事をいひはつる　心のこりてすゐつくる人にいひはてさする　わろしとす　たとへは　夏の夜をみしかきものといひそめし　といひて人はものをや思はさりけん　といはするはわろし　この歌を連歌にせんに　みしかき物とおもふかな
　といふへし　さてそかなふへき
　さほ川の水せきあけしの連歌　万葉の歌にも　をろかなる事はあらしと思に　心のこりてすゐにつけあはせり　いかなる事にか　といへり　まこと□可然　但近代百

国会本

んに　さのみやはいひきるへき
なれは　か丶る事とは　おもふ
へき也（朱）」
[44]大方連歌は　いたう風情をつくし
歌なとのやうになけれとも　よ
きほとにすこし人に案せさせてつ
くれはよき也[45]　秘蔵詞なとはつく
すへからす　[46]一句連歌のなにとな
くつくへうもなきは　極たる大事
也　道信朝臣　上のつほねのまへ
を過るに　上東門院女房　あまた
ゐて　いかになといひけれは　口
なしに千しほや千しほ染てけり
といひたりけるに　多女房　それ
〳〵といひけるに　伊勢大輔か
こはえもいはぬ花の色かな　と付
たるは殊勝事也　尤難有　[47]東三条
に四条宮おはしける比　良暹か
もみちはのこかれてみゆるみふね
かな　といへるに　殿上人皆逐電
も　真実にはにくからぬ事歟　[48]昔
も今もよくしかけられぬれは　に

幽斎本

かるへし　但近代百句とせんに
さのみやはいひきるへきなれ
は　た丶か丶る事とおもふへき
なり」
大方連歌は　いたう風情をつくし
歌なとのやうになけれ共　よき
ほとにすこし人に案せさせてつく
れはよきなり　秘蔵の詞なとつく
すへからす　一句連歌のなにとな
くつくへうもなき　極たる大事也
道信朝臣　上のつほねのまへを
過るに　上東門院女房　あまたゐ
て　いかになといひけれは　口な
しに千しほや千しほ染てけり　と
いひたりけるに　多女房　それ
〳〵といひけるに　伊勢大輔か
こはえもいはぬ花の色かな　と付
たるは殊勝事也　尤難有　東三条
に四条宮おはしける比　良暹か
もみちはのこかれてみゆるみふね
かな　といへるに　殿上人皆逐電
も　真実にくからぬ事歟　昔も
今もよくしかけられぬれは　にけ

書陵部本

十句をせんには　さのみやはいひ
きるへきなれは　た丶か丶る事と
は思ふへき也
大かた連歌は　いたく風情をつ
くし　歌なとのやうになけれとも
よきほとにすこし人に案せさせ
てつくれはよき也　秘蔵の詞なと
は付へからす　一句連歌のなにと
なくつくへうもなきは　きはめた
る大事也　道信朝臣か　款冬枝を
もちて　上のつほねの前をすくる
に　上東門院女房あまた出て　い
かになといひけれは
くちなしにちしほやちしほそめ
てけり　といひたりけるに　多く
の女房　それ〳〵といひけるに
伊勢大輔か　こはえもいはぬ花の
色かな　とつけたるは　殊勝事也
尤有かたし　東三条に四条宮お
はしける比　良暹か　紅葉はのこ
かれて見ゆるみふねかな　といへ
るに　殿上人皆逐電も　真実には

内閣本

句五十句とせんに　さのみやはい
ひきるへきなれは　た丶か丶る事
そと思へき也」
おほかた連歌は　いたう風情をつ
くし　歌なとの様になけれとも
よき程にすこし人にあんせさせて
つくれはよき也　秘蔵の詞なとは
つくへからす　一句連歌のなにと
なくつくへうもなきは　極たる大
事也　道信朝臣か　上のつほねの
前を過るに　上東門院に女房あま
たゐて　いかになといひけれは
口なしにちしほやしほそめてけり
といひたりけるに　女房それ
〳〵といひけるに　いせ大輔か
こはえもいはぬ花の色かな　とつ
けたるは殊勝の事也　尤難有　東
三条に四条宮をはしける比　良暹
か　紅葉丶のこかれてみゆるみふ
ねかな　といへるに　殿上人皆逐
電とも　真実はにくからぬ事歟
昔も大事なる事也　凡今いひかけ

けたる事多　歌よりも大事なる事
也[49]　凡今いひかけなとする連歌は
先例文字数様々也　或略初五文
字　或略上下　又上下句　如此事
済々也

（十八　八病）

八病〔喜撰式〕
[1]一　同心病〔或号和叢聯病〕
是同事の二句にある也　句並ぬる
は不謂云々
[2]〔遍照〕わかやとはみちもなき
まで荒にけりつれなき人をまつ
とせしまに
[3]〔新　躬恒〕さかさらむものと
はなしにさくら花おもかけにの
みまたきたつらん
[4]なき二あり　らむ二あり　かゝる
歌　昔は数しらすして撰集に多
[5]俊成古来風体曰八病中是そ可去
其残はさりあふへきにあらす

国会本

たる事多　歌よりも大事なる事也
凡今いひかけなとする連歌は
先例文字数様々也　或略初五文字
或上下　又三下句　如此事済々
也

八病　喜撰式〔式〕
一　同心病〔或号和叢句〕
是同事の二句にある也　句並ぬる
は不謂云々
〔遍昭〕わかやとはみちもなき
まてあれにけりつれなき人をま
つとせしまに
さかさらむものとはなしにさく
らはなおもかけにのみまたきた
つらん
なき二あり　らん二あり　かゝる
歌昔は数しらす　今も撰集に多
俊成古来風体曰八病中是そ可去
其残はさりあふへきにあらす

幽斎本

にくからぬ事歟　昔も今もよくし
かけられぬれは　にけたることお
ほし　歌よりも大事なる事なり
凡人にいひかけなとする連歌は
先例文字のかす様々也　或初五文
字を略し　或上下を略す　又云下
句　如此事済々也

八病　喜撰式
一　同心病〔或号和叢聯病〕
是同事の二句にある也　句ならひ
ぬるは不謂之
我宿は道もなきまてあれにけり
つれなき人を待とせしまに　遍昭
さかさらん物とはなしにさくら
花おもかけにのみまたき立らん　躬恒
なき二あり　らむ二あり　かゝる
歌昔は数しらす　今も撰集に多し
俊成古来風体曰八病中是等可去
其残はさりあふへきに非すと

書陵部本

なとする連歌は　先例文字数様々
也　或略初五文字　或略上下　又
上下句　如斯事済々なり

八病〔喜撰式〕
一　同心病〔或号和叢聯句病〕
是同事二句にある也　句並ぬるは
不謂之
〔遍照〕わかやとはみちもなき
まてあれにけりつれなき人をま
つとせしまに
〔躬恒〕さかさらむものとはな
しにさくらはなおもかけにのみ
またきたつらむ
なき二あり　らん二あり　かゝる
歌昔はかすしらぬ　今も撰集に多
〔俊頼古来風体抄八病中是そ可去
其残はさりあふへきにあらす〕

内閣本

国会本

〔[6]けふ降ぬあすさへふらは　[7]なか
月の有明の月　なといへる　[8]俊頼
為病　但不可然事歟〕
〔[9]俊頼口伝は山与嶺侍のも此内の
病といへり　縦は同心也　[10]なきさ
　みきは　文字はかはりたれ共同
心也と云々（朱）〕
二[11]　乱思病〔或号和形迩病〕
是詞不優而そへよめる也
[12]あひみるめなきこのしまにけふ
よりてあまとしみえぬよするな
みかな
[13]いにしへの野中のし水みること
にさしくむ物はなみたなりけり
[14]かやうによめる也　此たくひむか
しも多　近ころことにみゆるもの
也　所詮下品歌人毎度得之
三[15]　爛蝶病〔或号和平頭病〕
是本句好て末句疎也
[16]〔寛平后宮歌合〕あかすしてす
きゆく春の人ならはとくかへり
ことい はましものを

幽斎本

〔けふりぬあすさへふらは　な
か月の有明月　なといへる　俊頼
　為病　但不可然事歟〕
〔俊頼口伝は山与嶺体のも一本此
うちのやまひといへり　たとへは
同心也　なきさ　みきは　文字は
かはりたれとも同心なりと云々〕
二　乱思病〔或号和形迩病〕
是詞不優而そへよめる也
あひ見るめなきこのしまにけふ
よりてあまとし見えぬよするな
みかな
いにしへの野中のし水見ること
にさしくむ物はなみたなりけり
かやうによめる也　此たくひむか
しも多　近比ことに見ゆる物也
所詮下品歌人毎度得之
三　爛蝶病〔或号和平頭病〕
是本句好て末句疎也
〔寛平后宮歌合〕あかすしてす
き行春の人ならはとくかへりこ
といはましものを

書陵部本

云々　けふりぬあすさへふらは
長月の有明の月　なといへるは
俊頼為病　但不可然事歟　俊頼口
伝云山与峯ていのもの此同病とい
へり　たとへは同心也　なきさ
みきは　文字はかはりたれとも同
心也云々
二　乱思病〔或号和形迩病〕
是は詞不優而そへよめるなり
あひ見るめなきこの嶋にけふよ
りてあまとしみえすよするなみ
かな
いにしへの野中の清水見ること
にさしくむものはなみたなりけ
り
かやうによめる也　此たくひ昔も
多　近比もことにみゆる也　所詮
下品歌人毎度得之
三　欄蝶病〔或号和平頭病〕
是本句好て末句疎也
〔寛平后宮歌合〕あかすしてす
きゆく春の人ならはとくかへり
ことい はましものを

内閣本

〔けふゝりぬあすさへふらは　な
か月のあり明月　なといへる　俊
頼為病　但不可然事歟〕〔俊頼口
伝云山与岑ていのも此同病といへ
り　たとへは同心也　なきは文字
かはりたれとも同心也云々〕
二　乱思病〔或号和形迩病〕
あひ見るめなきこのしまにけふ
よりてあまとし見えぬかすかな
みかな
いにしへの野中の清水見ること
にさしくむものはなみたなりけ
り
か様によめる也　此たくひ昔も多
近比もことにみゆる物也　所詮下
品歌人毎度得之
三　爛蝶病〔或号和平頭病〕
是本句好而末句疎也
〔寛平后歌合〕あかすしてすき
ゆくはるの人ならはとくかへる
ことい はましものを

国会本

〔同〕[17] 夏の日のくるゝもしらす
なく蟬はとひもしてしかなにこ
とかなき
是[18]は下品歌人のよむ腰折皆如此
上下句共疎も多　是はしもすはり
也
四[19]　諸鴻病〔或号和上尾病〕
是偏に題に被引て詞不労也
人[20]をおもふ心のおきは身をそや
くけふりたつとは見えぬものか
ら
くれ[21]の冬わか身おいゆきこけの
そふえたにそをふれうれしけも
なく
是[22]又常の事也　ことに歌の道にあ
しき趣き也
五[23]　花橘病〔或和翅語病〕
是すなほにして直に其本名を用也
冬[24]くれは梅に雪こそふりかゝれ
いつれのえたを花とはおらん
是[25]又左道事なから常とみゆる物也

幽斎本

夏の日のくるゝもしらすなく蟬
はとひもしてしかなにことかな
き
是は下品歌人のよむ腰折皆如此
上下句共疎も多　是はしもすはり
也
四　諸鴻病〔或号和上尾病〕
是偏に題に被引て詞不労也
人をおもふこゝろのおきは身を
そやくけふりたつとは見えぬも
のから
くれの冬わか身おいゆきこけの
はふえたにそをふれうれしけも
なく
是又常事也　ことに歌の道にあし
き趣也
五　花橘病〔或和翅語病〕
是すなほにして直に其本名を用也
冬くれは梅に雪こそふりかゝれ
いつれのえたを花とはおらん
是又左道事なから常にみゆる物也

書陵部本

〔同〕夏の日の暮るゝもしらす
なく蟬はとひもしてしかなに事
かうき
これ又下品歌人のよむ腰折皆以如
此　上下共に疎も多　是は下すは
りなり
四　諸鴻病〔或号和上尾病〕
是偏に題にひかれて詞不労なり
人をおもふ心のおきは身をそや
くけふりたつとは見えぬものか
ら
くれの冬わか身老ゆきこけのは
ふえたにそおふれうれしけもな
し
これ又常事也　ことに歌の道にあ
しきおもむき也
五　花橘病〔或号和翅語病〕
是すなほにして直に其本名を用な
り
冬くれは梅に雪こそふりかゝれ
いつれのえたを花とはおらむ
是又左道の事なからつねに見ゆる
物也

内閣本

夏の日のくるゝもしらすなくせ
みはとひもしてしかなにことか
なき
是又下品歌人のよむ腰折皆以如此
上下句共疎も多　是はしもすは
り也
四　諸鴻病〔或号和上尾病〕
是偏に題に被引て詞不労也
人をおもふこゝろのおきは身を
そやくけふりたつとは見えぬも
のから
くれの冬わかおいゆき（空白）こけの
はふとたにそをふれうれしけも
なく
五　花橘病〔或号和翅語病〕
是すなほにして直に其本名を用也
冬くれはむめにゆきこそふりか
ゝれいつれのえたをはなとはお
らん
是又左道の事なから常みゆる物也

国会本

六[26]　老楓病〔或和齟齬病〕
是篇終一章上四下三用也　〔喜[27]撰
式云一首中不籠思詠也云々〕
七[28]　中飽病〔或和結腰病〕
是三十五六文字ある也
〔経信〕[29]さもあらはあれくれ行
春も雲のうへにちることしらぬ
花のにほはゝ　　三十四字
〔二[30]条讃岐〕ありそ海の波まか
きわけてかつくあまのいきもつ
きあへす物をこそおもへ
三十六字
これ[31]にすきんは有かたし　旋頭歌
にことなるへからす
八[32]　後悔病〔或和解証病　或混本
之詠音韻不諧云々〕
是無風情後悔する也　俊[33]頼曰歌を
すみやかによみて後によき詞をお
もひよりたるなりといへり

（十九　四病）

四病〔喜撰式〕
一[1]　岸樹病〔第一句始第二句始同

幽斎本

六　老楓病〔或和齟語病〕
是篇終一章上四下三用之〔喜撰式
云一首中不籠思詠也云々〕
七　中飽病〔或和結腰病〕
是三十五六文字ある也
〔経信〕さもあらはあれくれ行
春も雲のうへにちることしらぬ
花のにほはゝ　　三十四字
ありそ海のなみまかきわけてか
つくあまのいきもつきあへす物
をこそおもへ　　三十六字
是にすきんは有かたし　旋頭歌に
ことなるへからす
八　後悔病〔或和解証病　或混本
之詠音韻不諧云々〕
是無風情後悔する也　俊頼曰歌を
すみやかによみて後によき詞を思
よりたるなりといへり
四病〔喜撰式〕
一　岸樹病〔第一句始第二句始同

書陵部本

六　老楓病〔或号和齟齬病〕
是は篇終一章上四下三用也　喜撰
式云一首中不籠思詠也云々
七　中飽病〔或号和結腰病〕
是は三十五六字あるなり
さもあらはあれ暮行春も雲の上
にちることしらぬ花しにほはゝ
三十四字　経信卿
有そ海のなみまかき分てかつく
あまのいきもつきあへす物をこ
そ思へ　三十六字　二条院讃岐
是にすきんは有かたし　旋頭歌に
ことなるへからす
八　後悔病〔或和解証病　或混本
之詠音韵不諧云々〕
是無風情後悔する也　俊頼曰歌を
すくやかによみて後によき詞を思
ひよりたるなりといへり
四病　喜撰式
一　岸樹病〔第一句始第二句始同

内閣本

六　老楓病〔或号和齟齬病〕
是は扁終一章上四下三用也〔喜撰
式云一首中不然思詠也云々〕
七　中飽病〔或号佶腰病〕
是三十五六文字あるなり
〔経信〕さもあらはあれくれゆ
く春も雲のうへにちることしら
ぬはなしにほはゝ　　三十四字
〔二条院讃岐〕ありそうみのな
みまかきわけかつくあまのいき
もつきあへずものをこそおもへ
三十六字
是にすきんはありかたし　旋頭歌
にことなるへからす
八　後悔病〔或号和解証病　或混
本之詠音韻不諧云々〕
是無風情後悔也　俊頼曰歌をすみ
やかによみて後よき詞を思ひより
たる也といへり
四病〔喜撰式〕
一　岸樹病〔第一句始第二句始同

国会本

也〕
〔兼盛〕[2]夏ふかく成そしにける
大あらきのもりのした草なへて
人かる
〔友則〕[3]あまのかはあさせしら
波たとりつゝわたりはてねは明
そしにける
[4]夏ふかくと　なりそのなと也
[5]しら露もしくれもいたく　[6]あきの
よのあくるもしらす　なとかすし
らす　〔[7]俊頼云此病可去云々〕
〔[8]此段詞歟（朱）〕
二[9]　風燭病　〔毎句第二字与第四五
字同〕
〔忠岑〕[10]鶯のたによりいつるこ
ゑなくは春くることをいかてし
らまし
〔兼盛〕[11]み山いてゝよはにやき
つるほとゝきすあかつきかけて
こゑのきこゆる
[12]これうくひすのくと　声なくのく
と　又み山のやと　よはにやのや

幽斎本

也〕
〔兼盛〕夏ふかくなりそしにけ
る大あらきのもりのした草なへ
て人かる
〔友則〕あまのかはあさせしら
なみたとりつゝわたりはてねは
あけそしにける
夏ふかくのなと　なりそのなと也
〔[a]又あまの川のあと　あさせのあ
と也〕　しら露もしくれもいたく
あきのよのあくるもしらすなと
かすしらす〔俊頼曰此病去へきと
云々〕
二　風燭病〔毎句第二字与第四五
字同〕
〔忠岑〕鶯のたによりいつるこ
ゑなくは春くることをいかてし
らまし
〔兼盛〕み山いてゝよはにやき
つるほとゝきすあかつきかけて
こゑのきこゆる
これうくひすのくと　こゑなくの
くと　又み山のやと　よはにやの

書陵部本

也　俊頼は此病は可去といへり〕
夏ふかくなりそしにけるおほあ
らきのもりのした草なへて人か
る　兼盛
あまの河あさせしら浪たとりつ
ゝわたりはてねは明そしにける
友則
夏ふかくのなと　なりそのなと也
又あまの河のあと　あさせのあ
と也　白露も時雨もいたく　秋の
よのあくるもしらす　なとかすし
らす
二　風燭病〔毎句第二字与第四五
字同〕
鶯のたにより出るこゑなくは春
くることをいかてしらまし
忠岑
み山出て夜半にやきつる時鳥あ
かつきかけてこゑのきこゆる
兼盛
是は鶯のくと　声なくのくと　み
山のやと　よはにやのやとなり

内閣本

也〕
なつふかくなりそしにけるおほ
あらきのもりのした草なへて人
かる
あまの川あさ瀬しらなみたとり
つゝわたりはてねはあけそしに
ける
夏ふかくのなと　なりそのなと也
白露もしくれもいたく　秋の夜の
あくるもしらす　なとかすしらす
〔俊頼云此病可去と云り〕
二　風燭病〔毎句第二字与第四五
字同〕
うくひすのたによりいつるこゑ
なくは春くることをいかてしら
まし
みやまいてゝ夜半にやきつるほ
とゝきすあかつきかけてこゑの
きこゆる

国会本

と也
三[13]　浪船病〔五言の四字七言六七
字同也〕
〔躬恒〕[14] いもやすくねられさり
けり春のよは花のちるのみ夢に
みえつゝ
花[15]たにもちらてわかるゝ春なら
はいとかくけふはおもはさらま
し
是[16]はつゝ　るゝ　又あきの野のな
といへる重点也　是今古無憚事な
れと入病中
四[17]　落花病〔毎句同字交也　但故
重読不恋〕
ほ[18]のかにそなきわたるなる郭公
み山をいつる夜半のはつこゑ
〔赤染〕[19] 夢にたにあはゝやとお
もふに人こふるとこにはさらに
ねられさりけり
ゆ[20]めにたにといへる　に二也　さ
りけりの　り二也　毎[21]句同事交を
もいへり

幽斎本

やと也
三　浪船病〔五言の四五字七言六
七字同也〕
〔躬恒〕いもやすくねられさり
けり春の夜は花のちるのみ夢に
見えつゝ
花たにもちらてわかるゝ春なら
はいとかくけふはおもはさらま
し
これはつゝ　るゝ　又あきののな
といへる　是今古無憚事なれと入
病中
四　落花病〔毎句同字交也　但故
重読不忌〕
ほのかにそなきわたるなるほと
ゝきすみ山をいつるよはのはつ
こゑ
〔赤染〕夢にたにあはゝやとお
もふに人こふるとこにはさらに
ねられさりけり
夢にたにといへる　に二也　さり
けりの　り二也　毎句同事交をも
いへり

書陵部本

三　浪船病〔五言の四五字七言六
七字重点也〕
いもやすくねられさりけり春の
夜ははなのちるのみ夢に見えつ
ゝ　　　躬恒
花たにもちらてわかるゝ春なら
はいとかくけふはおしまさらま
し
是はつゝ　るゝ　又あきの野のな
といへる　重点也　これ古今無憚
事なれと入病中
四　落花病〔毎句同字交也　但故
重読不忌〕
ほのかにそなきわたるなる郭公
み山をいつるよはのはつこゑ
夢にたにあはゝやと思ふに人恋
る床にはさらにねられさりけり
是は夢にたにといへる　に二也
さりけりの　り二也　毎句同事交
をもいへり

内閣本

三　浪船病〔五言之四五句　七言
六七字同也〕
〔躬恒〕いもゝやすくねられさ
りけりはるの夜は花のちるのみ
ゆめに見えつゝ
はなたにもちらてわかるゝはる
ならはいとかくけふはおもはさ
らまし
是はつゝ　るゝ　又あきのゝのな
といへる　重点也　是古今無憚事
なれとも入病中
四　落花病〔毎句同字交也　但故
重不忌〕
ほのかにもなきわたるなるほと
ゝきすみやまをいつる夜半のひ
とこゑ
ゆめにたにあはゝやとおもふに
人こふる床にはさらにねられさ
りけり
夢にたにといへる　に二也　さり
けりの　り二也　毎句同事の交を
いへり

（二十　七病）

七病〔浜成式〕
一[1]　頭尾病〔発句終第二句終同〕
〔順〕[2]春ふかみゐての川なみたちかへり見てこそゆかめ山吹の花
秋[3]の田のかりほのいほのとまをあらみわかころもては露にぬれつゝ
春[4]ふかみのみと　ゐての川なみのみと也　是等は[5]沙汰の外の事也
二[6]　胸尾病〔発句第二句三六字同也〕
〔能宣〕[7]名にしおはゝ秋ははつとも松むしのこゑはたえせすきかんとそ思
〔顕綱〕[8]外山には柴の下はもちりはてゝをちのたかねに雪ふりにけり
名[9]にしおはゝのは　あきはのは也
三[10]　膊尾病〔他句終与本韻同也〕

国会本

七病〔浜成式〕
一　頭尾病〔発句終第二句終同〕
〔順〕春ふかきゐての河なみたちかへり見てこそゆかめやまふきの花
秋の田のかりほの庵のとまをあらみわかころもては露にぬれつゝ
春ふかみのみと　ゐての川なみのみとなり　是等はさたの外の事也
二　胸尾病〔発句終第二句上六字同也〕
〔能宣〕名にしおはゝ秋ははつとも松むしのこゑはたえせすきかんとそおもふ
〔顕綱〕外山には柴の下葉もちりはてゝをちの高根に雪ふりにけり
名にしおはゝのは　あきはのは也
三　膊尾病〔他句終与本韻同也〕

幽斎本

七病　浜成式
一　頭尾病〔発句終第二句終同〕
春ふかみゐての川浪立かへりみてこそゆかめやまふきの花　順
秋のたのかりほのいほの苫をあらみ我衣手はつゆにぬれつゝ
春深みのみと　ゐての河浪のみと也　此等はさたの外の事也
二　胸尾病〔発句終第二句三六字同也〕
なにしおはゝ秋ははつとも松虫の声はたえせすきかんとそ思ふ　能宣
と山にはしはの下葉もちりはてゝをちのたかねにゆきふりにけり　顕綱
なにしをはゝのはと　秋はのはなり
三　膊尾病〔他句終与本韻同也〕

書陵部本

七病〔浜成式〕
一　頭尾病〔発句終第二句終同〕
〔順〕春ふかみゐての川なみたちかへり見てこそゆかめやまふきのはな
秋の田のかりほのいほのとまをあらみわかころも手はつゆにぬれつゝ
春ふかみのみと　ゐての川なみのみと也　是等は沙汰の外の事也
二　胸尾病〔発句終第二句三六字同也〕
〔能宣〕名にしおはゝあきはきつゝもまつむしのこゑはたえせすきかんとそおもふ
名にしおはゝのは　秋はのは也
三　膊尾病〔他句終与本韻同也〕

内閣本

国会本

第三句終為本韻也〕
[11]〔当純〕山かせにとくるこほり
のひまことにうちいつる波や春
のはつ花
[12]氷たにとまらぬはるの谷かせに
またうちとけぬうくひすのこゑ
[13]山風にのにと　ひまことにのにと
[14]也　古郷はよしのゝ山し近けれは
なと云也　[15]〔俊頼曰　古人雖難
先規誠多云〕
[16]四　靨子病〔五句中本韻と同字有
也　或謂巨病〕
[17]〔朝忠〕花たにもちらてわかる
ゝ春ならはいとかくけふはおし
まさらまし
[18]梅の花しるかなくしてうつろ
はゝ雪ふりやまぬ春とこそみめ
[19]是下の五文字同字也　此たくひ数
を不知多
[20]五　遊風病〔一句中の字と終字と
同也〕

幽斎本

第三句終為本韻也
山風にとくるこほりのひまこと
にうちいつるなみや春のはつは
な
氷たにとまらぬはるの谷風にま
たうちとけぬうくひすのこゑ
山かせにのにと　ひまことにのに
也　故郷はよしのゝ山しちかけれ
は　なと云也
四　厭子病　五句中本韻と同字有
也　或謂巨病
〔朝忠〕花たにもちらてわかる
ゝはるならはいとかくけふはお
しまさらまし
梅のはなしるかなくしてうつろ
はゝ雪ふりやまぬはるとこそ見
め
是下の五文字同字也　此たくひか
すを不知多
五　遊風病　一句中の字と終字と
同也

書陵部本

第三句終為本韻也〕
山風にとくる氷のひまことにう
ちいつるなみや春のはつ花
当純
こほりたにとまらぬ春の谷風に
またうちとけぬうくひすの声
順
山風にのにと　ひまことにのにな
り　ふる郷はよしのゝ山しちかけ
れは　なと云也　俊頼曰　古人雖
難先規誠多之
四　靨子病〔五句中本韻と同字有
也　式謂巨病〕
花たにもちらてわかるゝ春なら
はいとかくけふはおしまさらま
し　朝忠
梅花しるかなくしてうつろはゝ
雪ふりやまぬ春とこそ見め
是は下五文字に同字也　此たくひ
数をしらす多し
五　遊風病〔一句中の字と終字と
同也〕

内閣本

第三句終本韻也〕
たにかせにとくるこほりのひま
ことにうちいつるなみやはるの
はつ花
〔俊頼曰　古人雖難先規成多也
古郷はよしのゝ山しちかけれ　な
と云ふなり〕
こほりたにとまらぬはるのたに
かせにまたうちとけぬうくひす
のこゑ
四　厭子病〔五句中本韻と同字有
也　或謂巨病〕
〔朝忠〕はなたにもちらてわか
るゝはるならはいとかくけふは
おしまさらまし
むめのはなしる香なくしてうつ
ろはゝゆきふりやまぬ春とこそ
見め
是下の五文字に同字也　此たくひ
かすをしらす
五　遊風病〔一句中の字と終字と
同也〕

国会本

春[21]たゝは花みんとおもふ心こそ
のへのかすみにたちまさりけれ
〔朝忠[22]〕ひとつてにしらせてし
かなかくれぬのみこもりにのみ
恋やわたらむ
六[23]　声韻病〔句のうち同字也〕
二韻同字
〔小弐[24]〕あし引の山かくれなる
さくら花ちりのこれりと風にし
らすな
〔兼盛[25]〕ひとへつゝ八重山吹は
ひらけなむほとへてにほふ花と
たのまむ
桜[26]花のなと　しらすなのなと也
上[27]句末《ママ》字本韻也　下句末句字也
〔俊[28]頼云　此病咎有とも不聞と云
り　誠非可去〕
七[29]　遍身病〔二韻中本韻二字以上
を除同字有也　新撰髄脳禁之〕
〔定[30]頼〕とこ夏のにほへるに
はゝからくにゝをれるにしきも

幽斎本

春たゝは花みんとおもふこゝろ
こそ野へのかすみにたちまさり
けれ
〔朝忠〕ひとりてにしらせてし
かなかくれぬのみこもりにのみ
こひはわたらむ
六　声韻病〔句のうち同字也　二
韻同字〕
〔小式〕あし曳の山かくれなる
さくらはなちりのこれりと風に
しらすな
〔兼盛〕ひとへつゝ八重山ふき
はひらけなんほとへてにほふ花
とたのまむ
さくら花のなと　しらすなのなと
也　上句末字本韻也　下句末同字
也〔俊頼云　此病咎ありともき
こえすといへり　まことにさるへ
きにあらす〕
七　遍身病〔二韻中本韻二字以上
を除同字有也　新撰髄脳禁也〕
〔宣頼〕とこなつのにほへるに
はゝからくにゝおれるにしきも

書陵部本

春たゝは花みんと思ふ心こそ野
への霞とたちましりけれ
人伝にしらせてし哉かくれぬの
みこもりにのみ恋やわたらん
朝忠
同句内同字なり
六　声韻病〔二韻同字也〕
足引の山かくれなるさくら花散
のこれりと風にしらすな
小式部
一へつゝ八重山吹はひらけなん
程へてにほふ花とたのまん
兼盛
さくら花のなと　しらすなのなと
也　上句末字本韻也　下句末同字
也　俊頼此病咎あり共不聞といへ
り　誠に可云にあらす
七　遍身病〔二韻中本韻二字以上
を除て同字有也　新撰髄脳禁之〕
とこ夏のにほへる庭はから国に
をれるにしきもしかしとそ思ふ

内閣本

はるたゝは花見むとおもふこゝ
ろこそ野へのかすみにたちまし
りけれ
人つてにしらせてしかなかくれ
ぬのみこもりにのみこひやわた
らむ
六　声韻病〔二韻同字也〕
〔少弐〕あしひきの山かくれな
るさくらはなちりのこれりと風
にしらすな
〔俊頼此病咎有とも　不聞といへ
り　誠非可去〕
〔兼盛〕ひとへつゝ八重やまふ
きはひらけなむほとへてにほふ
はなとたのまん
桜花のなと　しらすなのなとも
上句末字本韻也　下句末同字也
七　遍身病〔二韻中本韻二字以上
を除同字有也　新撰髄脳禁之〕
とこなつのにほへる庭はからく
ににをれるにしきもしかしとそ

国会本

しかしとそ思
〔匡房〕[31]しら雲とみゆるにしる
しみよしのゝよしのゝ山の花さ
かりかも
[32]是同字有事也　同字有三号蜂腰
有四は号鶴膝　近代不禁　上古多
[33]又新撰髄脳禁曰　くらはしの山の
かひより　といへるの字ならひた
る禁之　[34]山里のそともの　なとい
へるたくひかすしらす多　[35]又　な
かゐのうらのさゝれ石の　といひ
花たにもちらてわかるゝ春なら
はいとかくけふ　といへるはもし
のはてのさしあひたる事也　[36]ちか
く　しほかまのうらふく風に霧は
れてやそ嶋かけて　といへるて文
字也　[37]以上二は新撰髄脳禁也　[38]以
上式禁也
[39]此外古人禁来事
[40]一　恋しさはおなしこゝろにあら
すともこよひの月を君見さらめ
や

幽斎本

しかしとそおもふ
〔匡房〕しら雲と見ゆるにしる
しみよしのゝよしのゝ山のはな
さかりかも
是同字有事也　同字有三号蜂腰
有四は号鶴膝　近代不禁　上古多
又新撰髄脳禁曰　くらはしの山の
かひより　といへるの字ならひた
る禁之　山里のそともの　なとい
へるたくひ数しらす多　又　なか
ゐのうらのさゝれ石の　といひ
はなたにもちらてわかるゝ春なら
はいとかくけふ　といへるはもし
のはてのさしあひたる事也　ちか
く　塩かまのうらふく風に霧はれ
てやそ嶋かけて　といへるて文字
也　以上二は新撰髄脳禁之　以上
式禁也
此外禁来事
一　こひしさはおなし心にあらす
ともこよひの月を君見さらめや
秋風にこゑをほにあけてくる舟

書陵部本

定頼
白雲とみゆるにしるしみよしの
ゝよしのゝ山のはなさかりかも
匡房
これは同字ある事也　同字有三は
号蜂腰　有四は号鶴膝　近代不禁
上古多
又新撰髄脳禁曰　くらはしの山の
かひより　といへるのゝ字ならひ
たる事禁之　山さとのそともの
なといへるたくひかすしらす多し
又　長井のうらのさゝれ石の
といひ　花たにもちらて別る春な
らはいとかくけふは　といへるは
もしのはてのさしあひたる事也
近く　しほかまの浦吹風に霧晴て
八十嶋かけて　といへるてもし也
已上二は新撰髄脳禁也　以上式
之禁也
此外古人禁来事
一　恋しさはおなし心にあらすと
も今夜の月を君みさらめや
秋風に声をほに上てくる舟はあ

内閣本

おもふ
しらくもと見ゆるにしるしみよ
しのゝよし野のやまのはなさか
りかも
是同字有事也　同字有三号蜂腰
有四号鶴膝　近代不禁　上古多
又新撰髄脳禁四（ママ）　くらはしの山の
かひより　といへり　の字ならひ
たる事禁之　山里のそともの　な
といへるたくひ数しらす多　又
なかゐの浦のさゝれ石の　といひ
花たにもちらてわかるゝ春なら
はいとかくけふ　といへるはもし
のはてのさしあひたる事也　しほ
かまの浦ふく風に霧はれてやそし
まかけて　といへるてもし也　已
上二は新撰髄脳禁也　以上式禁也
此外来事
一　恋しさはおなし心にあらすと
も今夜の月を君見さらめや
秋かせに声をほにあけてくる舟

[41]秋かせにこゑをほにあけてくる
舟はあまのとわたるかりにそ有
ける
[42]秋かせのあ　あまのとのあ也　[43]第
一始字第四始字同也　号平頭病
云々
[44]一　なみた川いかなる水かなかる
らむなとかわかこひをけつ人の
なき
[45]毎句上句字ある也　二字は常事
三字を禁也
[46]八千代へん宿ににほへるやへさく
らやそうち人もちらてこそみめ
とよめるは　高陽院歌合歌なれと
　これわさとよめる也　[47]みさふら
ひみかさと申せ宮きのゝ　なとい
ふ体也
〔[48]住吉歌合　此病　俊成難之〕
[49]一　終七字か有八号孟体　浜成禁
之　古今非沙汰限　[50]亭子院歌合
左勝　躬恒　ちりにし梅の花にそ
有ける　其外不可勝計
[51]以上病万葉已下集には皆以在之

国会本

はあまの戸わたるかりにそあり
ける
秋かせのあ　あまの戸のあ也　一
始字第四始字同也　号平頭病云々
一　なみた川いかなる水かなかる
らむなとかわかこひをけつ人の
なき
毎句上同字ある也　二字は常事
三字を禁也
八千代へん宿に匂へるやへさくら
やそうち人もちらてこそ見め　と
よめるは　高陽院歌合歌なれは
これはわさとよめる也　みさふら
ひみかさと申せ宮きのゝ　なとい
ふ体也
一　終七字か有八号孟体　浜成禁
之　古今非沙汰限　亭子院歌合
左勝　躬恒　ちりにし梅の花にそ
有ける　其外不可勝計
以上病万葉已下集には皆以在之

幽斎本

まのとわたる雁にそありける
あきかせのあ　あまのとのあなり
　第一始字第四始字同なり　号平
頭病云々
一　涙河いかなる水かなかるらむ
　なと我恋をけつ人のなき
毎句上同字ある也　二字は常事
三字を禁なり
一　八千世へん宿に匂へる八重桜
八十うち人もちらてこそみめ　と
よめるは　高陽院歌合の歌なれと
　是はわさとよめる也　みさふら
ひみかさと申せみやきのゝ　なと
いふ体也
住吉歌合に此病　俊成難之
一　終七字か八あるを号孟躰　浜
成禁之　古今非沙汰の限　亭子院
歌合　左勝　躬恒　ちりにし梅の
花にそ有ける　其外不可勝計
已上病万葉已下集には皆以有之

書陵部本

はあまのとわたる雁にそ有ける
秋かせのあ　あまのとのあ也
〔第一始第四始字同也〕　号平頭
病云々
一　涙川いかなる水かなかるらむ
　なとわか恋をけつ人のなき
毎句上同字ある也　二字は常事
〔住吉歌合　此病　俊成難之〕
一字を禁也
やちよへんやとにゝほへるやへ桜
やそうち人もちらてこそ見め　と
よめるは　高陽院歌合なれとも
是はわさとよめる也　みさふらひ
みかさと申せみやきのゝ　なとい
ふ体也
一　終七字与有八号孟体　浜成禁
之　古今非沙汰限　亭子院歌合
左勝　躬恒　ちりしむめの花にそ
ありける　其外不可勝計
以上病万葉已下集には皆以在之

内閣本

国会本

不可勝計　近代無禁之[52]　上古歌殊
同事多也　第一同心病許所禁来也
　非歌合之外は代々撰集不洩　近
年も難なれとも　入集は不為難加
之[53]　家隆　事そともなく　はかな
の夢の　といへる歌二　寂蓮か
ものおもふ袖より露や　といひて
　たえぬ物とは　といへる物二也
　さやうの事近比も多[54]　抑句のな
らひぬるは不為病　而俊頼抄出病
例　尤不得心　更今不憚事也　隔[55]
句同事の有を為病也　俊成曰　凡
万葉已下歌は同事を二句比詠　而
　あさか山　あさくは　といひ
みやまには　みやこはのへ　とい
へるを非病之由に陳成事古人所為
なれとも尤無由　彼をは唯病沙汰
なくによめる歌也云々[56]　誠上古事
如然　不可難事也

（二十一　歌合子細）

歌合子細
一[1]　一番左は可然人得之　但[2]　随

幽斎本

不可勝計　近代無禁之　上古歌殊
同事多也　第一同心病許所禁来也
　非歌合之外は代々撰集不誡　近
年も難なれとも　入集は不為難加
之　家隆　事そともなくはかなの
夢の　といへる歌二　寂蓮か　も
のおもふ袖より露や　といひて
たえぬ物とは　といへる物二也
さやうの事近比も多　抑句のなら
ひぬるは不為病　而俊頼打（ママ）出病例
　尤不得心　更今不憚事也　隔句
同事の有を為病也　俊成曰　凡万
葉已下歌は同事を二句比詠　而
あさか山　あさくは　といひ　み
やまには　みやこはのへ　といへ
るを非病のよしに陳成事古人所為
なれとも尤無由　彼をは唯病沙汰
なくよめる歌也　誠に上古事如然
歟　難事也

歌合子細
一　一番左は可然人得之　但　随

書陵部本

不可勝計　近代又無禁之　上古歌
は殊同事多也　第一同心病許所禁
来也　非歌合之外は代々撰集不誡
　近年も難なれとも　入集は不為
難之　家隆　ことそともなくはか
なの夢の　といへる無の字二也
寂蓮か　物思ふ袖より露や　とい
ひて　たえぬ物とは　といへる物
字二なり　さやうの事近比も多し
　抑句のならひぬるは不為病　而
俊頼抄出病例　尤不得心　更に今
古不憚ことなり　隔句同事のある
を為病也　俊成曰　凡万葉已下歌
は同事を二句比詠　而　あさか山
　あさくは　といひ　み山には
都は野への　といへるを非病之由
に陳成事古人の所為なれ共尤無由
　彼をは唯病沙汰なくよめる歌
云々　誠上古事如然歟　難事也

歌合子細
一　一番左は可然人得之　随題て

内閣本

不可勝計　近代又無禁之　上古歌
は殊同事多也　第一同心病許所禁
也　非之　家隆　ことそともなく
春の夢の　といへる無二也　寂蓮
か　物思袖より袖や　といひて
たへぬ物とは　といへる物二也
さやうの事近比も多　抑句のなら
ひぬるは不為病　而俊頼抄出病例
　尤不得心多更今古　凡万葉已下
歌は同事を二句の比詠　而　あさ
か山　あさくは　といひ　み山に
は　みやこはのへ　といへるを非
病之由に陳成事古人の所為なれと
も不無由　彼をは准病沙汰なくよ
める歌之　誠上古如然歟

歌合子細　難事
一　一番左は可然人得之　但　随

題て能因孝善〔代人家忠〕例也
一[3]番左歌は不可負　先例負も多為
持　右[4]勝事　弘徽殿女御歌合〔義
忠判〕　相模負　侍従乳母勝　又[5]
法性寺関白家歌合　左俊頼　右
源定信　云作者旁不可為例　其外[6]
小野大臣歌合有例歟　非[7]普通事
抑[8]雲泥事　出来は不及左右事歟
一[9]　句並ぬるは善悪不為病　わさ
と詠也　上古中古それをも称病と
も　尤無其謂　歌一の体也　俊頼[10]
も為病歟　仲実又同　春日山いは[11]
ねの松は君がためちとせのみかは
万代をへん　並句不為難
同[12]心病は為難　同事の二所にある
也　隔句也　其外　乱思　爛蝶
諸鴻　花橘　老楓　後悔等病は只
わろくこそあれとも不為難　中飽
も不為難也　又　岸樹　風燭　浪
船　落花〔已上四病〕　頭尾　胸
尾　癧《(ママ)》子　遊風　已上不為病　声
韻〔已上句終同字並之〕　毎句同

国会本

題て能因孝善〔代人家忠〕例也
一番左歌は不可負　先例負も多為
多為持　右勝事　弘徽殿女御歌合
〔義忠判〕　相模負　侍従乳母勝
又　法性寺関白家歌合　左俊頼負
右源定信　云作者旁不可為例
其外　小野大臣歌合有例歟　非普
通事　抑雲泥事　出来は不為左右
事歟
一　句並ぬるは善悪不為病　わさ
と詠也　上古中古それをも称病と
も　尤無其謂　歌一の体也　俊頼
も為病歟　仲実又同　かすか山い
はねの松は君かため千とせのみか
は万代をへん　並句不為難
同心病は為難　同事の二所にある
也　隔句也　其外　乱思　爛蝶
諸鴻　花橘　老楓　後悔等病は只
わろくこそあれとも不為難　中紀
も不為難也　又　岸樹　風燭　浪
船ゝ《(ママ)》　落花〔以上四病〕　頭尾
胸尾　膊尾　厭子　極風　已上不
為病　声韻〔以上句終同字並也〕

幽斎本

能因孝善〔代人家忠〕例也　一番
左歌は不可負　先例負も多為持
右勝事　弘徽殿女御歌合〔義忠
判〕左相模負　侍従乳母　又　法
性寺関白家歌合　左俊頼負　右源
定信　云作者旁不可為例　其外
小野宮大臣歌合有例歟　非普通事
抑雲泥事　出来は不及左右事歟
句並ぬるは善悪不為病　わさと詠
也　上古中古それをも称病とも無
其謂　歌の一体也　俊頼も不為病
歟　仲実又同　かすか山岩ねの松
は君かためちとせのみかはよろつ
代もへん　並句不為難
一　同心病は為難　同事の二所に
有也〔隔句也〕　其外　乱思　爛
蝶　諸鴻　花橘　老楓　後悔等病
はわろくこそあれ共不為難　中飽
も不為難也　又　岸樹　風燭　浪
船　落花〔已上四病〕　頭尾　胸
尾　膊尾　髷《(ママ)》子　遊風　已上不為
病　声韻〔上下句終同字並也〕

書陵部本

題て能因孝普《(ママ)》例也　一番左歌は不
可負　先例負も多為持　右勝　弘
徽殿女御歌合〔義忠判〕　相模負
侍従乳母　又　法性寺関白家歌
合　左俊頼負　右源定信　云作者
旁可為例　其外　小野大臣歌合有
例歟　非普通事　抑雲泥事　出来
は不及左右事歟

内閣本

国会本

字三四なとあるは雖不為病非最上
　一首同字多号遍身をも或称病
但今古流例也[13]　平頭病は天徳歌合
中務詠之　非強難とて為持[14]　遍身
病事　康資幼少聞侍しかは　輔親
云　同字三はいかゝせん　四有は
公所には不可出之　然而[15]　能宣寛
和歌合詠　はるのくる道のしるへ
はみよしのゝ[16]　又　貫之　木の下
風も鶴膝病也　惣勿論事也　但五
六は雖非病　尤聞悪也　終八字非
沙汰限　俊[17]成曰　歌合には同字四
有なと古は咎たりと有　のゝ字
四有は咎と不聞
一[18]　祝歌は勝也　神社名を詠又同
　四[19]条宮歌合二番　左春日祭　右
七夕　是は持也　永[20]承四年歌合一
番　かすか山とよめり　于時　大
二条関白曰　いかてかまくへきと
て無左右勝と定　宇治関白有甘心
気　非[21]判者　非歌人共　以斟酌称
之　祝[22]歌負事　長元に長家か　夏

幽斎本

平頭〔上下句上同字並之〕　毎句
同字三四なとあるは雖不為病非最
上　一首同字多号遍身をも或称病
　但今古流例也　平頭病は天徳歌
合中務詠之　強非難とて為持　遍
身病事　康資母幼少聞侍しかは
輔親云　同字三はいかゝせん　四
有は公所には不可出之　然而　能
宣寛和歌合詠　はるのくる道のし
るへはみよしのゝ　又　貫之　木
の下の風も鶴膝病也　惣勿論事
但五六は雖非病　尤聞悪也　終八
字非沙汰限　俊成曰　歌合には同
字四有なと古は咎たりと有　のの
字四有は咎と不聞
一　祝歌は勝也　神社名を詠又同
　四条宮歌合二番　左春日祭　右
七夕　是は持也　永承四年歌合一
番　かすか山とよめり　于時　大
二条関白曰　いかてかまくへきと
て無左右勝と定　宇治関白有甘心
気　非判者　非歌人共　以斟酌称
之　祝歌負事　長元に長家か　夏

書陵部本

平頭〔上下句上同字並也〕　毎句
同字三四なとあるは雖不為病非最
上　一首同字多をも或称病　但今
古流例也　平頭病は天徳歌合中務
詠之　非強難とて為持　遍身病事
　康資母幼少聞侍しかは　輔親云
　同字三はいかゝはせん　四ある
は公所には不可出之　然而能宣寛
和歌合詠　春のくる道のしるへは
みよしのゝ　又　貫之　木の下風
も鶴膝病也　惣勿論事也　但五六
は雖非病　尤聞悪也　又終八字非
沙汰限　俊成曰　歌合には同字四
あるなと古は咎るおりも有　のゝ
字四あるは咎と不聞
一　祝歌は勝也　神社の名を詠す
る又同　四条宮歌合二番　左春日
祭　右七夕　是は持也　永承四年
歌合一番　春日山とよめり　于時
　大二条関白云　いかてかまくへ
きとて無左右勝と定　宇治関白有
甘心気　非判者　非歌人とも　以
斟酌称之　祝歌無負事　長元に長

内閣本

一　祝歌は勝也　神社名を詠又同
四条宮歌合二番　〔左〕春日祭
右七夕　是は持也　永承四年歌
合一番　かすか山とよめり　于時
大二条関白　いかてか負くへき
とて無左右勝定　宇治関白有甘心
気　非判者　非歌人とも　以斟酌
称之　祝無負事　長元長家卿　夏

の夜も涼しかりけり　秀逸之上一番左なれはとて　赤染か　よのくもりなくすめは　負了　又[23]　応和二年　野宮歌合に祝歌負了　是も歌からむけならん上は　不及子細歟

一[24]　歌合には遠国名所詠たるをは或為難例　仍近代多　上古も有例

　是等はあまり事也　但同名所はすこしは可用意[25]　月題には遠けれ共俊頼も　をは捨山とよみ　基俊も　さらしなの月とよめり　共歌合なれ共無難　只可依事[26]〔内裏〕承暦に藤孝善歌　きひの中山

　多名所をゝきなからと難　有其謂[27]　野宮歌合　くらふ山　同之

又[28]　徳大寺左大臣　花に　末松山とよめり　顕昭難之[29]　根合の　あさかの沼は誠不可逢今日事　尤難也　只　四季歌なとには皆詠之習也

一[30]　てる月のをのか光　といへるをゝのかを俊成難之　誠無詮詞也

国会本

の夜も涼しかりけり　秀逸之上一番左なれはとて　赤染か　よのくもりなくすめは　負了　又　応和二年　野宮歌合に祝歌負了　是も歌からむけならん上は　不及子細歟

一　歌合には遠国名所詠たるをは或為難例　仍近代多　上古も有例

　是等はあまりの事也　但　同名所はすこしは可用意　月の題には遠けれとも俊頼も　をはすて山とよみ　基俊も　さらしなの月とよめり　共歌合なれとも無難　只可依事　内裏承暦に藤孝善歌　きひの中山　多名所をゝきなからと難

　有其謂　野宮歌合　くらふ山同之　又　徳大寺左大臣　花に末松山とよめり　顕昭難之　根合の　あさかの沼は誠不可逢今日事

　尤難也　只四季歌なとには皆詠之習也

一　てる月のをのか光　といへるをゝのかを俊成難之　誠無詮詞也

幽斎本

家か　夏の夜も涼しかりけり　秀逸の上一番左なれはとて　赤染か

　よのくもりなくすめは　負畢

又　応和二年歌合　野宮歌合に祝歌負畢　是も歌からむけならむ上は　不及子細歟

一　歌合には遠国名所詠たるをは或為難　仍近代多　上古も有例

是等はあまりの事也　但　同名所はすこしは可用意　月の題にはとをけれ共俊頼もをはすて山とよみ基俊も　さらしなの月とよめり

　ともに歌合なれとも無難　只可依事　内裏承暦に藤原孝善歌　きひの中山　多き名所をゝきなからと難す　有其謂　野宮歌合の　くらふ山　同之　又　徳大寺左大臣

　花に　末の松山とよめり　顕季難之　根合の　あさかの沼は誠不可逢今日事　尤難なり　唯四季歌なとには皆詠之習也

一　てる月のをのか光　といへるをのかを俊成難之　誠無詮詞也

書陵部本

の夜もすゝしかりけり　秀逸之上一番左なれはとて　赤染か　世のくもりなくすめは　負の（ママ）　又　応和二年歌合に祝歌負之　是は歌からむけならん上は　不及子細歟

一　歌合には遠国名所たるをは或為難　仍近代多　上古も有例　是をはあまりの事也　但　同名所はすこしは可用意　月題には遠けれとも俊頼も　をはすて山とよみ基俊も　更科の月とよめり　共歌合なれとも無難　只可依事　承暦にきひの中山　多名所をゝきなからと雖　有其謂　野宮歌合　くらふ山　同之　又　徳大寺左大臣花に　末松山とよめり　顕季難之

　根合の　あさかのぬまは誠不可逢今日事　尤難也　只四季歌なとには皆詠之習也

一　てる月のをのか光　といへるをゝのかを俊成難之　誠無詮詞也

内閣本

国会本

一[31]　同心は可去也　所謂[32]　伊せ大
甫《ママ》か　さよふけて旅の空にてなく
かりはをのかは風や夜寒なるらん
なといふ事也　定文歌合[33]　みぬ
人の恋しやき《ママ》なそおほつかなたれ
とかしらん夢にみゆとも　といへ
るをは或不為病云々　是も病也
[34]よひとよとは或暮と書とて不為病
万葉には初夜ともかけり　同心
同詞尤病也
一[35]　長元歌合　能因歌　公任依病
不指南　亭子院歌合[36]　是則か　み
ちとせになるてふもゝのことしよ
り　為難
一[37]　同事をよみたる　或可憚歟
尤無由　承暦孝善[38]　霞籠与隔　被
難　但　経信記非病云々　能宣[39]
さはへのあしの下ねとけみきはも
えいつる　といへるをは　後代に
経信称病云々　能可思惟事歟
一[40]　岸樹病　猶可去歟　左大将歌[41]
合〔後京極〕　俊成判　そての雪
そら　ことよめる　聊難　〔定家

幽斎本

一　同心は可去也　所謂　伊せ大
輔か　さ夜ふけて旅の空にてなく
かりはをのかは風や夜寒なるらん
なといふ事也　定文歌合　見ぬ
人の恋しきやなそおほつかなたれ
とかしらん夢に見ゆとも　いへる
をは或不為病云々　是も病也　よ
ひとよとは或暮と書とて　不為病
万葉には初夜ともかけり　同心
同詞尤病也
長元歌合　能因歌　公任依病不指
南　亭子院歌合　是則か　三千と
せになるてふもゝのことしより
為難
一　同事をよみたる　或可憚歟
尤無由　承暦孝善　霞籠雲隔　被
難　但　経信記非病云々　能宣
さは辺のあしの下ねとけみきはも
えいつる　といへるをは　後代に
経信称病云々　能可思惟事歟
一　岸樹病猶可去歟　左大将歌合
〔後京極〕俊成判　そての雪そら
とよめる　聊難〔定家歌〕定兼日

書陵部本

一　同心は可去之　所謂　伊勢大
輔か　小夜ふけて旅の空にて鳴雁
はをのかは風やよさむなるらん
なといふ事なり　定文歌合　みぬ
人の恋しきやなそおほつかな誰と
かしらん夢にみゆとも　といへる
をは或不為病云々　是も病なり
よひとよとは或は暮と書とて不為
病　万葉には初夜ともかけり　同
心同詞尤病也
長元歌合　能因か歌　公任依病不
指南　亭子院歌合　是則か　みち
とせになるてふもゝのことしより
為難
一　同事をよみたる　或憚之　可
憚歟　尤無由　承暦孝善　霞籠与
隔　被難　但　経信記非病云々
能宣　さはへの芦のしたねとけみ
きは萌出る　といへるを　後代に
経信称病云々　能々可思惟事歟
一　岸樹病猶可去歟　左大将歌合
〔後京極殿〕俊成判　袖の雪空と
よめる　聊難〔定家歌〕　定て兼

内閣本

一　同心は可去之　可謂　伊勢大
輔か　さ夜ふけて旅の空にて鳴雁
はをのかは風やよさむなるらむ
夢にみゆとも　といへるをは或云
為病云々　是も病也　よひとよと
は或暮と昼とて不為病　万葉には
初夜ともかけり　同心同詞也　尤
病也
長元歌合　能因歌　公任依病不指
南　亭子院歌合　是則か　三ちと
せになるてふもゝのことしより
為難
一　同事をよみたる　或憚之　可
憚歟　尤無由　承暦　孝普　霞籠
与隔　被難　但　経信記非病云々
能宣　さはへのあしの下ねとけ
汀もえいつる　といへるをは彼代
に経信称病云々　能々可思惟事歟
一　岸樹病猶可去歟　左大将歌合
〔後京極定家歌〕俊成判　袖の雪
そらとよめる　聊難定　兼日令見

国会本

歌〕 定兼日令見歟　非深咎歟
一[42]　同さまにてあらぬ事　[43]たとへ
は
よそなれとすきの村たちしるけ
れはきみか栖の程そ知るゝ
是は歌合ならねと　経信後拾遺問
答難之　しるけれはいふとしら
るゝとは文字異也　或為難或不難
歌合に不難事も有　又難事もあ
り　撰集には皆以入之
[44]よそふれは空なるほしもしる物
をなにをつらさのかすにをかま
し
是は計と数也　[45]高陽院歌合に通俊
か
月影をひるかとそみる秋の夜を
なかき春日とおもひなしつゝ
勝了　是昼与日也
一[46]　さもとおほゆる難　[47]ひとへ
つゝやへ山吹はひらけなんといへ
るを　小野宮さては八重山吹にて
はあるへからすと云〔如此難也〕
[48]又長元歌合〔君かよは　能因歌

幽斎本

令見歟　非深咎歟
一　同さまにてあらぬ事　たとへ
は
よそなれとすきのむらたちしる
けれはきみか栖の程そしらるゝ
是は歌合ならねと　経信後拾遺問
答難之　しるけれはいふとしら
るゝとは文字異也　或為難或不難
歌合に不難事も有　又難事もあ
り　撰集には皆以入之
よそふれは空なるほしもしる物
をなにをつらさのかすにをかま
し
是は計と数也　高陽院歌合に通俊
か
月影をひるかとそみる秋の夜を
なかき春日におもひなしつゝ
勝了　是昼と日也
一　さもとおほゆる難　ひとへ
つゝやへ山吹はひらけなんといへ
るを　小野宮さては八重山ふきに
てはあるへからすと云　如此難也
又長元歌合〔君かよは　能因歌

書陵部本

日令見歟　非深咎歟
一　同さまにてあらぬ事　たとへ
は
よそなれと杉のむら立しるけれ
は君かすみかの程そしらるゝ
是は哥合ならねと　経信後拾遺問
答難之　しるけれといふとしら
るゝとは文字異なり　或為難或不
難　歌合に不難事も有　又難事も
有　撰集には皆多以入之云々
かそふれは空なる星もしる物を
なにをつらさの数にとらまし
これは計と数と也　高陽院歌合に
通俊か
月かけを昼かとそ見る秋の夜を
なかき春日とおもひなしつゝ
勝畢　是昼与日也
一　さもとおほゆる難　ひとへ
つゝ八重山吹はひらけなんといへ
るを　小野宮さては八重山吹にて
はあるへからすと云　如此難也
又長元歌合に山の海となる事　承

内閣本

歟　非深咎歟
一　同さまにてあらぬ事　たとへ
は
よそなれと杉の村たちしるけれ
は君かすみかの程そしらるゝ
是は歌合ならねと　経信か後拾遺
問答難之　しるけれはといふとし
るとは文字異也　或為難或不難
歌合に不難事有　又難事もあり
撰集には皆以入之
かそふれは空なるほしもしる物
を何をつらさのかすにをかまし
是は計と数也　高陽院歌合に通俊
云
月かけをひるかとそみる秋の夜
をなかきはる日におもひなしつ
ゝ
勝了　是昼与日也
一　さもとおほゆる難　ひとへ
つゝやへ山吹はひらけなんといへ
るを　小野宮にては八重山吹にて
はあるへからすといふ　如此難也
又長元歌合　山の海となる事

国会本

云　山の海となる事〉[49]承暦〈匡
房〉
君か世はかきりもしらすわたつ
うみのなはしろ水になりかはる
まて
といへる　是等はあまり事歟　如
此事不可勝計　尤々可難　縦有本
歌　過法事は可為難歟
[50]一　さしもなき難　[51]天徳歌合　無
藤浪　万葉に済々　[52]むは玉のをぬ
はたま也　両説也　[53]亭子院歌合
伊勢か
いそのかみふるの社の桜花こそ
みし花の色やのこれる
思去年捨今年云々　思去年も不捨
今年也　非難歟　[54]長元にせきい
るゝ水の　ふかき難ともきこえす
[55]根合にたつと云事　頼通童名也
匡房非難云々　誠沙汰外事也
[56]此外　仲実難露結余事也　[57]兼昌恋
せしとを俊頼の難はいかゝせん
[58]長元赤染　なをとこなつ　不日
已上二事中難也

幽斎本

云　山と海となる事〉承暦〈匡
房〉
君か代はかきりもしらすわたつ
みのなわしろ水に成かはるまて
といへる　是等はあまり事歟　如
此事不可勝計　尤々可難之　縦有
〈本歌過法事は可為難歟〉
一　さしもなき難　天徳歌合　水
無藤浪　万葉に済々　むは玉のを
ぬはたま也　両説也　亭子院歌合
伊勢か
いそのかみふるの社のさくら花
こそみし花の色やのこれる
思去年捨今年云々　思去年も不捨
今年也　非難歟　長元にせきいる
ゝ水の　ふかき難ともきこえす
根合にたつと云事　頼通童名也
匡房非難云々　誠沙汰外事也　此
外仲実難露結余事也　兼昌恋せし
とを俊頼難はいかゝせん　長元赤
染　なをとこなつ不日　已上二年
中難也

書陵部本

暦匡房　わたつ海の苗代水になり
かはる　といへる　是等は余の事
歟　如此事不可勝計　尤々可難之
縦雖有本歌　過法事は可為難歟
一　さしもなき難　天徳歌合　無
水藤浪　万葉に済々　むはたまを
ぬはたま　両説也　亭子院歌合に
伊勢か
いそのかみふるの社の桜花こそ
見しはるの色やのこれる
思去年捨今年云々　思去年も不捨
今年なり　非難歟　長元にせき入
るみつ　ふかき難とも聞えす　根
合にたつといふ事　頼通童名也
匡房非難云々　誠沙汰外事也　此
外仲実難露結余りの事なり　兼昌
恋せしとを俊頼難云いかゝせん
長元五月赤染　猶とこなつ同　已
上二事中難也　[a]鶯の春となく虚言

内閣本

永暦　わたつうみのなはしろ水に
なるといへる　これらはあまりの
事か　如此事不可勝許（ママ）　尤々可難
〈　縦有本歌　過法事は可為難
歟
一　さしもなき難　天徳歌合　無
水藤浪　万葉に済々　むは玉のを
ぬは玉也　両説也　亭子院歌合に
いせか
いそのかみふるの社の桜花去年
みし花の色やのこれる
思去年捨今年云々　思去年も不捨
今年也　非難歟　長元にせきい
るゝ水　ふかき難ともきこえす
根合にたつと云事　頼通童名也
匡房非難之　誠沙汰外事也　此外
仲実難露結余事也　兼昌恋せしと
を俊頼難はいかゝせん　〈長元赤
染　猶とこ夏　二事中難也〉

国会本

一[59]同事の詞かはりたるは尤可為
病　良[60]牟与礼牟　京極御息所歌合
勝　介[61]礼与介留　徽子女御歌合
中務持　良[62]志与奈利　寛和歌合
惟成為持　或不病とも　是等をは
病也　准之多　山[63]与峰　亭子院歌
合　勅判　山峰またかりとてと
云々　俊頼基俊共謂病　清輔不為
病　山[64]与高ね同事也　或不病とも
　是をは病也　准之多　高陽院歌
合　通俊
　をしなへて山の白雪つもれとも
　しるきはこしの高ねなりけり
又[65]同歌合に　顕綱　〔初五字也
隔二句〕とやまといひて遠のたか
ねといへり　是非強難共持也　匂[66]
与香　顕房歌合勝　独[67]与人　法性
寺関白歌合　時昌か

幽斎本

一　同事のことはかはりたるは尤
可為病　良平与礼平　京極御息所
歌合勝　介留　徽子女御歌合　中
務持　良志与奈利　寛和歌合　惟
成為持　或不病とも　是等をは病
也　准之多　山与峰　亭子院歌合
　勅判　山峰またかはりたりと
云々　俊頼基俊共謂病　清輔不為
病　山与高ね同事也　或不病とも
　是をは病也　准之多　高陽院歌
合　通俊
　をしなへて山の白雪つもれとも
　しるきはこしの高ね成けり
又同歌合に　顕綱　とやまといひ
て遠のたかねといへり　是強非難
共持也　匂与香　顕房歌合勝　独
与人　法性寺関白歌合　時昌か
　霜枯にわれひとりとや白菊の色

書陵部本

云々　此事尤無其謂　歌作法也
後撰[b]　かりこそなきて秋とつくな
れ　又[c]　おきの葉の秋とつけつる
なといへり　これとても景気也
尤不可為難なり

一　同事の詞かはりたるは尤可為
病　良牟与礼牟　京極御息所歌合
勝　介礼与介留　徽子女御歌合
中務持　良志与奈利　寛和歌合
惟成為持　或不為病とも　是等は
病なり　准之多　山与峰　亭子院
歌合　勅判　山峰またかりたりと
云々　俊頼基俊共謂病　清輔不為
病　山与高根同事也　高陽院歌合
　通俊
　をしなへて山の白雪つもれとも
　しるきはこしのたかねなりけり
又同歌合　顕綱　と山にはといひ
てをちのたかねといへり　これ非
強難共持也　〔[d]けりとけるとは俊
成難之　匂与香〕　顕房歌合勝
独与人　法性寺関白歌合に時昌か
　霜かれにわれひとりとや白菊の

内閣本

一　同事の詞かはりたるは尤可為
病　良牟与礼牟〔京極御息所歌合
勝〕　介礼与介留　徽子女御々歌
合　中務持　良志与奈利　寛和歌
合〔惟成為持〕　或不病とも　是
をは病なり　准之多　山与峰　亭
子院歌合　勅判　山峰またかりと
云々　俊頼基俊共謂病　清輔不為
病　山与高ね同事也　或不病とも
　是をは病也　准之多　高陽院歌
合　通俊
　をしなへて山（空白）白雲つもれとも
　しるきはこしのたかねなりけり
又同歌合　顕綱　と山にはといひ
てをちのたかねといへり　是非強
難共持也　匂与香〔顕房歌合勝〕
　独爾〔与歟〕人　法性寺関白歌
合　時昌か

国会本

霜様にわれひとりとや白菊の色
をかへても人にみすらん
といへる　俊頼か曰独与人未事切
基俊不難　仲実為難　今案可随
事　是は非病　ひとりといへる心
か　人にあらさる也　[68]古今の
ひとりのみなかむるやとのつま
なれは人をしのふの草そおいけ
る
といへるは病也　[69]又西行法師か
宿ことになかむる人はあまたあ
れと空には月そひとりすみける
是も難あり　負了　但非深咎歟
[70]月与月〔年月与日月と〕　吉水僧
正
長月もいく有明に成ぬらんあさ
ちの月のいとゝさひ行
是も詞の心かはりたる也　可為病
歟　[71]こゐとをとゝ病也　三条院大
嘗会輔親詠之　[72]声与ね　貞文家歌
合に躬恒為持　[73]代与年　是をは皆
為病也　三十講歌合勝
年をへてすむへき君かやとなれ

幽斎本

をかへても人にみすらん
といへる　俊頼か曰独与人未事切
基俊不難　仲実為難　今案可随
事　是は非病　ひとりといへる心
か　人にあらさる也　古今の
独のみなかむるやとのつまなれ
は人をしのふの草そおひける
といへるは病也　又西行法師か
やとことになかむる人はあまた
あれと空には月そひとりすみ
ける
是も難あり　負了　但非咎歟　月
与月　吉水僧正
長月もいく有明に成ぬらんあさ
ちの月のいとゝさひ行
是も詞の心かはりたる也　可為病
歟　こゐとをとゝ病也　三条院大
嘗会輔親詠之　声与ね　貞文家歌
合に躬恒為持　代与年　是をは皆
為病也　三十講歌合勝
年をへてすむへき君かやとなれ
は池の水さへにこるともなし
是は誠不病　きみかよはなといひ

書陵部本

いろをかへても人に見すらむ
といへり　俊頼曰　独与人未事切
基俊不難　仲実為難　今案可随
事　是は非病　独といへる心　人
にあらさるなり　古今の
ひとりのみなかむる宿のつまな
れは人を忍ふの草そおひける
といへるは病也　又西住法師か
やとことになかむる人はあまた
あれとそらには月そひとりすみ
ける
是も有難　負畢　但非深咎歟　月
与月　年月と月日　吉水僧正
なか月もいく有明に成ぬらん浅
茅の月のいとゝさひ行
是も同詞の心かはりたる也　可為
病歟　声と音と病也　三条院大嘗
会に輔親詠之　声と音と　貞文家
哥合躬恒為持　代与年　是等は皆
病也　三十講歌合勝
年をへてすむへき君かやとなれ
は池の水さへにこるよもなし
是は誠に不病　君か代はなといひ

内閣本

霜枯にわれひとりとや白菊の色
をかへても人にみすらん
といへる　俊頼曰独与人未事切
基俊不難　仲実為難　今案可随事
是は非病　ひとりといへる心
人にあらさる也　古今の
ひとりのみなかむるやとのつま
なれは人をしのふの草そ生ける
といへるは病也　又西住法師か
宿ことになかむる人はあまたあ
れと空には月そひとりすみける
是も有難　負了　但非深咎歟　年
月与日月　吉水僧正〔慈鎮（朱）〕
長月もいく在明に成ぬらんあさ
ちの月のいとゝさひ行
是も同ことはの心かはりたる也
可為病歟　声与音病なり　三条院
大嘗会輔親詠之　声与ね　貞文家
歌合躬恒為持　代与年　是をは皆
病也　講歌合勝
年をへてすむへき君か宿なれは
池の水さへにこるよもなし
是は誠不病　君か代はなといひて

は池の水さへにこるよもなし
是は誠に不病　きみかよはなとい
ひてすゑに千とせなといひたるは
可入病也　此事つねにある也　又[74]
　とまらぬ春のたに風にまたうち
とけぬ　この二のぬは病歟　然而
天徳勝了　頼[75]宗　せめて命のおし
けれは　といひていのる也けれと
云　病也　後日頼宗改哉　空[76]と雲
ゐとなとは不病　道経歌を　通俊
曰難有病　敵歌不勝　被定持例云
々
一[77]　わさとよみたる同事　病にて
非病　たとへは[78]　徽子歌合勝
　やへさけるかひこそなけれ山吹
のちらはひとへもあらしとおも
　へは
又[79]　寛和
〔勝長能〕ひとへたにあかぬ心
をいとゝしくやへかさなれる山
　吹の花
又[80]　ねぬる夜の夢をはかなみまと
ろめはいやはかなにも　なといへ

国会本

てすゑに千とせなといひたるは可
入病也　此事つねにある也　又
とまらぬ春のたにかせにまたうち
とけぬ　この二のぬは病か　然而
天徳勝了　頼宗　せめて命のおし
けれは　といひていのち也けれと
云　病也　後日頼宗改哉　空と雲
ゐとなとは不病　道経歌を俊頼為
軽病　通俊後日難有病　韻歌不勝
　被定持例云々
一　わさとよみたる同事　病にて
非病　たとへは　徽子歌合勝
　やへさけるかひこそなけれ山吹
のちらはひとへもあらしとおも
　へは
又　寛和
〔勝長能〕ひとへたにあかぬ心
をいとゝしくやへかさなれる山
　吹の花
又　ねぬる夜の夢をはかなみまと
ろめはいやはかなにも　なといへる

幽斎本

て末にちとせなといひたるは可入
病也　この事常にある也　又　と
まらぬ春の谷風にまたうちとけぬ
此二のぬは病歟　然而天徳勝畢
　頼宗　せめて命のおしけれは
といひて祈るなりけれといふ　病
也　後日頼宗改哉云々　そらと雲
ゐとなとは不病　道経歌を俊頼為
軽病　通俊曰雖有病歌合歌不勝
被定持例云々
一　わさとよみたる同事　病にて
病ならす　たとへは　徽子歌合勝
　やへさけるかひこそなけれ款冬
のちらはひとへもあらしとおも
へは
又　寛和
〔勝長能〕ひとへたにあかぬ心
をいとゝしくやへかさなれる山
　ふきのはな
又　ねぬる夜の夢をはかなみまと

書陵部本

末に千とせなといひたるは可入病
なり　此事常にある也　又　とま
らぬ春の谷風にまたうちとけぬ
此二のぬは病歟　然而天徳勝　頼
宗公　せめて命のおしけれは　と
いひていのるなりけれと云　病也
　後日頼宗公改哉　不勝　被定持
例云々
一　わさとよみたる同事　病にて
非病　たとへは　徽子歌合勝
　八重さけるかひこそなけれ山ふ
きのちらは一重もあらしと思へ
は
又
〔寛和勝長能〕一重たにあかぬ
心をいとゝしく八重かさなれる
　山吹の花
又　ねぬる夜のゆめをはかなみま
とろめはいやはかなにも　なとい

内閣本

国会本

るなり
一[81]　風と木からしと　六帖
　こからしのをと聞秋は過にしを
　いまも梢にたえす吹風
是は例なれと病也　尤可難
一[82]　同様の鄙詞一首一所は二三所
は難之　匡房曰なとかさこそなら
め在一首を難之
一[83]　重言は病にあらされ共難之
基俊申云　さ衣の袂はせはし　と
いへるをは同事といへり　誠可然
[84]大炊御門右大臣歌　袖のしつく
といひて　又恋の涙をよめり　基
俊難之　是も心同事なる也
一[85]　詠古歌　わさと本歌としたる
は少々はゆるす　近代過法事多歟
[86]忠隆か二句古歌なるは　非強と
て勝了　二句なからつゝきたるも
様によるへし
一[87]　得花詠落花　得紅葉詠落葉事
　寛和　永和　承暦　幷高陽院歌
合有之皆不難　月[88]又日有例　得[89]恋
無恋字　更々非難　承暦　幷郁芳

幽斎本

也
一　風と木からしと　六帖
　こからしのをと聞秋は過にしを
　いまも梢にたえす吹風
是は例なれと病也　尤可難
一　同様の鄙詞一首のうち一所は
ゆるす　二三所は難之　匡房曰な
とかさこそならめ在一首難也
一　重言は病にあらされ共難之
基俊申云　さ衣の袂はせはし　と
いへるをは同事といへり　誠可然
　大炊御門右大臣歌　袖しつくと
いひて又恋の涙をよめり　基俊難
之　是も心は同事なる也
一　詠古歌　わさと本歌としたる
は少々ゆるす　近代過法事多歟
忠隆か二句古歌なるは　強非難と
て勝了　二句なからつゝきたるも
やうによるへし
一　得花詠落花　得紅葉詠落葉事
　寛和　永和　承暦　幷高陽院歌
合有之皆不難　月又同有例　得恋
字　更々非難　承暦　幷郁芳門院

書陵部本

ろめはいやはかなにも　なとなり
一　風と木からしと　六帖
　木からしの声きく秋はすきにし
　を今もこすゑにたえすふく風
是は例なれと病也　尤可難
一　同さまの鄙詞一首中一所はゆ
るす　二所三所は難之　匡房曰な
とかさこそならめ在一首を難之
一　重言は（ママ）病にあらされとも難
之　基俊申云　さ衣のたもとはせ
はし　といへるをは同事といへり
誠可然　大炊御門右大臣歌　袖
のしつくといひて　又こひのなみ
たとよめり　基俊難之　是も心か
同事なる也
一　詠古歌　わさと本歌としたる
は少々はゆるす　近代過法事多歟
　忠隆か二句古歌なるは　非強難
とて勝畢　二句なからつゝきたる
もやうによるへし
一　得花詠落花　得紅葉詠落葉事
　寛和　永承　承暦　幷高陽院歌
合に有之　皆不難　月又同之有例

内閣本

へる也
一　風と木枯　六帖
　木からしのをときく秋は過にし
　をいまも梢にたえす吹風
是は例なれと病なり　尤可難
一　同さまの鄙詞一首一所は聴
二々三所は難之　匡房曰〔なとか
さこそならめ在一首を難之〕
一　重言は病にあらされとも難之
基俊申云　さ衣の袂はせはし
といへるをは同事といへり　誠可
然　大炊御門右大臣歌　袖のしつ
くといひて　又恋の涙をよめり
基俊難之　是も心同事なる也
一　詠古歌　わさと本歌としたる
は少々はゆるす　近代過法事多歟
忠隆か二句古歌なるは　非強と
て勝　二句なからつゝきたるもや
うによるへし
一　得花詠落花　得紅葉詠落葉事
　寛和　永承　々暦　幷高陽陽（ママ）歌
合有之　皆不難之　月又日之有例
得恋無恋字　更々非難　承暦

国会本

門院根合有沙汰　同判者有斟酌歟
惣沙汰外事也　天徳朝忠か人を
もなと引例歟[90]　近代恋字有は　応[91]
和歌合　待郭公に　佐理
　さみたれにふりいてゝなけとお
もへともあすのためにやねを残
すらん
此歌郭公といはねとも勝了　いつ
れの題も是に准すへし　まして古
今已下恋といはぬ恋の歌不可勝斗
　更々非難云々
一[92]　祝に詠栄花事　家成家歌合に
基俊か　松はかりの長寿無詮　栄
花不祝以遐齢為祝也　抑[93]花山院歌
合弾上宮の
　万代もいかてかはてのなかる□
　仏に君ははやくならなん
と云　これは珍事也
一[94]　郭公題末聞事或難之　高陽院
歌合顕綱歌末聞　左歌は聞とて経
信判右負　[95]根合雅俊末聞　左歌は
聞とて経信判右負　根合雅俊又負
了　[96]但在納言歌合有二首云々

幽斎本

根合有沙汰　同判者有斟酌歟　惣
沙汰外事也　天徳朝忠か人をも身
をもなと引例歟　近代は恋字有は
少　応和歌合　待郭公に　佐理
　さみたれにふりいてゝなけと思
へともあすのためにやねを残す
らん
此歌郭公といはねとも勝了　いつ
れの題も是に准すへし　まして古
今以下恋といはぬ恋のうた不可勝
斗　更々非難云々
一　祝に詠栄花事　家成家歌合に
基俊か　松はかりの長寿無詮　栄
花不祝以遐齢為祝也　抑花山院歌
合弾正宮の
　万代もいかてかはてのなかるへ
　き仏に君ははやくならなん
　と云　これは珍事也
一　郭公題末聞事或難之　高陽院
歌合顕綱歌末聞　左歌は聞とて経
信判右負　根合雅俊又負了　但在
納言歌合有二首云々
一　詠述懐不難　寛和花山御製

書陵部本

　得恋無恋字　更々非難　承暦
幷郁芳門院根合有沙汰　同判者有
斟酌歟　惣沙汰外事なり　天徳朝
忠か人をもみをもなと引例歟　近
代は恋字あるはすくなし　応和歌
合　待時鳥に　佐理
　さみたれにふりてゝなけとおも
　へともあすのあやめのねをのこ
　すらん
此歌時鳥といはねとも勝畢　いつ
れの題も可准之　まして古今以下
恋といはぬ恋の歌不可勝斗　更々
非難云々
一　祝に詠栄花事　家成家歌合に
基俊か　松はかりの長寿無詮　栄
花は不祝以遐齢為祝云々　抑花山
院歌合に弾正宮の
　万代もいかてかはてのなかるへ
　き仏に君ははやくならなん
といふ　是は珍事也
一　郭公題末聞事或難之　高陽院
歌合顕綱歌末聞　左歌は聞とて経
信判右負　根合雅俊又負畢　但在

内閣本

幷郁芳根合有沙汰　同判者有斟酌
歟　総沙汰外事也　天徳朝忠か人
をも身をもなと引例歟　近代は恋
字有は少　応和歌合　待郭公に
佐理
　さみたれにふりいてゝなけと思
　へともあすのあやめにねをのこ
　すらん
此歌時鳥といはねとも勝　いつれ
の題も可准之　まして古今以下恋
といはぬ恋歌不可勝許　更々非難
一　祝に詠栄花事　家成家歌合に
基俊か　松はかりの長寿無詮　栄
花は不祝　以齢為祝云々　抑花山
院歌合弾正宮の
　万代もいかてかはてのなかるへ
　き仏に君ははやくならなん
と云　是は珍事也
一　郭公題末聞事或難之　高陽院
歌合顕綱歌末聞　左歌は聞とて経
信判右負　根合雅俊又負　但
一　詠述懐不難　寛和花山御製
近代多

国会本

一[97]詠述懐不難　寛和花山御製
近代多
一[98]詠恋不普通　寛和惟成霧歌詠
恋云々　但是を非恋歌
　あつまちに行かふ人の恋しきに
　あふ坂山は霧たちにけり
こひしとは詠とも非恋心　羇旅に
思旅人は恋にあらさる也
一[99]侵傍題　天徳　寛和已後多
但[100]可依事　暮春と花なとは無憚
鶯郭公等物は不可侵之
一[101]俳諧歌　寛平后宮歌合興風棟
梁在古今　但[102]不可詠也
一[103]逢不逢恋　尋常は逢後而乍対
面無実事是云々　是非祝也　但[104]源
氏物語　匂兵部卿取付筑波人後逢
不逢由を呪云々

(二十二　歌会歌)

歌会歌〔如屏風障子歌同之〕
殊[1]に可去禁忌　非可依歌合は少々
難は不咎　能々可思惟　君御運は

幽斎本

近代多
一　詠恋不普通　寛和惟成霧歌詠
恋云々　但是も非恋歌
　あつまちに行かふ人の恋しきに
　あふ坂山はきりたちにけり
恋しとは詠とも非恋心　羇旅に思
旅人は恋にあらさる也
一　侵傍題　天徳　寛和已後多
但可依事　暮春と花なとは無憚
鶯郭公等物は不可侵之
一　誹諧歌　寛和后宮歌合奥風棟
梁在古今　但可詠之
一　逢不逢恋　尋常は逢後あはさ
るなり　而乍対面無実事是云々
是非説也　但源氏物語　匂兵部卿
取付筑波人　後逢不逢由を呪云々

歌会歌〔如屏風障子歌同之〕
殊に可去禁忌　非歌合は少々難は
不咎　能々可思惟　君御運は非可

書陵部本

納言歌合有二首云々
一　詠述懐不難　寛和花山御製
近代多
一　詠恋不普通　寛和惟成霧歌に
詠恋云々　但是も非恋歌
　あつまちに行かふ人の恋しきに
　あふさか山は霧たちにけり
恋しとはよめとも非恋心　羇旅に
思旅人は恋にはあらさるなり
一　侵傍題　天徳　寛和已後多
但可依事　暮春と花なとは無憚
鶯郭公等物は不可侵之
一　誹諧歌　寛平后宮歌奥風棟梁
在古今　但不可詠之
一　逢不遇恋は　尋常は逢後亦不
逢也　而乍対面無実事云々　是非
説也　但源氏物語　匂兵部卿取付
筑波人　逢後不逢由を詠云々

歌会歌〔如屏風障子歌同之〕
殊に可去禁忌　非歌合は少々難は
不咎　能々可思惟　君御運者非可

内閣本

一　詠恋不普通　寛和惟成霧歌詠
恋云々　但是も非恋歌
　あつまちに行かふ人の恋しきに
　相坂山は霧立にけり
こひしとは詠とも非恋心　羇旅に
思旅人は恋にはあらさる也
一　侵傍題　天徳　寛和已後歟
但可依事　暮春花なとは無憚　鶯
郭公を物は不可侵之
一　誹諧歌　寛平后宮歌合興風棟
梁在古今　但不可詠之
一　逢不遇恋は　尋常は逢後不逢
而対面無実事是云々　是非説也
但源氏物語　匂兵部卿

歌会歌　如屏風障子歌同之
殊に可去禁忌　非歌合は少々難は
不咎　能々可思惟　君御運は非可

国会本

非可依歌禁忌　但如然事は為恠異
也　中々上手中の失は有也　[2]忠峯
か於禁中　白雲のおりゐる山とみ
えつるは高ねに猶や散まかふらん
　とよみて被難躬恒も非吉事也
[3]俊頼抄曰　堀河院御宇長忠出題
〔夢後郭公〕有事　[4]賢子侍所孝言
出題　月暫隠　又有事　[5]堀河院中
宮花合　亮仲実かたまのみとのと
よめる　皆有失　如此事今古多歟
[6]同抄曰　根合周防内侍か　わか
下もえの煙なるらん　とよめるも
有事云々　されと恋歌には如然不
能憚　只自然事也　恋ははゝかり
ある事も無沙汰なるもあり　[7]弘徽
殿女御歌合　永成法師か　君か世
は末の松山はる〳〵　とよめる
つゝき以外事なれと無沙汰にて金
葉にも入り　如此事も能々可思也
　思とかむれは恠異成事也　無何
けれは又無何也　かまへて〳〵歌
は先人にみすへき事也

幽斎本

依歌禁忌　但如然事は為恠異也
中々上手の中に失は有也　忠峯か
於禁中　白雲のおりゐる山と見え
つるは高根に花や散まかふらん
とよみて被難躬恒も非吉事也　俊
頼抄曰　堀河院御宇長忠出題〔夢
後郭公〕有事　賢子侍所孝言出題
〔月暫隠〕又有事　堀河院中宮花
合　亮仲実かたまのみとのとよめ
る　皆有失　如此事今古多歟　同
抄曰　根合周防内侍か　わか下も
えの煙なるらん　とよめるも有事
云々　されと恋歌には如然不能憚
　只自然事也　恋ははゝかりある
事も無沙汰なるもあり　弘徽殿女
御歌合　永成法師か　君か世は末
の松山はる〳〵　とよめるつゝき
以外事なれと無沙汰にて金葉に入
り　如此事も能々可思也　思とか
むれは恠異成事也　何けれは又無
何也　かまへて〳〵歌は先人に見
すへき事也

書陵部本

依歌禁忌　但如然事は為恠異也
中々上手中に失は有也　忠岑か於
禁中　白雲のおりゐる山と見えつ
るはたかねに花や散まかふらむ
とよみて被難躬恒　けにも非吉事
也　俊頼抄曰　堀河院御宇長忠出
題〔夢後郭公〕有事　賢子侍所孝
言出題〔月暫隠雲〕又有事　堀河
院中宮花合　亮仲実かたまのみと
のとよめる　皆有失　如此事今古
多歟　同抄云　根合周防内侍か
わかしたもえのけふりなるらん
とよめるも有事云々　されと恋歌
には如然不能憚　只自然事なり
恋ははゝかりある事も無沙汰なる
もあり　弘徽殿女御の歌合　永成
法師か　君か代は末の松山はる
〳〵　とよめるつゝき以外の事な
れと無沙汰にて金葉にも入る　如
此事も能々可思也　思ひとかむれ
は成恠異事なり　何となけれは又
何となき也　かまへて〳〵歌は先
人にみすへき事也

内閣本

依歌禁忌　但如然事は為恠異也
中々上手中失有也　忠峯か於禁中
　白雲のおりゐるとみえつるはた
かねに花やちりまかふらん　とよ
みて被難躬恒も非吉事也　俊頼抄
曰　堀河院御宇長忠出題〔夢後時
鳥〕有事　賢子侍所孝言出題〔月
暫隠〕又有事　堀河院中宮花合
亮仲実かたまのみとのとよめる
皆有失　如此事今古多歟　同抄曰
　根合周防内侍か　わか下もえの
煙なるらん　とよめるも有事云々
　されと恋歌には如然不能憚　只
自然事也　思ははゝかりある事も
無沙汰なるも有　弘徽殿女御歌合
　永成法師か　君か世はすゑの松
山はる〳〵　とよめるつゝき以外
ことなれと無沙汰にて金葉にもい
り　如此事も能々可思也　思とか
むれは成恠異事也　無何けれは又
無何也　かまへて歌は先人に見す
へき事也

国会本

[8]可憚名所幷詞
[9]〔山城〕さからか山〔是は名所の
憚はなし　只根源歌の憚あれは也
　吉野立田等名所にも憚ある事は
よめとも　なへてなる所をはとか
くいはす　めつらしき名所をはよ
く〱おもふへし〕[10]〔大和〕神を
か山　[11]〔播磨〕いくち山　[12]しほひ
の山〔海やしにする山やしにする
海はしほひて山は枯ぬる　とい
へる心也　生死無常のたとへ也〕
[13]〔近〕たきのを山〔名を思也〕
[14]とりへ山　[15]しての山　[16]うちのおほ
の〔万葉玉きはるとつゝけたり〕
[17]玉なきの里　[18]まちの池〔しまの
宮かいかそや有也　事も憚有也〕
[19]さくらたに〔祓詞　有憚〕[20]し
てのさき　[21]わたりかは　[22]みつせ川
[23]あたら国　[24]ねの国　[25]あたら夜
〔月と花とをなといへるは憚なけ
れ共それは夜也　万葉に新世とか
けり　おなしさまなれ　尤可禁
也〕　[26]いはしろのむすひ松〔こと

幽斎本

可憚名所幷詞
〔山城〕さからか山〔是は名所の憚
はなし　只根源歌の憚あれは也
吉野立田等名所にも憚ある事はよ
めとも　なへてなる所をはとかく
いはす　めつらしき名所をよく
〱おもふへし〕　〔大和〕神を
か山　〔播磨〕いくち山　しほひ
の山〔海やしにする山やしにする
海はしほひて山は枯ぬる　とい
へる心也　生死無常のたとへ也〕
〔近〕たまのを山〔名を思也〕
とりへ山　しての山　うちのおほ
の〔万葉玉きはるとつゝきたり〕
玉やなきの里　まちの池〔しま宮
かはいかそや有也　事も憚有也〕
さくらたに〔祓詞　有憚〕
みつせ川　あたら国　ねの国
〔伊勢〕してのさき　わたりかは
あたら夜〔月と花とをなといへる
は憚なけれ共それは夜也　万葉に
新世とかけり　おなしさまなれは
尤可禁也〕　いはしろのむすひ松

書陵部本

可憚名所幷詞
〔山城〕　さからか山〔是は名所の
はゝかりはなし　只根源歌のはゝ
かりあれは也　吉野立田等名所に
もはゝかりある事はよめとも　な
へてなる所をはとかくいはす　珎
敷名所をはよく〱思ふへし〕
〔大和〕神をか山　いくち山　し
ほひの山〔海やしにする山やしに
する　海はしほひに山はかれぬる
なといへる心也　生死無常のた
とへなり〕　たまのを山〔名を思
也〕　鳥部山　しての山　うちの
おほの〔万葉にたまきわるとつゝ
けたり〕たまなきの里　まなの池
〔しまの宮いかにそや有也　これ
もはゝかりあるなり〕　さくら谷
〔祓詞　有憚〕　〔伊せ〕してのさ
き　わたりかは　みつせかは　あ
たら国　ねのくに　あたらよ〔月
と花とをなといへるはゝかりなけ
れとそれは夜也　万葉に新世とか
けり　同さまなれと尤可禁之也〕

内閣本

可憚名所幷詞
〔山城〕さか良か山〔是は名所の憚
はなし　只根源歌の憚あれは也
　吉野龍田を名所にもはゝかりあ
る事はよめとも　なへてなる所を
はとかくいはす　めつらしき名所
をはよく〱思ふへし〕　〔大和〕
神をか山　いくち山　しほひの山
〔海やしにする山やしにする　う
みは塩ひて山はかれぬる　といへ
る心也　生死無常のたとへなり〕
　たまのを山〔名を思也〕　とり
へ山　してのさき　しての山　う
ちのおほのまき〔万葉にたまきは
るとつゝけたり〕　たまなきの里
　まなの池　さくら谷〔祓詞　有
憚〕　わたり川　みつせ川　あた
ら国　ねの国　あたらよ〔月と花
とをなとはいへる憚なけれとそれ
は夜也　万葉に新世とかけり　同
さまなれは尤可禁之〕　いはしろ
のむすひ松〔よとのこほり有憚
禁中にては不可詠　岩代の松は無

国会本

のおこり有憚　禁中にては不可詠
　いはしろの松は無忌　結かはゝ
かりある也〕　[27]かすみのたに　[28]あ
しすたれ〔津の国の外はゝかる〕
　[29]うつせみの世　[30]きなるいつみ
[31]ふたつの海〔生死海也〕　[32]ならく
のそこ　[33]すゝしきみち〔納涼の体
にもよむへからす〕　[34]ふるきふす
ま　[35]ふるき枕　[36]むなしきとこ　[37]み
にすきたかひこねのみこと〔此神
はあめわかひこと云神の夫也　あ
めわかひこしにてのひ　かはねを
そらへもてのほりにけり　それに
此神空にのほりてあめわかひこを
とふらひ給けるに　かほかたち此
神に似給たりけれは　是によりて
あめわかひこのかほたちこの神に
取かゝりて　わかひわかこはまた
おはしけりとてなきけれは　しに
たる人に我をはいかて見たかふる
そといひて　たちをぬきてもやを
きり給てけり　もやとはしにたる
人のある屋也〕　[38]ときうしなへる

幽斎本

〔ことのおこり有憚　禁中にては
不可詠　いはしろの松は無忌　結
かはゝかりある也〕　かすみのた
に　あしすたれ〔津の国外はゝか
る〕　うつせみの世　きなるいつ
み　たつの海〔生死海也〕　なら
くのそこ　すゝしきみち〔納涼の
体にもよむへからす〕　ふるきふ
すま　ふるき枕　むなしきとこ
みにすきたかひこねのみこと〔此
神はあめわかひこと云神の夫也
あめわかひこしにてのひ　かねを
そらへもてのほりにけり　それに
此神空にのほりてあめわかひこを
とふらひ給けるに　のかほかたち
此神に似給たりけれは　是により
てあめわかひこのかほたちこの神
に取かゝりて　わかひわかこはま
たおはしけりとてなきけれは　し
にたる人に我をはいかて見たかふ
るそといひて　たちをぬきてもや
をきり給てけり　もやとはしにた
る人のあるや也〕ときうしなへる

書陵部本

いはしろのむすひ松〔ことのお
こり有憚　禁中にては不可詠　い
はしろの松は無忌　結かはゝかり
あるなり〕　うつせみのよ　きな
るいつみ　ふたつの海〔生死海
也〕　かすみの谷　あしすたれ
〔津のくにのほかはゝかる〕　な
らくのそこ　涼しきみち〔納涼体
にもよむへからす〕　ふるきふす
ま　ふるきまくら　むなしき床
みにすきたかひこねのみこと〔此
神はあめわかひこといふ神の夫な
り　あめわかひこしにて後　かは
ねをそらへもてのほりにけり　そ
れにこの神そらにのほりてあめわ
かひこをとふらひ給けるに　あめ
わかひこのかほかたち此神にゝ給
ひたりけれは　是によりてあめわ
かひこのおやたち此神に取かゝり
て　我子はまたおはしけりとてな
きけれは　しにたる人に我をはい
かて見たかふるそといひて　たち
をぬきてもやをきり給てけり　も

内閣本

忌　結ははゝかりあるなり〕　う
つせみのよ　きなるいつみ　ふた
つの海〔生死海也〕　かすみの谷
　あしすたれ〔つの国の外はゝか
る〕　ならくのそこ　すゝしき道
〔納涼のていにもよむへからす〕
　ふるき衾　ふるき枕　むなしき
とこ　みにすきたかひこねのみこ
と〔この神はあめわかひことい ふ
神のとんなり　あめわかひこしに
てのち　かはねをそらへもてのほ
りにけり　それにこの神そらにの
ほりてあめわかひこをとふらひ給
ひけるに　あめわかひこのかほか
たちこの神にに給たりけれは　こ
れによりてあめわかひこのかほか
たちこの神にとりかゝりて　わか
こはまたおはしけりとてなきけ
れは　しにたる人にわれをはいか
てか見たかふるそといひて　たち
をゐぬきかにてもやをきり給てけ
り　もやとはしにたる人のある屋
なり〕時うつしなへる　いまはの

国会本

[39]いまはの空〔恋なとにもすこしはいかにそやあれ共それは憚からす〕[40]なかれての世　[41]はなちとり　[42]たれこめて　[43]むなし煙[44]〔昇霞かすみにのほる也〕[45]あとたゆる〔雪なとは常の事也〕[46]いきのを　[47]たまきはる　[48]うはむしろ　[49]雲かくれ〔月日をいむなり〕[50]過にしきみ〔是慎ことは也　但有例　仲平云伊勢に寛平過にしといへり　其昔御切人之由也〕

[51]かやうの詞はよく〳〵心えてよむへし　わか述懐とあらはに見えたる歌や恋歌又ことによりてはゝからぬ事もあれとも　なへてはいかそやある事共也

[52]よのみしかきといふ事先例難之　但可随事　[53]よはのなと云てはくるしからす　いかてかよまさらん　みしかきよなとはつつくへからす　[54]承暦歌合　もしほの煙たえやし

幽斎本

いまはの空〔恋なとにもすこしはいかにそやあれ共それは憚からす〕なかれての世　はなちとり　たれこめて　むなし煙〔昇霞かすみにのほる也〕あとたゆる〔雪等は常の事也〕いきのを　たまきはる　うはむしろ　雲かくれ〔月日をいむなり〕過にしきみ〔是慎ことは也　但有例　仲平云伊勢に寛平過にしといへり　其昔御覧之由也〕

かやうの詞はよく〳〵心えてよむへし　わか述懐とあらはに見えたる歌や恋歌又ことによりてはゝからぬ事もあれと　なへてはいかそやある事共也

よのみしかきといふ事先例難之　但可随事　よはのなと云てはくるしからす　いかてかよまさらん　みしかきよなとはつゝくへからす　承暦歌合　もしほの煙たえやし

書陵部本

やとはしにたる人のあるや也〕時うしなへる　今はの空〔恋なとにもすこしはいかにそやあれともそれははゝからす〕なかれてのよ　はなちとり　たれこめて　むなしき煙〔昇霞　霞にのほる〕あとたゆる〔雪なとには常の事也〕いきのを　たまきはる　うはむしろ　雲かくれ〔月日をいむなり〕すきにしきみ〔是慎ことは也　但有例　仲平云伊勢に寛平の御世のすきにしといへり　其は昔御覧人の心也〕

か様の詞よく〳〵心えてよむへし　わか述懐とあらはに見えたる歌や恋歌又ことによりてはゝからぬ事もあれと　なへてはいかにそやある事ともなり

よのみしかきといふ事先例難之　但可随事　よはのなといひてはくるしからす　いかてかよまさらむ　みしかきよなとゝはつゝくへからす　承暦歌合に　もしほのけふ

内閣本

空〔恋なとにすこしはいかにやあれとそれはゝからす〕なかれてのよ　はなちとり　たれこめて　むなし煙〔昇霞　かすみのほる〕あとたゆる〔雪なとは常事也〕いきのを　たまきはる　うはむしろ　雲かくれ〔月日をいむ也〕過にしきみ〔是慎詞也　但有例　仲平云伊世に寛平御宇すきにしといへり　其昔御（空白）の〕

〔よのみしかきといふ事　先例難之　但可随事　よはのなと云てはくるしからす　みしかきよなとはつゝくへからす　承暦歌合もしほの煙きえやしぬらん　経信禁之

国会本

ぬらん　経信禁之　非深咎歟　可
依様也　堀[55]河院中宮　花契遐年
上御製　千とせまておりてみるへ
き桜花　朝[56]光おりにことなとよめ
るは非禁也　おりてこといへる歌
あしき也　於[57]禁中おるといふ事禁
之　清[58]輔朝臣引例拾遺歌　おりて
みるかひもあるかな梅の花　源広
信朝臣歌　是康保三年事也　尤可
忌之　作[59]下折別事なれとうちきゝ
たる同事也　されは折も可忌歟
但[60]公忠かおりてかさせるなといふ
やうに或詠之　又可禁之

抑[61]うつふしそめ　つ[62]るはみ　し[63]ゐ
しは　あ[64]らはし　す[65]みそめ　こ[66]け
い[67]ろなといふは出家物　又とき
にとりてよむへからんにはさうに
不及　なにとなくなとはよむまし
き也　かやうの事多けれと随思出
少々をしるす　准之可計
公[68]宴にはわかやとゝはよます　但[69]

幽斎本

ぬらん　経信禁之　非深咎歟　可
依様也　堀川院中宮　花契遐年
上御製　千とせまておりてみるへ
き桜花　朝光おりにことなとよめ
るは非禁也　おりて歌あしき也
於禁中おるといふ事禁之　清輔朝
臣引例拾遺歌　おりてみるかひも
ある哉梅の花　源広信朝臣歌　是
康保三年事也　尤可忌之　作下折
別事なれとうちきゝたる同事也
されは折も可忌歟　但公忠かおり
てかさせるなといふやうに或詠之
又可禁之

抑うつふしそめ　つるはみ　しゐ
しは　あらはし　すみそめ　こけ
いろなといふは出家物　又とき
にとりてよむへからんにはさうに
不及　なにとなくなとよむましき
也　かやうの事多けれは随思出
少々をしるす　准之可計
公宴にはわかやとゝはよます　但

書陵部本

りたえやしぬらん　経信禁之　非
深咎歟　可依様也　堀河院中宮
花契遐年　上御製　ちとせまてを
りてみるへき桜花　朝光おりにこ
となるとよめるは非禁也　おりて
と云かあしき也　於禁中おるとい
ふ事禁之　清輔朝臣引例拾遺歌
折てみるかひもあるかな梅の花
〔源寛信朝臣歌〕　是康保三年事
なり　尤可忌云々　但下折別事な
れとうちきゝたる同ことなり　さ
れは折も可忌歟　但おるとよまん
は無憚〔折心〕　おりは有憚事な
り　公忠かおりてかさせるなとい
ふ様或詠之　又可禁之

抑うつふしそめ　つるはみ　しい
しは　あらはし　すみそめ　こけ
の色なといふは出家のもの　又時
にとりてよむへからんにはさうに
をよはす　なにとなくなとはよむ
ましき事也　か様の事おほけれと
随思出少々をしるす　推之可計
公宴には我宿とはよます　但天徳

内閣本

非深咎歟　可依様也　堀川院中宮
花契遐年　上御製　ちとせまてお
りて見るへき桜花　朝光おりにと
よめる非禁也　おりてはあしき也
於禁中おるといふ事禁之　清輔
朝臣引例拾遺幷　おりてみるかひ
もある哉梅花　源広信朝臣歌　是
康保三年事也　尤可忌〱　作下
折別事なれ共うちきゝたる同事也
されは折も可忌歟〕
かやうの詞はよく〱心えてよむ
へし　わか述懐とあらはにみえた
る歌や恋歌　又事によりてはゝか
らぬ事也あれとなへてはいそやあ
る事とも也

抑うつふしそめ　つるはみ　しゐ
しは　あらはし　すみそめ　こけ
いろなといふは出家物　又時に
とりてよむへからんにはさうにを
よはす　なにとなくなとはよむま
しきなり　かやうの事多けれと随
思出少々をしるす　准之可計
公宴にはわかやとゝはよます　但

国会本

天徳歌合に朝忠か　わかやとの梅かえになく　とよめり　[70]自撰なれは撰は道理なれと無沙汰為持　[71]家暦俊番改長　わか宿の花に木つたふ　とよめる　[72]彼は歌人ならねと被撰入了　[73]又文字をこゑにてよむことはなへてなし　物名はけふそくなともよめり

[74]歌合ならぬにはあなかちに題をみなつくす事はなし　如屏風歌は題字多けれ共よき程にはからひてよむ也　いたく心を入とすれは歌のすかたわろき也　されはとて又つや〳〵題をも忘てよめるも見苦　如此事歌は大事なる也　[75]経信は翫池上月と云にいはまの水とよみて用池　[76]俊頼は雨後野草にあさちふにとよみて用野　[77]松なといつれは用山事もあるへし　[78]上東門院　岸菊久匂といへるには岸心はたゝ汀とよめり　如此事不可勝計　[79]野亭はすゝのしのやといひつれはあり　[80]山家を軒はの杉なとよめるはそ

幽斎本

天徳歌合に朝忠か　わかやとの梅かえになく　とよめり　自撰なれは撰は道理なれと無沙汰為持　承暦後番政長　わか宿の花に木つたふとよめる　彼は歌人ならねと被撰入了　又文字をこゑにてよむことなへてなし　物名はけふそくなともよめり

歌合ならぬにはあなかちに題をみなつくす事はなし　如屏風歌は題字多けれ共よき程にはからひてよむ也　いたく心に入とすれは歌のすかたわろき也　されはとて又つや〳〵題をも忘てよめるは見苦　如此事か歌は大事なる也　経信は翫池上月と云にいはまの水とよみて用池　俊頼は雨後野草にあさちふにとよみて用野　松なといひつれは用山事もあるへし　上東門院　岸菊久匂といへるには岸心はたゝ汀とよめり　如此事不可勝計　野亭はすゝのしのやといひつれはあり　山家を軒はの杉なとよめ

書陵部本

歌合に朝忠か　わかやとの梅かえになく　とよめり　自撰なれは撰は道理なれと無沙汰為持　承暦後番政長　わかやとの花に木つたふ　とよめり　彼は歌人ならねと被撰入了　又文字を声にてよむ事はなへてはなし　物名はけふそくなともよめり

歌合ならぬにはあなかちに題をみなつくす事はなし　如屏風歌は題字多けれともよき程にはからひてよむ也　いたく心をいれんとすれは歌のすかたわろき也　されはとて又つや〳〵題をもわすれてよめるも見苦　如此事か歌は大事なる也　経信は翫池上月といふにいはまの水とよみて用池　俊頼は雨後野草に浅茅生と読て用野　松なといひつれは用山こともあるへし　上東門院　岸菊久匂といへるには岸の心はたゝみきはなとよめり　如此事不可勝計　野亭はすゝのしのやなといひつれはあり　山家を

内閣本

天徳歌合に　朝忠か　わかやとの梅かえになく　とよめり　自撰なれは撰には道理なれと無沙汰為持　承暦後番政長　わかやとの花にこつたふ　とよめり　彼は歌人ならねと被撰入　又文字を声にてよむ事はなへてなし　物名はけうそくなともよめり

歌合ならぬにはあなかちに題をみなつくす事はなし　如屏風歌は題字多けれともよきほとに計てよむ也　いたく心を入しすれは歌のすかたわろき也　されはとてつや〳〵題をもわすれてよめるも見苦　如此事そ歌は大事なる　経信は翫池上月と云に岩間の水とよみて用池　俊頼は雨後野草にあさちふにとよみて用野　松なと云つれは　たゝみきはなとよめり　如此事不可勝計　野亭はすゝのしのやといひつれはなり　山家を軒端の杉なとよめるはその景気思やる也　あなかちに題をよみいれんとはせ

の景きを思ひやる也　[81]あなかちに
題をよみいれんとはせす　是を
きゝて歌心えぬものゝ落題は一定
ありぬへき事也　能々おもひ分へ
し[82]　於其所本物をきてこと物を
よむをは或難　たとへはふちの雲
を基俊難てい也　されとつねの事
也

(二十三)　学書

学書
[1]万葉集已下代々勅撰子細在他巻
[2]家々撰集
[3]新撰万葉集〔以詩読歌〕号菅家万
葉集　菅家撰也　二巻書也　序曰
寛平五載秋九月二十五日　下巻延
喜十三年八月二十一日云々　是他
人撰也　或説源相公説云々　如何
[4]樹下集二十巻〔多々法眼源賢撰
有仮名序〕　[5]玄々集一巻〔能因
撰　有序〕　[6]山伏集〔撰者不知〕
[7]良暹打聞　[8]隆経三巻集　[9]経衡十巻
抄　[10]良玉集十巻〔顕仲兵衛佐撰

国会本

るはその景気を思ひやる也　あな
かちに題をよみいれんとはせす
是をきゝて歌心えぬものゝ落題は
一定ありぬへき事也　能々思ひ分
へし　於其所本物をゝきてこと物
をよむをは或難　たとへはふちの
雲を基俊難てい也　されとつねの
事也

学書
万葉集已下代々勅撰子細在他巻
家々撰集
新撰万葉集〔以詩読歌〕号菅家万
葉集　菅家撰也　二巻書也　序曰
寛平五載秋九月二十五日　下巻延
喜十三年八月二十一日云々　是他
人撰也　或説源相公説云々　如何
樹下集二十巻〔多々法眼源賢撰
有仮名序〕　玄々集一巻〔能因
撰　有序〕　山伏集〔撰者不知〕
良暹打聞　隆経三巻集　経衡十巻
抄　良玉集十巻〔顕仲兵衛佐撰

幽斎本

軒はの杉なとよめるはその景気を
思ひやる也　あなかちに題をよみ
いれんとはせす　是を聞て歌心え
ぬものゝ落題は一定ありぬへき事
也　能々思ひわくへし　於其所本
物を置てこと物をよむをは或難
たとへはふちの雲を基俊難する体
也　されと常の事歟

学書
万葉集以下代々勅撰子細在他巻
家々撰集
新撰万葉集〔以詩読歌〕号菅家万
葉集　菅家撰也　二巻書也　序曰
寛平五載秋九月二十五日　下巻延
喜十三年八月二十一日云々　是他
人撰也　或説源相公説云々　如何
樹下集二十巻〔多々法眼源賢撰
有仮名序〕　玄々集一巻〔能因
撰　有序〕　山伏集〔撰者不知〕
良暹打聞　隆経三巻集　経衡十巻
抄　良玉集十巻〔顕仲兵衛佐撰

書陵部本

す　これをきゝて歌心得ぬものゝ
落題は一定ありぬへき事也　能々
おもひわくへし　出其所本物をゝ
きてこと物をよむをは或難　たと
へはふちの雲を基俊難てい也　さ
れと常事歟

学書
万葉集已下代々勅撰子細在他巻
家々撰集
新撰万葉〔以詩読歌　号菅家万葉
集〕菅家撰也　二巻書也　序曰寛
平五載秋九月二十五日　下巻延喜
十三年八月二十一日云々　是他人
撰也　或説源相公説云々　如何
樹下集二十巻〔多田法眼源賢撰
有仮名序〕　玄々集一巻〔能因撰
有序〕　山伏集〔不知撰者〕
良暹打聞　隆経三巻集　経衡十巻
抄　良玉集十巻〔顕仲兵衛佐撰

内閣本

国会本

大治元年　嘲金葉集〕　[11]拾遺古今
二十巻〔教長撰　有序永範　嘲詞
花集〕　[12]続詞花集二十巻〔有序長
光　雖可為勅撰　二条院崩御不遂
之〕　[13]顕昭法師三巻抄〔号今撰集〕
如此集不可勝計　此外撰者不詳
又古人不用　或又撰者左道抄多
[14]所謂　念西入道打聞　[15]尼草子〔持
来経信家〕　[16]資仲後拾遺〔四巻
不具〕　[17]五葉集〔二十巻　尾張権
守橘盛忠撰云々　有両序　敦光作
之　後冷　後三　白川　堀川　鳥
羽五代歌云々〕　[18]又　号山階集
撰南都歌　[19]称月詣集抄　賀茂歌
〔重保所為〕　如此物近年又多　皆
不能用歟
[20]抄物等
[21]万葉集抄〔五巻抄　貫之撰云々〕
　[22]二十巻抄〔不知撰者〕　[23]類聚歌
林〔山上憶良撰　在平等院宝蔵
云々　通憲歟〕　[24]新撰四巻〔貫之
古今後撰　但不奏之〕　[25]金玉集一
巻〔公任卿撰〕　[26]拾遺集十巻〔拾

幽斎本

大治元年　嘲金葉集〕　拾遺古今
二十巻〔教長撰　有序永範　嘲詞
花集〕　続詞花集二十巻〔有序長
光　雖可為勅撰　二条院崩御不遂
之〕　顕昭法師三巻抄〔号今撰集〕
如此集不可勝計　此外撰者不詳
又古人不用　或又撰者左道抄多
所謂　念西入道打聞　尼草子〔持
来経信家〕　資仲後拾遺〔四巻
不具〕　五葉集〔二十巻　尾張権
守橘盛忠撰云々　有両序　敦光作
之　後冷　後三　白川　堀川　鳥
羽　五代歌云々〕　又　号山階集
撰南都歌　称月詣集抄　賀茂歌
〔重保所為〕　如此物近年又多　皆
不能用歟
抄物等
万葉集抄〔五巻抄　貫之撰之
云々〕　二十巻抄〔不知撰者〕　類
聚歌林〔山上憶良撰　在平等院宝
蔵云々　通憲歟〕　新撰四巻〔貫
之古今後撰　但不奏之〕　金玉集
一巻〔公任卿撰〕　拾遺抄十巻〔拾

書陵部本

大治元年　嘲金葉集〕　拾遺古今
二十巻〔教長撰　有序永範　嘲詞
花集〕　続詞花集二十巻〔有序長
光　雖可為勅撰　二条院崩御不遂
之〕　顕昭法師三巻抄〔号今撰集〕
如此集不可勝計　此外撰者不詳
又古人不用　或又撰者左道抄多
所謂　念西入道打聞　尼草子〔持
来経信家〕　資仲後拾遺〔四巻
不具〕　五葉集二十巻〔尾張権守
橘盛忠撰云々　有両序　敦光作之
　後冷　後三　白河　堀河　鳥羽
　五代歌云々〕　又　号山階集
撰南都歌　称月詣集　賀茂歌〔重
保所為〕　如此物近年又多　皆不
能用歟
抄物等
万葉集抄〔五巻抄　貫之撰之〕
〔二十巻抄　不知撰者〕　類聚歌林
〔山上憶良撰　有平等院宝蔵云々
　通憲説也〕　新撰四巻〔貫之古
今後撰　但不奏之　古今歌三百六
十首〕　金玉集一巻〔公任卿撰〕

内閣本

大治元年　明（ママ）金葉集〕　拾遺古今
二十巻〔教長撰　有序永範　嘲詞
花集〕　続詞花集二十巻〔有序長
光　雖可為勅撰　二条院崩御不遂
云々〕　顕昭法師三巻〔号今撰集〕
如此集不可勝計　此外撰者不詳
又古今不用　或又撰者左道抄多
所謂　念首入道打聞　尼草子〔持
来経信家〕　資仲後拾遺四巻〔不
具〕　五葉二十巻〔尾張権守橘盛
忠撰云々　有両序　敦光作之　後
冷泉　三条　白川　堀川　鳥羽
五代歌云々〕　〔又号山階集　撰
南都歌〕　称月詣集抄〔賀茂歌
重保所持〕　如此物近年又多　皆
不能用歟

万葉抄〔五是抄　貫之撰之〕　二
十巻抄〔不知撰者〕　類聚歌林
〔山上憶良撰　在平等院宝蔵云々〕
　新撰四巻〔貫之古今後撰　但不
奏之　古今歌二百六十首〕　金玉
集〔公任卿撰　一巻　通憲説之〕

国会本

遺内五百八十六首　花山或公任〕
[27]深窓秘抄一巻〔公任卿〕　[28]亀鏡
抄〔伊勢寺入道　十巻〕　[29]和漢朗
詠抄二巻〔公任〕　[30]新撰朗詠抄二
巻〔基俊〕　[31]前十五番〔公任〕　[32]後
十五番〔道雅或定頼〕　[33]三十六人
撰〔公任〕　[34]続新撰〔通俊撰　後
拾遺内三百六十首〕　[35]明月抄〔顕
季〕　[36]類林抄五十巻〔仲実　有序〕
[37]悦目抄〔基俊〕　[38]相撲立〔同
私記詩歌二十番〕　[39]題林百二十巻
〔清輔　歌合三十巻　会三十巻
百首三十巻　雑々三十巻〕　[40]諸家
部類〔撰者不知　知足院許有之〕
[41]五代名所〔範兼〕

如此物遠近不可勝計　然而普通所
用注之　[42]此外　能因題抄一巻
[43]麗花抄　[44]蓮露抄〔三巻〕　[45]桑門集
〔顕昭　私記古今僧侶歌〕　[46]山戸苑
田集　[47]古後拾集　[48]句集十巻　[49]恋集
等非絶物　[50]大江広経上科抄二巻
[51]類聚古集二十巻〔万葉〕　敦隆抄

幽斎本

遺内五百八十六首　花山或公任〕
[a]六帖〔貫之或兼明親王〕　深窓秘
抄一巻〔公任卿〕　亀鏡抄〔伊勢寺
入道　十巻〕　和漢朗詠抄二巻
〔公任〕　新撰朗詠抄二巻〔基俊〕
前十五番〔公任〕　後十五番　道
雅或定頼　三十六人撰〔公任〕
続新撰〔通俊撰　後拾遺内三百六
十首〕　明月抄〔顕季〕　類林抄五
十巻〔仲実　有序〕　悦目抄〔基
俊〕　相撲立　同　私記〔詩歌二
十番歟〕　題林百二十巻〔清輔
歌合三十巻　会三十巻　百首三十
巻　雑々三十巻〕　諸家部類〔撰
者不知　知足院許有之〕　五代名
所〔範兼〕

如此物遠近不可勝計　然而普通所
用注之　此外　能因題抄一巻　麗
花抄　蓮露抄三巻　桑門集〔顕昭
私記古今僧侶歌〕　山戸苑田集
古後拾抄　句集十巻　恋集　等
非絶物　大江広経上科抄〔二巻〕
類聚古集二十巻〔万葉〕　敦隆抄

書陵部本

拾遺抄十巻〔拾遺内五百八十六首
花山或公任〕　六帖〔貫之或兼
明親王〕　深窓秘抄一巻〔公任卿〕
亀鏡抄〔伊勢室山入道　十巻〕
和漢朗詠抄二巻〔公任〕　新撰朗
詠抄二巻〔基俊〕　前十五番〔公
任〕　後十五番〔道雅或定頼〕　三
十六人撰〔公任〕　続新撰〔通俊
撰　後拾遺内三百六十首〕　明月
抄〔顕季〕　類林抄五十巻〔仲実
有序〕　悦目抄〔基俊〕　相撲立
〔同〕　題林百二十巻〔清輔　歌合
三十巻　会三十巻　百首三十巻
雑々三十巻〕　諸家部類〔撰者不
知　知足院許有之〕　五代名所
〔範兼〕

如此物遠近不可勝計　然而普通所
用注之　此外　能因題林（ママ）抄一巻
麗花抄　蓮露抄三巻　桑門集〔顕
昭〕　山戸苑田集　古後拾抄　句
集十巻　恋集　等非強物　大江広
経上科抄二巻　類聚古今（ママ）集二十巻
〔万葉〕　敦隆抄　近日又済々未入

内閣本

拾遺抄十巻〔拾遺内五百八十六
首　花山或公任卿〕　六帖〔貫之
或兼明親王〕　深窓秘抄巻〔公任
卿〕　亀鏡抄〔伊世守山入道　十
巻〕　和漢朗詠抄二巻〔公任卿〕
新撰朗詠抄二巻〔基俊〕　前十
五番〔公任卿〕　後十五番〔道雅
或定頼〕　三十六人撰〔公任卿〕
続新撰〔通俊撰　後拾遺内三百
六十首〕　明月抄〔顕季〕　類林
五十巻〔仲実　有序〕　悦目抄
〔基俊〕　相撲恋（ママ）　同　題林百二
十巻〔清輔　歌合三十巻　会三十
巻　百首三十巻　雑三十巻〕　諸
家部類〔撰者不知　知足院所有
歟〕　五代名所

如此物遠近不可勝計　然而普通所
用注之　此外　能因題抄一巻　麗
花抄　蓮落（ママ）抄三巻　桑門集〔顕
昭〕　山戸苑田集　古後拾抄　句
集十巻　恋集　世非強物　大江広
経上科抄二巻　類聚古集二十巻
〔万葉〕

国会本

近日又済々未入之
[52]四家式
[53]歌経標式〔参議藤浜成奉勅〕[54]喜
撰作式〔喜撰奉勅〕[55]孫姫式〔有
序〕[56]石見女式〔是安倍清行式同
物也〕
[57]五家髄脳
[58]新撰髄脳〔公任卿〕[59]能因歌枕
[60]俊頼無名抄　[61]綺語抄〔仲実〕[62]奥
義抄四巻〔清輔〕
[63]此外　白女口伝　[64]隆源口伝　已下
済々　[65]近　範兼童蒙抄　[66]江帥　[67]初
学[68]一字　[69]俊成古来風体　皆心明
鏡也　[70]又　忠岑　[71]道済十体　[72]公任
卿九品　等抄物不可勝計也
[73]物語
[74]〔私業平〕伊勢　上下　[75]〔私滋春〕
大和　上下　[76]源氏五十四帖　此外
物語非強最要
[77]雑々
[78]家々集　家々歌合　会〔自禁中至
諸家〕雑々所々歌

幽斎本

近日又済々未入之
四家式
歌経標式〔参議藤浜成奉勅〕喜
撰式〔喜撰奉勅〕孫姫式〔有序〕
石見女式〔是安倍清行式同物也〕
五家髄脳
新撰髄脳〔公任卿〕能因歌枕
俊頼無名抄　詞《ママ》語抄〔仲実〕奥
義抄四巻〔清輔〕
此外　白女口伝　隆源口伝　已下
済々　近　範兼童蒙抄　江帥　初
学　一字　俊成古来風体　皆心明
鏡也　又　忠岑　道済十体　公任
卿九品　等抄物不可勝計也
物語
〔私業平〕伊勢　上下　〔私滋春〕
大和　上下　源氏五十四帖　此外
物語非強最要
雑々
家々集　家々歌合　会〔自禁中至
諸家〕雑々所々歌

書陵部本

之
四家式
歌経標式〔参議藤浜成奉勅〕喜
撰作式〔喜撰奉勅〕孫姫式〔有
序〕石見女式〔是安倍清行式同
物歟〕
五家髄脳
新撰髄脳〔公任卿〕能因歌枕
俊頼無名抄　綺語抄〔仲実〕奥
儀抄四巻〔清輔〕
此外　白女口伝　隆源口伝　已下
済々　近　範兼童蒙抄　清輔初学
一字　俊成古来風体　等世皆心
明鏡也　又　忠岑　道済十体　公
任卿九品　等抄物不可勝計也
物語
伊勢　上下　大和　上下　源氏五
十四帖　此外物語非強最要
雑々
家々集　家々歌合〔自禁中至諸
家〕雑々所々歌

内閣本

四家式
歌経標式〔参議藤原浜成奉勅〕
喜撰作式〔喜撰奉勅〕孫姫式
〔有序〕石見女式〔是安倍清行式
同物歟〕
五家髄脳
新撰髄脳〔公任卿〕能因歌枕
俊頼無名抄　倚《ママ》語抄〔仲実〕奥
義抄四巻〔清輔〕倚《ママ》語抄〔仲実〕
此外　白女口伝　隆源口伝　已下
済々　近　範兼童蒙抄　江帥　初
学〔一字〕俊成古来風体　皆以
明鏡也　又　忠岑　道済十体　公
任卿　世抄物不可勝計
物語
伊勢〔上下〕大和〔上下〕源
氏〔五十四帖〕此外物語非強最
要
雑々
家々集　家々合　会〔自禁中至諸
家〕雑々所々歌

八雲抄巻第二

作法部

歌合〔禁中　臣下〕歌会〔中殿　尋常〕書
様　題　判者　序者　講師　読師　番　作者
清書　撰集

（一　内裏歌合）

一　内裏歌合〔院宮可准之〕
[1]天徳四年　永承四年　承歴二年　以此三ケ度
為例　[2]自余者　或菊合根合等次　[3]又率爾内々
密儀也　[4]寛和二年歌合者　雖非密儀不均三度
例　[5]仍以天徳例　勘入永承々暦幷延喜十三年
亭子院歌合已下例也
[6]兼日定左右頭事
[7]天徳三月一日　歌合晦日　[8]永承十月中旬　歌
合は十一月　[9]承暦三月一日　歌合四月二十八
日　[10]天徳以更衣為頭　[11]亭子院歌合　以女六七
宮為左右頭　[12]永承両貫首　[13]承歴同〔但右頭
不参　以俊綱為右頭〕自余准之　[14]永承　五
位蔵人俊長執筆分書之
[15]同雑事定文事

国会本

八雲鈔巻第二

作法部

歌合〔禁中　臣下〕歌会〔中殿　尋常〕書
様　題　判者　序者　講師　読師　番　作者
清書　撰集

一　内裏歌合〔院宮可准之〕
天徳四年　永承四年　承暦二年　以此三箇度
為例　自余者　或菊合根合等次　又率爾内々
密儀也　寛和二年歌合者　雖非密儀不拘三度
例　仍以天徳例　勘入永承々暦幷延喜十三年
亭子院歌合已下例也
兼日定左右頭事
天徳三月一日　歌合晦日　永承十月中旬　歌
合は十一月　承暦三月一日　四月二十八日
天徳以更衣為頭　亭子院歌合　以女六七宮為
左右頭　永承両貫首　承暦同〔但右頭不参
以俊綱為右頭〕自余准之　永承　五位蔵人
俊長執筆分書之
同雑事定文事

幽斎本

八雲抄巻第二

作法部

歌合〔禁中　臣下〕歌会〔中殿　尋常〕書
様　題　判者　序者　講師　読師　番　作者
清書　撰集

一　内裏歌合〔院宮可准之〕
天徳四年　永承四年　承暦二年　以此三ケ度
為例　自余者　或菊合根合等次　又率爾内々
密儀也　寛和二年歌合者　雖非密儀不均三度
例　仍以天徳例　勘入永承承暦幷延喜十三年
亭子院歌合已下例也
兼日定左右頭事
天徳三月一日　歌合晦日　永承十月中旬　歌
合は十一月九日　承暦三月一日　歌合四月二
十八日　天徳以更衣為頭　亭子院歌合　以女
六七宮為左右頭　永承両貫首　承暦同〔但右
頭不参　以俊綱為右頭〕自余准之　永承
五位蔵人俊長執筆分書之
同雑事定文事

書陵部本

国会本

[16]書様定と書て　歌合左方雑事　又上て一奉幣
下て其所　猶下て行事某　一祓事　次一つ一
つと一行に書　文台　籌判　灯台　饗　女房
破子　装束　奥に年号月日也
[17]同祈禱事
[18]承暦　八幡賀茂可競馬　長元[19]　左住吉又八幡
十烈　[20]郁芳門院根合　五社奉幣〔石賀稲住
北〕其度持也　左賀茂右八幡競馬
[21]同被下題事
[22]当日朝　男女有祓又反閇事
[23]同御装束事
[24]天徳中殿西面〔台盤所北一間也〕[25]永承里内
　[26]承暦中殿東面也　其所懸新調御簾　[27]天徳用
台盤所倚子　依為西面也　御座南立机　[28]永承
承歴　用殿上倚子　[29]御座左右敷公卿座　簀子
右侍臣座　御座間敷円座二枚為講師座　簀子
敷円座籌判座　[30]永承関白候簾中　[31]承歴候座
[32]御装束様　永承々暦大略同
[33]剋限出御着御倚子〔[34]御直衣張袴　[35]天徳甲時〕
甲時〔[36]院例〕亭子院歌合巳時　永承々暦共
戌時
[37]次念人公卿依召着孫廂〔[38]直衣束帯　上さまの
人は直衣　自余束帯〕[39]承暦御座左右相分

幽斎本

書様定と書て　歌合左方雑事　又上て一奉幣
下て其所　猶下て行事某　一祓事行事某　次
一つ一つと一行に書　文台　籌判　灯台　饗
　女房破子　装束　奥に年号月日也
同祈禱事
承暦　八幡賀茂可競馬　長元　左住吉又八幡
十列　郁芳門院根合　五社奉弊〔石賀稲住
北〕其度持也　左賀茂右八幡競馬
同被下題事
当日朝　男女有祓又反閇事
同御装束事
天徳中殿西面〔台盤所北一間也〕永承里内
　承暦中殿東面也　其所懸新調御簾　天徳用
台盤所倚子　御座左右敷公卿座　簀子右侍臣
座　御座間敷円座二枚為講師座　簀子敷円座
為籌判座　永承関白候簾中　承暦候座　御装
束様　永承々暦大略同
剋限出御着御倚子〔御直衣張袴〕天徳申時
〔院例〕亭子院歌合巳時　永承々暦共戌時
次念人公卿依召着孫廂〔直衣束帯　上さまの
人は直衣　自余束帯也〕　承暦御座左右相分

書陵部本

書様定〔と書て〕歌合左右雑事　又上て一奉
幣下て其所　猶下て行事某　一祓事行事某
次一つ一つと一行に書　文台　籌刺　灯台
饗　女房破子　装束　奥に年号月日也
同祈禱事
承暦　八幡賀茂可競馬　長元　左住吉右八幡
十列　郁芳門院根合　五社奉幣〔石賀稲住
北〕其度持也〔左賀茂右八幡競馬〕
同被下題事
当日朝　男女(空白)有祓(空白)又反閇事
同御装束事
天徳中殿西面〔台盤所北一間也〕永承里内
　承暦中殿東面也　其所懸新調御簾　天徳用
台盤所倚子　依為西面也　御座南立机　永承
承暦　用殿上倚子　御座左右敷公卿座　簀子
有侍臣座　御座間敷円座二枚為講師座　簀子
敷円座為籌判座　永承関白候簾中　承暦候座
　御装束様　永承承暦大略同之
剋限出御着御倚子　御直衣張袴　天徳申時
院例亭子院歌合巳時　永承承暦共戌時
次念人公卿依召着孫廂
直衣束帯　上さまの人は直衣　自余束帯也

国会本

着之
次[40]奏
天徳永承無之　延喜十三年承歴有之　延[41]喜
左中務親王奏之〔付桜枝〕　右上野親王〔付
柳枝〕　承[42]暦左奏許也　左大将師通奏之〔付
松枝〕　左大将取奏少将隆宗伝之　主上取奏
御覧後　令置御座左方　師通卿取松枝　於本
所返給于隆宗
次[43]右方自殿上舁文台立弘廂〔風[44]流如代々記
文〕　承[45]暦如此　永承左方先舁　延[46]喜左五位
右童舁　天徳童女共舁之　永承々暦共六位
承暦五位交之
次[47]立左員判具於簀子〔天徳童女　永承々暦六
位〕
次[48]舁左方文台〔風流如代々　承暦五六位舁
之〕
次[49]立員判具於簀子　天[50]徳如此　郁[51]芳門院根合
依院仰無員判
次[52]依召供灯〔風流也〕　講[53]師前切灯台也　天
徳用脂燭〔左少将伊渉　右少将助信役之〕
四[54]条宮春秋歌合　忠俊　少納言伊房役之
次[55]左右参上
延[56]喜天徳有参音声　或之天徳永承不見　笛笙

幽斎本

着之
次奏
天徳永承無之　延喜十三年承暦有之　延喜
左中務親王奏之〔付桜枝〕　右上野親王〔付
柳枝〕　承暦左奏許也　左大将師通奏之〔付
松枝〕　左大将取奏少将隆宗伝之　主上取奏
御覧後　令置御座左方　師通卿取松枝　於本
所返給于隆宗
次右方自殿上舁文台立弘廂〔風流如代々記
文〕　承暦如此　永承左方先舁　延喜左五位
右童舁　天徳童女共舁之　永承々暦六位　承
暦五位交之
次立左員判具於簀子〔天徳童女　永承々暦六
位〕
次舁右方文台〔風流如代々　承暦五位舁之〕
次立員判具於簀子　天徳如此　郁芳門院根合
依院仰無員判
次依召供灯〔風流也〕　講師前切灯台也　天
徳用脂燭〔左少将伊渉　右少将助信役也〕
四条宮春秋歌合　少将忠俊　少納言伊房役也
次左右参上
延喜天徳有参音声　或之天徳永承不見　笛笙
篳拍子也　延喜左黄鐘調　歌伊勢海　右双調

書陵部本

承暦御座左右相分着之
次奏
天徳永承無之　延喜十三年承暦有之　延喜
左中務親王奏之〔付桜枝〕　右上野親王〔付
柳枝〕　承暦左奏許也　左大将師通奏之〔付
松枝〕　左大将取奏少将隆宗伝之　主上取奏
御覧後　令置御座左方　師通卿取松枝　於本
所返給于隆宗
次右方自殿上舁文台立弘廂　風流如代々記文
承暦如此　永承左方先舁　延喜左五位右童
舁　天徳童女共舁之　永承承暦共六位　承暦
五位交之
次立左員刺具於簀子　天徳童女　永承承暦六
位
次舁右方文台　風流如代々　承暦五六位舁之
次立員刺具於簀子　天徳如此　郁芳門院根合
依院仰無員刺
次依召供灯　風流也　講師前切灯台也　天徳
用脂燭〔左少将伊渉　右少将助信役之〕　四
条宮春秋歌合　少将忠俊　少納言伊房役之
次[a]員判進　兼敷円座　殿上童也
次左右参上
延喜天徳有参音声　或無之　天徳永承不見

国会本

篳拍子也　[57]延喜左黄鐘調　歌伊勢海　右双調
　歌竹川　[58]承暦左双調　席田　[59]長元頼通公歌
合幷郁芳根合　自舟参上　歌笛如例
[60]次左右講師参　読師は依儀式参
[61]次有判
[62]承暦有仰敷判者円座　長元左大臣歌合敷之
[63]郁芳根合　院半巻御簾有御見物　[64]寛治高陽院
歌合　中宮大夫師忠書勝負　人々[65]進寄　左右
互申難求紕繆　[66]承歴両念人詠歌両三反　[67]永承
左資綱右経家　承暦左実政右俊綱進歌
[68]次勝方念人公卿已下　於前庭拝　[69]承暦如此
永承無所見　[70]公卿四位五位六位四重也
[71]次有管絃
[72]天徳左右共奏之　同時互奏地下召人済々　[73]永
承々暦尋常御遊也　[74]承暦地下伶人相交
[75]次公卿禄
[76]永承々暦には入御後也　可依便宜歟　[77]天徳夏
御装束一襲也　大納言已下白合御衣一重　宰
相単重　自余絹　[78]長元左大臣歌合　輔親〔判
者有別禄云々〕
[79]次入御〔公卿平伏〕
[80]天徳承暦左勝　[81]有公卿作者　[82]永承持
[83]雑事

幽斎本

音　歌竹川　承暦左双調　席田　長元頼通公
歌合幷郁芳根合　自舟参上　歌笛如例
次左右講師参　読師は依儀或参
次有判
承暦有仰敷判者円座　長元左大臣歌合敷之
郁芳根合　院半巻御簾有御見物　寛治高陽院
歌合　中宮大夫師忠書勝負　人々進寄　左右
互申難求紕繆　承暦両念人詠歌両三反　永承
左資綱右経家　承暦左実政右俊綱進寄
次勝方念人公卿已下　於前庭拝　承暦如此
永承無所見　公卿四位五位六位四重也
次有管絃
天徳左右共奏之　同時互奏地下召人済々　永
承々暦尋常御遊也　承暦地下伶人相交
次公卿禄
永承々暦には入御後也　可依便宜歟　天徳夏
御装束一襲也　大納言已下白合御衣一重　宰
相単重　自余絹　長元左大臣歌合　輔親〔判
者〕有別禄云々
次入御〔公卿平伏〕
天徳承暦左勝　有公卿作者　永承持
雑事

書陵部本

笛笙篳篥拍子也　延喜左黄鐘調　歌伊勢海
右双調　歌竹河　承暦左双調　席田　長元頼
通公歌合幷郁芳根合　自舟参上〔歌笛如例〕
次左右講師参〔読師は依儀式参〕
次有判
承暦有仰敷判者円座　長元左大臣歌合敷之
郁芳根合　院半巻御簾有御見物　寛治高陽院
歌合　中宮大夫師忠書勝負　人々進寄　左右
互申難求訛謬　承暦両念人詠歌両三反　永承
左資綱右経家　承暦左実政右俊綱進歌
次勝方念人公卿已下　於前庭拝　承暦如此
永承無所見　公卿四位五位六位四重也
次有管絃
天徳左右共奏之　同時互奏地下召人済々　永
承承暦尋常御遊也　承暦地下伶人相交
次公卿禄
永承承暦には入御後也　可依便宜歟　天徳夏
御装束一襲也　大納言已下白合御衣一重　宰
相単重　自余絹　長元左大臣歌合　輔親　判
者有別禄云々
次入御　公卿平伏
天徳承暦左勝　有公卿作者　永承持
雑事

天[84]徳有勧盃肴物　後二代無此事〔天徳御厨子
菓子干物供　陪膳重信卿　供御酒　左右臣給
之　有公卿膳〕
公[85]卿念人当日分之　或依次分之
左[86]右集会事　承[87]歴〔左弘徽殿　右麗景殿〕
而右直参下侍　郁[88]芳根合〔左覆殿　左東寝殿
右弘陽殿〕勝[89]方舞　依相撲節例　雖負多
終番勝方奏之　或無此事　禄[90]は流例也〔有
差〕祐[91]子内親王歌合　右大臣　教　内大臣
頼　判者　各給馬　又[92]長元　教通　頼宗
能信　長家　引馬　女[93]房破子流例也　破子也

(二)執柄家歌合

一　執柄家歌合〔大臣家可准之〕
長[1]元八年五月　三十講次左大臣〔頼〕歌合
寛[2]治八年八月十九日　前関白〔師〕高陽院歌
合　已[3]上両度為例　其外無可然歌合　仍就寛
治例注之
先[4]剋限　大殿已下公卿十余輩着座〔直衣〕
次[5]立切灯台　敷管(ママ)円座
次[6]置左右文台〔寛治　女房　左馬頭隆(ママ)　小将
能俊　男方　少将宗輔　蔵人宗佐　長元　蔵
人役也〕

国会本

天徳有勧盃肴物　後二代無此事〔天徳御厨子
菓子干物供　倍膳重信卿　供御酒　左大臣給
之　有公卿膳〕
公卿念人当日分之　或依位次分之
左右集会事　承暦〔左弘徽殿　右麗景殿〕
而右直参下侍　郁芳根合〔左東寝殿　右弘陽
殿方〕勝方舞　依相撲節例　雖負多終番勝
方奏　或無此事　禄は流例也〔有差〕祐子
内親王歌合　右大臣〔教〕内大臣〔頼　判
者〕各給馬　又長元　教通　頼宗　能信
長家　引馬　女房破子流例也　檜破子也

一　執柄家歌合〔大臣家可准之〕
長元八年五月　三十講次左大臣〔頼〕歌合
寛治八年八月十九日　前関白〔師〕高陽院歌
合　已上両度為例　其外無可然歌合　仍就寛
治例注之
先尅限　大殿已下公卿十余輩着座〔直衣〕
次立切灯台　敷菅円座
次置左右文台〔寛治　女房〔方歟〔朱〕〕　左
馬頭師隆　少将能俊　男方　少将宗輔　蔵人
宗佐　長元　蔵人役也〕

幽斎本

天徳有勧盃肴物　後二代無此事〔天徳御厨子
所　菓子干物供御　陪膳重信卿　供御酒　左
大臣給之　有公卿膳〕
公卿念人当日分之　或依位次分之
左右集会事　承暦〔左弘徽殿　右麗景殿〕
而右直参下侍　郁芳根合〔左東寝殿　右弘徽
殿〕勝方舞　依相撲節例　雖負多終番勝方
奏之　或無此事　禄は流例也〔有差〕祐子
内親王歌合　右大臣〔教〕内大臣〔頼　判
者〕各給馬　又長元　教通　頼宗　能信
長家　引馬　女房破子流例也　檜破子也

一　執柄家歌合〔大臣家可准之〕
長元八年五月　三十講次左大臣〔頼〕歌合
寛治八年八月十九日　前関白〔師〕高陽院歌
合　已上両度為例　其外無可然歌合　仍付寛
治例注之
先尅限　大殿已下公卿十余輩着座〔直衣〕
次立切灯台　敷菅円座
次置左右文台　寛治　女方　左馬頭師隆　少
将能俊　男方　少将宗輔　蔵人定佐　長元
蔵人役之

書陵部本

国会本

[7]次左右参上　長元　舟にて発歌笛　右は只参
[8]次召講師〔長元　左　々少弁経長　右　中弁(ママ)
資通　寛治　基綱　宗忠弁也〕
[9]次歌評定〔人々進寄　長元[10]念人各二人　左
兼頼　公成　右　顕基　隆国　[11]員判　殿上
童　員判　殿上童(ママ)〕　[12]寛治　中宮大夫師忠紀(ママ)
勝負　[13]長元　歌風流也　[14]寛治　只切寄続之
後日左　々大将　右　関白書之
[15]次花歌七番講師(ママ)　[16]公卿膳　坏酌　汁物　高坏
物〔[17]題等そなへて可書を料紙不足之間如此
事也〕
[18]次郭公歌
[19]次勧盃〔瓶子基兼取継　酌五位侍臣也　公定
卿取之〕
[20]次月雪祝歌判
[21]次諸大夫置管絃具
[22]次呂律曲〔寛治　楽人於船奏同音〕
[23]次有禄〔長元　判者輔親給之〕
[24]次引出物〔長元　内大臣　頼宗　能信　長家
四人引馬〕
[25]雑事
[26]長元　左勝　自勝方進檜破子　[27]長元　左　頭
経輔已下　右　只侍臣已下　経任依障不参

幽斎本

次左右参上　長元　舟にて発歌笛　右は只参
次召講師〔長元　左　々少弁経長　右　々中
弁資通　寛治　基綱　宗忠弁也〕
次歌評定〔人々進寄　長元　念人各二人　左
兼頼　公盛　右　顕基　隆国　員判　殿上
童〕　寛治　中宮大夫師忠記勝負　長元　歌
風流也　寛治　只切寄続之　後日左　々大将
右　関白書之
次花歌七番講畢　公卿膳　坏酌　汁物　高坏
物
次郭公歌
次勧盃〔公定可取之　瓶子基兼取継　酌五位
侍臣也〕
次月雪祝歌判畢
諸大夫置管絃具
次呂律曲〔寛治　楽人於船奏同音〕
次有禄〔長元　判者輔親給之〕
次引出物〔長元　内大臣―　頼宗　能信　長
家　四人引馬〕
雑事
長元　左勝　自勝方進檜破子　長元　左　頭
経輔已下　右　只侍臣已下　経任依障不参

書陵部本

次左右参上　長元　舟にて発歌笛　右は唯参
次召講師　長元　左　左少弁経長　右　々中
弁資通　寛治　基綱　宗忠弁也
次歌評定　人々進寄　長元　念人各二人　左
兼頼　公成　右　顕基　隆国　員刺　殿上
童　寛治　中宮大夫師忠記勝負　長元　歌風
流也　寛治　只切寄続之　後日左　左大将
右　関白書之
次花歌七番講畢　公卿膳　坏酌　汁物　高坏
物
次郭公歌
次勧盃　公卿可取之　瓶子基兼取継　酌五位
侍臣也
次月雪祝歌判畢
次諸大夫置管絃具
次呂律曲　寛治　楽人於船奏同音
次有禄　長元　判者輔親給之
次引出物　長元　内大臣　頼宗　能信　長家
四人引馬
雑事
長元　左勝　自勝方進檜破子　長元　左　頭
経輔以下　右　只侍臣以下　経任依障不参

[28]寛治　左　女人　右　通俊　匡房両納言　四
位五人　[29]長元寛治共左勝　[30]長元　撰歌合　寛
治　皆悉番之
[31]禁中仙洞執政家歌合　或大略如此
[32]后宮　四条宮春秋歌合為本
[33]大臣已下家々　多略儀也　永久　実行　講師
五位二人〔家信　道経〕講（ママ）師　四位二人
〔俊頼　仲実〕近日不及此式歟
[34]抑於諸社歌合者　勧進人書番之　判は或任神
慮或又有判　〔[35]大治二年　広田歌合　基俊判
之　[36]嘉応　住吉　俊成判　[37]建久　日吉恋歌合
顕昭法師判之　此類今古不可勝計也〕

（三）中殿会

一　中殿会
[1]上古者尋常会只中殿也　自中古為晴儀　[2]二条
院花有喜色　非晴儀　仍不入　[3]後冷泉天喜年
新成桜花　[4]白川院応徳花契多春　[5]堀河院永長
竹不改色　[6]崇徳院天承松契遐齢　[7]近建保池月
久明　[8]以五ケ度例定之
[9]刻限出御　平敷御座〔御直衣張袴〕
東向母屋御簾本に立几帳　御装束同官奏時
但有公卿座

国会本

寛治　左　女七人　右　通俊　匡房両納言
四位五人　長元寛治共左勝　長元　撰歌合
寛治　皆悉番之
禁中仙洞執政家歌合　或大略如此
后宮は　四条宮春秋歌合為本
大臣已下家々　多略儀也　永久　実行　講師
五位二人〔家信　道経〕読師　四位二人
〔俊頼　仲実〕近日不及此式歟
抑於諸社歌合者　勧進人書番之　判は或任神
慮或又有判　〔大治二年　広田歌合　基俊判
之　嘉応　住吉　俊成判之　建久　日吉恋歌
合　顕昭法師判之　此類今古不可勝計〕

一　中殿会
上古者尋常会只中殿也　自中古為晴儀　二条
院花有喜色　非晴儀　仍不入　後冷泉天喜四
年新成桜花　白川院応徳花契多春　堀川院永
長竹不改色　崇徳院天承松契遐齢　近建保池
月久明　以五ケ度例定之
刻限出御　平敷御座〔御直衣張袴〕
東面母屋御簾本に立几帳　御装束同官奏時
但有公卿座

幽斎本

寛治　左　女七人　右　通俊　匡房両納言
四位五人　長元寛治共左勝　長元　撰歌合
寛治　皆悉番之
禁中仙洞執柄家歌合　或大略如此
后宮は　四条宮春秋歌合為本
大臣已下家々　多略儀也　永久　実行　講師
五位二人〔家信　道経〕読師　四位二人
〔俊頼　仲実〕近日不及此式歟
抑於諸社歌合者　勧進人書番之　判は或任神
慮或又有判　大治二年　広田歌合　基俊判也
嘉応　住吉　俊成判也　建久　日吉恋歌合
顕昭法師判也　此類今古不可勝斗（ママ）也

一　中殿会
上古者尋常会唯中殿也　自中古為晴儀　二条
院花有喜色　非晴儀　仍不入　後冷泉天喜四
年新成桜花　白川院応徳花契多春　堀川院永
長竹不改色　崇徳院天承松契遐齢　近建保池
月久明　以五ケ度例定之
刻限出御　平敷御座　御直衣張袴
東向母屋御簾本に立几帳　御装束同官奏時
但有公卿座

書陵部本

国会本

[10]次依天気頭召上卿
[11]次公卿自上戸参着〔直衣束帯相交〕
[12]次置管絃具
五位殿上人役之　主上御所作時頭取玄象置大
臣前　大臣取之置御前　建保例
[13]次御遊撤管絃具〔参管絃不参歌人起座〕
[14]次置文台
朝餉御硯筥蓋也　蔵人入柳筥持参置長押上
[15]一説には蓋を伏て置　尋常不然
[16]次置
先序者進文台下膝行置　以歌方向御所方　次
自下次第置之　[17]右廻退〔大内儀〕一揖退下
一説也　普通不然　自簀子参也　[18]俊明は指
笏置歌　隆季は□中殿一揖
[19]嘉承池上花度先召切灯台後歌置
[20]次立切灯台敷菅円座〔五位役之　読師座二枚
也〕
本自御座左右有掌灯　其上立切灯台於於講師
前　或取便宜方掌灯燭置之　公卿座掌灯は先
例不然　建保御遊之間依可有便宜有沙汰立之
二所　如除目
[21]次人々進寄
上﨟両三人又堪能人又為講音曲人少侍臣一両

幽斎本

次依天気頭召上卿
次公卿自上戸参着〔直衣束帯相交〕
次置管絃具
五位殿上人役之　主上御所作時頭取玄象置大
臣前　大臣取之置御前　建保例
次御遊畢撤管絃具〔参管絃不参歌人起座〕
次置文台
朝餉御硯筥蓋也　蔵人入柳筥持参置長押上
一説には蓋を伏て置　尋常不然
次置歌
先序者進文台下膝行置　以歌方向御所方　次
自下次第置之　右廻退下〔大内儀〕一揖退下
一説也　普通不然　自簀子参也　俊明は指
笏置歌　隆季は侍中殿一揖
嘉承池上花度先召切灯台後置歌
次立切灯台敷菅円座〔五位役之　読師講師座
二枚也〕
本自御座左右有掌灯　其上立切灯台於講師前
或取便宜方掌灯置之　公卿座掌灯先例不然
建保御遊之間依可有便宜旨沙汰立之二所
如除目
次人々進寄
上﨟両三人又堪能人又為講音曲人少々侍臣一

書陵部本

次依天気頭召公卿
次公卿自上戸参着　直衣束帯相交
次置管絃具
五位殿上人役之　主上御所作之時頭取玄象置
大臣前　大臣取之置御前　建保例
次御遊畢撤管絃具〔参管絃不参歌人起座〕
次置文台
朝餉御硯筥蓋也　蔵人入柳筥持参置長押上
一説には蓋を伏て置　尋常不然
次置歌
先序者進文台下膝行置　以歌下方向御所方
次自下次第置之　右廻退下〔大内儀〕一揖
退下　一説也　普通不然　自簀子参也　俊明
は指笏置歌　隆季は侍中殿一揖
嘉承池上花度先召切灯台後置歌
次立切灯台敷菅円座　五位役之　読師講師座
二枚也
本自御座左右有掌灯　其上立切灯台於講師前
或取便宜方掌灯置之　公卿座掌灯は先例不
然　建保御遊之間依可有便宜有沙汰立之二所
如除目
次人々進歌
上﨟両三人又堪能人又為講音曲人少々侍臣一

人進簀子　[22]建保侍臣中無音曲人　仍以知家為
家召之
[23]次講師正笏参上〔依召参也〕
[24]殿上四位〔五位雖有例普通不然　清輔朝臣五
位也〕
[25]次読師取歌自下重
或有下読師座　読師腋重之　下読師者非御気
色　私心寄人也
[26]次講師読之
[27]次読師撤歌
[28]次読師給御製披置〔講了自御懐中令取出給
也〕
[29]次御製講師者着〔先是本講師退下　或臣下講
師通用有例　御製講師中納言宰相也〕[30]通俊
説御製文台下に立土高月　一説云々　多は只
本文台也
[31]次有公卿禄〔有差詠〕
臣下歌詠合て御製時有別禄也　[32]但白川院宗忠
詠合無禄　凡先例未勘之
[33]次入御〔或先入御〕
[34]抑有女歌事は中殿時不可然歟　但有例歟　近
代奉行者内々取副我歌加之　歌披講後未講御
製重之　但野行幸時入柳筥蔵人持参云　[35]寛治

国会本

両人進簀子　建保侍臣中無音曲人　仍以知家
為家召之
次講師正笏参上〔依召参也〕
殿上四位〔五位雖有例普通不然　清輔朝臣五
位也〕
次読師取歌自下重
或有下読師座　読師腋重之　下読師者非御気
色　私心寄人也
次講師読之
次読師撤歌
次読師給御製披置〔講了自御懐中令取出給
也〕
次御製講師者着〔先是本講師退下　或臣下講師
通用有例　御製講師は中納言宰相也〕　通俊
説御製文台下に立土高月　一説云々　多只本
文台
次有公卿禄〔有差〕
臣下歌詠合于御製時有別禄也　但白川院宗忠
詠合無禄　凡先例未勘之
次入御〔或先入御〕
抑有女歌事は中殿時不可然歟　但有例歟　近
代奉行者内々取副我歌加之　歌披講後未講御
製重之　但野行幸時入柳筥蔵人持参云々　寛

幽斎本

両人進簀子　建保侍臣中無音曲人　仍以知家
為家召之
次講師正笏参上　依召参也
殿上四位〔五位雖有例普通不然　清輔朝臣五
位也〕
次読師取歌自下重
或有下読師坐　読師腋重之　下読師者非御気
色　私之心寄人也
次講師読之
次読師撤歌
次読師給御製披置　講畢自御懐中令取出給也
次御製講師着　先是本講師退下　或臣下講師
通用有例　御製講師は中納言宰相也　通俊説
御製文台下に立土高月　一説云々　多は只本
文台也
次有公卿禄〔有差〕
臣下歌詠合于御製之時有禄也　但白河院宗忠
詠合無禄　凡先例未勘之
次入御〔或先入御〕
抑有女歌事は中殿時不可然歟　但有例歟　近
代奉行者内々取副我歌加之　歌披講後未講御
製重之　但野行幸之時入柳筥蔵人持参云々

書陵部本

国会本

八年月宴女歌三首簾中出　書薄様置扇上〔銀
骨書図〕[36]又京極関白七夕会同自簾中入扇出
　右中弁師頼取伝之置文台云々　有便宜簾中
女房候はむ所は可依此等例歟　[37]康和元年四月
斎院会和歌会入扇出〔出薄様〕[38]又蔵人頭は
置歌事は侍臣後重は随位階　[39]六位は不守一臈
　依官　是先例也　又随臈先例　両説也

幽斎本

治八年月宴女歌三首自簾中出　書薄様置扇上
〔銀骨画図〕又京極関白七夕会同自簾中入扇
出　右中弁師頼取伝之置文台云々　有便宜簾
中女房候はむ所は可依此等例也　康和元年四
月斎院和歌会入扇出〔書薄様〕
[a]大治菊送多秋女歌二〔中納言大夫典侍〕講畢
指出　内大臣進て被重之　講師を召返して令
講　又蔵人頭は置歌事は侍臣後重随位階　六
位は不守一臈二臈　依官　是先例也　又随臈
先例　両説也

書陵部本

寛治八年月宴女歌三首自簾中出　書薄様置扇
上〔銀骨画絵〕　又京極関白七夕会同自簾中
入扇出　右中弁師頼取伝之置文台云々　有便
宜簾中女房候はん所は可依此等例歟　康和元
年四月斎院和歌会入扇出〔書薄様〕　又蔵人
頭は置歌事は侍臣後重は随位階　六位は不守
一臈二臈　依官是先例也　又随臈先例　多両
説也

（四　尋常会）

国会本

一　尋常会〔内裏仙洞已下万人会同之　此中
に或有略事〕
[1]先出御〔或御座簾中　伝大殿　寛治月宴如
此　講師関白進給御製〕
[2]次人々着座〔或本自興遊莚は兼候之〕
[3]次置文台
或兼置之　硯蓋又別文台　近年多　昔も有例
　代々中殿又月宴皆硯蓋也　[4]長元六年二月於
白川院子日時宇治殿文台螺鈿蒔絵硯筥蓋也
[5]近院御時後京極摂政所献文台蒔長柄橋　或[6]旅
所花枝松枝なと有例歟　又用扇

幽斎本

一　尋常会〔内裏仙洞已下万人会同之　此中
或有略事〕
先出御〔或御座簾中　寛治月宴如此　講畢関
白進給御製伝大殿〕
次人々着座〔或本自興遊莚は兼候也〕
次置文台
或兼置之　硯蓋又別文台　近年多　昔も有例
　代々中殿又月宴皆硯蓋也　長元六年二月於
白川院子日時宇治殿文台螺鈿蒔絵硯筥蓋　近
衛院御時後京極摂政所献文台蒔長柄橋　或旅
所花枝松枝なと有例歟　又用扇

書陵部本

一　尋常会〔内裏仙洞上下万人会同之　此中
或有略事〕
先出御　或御座簾中　寛治月宴如此　講畢関
白進給御製伝大殿
次人々着座　或本自興遊莚は兼候之
次置文台
或兼置之　硯蓋又別文台　近年多　昔も有例
　代々中殿又月宴皆硯蓋也　長元六年二月於
白河院子日時宇治殿文台螺鈿絵硯筥蓋　近院
御時後京極摂政献文台蒔長柄橋　或旅所花枝
松なと有例歟　又用扇

[7]次置歌　有序は先序者　次に自下﨟也
[8]次立切灯台敷菅円座
[9]次歌人近進〔堪能人上﨟公卿又音曲人〕
[10]次召講師〔四品多は弁官有便　或侍臣上﨟〕
[11]次読師取歌重〔或下読師重之　第一人可有御
製読師　仍或第二人又兼御製読師有例　或第
三人有例〕
[12]次講歌
[13]次講御製〔講師或通用〕
[14]次人々退下
[15]公所外或四位多五位　序者[16]五位六位也
[17]臨時花宴　康保三年立倚子於庭梅樹下　即就
花下座　親王公卿移座同樹北辺　奏管絃行盃
酌　伊朝臣折花王卿　其後延光朝臣執盃合詠
和歌

（五　歌書様）

一　歌書様
[1]御製書様
[2]詠其題和歌〔一[3]首時は三行三字吉説也　及五
六首は二行　三字已上は三行〕　[4]春日秋夜な
にと書事は詩には有例　歌には普通には不書
給　但又被書も非難　[5]寛治月宴白川院令書給

国会本

次置歌　有序は先序者　次々自下﨟也
次立切灯台敷菅円座
次歌人進寄〔堪能人上﨟公卿又音曲人〕
次召講師〔四品多は弁官有便　或侍臣上﨟〕
次読師取歌重〔或下読師重之　第一可有御製
読師　仍或第二人又兼御製読師有例　或第三
人有例〕
次講歌
次講御製〔講師或通用〕
次人々退下
公所外或四位多五位　序者五位六位也
康保三年立倚子於庭梅樹下　即就花下座　親
王公卿移座同樹北辺　奏管絃行盃酌　伊尹朝
臣折花挿王卿　其後延光朝臣執盃各詠和歌

一　歌書様
御製書様
詠其題和歌〔一首時は三行三字吉程也　及五
六首は二行　三首已上三行〕
春日秋夜なと書事は詩には有例　歌には普通
には不書給　但又被書も非難　寛治月宴白川

幽斎本

次置歌　有序は先序者　次々自下﨟也
次立切灯台敷菅円座
次歌人近進　堪能人上﨟公卿又音曲人
次召講師　四品多は弁官有便　或侍臣上﨟
次読師取歌重　或下読師重之　第一人可為御
製読師　仍或第二人又兼御製読師有例　或第
三人有例
次講歌
次講御製　講師或通用
次人々退下
公所外或四位多五位　序者五位六位也
臨時花宴　康保三年立倚子於庭梅樹下　即就
花下座　親王公卿移座同樹北辺　奏管絃行盃
酌　伊尹朝臣折花挿王卿　其後延光朝臣執盃
各詠和歌

一　歌書様
御製書様
詠其題和歌〔一首時は三行三字吉程也　及五
六首は二行　三首已上は三行〕
春日秋夜なと書事は詩には有例　歌には普通
には不書給　但又被書も非難　寛治月宴白河

書陵部本

国会本

之様　八月十五夜翫池上月和歌云々　[6]於其所
と書も両説也
[7]又院御時も柿下一老なと令書給　是は可随時
歟
[8]二首三首已上は詠何首和歌　又始には書題
両様也　[9]是不限公御作法　惣万人如此　又[10]
内々御会作名尋常事也　[11]高倉御時右衛門佐経
仲　院御時左馬頭親定　建暦比左少将親通な
と也　[12]殊其後道遠人之名を書事也　近作者中
也　[13]如然事不及先例　可随時儀歟　[14]天子上皇
不書同字
[15]大臣已下書様
[16]禁中　仙洞　応製〔[17]大納言已下なとは　或応
太上皇製　[18]万葉応詔　近代不用之　自上古応
製也　[19]中殿会以前は密儀也　仍不書之〕
[20]院号　后宮　応令〔[21]小一条院　匡衡和歌序応
令と書〕
[22]東宮　応令〔[23]但匡房和歌序応教と書　可有両
説歟〕
[24]内親王　応令〔[25]斎院　義忠応令と書〕
[26]摂関　応令〔[27]大臣已下惣可然家同之　[28]清輔説
　教字は家礼人書之云々　必不然　唯末座之
輩書習也　可然家会には殿上人時に書之〕

幽斎本

院令書給之様　八月十五夜翫池上月和歌云々
　於其所と書も両説也
又院御時も柿下一老なと令書給　是は可随時
歟
二首三首已上は詠何首和歌　又始には書題
両様也　是不限公卿作法　惣万人如此　又
内々御会作名尋常事也　高倉御時右衛門佐経
仲　院御時左馬頭親定　建暦比左少将親通な
と也　殊其道達人の名を書事也　近作者中也
如然事不及先例　可随時議歟　天子上皇不
書同字
大臣已下書様
禁中　仙洞　応製〔大納言已下なとは或応太
上皇製　万葉応詔　近代不用之　自上古応製
也　中殿会以前は密儀也　仍不書之〕
院号　后宮　応令〔小一条院　匡衡和歌序応
令と書〕
東宮　応令〔但匡房和歌序応教と書　可為両
説歟〕
内親王　応令〔斎院　義忠応令と書〕
摂関　応教〔大臣已下惣可然家同之　清輔
教字は家来人書之云々　必不然　只末座之輩
書習也　可然家会には殿上人の時も書也〕

書陵部本

院令書給様　八月十五夜翫池上月和歌云々
於其所と書も両説也
又院御時も柿下一老なと令書給　是は可随時
歟
二首三首已上は詠何首和歌　又始には題を書
　両様也　是不限公所作法　惣万人如此
又内々御会作者尋常事也　高倉御時右衛門佐
経仲　院御時左馬頭親定　建暦比左少将親通
なと也　殊に其道達人乃名を書事也　近者中
也　如此事不及先例　可随時儀歟天子上皇不
書同の字
大臣已下書様
禁中　仙洞　応製〔大納言以下なとは或応太
上皇製　万葉応詔　近代不用之　自上古応製
也　中殿会以前は密議也　仍不書之〕
院号　后宮　応令　小一条院　匡衡和歌序応
令と書
東宮　応令　但匡房和歌序応教と書　可為両
説歟
内親王　応令　斎院　義忠応令と書
摂関　応教　大臣已下惣可然家同之　清輔説
　教字は家礼人書之云々　必不然　只末座之
輩書習也　可然家会には殿上人時も書之

已[29]上凡様如此　但后宮已下会　納言已上なと
は必応令不書之
大[30]治五年無御製応製臣上字如何　人々相議為
御前事　御製有無兼不知とて皆書応製臣上字
　於殿上密々御覧時は不書之
早[31]春　暮春　秋日　冬夜等可随時　八[32]月十五
夜　九月九日なとも書　陪[33]中殿　陪清涼殿
陪弘徽殿　陪宴様也　凡[34]時節多書之也　序[35]者
加一首字　或不加　両説　作[36]者一首字不加
匡房記　序者外不加之
位[37]署は如応製臣上字之日皆書之　土[38]御門右大
臣云　菅丞相碧玉装箏時被書二行　兼帯多人
或書二行　但近日不　前[39]官は書位　已下は加
散位字　而[40]堀河院御時　京極前関白散位従一
位と書　非普通事
唐[41]名内々事　頗宿徳事歟　公[42]継公前右大臣時
　上柱国と書〔正二位唐名云々〕　時人不甘
心　公宴には不可然　但彼公なとは　有何事
哉　内々私所なとには不可其憚
私[43]所にも同官同姓不書之　大将家には権中将
某なと也　同省同之　姓[44]は藤原人許にては不
書姓　他姓は可書之　又源平已下人家同之
親[45]王も有臣字　具平に如此

国会本

已上凡様如此　但后宮已下会　納言已上なと
は必応令と不書之也
大治五年無御製応製臣上字如何　人々相議為
御前事　御製有無兼不知とて皆応製臣上字
於殿上密々御覧之時は不書之
早春　暮春　秋日　冬夜等事可随時　八月十
五夜　九月九日なとも書　陪中殿　陪清涼殿
　陪弘徽殿　陪宴様々也　凡時節多書之也
序者加一首字或不加〔両説〕　作者一字不加
　匡房記　序者外不加之
位署者加応製臣上之字日皆書之　土御門右大
臣云　菅丞相碧玉装箏時被書二行　兼帯多人
或書二行　但近日不見　前官は書位　四位已
下は加散位字　而堀河院御時京極前関白散位
従一位と書　非普通事
書唐名　内々事頗宿徳事歟　公経公前右大臣
時　上柱国と書〔正二位唐名云々〕　時人不
甘心　公宴には不可然　但彼公なとは有何事
哉　内々私所なとには不可有其憚
私所にも同官同姓不書之　大将家には権中将
某なと也　同省同之　同姓は藤原人もとにて
は不書姓　他姓は可書之　又源平以下人家同
之

幽斎本

已下凡様如此　但后宮以下会納言已上なとは
必応令と不書之也
大治五年無御製応製臣上字如何　人々相議為
御前事　御製有無兼不知とて皆書応製臣上字
　於殿上密々御覧之時は不書之
早春　暮春　秋日　冬夜等事可随時　八月十
五夜　九月九日なとも書　陪中殿　陪清涼殿
　陪弘徽殿　陪宴様々也　凡時節多書之也
序者加一首字或不加〔両説〕　作者は一首字
不加　匡房記　序者之外不加之
位署者加応製臣上字之日皆書之　土御門右大
臣云　菅丞相碧玉装箏時被書二行　兼帯多人
或書二行　但近日不見　前官は書位　四位已
下は加散位字　而堀河院御時京極前関白散位
従一位と書　非普通事
書唐名　内々事頗宿徳事歟　公継公前右大臣
之時上柱国と書〔正二位唐名云々〕　時人不
甘心　公宴には不可然　但彼公なとは有何事
乎　内々私所なとには不可有其憚
私所にも同官同姓不書之　大将家には権中将
某なと也　同省同之　同姓は藤原人許にては
不書姓　他姓は可書之　又源平已下人家同之
親王も有臣字〔具平親王如此〕

書陵部本

国会本

[46]雖禁中　内々事又中殿以前には只詠其題詠何
首和歌なと書て権大納言藤原某　左衛門督源
某也　[47]或書兼官　或書本官　多は本官也　[48]又
参議左近中将なとも書　普通には参議某也
[49]或略姓如法　[50]当座なとに納言已上なとは可従
時
[51]上字は通光公常書　但応製臣上は一と不書と
云り　[52]兼行も不書之　蔵人頭　蔵人なとも不
書　[53]国司は前加賀守なと書　他官は不然　[54]又
朝臣不可然事也　[55]大臣は不書姓　左大臣某也
[56]関白は雖中殿　不書陪宴　陪中殿等字　只秋
夜詠云々也
[57]序者外書同字　両説歟　[58]保安花見行幸　太政
大臣雅実不書同字　[59]或説　臨時宴には陪宴と
は不書　是不用例也
[60]諸社被講歌には書官位兼行朝臣也　不可書臣
上　[61]無被講歌進時奥に書官姓名　是一説也
歌合　屏風　障子等歌也　[62]大嘗会作者は不可
然歟
[63]暮春陪中殿同詠竹不改色応製
和歌一首〔幷序〕

幽斎本

親王も有臣字〔具平云々〕如此
雖禁中　内々事　又中殿以前には只詠其題詠
何首和歌なと書て権大納言藤原　左衛門督源
某也　或書兼官　或書本官　多は本官也　又
参議左近中将なとも書　普通には参議某也
或略姓如法　当座なとに納言已上なとは可従
時
上字は通光公常書　但応製臣上は一を不書と
いへり　兼行も不書之　蔵人頭　蔵人なとも
不書　国司は前加賀守なと書　他官は不然
又朝臣不可然事也　大臣は不書姓　左大臣某
内大臣某也
関白は雖中殿不書陪宴　陪中殿等字　只秋夜
詠何首和歌也
序者外書同字　両説歟　保安花見行幸　太政
大臣雅実不書同字　或説　臨時宴には陪宴と
は不書　是不用例也
諸社披講歌には書官位兼行朝臣也　不可書臣
上　無披講歌進時奥に書官姓名　是一説也
歌合　屏風　障子等歌也　大嘗会作者は不可
然歟
中殿　暮春陪中殿同詠竹不改色応製
和歌一首〔幷序〕

書陵部本

雖禁中　内々事又中殿以前には唯詠其題詠何
首和歌なと書て権大納言藤原某　左衛門督源
某也　或書兼官　或書本官　多は本官也　又
参議左近中将なとも書　普通には参議某也
或略姓如法　当座なとに納言已上なとは可随
時
上字は通光卿常書　但応製臣上は一を不書と
いへり　兼行も不書之　蔵人頭　蔵人なとも
不書　国司は前加賀守なと書　他官は不然
又朝臣不可然事也　大臣は不書姓　左大臣某
内大臣某也
関白は雖中殿不書陪宴　陪中殿等字　只秋夜
詠云々也
序者外書同字　両説歟　保安花見行幸　大政
大臣雅実不書同字　或説　臨時宴には陪宴と
は不書　是不用例也
諸社披講歌には書官位兼行朝臣也　不可書臣
上　無披講歌進時奥に書官姓名　是一説　歌
合　屏風　障子等歌也　大嘗会作者は不可然
歟
〔中殿〕暮春陪中殿同詠竹不改色応製和歌一
首〔幷序〕　従一位行左大臣源朝臣俊房上

国会本

従一位行左大臣源朝臣俊房〔上〕
中殿御会序者書様如此　[64]後三月侍中殿翫新成
桜花〔師房〕
[65]春日侍中殿同詠花契多春〔経信〕
[66]春日侍中殿同詠契多年〔匡房〕
[67]初冬侍中殿詠松樹久緑〔師頼〕
[68]秋夜侍中殿同詠池月久明〔道―〕
[69]皆悉中殿と書　皆同字　和歌一是〔幷序也〕
　非序者人は多秋夜陪宴詠池上月久明応製和
歌也　[70]又陪中殿陪清涼殿字等両説也　陪宴は
多普通説也
[71]初冬扈従行幸遊覧大井河応製〻〻〔師房公〕
[72]春日侍太上皇城南水閣同詠池上花応製〻〻
〔宗忠公〕
[73]八月十五夜侍太上皇鳥羽院同詠翫池上月応製
〔経信卿〕
[74]已上序者如此　只作者略同字大略同之　又或
同字書之　仮令以此近為例
[75]公家仙洞已下臨幸所を書　常事也　如然事可
依時儀　[76]院中多陪太上皇仙洞又侍鳥羽院也
[77]匡房松影浮水時応太上皇製と書　可例也
[78]〔逍遙〕初冬於大井河翫紅葉和歌〔国成義忠

幽斎本

従一位行左大臣源朝臣俊房〔上〕
中殿御会序者書様如此　後三月侍中殿翫新成
桜花〔師房〕　春日陪中殿同詠花契多春〔経
信〕　春日侍中殿同詠花契多年〔匡房〕　初
冬侍中殿同詠松樹久緑〔師頼〕　秋夜侍中殿
同詠池月久明〔道家〕
皆悉中殿と書　皆有同字　和歌一首〔幷序
也〕　非序者人は多は秋夜陪宴詠池月久明応
製和歌也　又陪中殿陪清涼殿等両説也　陪宴
は多普通説也
〔野行幸〕初冬扈従行幸遊覧大井河応製和歌
〔師房公〕
〔行幸院〕春日侍太上皇城南水閣同詠池上花
応製和歌　〔宗忠公〕
八月十五夜侍太上皇鳥羽院同翫池上月応製和
歌〔経信卿〕
已上序者如此　只作者略同字大略同之
又或同字書之　仮令以此近為例
　公家仙洞已下臨幸所を書　常事也　如然事
可依時儀　院中多陪太上皇仙洞又侍鳥羽院也
　匡房松影浮水時応太上皇製と書　一例也
〔逍遙〕初冬於大井河翫紅葉和歌〔国成義忠は

書陵部本

中殿御会序者書様如此　後三月侍中殿翫新成
桜花〔師房〕
　春日侍中殿同詠花契多春〔経信〕
　春日侍中殿同詠花契千年〔匡房〕
　初冬侍中殿詠松樹久緑〔師頼〕
　秋夜侍中殿同詠池上月久明〔道家〕
皆悉中殿と書　皆同字有　和歌一首〔幷序
也〕　非序者人は多は秋夜陪宴詠池月久明応
製和歌也　又陪中殿陪清涼殿家々両説也　陪
宴は多普通説也
〔野行幸〕初冬扈従行幸遊覧大井河応製〻〻
〔師房上〕
〔行幸院〕春日侍　太上皇城南水閣同詠池上
花応製〻〻〔宗忠上〕
〔上皇御会〕八月十五夜侍　太上皇鳥羽院同
詠翫池上月応製〻〻〔経信卿〕
已上序者如此　但作者略同字大略同之　又或
同字書之　仮令以此等為例
　公家仙洞已下臨幸所を書　常事也　如然事
可依時儀　院中多陪太上皇仙洞又侍鳥羽院也
　匡房松影浮水時応太上皇製と書　一例也
〔逍遙〕初冬於大井河翫紅葉和歌　国成義忠

国会本

は遊覧大井河　実綱は遊従大井河　実政有綱
遊流大井河〕
[79]〔殿上〕於禁中同詠池上落葉和歌〔実綱〕
[80]於陣座翫桜花和歌〔康保例〕
[81]夏夜於秘書閣守庚申同詠雨中早苗ゝ〔時綱〕
[82]春日陪博陸書閣ゝゝゝ
[83]秋夜侍左相府尊閣ゝゝゝ〔尊閣書閣水閣皆常
事也〕
[84]晩秋於高陽院直盧同詠池辺落葉ゝゝ〔通俊〕
[85]餞奥州橘刺史ゝゝ
[86]春日遊朱雀院ゝゝゝ
[87]秋日於長楽寺
[88]秋夜於遍昭寺〔言志〕
[89]秋夜守庚申ゝゝ
[90]八月十五夜於戸部大卿水閣ゝゝ
[91]秋日侍住吉社壇同詠ゝゝゝ
正二位行権中納言兼左衛門督藤原朝臣〔某〕
[92]歳暮侍北野聖廟ゝゝ
[93]只随所或唐名或其所など随時書之　其様不可
勝計　[94]神社仏寺勝地名所等於其所書之　[95]只一
切貴賤普通詠何首和歌　又始は書題て詠其題
和歌とて其後毎歌書題　普通書之　[96]清輔朝臣

幽斎本

遊覧大井川　実綱は遊従大井河　実政は遊後
大井川〕
〔殿上〕於禁中同詠池上落葉和歌〔実綱〕
〔左杖〕於陣座翫桜花和歌〔康保例〕
〔御書所〕夏夜於秘書閣守庚申同詠雨中早苗
〔摂政〕春日陪博陸書閣ゝゝゝ
〔大臣〕秋夜侍左相府尊閣ゝゝ〔尊閣書水閣皆
常事也〕
〔大臣〕晩秋於高陽院直盧同詠池辺落葉ゝゝ
〔通俊〕
〔餞別〕餞奥州橘使判《ママ》ゝゝ
春日遊朱雀院ゝゝゝ
秋日於長楽寺
秋夜於遍昭寺言志
秋夜守庚申ゝゝ
八月十五夜於戸部大卿水閣ゝゝ
秋夜侍住吉社壇同詠ゝゝゝ
正二位行権中納言兼左衛門督藤原朝臣〔某〕
歳暮侍北野聖廟ゝゝ
只随所或唐名或其所など随時書之　其様不可
勝計　神社仏寺勝地名所等於其所書之　只一
切貴賤普通詠何首和歌　又始は書題て詠其題
和歌とて其後毎歌書題　普通事也　清輔朝臣

書陵部本

は遊覧大井河　実綱は遊従大井河　実政有綱
は遊流大井河
〔殿上〕於禁中同詠池上落葉和歌〔実綱〕
〔左仗〕於陣座翫桜花和歌〔康保例〕
〔御書所〕夏夜於秘書閣守庚申同詠雨中早
苗ゝゝ〔時綱〕
〔摂政〕春日陪博陸書閣ゝゝゝ
〔大臣〕秋夜侍左相府尊閣ゝゝ〔尊閣書閣水閣
皆常事也〕
〔大臣〕晩秋於高陽院直盧同詠池上落葉ゝゝ
〔通俊〕
〔餞別〕餞奥州橘使判《ママ》ゝゝ
春日遊朱雀院ゝゝゝ
秋日於長楽寺　秋夜於遍昭寺言志
秋夜守庚申ゝゝ　八月十五夜於戸部大卿水閣
ゝゝ
只随所或唐名或其所など随時書之　其様不可
勝斗
秋日侍　住吉社壇同詠ゝゝ
　正二位行権中納言兼左衛門督藤原朝臣某
歳暮侍北野聖廟ゝゝ
神社仏寺勝地名所等於其所と書之也　唯一切
貴賤普通詠何首和歌　又始は書題て詠其題和

国会本

曰　一首歌は三行三字墨可書　但或三行も吉
程歟　[97]五首已下は一枚　及十首は可続　皆用
高壇（ママ）紙　[98]若有障不参者加一紙可封　其上或封
或片名字也　[99]如歌合之乍無披講は或可書名於
奥　然而只一身大嘗会歌　又近代被召御書歌
なと様事は不可加名　[100]僧は只一官也　法印和
尚位なとは不可書　凡僧只名許　又沙弥は或
可書　[101]女歌　薄様若檀紙一重　五首已上は面
の方へ引返て可書之

[102]俊頼朝臣法性寺入道会　うの花の身のしらか
ともみつるかなしつのかきねもとしよりにけ
り　と詠曰　不書名　時人感之云々　[103]凡詠名
事有先規　憶良万葉詠也
[104]多題なと遅参時詠一首　公任卿会範永天橋立
詠以後　[105]高倉一宮会にも有例　[106]顕輔も
[107]和歌注不可然事歟　但源起日本紀竟宴歌　近
崇徳院御時書注　又上皇御歌有注分被付
[108]近日人々勧進歌称花族之由　或作者なと不書
尤不知子細事也　於歌道更無其儀　況諸社
会なとには難□会勧進可書名
[109]抑置白紙には題目位階官職名皆書て歌許を置

幽斎本

曰　一首歌三行三字墨黒に可書　但或三行も
吉程歟　五首已下は一枚　及十首は可続　皆
用高檀紙　若有障不参者加一紙可封　其上は
或封或行名字也　如歌合之乍其無披講は或可
書名於奥　然而只一身大嘗会歌　又近代被召
御書歌なと様事は不可加名　僧は只一官也
法印和尚位ならは不可書　凡僧は只名はかり
沙弥は或可書　女歌は薄様若檀紙一重　五
首已上は面の方へ引返て可書之

俊頼朝臣法性寺入道会　うの花のみのしらか
ともみつるかなしつのかきねもとしよりにけ
り　と詠曰　不書名　時人感之云々　凡詠名
事有先規　憶良万葉詠也
多題を遅参時詠一首　公任卿会範永天橋立詠
以後　高倉一宮会にも有例　顕輔朝臣も詠之
又和歌注不可然事歟　但源起日本紀竟宴歌
近は崇徳院御時書注　又上皇御歌有注分被付
近日人々勧進歌称花族之由　或作者なと不書
尤不知子細事也　於歌道更無其儀　況諸社
会なとには雖乞食勧進可書名
抑置白紙には題目位階官職名皆書て歌許を不

書陵部本

歌とて其後毎歌書題　普通事也　清輔朝臣曰
一首歌は三行三字墨黒に可書　但或三行も
吉程歟　五首已下は一枚　及十首は可続　皆
用高檀紙　若有障不参者加一紙可封　其上は
或封或片名字也　如歌合之乍其無披講者或可
書名於奥　然而只一身大嘗会歌　又近代被召
御書歌なと様事は不可加名　僧は唯一官也
法印大和尚位なとは不可書也　凡僧は只名斗
又沙弥は或可書　女歌は薄様若檀紙一重
五首已上は面の方へ引返て可書之
俊頼朝臣法性寺入道会　卯花のみなしらかと
もみゆるかなしつのかきねもとしよりにけり
と詠曰　不書名　時人感之云々　凡詠名事
有先規　憶良万葉詠也
多題を遅参之時詠一首　公任卿会範永天橋立
詠以後　高倉一宮会にも有例　顕輔も詠之
和歌注不可然事歟　但源起日本紀竟宴歌　近
崇徳院御時顕輔卿書注　又上皇御歌有注と被
付
近日人々勧進歌称花族之由　或作名なと書
尤不知子細事也　於歌道者更無其儀　況諸社
会なとには雖乞食之勧進可書名
抑置白紙には題目位階官職名皆書て歌許を不

国会本

て逐電　寛[110]平宮滝御覧日　在原友于〔行平卿
子〕又源善有此事　友于は白紙作法如注
善は書上句許云々　昔[111]侍臣講歌　于時泰憲自
然参　兼被勧之書之退下　披見書題〔幷〕
位署《ママ》　奥に於歌者追可進と書り　時人尤感
[112]不堪人は不可然　近日懃連三十一字　還懐恥
尤見苦事也　近[113]代不書位署題《ママ》　只退下多
有恐事也　不詠は須用白紙作法　[114]中山内府は
家中興遊酒宴なとの次には　毎度に上句を古
歌をかきて　といひし人もおもひ出らる　と
毎度に書　尤優にやさしき事也　誠可足　中
中見苦新歌左道事歟　[115]たとへは　君か代はつ
きしとそおもふ神風や　といひし人もおもひ
出らるゝなり　[116]其歌は随時景気也　不詠人は
中中さは〳〵と不詠也　[117]花見御幸　通季卿
題に恋歌を出　又八十嶋に実教も令書家隆
於是非取優事也

(六　出題)

一　勅題　一　儒者　一　可然臣
題[1]は儒者得之　於儒者は高位大才人可出之
但作者中儒者多は出来　近代非寄人儒者多
其は不可然歟　然而無其仁者有何事　[2]又勅題

幽斎本

書置て逐電也　寛平宮滝御覧日　在原友于
〔行平卿子〕又源善有此事　友于は白紙作
法如注　善は書上句〔許と云々〕　昔侍臣講
歌　于時泰憲自然参　泰憲被勧之書之退下
披見書題幷位署　奥に於歌者追可進と書り
時人尤感　不堪人は不可然　近日懃連三十一
字　還懐恥　尤見苦事也　近代不書位署題
只退下多　有恐事也　不詠は須用白紙作法
中山内府は家中興遊酒宴なとの次には　毎度
に上句に古歌をかきて　といひし人も思いて
らる　と毎度に書　尤優にやさしき事也　誠
可足　中々見苦新歌左道事也　たとへは　君
か代はつきしとそおもふ神風や　といひし人
もおもひいてらるゝ也　其歌は随時景気也
不詠人は中〳〵さは〳〵と不詠也　花見御幸
通季卿　題にこひの歌を出　又八十嶋に実
教も令書家隆於出　是非恥優事也

一　出題
題は儒者得之　於儒者は高位大才人出之　但
作者中儒者多は出来　近代非歌人儒者多　其
は不可然歟　然而無其仁者有何事　又勅題常

書陵部本

書置て逐電也　寛平宮滝御覧日　在原友平
〔行平卿子〕又源善有此事　友平は白紙作
法如注　善有は書上句許云々　昔侍臣講歌
于時泰憲自然参　泰憲被勧之書之退下　披見
書題幷位署　奥に於歌は追可進と書り　時人
尤感　不堪人は不可然　近日懃連三十一字
懐恥　尤見苦事也　近代不書位署題　唯退下
多　有恐事也　不詠は須用白紙作法　中山内
府は家中興遊酒宴なとの次には　毎度に上句
を古歌をかきて　といひし人もおもひいてら
る　と毎度に書　尤優にやさしき事也　誠可
足　中々見苦新歌左道事歟　たとへは　君か
代はつきしとそおもふ神風や　といひし人も
思ひいてらるゝ也　其歌は随時景気也　不詠
人は中々さは〳〵と不詠也　花見御幸　通季
卿　題にこひのうたを出す　又八十嶋に実教
も令書家隆も書　是非恥優事也

一　出題
題は儒者得之　於儒者は高位大才人可出之
但作者中儒者多は出来　近代非歌人儒者多
其は不可然歟　然而無其仁者有何事　又勅題

常事也　或[3]可然臣新之例多　長元八年歌合
宇治関白自出之　院[4]御時　後京極摂政常奉之
建[5]保中殿会　右大臣道奉之　如此例可随時
一　出題
此[6]外其道堪能人　如定家なと時々密儀には出
之　[7]又在時儀　雖為歌人如家隆雅経は非其仁
定有なとは有何事　[8]天徳歌合　勅題　[9]永承
四年〔国成〕　[10]承暦四年〔実政〕　[11]長治　永長
堀河院百首　郁芳門根合等　惣其比大略匡
房也
[12]天徳〔三月尽日　春夏恋題〕　[13]寛和〔六月九
日　四季祝恋〕　[14]永承〔十一月　紅葉等景物
祝恋〕　[15]承暦〔四月十八日　四季祝恋〕　[16]建保
〔閏六月　四季恋〕　[17]凡時景物は有之　過は不
可然事也

（七　判者）

一　判者
[1]以堪能重代為其仁〔雖堪能非重代者能々可有
儀　雖重代非堪能者万人不可聴〕　兼両事携
此道年久之人　為其仁　又当時重臣雖不長道
候判者事有例歟　[2]寛和　儀懐　[3]承暦　顕房

国会本

事也　或可然臣献之例多　長元八年歌合　宇
治関白自出之　院御時　後京極摂政常奉之
建保中殿会　右大臣道奉之　如此例可随時
一　勅題　一　儒者　一　可然臣
此外其道堪能人　如定家なと時々密儀には出
之　又在時儀　雖為歌人如家隆雅経は非其仁
定家有家なとは有何事　天徳歌合〔勅題〕
永承四年〔国成〕　承暦四〔実政〕　長治
永長　堀川院百首　郁芳門根合等　惣其比
大略匡房也
天徳〔三月尽日　春夏恋題〕　寛和〔六月九
日　四季祝恋〕　永承〔十一月九日　松月紅
葉景物祝恋〕　承暦〔四月十八日　四季祝恋〕
建保〔閏六月　四季恋〕　凡時景物は有之
過は不可然事也
一　判者
以堪能重代為其仁〔雖堪能非重代者能々可有
儀　雖重代非堪能者人不可聴〕　兼両事携此
道年久之人　為其仁　又当時重臣雖不長道
候判者事有例歟　寛和　義懐　承暦　顕房

幽斎本

常事也　或可然臣献之例多　長元八年歌合
宇治関白自出之　院御時　後京極摂政常奉之
建保中殿御会　右大臣〔道〕奉之　如此之
例可随時
一　勅題　一　儒者　一　可然臣
此外其道堪能人　如定家なと時々密儀には出
是　又在時儀　雖為歌人如家隆雅経は非其仁
定家有家なとは有何事　天徳歌合〔勅題〕
永承四年〔国成〕　承暦四〔実政〕　長治
永長　堀川院百首　郁芳門院根合等　惣其
比大略　匡房也
天徳〔三月尽日　題春夏恋〕　寛和〔六月九
日　四季祝恋〕　永承〔十一月九日　杜月紅
葉等景物祝恋〕　承暦〔四月二十八日　四季
祝恋〕　建保〔閏六月　四季恋〕　凡時景物
は有之　過は不可然事也
一　判者
以堪能重代為其仁　雖堪能非重代者能々可有
儀　雖重代非堪能者万人不可聴　兼両事携此
道年久之人　為其仁　又当時重臣雖不長道
候判者事有例歟　寛和　義懐　承暦　顕房

書陵部本

国会本

[4]偏依重臣作之　但此人々重代之上歌人也
尤有其理歟　[5]近比俊成入道相継定家傍若無人
尤専一也　[6]院千五百番歌合十人判之　是は
別儀也　[7]又定家有障之時々密儀なと用他人
是臨時事歟　[8]衆儀判を付詞則判者習也　又只
衆儀許も有例　[9]永承皇后宮歌合　頼宗　長家
顕房　兼房等各申之
例[10]
[11]延喜十三年亭子院歌合〔勅判　藤原忠房遅参
故也〕[12]天徳四年〔左大臣実頼〕[13]寛和二年
〔中納言義懐〕[14]長保五年〔左大臣家歌合　道
左衛門督公任〕[15]長元八年〔左大臣家歌合
頼　神祇伯輔親〕[16]永承四年〔大納言師房〕
[17]天喜四年〔皇后宮春秋歌合　内大臣頼宗〕
[18]承歴四年〔皇后宮大夫顕房　不可叶御意
後番勅判〕[19]寛治八年〔前関白高陽院　大納
言経信〕
[20]又如根合　前栽合等時　歌合判者大略同之
但一向不択歌仙歟　殊択其人事也　可斟酌歟
[21]永承六年根合〔内大臣頼宗〕[22]寛治三年四条
宮扇合〔大納言経信〕[23]嘉保鳥羽殿前栽合
〔左大臣俊房〕[24]寛治郁芳門院根合〔右大臣顕

幽斎本

偏依重臣候之　但此人々重代之上歌人也　尤
有其謂歟　近比俊成入道相継定家傍若無人
尤専一也　院千五百番歌合十人判之　是は別
儀也　又定家有障之時　時々密儀なとに用他
人　是臨時事也　衆議判を付詞則判者習也
又只衆義許も有例　永承皇后宮歌合　頼宗
長家　顕房　兼房等各申之
例（朱）
延喜十三年亭子院歌合〔勅判　藤原忠房遅参
故也云々〕天徳四年〔左大臣実頼〕寛和二
年〔中納言義懐〕長保五年〔左大臣家歌合
道　左衛門督公任〕長元八年〔左大臣家
歌合　頼　神祇伯輔親〕永承四年〔大納言
師房〕天喜四年〔皇后宮春秋歌合　内大臣
頼宗〕承暦四年〔皇后宮大夫顕房　不叶御
意　後番勅判〕寛治八年〔前関白　高陽院
歌合　大納言経信〕
又如根合　前栽合等時　歌合判者大略同之
但一向に不択歌仙歟　殊択其人事也　可斟酌
歟
永承六年根合〔内大臣頼宗〕寛治三年四条
宮扇合〔大納言経信〕嘉保鳥羽殿前栽合
〔左大臣俊房〕寛治郁芳門院根合〔右大臣顕

書陵部本

偏依為重臣候之　但此人々重代之上歌人也
尤有其謂歟　近比俊成入道相継定家傍若無人
尤専一也　院千五百番歌合十人判之　是は
別儀也　又定家有障之時々密儀なと用他人
是臨時事歟　衆儀判を付詞則判者習也　又只
衆儀許も有例　永承皇后宮歌合　頼宗　長家
顕房　兼房等各申之
例
延喜十三年〔亭子院歌合　勅判　藤原忠房遅
参故也云々〕天徳四年〔左大臣実頼〕寛
和二年〔中納言義懐〕長保五年〔左大臣家
歌合　道　左衛門督公任〕長元八年〔左大
臣家歌合　頼　神祇伯輔親〕永承四年〔大
納言師房〕天喜四年〔皇后宮春秋歌合　内
大臣頼宗〕承暦四年〔皇后宮大夫顕房　不
叶御意　後番勅判〕寛治八年〔前関白　高
陽院歌合　大納言経信〕
又如根合　前栽合等時　歌合判者大略同之
但一向に不択歌仙歟　殊択其人事也　可斟酌
歟
永承六年根合〔内大臣頼宗〕寛治二年四条
宮扇合〔大納言経信〕嘉保鳥羽殿前栽合
〔左大臣俊房〕寛治郁芳門院根合〔右大臣顕

房〕
[25]女房為判者事非普通事　長久二年弘徽女御歌
左は義忠　右は家経判之　上右相模判之
[26]凡所々家々歌合不可勝計
[27]可然所々殊歌合等判者
[28]延喜二十一年京極御息所歌合〔大和守忠房〕
[29]天禄三年九月野宮歌合〔前和泉守順〕[30]永
承五年祐子内親王家歌合〔内大臣頼宗〕[31]近
法性寺関白歌合〔顕季　俊頼　基俊　判
之〕[32]此外万寿義忠歌合〔自判〕[33]康平公基
〔範永判　聟君也〕[34]永保四宮歌合〔通宗　[35]俊
忠　実行　師頼〕顕季　俊頼なと也　[36]奈良
花林院　山無動寺　広田　住吉等歌合　択当
世歌仙　俊頼　基俊　俊成等也
[37]判者・一人常事歟　[38]法性寺歌合　俊頼　基俊
[39]又家成家　顕仲　基也　如然事只在時儀
[40]判者は或不書自勝負　衆儀判又仰上なとは不
及子細　[41]其外は俊頼　顕仲已下皆我は負　判
者或替人詠　其も同　近代も多は負或為持
[42]承暦歌合　叡慮　仍後番勅判也　[43]師頼家歌合
基俊難俊頼判　如此事多
[44]歌合撰者は判者に継ては可撰事歟　能々可思

国会本

房〕
女房為判者事非普通事　長久二年弘徽殿女御
歌合　左は義忠　右は家経判之　上右相模判
之　例也　凡所々家々歌合等判者不可勝計
可然所々殊歌合等判者
延喜二十一年京極御息所歌合〔大和守忠房〕
天禄三年九月野宮歌合〔前和泉守順〕永
承五年祐子内親王家歌合〔内大臣頼宗〕近
法性寺関白歌合〔顕季　俊頼　基俊　判
之〕此外万寿義忠歌合〔自判〕康平公基
〔範永判　聟君也〕永保四宮歌合〔通宗　実
行　俊忠　師頼〕等　顕季　俊頼なと也　奈
良花林院　山無動寺　広田　住吉等歌合　択
当世歌仙　俊頼　基俊　々成等也
判者二人常事也　法性寺歌合　俊頼　基俊
又家成家　顕仲　基俊なと也　如然事只在時
儀
判者は或不書自勝負　衆議判又仰上なとは不
及子細　其外は俊頼　顕仲已下皆我は負判者
或替人詠　其も同　近代も多は負或為持　承
暦歌合不合叡慮　仍後番勅判也　師頼家歌合
基俊難俊頼判　如此事多
歌合撰者は判者に継ては可撰事歟　能々可思

幽斎本

房〕
女房為判者事非普通事　長久二年弘徽殿女御
歌合　左は義忠　右は家経判之　上古相模判
之　例也　凡所々家々歌合不可勝計
可然所々殊歌合等判者
延喜二十一年京極御息所歌合〔大和守忠房〕
天禄三年九月野宮歌合〔前和泉守順〕永
承五年祐子内親王家歌合〔内大臣頼宗〕近
法性寺関白歌合〔顕季　俊頼　基俊　判
之〕此外万寿義忠歌合〔自判〕康平公基
〔範永判　聟君也〕永保四宮歌合〔通家　実
行　俊忠　師頼等也〕歌合　顕季　俊頼な
と也　奈良花林院　山無動寺　広田　住吉等
歌合　択当世歌仙　俊頼　基俊　俊成等也
判者二人常事歟　法性寺歌合　俊頼　基俊
又家成家歌合　顕仲　基俊なと也　如然事只
在時儀
判者は或不書自勝負　衆儀判又仰上なとは不
及子細　其外は俊頼　顕仲已下皆我は負　判
者或替人詠　其も同　近代も多は負或為持
承暦歌合不合叡慮　仍後番勅判也　師頼家歌
合　基俊難俊頼判　如此事多歟
歌合撰者は判者に継ては可撰事歟　能々可思

書陵部本

国会本

慮　天徳[45]〔左朝忠　兼盛入ねれのみ〕長元[46]
三十講次〔両方公任〕[47]天喜皇后歌合〔左頼
宗判　右長家〕[48]承暦〔両方経信〕[49]郁芳根合
〔左通俊　右遅房〕

（八　序者）

一　序者
[1]公宴序者　大臣若大納言中納言也　参議雖有
例猶上卿之役也　[2]非成業人於和歌序者代事也
　[3]仍一度書たる人は多不書之　震宴序は同人
不可過一度　能々撰人求才事也　[4]雖公宴密々
事なとは侍臣なとも随便書之　勝遊の様によ
るへき事也　[5]長治元年中宮和歌会　右兵衛督
師頼為序者　宗忠記曰　如此序代　儒者殿上
人　又大弁　又高年宿徳上﨟　得此道人也
同宰相非大弁　尤無謂云々　我不書事を怨歟
震遊[6]
[7]寛弘元年十月密宴　参議右大弁行成書之〔于
時公任　有国　輔正　斉信　俊賢　忠輔〕
[8]天喜四年閏三月翫新成桜花〔中殿〕大納言
師房書〔于時上﨟内大臣頼宗〕[9]承保三年十
月大井行幸　右大臣師房〔無上﨟之可書　専

幽斎本

慮　天徳〔左朝忠　右兼盛われのみ入〕長
元三十講次〔両方公任〕天喜皇后歌合〔左
頼宗判　右長家〕承暦〔両方経信〕郁芳
根合〔左通俊　右匡房〕

一　序者
公宴序者　大臣若大納言中納言也　参議雖有
例猶上卿役也　非成業人於和歌序者希代事也
　仍一度書たる人は多不書之　震宴序は同人
不可過一度　能々撰人求才事也　雖公宴密々
事なとは侍臣なとも随便宜書之　勝遊の様に
よるへき事也　長治元年中宮和歌会　右兵衛
督師頼為序者　宗忠記曰　如此序代　儒者殿
上人　又大弁　高年宿徳上﨟　得此道人也
同宰相非大弁　尤無謂云々　我不書事を怨歟
宸遊
寛弘元年十月密宴　参議右大弁行成書之
〔于時公任　斉信　俊賢　有国　輔正〕天喜
四年閏三月翫新成桜花〔中殿〕大納言師房
書〔于時上﨟内大臣頼宗〕　承保三年十月大
井行幸　右大臣師房〔無上﨟之可書　尤専一

書陵部本

慮　天徳〔左朝忠　右兼盛我のみ入〕長元
三十講次〔両方公任〕天喜皇后宮歌合〔左
頼宗判　右長家〕承暦〔両方経信〕郁芳
門根合〔左通俊　右匡房〕

一　序者
公宴序者　大臣若大納言中納言也　参議雖有
例猶上卿之役也　非成業人於和歌序希代事也
　仍一度書たる人は多不書也　震宴序は同人
不可過一両度　能々撰人求才事也　雖公宴
密々事なとは侍臣なとも随便書之　勝遊の様
によるへき事也　長治元年中宮和歌会　右兵
衛督師頼為序者　宗忠記曰　如此時序代　儒
者殿上人　又大弁　又高年宿徳上﨟　得此道
人也　同宰相非大弁　尤無其謂云々　我不書
事を怨歟
震遊
寛弘元年十月密宴　参議右大弁行成書之〔于
時公任　斉信　俊賢　有国　輔正　忠輔〕
天喜四年閏三月翫新成桜花〔中殿〕大納言
師房書〔于時上﨟内大臣頼宗〕　承保三年十
月大井河行幸　右大臣師房〔無上﨟之可書

国会本

一歟〕応[10]徳花契多春〔中殿〕大納言経信書
〔于時上﨟左大臣俊房〕永[11]長竹不改也〔中殿
左大臣俊房専一〕嘉[12]承池上花〔雖為鳥羽
殿行幸勝遊也〕権中納言宗忠〔于時左大臣
前中納言　俊匡房〕此[13]両度序匡房内々書
儲　若可書之由存歟　但俊房宗忠書了　天[14]承
松樹久緑〔中殿〕権中納言師頼〔于時有仁
宗忠　皆経一役了〕建[15]保池月久明〔中殿〕
右大臣道家〔于時左大臣良輔重服也〕
此[16]外震遊或密儀也　無何侍臣等多書之　又[17]二
条院花有喜色　雖似晴儀無序　建[18]保松間雪
前中納言資実書序　然而密儀也　凡[19]以中殿為
大会　雖旅所大井行幸等は又勿論也
上[20]古は多仮名序也　仍不入之　延[21]喜大井河行
幸　紀貫之　円[22]融院大井御幸　同時又　同[23]子
日　平兼盛　万[24]寿高陽院競馬行幸上東門御会
為政書之　皆[25]是仮名序代也
仙[26]院
長[27]元四年上東門院住吉詣　左衛門督師房書
〔于時斉信　頼宗　能信〕延[28]久五年後三条院
住吉詣　参議左大弁経信〔于時師房　俊房
隆俊〕寛[29]治鳥羽松影浮水　左大弁匡房〔于

幽斎本

歟〕応徳花契多春〔中殿〕大納言経信書
〔于時上﨟左大臣俊房〕永長竹不改色〔中
殿〕右大臣俊房〔専一〕嘉承池上花〔雖為
鳥羽殿行幸勝遊也〕権中納言宗忠〔于時左
大臣俊　前中納言匡房〕此両度序匡房内々
書儲　若可書之由を存歟　但俊房宗忠書　天
承松樹久緑〔中殿〕権中納言師頼〔于時有仁
宗忠　皆経一役畢〕建保池月久明〔中殿〕
右大臣道家〔于時左大臣良輔重服也〕
此外震遊或密儀也　仍無何侍臣等多書之　又
二条院花有喜気　雖似晴儀無序　建保松間雪
前中納言資実書序　然而密儀也　凡以中殿
為大会　雖旅所大井行幸等は又勿論也
上古は多仮名序也〔紀貫之〕円融院大井河
行幸　同時　子日　平兼盛　万寿高陽院競馬
行幸上東門御会　為政書之　皆是仮名序代也
仙院
長元四年上東門院住吉詣　左衛門督師房書
〔于時斉信　頼宗　能信〕延久五年後三条
院住吉詣　参議左大弁経信書〔于時師房　俊
房　隆俊〕寛治鳥羽松影浮水　左大弁匡房

書陵部本

尤専一歟〕応徳花契多春〔中殿〕大納言
経信書〔于時上﨟左大臣俊房〕永長竹不改
色〔中殿〕左大臣俊房〔専一〕嘉承池上
花〔雖為鳥羽殿行幸勝遊也〕権中納言宗忠
〔于時左大臣俊　前中納言匡房〕此両度序
は匡房内々書儲　若可書之由を存歟　但俊房
宗忠書之　天承松樹久緑〔中殿〕権中納言
師頼〔于時有仁宗忠　皆経一役畢〕建保池
月久明〔中殿〕右大臣道家〔于時左大臣良
輔重服也〕
此外震遊或密儀也　仍無何侍臣等多書之　又
二条院花有喜色　雖似晴儀無序　建保松間雪
前中納言資実書序　然而密儀也　凡以中殿
為大会　雖旅所大井河行幸等は又勿論也
上古は多仮名序也　仍不入之　延喜大井河行
幸　紀貫之　円融院大井御幸　同時文　同子
日　平兼盛　万寿高陽院競馬行幸上東門院御
会　為政書之　皆是仮名序代也
仙院
長元四年上東門院住吉詣　左衛門督師房書之
〔于時斉信　頼宗　能信〕延久五年後三条
院住吉詣　参議左大弁経信書之〔于時師房
俊房　隆俊〕寛治鳥羽殿松影浮水　左大弁

国会本

時左大臣俊房　大納言経信　又通俊〕同[30]八
年月宴翫池上月　大納言経信〔于時大臣俊
房〕[31]嘉保花〔始中殿也　可書会　三年三月
十一日卒死〕契千年　権中納言匡房〔于時経
信　俊房　通俊〕[32]保安両院花見御幸　内大
臣有仁〔専一〕[33]〔有官位〕大治於院始御会〔無
御製〕左中弁実光　[34]正治鳥羽池上松風　内大
臣通〔于時左大臣良〕
[35]此外又同之　[36]永治二年崇徳院於法性寺関白家
松契千年　序不書歟　可尋
[37]后宮已下貴所晴会　多公卿也　於卿相不論成
業　只撰器量也
[38]雖禁中便所会は私事也　仍康保花宴には雖有
御製陣
[39]雲客遊覧所々時　儒者五位　或非成業も如時
範者或書之　[40]大井逍遥　多成業六位　或経文
章生五位也　[41]八十嶋　成業六位多書之
[42]大臣家已下所々　多は儒者五位　或四位也
不及公卿歟

幽斎本

〔于時左大臣俊房　大納言経信　又通俊〕
同八年月宴翫池上月　大納言経信〔于時左大
臣俊房〕　嘉保花契千年　権中納言匡房〔于
時俊房　経信　通俊〕　保安両院花見御幸
内大臣有仁〔専一〕　大治於院始御会〔無御
製〕　右中弁実光　正治鳥羽池上松風　内大
臣通親〔于時左大臣良〕
此外例又同之　永治二年崇徳院於法性寺関白
家松契千年　序不書歟　可尋
后宮已下貴所晴会　多公卿也　於卿相不論成
業非成業　只撰其器量也
雖禁中便所会は私事也　仍康保花宴には雖有
御製　陳議也　准私事　小内記昌言書之　御
書所にては時綱書之
又雲客遊覧所々時　儒者五位六位　或四位
又非成業も如時範者或書之　大井逍遥　多は
成業六位　或経文章生五位也　八十嶋　成業
六位多書之
大臣家已下所々　多は儒者五位六位　或四位
也　不及公卿歟

書陵部本

匡房〔于時左大臣俊房　大納言経信　又通
俊〕〔有管絃〕同八年月宴翫池上月　大納言
経信〔于時左大臣俊房〕　嘉保三年三月十一
日辛亥　花契千年　権中納言匡房〔于時俊房
経信　通俊〕　保安両院花見御幸〔内大臣
有仁専一〕〔有管絃〕大治於院始御会〔無御
製〕　左中弁実光　〔有管絃〕正治鳥羽池上
松風　内大臣通親〔于時左大臣良経〕
此外例又同之　永治二年崇徳院於法性寺関白
家松契千年　序不書歟　可尋
后宮已下貴所晴会　多公卿也　於卿相者不論
成業非成業　只撰其器量也
雖禁中便所会は私事也　仍康保花宴には雖有
御製密儀也　仍准私事　内記昌言書之御書所
にては時綱書之
又雲客遊覧所々時　儒者五位六位　或四位
又非成業も如時範者或書之　大井逍遥　多は
成業六位　或経文章生五位也　八十嶋　成業
六位多書之
大臣家已下所々　多は儒者五位六位　或四位
也　不及公卿歟

（九　講師）

国会本

一　講師
[1]中殿会講師　臣下　四位殿上人多弁官　御製
　中納言参議　[2]御製講師は　臣下講師退後
更依召着替　人々歌撤後　自御懐中更被取出
　[3]読師人進て給て被之　御製講師読之　臣下
講師或通用之　蔵人頭なとは兼御製講師　先
例多歟
[4]中納言御製講師〔禁中仙洞同之〕
[5]嘉保　通俊卿　[6]寛治月宴　通俊
[7]参議例
[8]嘉承池上花　左大弁宰相重資
[9]崇徳院鳥羽田中殿　竹巡年友　中将教長
[10]建保中殿〔民部卿〕定家
[11]康保三年御記曰　左大臣曰　延喜故左大臣時
平　代講師以長谷雄卿合読御製　後依彼例以
民部卿読御製　即召令読吾詩　是御製講師根
源也　[12]康和元中宮御遊和歌　読師頭弁宗忠
彼記為頭之者無便宜云々　依殿下仰とて不甘
心
[13]保安花見御幸雅兼　其後例近代多歟
[14]大治五菊送多秋　講師沙汰　弁官蔵人頭不作

幽斎本

一　講師
中殿会講師　臣下　四位殿上人多弁官　御製
　中納言　参議　御製講師は　臣下講師退出
後　更依召着替　人々歌撤後　自御懐中　更
被取出　講師人進て給て披之　御製講師読之
　臣下講師或通用之　蔵人頭なとは兼御製講
師　先例多歟
中納言御製講師〔禁中仙洞同之〕
嘉保　通俊卿　寛治月宴　通俊
参議例
嘉承池上花　左大弁宰相重資
崇徳院鳥羽田中殿　竹遐年友　中将教長
建保中殿　民部卿定家
〔内宴〕康保三年御記曰　左大臣曰　延喜
故左大臣時平　代講師以長谷雄卿令読御製
後依彼例以民部卿読御製　即召令読吾詩　是
御製講師根源也　康和元年中宮御遊和歌　講
師頭弁宗忠　彼記為頭之者也　無便宜云々
依殿下仰とて不甘心
保安花見御幸雅兼　其後例近代多歟
大治五菊送多秋　講師沙汰弁官蔵人頭不候と

書陵部本

一　講師
中殿会講師　臣下〔四位殿上人多弁官〕御製
〔中納言　参議〕
康保三年御記曰　左大臣曰　延喜故左大臣時
平代講師以長谷雄卿令読御製　後依彼例以民
部卿令読御製　即召令読吾詩　是御製講師根
源也
御製講師は臣下講師退後　更依召着替　人々
歌撤後　自御懐中更披取出　読師人進て給之
被之　御製講師読之　臣下講師或通用之　蔵
人頭なとは兼御製講師　先例多歟
康和元年中宮御遊和歌　中納言御製講師〔禁
中仙洞同之〕
嘉保　通俊卿　寛治月宴　通俊
和歌講師　頭弁宗忠　彼記為頭者　無便宜
云々　依殿下仰とて不甘心　保安花見御幸雅
兼　其後例近代多歟
参議例
嘉承池上花〔左大弁宰相重資〕
崇徳院鳥羽田中殿　竹遐年友〔中将　教長〕
建保中殿〔民部卿定家〕

国会本

とて行盛朝臣奉仕　但無御製御前儀也
15 臣下講師
弁官或四品上臈　有序時は儒者及知漢字之人
作之
16 承保野行幸　右大弁実政
17 嘉保三年三中殿　右中弁基綱
18 嘉承池上花　頭刑部卿道時
19 寛治月宴　右中弁宗忠
20 保安花見御幸　頭右大弁雅兼
21 天承中殿　右大弁実光
22 建保中殿　右大弁範〔先例注多不注之〕
23 弁官尤有便事歟　五位雖有例　非普通事歟
24 為序者兼講師　長元六年白川子日義忠勤之
25 女房講師例　延喜十三年亭子院歌合　巻御簾
一尺五寸女房講之
26 歌合講師　多は弁官又他官も四位也 大略同
御会
27 天徳　左〔右兵衛督延光〕右〔右中将博雅
共非作者〕
28 寛和　左〔権中将公任〕右〔蔵人長能〕
29 永承　左〔左馬頭経信〕右〔右中弁資仲〕
30 〔関白家〕

幽斎本

て行盛朝臣奉仕　但無御製御前儀也
臣下講師
弁官或四品上臈　有序時は儒者及知漢字之人
候之
承保野行幸　右大弁実政
嘉保三年三中殿　右中弁基綱
嘉承池上花　頭刑部卿道時
寛治月宴　右中弁宗忠
保安花見御幸　頭右大弁雅兼
天承中殿　右大弁実光
建保中殿　右大弁範時〔先例雖多不注之〕
弁官尤有便事歟　五位雖有例非普通事歟　為
序者兼講師　長元六年白川子日義忠勤之　女
房講師例　延喜十三年亭子院歌合　巻御簾一
尺五寸女房講之
歌合講師　多は弁官又他官も四位也　大略同
御会
〔内裏〕天徳〔左　右兵衛督延光　右　右中将
博雅共非作者〕
寛和〔左　権中将公任　　右　蔵人長能〕
永承〔左　左馬頭経信　右　右中弁資仲〕
承暦〔左　左中弁師賢　右　右中弁通俊〕

書陵部本

大治五菊送多秋　講師沙汰弁官蔵人頭不候と
て行盛朝臣奉仕　但無御製御前儀也
臣下講師〔弁官或四品上臈　有序時は儒者及
知漢字之人候之〕
承保野行幸〔右大弁実政〕
嘉保三年三中殿〔右中弁基綱〕
嘉承池上花〔頭刑部卿道時〕
保安花見御幸〔頭右大弁雅兼〕
寛治月宴〔右中弁宗忠〕
天承中殿〔左大弁実光〕
建保中殿〔右大弁範時〕
先例雖多不注之
弁官尤有便事歟　五位雖有例非普通事歟　為
序者兼講師　長元六年白川子日義忠勤之
女房講師例〔延喜十三年亭子院歌合　巻御簾
一尺五寸　女房講之〕
歌合講師〔多は弁官又他官も四位也　大略同
御会云々〕
内裏　天徳〔左　右兵衛督延光　右　左中将
博雅〕共非作者
寛和〔左　権中将公任　右　蔵人長能〕
永承〔左　右馬頭経信　右　右中弁資仲〕
承暦〔左　左中弁師賢　右　右中弁通信〕

国会本

長元　左〔左小弁経長五位〕右〔右中弁資通
四位〕
[31]寛治　左〔右大弁基綱非作者〕右〔右弁宗
忠〕
[32]已上例大略四品也　於歌合は非作者人　其例
誠多
[33]物合講師
[34]長元上東門院菊合〔左　中宮亮兼房〕右〔右
少弁雅長〕
[35]永承殿上根合〔左少将師基〕右〔右少将隆
俊〕
[36]寛治郁芳門院根合〔左　侍従宗忠〕右〔少将
能俊〕
[37]同前栽合　左〔左中弁宗忠〕右〔少将能俊〕
[38]又天喜扇合　侍従〔宗信〕右〔中弁基綱　非
其同人可勤之〕
[39]后宮歌合　天喜例　左右正権亮奉仕之
[40]女御　麗景殿歌合〔左延光　右保光　此等例
不同可在時儀也〕
[41]凡公宴は四位也　関白大臣已下四位雖有例多
五位也　諸家大略五位歟　六位又有例

幽斎本

長元〔左　左小弁経長五位　右　右中弁資通
四位〕
寛和（ママ）〔左　右大弁基綱非作者　右　右中弁宗
忠〕
已上例大略四品也　於歌合者非作者人　其例
誠多
物合講師
長元上東門院菊合〔左　中宮亮兼房〕〔右　右
小弁経長〕
永承殿上根合　〔左　左少将師基〕〔右　右少
将隆俊〕
寛治郁芳門院根合〔左　侍従宗忠〕〔右　少将
能俊〕
同前栽合　〔左　左中弁宗忠〕〔右　左少将能
俊〕又天喜扇合　〔左　侍従宗信〕〔右中弁基
綱云々　非其同人□勤之〕
后宮歌合　天喜例左右正権亮奉仕之
[a]内親王　天禄野宮歌合　六位橘正通
[b]永承祐子　家経一人奉仕之
女御　麗景殿歌合〔左延光　右保光〕此等例
不同可在時儀也
凡公宴は四位也　関白大臣已下四位雖有例多
五位也　諸家大略五位歟　六位又有例

書陵部本

長元〔左　左小弁経長五位　右　右中弁資通
四位〕
寛治〔左　右大弁基綱　右　右中弁　宗忠
非作者〕
已上例大略四品也　於歌合者非作者人　其例
誠多
物合講師
長元上東門院菊合〔左　中宮亮兼房　右　右
小弁経長〕
永承殿上根合〔左　左少将師基　右　右中将
隆俊〕
寛治郁芳門院根合〔左　侍従宗忠　右少将能
俊〕
同前栽合〔左　左中弁宗忠　右　右少将能
俊〕
又天喜扇合　〔左　侍従宗信　右　右中弁基
綱〕非其時人可勤之
后宮歌合〔天喜例　左右正権亮奉仕之〕
内親王〔天禄野宮歌合　六位橘正通〕
永承祐子〔家経一人奉仕之〕
女御　麗景殿歌合〔左延光　右保光〕
此等例不同可在時儀也
凡公宴は四位也　関白大臣已下四位雖有例多

国会本

[42]講師作法
[43]依召笏〔略儀不持笏　雖侍臣多は持之　弁官又勿論〕参上　懸膝於円座て正は不居　又前に円座を出程は見苦　[44]講師随重て頗うつふきて微音に一句つゝ読也　位署は如法微音也静に指音して読之　御製をは殊不可有誤之故静に見て可読を　[45]建保詩中殿会時　頼範為御製講師　関白普通に披たるを取反て詩下を我方に成て読于時以外沙汰ありき　是御製なれは御覧はいかにても有なん　せめてひか事あらし故作法云々
[46]高倉院詩中殿〔治承〕祖父永範　如此之由申
　然而他人不記　但口伝不可不宗由歟　[47]其上通俊嘉保和歌会有此作法　誠一説歟
[48]題目読様　仮令　秋の夜　其題を詠て製に応るやまと歌云々　至御製は詠給へる依題ていふことを詠とも可読　[49]和字は高く歌字は微に可読　是清輔説也　一反後は又不読名　[50]位署は親王は中務卿親王三品親王とて不読名　大臣已下同之　官も位も始は聞て次第に四位已下名於よむ　後題には某朝臣とも可読也　私所には五位よりは朝臣臣《(ママ)》を加　自歌は名計を

幽斎本

講師作法
依召正笏〔略儀不持笏　雖侍臣多は持之　弁官又勿論〕参上　懸膝於円座て正は不居　又前に円座を出程は見苦　読師随重て頗うつふきて微音に一句つゝ読之　位署は如法微音也
　静に指声に読也　御製をは殊不可有誤之故静に見て可読云々　建保詩中殿会時　頼範為御製講師　関白普通に披たるを取返て詩下を我方に成て読于時以外沙汰ありき　是御製なれは御覧はいかにても有なむ　せめてひか事あらしゆへの作法云々
高倉院詩中殿〔治承〕祖父永範如此由申　然而他人不記　但口伝不可不審歟　其上通俊嘉保和歌会有此作法　誠一説歟
題目読様　仮令　あきの夜　其題を詠て製に応るやまとうた云々　至御製は詠給へる依題ていふことを詠とも可読　和字は高く歌字は微に可読　是清輔説也　一反後は又は不読名　位署は親王は中務卿親王三品親王とて不読名　大臣已下同之　官も位も始は聞て次第に四位已下名をよむ　後々題には某朝臣とも可読之　私所には五位よりは朝臣を加　自歌

書陵部本

五位也　諸家大略五位歟　六位又有例
講師作法
依召正笏〔略儀不持笏　雖侍臣多持之　弁官又勿論　逃右足読之清輔説〕参上　懸膝於円座て正は不居　又前に円座の出ほとは見苦読師随重て頗うつふきて微音に一句つゝ読之
　位署は如法微音也　静指音に読也　御製をは殊不可有誤之　故静に見て可読云々　建保詩中殿会時　頼範為御製講師　関白普通に披たるを取反て　詩下を我方に成て読于時以外沙汰ありき　是御製なれは御覧はいかにてもありなむ　せめてひか事あらし故の作法と云々　高倉院詩中殿〔治承〕祖父永範如此由申　然而他人不記　但口伝不可不審歟　其上通俊嘉保和歌会有此作法　誠一説歟
題目読様　仮令　秋夜　其題を詠て製に応るやまとうたと云々　至御製は詠給へる　依題ていふことを詠ませ給へるとも可読　和字は高く歌字は微可読〔是清輔説也〕一反後は又不読名　位署は親王は中務卿親王三品親王とて不読名　大臣以下同之　官も位も始は聞て次第に読□様にて惣公卿は名は不読　四位宰相は准侍臣読名　四位已下名をよむ　後々の

国会本

読之　六位は読官姓名　五位は読官名　四品
は名朝臣　三位已上は不詳可読　私所にては
五位加朝臣　[51]助音人は一反後詠之　准詩頌声
無其人或不詠歟　[52]康和元四斎院和歌　師時講
師　記曰　人々奉歌後有召参為講師　五位は
名　四位名朝臣　猶公卿官計　於当殿凡不申
上　関白殿講師可詠之由被仰　仍詠之――
[53]歌合には両方講師各別也　書番一巻には講師
も一人也　[54]先左講師読歌　次には先自負方可
読　仮令　左勝は次番には先右歌をよむへし
持は随前番勝負　猶負たりつる方より可読
之　惣の負にはあらす　近くまけたるかた也
[55]凡講師読歌外は不言　是故実也　而承暦師
賢通俊少々陳是非　可為例　[56]凡講師之習無尽
人　尽題て講て読而　付宴を別仰なとにては
三首あらは乍三首もよむ　普通には二首三首
も一首つゝよむ也　是皆清輔等古人説也　或
時旧記之説也

幽斎本

は名許を読也　六位は読官姓名　五位は読官
名　四品は名朝臣　三位已上は不詳可読　私
所にては五位加朝臣　助音人は一反後詠之
准詩頌声無其人或不詠歟　康和元四斎院和歌
師時講師　記曰　人々奉歌後有召参為講師
五位は名　四位朝臣　於公卿官許　於両殿
凡不申　関白殿講師可詠之由被仰　仍詠之
歌合には両方講師各別也　書番一巻には講師
も一人也　先左講師読歌　次々には先自負方
可読　仮令　左勝は次の番には先右歌をよむ
へし　持時は随先番勝負　猶負たりつる方よ
り可読也　惣の負にはあらす　近くまけたる
かた也　凡講師読歌外は不言　是故実也　而
承暦師賢通俊　少々陳是非　可為例歟　凡講
師之習無並人事題て読而付案て別仰なとにて
は三首あらは乍三首もよむ　普通には二首三
首も一首つゝよむ也　是皆清輔等古人説也
或付旧記之説

書陵部本

題には某朝臣とも可読之　私所には五位より
は朝臣を加　自歌は名許を読也　六位は読官
姓名　五位は読官名　四品は名朝臣　三位已
上は不詳可読　私所にては五位加朝臣　助音
人は一反後詠之　准詩頌声無座人或不詠歟
康和元年曰　斎院和歌　師時講師　記曰
人々奉歌後有召来為講師　五位は名　四位朝
臣　於公卿官許　於両殿凡不申上　関白殿講
師可詠之由被仰　仍詠之
歌合には両方講師各別也　書番一巻には講師
も一人也　先左講師読歌　次々には先自負方
可読　仮令左勝は次番には先右歌を読へし
持時は随前番勝負　猶負たりつるかたより可
読也　惣の負にはあらす　近くまけたるかた
也　凡講師読歌外は不言　是故実也　而承暦
師賢通俊　少々陳是非　可為例歟　凡講師之
習無尽人尽題て読而　付安て別仰なとにては
三首あらは乍三首もよむ　普通には二首三首
も一首つゝよむ也　是皆清輔等古人説也　或
付旧記之説

国会本

（十　読師）

一　読師
[1]当座第一座為御製読師　二座人可為臣下読師
無御製所にても惣多は第二人之役也　或又
第一人兼御製臣下読師　[2]下読師可随便宜　大
臣読師之時参議重之　有親私之人には雖四位
五位可召寄　或又召蔵人令重〔清輔説〕　大
臣なとは不可然事歟　[3]寛治月宴　前関白当関
白左大臣在座　左大臣為読師　是其時左大臣
〔俊〕為当関白上　然者第二人也　[4]保安花見
御幸　太政大臣雅実為第一人為読師　[5]大治
内大臣　敦光下読師　于時二人〔関白候〕
[6]凡先例は非一様　如然事只在時儀　多第二人
役也
[7]読師作法
[8]御製読師は歌披講の臣下読師撤歌後　自御懐
中被出之時　膝行給之披置之　[9]寛治月宴　上
皇御簾中　関白〔師通〕進給御製　前関白取
之披之　是父子礼也　普通には其人進之　[10]講
畢懐御製退事感興之余也　但不可為常事　此
事又不限御製歟　高倉一宮会　宇治関白　月

幽斎本

一　読師
当座第一座為御製読師　二座人可為臣下読師
無御製所にても惣多は第二人之役也　或又
第一人兼御製臣下読師　下読師は可随便宜
大臣読師の時参議重之　有親和之人は雖四位
五位可召寄　或又召蔵人令重〔清輔説〕　大
臣なとは不可然事歟　寛治月宴前関白当関白
左大臣在座　左大臣為読師　是其時左大臣
〔俊〕為当関白上　然者第二人也　保安花見
御幸　太政大臣雅実為第一人為読師　大治
内大臣　敦光下読師　于時二人〔関白候〕
凡先例は非一様　如然事只在時儀　但多第二
人役也
読師作法
御製読師は歌披講畢臣下読師撤歌後　自御懐
中被取出之時　膝行給之置之　寛治月宴　上
皇御簾中　当関白〔師通〕進て給御製　前関
白取之披之　是父子礼也　普通には其人進也
講了懐御製退事感興之余也　但不可為常事
此事又不限御製歟　高倉一宮会　宇治関白

書陵部本

一　読師
当座第一座為御製読師　二人座人可為臣下読
師　無御製所にても惣多は第二人之役なり
或は又第一人兼御製臣下読師　下読師は可随
便宜　大臣読師之時参議重之　有親知之人は
雖四位五位可召寄　或は召蔵人令重〔清輔
説〕　大臣なとは不可然事歟　[a]〔嘉承池上花
俊明読師　蔵人弁為隆重之〕　寛治月宴
前関白当関白左大臣在座　左大臣為読師　是
其時左大臣〔俊〕為当関白上　然者第二人也
保安花見御幸　太政大臣雅実為第一人為読
師　大治　内大臣〔敦光下読師　于時二人
関白候〕　凡先例は非一様　如然事只在時儀
但多第二人役也
読師作法
御製読師は歌披講畢臣下読師撤歌後　自御懐
中被取出之時　膝行給之被置之　寛治月宴
上皇御簾中　当関白〔師通〕進て給御製　前
関白取之披之　是父子礼也　普通には其人進
也　講畢懐中御製退事感興之余なり　但不可
為常事　此事又不限御製歟　高倉一宮会　宇

たにあれや郭公　時大二条為読師　[11]懐中可依時儀　近年此事多　[12]院御時実氏懐中　浅位壮年人なとは不相応歟　[13]清輔　崇徳院御製可取之由再三思惟とも猶有恐て退出云々　誠可恐事歟　[14]嘉承〔池上月〕関白懐中御製　[15]臣下読師只自下臈次第重〔歌下為御所方〕二首三首時は端計を巻よせて置也　皆は不披也[16]僧幷女歌は人歌講畢後可重可重歟　不論殿上地下只守位也　[17]六位は或依官次第或又依臈歟

[18]清輔説　地下者歌不置文台　私所にも侍品已下者歌不置文台也　近代不然事也　[19]歌合読師は只模講師役也　風流なとに書花たるなとをも取て講師に令読役也　仍或無読師或又有

[20]天徳歌合無読師　左講師延光朝臣自元歌由有所見　右も撤覆人は有とも無読師　[21]但永承根合〔少将資綱　右大弁経季〕[22]天喜皇后宮歌合〔顕房　隆俊〕[23]郁芳根合〔季仲　師頼〕為読師　[24]又宇治関白長元〔行経　兼房也〕[25]凡皆例四品也　[26]天徳寛和永承承暦歌合読師不見

（十一　番事）

一　番事

国会本

月たにあれや郭公　時大二条為読師　懐中可依時儀　近年此事多　院御時実氏懐中　浅位壮年人なとは不相応歟　清輔云　顕輔崇徳院御製可取之由再三思惟とも猶有恐て退出云々　誠可恐事歟　嘉承〔池上月〕関白懐中御製　臣下読師只自下臈次第重〔歌下為御所方〕　二首三首時は端許を巻寄て置也　皆は不披也　僧幷女歌は人歌講之後可重歟　不論殿上地下只守位也　六位は或依官次第或又依臈歟　清輔説　地下者歌不置文台　私所にも侍品已下者歌不置文台也　近代不然事也　歌合読師は只授講師役也　風流なとは花に書たるなとをも取て講師に令読役也　仍或無読師或又有　天徳歌合無読師　左講師延光朝臣自取歌由有所見　右も撤覆人は有とも無読師

但永承根合〔中将季綱　右大弁経季〕　天喜皇后宮歌合〔顕房　隆俊〕　郁芳根合〔季仲　師頼〕為読師　又宇治関白長元〔行経　兼房〕也　凡皆例四品也　天徳寛和永承々暦歌合読師不見

一　番事

幽斎本

治関白　月たにあれや郭公　時大二条為読師

懐中可依時儀　近年此事多　院御時実氏懐中　浅位壮年人なとは不相応歟　清輔云　顕輔崇徳院御製可取之由再三思惟とも猶有恐て退出云々　誠可恐事歟　嘉承〔池上月〕　関白懐中御製　臣下読師只自下臈次第重〔歌下為御不方〕　二三首時は端許を巻寄て置也　皆は不披也　僧幷女歌は人歌講畢後可重歟　不論殿上地下唯守位也　六位は或依官次第或又依臈歟　清輔説　地下者歌不置文台　私所にも侍品已下者歌不置文台也　近代不然事也

歌合読師は只授講師役也　風流なとに書花たるなとをも取て講師に令読許也　仍或無読師或又有之　天徳歌合無読師　左講師延光朝臣自取歌之由有所見　右も撤覆人は有とも無読師　但永承根合〔中将資綱　右大弁経季〕

天喜皇后宮歌合〔顕房　隆俊〕　郁芳根合〔季仲　師頼〕為読師　又宇治関白長元〔行経

兼房也〕　凡皆例四品也　天徳寛和永承承暦歌合読師不見

一　番事

書陵部本

国会本

[1]合手は人程歌程共相応尤難有　只宿老人なと
は万事可聴　無判歌合〔所謂進講社之類也〕
少々雖歌懸隔尤可思人之程　人程も女官位は
さる事にて　ふるき歌人なとは可然人にも可
合　凡撰歌合は其題に纔に撰出之上不可謂合
手人　乱合又勿論　只取切て合て人を計也
[2]建暦詩歌合　自院被定番　雅経嫌重長　是非
被劣只嫌物狂　面有沙汰重長番忠定　此事不
審無極事也　謂詩劣は有謂　只謂左道は雅経
嫌者何番忠定哉　又非詩劣之故は其度雅経合
家宣畢　[3]承久　忠定番伊平　忠定頻痛申　是
未練者故也　然而合畢　如此事多は近代毎歌
合多　[4]此子細於女歌者不謂善悪事也　撰歌合
には偏撰歌之間不可有沙汰番歟　[5]永承四年殿
上歌合　能因入道為一番左　是力不及之様歟
[6]御製番人事上古不見　寛和始之　于時御製
二首　一首は番公任〔于時中将〕歌云家誠
可然　而今一首被番為義　非指人　[7]又永承皇
后宮歌合　御製〔後冷〕替源三位被番隆国々
[8]近代は四位五位皆御合手　但過法下劣人は
可参歟　[9]院御時秀能時々為御番　如何　[10]院御
製亭子院歌合二首也
[11]歌人与非歌人番事

幽斎本

合手は人程歌程共相応尤難有　只宿老人なと
は万事可然　無判歌合〔所謂進諸社之類也〕
少々雖歌懸隔尤可思人之程　人程も必官位はさ
る事にて　ふるき歌人なとは可然人にも可合
凡撰歌合は其題に纔撰出之上不可謂合手人
乱合又勿論　只取切て合人を計也
建暦詩歌合　自院被定番　雅経嫌重長　是非
詩劣只嫌物狂　而有沙汰重長番忠定　此事不
審無極事也　謂詩劣は有謂　只謂左道は雅経
嫌者何番忠定哉　又非詩劣之故は其度雅経合
家宣畢　承久　忠定番伊平　忠定頻痛申　是
未練者故也　然而合畢　此事多は近代毎歌合
多　此子細於女歌者不謂善悪事也　撰歌合に
は偏撰歌之間不可有番沙汰歟　永承四年殿上
歌合　能因入道為一番左　是力不及之様歟
御製番人事上古不見　寛和始之　于時御製二
首は番公任〔于時中将〕　云歌家誠可然　而
今一首被番為義　非指人　又永承皇后宮歌合
御製〔後冷〕替源三位被番隆国畢　近代は
四位五位皆御合手　但過法下劣人は不可然歟
院御時秀能時々為御番　如何　院御製亭子
院歌合二首也
歌人与非歌人番事

書陵部本

合手は人程歌程共相応尤難有　只宿老人なと
は万事可聴　無判歌合〔所謂進諸社之類也〕
少々雖歌懸隔尤可思人之程　人程も必官位は
さる事にて　ふるき歌人なとは可然人にも可
合　凡撰歌合は其題に纔に撰出之上不可謂合
手人　乱合又勿論　唯取切て合人を許也
建暦詩歌合　自院被定番　雅経嫌重長　是非
詩劣只嫌物狂　而有沙汰重長番忠定　此事不
審無極事也　謂詩劣は有謂　唯謂左道は雅経
嫌者何番忠定哉　又非詩劣之故其度雅経合家
宣畢　承久　忠定番伊平　忠定頻痛申　是未
練者故也　然而合畢　如此事多は近代毎歌合
多　此子細於女歌者不謂善悪事也　撰歌合に
は偏撰歌之間不可有番沙汰歟　永承四年殿上
歌合　能因入道為一番左　是不及力様歟　御
製番人事上古不見　寛和始之　于時御製二首
は番公任〔于時中将〕　云歌云家誠可然　而
今一首被番為義　非指人　又永承皇后宮歌合
御製〔後冷泉〕替源三位〔俊賢〕被番隆国
畢　近代は四位五位皆為御合手　但過法下劣
人は不可参歟　院御時秀能時々為御番　如何
院御製は亭子院歌合二首也
歌人与非歌人番事

[12]天徳　朝忠与博古　[13]永承　経信与大中臣永輔
〔伊房替也〕[14]承暦　匡房与政長道良　[15]弘徽殿
女御歌合　相模与侍従乳母　[16]法性寺家　俊頼
与源定信　[17]長元　赤染与公資　[18]如此事不可勝
計　随思出抄之　[19]嘉応住吉歌合　実綱与清輔
　是は人からにゆるす也

[20]貴種与凡卑番事
[21]天徳　朝忠与兼盛幷元真〔[22]是は只例也　非絶
事古今常習也〕
[23]寛和　兵衛佐道長与曾祢好忠
[24]長元　春宮大夫頼宗与能因法師
[25]永承　祐家与能因　内大臣〔頼〕与源兼長
[26]天喜四条宮　内大臣与隆経
[27]実行歌合　実能番披敦隆　[28]師頼歌合　令自番
披敦隆　[29]我家歌合なとには可撰可然人　[30]敦隆
雖為好士非指歌人歟　如此事近日不可勝計

（十二　作者）

一　作者
[1]中殿御会　公卿殿上人也　女房猶不可交　但
有例　僧不参之　密には女房参〔不作禁中人

国会本

天徳　朝忠与博古　永承　経信与大中臣永輔
〔伊房替也〕　承暦　匡房与政長道良　弘徽
殿女御歌合　相模与侍従乳母　法性寺家　俊
頼与源定信　長元　赤染与公資　如此事不可
勝計　随思出抄之　嘉応住吉歌合　実綱与清
輔　是は人からにゆるすなり

貴種与凡卑番事
天徳　朝忠与兼盛幷元真〔是は只例也　非強
事　古今常習也〕
寛和　兵衛佐道長与曾祢好忠
長元　春宮大夫頼宗与能因法師
永承　祐家与能因　内大臣〔頼〕与源兼長
天喜四条宮　内大臣与隆経
実行歌合　実能番橘敦隆　師頼歌合　令自番
橘敦隆　祐家歌合なとには可撰可然人　敦隆
雖為好士非指歌人歟　如此事近日不可勝計

一　作者
中殿御会　公卿殿上人蔵人也　女房猶不可交
　但有例　僧不参之　密儀には女房参〔不候

幽斎本

天徳〔朝忠与博古〕
永承〔経信与大中臣永輔　伊房替也〕
承暦〔匡房与政長道良〕
弘徽殿女御歌合〔相模与侍従乳母〕
法性寺家〔俊頼与源定信〕
長元〔赤染与公資〕
如此事不可勝計　随思出抄之　嘉応住吉歌合
　実綱与清輔　是は人からにゆるす也

貴種与凡卑番事
天徳〔朝忠与兼盛幷元真　是は只例也　非強
云事　古今常習也〕
寛和〔兵衛佐道長与曾祢好忠〕
長元〔春宮大夫頼宗与能因法師〕
永承〔祐家与能因　内大臣頼与源兼長〕
天喜〔四条宮　内大臣与隆経〕
実行歌合　実能番橘敦隆　師頼歌合　自番橘
敦隆　我家歌合なとには可撰可然人　敦隆雖
為好士非指歌人歟　如此事近日不可勝計

一　作者
中殿御会　公卿殿上人蔵人也　女房猶不可交
　但有例　僧不参之　密儀には女房参〔不候

書陵部本

国会本

之妻尼など皆進之　僧綱凡僧皆可参〕
[2]内裏歌合　公卿殿上人六位女房〔所々女房同
之〕僧凡〔僧入道等無憚〕地下者上古は参
　自中古は不然歟
[3]御製交他会事　堀河院中宮花契遐年　堀河院
御製被出　是後冷泉后宮歌合有御製之例也
[4]延喜亭子院歌合は地下者不及左右〔興風　是
則　貫之　躬恒等詠之〕院中は惣不憚　天[5]
徳歌合〔兼盛　能宣　順　望城　元真　忠見
等進之〕[6]寛和〔能宣　兼盛　好忠　已上二
代例等地下皆詠〕[7]永承歌合〔無地下作者
但沙弥能因参之〕[8]承歴〔無地下人　其時無
指歌人之故歟　青衛門孝善は代家忠朝臣詠之
　已上二代は地下参　二代は自然不被召　不
可有其憚事歟　[9]凡延喜天暦菊合等地下歌人皆
参　但菊合は猶不可准歌合云々　又天徳例不
憚勿論也〕[10]凡天徳　寛和　永承　承歴等皆
撰歌合也　仍如近代左右作者定員て不番　或
左多右少不定也　[11]天徳　永承有公卿作者　寛[12]
和　承暦無公卿作者　[13]更受歌人不入撰事多
謬社日□殿不入無例有所見　天徳好忠乍詠不
入歟　[14]其後多歌合一身詠両方　長元三十講次
歌合並郁芳根合有例

幽斎本

禁中人之妻尼など皆進之　僧綱凡僧皆可参〕
　内裏歌合　公卿殿上人六位女房〔所々女房
同之〕僧〔凡僧入道等無憚〕地下は上古
は参　中古は自然絶歟
御製交他会事　堀川院中宮花契遐年　堀川院
御製被出　是後冷泉后宮歌合有御製之例也
延喜亭子院歌合は地下者不及左右〔興風　是
則等詠之　貫之　躬恒等詠之〕
天徳歌合〔兼盛　能宣　順　望城　元真　忠
見等進之〕寛和〔能宣　兼盛　好忠〕
已上二代例地下皆詠　永承歌合〔無地下作者
　但沙弥能因参之〕　承暦〔無地下人　其時
無指歌人之故歟　青衛門孝善は代家忠朝臣詠
之〕　已上二代は地下参　二代は自然不被召
　不可有其憚事歟　凡延喜天暦菊合等地下歌
合皆参　但菊合は猶不可准歌合云々　又天徳
例不憚勿論歟　凡天徳　寛和　永承　承暦等
皆撰歌合也　仍如近代左右作者定員て不番
或左多右少不定也　天徳　永承有公卿作者
寛和　承暦無公卿作者　更歌人不入撰事多
謬社昇殿不入無例有所見　天徳好忠乍詠不入
歟　其後多歌合一身詠両方　長元三十講次歌
合並郁芳根合有例

書陵部本

禁中人之妻尼など皆進之　僧綱凡僧皆可参〕
　内裏歌合　公卿殿上人六位女房〔所々女房
同之〕僧〔凡僧　入道等無憚〕地下者上
古は参　自中古は自然絶歟
御製交他会事　堀川院中宮花契遐年　堀川院
御製被出　是後冷泉后宮歌合有御製例也　延
喜亭子院歌合には地下者不及左右〔興風　是
則　貫之　躬恒等詠之〕　院中は惣不憚　天
徳歌合〔兼盛　能宣　順　望城　元真　忠見
等進之〕寛和〔能宣　兼盛　好忠〕　已上
二代例地下皆詠　永承歌合〔無地下作者　但
沙弥能因参之〕　承暦歌合〔無地下人　于時
無指歌人之故歟　青衛門孝善は代家忠朝臣詠
之云々〕　已上二代は地下参　二代は自然不
被召　不可有其憚事歟　凡延喜天暦菊合等地
下歌人皆参　但菊合は猶不可准歌合云々　又
天徳例不憚勿論歟　凡天徳　寛和　永承　承
暦等皆撰歌合也　仍如近代左右作者定員て不
番　或左多右少不定也　天徳　永承有公卿作
者　寛和　承暦無公卿作者　更歌人不入撰事
多　謬聴昇殿不入歌例有所見　天徳好忠乍詠
不入歟　其後多歌合一身詠両方　長元三十講
次歌合　並郁芳根合有例

屛風障子等歌[15]
作者先例不多　近[16]最勝四天王院障子歌人十人
不可過之　上[17]東門院入内屛風吉事吉例也　于
時花山法皇詠給　是不可然事なれば法性寺入
道平に被申之上院又不可有辞退体也　建[18]久宜
秋門院入内　俊成又入道後詠之　吉事なれと
遁世人或詠之也　在時儀　但少々歌人なと不
可召歟
歌[19]合歌会時常事也　上中古多　近代は人の心
なまさかしくなりてうら〳〵とさやうの事は
なし　還見苦事歟　藤[20]孝善承暦代家忠　郁芳
根合代経実　保[21]安花見　長実代通季詠　二[22]条
院花有喜色　範兼依仰代丹波内侍　如此事多
　近日も有少々歟
近[23]代女御入内露顕立后等時　被召御書歌〔東
宮親王等同之〕　是親知近臣公卿之中歌人詠
進之歟　関白尤可詠　不然には書事は執柄所
為之　御返事は其方親知也　是非先例　近日
新儀也
東[24]遊等歌又被召事歌人一人也　近は儒者多献
之　是非儒者役自然事也
賀[25]茂臨時〔敏行〕　八[26]幡臨時〔貫之〕
平[27]野女使〔能宣〕　松[28]尾行幸〔兼澄〕

国会本

屛風障子等歌
作者先例不多　近最勝四天王院障子歌人十人
不可過之　上東門院入内屛風吉事吉例也　其
時花山法皇詠給　是不可然事なれと法成寺入
道平に被申之上　院又不可有辞退体也　建久
宜秋門院入内　俊成又入道後詠之　吉事なれ
と遁世人或詠之也　可在時儀　但少々歌人な
と不可召歟
歌合歌会時常事也　上中古多　近代は人心な
まさかしくなりてうら〳〵とさやうの事はな
し　かへりて見苦事歟　藤孝善承暦代家忠
郁芳根合代経実　保安花見　長実代通季詠
二条院花有喜色　範兼依仰代丹波内侍　如此
事多　近日も有少々歟
近代女御入内露顕立后等時　被召御書歌〔東
宮親王等同之〕　是親知近臣公卿之中歌人詠
進之歟　関白尤可詠　不然には書事は執柄所
為之　御返事は其の方親知也　是非先例近日
新儀也
東遊等歌又被召事歌人一人也　近は儒者多献
之　是非儒者役自然事也
賀茂臨時〔敏行〕　八幡臨時〔貫之〕
平野女使〔能宣〕　松尾行幸〔兼隆〕

幽斎本

屛風障子等歌
作者先例不多　近最勝四天王院障子歌人十人
不可過之　上東門院入内御屛風吉事吉例也
于時花山法皇詠給　是不可然事なれとも法成
寺入道平に被申之上院又不可有辞退之体也
建久宜秋門院入内　俊成又入道後詠之　吉事
なれと遁世人或詠之也　可在時儀　但少々歌
人なと不可召歟
歌合歌会時常事也　上中古は多　近代は人心
なまさかしく成てうら〳〵とさやうのことは
なし　還見苦事歟　藤孝善承暦代家忠　郁芳
門根合代経実　保安花見長実代通季詠　二条
院花有喜色　範兼依仰代丹波内侍　如此事多
　近日も有少々歟
近代如御入内露顕立后等時　被召御書歌〔東
宮親王等同之〕　是親知近臣公卿之中歌人詠
進之歟　関白尤可詠　不然には書事は執柄所
為之　御返事は御方親知也　是非先例近日新
儀也
東遊等歌又被召事歌人一人也　近は儒者多献
之　是非儒者役自然事也
賀茂臨時祭〔敏行〕　八幡臨時祭〔貫之〕
平野女使〔能宣〕　松尾行幸〔兼隆〕

書陵部本

国会本

[29]日吉行幸〔実政〕 [30]祇園行幸〔経衡〕
[31]又船岡今宮崇尊時 長能詠之
[32]大嘗会者上古所見不詳 起自承和〔于時丹波
幡□国也〕 [33]仁明 清和 陽成 光孝在古今
[34]其後 丹後 因幡 美濃 尾帳 遠湖 伊
勢 参川 越前 美作 備中 備前 但馬等
群名少々詠之 [35]而延喜以後 偏以近江為悠紀
以丹波備中替に為主基也 [36]後冷泉院主基為
幡磨歟 [37]只先例歌人詠之 自中古儒者必交之
[38]延喜〔近江 黒主〕 [39]村上〔備中 不知人〕
[40]冷泉〔兼盛 能宣 元輔 不知人〕 [41]円融
〔能宣 兼盛 中務〕 [42]自三条院所見不絶〔花
山 一条未勘之〕
[43]長和元〔悠 輔親 主 兼澄〕
[44]同四年〔悠 輔親 主 為政〕
[45]長元〔悠 輔親 主 義忠〕
[46]永承〔悠 資業 主 家隆〕
[47]治暦〔悠 実政 主 経衡〕
[48]承保〔悠 実政 主 匡房〕
[49]寛治〔悠 匡房 主 行家〕
[50]天仁〔悠 匡房 主 正家〕
[51]保安〔悠 敦光 主 行盛〕
[52]康治〔悠 顕輔 主 敦光〕

幽斎本

日吉行幸〔実政〕 祇園行幸〔経衡〕
又船岡今宮崇尊時 長能詠之
大嘗会歌者上古所見不詳 起自承和〔于時丹
波 播磨国也〕 仁明 清和 陽成 光孝在
古今 其後 丹後 因幡 美濃 遠江 伊勢
参川 越前 美作 備中 備前 但馬等郡
名少々詠之 而延喜以後 偏以近江為悠紀
以丹波備中替に為主基也 後冷泉院主基為播
磨歟 只先例歌人詠之 自中古儒者必交之
延喜〔近江 黒主〕 村上〔備中 不知人〕
冷泉〔兼盛 能宣 元輔〕 円融〔能宣
兼盛 中務〕 自三条院所見不絶〔花山 一
条等未勘之〕
長和元〔悠 輔親 主 兼隆〕
同四年〔悠 輔親 主 為政〕
長元〔悠 輔親 主 義忠〕
永承〔悠 資業 主 家経〕
治暦〔悠 実政 主 経衡〕
承保〔悠 実政 主 匡房〕
寛治〔悠 匡房 主 行家〕
天仁〔悠 匡房 主 正家〕
保安〔悠 敦光 主 行盛〕
康治〔悠 顕輔 主 敦光〕

書陵部本

日吉行幸〔実政〕 祇園行幸〔経衡〕
又船岡今宮崇尊時 長能詠之
大嘗会歌者上古所見不詳 起自承和〔于時丹
波播磨国也〕 仁明 清和 陽成 光孝在古
今 其後 丹後 因幡 美濃 尾張 遠江
伊勢 参河 越前 美作 備中 備前 但馬
等郡名少々詠之 而延喜以後 偏以近江為悠
紀 以丹波備中替々為主基也 後冷泉院主基
為播磨歟 唯先例歌人詠之 自中古儒者必交
之 延喜〔近江 黒主〕 村上〔備中 不知
人〕 冷泉〔兼盛 能宣 元輔〕 円融〔能
宣 兼盛 中務〕 自三条院所見不絶〔花山
一条未勘之〕
長和元〔悠 輔親 主 兼隆〕
同四年〔〻 輔親 〻 為政〕
長元〔〻 輔親 〻 義忠〕
永承〔〻 資業 〻 家経〕
治暦〔〻 実政 〻 経衡〕
承保〔〻 実政 〻 匡房〕
寛治〔〻 匡房 〻 行家〕
天仁〔〻 匡房 〻 正家〕
保安〔〻 敦光 〻 行盛〕
康治〔〻 顕輔 〻 敦光〕

国会本

[53]久寿〔悠 永範 主 令明〕
[54]平治〔悠 俊憲 主 範兼〕
[55]仁安〔悠 俊成〕
[56]嘉応〔悠 永範〕
[57]寿永〔悠 清輔 主 兼光〕
[58]元暦〔悠 季経 主 光範〕
[59]建久〔悠 主 資実〕
[60]建暦〔悠 資実 主 有家〕
[61]是皆悠紀は近江 主基は丹波備中替也
[62]一人必儒者 一人は只歌人也 乍二人儒者又例事歟 只歌人は顕輔 清輔 俊成 有家等人也 [63]凡中納言已下也 未及大納言已上 [64]敦光 令明など儒者中にも無指歌人とも一人は必可為儒者也 是自然流例也
[65]行事弁注国所々名下作者云々 撰其所計其詞詠之遺行事弁家 以風俗歌下楽所 以屏風歌給絵所 若歌遅々時は以所名加詞且進之 風俗歌計進先例也
[66]和歌書様 或以神楽歌為始 或以稲舂歌為初也 [67]資業家には真名別紙 風俗与屏風也 [68]家仕は仮名一紙 [69]匡房真名別紙 但匡房一度書仮名 他人皆真名別紙也 同資業説 [70]但顕輔は詞は真名 歌仮名也

幽斎本

久寿〔悠 永範 主 令明〕
平治〔悠 俊憲 主 範兼〕
仁安〔悠 俊成 主〕
嘉応〔悠 永範 主〕
寿永〔悠 清輔 主 兼光〕
元暦〔悠 季経 主 光範〕
建久〔悠 主 資実〕
建暦〔悠 資実 主 有家〕
是皆悠紀は近江 主基は丹波備中替也 一人は必儒者 一人は只歌人也 乍二人儒者又例事歟 只歌人は顕輔 清輔 俊成 有家等人也 凡中納言以下也 未及大納言已上 敦光 令明など儒者中にも無指歌人とも一人は必可為儒者也 是自然流例也
行事弁注国所名下作者云々 撰其所計其詞詠之遺行事弁家 以風俗歌下楽所 以屏風歌給絵所 若歌遅々時は以所名加詞且遣之 風俗歌許進先例也
和歌書様 或以神楽歌為始 或以稲舂歌為初 又資業家には真名別紙 風俗与屏風也 家経は仮名一紙 匡房真名別紙 但匡房一渡書仮名 他人皆真名別紙也 同資業説 但顕輔は詞は真名 歌仮名也

書陵部本

久寿〔〻 永範 〻 令明〕
平治〔〻 俊憲 〻 範兼〕
仁安〔〻 俊成 〻〕
嘉応〔〻 永範 〻〕
寿永〔〻 清輔 〻 兼光〕
元暦〔〻 季経 〻 光範〕
建久〔〻 資実 〻 資業〕
建暦〔〻 資実 〻 有家〕
是皆悠紀は近江 主基は丹波備中替々也 一人は必儒者 一人は只歌人也 乍二人儒者又例事歟 只歌人は顕輔 清輔 俊成 有家等人也 凡中納言已下人也 未及大納言已上 敦光 令明など儒者中にも無指歌人とも一人は必可為儒者也 是自然流例也
行事弁注国所々名下作者云々 撰其所計其詞詠之遺行事弁家 以風俗歌下楽所 以屏風歌給絵所 若歌遅々時は以所名加詞且遣之 風俗歌許遣先例也
和歌書様 或以神楽歌為始 或以稲舂歌為始也 又資業家には真名別紙 風俗与屏風也 家経は仮名一紙 匡房真名別紙 但匡房一度書仮名 他人皆真名別紙也 同資業説 但顕輔は詞は真名 歌仮名也

国会本

悠[71]紀主基共十月上旬可進　皆遣行事弁計　近
代先経院奏流例也

（十三　清書）

一　清書
永[1]承歌合〔左兵衛佐師基　右中納言乳母〕
同[2]根合〔左公継　右兼行〕
天[3]喜皇后宮歌合〔左兼行真名〕右経信卿母
承[4]歴歌合〔左右大弁伊房□□〕右蔵人弁伊
家
寛[5]治郁芳門根合〔両方大納言雅実書之　天暦
詩合道風書両方例也　之天徳は書人不詳〕
寛[6]治京極歌合〔当日は各歌於切寄　後日関白
師通書之〕
抑[7]承暦奏は左少弁季仲書之〔歌十五首唐　紙
下絵也〕

（十四　撰集）

一　撰集
歌[1]多少人善悪者不能注子細　随時従事
清[2]輔云　撰集故実　時之大臣英雄公達などは
雖非秀逸可入　非重代非其人は不可入　無双

幽斎本

悠紀主基共十月上旬可進　皆遣行事弁許　近
代先経院奏流例也
一　清書
永承歌合〔左兵衛佐師基　右中納言乳母〕
同根合〔左公経　右兼行〕
天喜皇后宮歌合〔左兼行　真名　右経任卿
母〕
承暦歌合〔左右大弁伊房　以金泥書　右蔵人
弁伊家〕
寛治郁芳門根合〔両方大納言雅実書之　天暦
詩合道風書両方例之　天徳は書人不詳〕寛治
京極歌合〔当日は各歌を切寄　後日関白師通
書之〕
抑承暦奏は左少弁季仲書之〔歌十五首　唐紙
下絵也〕
一　撰集
歌多少人善悪者不能注子細　随時従事
清輔云　撰集故実　時之大臣英雄公達などは
雖非秀逸可入　非重代非其人は不可入　無双

書陵部本

悠紀主基共十月上旬可進　皆遣行事弁許　近
代先経院奏流例
一　清書
永承歌合〔左兵衛佐師基　右中納言乳母〕同
根合〔左公経　右兼行〕
天喜皇后宮歌合〔左兼行真名　右経任卿母〕
承暦歌合〔左右大弁伊房　以金泥書之　右蔵
人弁伊家〕
寛治郁芳門根合〔両方大納言雅実書之　天暦
詩歌合道風書両方例之〕
天徳は書人不詳　寛治京極歌合〔当日は只各
歌を切寄　後日関白師通書之〕
抑承暦奏は左少弁季仲書之〔歌十五首唐紙下
絵也〕
一　撰集
歌多少人善悪者不能注子細　随時従事
清輔云　撰集故実　時之大臣英雄公達などは
雖非秀逸可入　非重代非其人者不可入　無双

歌人は勿論也　此故実為集尤無詮事也
[3]歌員数
[4]万葉二十巻〔四十三百十五首　長歌二百五十
此内也　但[5]万葉有多説　奥五十首　或二人〕
[6]古今二十〔千百首　序十一〕
[7]後撰二十〔千四百二十〕
[8]拾遺二十〔千三百五十一　抄[9]　五百八十六〕
[10]後拾遺二十〔千二百十八〕
[11]金葉十〔六百四十九　又連歌〕
[12]詞花十〔四百九〕
[13]千載二十〔千二百八十四　又短歌〕
[14]新古今二十〔千九百七十八首〕
[15]都合九千三百八十首也　此内同歌済々
巨細様相論説之多　仍一説計を注也
[16]撰者
[17]万葉〔奈良天皇御宇　橘諸兄左大臣撰之　子
細雖多不決之〕
[18]古今〔延喜五年四月十五日奉詔　[19]紀貫之為棟
梁撰之　友則　躬恒　忠岑　同助成〕
[20]後撰〔天暦五年十月　於梨壺和万葉集　次蔵
人少将伊尹為和歌所別当　和歌所根源是也
能宣　元輔　順　時文　望城撰之〕
[21]拾遺〔長徳比　公任卿撰之歟　抄は花山法皇

国会本

歌人は勿論也　此故実為集尤無詮事也
歌員数
万葉二十巻〔四千三百十五首　長歌二百五十
此内也　但万葉有両説　奥五十首　或無〕
古今二十〔千百首　序十一〕
後撰二十〔千四百二十〕
拾遺二十〔千三百五十一　又短連歌　抄五百
八十六〕
後拾遺二十〔千二百十八〕
金葉十〔六百四十九　又連歌〕
詞花十〔四百九〕
千載〔千二百八十四　又短歌〕
新古今〔千九百七十八首〕
都合九千三百八十首也　此内同歌済々
撰者〔巨細様相論説々多　仍只一説計を注
也〕
万葉〔奈良天皇御宇　橘諸兄左大臣撰之　子
細雖多不決之〕
古今〔延喜五年四月十五日奉詔　紀貫之為棟
梁撰之　友則　躬恒　忠岑　同助成〕
後撰〔天暦五年十月　於梨壺和万葉集　以蔵
人少将伊尹為和歌所別当　和歌所根元是也
能宣　元輔　順　時文　望城撰之〕

幽斎本

歌人は勿論也　此故実は為集尤無詮事也
歌員数
万葉二十巻〔四千三百十五首　長歌二百五十
此内也　但万葉有両説　奥五十首　或無〕
古今二十巻〔千百首　序十一〕
後撰二十巻〔千四百二十〕
拾遺二十巻〔千三百五十一　又短歌連（ママ）歌　抄
五百八十六〕
後拾遺二十巻〔千二百十八〕
金葉十巻〔六百四十九　又連歌〕
詞花十巻〔四百九〕
千載二十巻〔千二百八十四　又短歌〕
新古今二十巻〔千九百七十八首〕
都合九千三百八十首也　此内同歌済々也
撰者〔巨細様相論説々多　仍一説計を注也〕
万葉〔奈良天皇御宇　橘諸兄左大臣撰之　子
細雖多不決之〕
古今〔延喜五年四月十五日奉詔　紀貫之為棟
梁撰之　友則　躬恒　忠岑　同助成〕
後撰〔天暦五年十月　於梨壺和万葉集　以蔵
人少将伊尹為和歌所別当　和歌所根源是也
能宣　元輔　順　時文　望城撰之〕
拾遺〔長徳比　公任卿撰之歟　抄者花山法皇

書陵部本

国会本

撰　此事有説々未決　[22]イ説　集花山　抄公任
云々〕
[23]後拾遺〔応徳三年九月十六日　通俊卿撰進之
　事次通俊所望撰云々　[24]承保比始之　寛治元
年又申□□之〕
[25]金葉〔天治元年　依白川法皇倫言　俊頼朝臣
撰之　[26]再三任宣　仁平（ママ）　依崇徳院仰　顕輔卿
撰之〕
[27]詞花〔仁平　依崇徳院仰　顕輔卿撰之　天養
元六二奏之　仁平奏之〕
[28]千載〔文治　依後白川院仰　入道俊成卿撰之
　[29]遁世者撰之〕
[30]新古今〔元久　通具　有家　定家　雅経等撰
進申　[31]上皇有御点被定〕
[32]此外　清輔　依二条院仰　撰読（ママ）詞花集二十巻
　而崩御之間不准勅撰也
[33]序者
[34]古今〔真名序は非宣下儀　[35]貫之以淑望令書
　仮名貫之〕
[36]後拾遺〔仮名序　通俊〕
[37]千載〔仮名　俊成〕
[38]新古今〔真名　親経奉仰書之　仮名　摂政良

幽斎本

拾遺〔長徳比　公任撰之歟　抄は花山法皇撰
　此事有説々未決　イ説　集花山　抄公任
云々〕
後拾遺〔応徳三年九月十六日　通俊卿撰進之
　事次通俊所望撰云々　承保比始之　寛治元
年又申出注之〕
金葉〔天治元年　依白川法皇綸言　俊頼朝臣
撰之　再三注直　大治二奏之　披露中度本
也〕
詞花〔仁平　依崇徳院仰　顕輔卿撰之　天養
元六二奏之　仁平又奏之云々〕
千載〔文治依後白川院仰　入道俊成撰之　遁
世者撰　准喜撰和歌式歟〕
新古今〔元久　通具　有家　定家　家隆　雅
経等撰進申　上皇有御点被定〕
此外　清輔　依二条院仰　撰続詞花集二十巻
　而崩御之間不准勅撰也
序者
古今〔真名序は非宣下儀　貫之以淑望令書
　仮名貫之〕
後拾遺〔仮名序　通俊〕
千載〔仮名　俊成〕
新古今〔真名　親経奉仰書之　仮名　摂政良

書陵部本

撰　此事有説々未決　異説　集花山　抄公任
云々〕
後拾遺〔応徳三年九月十六日　通□卿撰進之
　事次通俊所望之撰之　承保比始之　寛治元
年又申出改之〕
金葉〔天治元年　依白川法皇綸言　俊頼朝臣
撰之　再三改直　大治二奏之　披露中度本
也〕
詞花〔仁平　依崇徳院仰　顕輔卿撰之　天養
元六月二日奏之　仁平又奏之〕
千載〔文治三　依後白川院仰　入道俊成卿撰
之　遁世者撰　准喜撰和歌式〕
新古今〔元久　通具　有家　定家　家隆　雅
経等撰進申　上皇有御点被定之〕
此外　清輔　依二条院仰　撰続詞花集二十巻
　而崩御間不准勅撰也
序者
古今〔真名序は非宣下儀　貫之以淑望令書
　仮名序貫之〕
後拾遺〔仮名序　通俊〕
千載〔仮名序　俊成〕
新古今〔真名序　親経奉仰書之　仮名　摂政

書之〕
此外無序
部[39]次第
古[40]今〔春上　春下　夏　秋下　冬　賀　別離
羇旅　物名　恋一　恋二　恋三　恋四　恋
五　哀傷　雑上　雑下　雑体　短歌　旋頭
誹諧　大歌〕
後[41]撰〔春上　春中　春下　夏　秋上　秋中
秋下　冬　恋一　恋二　恋三　恋四　恋五
恋六　哀傷　雑一　雑二　雑三　雑四　別
旅　賀〕
拾[42]遺〔春　夏　秋　冬　賀　別　物名　雑上
雑下　神祇　恋一　同二　同三　同四　同
五　雑春　雑秋　雑賀　雑恋　哀傷〕
後[43]拾遺〔春上　春下　夏　秋上　秋下　冬
賀　別離　羇旅　哀傷　恋一　同二　同三
同四　雑一　同二　同三　同四　同五　神祇
尺教　誹諧〕
金[44]葉〔春　夏　秋　冬　賀　別　恋上　同下
雑上　同下　連歌〕
詞[45]花〔同金葉　但無連歌〕
千[46]載〔春上　春下　夏　秋上　秋下　冬　別
旅　哀　賀　恋一　同二　同三　同四　同

国会本

書之〕
此外無序
部次第
古今〔春上　春下　夏　秋上　秋下　冬　賀
別離　羇旅　物名　恋一　恋二　恋三　恋
四　恋五　哀傷　雑上　雑下　雑体　短歌
旋頭　誹諧　大歌
後撰〔春上　春中　春下　夏　秋上　秋中
秋下　冬　恋一　恋二　恋三　恋四　恋五
恋六　雑一　雑二　雑三　雑四　別　旅　賀
哀〕
拾遺〔春　夏　秋　冬　賀　別　物名　雑上
雑下　神祇　恋一　同二　同三　同四　同
五　雑春　雑秋　雑賀　雑恋　哀傷〕
後拾遺〔春上　春下　夏　秋上　秋下　冬
賀　別離　羇旅　哀傷　恋一　同二　同三
同四　雑一　同二　同三　同四　同五　神祇
尺教　誹諧〕
金葉〔春　夏　秋　冬　賀　別　恋上　同下
雑上　同下　連歌〕
詞花〔同金葉　但無連歌〕
千載〔春上　春下　夏　秋上　秋下　冬　別
旅　哀傷　賀　恋一　同二　同三　同四

幽斎本

良書之〕
此外無序
部次第
古今〔春上　春下　夏　秋上　秋下　冬　賀
離別　羇旅　物名　恋一　二　三　四　五
哀傷　雑上　下　雑体　短歌　旋頭　誹諧
大歌所〕
後撰〔春上　中　下　夏　秋上　中　下　冬
恋一　二　三　四　五　六　雑一　二　三
四　別　旅　賀　哀〕
拾遺〔春　夏　秋　冬　賀　別　物名　雑上
下　神祇　恋一　二　三　四　五　雑春
雑秋　雑賀　雑恋　哀傷〕
後拾遺〔春上　下　夏　秋上　下　冬　賀
別離　羇旅　哀傷　恋一　二　三　四　雑
一　二　三　四　五　神祇　釈教　誹諧〕
金葉〔春　夏　秋　冬　賀　別　恋上　下
雑上　下　連歌〕
詞花〔同金葉　但無連歌〕
千載〔春上　下　夏　秋上　下　冬　別　旅
哀傷　賀　恋一　二　三　四　五　雑上
中　下　短歌　旋頭　物名　誹諧　釈教　神
祇〕

書陵部本

国会本

五　雑上　同中　同下　短　旋　尺　神　物
誹〕
新古今[47]〔春上　春下　夏　秋上　秋下　冬
賀　哀　別　旅　恋一　同二　同三　同四
同五　雑上　同中　同下　神　尺〕
子細[48]
古今[49]
不入万葉歌云々　但誤有七首　[50]上古人は不注
名　或注左　不入当帝御製　[51]延喜五年奉仰
延喜末奏聞之　[52]題不知読人不知とも書
後撰[53]〔不入万葉古今歌　但誤無入　無当帝御
製　[54]題不知読人もとかけり　人名或童名異名
等也　[55]但俊成説　何も如古今　強不可替
云々〕
拾遺[56]
〔古今後撰歌誤多　於万葉集歌多入非体歟
不入一条院御製　[57]作者惣様之　大臣も或書性（ママ）
名〕
後拾遺[58]
〔不入後撰作者云々　但誤入之　入御製〕
金葉[59]
〔初は入三代集作者　中度流布定後　始入源
重之　有連歌　三ケ度撰改　[60]第二度本流布

幽斎本

同五　雑上　雑中　雑下　短　旋　物　誹
尺　神〕
新古今〔春上　春下　夏　秋上　秋下　冬
賀　哀　別　旅　恋一　同二　同三　同四
同五　雑上　同中　同下　神　尺〕
子細
古今
不入万葉集歌云々　但誤有七首　上古人は不
注名　或注左　不入当帝御製　延喜五年奉仰
　延喜末奏聞　題不知読人不知と書
後撰
不入万葉古今歌　但誤無入　々当帝御製　題
不知よみ人もとかけり　人名或童名異名等也
　但俊成説　何も如古今　強不可替云々
拾遺
古今後撰歌誤多　於万葉集歌多入非誤体歟
不入一条院御製　作者惣様々　大臣も或書姓
名後拾遺
不入後撰作者云々　但誤入之　入御製
金葉
初は入三代集作者　中度流布定後　始入源重
之　有連歌　三ケ度撰改　以第二度本流布
多は近世人　但六帖歌幷道済相模等入之

書陵部本

新古今〔春上　下　夏　秋上　下　冬　賀
哀　別　旅　恋一　二　三　四　五　雑上
中　下　神祇　釈〕
子細
古今
不入万葉歌云々　但誤有七首　上古人は不注
名　或注左　不入当帝御製　延喜五年奉仰
延喜末奏聞之　題不知読人不知と書
後撰
不入万葉古今歌　但誤共入　当帝御製　題不
知よみ人もとかけり　人名或童名異名等也
但俊成説　何も如古今　強不可替云々
拾遺
古今後撰歌誤多　於万葉集歌多入非誤体歟
不入一条院御製　作者惣様々　大臣も或書姓
名
後拾遺
不入後撰作者云々　但誤入之　入御製
金葉
初は入三代集作者　中度流布定後　始入源重
之　有連歌　三ケ度撰改　以第二度本流布

多は近世人　但六帖歌幷道済相模等入之〕
詞[61]花
〔後撰已来作者不入　仁平奏　有[62]御覧　御製
崇徳幷藤範綱同盛経歌など被止　清[63]書白色紙
　顕輔書之〕
千[64]載
〔正暦以後歌人撰之〕
新[65]古今
万葉歌入之　古今歌は詠歟　皆入之　披[66]露後
又被宣　官位有相違事　所謂通光権大納言或
左衛督など也
凡[67]撰集無為披露尤不安　種々異名放言多　後[68]
拾遺後は経信書難後拾遺　金[69]葉後　顕仲朝之
　撰良玉集　詞[70]花後　教長撰拾遺古今　如此
事多　詞[71]花は則教長為院司　伝仰於顕輔　然
而猶有腹立気撰之　凡[72]万人以己歌仙と思へり
　叶一切人心難有事歟　金[73]葉第三度本は乍草
先奏　而自待賢門実行申給て披見之間　其外
本不留　其本は焼歟　清[74]書は時能書也　後拾
遺　伊房卿欲書之処　我歌只一首也　仍腹立
不書　然而通俊以隆源法師令書畢　通宗子
以[75]連歌成歌　有例〔後撰〕　又[76]清輔之　読人
不知とは有三様　一は不知　二は雖知凡卑

国会本

詞花
後撰已来作者入之　古今作者不入　仁平奏
有御覧　御製〔崇徳〕幷藤範綱同盛経歌など
被止　清書白色紙　顕輔書之
千載
正暦以後歌人撰之
新古今
万葉歌入之　古今歌皆入之　披露後又被直
官位有相違事　所謂通光権大納言或左衛督な
ど也
凡撰集無為披露尤不安　種々異名放言多　後
拾遺後は経信書難後拾遺　金葉後　顕仲嘲之
　撰良玉集　詞花後　教長撰拾遺古今　如此
事多　詞花は則教長為院司　伝仰於顕輔　然
而猶有腹立気撰之　凡万人以上歌仙と思へり
　叶一切人心難有事歟　金葉第三度本は乍草
先奏　而自待賢門院実行申給て披見之間　其
外本不留　其本は焼歟　清書は時能書也　後
拾遺　伊房卿欲書之処　我歌只一首也　仍腹
立不書　然而通俊以隆源法師令書畢　通宗子
　以連歌成歌人　有例〔後撰〕　又清輔云
読人不知とは有三様　一は不知　二雖知凡卑

幽斎本

多は近世人　但六帖歌幷道済相模等入之
詞花
後撰已来作者入之　古今作者不入　仁平奏
有御覧　御製〔崇徳〕幷藤範綱同盛経歌など
被止　清書白色紙　顕輔書之
千載
正暦以後歌人撰之
新古今
万葉歌入之　古今歌皆不入之　披露之後又被
直　官位有相違事　所謂通光権大納言或左衛
門督など也
凡撰集無為披露尤不安　種々異名放言多　後
拾遺後　経信書難後拾遺　金葉後　顕仲嘲之
　撰良玉集　詞花後　教長撰拾遺古今　如此
事　詞花は則教長為院司　伝仰於顕輔　然而
猶有腹立気撰之　凡万人以己歌仙と思へり
叶一切人心難有事歟　金葉第三度本は乍草先
奏　而自待賢門実行申請て披見之間　其外本
不留　其本は焼歟　清書は時能書也　後拾遺
　伊房卿欲書之所　我歌只一首也　仍腹立不
書　然而通俊以隆源法師令書畢〔通宗子〕
以連歌成歌人　有例〔後撰〕　又清輔云　読
人不知とは有三様　一は不知　二には雖知凡

書陵部本

国会本

三は詞など有憚歌也　[77]古今は蟬丸歌不書名
後撰書之　如此類多　[78]詞花　西行如此　又千
載　平家依為勅勘者不書名歟　[79]仏神詠　拾遺
　吉野御歌住吉御歌など入　其後済々
一[80]　巻々一番
[81]巻々端には不論古人現在　殊歌人又可然人詠
也　卿相などは雖非殊作者入之　女歌又准
之　読人不知又然　背両方之者入一番之例
拾遺恋歌五　善祐法師　後拾遺雑四　披季通
　詞花恋下　藤相如是也　此外皆歌人又女房
可然人也　八代集数一巻内　只三人例也
一[82]　御製書様
[83]古今光孝已下書右　[84]後撰には延喜御製　あめ
のみかとの御製なとかけり　[85]当帝をは御製
又今上御製とも　[86]拾遺以後皆延喜御製　天暦
御製なと也　[87]後拾遺には只御製〔白河御歌〕
[88]新古今には御歌と有　是上皇令書給御詞な
れはなるへし
一[89]　院号
[90]後撰法皇御製　陽成院御製と書　[91]拾遺円融院
御製と書　其後皆其院と書　[92]新古今には御歌
とあり　[93]又上東門院　陽明院と書　[94]小一条院

幽斎本

三は詞など有憚歌也　古今は蟬丸歌不書名
後撰書之　如此類多　詞花　西行如此　又
千載　平家依為勅勘者不書名歟　仏神詠　拾
遺　吉野御歌住吉御歌など入　其後済々
一　巻々一番
巻々端には不論古人現存　殊歌人又可然人詠
也　卿相などは雖非殊作者入之　女房又准之
　読人不知　又背両方之者入一番之例　拾遺
恋歌五　善祐法師　後拾遺雑四　橘季通　詞
花恋下　藤相如是也　此外皆歌人又女房可然
人也　八代集数十巻内　只三人例也
一　御製書様
古今光孝已上書右　後撰には延喜御製　あめ
の御門の御製なとかけり　当帝をは御製　又
今上御製とも　拾遺以後皆延喜御製　天暦御
製なと也　後拾遺には只御製〔白川御歌〕新
古今には御歌とあり　是上皇令書給之御詞な
れはなるへし
一　院号
後撰法皇御製　陽成院御製と書　拾遺円融院
御製と書　其後皆其院と書　新古今には御歌
とあり　又上東門院　陽明門院と書　小一条

書陵部本

卑　三には詞などの有憚歌也　古今は蟬丸歌
不書名　後撰書之　如此類多　詞花　西行如
此　又千載　平家依為勅勘者不書名歟　仏神
詠　拾遺　吉野御歌住吉御歌など入　其後
済々
一　巻々一番
巻々端には不論古人現存　殊歌人又可然人詠
也　卿相などは雖非殊作者入之　女歌又准之
　読人不知又然　背両方之者入一番之例　拾
遺恋歌五　善祐法師　後拾遺雑四　橘季通
詞花恋下　藤相如是也　此外皆歌人又女房可
然人也　八代集数十巻内　只三人例也
一　御製書様
古今光孝已上書右　後撰には延喜御製　あめ
のみかとの御製なとかけり　当帝をは御製
又今上御製とも　拾遺以後皆延喜御製　天暦
御製なと也　後拾遺には只御製〔白川御歌〕
　新古今には御歌とあり　是上皇令書給御詞
なれはなるへし
一　院号
後撰法皇御製　陽成院御製と書　拾遺円融院
御製と書　其後皆其院御製と書　新古今には
御歌とあり　又上東門院　陽明門院と書　小

も後拾遺詞花共不書御製字　不経登極只院号
故也
　親王[95]
此[96]書様尤不同也　古今には惟喬親王と書　又
雲林院みこともあり　後撰[97]には行明　元良親
王　又朱雀院兵部卿親王　閑院三親王なと書
　両集様同歟　拾遺[98]兵部卿元良親王　中務卿
具平親王　又盛明親王なと也　但[99]保明東宮を
は只一宮とあり　後拾[100]弾正書清仁親王なと也
　金[101]葉三宮と書〔輔仁院御弟也〕　千[102]載は無
品親王輔仁　又[103]法親王は千載には仁和寺入道
法親王　仁和寺親王なとかきて名は注に付
新[104]古今には某親王とあり　代[105]々集雖不同於親
王顕名例也　如俊頼俊成撰者　当時院御弟御
子なと仰て書名尤有恐歟　仍書注非正説事歟
一[106]　摂関
古[107]今には忠仁公をは前太政大臣と書　後[108]撰に
は貞信公をは太政大臣と書〔薨後也〕　拾[109]遺
には様々非一　実頼を小野宮太政大臣　頼忠
三条太政大臣　伊[110]尹は一条摂政　兼[111]家は入道
太政大臣なと書　さ[112]る程に道兼は右大臣道兼
とあり　惣拾遺作者如此　凡[113]は後拾遺已後集

国会本

院も後拾遺詞花共不書御製字　不経登極只院
号故也
一　親王
此書様尤不同也　古今には惟喬親王と書　又
雲林院みこともあり　後撰には行明　元良親
王　又朱雀院兵部卿親王　閑院三親王なと書
　両集様同歟　拾遺兵部卿元良親王　中務卿
具平親王　又盛明親王なと也　但保明東宮を
は只一宮とあり　後拾弾正尹清仁親王なとな
り　金葉三宮と書〔輔仁院御弟也〕　千載に
は無品親王輔仁　仁和寺入道法親王　仁和寺
親王なとかきて名は注に付　新古今には某親
王とあり　代々集雖不同於親王は顕名例也
如俊頼俊成撰者当時院御弟御子なと仰て書尤
有恐歟　仍書注非正説事歟
一　摂関
古今には忠仁公をは前太政大臣と書　後撰に
は貞信公をは太政大臣と書〔薨後也〕　拾遺
には様々非一　実頼を小野宮太政大臣　頼忠
三条太政大臣　伊尹は一条摂政　兼家は入道
太政大臣なと書つるほとに道兼は右大臣道兼
とあり　惣拾遺作者如此　凡は後拾遺已後集

幽斎本

一条院も後拾遺詞花共に不書御製字　不経登
極唯院号故也
一　親王
此書様尤不同なり　古今には惟喬親王と書
又雲林院みこともあり　後撰には行明　元良
親王と云　又朱雀院兵部卿親王　閑院三親王
なとかく　両集様同歟　拾遺兵部卿元良親王
　中務卿具平親王　又盛明親王なと也　但保
明東宮をは唯一宮とあり　後拾遺弾正尹清仁
親王なと也　金葉三宮と書〔輔仁院御弟也〕
　千載には無品親王輔仁　又法親王は千載に
は仁和寺入道法親王なと書て名は注に付　新
古今には某親王とあり　代々集雖不同於親王
は顕名例なり　如俊頼俊成撰者当時院御弟御
子なと仰て書名書尤有恐歟　仍書注非正説事
歟
一　摂関
古今には忠仁公をは前太政大臣と書　後撰に
は貞信公をは太政大臣書〔薨後也〕　拾遺に
は様々非一　実頼を小野宮太政大臣　頼忠三
条太政大臣　伊尹は一条摂政　兼家は入道太
政大臣なと書　さる程に道兼は右大臣道兼と
あり　惣拾遺作者如此　凡後拾遺已後集には

書陵部本

国会本

には道長は入道前太政大臣　頼通は宇治前太
政大臣なと也　[114]当時接《(ママ)》関をは後拾関白前左大
臣　金葉摂政左大臣なとかけり　[115]千載京極前
太政大臣　法性寺入道前太政大臣なと也　[116]師
通は後二条関白内大臣とかけり　[117]道長は不書
　[118]摂政字新古今には皆具　接《(ママ)》政関白幷入道字
代々は不然　近代不具接《(ママ)》関字は只大臣にまか
ふへきゆへに如此歟　[119]謚人は皆新古今には清
慎公　謙徳公もあり　[120]詞には多一条接《(ママ)》政　法
性寺摂政なとあり
　[121]大臣
[122]古今後撰拾遺已後皆一様　仮名には其おほい
まうちきみなと也　[123]普通真名には閑院左大臣
　西宮前左大臣なと也　[124]前字入道或加或不加
[125]当時のは左大臣となり　[126]伊周をは帥前内大
臣云々　[127]拾遺には枇杷大臣と書　[128]又右大臣師
輔　左大臣道長なとあり　[129]又大和守藤原永平
なとあり　是は大臣とも不知歟　又多本不入
はいふにをよはす　次凡拾遺様如此　唯其大
臣普通事也　[130]近代大臣は必加入道字　大納言
已下不然　尤無其謂歟
[131]一　公卿書様
[132]古今在原行平朝臣なと也　[133]後撰大略同　藤原

幽斎本

には道長は入道前太政大臣　頼通は宇治前太
政大臣なと也　当時摂関をは後拾遺に関白前
左大臣　金葉摂政左大臣なとかけり　千載京
極前太政大臣　法性寺入道前太政大臣なと也
　師通は後二条関白内大臣とかけり　道長は
不書　摂政字新古今には皆具　摂政関白幷入
道字代々不然　近代は不具　摂関字は只大臣
にまかふへきゆへに如此歟　謚号人は皆新古
今には清慎公　謙徳公とあり　詞には多一条
摂政　法性寺摂政なと有
一　大臣
古今後撰拾遺已後皆一様　仮名には其おほい
まうちきみなと也　普通真名には閑院左大臣
　西宮前左大臣なと也　前字入道字或加或不
加　当時のは左大臣右大臣となり　伊周をは
帥前内大臣と云々　拾遺には枇杷大臣と書
又右大臣師輔　左大臣道長なとあり　又大和
守藤原永平なとあり　是は大臣とも不知歟
又多本不入はいふにおよはす　凡拾遺様如此
唯其大臣普通事也　近代大臣は必加入道字
　大納言已下不然　尤無其謂歟
一　公卿書様
古今在原行平朝臣なと也　後撰大略同　藤原

書陵部本

道長は入道前太政大臣　頼通は宇治前太政大
臣なと也　当時摂関をは後拾遺関白前左大臣
　金葉摂政左大臣なとかけり　千載京極前太
政大臣　法性寺入道前太政大臣なと也　師通
は後二条関白内大臣とかけり　道長は不書
摂政字新古今には皆具　摂政関白幷入道字
代々は不然　近代は不具　摂関字は只大臣に
まかふへき故に如此歟　謚号人は皆新古今に
は清慎公　謙徳公と有　詞花には多一条摂政
法性寺摂政なとあり
　大臣
古今後撰後拾遺已後皆一様　仮名には其おほ
いまうちきみなと也　普通真名には閑院左大
臣　西宮前左大臣なと也　前字入道字或加或
不加　当時のは左大臣右大臣となり　伊周を
は帥前内大臣云々　拾遺には枇杷左大臣と書
　又右大臣師輔　左大臣道長なとあり　又大
和守藤原永平なとあり　是は大臣とも不知歟
　又多本不入はいふにおよはす　凡拾遺様如
此　唯其大臣普通事也　近代大臣はかならす
加入道字　大納言已下不然　尤無其謂歟
一　公卿書様
古今在原行平朝臣なと也　後撰大略同　藤原

国会本

兼輔朝臣なと也　又[134]納言顕忠　権中納言時望ともあり　左兵衛督師尹朝臣ともあり　拾[135]遺中納言朝忠卿　右衛門督公任卿なと也　故人現存同　又[136]源延光共　小野好古朝臣　又[137]国章をは藤の　又蔵人藤とも　非一様　惣彼集作法也　多[138]は左大将済時卿なと也　其[139]後代々皆一同　権大納言某　左衛門督某なと也　前[140]字　権字　入道字　或有或無　多[141]は書兼官　但又本官を書てもあり　二[142]位も有官は官を書　官[143]のきたるも少々はもとの官をもかけり　依便宜歟　入[144]道字上古はめつらしき事なれと多書　近日は多不書　大臣已上を書　其条無其謂　入道事更不可依官尊事也　書は大中納言をも書有何事哉

一[145]　王

兼[146]覧王已下皆一同　某王也　千[147]栽（ママ）道性法親王云々

一[148]　四位

古[149]今在原業平朝臣　藤原敏行朝臣已下代々一同如此　拾[150]遺少々加官　非普通事　非[151]朝臣の四位は姓名也　千載に祝部宿祢成仲も姓次に書　某宿祢とは未書

一[152]　五位

幽斎本

兼輔朝臣なと也　又大納言顕忠　権中納言時望ともあり　左兵衛督師尹朝臣ともあり　拾遺中納言朝忠卿　右衛門督公任卿なと也　故人現存同　又源延光とも　小野好古朝臣　又国章をは藤の　又蔵人藤とも　非一様　惣彼集作法也　多は左大将済時卿なと也　其後代々皆一同　権大納言某　左衛門督某なと也　前字　権字　入道字　或有或無　多は書兼官　但又本官をかきたるもあり　二位三位も有官は官を書　官のきたるも少々はもとの官をもかけり　依便宜歟　入道字上古はめつらしき事なれと多書　近日は多不書　大臣以上を書　其条無其謂　入道事更不可依官尊事也　書は大中納言をも書有何事哉

一　王

兼覧王已下皆一同　某王也　千載道性法親王云々

一　四位

古今在原業平朝臣　藤原敏行朝臣已下代々一同如此　拾遺少々加官　非普通事　非朝臣の四位は只姓名也　千載に祝部宿祢成仲と書も姓次に書　某宿祢とは未書

一　五位

書陵部本

兼輔朝臣なと也　又大納言顕忠　権中納言時望ともあり　左兵衛督師尹朝臣とも有　拾遺中納言朝忠卿　右衛門督公任卿なと也　故人現存同　又源延光とも　小野好古朝臣　又国章をは藤の　蔵人藤とも　非一様　惣彼集作法也　多は左大将済時卿なと也　其後代々皆一同　権大納言某　左衛門督某なと也　前字　権字　入道字　或有或無　多は書兼官　但又本官をかきたるもあり　二位三位も有官は官を書　官のきたるも少々はもとの官をもかけり　依便宜歟　入道字上古はめつらしき事なれは多書　近日は多不書　大臣已上を書　其条無其謂　入道事更不可依官尊卑事也　書は大中納言をも書有何事哉

一　王

兼覧王已下皆一同　某王也　千載道性法親王云々

一　四位

古今在原業平朝臣　藤原敏行朝臣已下代々一同如此　拾遺少々加官　非普通事歟　非朝臣の四位は唯姓名也　千載に祝部宿祢成仲と書也　姓次に書　某宿祢とは未書

一　五位

国会本

在[153]原棟梁　紀貫之以後代々同　拾遺少々加官[154]
例別事也　[155]詞花少将藤原義孝と書は伊勢守藤
原義孝こまりつる故也
一[156]　六位
同[157]五位　拾遺蔵人仲文と有は別事也　蔵人頭
なりしかとふるき五位也　[158]又金葉左近衛府生
秦兼方　神主大膳武忠なとは□ものなれは也
一[159]　僧
僧[160]正遍昭已下大略同　但古今幽仙律師と有
後[161]撰僧都仁教　其後皆大僧正某　権僧正某也
　僧都某也　権少権大或加或不加　[162]後拾　金
葉　詞花　千載　僧正僧都とはかゝて天台座
主と多書　[163]新古今には不然　是両説也　[164]凡僧
は皆某法師也　上人は或某上人　或又只法師
共あり　[165]入道も多は法師なれとも　拾遺満誓
沙弥ともかけり　[166]詞花にも沙弥蓮寂云々　[167]抑
古今遍昭共宗貞共あり　[168]拾遺高光如覚又同
是某(ママ)歌詠時にしたかいてかける也
一[169]　女房
后[170]
　後撰嵯峨后　七条后なと書　[171]其後一条院
　皇后宮　四条中宮　枇杷皇后宮なと也
詳は不注之

幽斎本

在原棟梁　紀貫之以後代々同　拾遺少々加官
例別事也　詞花少将藤原義孝と書は伊勢守藤
原義孝まかへるゆへなり
一　六位
同五位　拾遺蔵人仲文と有は別事也　蔵人な
りしかとふるき五位也　又金葉左近衛府生秦
兼方　神主大膳武忠なとは逸物なれは也
一　僧
僧正遍昭已下大略同　但古今幽仙律師と有
後撰僧都仁教　其後皆大僧正某　権僧正某也
　僧都某也　権少権大或加或不加　後拾　金葉
詞花　千載　僧正僧都とはかゝて天台座主は
多く書　新古今には不然　是両説也　凡僧は
皆某法師也　上人は或某上人　或又只法師と
もあり　入道も多は法師なれとも拾遺満誓沙
弥ともかけり　詞花にも沙弥蓮寂云々　抑古
今遍昭とも宗貞ともあり　拾遺高光如覚又同
　是其歌詠時にしたかひてかけるなり
一　女房
后
　後撰嵯峨后　七条后なと書　其後一条院
　皇后宮　四条中宮　枇杷皇后宮なと也
諱は不注之

書陵部本

在原棟梁紀貫之以後代々同　拾遺少々加官例
別事也　詞花少将藤原義孝と書は伊勢守藤原
義孝とまかへる故也
一　六位
同五位　拾遺蔵人仲文と有は別事なり　蔵人
なりしかとふるき五位也　又金葉左近衛府生
秦兼方　神主大膳義忠なとは異物なれはなり
一　僧
僧正遍昭已下大略同　但古今幽仙法師と有
後撰僧都仁教　其後皆大僧正某　権僧正某也
　僧都某也　権少権大或加或不加　後拾　金
葉　詞花　千載　僧正僧都とはかゝて天台座
主と多書　新古今には不然　是両説也　凡僧
は皆某法師也　上人は或某上人　或又只法師
ともあり　入道も多は法師なれ共拾遺満撰沙
弥ともかけり　詞花にも沙弥蓮寂云々　抑古
今遍昭とも宗貞ともあり　拾遺高光如覚又同
　是其歌詠時にしたかひてかけるなり
一　女房
后
　後撰嵯峨后　七条后なと書　其後一条院
　皇后宮　四条中宮　枇杷皇后宮なと也　諱
は不注之

内親王[172]
高津内親王　選子内親王　近は式子内親
王なと皆同　[173]但後撰斎宮のみことゝかけ
り
女御[174]
斎宮女御とも女御徽子女王　[175]又麗景殿女
御とも　[176]凡女御は何女御とも其殿女御と
もあり
御息所更衣[177]
近江更衣　中将更衣　大将御息所
御匣殿[178]
土御門御匣殿と書
二位三位[179]
藤三位　源三位　大弐三位　或賢子とも
典侍[180]
典侍藤原因香朝臣　典侍洽子朝臣　又中
務典侍　備前典侍　大夫典侍なと也
掌侍[181]
内侍平子　或又少将内侍　蔵内侍　又高
内侍　周防内侍也　千載内侍周防云々
又内侍参川とも
宣旨[182]
大和宣旨　御形宣旨　[183]東宮中ならても摂

国会本

内親王
高津内親王　選子内親王　近は式子内親
王なと皆同　但後撰斎宮のみことゝかけり
女御
斎宮女御とも女御徽子女王　又麗景殿女
御とも　凡女御は何女御とも其殿女御と
もあり
御息所更衣
近江更衣　中将更衣　大将更衣
御匣殿
土御門御匣殿と書
二三位
藤三位　源三位　大弐三位　或賢子とも
典侍
典侍藤原因香朝臣　典侍洽子朝臣　又中
務典侍　備前典侍　大夫典侍なと也
掌侍
内侍平子　或又少将内侍　蔵内侍　又高
内侍　周防内侍也　千載内侍周防云々
又内侍参川とも
宣旨
大和宣旨　御形宣旨　東宮等ならても摂

幽斎本

内親王
高津内親王　選子内親王　近は式子内親
王なと皆同　但後撰斎宮のみことゝかけり
女御
斎宮女御とも女御徽子女王　又麗景殿女
御とも　凡女御は何女御とも其殿女御と
もあり
御息所更衣
近江更衣　中将更衣　大将御息所
御匣殿
土御門御匣殿と書
二三位
藤三位　源三位　大弐三位　或賢子とも
典侍
典侍藤原因香朝臣　典侍洽子朝臣　又中
務典侍　備前典侍　大夫典侍なと也
掌侍
内侍平子　或又少将内侍　蔵内侍　又高
内侍　周防内侍也　千載内侍周防云々
又内侍参河とも
宣旨
大和宣旨　御形宣旨　東宮中宮等ならて

書陵部本

国会本

関家も同
[184]命婦
小弐命婦　又命婦少納言
[185]蔵人
女蔵人参川　女蔵人兵庫　三条院東宮女
蔵人左近
[186]乳母
紀乳母　侍従乳母　弁乳母
[187]母女
頼宗母　高松上　[188]公卿已上母書子官也
但又長実卿母　少将公教母とも　[189]又顕忠
朝臣母　大納言昇女　[190]大納言道綱母　又
或只道綱母　又倫寧女とも
[191]室
右大臣北方　花園大臣室なと也　[192]下さま
は某妻
[193]在家人
近衛佐姫君　経房女　平懐名歟
[194]只官女
伊勢　中務　又閑院のこ　又異名済々
[195]或付夫名　是和泉式部　[196]号加賀左衛門書
多　[197]同名は注にたれかもとのなと注号
上今已来事也

幽斎本

関家も同し
命婦
小弐命婦　又命婦少納言とも
蔵人
女蔵人参川　女蔵人兵庫　三条院東宮女
蔵人左近
乳母
紀乳母　侍従乳母　弁乳母
母女
頼宗母は高松上　公卿已上母事子官也
但又長実卿母　少将公教母とも　又顕忠
朝臣母　大納言昇女　大納言道綱母　又
或只道綱母　又倫寧女とも
室
右大臣北方　花園大臣室なと也　下さま
は某妻
在家人
近衛姫君　経房女　平懐名歟
只官女
伊勢　中務　又閑院のこ　又異名済々
或付夫名　是和泉式部　号加賀左衛門事
多　同名は注にたれかもとのなと注号
古今已来事也

書陵部本

も摂関家も同
命婦
小弐命婦　又命婦少納言
蔵人
女蔵人参河　女蔵人兵庫　三条院東宮女
蔵人左近
乳母
紀乳母　侍従乳母　弁乳母
母女
頼宗母　高松上　公卿已上母書子官也
但又長実卿女　少将公教母とも　又顕忠
朝臣母　大納言昇女　大納言道綱母　或
只道綱母　倫寧女とも
室
右大臣北方　花園左大臣室なと也　下さ
まは某妻
在家人
近衛姫君　経房女　[平懐名歟]
只官女
伊勢　中務　又閑院のこ　又異名済々
或付夫名　是和泉式部　号加賀左衛門事
多　同名は注にたれかもとのなと注　是
古今已来事也

国会本

尼[198]
　尼敬信　其後少将井尼　井手尼
遊[199]女
　白女　其後遊女某と皆書
傀[200]儡
　傀儡靡と也
此[201]外如後撰童名又異名なと多　先[202]集教良母
後は頼輔母なといへるは付当時様也　両名済
々　所[203]謂小大君　東宮女蔵人左近類也

幽斎本

尼
　尼敬信　其後少将井尼　井手尼
遊女
　白女　其後遊女某と皆書
傀儡
　傀儡靡と也
此外如後撰童名又異名なと多　先集教良母
後頼輔母なといへるは付当時撰也　両名済々
所謂小大君東宮女蔵人左近類也

書陵部本

尼
　尼敬信　其後少将井尼　井手尼
遊女
　白女　其後遊女某と皆書
傀儡　詞花傀儡靡とかけり
此外如後撰童名又異名なと多　先集教良母後
は頼輔母なといへるは付当時様也　両名済々
所謂小大君東宮女蔵人左近類也

巻第二　作法部　内閣文庫本凡例

一　内閣文庫本巻二作法部は、国会図書館本など三本との異同が大きいため、ここに別に翻刻した。

一　内閣文庫本巻二の章立ては、国会図書館本に対応させ、章番号と同じ漢数字を付した。章題名は、内閣文庫本冒頭の目録章題ではなく、内閣文庫本の本文中に掲げられた章題にしたがった。

一　国会図書館本など三本にないが、内閣文庫本巻二の本文中に一つ書きで掲げられている「殊歌合」「物合次歌合」を章に立てた。国会図書館本など三本にないことを示すために「＊」を付し、章番号は、国会図書館本によって付した番号の続きである「十五」「十六」とした。そのため、本文篇では、これらの章は番号順に並んでいない。

一　内閣文庫本が国会図書館本と内容的に対応する本文に、国会図書館本と同じ算用数字を付し、国会図書館本になく、内閣文庫本のみにある部分は大文字のアルファベットを付した。ただし、「殊歌合」「物合次歌合」は、章全体が内閣文庫本にしかないので、国会図書館本同様、算用数字で番号を付した。

一　本文異同などについての頭注を付した。また、内閣文庫本の本文の注解、国会図書館本との異同などについては、研究篇に補注を施した。

八雲抄第二

作法部

歌合　歌会　歌書様　題者　判者　序者　講
師　読師　番事　作者　[A]撰者　[B]学書

A　↓補注1
B　↓補注2

（一　内裏歌合事）

一　内裏歌合事
[1]天徳四年　永承二年　承暦二年　此三度如法
義也　[2]此外或菊合　[A]前栽合次也　[B]仍不本歌合
[3]或率爾事又内々儀也　[4]抑寛和二年歌合者
非内々儀　然而其儀不均天徳之例　仍書洩之
[5]付天徳之佳例　勘入二ケ度之例
[33]先出御著御倚子　[24]天徳者　御座中殿西面　当
時台盤所北間也　[25・26]永承々暦　御座中殿　[35]天徳
〔申時〕[36]亭子院〔巳時〕永承々暦〔共戌時〕
[37]次念人公卿依召着座孫廂　[39]当御座左右相分着
[42]承暦左大将取奏　右大将付松枝　已上取奏
披覧　左方師通付松枝於本所返給
[40]次奏　天徳永承　[42]々暦左大将師通奏之　[C]無古
奏　[41]亭子院歌合　左中務親王付桜枝　右上野
親王付柳枝

1　「永承二年」は「永承四年」の誤り。
A　↓補注1
B　↓補注2
4　↓補注3
33　↓補注4
24　「御座中殿南西面……」
25・26　「御座中殿」は歌合の開催場所を述べているので、この位置にあること不審。↓補注5
39　「承暦」脱か。国会本には「承暦」として、類似の記述がある。
42　「右大将」は「左大将」の誤り。「已上」は「主上」の誤り。奏の具体例なので、次項40の後がよい。
40　国会本では「天徳永承」のあとに「無之」となっているので、脱文の可能性がある。

次[43]右方自殿上昇文台立孫廂　風流[44]□（空白）記文
永[45]承左方先昇之歟　天[46]徳童女昇之　永承々暦
六位昇之
次[47]立同員判具於簀子　左方可為先歟而[D]
次[48]左方文台昇之　承暦五位六位昇之
次[49]立同員判具　〔天[50]徳如此風流也〕　郁[51]芳門根
合　依院仰在員判人　于[63]時院半巻御簾有見物
次[52]依召供灯　天[53]暦用指燭　少将伊澄　少将助
信役之　四[54]条中宮春秋歌合　少将忠俊　中納
言伊房奏云々
次[a]員判進〔円座兼敷之　殿上童也〕　寛[64]和歌
合　無関白　中宮大夫時忠申勝負
次[55]左右参　有[56]参音声或無之　亭子歌合幷承暦
在之　承暦在是参入音声〔笙篥拍子　二代無
之〕
次[60]左右講師参〔有読師　又云参或無〕
次[61]有判　判[65]時事　人々進定　承[67]暦〔左聖綱
右僧範〕　承暦〔左実政　右俊綱〕　如此　承[62]
暦仰云可敷判者円座　役蔵人敷之例也　左[65]右
互申難　長[62]元関白歌合　有判者円座　堪能之
人等　依召重候云々
次[68]勝方念人公卿已下　於庭前拝　承[69]暦之例
永承不然歟　公[70]卿一列　四位一列　五位一列

C「無古奏」は「無右奏」の誤り。→補注6
43→補注7
44□は如の誤字か。
D→補注8
50「如此」の意味が不明。混入か。
51「在員判人」の「在」は「無」の誤り。「人」不審。
63「于時院……有見物」は員判具には無関係であるが、郁芳門院根合に引かれてここにあげたか。
53「天暦」は「天徳」の誤り。「伊澄」は「伊渉」の誤り。
54「四条中宮」は「四条宮」の誤り。「中納言」は「少納言」の誤り。
a 書陵部本に一致。
64「寛和歌合　無関白　中大夫時忠申勝負」は不審。国会本64「寛治高陽院歌合中宮大夫師忠書勝負」などが混入して誤ったものか。
56→補注9
60→補注10
67「承暦〔左聖綱　右僧範〕」は不審。
62→補注11
70→補注12

有六位四重也　又六位三行也　左[66]右念人読
歌両三度　永承如此
次[71]有御遊　天[72]徳左右共奏之　天徳召人相交也
永[73]承々暦如常御遊也　承[74]暦同有地下召人
天[77]徳夏装束一装　大納言已下向合御衣一重
参議単重　自余絹
次[79]入御
次[75]公卿禄〔永[76]承々暦如此　但先公卿禄　後
有入御　便宜歟〕　抑[84]天徳有勧盃　於後二代
無所見　天[80]徳左勝　永[82]承持　承[80]暦左勝　天[81]徳
承暦有公卿作者　長[78]元左大臣歌合　判者輔親
卿有例禄
兼[6]日事　天[7]徳三月一日定　三十日合　承[8]暦十
月中旬　十一月九日合　承[9]暦三月一日定　四
月二十八日合
一[6]　兼日定左右頭　天[10]徳以更衣為頭　亭[11]子院
以女六女七宮為左右頭　永[12]承両頭貫首　承[13]
暦因之　永暦頭一人○○　以俊綱為右頭〔不[E]
上臈也〕　永[14]承　五位蔵人俊長執筆分事之
一[21]　下題事〔被[F]召題同下賜〕
一[15]　雑事有定又　事[16]様とて事　歌合左右雑事
又上て一奉幣とて其所　猶下て行事〔某〕
一杖事行事〔某〕　次一つ一つと一行に事

66「左右……三度」は61「有判」にあげるのが適当。「永承如此」は不審。
71・72→補注13
77「天徳……自余絹」は75「公卿禄」にあげるのが適当。「向合」は「白合」の誤り。
79・75→補注14
6→補注15
8「承暦」は「永承」の誤り。「九日」は書陵部本に一致。
13「因之」は「同之」の誤り。「永暦」は「承暦」の誤り。
E→補注16
14「分事之」は「分書之」の誤り。
F→補注17
15「定又」は「定文」の誤り。
16「事様とて事」は「書様とて書」の誤り。「歌合左右雑事」は書陵部本に同じ。「一杖事」は「一祓事」の誤り。「一行に事」は「一行に書」の誤り。「具年号月日」は「奥年号月日」の誤り。

17→補注18
20「奉弊」は「奉幣」のこと。「右賀住稲北」は「石賀住稲北」の誤り。「于時○○」は勝負に関する記述があったか。国会本では「其度持也」とある。

22→補注19
26「中元」は「中殿」の誤り。

27「併子」は「倚子」の誤り。

G 文意不通。脱文あるか。

28「併子」は「倚子」の誤り。

H「併子間」は「倚子間」の誤りか。文意不通。

I 国会本29「簀子右侍臣座」を誤ったか。

29「為籌判座」の前に脱文あるか。国会本29「簀子敷円座籌判座」とある。
31 国会本31「承暦在座」を誤ったか。
25 前出の23「一　御装束　天徳……」に続く25「永承里内」と重複。
87「永暦」は「承暦」の誤り。
88→補注20
59→補注21
85→補注22
J→補注23

文台　籌判　灯台　女房破子　装束　具年
号月日
一[17]　祈禱願事　長元[19]　住吉左人参八幡十列
承[18]暦　八幡賀茂可競馬　郁[20]芳門院根合　五社
奉弊　右賀住稲北　于時○○左賀茂競馬　右
八幡競馬
当[22]日事
一[22]　方人男女有祓　当日反閇
一[23]　御装束　天徳中殿西面也　永[25]承里内　承[26]
暦中元東面也　其所懸新御簾　天[27]徳台盤所併
子　依為西面也　渡不間[G]（空白）二際也　天[27]徳　御
座南立机　永承殿上併子[28]　御[H]当時之併子間也
座[29]左右敷公卿座　簀[I]敷御下座　御[29]座間敷円
座二為講師座　為籌判座　永[30]承関白在簾中
承[31]暦在之　御[32]装束体　永承々暦大略同　永[25]承
為里内也
一[86]　左右集会事　永[87]暦左弘徽殿　右麗景殿也
而右直参下侍　郁[88]芳門根合　右同弘徽殿方
也　可準之　長[59]元左大臣会　直自家参乗舟進
一[85]　公卿念人当日或分之　可依時儀　永承根
合　依位次分之
一[J]　装束　上[34]御引直衣御袴　臣[38]直衣或束帯歟
当之可勘之　末公卿侍臣は束帯也

K→補注24
58「序日」は「席田」の誤り。
84「御府子」は「御厨子」の誤り。「公卿賠」は「公卿膳」の誤り。→補注25
L「賠」は「膳」の誤り。
93→補注25・26
90「有著」は「有差」の誤り。
91→補注28
63「根合被半簾」は不審。「郁芳根合　院半巻御有御見物」の混入か。

一[K]　楽音声　亭[57]子院歌合　左黄鐘調　歌伊勢
海　右双調　歌竹河　承[58]暦　左双調　序日
長[59]元幷郁芳門根合　自舟発歌曲参　笛笙箏歌
也
一[89]　或有勝負舞　依相撲節之例　雖負多員
終者可勝方奏勝方舞　一説也
一[84]　天徳　御府子所供菓子干物〔陪膳重信〕
次供御酒〔左大臣供之〕又有公卿賠　講
以前也　永承々暦無此事　寛[L]治前関白歌合有
賠　自余多有之　於[93]女房中檜破子毎度也
一[90]　禄は毎度事也　衣〔有著〕但[91]祐子歌合
右大臣教通　内大臣〔判者〕頼宗　各給馬
前駆取之　又[92]長元　頼宗　能信　長家　或
馬　根[63]合被半廉

(二　執柄家歌合)

2「寛治以暦」は「寛治八暦」の誤り。
2・3・4→補注1
4「著座」は「着座」の誤り。
6「師澄」は「師隆」、「宣輔」は「宗輔」の誤り。

一　執柄家歌合
長[1]元八暦〔有三十講次〕　寛[2]治以暦　為[3]例之
外無晴儀也
先[4]大殿已下公卿十余輩著座〔直衣〕　高[3]陽得
儀也
次[5]令立切灯台　敷菅円座
次[6]置左右文台〔寛治　女房　左馬頭師澄　少

7 「只楽」には誤写あるか。
11 「員判」は「員刺」のこと。
10 「公儀」は「公成」、「教基」は「顕基」の誤り。
8 「右中弁経長」は「左少弁経長」の誤り。
12 「時忠」は「師忠」の誤り。
14 「右大将」は「左大将」、「事之」は「書之」の誤り。→補注2
27 「保輔」は「経輔」、「経信」は「経任」の誤り。
28 →補注3

将能俊　男方　少将宣輔　蔵人宗佐〕
[7]長元〔左方　自舟発歌曲楽　右　只楽　[6]蔵人
役之　[11]員判　殿上童　[10]公卿念人各二人　左
兼頼　公儀　右　教基　隆国〕
[8]次召講師　長元〔左　右中弁経長　右　々中
弁資通〕　寛治〔宗忠　基綱〕
[9]次和歌評定　[12]寛治　中宮大夫時忠記勝劣　[13]長
元　歌風流也〔[14]寛治　各事進を切歌読之
後日左　右大将　右　関白事之〕　[15]花歌七首
講　[16]公卿膳　次坏酌　一行汁物　高坏物
[19]次勧盃　公定卿取之　瓶子基兼取纉　酌
[20]次歌雪歌祝言　[26]長元　勝云々　自勝方進檜分
子
[21]次諸大夫置管絃具
[22]次呂律　楽人等於舟奏同曲
[23]次有禄　長元　判者輔親給之
[24]次引出物　大納言三人也〔長元　内大臣教
通　頼宗　能信　長家　已上馬也〕
[27]長元〔左　蔵人頭保輔以下　右　侍臣　頭
経信依憚也〕
[28]寛治〔左　女七人　右　少納言通俊　匡房
已下四位　以上七人〕
[30]長元　撰歌合　寛治　皆悉合之

A →補注4
32 「四五宮」は「四条宮」の誤り。→補注5
33・B →補注6
33 「承久」は「永久」の誤り。
34 「事番」は「書番」の誤り。
37 「題以」は「顕昭」の誤り。
C →補注7

[29]長元寛治共左勝
一[A]　所々歌合
[32]后宮儀　大略同除〔四五宮春秋歌合為本之外
無殊事　后宮歌合除之也〕
[33]大臣家　無別儀
[B]公卿已下　不能儀〔[33]承久　実行　歌合講師
五位二人　家信　道経〕　読師　四位二人
俊頼　仲実
[34]於諸社之儀　勧進之人事番之外無別事　諸社
歌合多無判　[35]大治二　広田歌合　基俊判之
[37]建久　日吉歌合　題以判之
〔[C]如根合菊合前栽合者　依略儀多同歌合体〕

（三）禁中歌会事

A →補注1
B →補注2
4 「兼多春」は「花契多春」の誤り。
19 「喜承池上花」は「嘉承池上花」の誤り。→補注3
9 「震儀」は「宸儀」のこと。→補注4
12 →補注5

一[A]　禁中歌会事
[B]中殿題　[3]後冷泉天喜四〔新成桜花〕〔[4]白川応
徳兼〕多春　[5]堀河院永長竹長不改色　[19]喜承池
上
[9]先出御〔中殿御会の時震儀引去衣張袴打衣
御昼御座園上　女常東西向也〕
[10]次頭召公卿
[11]次公卿自殿上参上著座〔直衣或束帯〕
[12]次置管絃具〔有律呂曲〕

20 →補注6
34 →補注7
30 →補注8
36 →補注9
(四) 1 →補注10
22 「知家為二人」は「知家為家二人」の誤り。
C →補注11

次立切灯台敷菅円座[20]　〔五位侍臣役之　講読
置円座二　置前後歟　公卿座灯台二一　建保
例〕
次[14]置文台　〔御硯筥蓋也　尋常在難　餉硯蓋
也　入柳筥　指之示蔵人頭置長押上〕
次[16]序者置歌　進文台下膝行置　以歌下向御前
〔或向上一談也〕　右[17]廻退
次[16]自下臈次第置之　自簀子進
〔女[34]歌は女法　中殿会には不交　若有歌奉
行者取具歌置　女歌出事野行幸多例　入柳
筥云々〕
又[30]通俊説御製
〔女[34]歌近年便宜女奉行者無何取副置之　然
而簾中女房広時可指入歟　寛[35]治八暦宴女歌
三首自簾中出事　薄様三重置扇上　銀骨画
紙図例也　又[36]重経七夕会女歌六首事　薄様
置扇上　右中弁師頼取之置文台　有信講之
〔寛[(四)1]治八暦月宴歌□□院御簾中講歌被出関白
取之伝大臣共在　左大臣歌は自関白後講之〕
次[21]人々進参
進上臈其道堪能為講音曲人侍臣も少々可召簀
子講之[22]　建保無歌曲侍臣　仍只召知家為二人
次[C]講師取歌下読　或無之

26 →補注12
39 →補注13
29 →補注14
31 国会本には「有差」とする。
(四) 尋常会→補注1
8 →補注2
D →補注3
10・11 →補注4

次[23]召講師　殿[24]上侍臣四位五位
次[26]自下臈講之　〔若[34]有女歌侍臣後可講　六[39]位
蔵人不謂一臈二臈　依官上下〕
次[29]擬他歌講御製　其[28]時自懐中令取出給之　是
例也　講[29]師は多中納言参議間也　通用臣下講
師事有例
次[31]有公卿禄　有善
臣下無禄　合御製之時有禄云云　故人説也
未勘其例
次[33]入御　或先入御

（四　尋常会）

一　尋常会
〔禁中も非中殿之時　又仙洞已下〕
先[1]出御
次[2]召公卿著座
次[8]切灯台敷菅円座
次[3]置文台　硯蓋　〔寛[D]治同宴鳥羽院同如此〕
次[7]置歌　有序先置序
次[9]歌人近参
次[10・11]講師取歌　〔第二人為講師は第一人給御製
第一人為読師は同給御製〕
次[12]講歌

次[E]給御製於一座
次[13]講御製
次[14]人々退下
一[F]　私所会子細
大略同之　宴臨時召文台喚講師　私所は五位
下﨟注之
先懐詠歌著其所　同下﨟置歌高至　若序者五
位儒者

（五　歌書様）

一　歌書様
御[1]製書様
詠[2]其題和歌
三[3]行吉程　已及六首者二行也　三首以上者三
行或二行　二首三行也　是一[A]枝事也
春[4]日秋夜なと書事は詩右可然云々　歌或事不
書　両説也　寛[5]治月宴白川院令書賜様　八月
十五夜翫池上月和歌
内[7]々儀には進皇柿下一老なとあり　如此事は
可随時
二[8]首三首之時は詠三首和歌なとも　然而一番
題を端に書は本儀也　然而又詠何首和歌とあ
るも吉悦なり　是[9]は非上御事　臣下も同事也

E　↓補注5
F　↓補注6
（五）歌書様↓補注1
2　↓補注2
3　「己」は「五」の誤り。↓補注3
A　「枝」は「枚」の誤り。↓補注4
4　↓補注5
7　↓補注6
8　「吉悦」は「吉説」の誤り。

臣[15]下書様
有[32]佳名十五夜なとは晴儀は可書　其外[31]春日夏
日　秋日　冬日なとも書　題によりて書也
総て随一番題心可思慮　陪[33]弘徽殿　陪清涼殿
なとも書也　又[B]三月三日　五月五日　九月九
日なとは不書とも　早[31]春　暮春　首夏　初秋
　九月尽　初冬　歳暮なとは可書歟
序[57]者書同字　作者も或書之　於[14]天子上皇不書
同字也
保[58]安花見行幸　太政大臣雅真不書同詠二首
万[18]葉集之比は臣下応詔書之
同[43・44]姓所不書姓　同府なと也
雖[17]禁中之殿　已下者不書応製云々　不[C]加位兼
行臣上　中殿之後も内々御会なとには或不書
位　応[51]製臣上は一無書　かけるは皆かく也
内[46]々事は大納言某　右衛門督某なと也　或[49]不
加姓　細々には不然也　右[54]可加無朝臣
〔有[47]兼官公卿或書本官　或書兼官　多兼官也
　但[48]参議近衛少将なとも書歟〕
無[61]披講歌を進には奥に書官姓名許　或名許
上[51]字或書　或不書　是も一説也　如此歌にも
普通には端に書　非序
中[D]殿已下所々書様

32　↓補注7
31　↓補注8
B　↓補注9
58　「雅真」は「雅実」の誤り。
C　↓補注10
49　↓補注11
47・48　↓補注12
61　↓補注13
51　↓補注14
D　↓補注15

68→補注16
56「審」は「書」の誤り
36・57・74→補注17
E→補注18
F→補注19
81→補注20
85「使判」は「刺史」の誤り。
G→補注21
72「状菊水閣」は「城南水閣」の誤り→補注22
H→補注23
73→補注24
I「同裏」は「内裏」の誤り→補注25
82・83→補注26

秋[68]夜中殿同詠池上月明応
製和歌一首〔幷序〕
右大臣正二位下藤原朝臣道家〔上〕
執[56]柄者不審陪宴陪中殿之字　一[59]説臨時宴に
は陪宴とは不書之　但皆書之歟
〔和[36・57・74]歌一首をは或加　作者不書　作者は或
不加同字　此上書様皆各別也　陪宴は多
中殿清涼同事也〕
初[71]冬扈従行幸遊覧大井川応
製和歌〔幷序〕
冬[E]日陪震（ママ）宴言志和歌序
第[F]一皇女着袴翌日宴和歌〔幷序〕
初[78]冬於大井河翫紅葉和歌
同[81]詠雨中早苗和歌
餞[85]奥州橘使判和歌
春[G]日陪太上皇仙洞ゝゝゝ応　製和歌一首
春[72]日陪太上皇状菊水閣同詠池上花応
製和歌〔幷序〕
宗[H]忠書様
八[73]月十五夜陪太上皇鳥羽殿同翫池上月応
製和歌一首
同[I]裏仙洞之外不書陪宴　只官姓許也
春[82]日〔陪[83]左相府尊閣同詠其題序　陪転陪書

J→補注27
93→「勝許」は「勝計」の誤り。
90・91→補注28
K→補注29
L→補注30
42→補注31
91→補注32
92→補注33
108→補注34
97・101→補注35

閣総書閣とも只閣とも書之　白[J]川御所於直
廬会通成序　晩[84]秋於高陽院直廬詠池辺紅葉
和歌一首付小序〕
如[93]此書様不可勝許　随時可書之　水閣とも
水亭とも　只普通禁中仙洞已下公卿已下
於[90]戸部大卿水閣詠〔某〕　左[91]衛門督源ゝゝ
春[K]宮長治夏日於東宮蔵人所同詠鶴有遐齢和歌
一首
春[L]日藤尚書亜相亭　於陪をは可依人
ゝゝゝ書其所者可書其所名　　正二位名
書[41]唐名事不普通　公[42]継上柱閣書　公宴少々人
不可然　内々勧進張たるには可書歟
社[43・108]々なと勧進には勧進人同姓も尚可書姓歟
春[91]日陪住吉社檀詠ゝゝ和歌　権中納言ゝゝ
秋[92]日陪北野聖廟ゝゝゝ
近[108]日称花族見書作名　不可然事也
上中古更々不然事也　不可書名事者如歌合也
於会不然事也
奥[99]書名事者如歌合也　於会不可然事也　大嘗
会歌には不書名歟
屏風障子歌には書名也
総[97]一首江召（ママ）近代御書歌なとには不可書名也
只高檀紙二枚可書　女[101]歌は薄様一重也　余十

首者如色紙可書歟　不[30]書応製臣下之外は大臣
は不書姓　只左大臣〔某〕内大臣〔某〕也
抑[109]置白紙には題目位官を皆書て置之　寛[110]平宮
滝御覧日　在原友平置白紙又善朝臣書上句也
昔[111]侍臣講歌于時泰憲令参被勘　泰憲置歌退出
　見之書位（ママ）所与題　奥に和歌追可献之令奏
往時之人は如此書云々　中[114]山内府家　如酒宴
只官姓許也　清[96]輔歌は三行三字を置　三行三
字之条近代不然　只三行に書吉程也　三字不
書之
俊[102]頼〔うのはなの身のしらかとも見ゆるかな
しつかかきねもとしよりにけり〕といふひ
は不書名　是法性寺会也　時人感之　詠[103]名事
見万葉憶良歌也
詠[M]自名事古今後撰在之　不可勝許歟　愚記有
恐哉
匡[77]房松陰浮水時　応太上皇製和歌　普通不然
也
多[104]題詠一首体事　範永天橋立　又[105]高倉宮会
顕輔も詠
秀歌之時可開歟　書[N]応製之外　序者之外　ま
して上さまには只官名はかりなとにて　和[107]歌
注有例　日本記竟宴　如此を顕輔書之　秘[43]所（ママ）

30「臣下」は「臣上」の誤り。
110「友平」は「友于」の誤り。
114→補注36
96→補注37
M「勝許」は「勝計」の誤り→補注38
77→補注39
105→補注40
N→補注41
107→補注42
43→補注43

同姓又不書姓　同官之人書官　充（ママ）人々　左大
将家権大納言なと也　后宮某権大夫亮なと也

（六　題事）

一　題[A]事
右題は或　勅[2]題　或[3]可然臣　或[6]和歌堪能者
或[1]儒者也　其[B]外無何不可出題
一　勅[2]題　昔今不可勝計　勧[C]進人又出之　長
元八暦五月関白歌合頼近自出之
一　可[3]然乍　建[5]保之比同又明右大臣
一　儒[1]者　堀[11]河院百首題　作[D]者匡[11]房　長治永
共匡房奉之　永[9]承四暦歌合　式部大輔国成
〔作[D]者〕　承[10]暦歌合　頭右中弁実政〔作[D]者〕
郁[11]芳根合　左大弁匡房
一　其[6]道長　所謂如定家也　但[E]不知漢字之人
　非其謂　会[F]題は一首は多祝言　其詞臨時歌
合多景物也　過[17]色は不用　末物用之
天[12]徳題三月尽日　春題　夏題　恋
寛[13]和六月九日　春夏秋冬恋
永[14]承十一月九日　松月紅葉景物祝言恋
建[16]保閏二月日　四季恋
延[G]喜三暦　亭子院歌合　寛和歌合　題者不分
明

A→補注1
B→補注2
C「頼近」は「頼通」の誤り。→補注3
3「乍」は「臣」の誤り。
5「同又明」は不明。道家を指すべき例。
D→補注4
11「長治永共」は「長治永長」の誤り。「長治永長共」か。
E→補注5
F→補注6
17「過色」は「過時」か。底本「末」の右下に「景歟」の朱筆書入れがある。「末物」は「景物」とあるべき所。
13「祝」を欠く。
14国会本が落としている「松、月」をいれている。
16「閏二月」は「閏六月」の誤り。
G「延喜三暦」は「延喜十三暦」の誤り。→補注7

一　[(七)44]歌合撰者
[(七)45]天徳〔左朝忠　右兼盛〕
[(七)46]長元三十講次〔両方　二時〕
[(七)47]天喜皇后歌合〔左頼宣　右長家〕
[(七)49]郁芳門根合〔左々中弁通俊　右々中弁匡房〕
[H]此外亭子院歌合　及寛和永承　未一見

（七　判者事）

一　判者事
一　[1]長是道人得之
一　[A]雖不長道以重代得之
一　[B]無重代堪能只寄当時之重臣有例
[11]延喜十三年　勅判　召忠房不参故也
[12]天徳四暦　左大臣実頼〔専一[C]〕
[2・13]寛和二年　〔左人中納言義懐　[D]右人内大臣頼宣〕　于時明誉也
[16]永承四年　左大納言師房
[17]天喜四暦　皇后宮春秋歌〔師実　堪能[E]〕
[3・18]永暦二年　皇后宮大夫顕房

(七)44から49まで「歌合撰者」の項目であるので、別項にした内閣本の方が整理された形か。「判者」の項に「撰者」の事を付記する国会本とは、記述順が逆になっている。
(七)46「二時」は「公任」の誤り。
(七)47「頼宣」は「頼宗」の誤り。
(七)49「左中弁通俊」は「右大弁通俊」、「右中弁匡房」は「左大弁匡房」の誤り。
H→補注8

A・B→補注1
11 袋草紙によれば国会本の「遅参」は誤りで、「不参」が正しい。
C→補注2
D→補注3
17「師実」は「頼宗」の誤り。
E→補注2
18「永暦」は「承暦」の誤り。

[15]長元八年　関白頼通　神祇伯輔親　重代[F]
[19]寛治八年　大納言経信
[14]長保五年　右衛門督公任　〔専一[C]〕
〔以上如斯　[5・7]仍法皇御宇　俊成入道　建保比定家　内々事　又彼等有障之時　用他人とも両人也　[6]上皇千五百番歌合　十人判之　如此事別儀也　[G]又親王　女御　[28・29]天徳三　九　野宮歌合は大和守順　[30]永承五　祐子歌合　内大臣頼宗　[25]長久二　弘徽殿御歌合〔左通忠　右家信〕　相模也　[20]抑如根合先栽以後勝負為本　非歌合人も判之　其は一向依人歟　[22]寛治三年四条宮　民部卿経信　[21]永承二年根合内頼宗　[23]嘉保二暦　鳥羽前栽合　右大臣顕房　[24]郁芳門院根合　寛治左大臣顕房　[8]如此衆議判にて無判者も有例　[9]永承皇后宮歌合　頼宗　長家　顕房など各申之　可依時儀　[25]女房判例弘徽殿女御歌合　右相模判之〕
[27]此外代々判者
[33]範永〔公基家　康平〕　[34]通宗〔四宮家　永保三〕　[32]義忠〔我家　万寿二〕　[35]顕季〔聟実行家又同家〕　[31]内大臣家〔忠通〕　[35]俊頼〔俊忠家〕　[35]師頼家
[37]而俊頼基俊二人判之事　[38]是承元内大臣家　忠

F→補注2
14「右衛門督公任」は「左衛門督」の誤り。→補注4
5・7→補注5〔以上如斯から右相模判之〕まで底本にして八行分細字で書入れられている。
G「親王　女御」意図不明。
28・29「天徳三九野宮歌合は大和守順」国会本28、29の混同。「天徳」は「天禄」の誤り。→補注6
25「左通忠　右家信」は「左義忠、右家経」の誤り。
20「先栽」は「前栽」のこと。→補注7
21「永承二年」は「永承六年」の誤り。
23「右大臣顕房」は「左大臣俊房」の誤り。項目24の判者を誤写したか。
24「左大臣」は「右大臣」の誤り。

27「此外代々判者」→補注8
31→補注9
35「師頼家」→補注10
38「承元」は「元永」の誤り。「保安会」→補注11

36「基俊　奈良華林歌合」↓補注12
36「大治二」は「三」の誤り。↓補注13
H↓補注14
39「家成家」↓補注15
39「顕仲家　基俊」の「顕仲家」の「家」は不要。「顕仲、基俊」に対して「家成歌合」を注する。

通法性寺関白　[38]保安会　[36]保安三無動寺歌合
[36]基俊　奈良華林歌合　大治二　広田社歌合
[H]顕輔家　[39]家成家
[39]顕仲家　基俊　[39]家成歌合
[36]其後大略俊成也
[40]又清輔　判者は不書自勝負　衆儀判　仰なとにて定ぬるは不及子細　[41]我も持なとかく　俊頼　顕仲皆我負　判者多は我為人詠之　代人之時同事也
[I]難判有例
[18・42]永暦顕房有難判
[43]師頼歌合基俊難俊頼
[28]延喜二十一年京極御息所歌合　大和守忠房

I↓補注16
18・42「永暦」は「承暦」の誤り。
43底本にはこの上に貼り紙があり、「コノ一行晴季本ナシ」とある。
28↓補注17

（八　序者）

（八）序者↓補注1
1↓補注2
7「寛治」は「寛弘」、「左大弁」は「右大弁」の誤り。「震宴」は「宸宴」のこと。
↓補注3
26↓補注4
27「輔忠」は「忠輔」の誤り。これは本来、項目7の割注の末尾「有国」に続くべきもの。「右衛門督」は「左衛門督」の誤り。
8「翫新盛桜花」は「成」を見せ消ちにして、改めてあるが、もとの「翫新成桜花」が正しい。
28「延喜」は「延久」の誤り。
9「左大臣時房」は「右大臣師房」の誤り。
30「経房」は「経信」の誤り。
29↓補注5
10「経房」は「経信」の誤り。↓補注6
14「天永」は「天承」の誤り。「松契遐齢」↓補注7
15「左大臣」は「右大臣」、「通家」は「道家」の誤り。
36「永治二条」は「永治二年」の誤り。↓補注8
2↓補注9
A↓補注10
22「明文」は「時文」の誤り。
B↓補注11

一　序者　〔[1]於公宴者大臣納言大将参議有例　於于時可書上臈注之〕
[7]寛治元暦震宴〔参議左大弁行成　于時可得斉信　俊賢　有国〕[26]院　[27]長元四暦上東門院住吉〔輔忠〕　右衛門督師房　于時斉信　頼宗　能信　[8]天喜四翫新盛桜花　大納言師房　于時内大臣〔頼宗〕　[28]延喜五後三条院住吉御幸〔参議左大弁経信　于時師房　俊房　隆俊〕　[9]承保三大井河行幸　左大臣時房〔専一〕　[30]寛治八鳥羽殿月宴〔大納言経房　于時左大臣俊房〕　[29]寛治鳥羽殿松陰浮水〔左大弁匡房〕　[31]嘉保花契千年〔権中納言匡房　于時俊房　経信　通俊〕　[10]応徳花契多春〔大納言経房　于時左大臣俊房〕　[11]永長中殿竹不改色　左大臣俊房〔専一〕　[12]嘉承鳥羽池上花〔権中納言宗忠　俊房　匡房〕　[32]保安花見御幸　内大臣有仁〔専一〕　[14]天永元暦中殿松契遐齢〔権中納言師頼　于時有仁　宗忠〕　[34]正治鳥羽池上松風　内大臣通親　[15]建保六池月久明〔左大臣通家　于時左大臣母服〕　[36]永治二条摂政法性寺家松契千年
[2]〔已上公宴如此　不論成業非成業　[A]当世名誉
又内々事不可勝計
[20]上古多有仮名序　無真名序　[21]延喜大井河行幸紀貫之書序代〕　[22]同大井河御幸　明文　[23]円融院子日　平兼盛書之　[24]万寿元高陽院競馬行幸之時　上東門院御会　為政書也
[20]上古は多仮名序代也
[B]所々会　儒者五位或四位也　[40・41]大井河逍遥　八十嶋炵《（ママ）》事　以公私相並逍遥　成業非成六位或

五位　[41]八十嶋　成業六位　〔[40]経文章生也〕
[C]序は只不飾詞　すく〱とたしかに〱是存
　一説也

（九　講師）

一　講師
[1]御製講師は中納言参議也
[9]崇徳於鳥羽田中殿　竹遐年友家　教長為御製
講師　[6]寛治月宴　中納言通俊　当座有沙汰留
新中納言通俊　匡房書之
[5]嘉保三中殿　中納言通俊
[10]建保中殿　民部卿定家
[15]臣下講師　弁官或四位也　弁官なと可用
[16]承保元暦野行幸　右大弁実業
[20]保安五年花見御幸　頭大井時忠
[19]寛治月宴　右中弁定忠朝臣
[21]崇徳院　右大弁実光朝臣
[22]建保　右大弁範時朝臣
[2]人歌講御製自懐中出之　講師給之　[3]召他講師
或通用之　[1]四位可然有也　[A]取他歌置之　[B]或改
本文台云々
一　[26]歌合講師事
[27]天徳〔左　左兵衛督源延光朝臣　非儒者〕

40→補注12
C→補注13
（九）講師→補注1
16「実業」は「実政」の誤り。
20「大井時忠」は誤りか。
19「定忠」は「宗忠」の誤り。
2＝（十）7。2からBまで（十）「読師」からの混入。重出がある。→補注2
3「講師」は「読師」の誤り。
A→補注3
B→補注4

[28]寛和〔右　右中弁博雅朝臣〕
　〔左　権中将公任〕
　〔右　右近将監長能〕
[29]永承〔左　尚頭経信　四位〕
　〔右　右中弁資経　〻〻〕
[30]長元〔左　左少弁経長　五位〕
　〔右　右中弁資通　〻〻〕
[31]寛治〔左　左大弁基経　〻〻〕
　〔右　右中弁宗忠　〻〻〕
[25]延喜十三年亭子院歌合　女房講師也　巻御簾
半云々　[C]院会多四品也
[41]総於歌者多四品也　五位も有例　四品為臣下
講師之時兼御製講師　内々なとには常事也
[30]関白家　四位又五位　[D]頼忠前栽合〔左紀時文
　右平兼盛〕　彼家多五位也
[42]講師作法は無別儀　[43]只参て著菅円座　[44]講師の
かさぬるまゝに指声に読也　先題次官位姓名
　微音不聞　歌は一句つゝ閑に読之様也　御
製をとり返て我方に向て読事あり　[45]建保侍中
殿之時　頼範如斯及沙汰歟　但非無先例　[47]通
俊嘉保此様々には
[53]可見歌合には両方講師各別也　又書番一巻云
一人講之　両方本儀也　[54]先左講師読左歌　次

29「資経」は「資仲」の誤り。
30「資通〻〻（五位）」とあるが、この時資通は四位。
31「基経」は「基綱」の誤り。
25・C→補注5
D→補注6
42〜44→補注7

56「主人」は「尽人」、「付女」は「付案」、「別様」は「別仰」の誤り。「可講他人」は「可講他」か。

32「歌合」は「人歌合」か。

43・44既出。→補注8

には先自負方読之　仮令左勝は次番には先右
歌をよむへきなり　若持ならは随其前勝負歟
負方を読而　[56]総講師様無主人尽題て読也
然而付女別様なとにて只三首もあらは講て又
可講他人
[32]歌合には非作者講師先例甚多
[43]依召著菅円座　取篇一説正は不居　懸膝　次
第読之　歌は[44]一句不微音読　位署は微音也
不聞之程也　故実也
[48]題目読様　仮令秋夜其題を詠て製に応するや
まと歌　御製は詠之給つる依題之事を詠云々
[49]和字は高　歌字は微読之　清輔之説
一　[50]位署読様　親王中務卿　親王三品　親王
不読名　大臣不同也　読位署皆微音也　四位
宰相は準四位　已下は読名　後次には其名朝
臣　私所には五位より加朝臣字　自歌読名朝
臣　三位以上官姓朝臣
[(十)18]地下は歌不置文台　私所侍以下同不置之　清
輔云　近代不然也　[2]人歌講て御製出自懐中
講師給之　[3]召他読師或通用之　[1]四位可然など
也　[A]取他歌置之　[B]或改本文台云々
[25]延喜十三年亭子院歌合　女房講師也　巻御簾
半云々

（十）18ここからBまで「読師」の混入。→補注9
2→補注10
3「講師」は「読師」の誤り。既出。
A・（十）24・B既出。→補注11
25・C既出。→補注12

34「右中弁」は「右少弁」の誤り。

40「準」は誤り。→補注13
（十）11・12「講之」は「懐中之」の誤りか。
（十）13「可講事也」は誤り。→補注14
42〜44既出。→補注15

[C]院会多四位也
[34]長元五上東門菊合〔左中宮亮兼房　右々中弁
経長〕
[a]内親王女御
[36]郁芳門院根合〔左四位侍従宗忠　右少将能
俊〕
[37]同前栽合〔左左中弁宗忠　右々少将能俊〕
[39]天喜皇后宮歌合〔左権亮顕家　右亮師基〕
[38]同宮藤合〔左侍従宗信　右々中弁基綱〕
〔[a]内親王女御　是一行〕
天禄野宮歌合　橘正道六位　[b]永承五祐子内親
王歌合　乍両家　[40]準麗景殿
（三字分空白）家歌合　左延光　右保光　已上不同
[B]講師講御製事能々可用意
[(十)10]不限御製　高倉宮会　宇治殿月たにあれやの
歌　大二条殿　[(十)11・12]恒も如何　近年少々不可然之
人講之如件
[(十)13]清輔云　顕輔崇徳院御製可講事也
[(十)16]僧歌女は不論貴賤後講之
〔[(十)13]再三思乱有恐空退出〕
[42]講師作法
[43]逃右足及臨可読之　正以不参円座　[44]其音不微
一句云々　読切可巡之後又不読位　名微音也

助音は一反之後也

（十　読師）

一　読師
[1]当座第二人或一番人三番人可随事様　有御製者一番人可給御製　仍二番人得之　無御製にも二番人常事也　[2]下講師は随便宜　大臣なと参議已下なとは有便宜奉之　[A]近俊重云　[2]清輔或召蔵人令重之　有子人は子常事也　四位五位何も可然
[4]保安五花見　太政大臣雅定為読師也　[B]第三番人読師例　[3]寛治月宴　前関白当関白在座　左大臣俊房重之　[C]第四番近例　前関白　関白内大臣
[15]有両題は先開端題許　[19]歌合読師は披て授講師者歟　非私事
[21]永承根合　資綱右中将　経家右中弁等也　[25]皆四位侍臣也　[D]已上二人両方頭也　[20]天徳歌合無読之　左読師延光朝臣自取歌之也　有所見右は擬無　後人は在とも非読師儀歟　[E]但非内裏儀　[22]天喜四年皇后宮歌合　四条宮　顕房隆俊為読師也　[23]又郁芳門院根合　并季仲師頼奉仕之　[F]只有無不定事也　[G]延喜十三年亭子院歌合　[26]天徳四年寛和永承々暦已上例読師不見[H]多者歌合には無歟　[24]頼通長元八年三十講次歌合有読師　左少将行経　右中弁兼房　[25]共四位也

1→補注1
2「下講師」は「下読師」の誤り。→補注2
A→補注3
4→補注4
B→補注5
3→補注6
C→補注7
15→補注8
19→補注9
21→補注10
D→補注11
20「左読師」は「左講師」の誤り。→補注12
E→補注13
F→補注14
G→補注15
H→補注16
24→補注17
25→補注18

（十一　番事）

一　番事　歌合
[A]近代以下嫌事　是非嫌品嫌歌歟　[2]建暦詩歌合雅経嫌重長　如此之堪能も官位も事外事不可然　能々可有斟酌　[4]於女房者不謂善悪　但其も可思事也　[1]撰歌合乱合には強不謂歟　又番同題撰歌合者不及申事相交歟　[5]一番左僧番事不普通　而永承四年殿上歌合能因番左中弁資仲　普通上古中下近代上下貴賤歌合相応番陪事者非沙汰之限　[6]上古御製右歌合事無之寛和御製番公任朝臣　可然六百又番為義　非指人　[7]永承皇后宮歌合替源三位有御製番隆国卿　[8]近代は四位五位皆参歟　但尚は自他不可召御番　[9]上皇御時秀能常参之
[11]番例　無人等名誉　若干之時不入一首会非歌人
[12]天徳　朝忠与博　[13]永承　経信与伊房　実仲与輔　[14]承暦　匡房与正長　[15]近曾弘徽殿女御歌合

A→補注1
2→補注2
5→補注3
6「六百」は「六番」の誤りか。
8→補注4
11→補注5
13「実仲与輔」は「大中臣永輔」の誤りか。
15→補注6

B→補注7

23「為忠」は「好忠」の誤りか。

27・28「師実歌合」は国会本27「実行歌合」と28「師頼歌合」の混同か。「師能」も同じく国会本27「実能」と28「師頼」の混同か。

（十二）作者事→補注1

1→補注2

2→補注3

A→補注4

16→補注5

相模与紀乳母　[16]法性寺歌合　俊頼与源定信
[17]長元　赤染与公資　[B]長元女御歌合　赤染与
永成　[19]嘉応住吉歌合　清輔与実綱
[20]貴種与凡卑
[21]天徳　朝忠与兼盛　[23]寛和　道長与為忠
　但同題撰一番之時不及力歟　[24]長元　春宮に
は頼宗与能因
[25]永承　祐家与能因　内大臣頼宗与兼長
[26]四条宮天喜歌合　内大臣与隆信
[27・28]師実歌合　師能与橘敦隆
[C]一位二位は勝負不祥　過法其隔歟　不可然
[4]於女歌は不謂子細也　其隔雖似多　但女勝男
劣には不可然事歟

（十二　作者事）

一　作者事
[1]禁中御会には地下無参　女房他所人皆詠歟
僧綱凡僧参之　[2]於歌合地下凡卑輩可詠也　[A]如
屏風歌同之　又只被召歌事多　於御会竜顔咫
尺之条不可叶　仍不参也　[2]而近年地下者詠歌
合事有憚有沙汰如何　[15]屏風障子等作者は先規
不多　或二三人四五六人也　[16]及十人　近は最
勝四天王院障子　又先例も多　希例也　可清

19→補注6

20「径実」は「経実」の誤り。→補注7

B→補注8

C→補注9

一　作者試歌合事→補注10

9→補注11

5「人歟」は「入歟」の誤り。→補注12

D→補注13

撰歟
[19]歌合之時代人事如恒也　[20]承暦殿上歌合　寛治
郁芳門根合　青衛門孝善代家忠径実　彼二人
不詠歌人也　[B]仍如此　総如此例甚多　又内々
替事は不及注　無合時も左右座不詠無宏無便
　仍先例　又請人は露顕之定也　[21]保安花見御
幸　代左衛門督通季長実詠之　[22]二条院花有香
色　代丹後内侍範兼詠之　[C]元久八十嶋　代実
教家隆詠之　通季実教とは不知歌合也　此例
又多
一　作者試歌合事
[9]延喜十三之内裏菊合　左七人皆入之　興風
季綱　是則　右兼輔　伊衡　貫之　躬恒等也
[5]天徳四　左右念人誠作者　左朝忠　望材
好古　能宣　本院侍従　少弐命婦　忠見　順
は人歟　如何　以上七人　右兼盛　元真　伝
か　中務也　元輔　好古朝臣一人不入歟（両
人を不重　好古有憚如何）　無行入となとも
詠之　[9]延喜十三之菊合　興風　是則　貫之
躬恒　天暦七年菊合　忠見　[5]天徳四年　兼盛
　能宣　順　忠見　望城　元真　[6]寛和二年
能宣　兼盛　好忠　[7]永承四年　無地下作者
但能因法師入道参之　[D]同御時根合　良暹法師

8「永承」は「承暦」の誤り。
14→補注14
E→補注15
F「永和」は「永承」の誤り。→補注16

一説替人　[8]承暦二年　無地下　于時無指地下
歌人　永承　藤孝善代家忠　非如法儀卒爾歌
合なとには地下者不参　唯殿上人許也　[2]内裏
歌合　[11]天徳　永承有公卿　[12]寛和　承暦　侍臣
許也　[14]歌合に於一人詠両方少々有例　三十講
次非其沙汰　郁芳門根合　能俊朝臣　[E]寛和二
年　能宣　惟成　斉信　実方　兼盛　長能
惟理　道綱母　好忠　高遠　行成　弘信　公
任　是長　一説惟成歌也　[F]永和四年　不入○
○為政　左能因　侍従乳母　侍従典　弁乳母
也　資綱　長房　資業　兼房以上八人　右資
仲　家経　伊房　親家　相模　経家　実雅
伊勢大輔　隆俊

（十三）清書事→補注1
5→補注2
3「経信」は「経任」の誤り。→補注3

（十三　清書事）

一　清書事
[1]永承内裏歌合〔左兵衛佐師基　右中納言乳
母〕　[2]同根合〔左公経　右兼行〕　[4]承暦内裏歌
合〔左左中弁伊房　以金青書之　右蔵人弁伊
家〕　[5]郁芳門院根合　左雅実召有書之　天暦
御幸歌合　道風左右両方之例也　[3]天喜皇后宮
歌合〔左兼行以真名書之　右経信母〕　于時
左も女房可書与皆乱例書之　[7]寛治八師実歌合

（十二）32→補注4
（十二）35「遠江」は「近江」の誤り。
（十二）37「御一条」は「後一条」の誤り。→補注5
（十二）43「王」は「主」（主基の略）の誤り。「兼隆」は「兼澄」の誤り。
（十二）44「四」は「五」の誤り。
（十二）46「家隆」は「家経」の誤り。
（十二）51「行成」は「行盛」の誤り。

当日は只名はかりを切寄　後日師通書之
〔抑又秦は承暦左少弁季仲書之　歌十五首書
給　唐紙下給〕
大嘗[(十二)32]会歌　云上古者所見頗不詳　但起自承和
仁明[(十二)33]　清和　陽成　光孝在古今　于時[(十二)32]丹波
播磨国也　其後[(十二)34]　因幡　美濃　尾張　遠江
伊勢　参河　越前　美作　備前　備中　但馬
等郡名少々詠之　而延喜[(十二)35]御宇已後　偏以遠江
為悠紀　以丹波備中替々為主基也　而冷泉院[(十二)36]
御時主基為播磨歟　先例[(十二)37]準歌人詠之　而自御
一条御宇儒者必加之　延喜[(十二)38]〔近江〕黒主　村[(十二)39]
上　不知詠人〔備中〕　冷泉[(十二)40]　兼盛　能宣
元輔　円融[(十二)41]〔能宣　兼盛　中務〕
長和元[(十二)43]〔悠　輔親　王　兼隆〕
同四[(十二)44]〔輔親　為政〕
長元[(十二)45]〔輔親　義忠〕
永承[(十二)46]〔資憲　家隆〕
治暦[(十二)47]〔実政　経衡〕
承保[(十二)48]〔実政　匡房〕
寛治[(十二)49]〔匡房　行家〕
天仁[(十二)50]〔匡房　正家〕
保安[(十二)51]〔敦光　行成〕
康治[(十二)52]〔顕輔　敦光〕

（十二）53「全明」は「茂明」の誤り。
（十二）54「俊恵」は「俊憲」の誤り。
（十二）55主基は「永範」。
（十二）56「嘉暦」は「仁安」の誤り。主基は「清輔」。
（十二）57悠紀作者「清輔」は「季経」の誤り。
（十二）62→補注6
（十二）66「神等」は「神楽」の誤り。

久寿（十二）53〔永範　全明〕
平治（十二）54〔俊恵　範兼〕
仁安（十二）55〔俊成〕
嘉暦（十二）56〔永範〕
寿永（十二）57〔清輔　兼光〕
建暦（十二）60〔資実　有家〕
是皆悠紀（十二）61〔近江〕　主基〔丹波〕　時々〔備中也〕
凡（十二）62一人は必儒者　或二人儒者也　是非求儒者
　於于時歌人皆儒者也　仍如斯　依之至当時
二人之内一人は必儒宗　或儒郷　又多は文章
博士□加之　其内一人は又顕輔　俊成　有家
体歌人加之　高位人（十二）63未詠　儒卿は納言多詠之
　儒者（十二）64中にも於時撰歌仙　而于時儒者歌人之
時は敦光　全明なとも詠之（十二）62　只儒者一人而只
歌人一人　二人は尤為善
行事（十二）65弁注国所々名下作者許　作者撰其所許
其内詠之進　行事弁以風俗歌下楽所以屛風歌
給絵所　若歌進□々時は以所々名加詞進之
風俗歌許進之　先例也
先（十二）66和歌書様有説云　或以神等書始之　或以歌
為初（十二）67　又資業家真名別紙也〔風俗与屛風〕
但家経（十二）68は仮名一紙也　匡房（十二）69真名別紙　但匡房

（十二）24→補注7
（十二）25「能行録」は「敏行録」の誤り。
（十二）26「録」は「禄」の誤り。
（十二）28「兼隆」は「兼澄」の誤り。
（十二）23→補注8
（＊十五）殊歌合は内閣本独自部分。
2「禄鶴含齢冬」は「銀鶴含款冬」の誤り。

一度書仮名　他人皆真名別紙也　同資業歟
但顕輔（十二）70詞は真名　歌は仮名書之　十月上旬（十二）71
比可進也　悠紀　主基歌は遣両方奉行弁許之
　東遊（十二）24歌なども大略同之
賀茂臨時祭始（十二）25〔能行録　ちはやふるかものやしろ〕
八幡臨時祭始（十二）26〔貫之録　まつもお又こけむす〕
松尾行幸（十二）28〔兼隆　ちはやふる松のおやま〕
日吉行幸（十二）29〔実政卿　あきらけきひよしの〕
祇園行幸（十二）30〔経衡　ちはやふるかみのその〕
平野女使（十二）27〔能宣　ちはやふるひらのゝまつ〕
如此之時（十二）24可選時歌人
近代女御（十二）23入内なとに同書始被召事流例也　非
外人可然人可進　関白得之歟　但非其旨大臣
　納言中には可召之也　御返事女次侍者人也
〔不実〕

（＊十五　殊歌合）

一　殊歌合〔近代不入之〕
[1]内裏
[2]天徳四年三月三十日　二十番　左勝〔左　禄
鶴含齢冬　右　書色紙小字〕

[3]寛和二年三月九日　二十番　左勝
[4]永承四年十一月九日　十五番　持
[5]承暦二年四月二十八日　十五番　勝　左方製
書歌総楽具風流也
[6]同五月六日　右方製番歌合　十五番　已上禁
中歌合殊儀也
[7]内々儀
[8]応和二年五月四日　庚申夜　九番
[9]寛和元年八月　六番
[10]永承六年　六番
[11]承保三年九月　七番
[12]院
[13]延喜十三年　歌　三十番　霞歌〔付梅〕郭
公歌〔付橘〕自余鶏舟入籌
[14]嘉応　于法住寺殿上歌合
[15]后宮
[16]天喜四年　皇后宮歌合　十番　左勝〔左　禄
舟盛歌〕
[17]親王
[18]天禄三年之野宮歌合　十番〔左勝〕
[19]延喜　是貞親王家歌合
[20]永承五年六月五日　祐子内親王歌合
[21]女御更衣

3「三月」は「六月」の誤り。
4「永承」の右上に朱で「後冷」とある。
5「勝」は「左勝」の誤り。
6「五月六日」は「四月二十八日」、「製番」は「後番」の誤り。
14「于」をミセケチにし、左に朱で「於」とある。
16「禄舟」は「銀舟」の誤り。

[22]延木二十一年　京極御息所　二十二番〔持〕
[23]天暦九年　麗景殿女御徽子歌合　十二番〔左
勝〕
[24]長久二年　弘徽殿御歌合　十番〔左勝〕

（＊十六　物合次歌合）

一　物合次歌合
[1]内裏
[2]寛平　菊合　十番〔無勝負〕
[3]延木十三年十月十三日〔辛巳〕　菊合　七番
〔無勝負〕
[4]同御宇又菊合〔無勝負　十六年歟〕
[5]天暦七年十月二十八日　菊合　一番
[6]同九年二月　紅葉合　二番〔無勝負〕
[7]康保三年八月十五日　前栽合〔無別勝負〕
[8]永承六年　根合　五番〔持〕　左　洲浜松鶴
右　立大鼓面胡蝶舞
[9]院
[10]長元五年　上東門院菊合　十番
[11]寛治七年　郁芳門根合　十番〔持〕　左　鏡
筥歌書□紙　右　五節儀也　童装束如此
[12]嘉保二年　同院前栽合　十番〔右勝〕
[13]后

24「弘徽殿御」は「弘徽殿女御」の誤り。
（＊十六）物合次歌合は内閣本独自部分。
6「二月」は「閏九月」の誤り。
11「□」（判読不明）を朱でミセケチにし、「紙」の下に朱で「色」とある。

寛[14]治三年　四条宮藤合　十二番〔右勝〕
親[15]王
〔[16]正子内親王造紙合〕
〔[17]祐子内親王物語合〕
大[18]臣
頼[19]忠家前栽合〔有序　非歌人歟　但有左右講
師　歌合〕
臣[20]家歌合
摂[21]関家
長[22]保五年　左大臣道長　七番〔右勝〕
長[23]元八年　三十講次頼通　十番〔左勝〕　左
　透筥扇十書歌　右　造瞿麦歌は書蝶
寛[24]弘八年八月　師実高陽院歌合　毎題七番
左女勝
保[25]安　法性寺関白　九月十二日
大[26]臣家
実[27]資　忠[28]通　二度〔元永二　又元永〕
公[29]卿家
国[30]信〔寛和二　衆儀〕　実[31]行〔永久四〕　俊[32]忠
〔長治元〕　師[33]頼〔天仁二〕
四[34]品以下
貞[35]文　義[36]忠〔自判　万寿二　於任国也〕　公[37]
基〔康平六〕　顕[38]輔〔長承二〕　家[39]成〔長承四
　保安歟〕
以[40]上有同評を注之　此外不可勝許

（十四　撰集事）

一　撰集事
清[2]輔云　撰集故実には時大臣英雄人などは雖
不秀逸可入　非指重代非其人は不可入　於無
双歌人は　可[A]入　有秀逸人　次歌一首は可入
　是故実と云り　其外事不注之
歌[1]多少人善悪者不能注子細　随時事也
一　集[3]歌員
万[4]葉二十巻　四千三百十三首　此内　長歌二
百五十九　但[5]万葉有両流
一　撰[16]者
後[20]撰　天暦　能宣　元輔　順　時文　望城
於梨壺　撰[B]者不入　天[20]暦五年十月於梨壺和万
葉者也　次選之蔵人少将伊尹為別当　為奉行
　于時号和歌所　々々々根元是也
拾[21]遺　長能　公任〔撰之　抄花山院〕
金[25]葉　天治　依法皇仰俊頼〔撰之〕
千[28]載　文治　依法皇仰入道俊成〔撰之　近[29]世
者撰例〕

14「藤合」は「扇合」の誤り。
17「祐子内親王」は「禖子内親王」の誤り。
項目20～40は（＊十五）殊歌合の末尾に続く部分が混入したもの。
24「寛弘八年」は「寛治八年」の誤り。
28「又元永」は「又元永元」の誤り。
30「寛和二」は「康和二」の誤り。
38「長承二」は「長承三」の誤り。
39「保安」は「保延」の誤り。
40「不可勝許」は「不可勝計」の誤り。
（十四）撰集事→補注1
A→補注2
4→補注3
B→補注4
21「長能」は「長徳」の誤り。→補注5
29「近世者」は「遁世者」の誤り。

71↓補注6
50「或注右」は「或注左」の誤り。左注をいう。
C「同衣則主」は誤写があるらしく不明。
D↓補注7
E↓補注8
F「西」は「初」の誤り。「古今第一番」は「金葉第一番」の誤り。↓補注9
60「相傳」は「相模」の誤り。
65「皆書入之」は「皆不書入之」の誤り。
67「祝言」は「放言」の誤り。

[73]金葉事第三度本は乍草奏之　自待賢門院実行
公申請書之　外無披露　[71]教長奉宣旨請撰　白[63]
色紙顕輔書之
一　[48]子細
[49]古今　不入万葉集云々　但誤有七首　[50]上古人
は不注名或注右　不入当帝御製　[51]自延喜五年
始之　[C]同衣則主とも　[D]尚入撰者内　[52][E]古今題不
知読人不知　後撰題不知読人も　拾遺題読人
不知云々　[54]而後撰題不知読人もとかけり　名
或童名異名多　[55]但俊成いづれも如古今強不可
替之　[25]金葉　天治奉法皇勅　[26]大治二年奏之
[F]西入古今以下　古今第一番入貫之　不可然
之由有院宣又改之　其時過法多　仍又改之
然間第二番度于今披露　第三番第一源重之と
有　流布本は顕季也　大治以後奏　[26]又再三改
之　[60]近比人　殊入之　但六帖歌入之　源道済
相傳などは有之　[65]新古今ニ万葉集歌入之　古
今歌皆書入之　[66]披露之後又改之　仍令有相違
事　所謂左衛門督通光　権大納言通光など也
[67]凡撰集無為披露し尤不安付種々異名被謹々
祝言　[68]後拾遺は非上御計　通俊申行之間経信
頗腹立書出難後拾遺　[69]金葉之後　顕仲嘲之撰
良玉集　[70]詞花之後　教長撰拾遺古今集　如此

76「顕輔」は「清輔」の誤り。↓補注10
74「金葉集」は「後拾遺」の誤り。
G↓補注11
H↓補注12

事末代決多　[76]顕輔云　読人不知有二様　一に
は雖知凡卑　二には詞有憚云々　[75]又以連歌成
歌入多　有仍後撰例　[74]金葉集清書　伊房与入
一首之間仍腹立　以隆源令書了
一　[80]巻一番事
[81]巻一番には不論故人現存人有之　名又可然貴
所御歌又相卿之上者雖非強歌人入之　又読人
不知歌多之　女歌不可謂子細　指歌人ならず
又卿相已上ならぬものは　入一番之例　拾遺
恋〔五〕一番　善祐法師　[G]此外　古今　後撰
拾遺　皆有之謂者歟　其後　々[81]拾遺雑四
橘季通　詞花恋下　藤相如　此外集皆可然人
也
[H]非歌人は卿相以上又女房など也　無指事者無
例也　能々可思遍也
一[82]　御製書様
[83]古今には光孝已上書右　[84]後撰延喜御製　あめ
の御門御製なとかく　[85]当帝をは御製又今上御
製　後撰様　[86]拾遺以後皆たゝ天暦御製　延喜
御製なとかく　[87]後拾遺御製白河也　[88]新古今に
は御歌とあり　是上皇令書様御詞故也
一[89]　院号
[90]後撰には法皇御製　陽成院御製と書　[91]拾遺に

は円融院御製と書之　後皆御製と書　[92]新古今
には御歌と書　[93]又上東門院と書　[94]小一条院も
後拾遺詞花共無御製字　已上只院号はかり也
—[95]　親王
[96]此事様不同也　古今惟喬親王と書之　又雲林
院親王と書　[97]後撰又如此　或行明　元良親王
と書　或所に朱雀院兵部卿親王　閑院三親王
なと書　[98]拾遺には兵部卿元良親王　中務卿具
平親王　盛明親王なと書　[99]但保明東宮をは唯
一宮とかけり　[100]後拾遺には弾正尹清仁親王と
かく　[101]金葉にはたゝ三宮とかけり　輔仁　[103]千
載には仁和寺入道法親王なと書て名在注　[104]新
古今には其親王なとあり　[105]代々集雖不同於親
王顕名之例也　如俊頼俊成儒者当時院親王を
御弟なと仰て書名事只恐思不注名　但本儀歟
　可書名也
—[106]　摂関
[107]古今には忠仁公をは前太政大臣とかく　[108]後撰
には貞信公をは太政大臣とかく　宗俊　[109]拾遺
には様々非一　実頼をは一条摂政　[111]兼家入道
をは太政大臣なとかく　[112]さる程に道兼をは右
大臣道兼とかく　総拾遺は作者名尤狼藉也
[113]凡は前太政大臣なと也　[114]当時摂関をは後拾遺

108「宗俊」は「薨後」の誤りか。
109→補注13

には関白左大臣　金葉には摂政左大臣なとか
く　[115]千載にも京極太政大臣　法性寺入道前太
政大臣なと書　[116]師通は後二条関白内大臣なと
書り　[I]法性寺前太政大臣なと也　[118]新古今には
皆関白摂政なとあり　[J]先例は前関白なとは
かゝねとも近代はたゝ太政大臣なとあり　[119]有
位をはみな清慎公　謙徳公とあり
—[121]　大臣事
[122]古今後撰拾遺之後皆一様　[K]東三条左大臣　[123]閑
院左大臣なとかけり　おほいまうちきみなと
そ同事也　後拾遺には西宮前左大臣と云々
[124]前字少々也　非普通事　[125]当時左大臣右大臣と
書也　[126]伊周をは帥前内大臣とあり　[127]拾遺には
枇杷大臣とかき　[128]又右大臣師輔　左大臣道長
ともあり　[129]又大和守藤原永平　[L]源忠明なとか
けり　非普通事
—[131]　公卿書様事
[132]古今在原行平朝臣　[M]小野篁朝臣とかけり　[133]後
撰も大略同　古今又藤原兼輔朝臣なとあり
[134]但大納言顕□　権大納言時望ともかく　[N]以上
故人也　当時人師尹をは左兵衛督師尹朝臣な
とかけり　[135]拾遺には中納言朝忠卿　右衛門督
公任卿なともかけり　[136]さる程に又源延光とは

I→補注14
J→補注15
K→補注16
124→補注17
L「忠明」は「高明」の誤りか。→補注18
M→補注19
134「権大納言」は「権中納言」の誤り
N→補注20

かりかき　小野好古朝臣共かけり　[137]国香をは
藤とかき　蔵人藤とかき　[O]又大弐ともかけり
すへて不同事不限之　[138]多は左大将済時卿な
とていにかけり　[P]大伴家持　平随時なとかけ
るは無何事也　[139]其後代々集皆同　権大納言某
左衛門督某なと也　[140]前字　権字　入道字な
とは或加或不加　[141]多兼官　但又たゝ大納言中
納言とかきて不書兼官もあり　[Q]三品も有官
無官は正三位なとかけり
一[145]　王
[146]兼見王以下皆某王也　[147]千載に道性法親王とか
けり
一[148]　四位
[149]古今在原業平朝臣　藤原弘行朝臣以下代々集
には皆同　[150]而拾遺には少々　[R]文章博士藤原後
生　中納言源経房朝臣なとあり　[S]又能宣は不
加朝臣如何　以後集皆加之　[T]抑後拾遺贈参議
義忠をは只藤原義忠朝臣かけり　[U]拾遺には実
方は或加朝臣　或左近少将なとかけり　是を
は例也　非常事　[151]抑異姓四位は非朝臣には
如五位　千載祝部宿祢成仲と書けり
一[152]　五位
[153]紀貫之　[V]在原元方也　[157]于今不相違拾遺蔵人仲

137 「国香」は「国章」の誤り。
O→補注21
P→補注22
Q→補注23
149 「藤原弘行」は「藤原敏行」の誤りか。
R→補注24
S→補注25
T→補注26
U→補注27
V→補注28
157→補注29

文とかき　[W]又兵衛佐信賢なとかけり　凡彼集
事皆如此　[155]詞花に少将藤原義孝とかけるは伊
勢守義孝にまかへはかける歟　[X]賀茂成助　津
守国遠は五位也　近日社司皆四位なれと無朝
臣
一[156]　六位
同五位　たゝ姓名許也　[158]金葉左近衛府生秦兼
方とかける事は別事歟　又神主前大膳
一[159]　僧
[160]僧正遍昭と書　但古今幽仙法師律師と書
[161]後撰僧都仁教の後皆大僧正某　権僧正某　[Y]或
少僧都　大僧都なとも書也　無権字　千載
少々有権字　律師も或無権字　[162]抑後拾遺金葉
詞花千載僧都はかりにて天台座主と多は書
[163]新古今は僧正とあり　[Z]千載快修とはかりは前
僧正書之　其外皆座主云々　是何も非難　[164]凡
僧は皆某法師也　上人は或上人　或法師　随
時歟　[165]入道もたゝ何法師と書也　拾遺陽撰法
師を沙弥満誓と書之　[166]又詞花沙弥寂蓮書之
其外不可勝計　[167]古今遍昭　[168]拾遺高光　或注俗
名　或不書俗名　如覚法師と書　少将高光と
かけり　其外は同集に無二名也
一[169]　女房

W→補注30
X 「津守国遠」は「津守国基」の誤り。→補注31
158→補注32
Y→補注33
Z→補注34
169→補注35

173「宮のみこ」は「斎宮のみこ」の誤りか。
171「比也　皇后宮」は「枇杷皇后宮」の誤りか。
174「徽王」は「徽子女王」の誤りか。
176「何女」は「何女御」の誤りか。
AA→補注36

内[172]親王
高津内親王　其後式子内親王　選子内親
王　某内親王なと書　[173]後撰には宮のみこ
と書
后[170]
後撰嵯峨后　七条后なと書之　[171]後一条皇
后宮〔詞〕四条中宮比也　皇后宮書之
女[174]御
拾遺徽王　或斎宮女御　或女御徽子　新
古今　凡[176]女御は何女　又其殿女御なとも
可書也
御[177]息所更衣
近江更衣と書　大将御息所
又[178]内御匣殿
たゝ土御門御匣殿と書
二[179]三位
藤三位　源三位　大弐三位なと書
典[180]侍
古今には典侍藤原国香朝臣　典侍洽子朝
臣なとあり　但後拾遺に中務典侍　備前
典侍　金葉大夫典侍なと也
掌[181]侍
後撰には内侍平子　[AA]中務内侍　少将内侍

184「小式部命婦」は「小式命婦」の誤りか。
188→補注37
189「教忠」は「顕忠」の誤りか。また「倫宣」は「倫寧」の誤りか。
BB→補注38

なとかく　而千載はかり内侍周防　内侍
参河なとかく
宣[182]旨
大和宣旨云々
命[184]婦
小式部命婦とも　命婦小弁ともあり
蔵[185]人
女蔵人　女蔵人兵庫
乳[186]母
紀乳母　侍従乳母　弁乳母なとかく
思[188]官事仮令長実母
又少将□教母　[189]教忠朝臣母　大納言昇母
大[190]納言道綱母なとも　[BB]拾遺には道綱母と
も　又倫宣女とも書　顕房
室[191]
右大臣北方　其後花園左大臣室なとかく
在[193]家女
後拾遺近衛姫君〔経房女〕　此名頗平懐
歟
只[194]官女
伊勢　中務　なにくれと無風情　後撰閑
院とはかり　又加異名事　或[195]付夫官　或
付父官　不可勝許　古今間名可去事なり

CC↓補注39

遊女[199]
古今には白女とかく　其後遊女某とかく
傀儡[200]
詞[CC]花尻とかけり
尼[198]
古今には尼敬信之後少将弁尼　何のあま
〱とかく　此外尼女
後[201]撰は童女　又異名不可勝許　又見集人名注
事多　又[202]前教良母とかき後顕輔母とかけるは
僻事也　両名様々事少々あり　小[203]大君　東宮
女蔵人如此也

研究篇

研究篇目次

研究篇凡例

一 研究篇は、本文篇の上段に翻刻した国会図書館本によって、注解を施した。また、内閣文庫本、巻二作法部は本文篇に頭注を付し、別に補注を施した。ただし、内閣文庫本のみにある「殊歌合」「物合次歌合」の章については、内閣文庫本補注の後ろに置いて、国会図書館本と同様に注解した。

一 見出しには、本文篇において算用数字を付した部分を掲げた。ただし、見出しは一行に収めることを原則にし、「……」の形で省略を示した場合がある。省略部分については本文篇を参照されたい。

一 見出しは、歴史的仮名遣いに改め、濁点を付した。反復記号「ゝ」「〳〵」は適宜、ひらがなや漢字に改めた。

一 本文に「承歴」「建歴」とある場合は、見出しに「承暦」「建暦」として掲げた。

一 国会図書館本の本文に誤りがあり、他本を用いて訂正した場合は、※印を付して、そのことを注した。

一 注解は、八雲御抄が参考にしたと思われる歌学書や史料などの記述をあげ、八雲御抄の叙述の意図を解説した。

一 引用した文献の底本と引用にあたって施した処置は次の通りである。

①歌集・歌合の引用は、『新編国歌大観』によったが、歌合の「番」の表示は、『新編国歌大観』の通し番号ではなく、歌合本本文の番順により、「〇〇番」と記載した。ただし、歌合本本文に「番」の表記がない場合は、『新編国歌大観』の通し番号を（　）で括って掲げた。

なお、『新編国歌大観』に収載されていない歌合については、『平安朝歌合大成　増補新訂』によった。

②物語の引用は、『日本古典文学大系』によった。ただし、『新日本古典文学大系』に収められている場合はそれによった。

③八雲御抄の引用にあたっては、巻によって、次のものによった。

巻一正義部・巻二作法部　本書、本文篇

巻三枝葉部・巻四言語部　『八雲御抄の研究　枝葉部言語部　本文編』（和泉書院　平4）

巻五名所部・巻六用意部　『日本歌学大系』別巻三

④歌学書の引用は、『日本歌学大系』により、その頁を（　）に入れて示した。ただし、和歌童蒙抄は巻一～九が『日本歌学大系』別巻一に、巻十が『日本歌学大系』第一巻に収載されているので、（別一—〇〇頁）、（一—〇〇頁）として引用した。

なお、袋草紙の引用は、原則として『日本歌学大系』によったが、これにない部分については、『新日本古典文学大系』の陽明文庫本の翻刻により、（新古典大系〇〇頁）として掲げた。

⑤引用文献の底本については、①～④に掲げたもの以外は文中や「引用文献」のリストに掲げた。

⑥引用文献の表記は底本のままを原則としたが、漢字は通行の字体に改め、カタカナや万葉仮名表記の和歌はひらがなに改めた。

一　八雲御抄が引用している和歌については、当該歌をあげ、その出典、他出を示した。他出は、歌集名を略称で示し、部立・歌番号・作者を（　）内に掲げた。

一　解説文中に触れなかった関係歌学書は、各項の最後に▽印を付して略称で掲げた。その略称は次の通りである。

歌経（真）……歌経標式（真本）	歌経（抄）……歌経標式（抄本）
喜撰……和歌作式（喜撰式）	孫姫……和歌式（孫姫式）
新和……新撰和歌髄脳	新撰……新撰髄脳
能因（略）……能因歌枕（略本）	能因（広）……能因歌枕（広本）
隆源……隆源口伝	綺語……綺語抄
俊頼……俊頼髄脳	和童……和歌童蒙抄
初学……和歌初学抄	奥義……奥義抄
袋草……袋草紙	袖中……袖中抄
古来（初）…古来風体抄（初撰本）	古来（再）…古来風体抄（再撰本）
和色……和歌色葉	和難……色葉和難集

（序）

書陵部本は「八雲抄序」と端作りし、幽斎本には序文が脱落している。古今集仮名序によりつつ和歌の起源および変遷を概観し、先行歌学書に対する考えを述べて執筆の理由を説明し、八雲抄と称する旨が述べられる。以下に、序文を書き下し文で示し、試解を施す。

1 **夫れ和歌は八雲出雲の古風より起こり、文武聖武の皇朝に広まる。**

「八雲出雲の古風」とは、古今集仮名序古注に素盞鳴尊が宮造りする時に詠んだ歌としてあげる「やくもたついづもやへがきつまごめにやへがきつくるそのやへがきを」を指す。古今集仮名序は歌の淵源を神代の伊弉諾尊と伊弉冉尊の唱和に求めながら、「ちはやぶる神世にはうたのもじもさだまらず」とし、「ひとの世となりてすさのをのみことよりぞみそもじあまりひともじはよみける」と述べる。八雲御抄が仮名序によりながら素盞鳴尊の歌を起源とするのは、和歌を一義的には三十一字の定型として捉えているからであろう。

「文武聖武の皇朝に広まる」は、古今集仮名序の「ならの御時よりぞひろまりにける」に照応している。古今集仮名序古注は「ならのみかどの御うた」として「たつた河もみぢみだれてながるめりわたらばにしきなかやたえなむ」（古今・秋下・二八三・読人不知）をあげる。奈良帝について、顕昭は古今集序注（一五三頁）で「今注云、付㆑此平城天子、其義非㆑一、或聖武天皇、或桓武天皇、或平城天皇、或以㆓聖武・孝謙二代㆒共号㆓平城㆒。此中以㆓平城天皇㆒可㆑為㆓正義㆒也」と諸説を紹介し、自説は平城天皇とする。これに対して俊成が聖武天皇説をとっていることは、古今問答（『国語国文学研究史大成7』所収　三省堂　昭35）で「奈良帝とハ聖武天皇を申也」とし、古来風体抄（初撰―三六三頁・再撰―四七三頁）では「たつた河」の歌を「奈良の帝、聖武天皇の御歌」とすることからも明らかである。また定家は、自筆の古今集嘉禄本（『冷泉家時雨亭叢書2』所収　朝日新聞社　平6）の仮名序の「ならの御時」の右に「文武天皇」と書き入れている。八雲御抄は俊成、定家の両説を取り入れながら、奈良朝を代表する文武、聖武両天皇とするところに独自性が認められる。

仮名序では続いて柿本人麿と山部赤人が歌人として傑出していることを述べたのちに、「これよりさきのうたをあつめてなむ万えふしふとなづけられたりける」としているので、八雲御抄も万葉集に結実していく和歌の隆盛期をいったものと解される。

2 **言泉は流れ遠く、詞林は道鮮し。**

「言泉」は言葉の湧き出ることを泉に喩えた語であり、「詞林」は詩文などの集まりをいう。言葉の泉も乏しく和歌の集積も少ないとは、万葉集以後和歌が盛んでなくなったというのであろう。古今集仮名序に「今の世中いろにつき人の心花になりにけるよりあだなるうたはかなきことのみいでくれば、いろごのみのいへにむもれ木の人のしれぬことゝなりてまめなるところには花すすきほにいだすべきことにもあらずなりにたり」と和歌が一時衰退したことを述べる箇所と関連があると思われる。

3 **其の降りて已来、貴賤之を翫び、道俗之に携ふ。然るに素雪丹鳥の窓に学ばず、恣に三十一字の句を詠む。**

※「素雪」は書陵部本、内閣本による。国会本は「意雪」。「恣」は書陵部本による。国会本は「救」。

「素雪」は白雪、「丹鳥」は蛍のことであり、「素雪丹鳥の窓に学ばず」とは蛍雪の功を積まないことをいう。時代が下ってからは、身分の高い人も低い人も和歌を楽しみ、僧侶も俗人も和歌を作るようになったが、学問の素養もなく和歌を詠んでいると批判的に述べる。作歌には学問が必須であるとするのが、八雲御抄の立場である。俊成が古来風体抄（初撰―三四頁、再撰―四二六頁）で「世にある人はたゞうたはやすくよむことぞとのみこゝろをえて、かくほどふかくたどらむとまではおもひよらぬものなり」と、世間の人々が歌を詠むことを安易に考えていると述べているのと一脈通じる。

4 **玉淵を窺ふことなく争でか驪龍の勢ひを知らんや。上邦を視ずして誰か英雄の詞を詠まんや。**

和漢朗詠集巻下・述懐「その磧礫を翫んで玉淵を窺はざるものは曷んぞ驪龍の蟠まれる所を知らむ　その弊邑に習うて上邦を視ざるものは　いまだ英雄の躔れる所をしらず」（出典は「文選左思・呉都賦」、引用は『日本古典文学大系』）とある表現を部分的に用いている。「磧礫」は浅瀬の小石、「玉淵」は美玉がひそむ深い淵、「驪龍」は黒龍、「弊邑」は荒れた小さな村、「上邦」は大都会をいう。身辺雑事にかまけていると、大道を見失うことがある喩えであるが、八雲御抄では、学問を究めていないと優れた和歌ができないという意味で用いている。

5 **代々の記文に依り、家々の髄脳に付き、聊か一篇を抄する所以は、先達の口伝、故人の教誡、顧問するに足るべしと雖も、部類広からず遺漏誠に多きに依ればなり。**

※「顧問」は書陵部本による。国会本は脱落している。

代々伝わる文章や諸家に伝わる書物に基づいて一篇を編んだのは、先人の残した口伝や故人の教えが参考になるとはいっても、その範囲は狭く漏れていることが大変多いからだと、本書執筆の動機を述べる。

6 **第一正義、第二作法、第三枝葉、第四言語、第五名所、第六用意、六義の披錦に非ずと雖も、只一身の鑑鏡と為すなり。録して六巻と為し、名づけて八雲抄と曰ふ。**

※「披錦」は書陵部本、内閣本による。国会本は「救錦」。

「披錦」は錦を着る意、「六義の披錦に非ず」は和歌の根本である六義ほどの素晴らしさはないという謙譲表現であろう。六義にちなんで「正義」以下全六巻とし、六義に匹敵するほど優れているわけではないが自分自身を写す鏡として用いると述べ、和歌の根源である「八雲立つ」の歌にちなんで「八雲抄」と称すとする。従来の歌学書が狭い範囲に止まる事に不満を覚えて編まれた本書は、先行歌学書はもとよりそれ以外の資料を加えた広範な内容を、独自の構成のもとに集大成している。また「正義」「作法」「枝葉」「用意」の巻名も、先行歌学書には見えず独自のものである。

7 **常に綺席の側に置き、須く廃忘に備ふべきのみ。**

※「備」は書陵部本による。国会本は脱落している。

「綺席」は綾絹を張った席のこと、ここでは天子の椅子をいう。「廃忘」は忘れること。いつも身近において忘れた時のために備えるという常套句であり、一種の謙辞である。

巻第一 正義部

正義部の目録は、国会本では「異体連歌」と一続きになっているが、書陵部本、内閣本のように、「異体」と「連歌」に分けるのが正しい。したがって目録には「六義」以下「学書」まで、二十二の章題が掲げられていることになる。また、書陵部本では項目b「諸歌」がある。国会本、幽斎本、内閣本では、本文中に「諸歌」の章があるものの、目録には記されていない。(項目aの「反歌」の注記については項目24参照)。

久曾神昇氏は『校本八雲御抄とその研究』において、「諸歌」「故人禁来事」「可憚名所幷詞」「私記」を加えた二十六の章題をあげ、俊頼髄脳、奥義抄、和歌童蒙抄、和歌色葉その他との関係を表で示しておられる。和歌色葉は奥義抄を踏襲しているので、特に奥義抄と和歌童蒙抄との関係が重要になる。厳密には記述内容によるべきであろうが、今は目録の比較により両歌学書と八雲御抄との関係をみておく。

和歌童蒙抄巻第十(一―三七二頁)の目録は次の通りである。

雑体
　長歌　短歌　旋頭　混本　誹諧　相聞
　折句　廻文　隠題　連歌　返歌
歌病
　七病　四病　八病
歌合判
　勝劣難決例　御製勝例　一番左勝例　病難例　詞難例　文字
　病難不例　題心難例　所名難例

和歌童蒙抄が上位分類として「雑体」「歌病」「歌合判」を立てているところが八雲御抄と大きく異なるものの、「長歌」以下の下位分類の項目および記載の順序においても共通するところが多い。正義部の目録にある二十二(異体と連歌の二つにわける)の章題のうち、和歌童蒙抄に一致するものは「雑体」では短歌、旋頭、混本、誹諧、折句、廻文、連歌の七章題、「歌病」にあげる三章題の合計十章題となる。さらに内容を検討すると、和歌童蒙抄「雑体」の「隠題」「返歌」は、それぞれ八雲御抄の「物名」「贈答」にあたる。また「長歌」「相聞」は八雲御抄の目録には見えないが、本文中の章題となっていて、和歌童蒙抄の「雑体」「歌病」にあげるすべてが、八雲御抄に取り入れられていることになる。また和歌童蒙抄の「歌合判」は内容的にも八雲御抄の「歌合子細」と重なる部分が多く、八雲御抄の冒頭目録の章題「歌合」を立てるヒントになったと考えられる。

奥義抄の目録(三四頁)に見える章題は、次のとおりである。

六義　六体　三種体　八品　畳句　連句　隠題　誹諧　譬喩　相聞歌、挽歌　戯咲　無心所着　廻文　四病　七病　八病　避病事　詞病事　秀歌体　九品　十体　盗古歌　物異名　古歌詞　所名

右のうち八雲御抄に一致するのは、「六義」「誹諧」「無心所着」「廻文」「四病」「七病」「八病」であるが、奥義抄の「隠題」は八

雲御抄の「物名」に同じと見なし得るので合計八章題となる。また奥義抄の目録では「六体」とあるが、本文中では「一長歌　二短歌　三旋頭歌　四混本歌　五折句　六沓冠折句」と分類されていて、そのすべてが八雲御抄の目録に見えるものである。いっぽう「譬喩」「相聞歌、挽歌」は、八雲御抄本文中にある「諸歌」の見出し語になっていて、奥義抄から多くのヒントと用例を得ている。このことは正義部には取り入れられなかった奥義抄の「盗古歌」は巻六用意部に、「物異名」「古歌詞」は巻三枝葉部および巻四言語部に、「所名」は巻六名所部にそれぞれ取り入れられて、八雲御抄では新たな構成のもとに配されていることからも分る。以上のことから、八雲御抄正義部は和歌童蒙抄巻十の目録および構成を参考にしつつ、奥義抄の分類項目も取り入れて基幹部分を構成したと解される。「六義」以下の各章題の記述内容においては、和歌四式、新撰髄脳、俊頼髄脳、袋草紙、古来風体抄などの先行歌学書やその他の資料を縦横に活用するとともに、八雲御抄独自の見解をも示している。

（一　六義事）

六義事

八雲御抄が「古今云」（項目6）や「古今には」（項目9）、「古今に」（項目11・12・15）として引用する部分が仮名序古注に一致しているのに対して、六義に言及している先行歌学書の新撰和歌髄脳、和歌童蒙抄、奥義抄、和歌色葉では古注を引用していないので、「六義事」は古注を持つ古今集仮名序本文によって直接記述されたと思われる。

久曾神昇氏の『古今和歌集成立論』（風間書房　昭35）によると、現存の古今集伝本では、仮名序の古注をもたないもの、古注部分を朱書きや細字で記して本文と区別するもの、そのような表記上の区別をせず本文化しているものなどがある。八雲御抄では古注部分の作者を貫之と解しているので（項目21参照）、八雲御抄が用いた古今集は本文化された系統の可能性が高い。「なずらえ歌」の例歌の初句を「きみにけさ」（項目8参照）とする伝本でこの条件を満たすものは、俊成本系統になるが、あくまでも仮名序六義に限定した場合の可能性に止まる。

真名序は「和歌有六義一曰風二曰賦三曰比四曰興五曰雅六曰頌」と列挙するだけで、例歌は示していない。また新撰和歌髄脳（三六頁）は「一、風　二、賦　三、比　四、興　五、雅　六、頌」と記すのみである。和歌童蒙抄（一―三七二頁）も「からの歌になずらへて六義あり」として、「一曰風　そへうた　二曰賦　かぞへうた　三曰比　なぞらへうた　四曰興　たとへうた　五曰雅　たゞことうた　六曰頌　いはひうた」と記すだけで説明はない。本来の清輔本は古注を持たず、清輔は奥義抄（三五頁）では六義を毛詩大序によって説明している。和歌色葉は後に引用するように、簡単な説明を加えているに過ぎない。

1　一　風といふはそへ歌也　物をものにそへよめる也　その事……

古今集仮名序には「そもそもうたのさまむつなり、からのうたにもかくぞあるべき、そのむくさのひとつにはそへうた」とある。奥義抄（三五五頁）は「一曰風、古今にはそへ歌とあり」と記して、仮名序にあげる「難波津に」の歌を引用し「毛詩云、上は以風二化下一下以風二刺上一（注二六）、風化風刺皆謂二譬喩一不二付言一也。今案に、同書云、風は諷也。そふとよむなり。そふと云は題をあらはにいはずして、義をさとらする也。故に風をそへ歌と云ふ」と解説する。また奥義抄の「問答」（三六七頁）には「風は題をあらはさずして、物を取りて偏にそれになしていふ也」とある。和歌色葉（九七頁）には「風といへるは、題を物によそへて其義をさとらしむれば、そへ歌といふ也」と述べ、「おほさゝぎの帝をそへたてまつれる歌」として項目2の「難波津に」の歌をあげる。次にあげる例歌（項目2）やその解釈（項目3）によると、いわゆる諷喩にあたるものと解していたと考えられる。

2 **難波津にさくやこの花冬こもりいまは春べとさくやこのはな**

古今（仮名序）に「そへ歌」の例歌としてあげる。

▽和童（別一―二五九）古来（初―三〇六・再―四一八）

3 **是は仁徳天皇の位をゆづりえずして難波宮におはしますを……**

古今集仮名序古注は「難波津に」の歌について、「おほさざきのみかどのなにはづにてみこときこえける時、東宮をたがひにゆづりてくらゐにつきたまはで三とせになりにければ、王仁といふ人のいぶかり思ひてよみてたてまつりけるうたなり」とする。

奥義抄（三五五頁）は「此歌は大鷦鷯天皇おとゝの親王とたがひに位をゆづりて三年まで位につきたまはぬをいぶかり思ふに、つひに正月に位につき給へる時に、新羅の王仁が奉る歌也。梅の花にみかどをそへたてまつれり」と、仮名序古注とは異なる資料に基づく解釈をする。

八雲御抄が「早可有践祚といへる心也」とするのは、古注に「王仁といふ人のいぶかり思ひてよみてたてまつりけるうたなり」とある記述内容を受けて、帝位に就くべき時期の到来を花に托して詠んだものと解したものであろう。奥義抄で即位後に（祝意をこめて）詠んだとするのとは、少し理解が異なる。しかし、いずれの場合も、直接的に天皇の即位を言うのではなく、冬ごもっていた花が咲いたと表現したところが諷喩である。

4 **二　賦はかずへ歌也　ものにもたとへずしていへり**

古今集仮名序には「ふたつにはかぞへうた」とあり、仮名序古注は「これはただ事にいひてものにたとへなどもせぬものなり」と説明する。奥義抄（三五五頁）は「二曰賦、古今にはかずへ歌とあり」として項目5の「さく花に」の歌を引用し、「正義云、賦之言、鋪、直鋪二陳今之政教善悪一。今案に、賦は鋪也。しくはことをつくすなり。題の心をつくして、直ちにいふなり。又ものをかずふるはつくす義也。故に賦をかずへ歌といふ」と解説する。和歌色葉（九七頁）には「賦はしくなり。しくは詞をつくせり。つくすはかぞふる義なれば、賦をばかぞへ歌といふ」として「さく花に」の歌をあげる。

久曾神昇『古今和歌集成立論』（風間書房　昭35）によれば、ほとんどの本が「かそへうた」とするが、雅経本は「かすへうた」とする。奥義抄も「かずへ歌」とするが、六条家本では「かそへうた」となっているので奥義抄本文に問題があるのかもしれない。八雲御抄では幽斎本、書陵部本は「かそへ歌」であるのに対して、国会本、内閣本では「かすへ歌」である。しかし、項目21では国会本、幽斎本、書陵部本、内閣本が「かそへ歌」となっているので、国会本、内閣本が一貫して「かすへ歌」としている訳でもない。どちらの語形でも、意味は同じである。

次の項目5の例歌から類推すると、物名としていくつかの語を詠みこむ表現方法を言うようである。

5さく花におもひつく身のあぢきなさ身にいたつきのいるも……

古今集仮名序に「かぞへ歌」の例歌としてあげる。拾遺集物名、四〇五番にはつぐみを詠みこんだ歌として、大伴黒主の作者名であげる。鳥名の「つぐみ」だけでなく「あぢ」や「たづ」とともに矢じりの一種の「いたつき」などが、歌一首の意味とは関係なく詠みこまれている。

6古今云　五ただ事歌といへるなむ　是にはかなふべきとしるせり

古今集仮名序古注は項目5の「さく花に」の歌について、「このうたいかにいへるにかあらむ、その心えがたし、いつつにただことうたといへるなむこれにはかなふべき」とする。ただこと歌は比喩を用いない表現である点で「かぞへ歌」と共通するが、物名を詠みこむ歌はただこと歌とは言えず、古注作者の意見は当らない。

7三　比はなずらへ歌也　物になずらへたる也……いふも同事也

※「いふも同事也」は幽斎本、書陵部本、内閣本による。国会本は「いまも同事也」。

古今集仮名序には「みつにはなずらへうた」として、項目8の「君にけさ」の歌をあげる。仮名序古注は「これはものにもなずらへてそれがやうになむあるとやうにいふなり」と説明する。奥義抄(三五頁)には「三曰比、古今にはなずらへ歌とあり」として、「君にけさ」の歌をあげ「正義云、見レ今先不二敢付言一。取二比類一以言レ之。今案に、比はなずらふるなり。物に似する也。故に比をなずらへ歌といふ」と解説する。また奥義抄の「問答」(三六七頁)には「比は物を取りてそれによれる詞に似せいふ也」とある。和歌色葉(九七頁)には「比はすなはちなずらへ歌をいふ也。比をばなずらふとよむ。物にたくらべにするなり」と述べて「君にけさ」の歌をあげる。

例歌「君にけさ」によると、物に托して思いを述べる比喩表現と解される。

8君にけさあしたの霜のおきていなば恋しきごとにきえやわたらん

古今仮名序に「なずらへ歌」の例歌としてあげる。朝の霜が消えるはかないイメージを、恋の思いで消え入りそうになるイメージに重ねていて、景物で心情を表す比喩表現と解される。

9古今には是歌かなへりともみえずとてしるせる歌は　たらちめ…

古今集仮名序古注は、項目8の「君にけさ」の歌について「この歌よくかなへりとも見えず」として、「たらちめのおやのかふこのまゆごもりいぶせくもあるかいもにあはずて」（万葉・巻十二・二九九一　初句「たらちねの」）をあげ「かやうなるやこれにはかなふべからむ」とする。

「たらちめの」の歌は、第三句までが「いぶせくもあるか」を導く序詞となって、「君にけさ」の歌と較べると、比喩表現は明確であるが、「たとへ歌」との区別がつきにくいように思われる。

10 **四　興はたとへ歌也**

古今集仮名序には「よつにはたとへうた」として、項目11の「我恋は」の歌をあげ、仮名序古注は「これはよろづのくさ木とりけだものにつけて心を見するなり」とする。

奥義抄（三六頁）は「四曰興、古今にはたとへうたとあり」と記して、「我恋は」の歌を引用し「正義云、見二今之美一嫌二於媚諛一、取二善事一以喩二勧之一。今案に、興をば毛詩にたとへとよめり。たとへと云は、かれをもてこれになぞらふるなり。故に興をたとへ歌といふ」と解説する。また奥義抄の「問答」（三七頁）には「興は物を取りてそれにくらべて題の心をあらはす也」とある。和歌色葉（九七頁）は「興はすなはちたとへ歌をいふ也。かれをこれにたとへて、興はたとへとよむ也」と述べて「我恋は」の歌をあげる。

仮名序古注の説明では、物に托して心を表す比喩表現と受け取れるが、項目11の例歌では人事と景物とが対比されていて、いわゆる比喩表現とは少し異なる。

11 **我恋はよむともつきじありそ海のはまのまさごはよみつくす……**

古今集仮名序古注は、「我恋は」の歌について「このうたはかくれたる所なむなき、されどはじめのそへうたとおなじやうなればすこしさまをかへたるなるべし」とする。

12 **須磨のあまの塩やく煙風をいたみおもはぬかたにたなびき……**

古今集仮名序古注は、「須磨のあまの」の歌をあげて「この歌などやかなふべからむ」とする。この歌は、古今集恋四、七〇八番に「題しらず　よみ人しらず」としてあげる。

煙が風にたなびく景によって、心変わりした相手を暗示していて、項目11の「我恋は」の歌よりも比喩表現は明確となる。

13 **五　雅はただ事歌といへり**

古今集仮名序には「いつつにはただことうた」とする。

奥義抄（三六頁）は「五曰雅、古今にはたゞこと歌とあり」として項目14の「いつはりの」の歌をあげ「毛詩云、言二天下之事一顕二四方之風一謂二之雅一。雅者正也。政有二小大一。故有二小雅一焉、有二大雅一焉。今案に、雅はまさしき也、たゞしき也。まさしくたゞしきは、ありのまゝなる也。物にもそへず、たとへをもとらぬ也。故に雅をたゞこと歌といふ」と解説する。和歌色葉（九七頁）は「雅といふは、これたゞ事歌の事也。まさしくたゞしければ、ありのまゝにいふ也」と述べて「いつはりの」の歌をあげる。

例歌によれば、比喩を用いない直叙体と解される。

14 **いつはりのなき世なりせばいかばかり人のことの葉うれし……**

古今集仮名序に「ただこと歌」の例歌としてあげ、古今集恋四、七一二番には「題しらず　よみ人しらず」としてあげる。

15**古今に是はことのととのほりただしきをいふ也**

古今集仮名序古注は、「ただこと歌」について「これはことのととのほりただしきをいふなり」とし、表現方法をいうのではなく、表現内容が正しい事柄を述べた歌と解している。

16**山桜あくまで色をみつるかな花ちるべくも風ふかぬまに　是……**

古今集仮名序古注は、項目14の「いつはりの」の歌について「この歌の心さらにかなはず、とめうたとやいふべからむ」として、この「山桜」の歌をあげる。片桐洋一先生は「とめ歌」について、「もとめ歌」のことであろうとされ、「今存在しない世界を探し求めて詠む歌」かとされる（『古今和歌集全評釈（上）』講談社　平10）。兼盛集、四番に「をのの宮のおとどの桜の花御覧じにおはしましたりしに」の詞書で「山桜あくまでけふは見つるかな花ちるべくも風ふかぬよに」とある藤原実頼の治世の安泰を寿ぐ歌であり、和漢朗詠集の「丞相〈付執政〉」（六八一）にも載る。

兼盛は貫之より後の時代の人なので、古注部分の作者は貫之ではあり得ない。顕昭も古今集序注（四一頁）で「今注云、此花歌者、平兼盛詠也。然者、此注不レ可レ云二貫之作一」と述べて、さらに「乃有二此注一之古今本、不レ可レ云二貫之自筆一歟」と、古注を有する本の信憑性を疑い、「或人云、公任卿之注也云々。此義宜歟」と古注作者を公任とする説を支持している。また、清輔本のもととなった小野皇太后宮御本には古注がなかったため、校合用に書写した伝貫之自筆の新院御本について、清輔は前田本の奥書で「但有序注、如以有疑殆」と疑義を表明している。俊成は古注を持つ新院御本をもとに、基俊本を参考にしつつ独自の改訂を加え家本とするが、永暦本の奥書では「貫之真筆本序之内有注詞之条人或為疑云々　然而上古事暗　以難決　只仰可為信耳」と述べ、この問題には触れない。八雲御抄もまた言及していない。なお、西村加代子氏は「古今集仮名序『古注』の成立」（『平安後期歌学の研究』和泉書院　平9）において、古注作者を藤原公任と論証された。

17**六　頌はいはひ歌也**

古今集仮名序には「むつにはいはひうた」とする。

奥義抄（三六頁）は「六曰頌、古今にはいはひ歌とあり」として項目18の「此とのは」の歌をあげ、「毛詩云、美二盛徳之顕容一、以二其成功一告二於神明一者。正義云、頌之言誦也、容也。今之徳広以美レ之。今案に、頌は誦也、称讃乃義也。祝はほむる心也。故に頌をいはひ歌と云ふ。或物云、風雅頌者異レ体、賦比興者異レ詞。以二彼詞一成二此一形一云々」と解説する。和歌色葉（九六頁）は「頌といふは、これ徳をあげてほむる也。ほむるはいはひの事なれば、いはひ歌といふ也」として「此とのは」の歌をあげる。祝意がこめられた歌をいうのであろうか。片桐洋一先生は、「此とのは」の歌の検討から、瑞祥的な植物とされていた「三枝草」のような「いはひことば」に託けて表現されたものとの試解を示されている（『古今和歌集全評釈（上）』講談社　平10）。

18**此とのはむべもとみけりさきくさのみつばよつばにとのつくり…**

古今集仮名序に「いはひ歌」の例歌としてあげる。催馬楽（此殿は）にも歌われた。『言語部　本文編』二一七頁では、項目22に「此とのは」の歌をあげて解説するが、六義に関わる説明はない。

▽奥義（三五九）和色（二〇五）和難（五五五）

19 **是はよをほめて神につぐる也　此歌いはひ歌とはみえずと……**

古今集仮名序古注は「これは世をほめて神につぐるなり、このうたいはひうたとは見えずなむある」とし、「此とのは」の歌は、世を誉め神に告げる「いはひ歌」ではないとする。

20 **春日野にわかなつみつつ万よをいはふこころは神ぞしるらん……**

古今集仮名序古注はこの「春日野に」の歌をあげて、「これやすこしかなふべからむ」とする。仮名序が「いはひ歌」をどう定義しているかわかりにくいが、古注の見解にしたがえば、「春日野」の歌のほうが「いはひ歌」にふさわしい。この歌は、古今集賀、三五七番に素性法師作として「内侍のかみの右大将ふぢはらの朝臣の四十賀しける時に、四季のゑかけるうしろの屏風にかきたりけるうた」の詞書で入集する。

21 **今案　貫之おほよそむくさにわかれむことは　えあるまじき……**

古今集仮名序古注に「おほよそむくさにわかれむ事はえあるまじき事になむ」とあり、八雲御抄では古注部分の作者も貫之と解している。

22 **第六いはひ歌は所詮いづれも同事なれど　いはふ心といへる……**

八雲御抄が「いはひ歌」の例歌二首を「いづれも同事なれど」としながらも、項目18の「このとのは」の歌を「いはひ事ならでも有りぬべし」とするのは「いはひ歌」を単なる慶賀の歌とせず、仮名序古注に言うように「神につぐる也」の意を重んじたためであろうか。「ただ事歌」の二首の例歌項目14「いつはりの」の歌と項目16「山桜」の歌については、あまり差がないと述べている。また八雲御抄が六義のうち「たとへ歌」「なずらへ歌」「かぞへ歌」をほぼ同義と見なしながら、そへ歌をそれらとは異なるとしているのは、これらが比喩的表現という点では共通するが、項目2の「難波津に」の歌に諷喩的な意味を認めて他と区別したのであろうか。

a **仍如此　但それも祝の心にてこそはあれば　ただ同事也**

書陵部本にのみある。「如此」が何を指すのか不明だが、「いはひ歌」が祝意を込めた歌とする見解は、この一文がなくても読み取れる。

23 **近比も歌の十体とて品々をたてたる物ありき　それもいはば……**

奥義抄の目録には「十体」とあり（三五頁）、本文には道済十体をあげ、八雲御抄の「学書」にも「忠峯　道済十体」とある。しかし、八雲御抄では「近範兼童蒙抄」とするので、忠峯十体、道済十体は「近比」の例とは言えない。藤原定家の作とも仮託の書とも言われる定家十体は、歌体を幽玄様、長高様、有心様、事可然様、麗様、見様、面白様、濃様、有一節様、拉鬼様の十に分類し、それぞれの例歌をあげている。順徳院の私家集である紫禁和歌集、一八二、一八三番の詞書には「同比（建保元年）、十体を人々分ちて詠之、当座」として、「長高様」と「幽玄様」それぞれに院の自詠一首をあげる。建保年間にはこのような試みが行われていたことがわかるが、十体について述べられたものは他にもあったと思われる。

24**普通三十一字号反歌也**

この位置にあること不審。後の反歌の説明が混入したものであろうか。書陵部本では、目録にあげる反歌の注記と同一である。

（二）序代

序代

明月記の貞永元年（一二三二）十月二日の条に、新勅撰集について、「雖撰歌、未調仮名序代并二十巻目録」とあり、歌集の序を「序代」とする例が見えるが、八雲御抄は歌集の序を「集序」と記しており（項目5）、ここでいう「序代」は歌会の和歌に付ける序のことを指している。この「序代」という名称は、大曾根章介氏の「和歌序小考」（『古典和歌論叢』明治書院　昭63、『大曾根章介日本漢文学論集』汲古書院　平10）によれば、「序代とは、序（詩序）に対しての名称と思われる。総じて和歌序は詩序に比して短文であるので附された名称で」あり、また「短文であるために小序とも称された」とある。ただし、「帥乞取紙筆書序題」（小右記・寛弘五年十二月二十日条）や「権大夫なん、その日の歌の序題書き記し給ける」（栄花物語・殿上の花見）のように、「序題」の字を用いる場合も多い。

先行歌学書で序代に言及するのは、袋草紙（一三頁）だけで、それには「和歌序故実」の項が立てられ、「序」（歌集の序）と「和歌序題」について述べ、さらには、六条藤家の「序代庭訓」が記されている。八雲御抄はこれを参照し、引用しているようだが、独自の見解をもって叙述している。

1**昔は可然歌会などには　多は仮名序代にて　真名は少也**

巻二（八）序者の項目20にも「上古は多仮名序也」とするように、古くは然るべき歌会では仮名の序代が製作され、真名の序代は少なかったという認識を示している。

しかし、平安中期以降、真名の序代が多く製作され、本朝文粋、本朝続文粋、本朝小序集、扶桑古文集などによって、六十以上の真名序代が確認できるが、仮名序代は巻二（八）序者の項目21〜24の紀貫之や時文の大井川行幸和歌序など、あまり多くは確認できず、古い時代においても、どれほどの仮名序代が製作されたか疑問がある。

2**やうもなく　文などのやうにかく也　それがさすがに又和語……**

袋草紙（一三頁）に、大江維順が父匡房の語ったこととして「和歌序有㆓書様㆒、学テ可㆑書事也。其説曰、无㆓式法㆒无㆑様。唯以㆑所㆑記書㆑之。以㆑如㆑此之知㆓為知学㆒也云々」が引かれ、和歌序には書き方があるが、特別なきまりや様式はなく、ただ念頭にあることを書くべきだと述べられている。八雲御抄が「やうもなく」とするのは、これと同じ趣旨であろう。さらに、八雲御抄は、序代は漢詩文などのように書くものの、漢語ではなく、和語を用いると述べている。

3 貫之大井序代などにてもみるべし

延喜七年（九〇七）の宇多法皇の大井川御幸の折の仮名序代などでも、前項のようなことが確認できるという。大鏡第六巻の裏書や古今著聞集巻十四に後記補入ではあるが、採録されているこの貫之の仮名序代を見ると、「あはれわが君の御代、なが月のこゝぬかと昨日いひて、のこれる菊見たまはん、またくれぬべきあきをおしみたまはんとて、月のかつらのこなた、春の梅津より御舟よそひて、わたしもりをめして、夕月夜小倉の山のほとり、ゆく水の大井の河辺に御ゆきし給へば……」（古今著聞集）というように、特別な様式はなく、和語を用いつつ、漢詩文のように書かれているといえよう。

4 昔よりいたく秀逸のことみえず

※「秀逸」は書陵部本による。国会本は「透逸」。

袋草紙（一四頁）には「序代庭訓」とある六条藤家の教えの中で「序代者古賢猶以為レ難云々」として、序代を書くことは優れた先人にとっても難しいこととされ、八雲御抄も、古来あまり優れた序代がないことを述べている。

5 集序も同事也

歌集の序も歌会の序代同様、あまり秀逸のものはないというのである。ただし、項目6や7によって、勅撰集の序は評価していることがわかるので、この記述は私撰集などの序について言ったものと見られる。私撰集で序を持つものは道真の新撰万葉集、貫之の新撰和歌集、能因の玄々集などがあるが、これらの序は真名序であり、八雲御抄の叙述の流れからすると、これらを難じているのではなく、仮名序を指して述べたものと見られる。ちなみに私撰集の仮名序には、藤原為経の後葉和歌集、賀茂重保の月詣和歌集、撰者未詳の玄玉和歌集などがある。

6 古今序は歌眼なれば　不及子細　後拾遺千載などの序はさる程也

古今集の序は和歌にとっての眼目であるので、とやかく言うに及ばないとして評価し、後拾遺集と千載集などの仮名序はまずまずのものだとしている。

顕昭の古今集序注（一六四頁）に「抑古今序者、和歌之肝心也」とあり、長明の無名抄（三六頁）にも「古人云」として「仮名ニ物カク事ハ、歌序ハ古今ノカナノ序ヲ本トス」とある。

7 新古今の序は首尾かきあひて　こと葉つづき尤神妙にありが……

※「神妙に」は幽斎本、書陵部本、内閣本による。国会本は「妙に」。

「首尾かきあひて」というのは、袋草紙（一四頁）が良い序代の条件の一つとしてあげる「首尾相兼」すなわち首尾呼応しているというのと同じ趣旨と見られ、藤原良経の新古今集の仮名序が「やまとうたは、むかしあめつちひらけはじめて、人のしわざいまださだまらざりし時、葦原中国のことのはとして、稲田姫素鵞のさとよりぞつたはれりける」と始まり、「ときに元久二年三月二十六日なむしるしをはりぬる、……この時にあへらむものは、これをよろこび、このみちをあふがむものは、いまをしのばざらめかも」と終わり、首尾呼応していることを、このように評価したものと見られる。さらに八雲御抄は、ことばの続き具合もすばらしいと述べて、父後鳥羽上皇下命の新古今集の序を絶賛している。

8 **ただの序代はかまへてみじかくて　いたく詞がちにはある……**

歌会における「序代」は「集序」とは異なり、収斂した表現であるべきで、あまり冗長であってはならないという。

袋草紙（一四頁）の六条家の「序代庭訓」に「不レ少不レ多」とあり、『袋草紙考証　歌学篇』はこれを「言い足りず、言い過ぎず」と訳し、やはり冗長なことが戒められているとする。

9 **おめたることば頻まじるところ返々見苦　よくよく心えて書……**

国会本には、「お」の横に墨で「ほ」の書き入れがあるが、謙遜の表現が序代に頻繁に交じることをかえって見苦しいとしたものと見られる。大曾根章介氏は前掲の「和歌序小考」の論の中で、詩序は「非才を顧みず拙辞を献ずるという謙辞で結ぶ」のに対して、和歌序代がこれを欠くことに言及されている。

10 **清輔日　匡房真名序もただ詞にまかせて書といへり　まして……**

袋草紙（一三頁）には、項目2にも引用した匡房説の「无二式法一无レ様。唯以レ所レ記書レ之」を引いた後、「況於二仮名序一乎。唯任レ意任レ口可レ述歟」とある。

（三　短歌）

短歌

以下、（四）反歌、（五）旋頭歌、（六）混本歌など、順次、歌体に関する分類によって、章がたてられている。

「短歌」は五七五七七の歌体ではなく、五七五七五七を繰り返し、五七七で終わる歌体、つまり、現在普通に分類するところの長歌のことをいう。そもそも、古今集が雑体に、「短歌」と標記しながら、一〇〇一〜一〇〇六番にこの歌体の歌をあげ、しかも、詞書には「長歌」とする歌もあることから、古来論議を呼ぶところとなった。

万葉集は、この五七五七……五七七の長型の歌を「長歌」とし、五七五七七の三十一文字の歌を「短歌」や「反歌」としてあげている。また、歌経標式（真—六頁・抄—一三頁）、孫姫式（二九頁）など、比較的古い歌学書も万葉集同様、混乱はない（項目27）。ところが、右に述べた古今集の記述を重視するところから、この歌体を「短歌」と呼ぶようになり、新撰和歌髄脳（五九頁）、奥義抄（三六八頁）、和歌童蒙抄（一—三七三頁）などの歌学書はこれに従う。

八雲御抄が「短歌」として掲げるのはこのような趨勢に従ったものと見られるが、八雲御抄は、この長型の歌体を「短歌」とする説と「長歌」とする説の両説のあることを述べ（項目9・26・34）、

「短歌本」(項目14)としながら、「伊勢及躬恒冬長歌」(項目19)とし、千載集雑下、雑体「短歌」として収載されている一一六〇番の長歌を「俊頼述懐長歌」(項目24)としてあげるなど、一方に固執せず、柔軟な姿勢を示す。

この長歌、短歌のことが鎌倉初期においてなお論議の的であったことは、貞永元年(一二三二)の奥書のある定家卿長歌短歌之説(『続群書類従』第十六輯下)の存在や、俊成や定家がむしろ「長歌」説を支持していたにもかかわらず、それ以後の成立の定家偽書などが「短歌」説を採ることからもわかる。

▽俊頼(一三二)古来(初—三六・再—四三七)和色(九八)

1 **〔或称長歌〕**

項目1〜3は、章題の「短歌」の小書注記である。

前述の通り、八雲御抄は五七五七五七……五七七の歌体を「長歌」と称する説も容認している。「長歌」説にたつ歌学書には歌経標式、喜撰式などがある。前項、項目27参照。

2 **〔両説子細多之　俊成古語抄に巨細いへり　いづれも有謂〕**

長歌、短歌説の論議が多いことをいい、中でも古来風体抄(初撰—三六頁・再撰—四三七頁)に詳細に論じられていることを示している。

古来風体抄(再撰—四三七頁)は、「大方は、かやうの事は万葉集をぞ証拠とはすべき所に、万葉集には、すべて三十一字の歌をば短歌・反歌などかきて、いかにも長歌とはかかず侍るなり」とし、古今集雑体に「短歌」と標記しながら、詞書に「長歌」と書いていること、久安百首のとき、「おの〳〵が述懐のうたは、短歌によみて奉れと教長卿の奉書にて仰せられて侍りしかば、おの〳〵短歌とかきてなが歌をよ」んだこと、また、俊頼髄脳では結論を保留しているのに、清輔の奥義抄が「短歌」と断じていることの不審を述べ、拾遺集では「長歌」として、まさに長型の歌が並んでいることを指摘し、「よろづのことに両説ある、常の事なり」として、両説を認めながらも、結論としては、「長歌」説を指示している。項目9参照。

ただし、俊成撰の千載集雑下の巻頭歌一一六〇番、俊頼の長歌の前に「短歌」と標記し、また、定家は長歌短歌之説(『続群書類従』第十六輯下)において、「亡父卿撰千載集之時、任古今例書短歌字訖」と述べている。

3 **〔只所詮長歌短歌　皆長歌の名也〕**

「長歌」「短歌」という名称は、いずれも「長歌」すなわち五七五七……五七七の長型の歌体の歌の名称であるという。

4 **〔初四句はただの歌のやうにて　七文字にてはつる所を五文字……**

「短歌」(実は長歌のこと)の歌体を説明している。「ただの歌」というのは、普通の和歌つまり五七五七七の歌のことで、まず初めの四句は普通の歌のように五七五七で始まり、普通の歌なら五句目が七字で終わるところを五字にして、それより後の六句目以降は「七五」「七五」を心のままに繰り返して、最後は「七七」で終わるという。次項参照。

5 **ただ首尾は歌にて　中に七五句が多有也**

「首尾は歌」というのは、初めと終わりが五七五七七の和歌の歌体になっていることをいい、短歌（長歌のこと）の初めは「五七五」、終わりは「七七」で、その間に「七五」の句が多くあるという。「ただの歌」の間に「五七」ではなく、「七五」が繰り返されていると考える点に、八雲御抄の見解の特徴がある。

ちなみに、和歌童蒙抄（一―三七二頁）には「よくもしらぬ人初の五七五の句とはての七々の句を三十一字の詠によみかなへるといふ、僻事なり」とあり、「五七」の反復説をとるが、次項にも掲げる通り、この見解の方が一般的である。

▽和色（九八）

6長短はただ任心

新撰和歌髄脳（三九頁）に「五七五七、多少いくらも人の心なり」とあり、八雲御抄も「短歌」（長歌のこと）の長短は作者の心のままであることをいう。ただし、新撰和歌髄脳は「五七」を反復する説で、「七五」の反復説ではない。

俊頼髄脳（一三頁）にも「短歌といへるものあり。それは五文字、七文字とつゞけて、わがいはまほしき事のある限りはいくらとも定めずいひつゞけて」とある。

7但其も過法て長も見ざめすれば　よくよく心えて作べし

「法を過ぎて長きも見醒めすれば」、つまり規準の度を越して長いのも、見ているうちに興醒めするので、程よい長さに作るべきことをいう。

8五七五七五ゝゝゝゝ〔不定員〕

「七五」の反復を示す「ゝゝゝゝ」の右に「不定員」の書き入れがある。

項目4、5同様、「五七五」のあとは「七五」「七五」を、数を定めず、何度でも繰り返すことを示している。

9〔短歌長歌事　家々髄脳　俊頼口伝　俊成抄など所詮両説……〕

※「俊頼口伝」は書陵部本による。国会本は「俊頼か伝」。右の掲出部分に続いて、幽斎本に「所詮両説難決定一方事歟」とあるが、国会本は製本の際の切断により、「一」が脱落している。なお、国会本ではこの部分は項目6あたりの本文の頭部に朱で書き込まれているが、書陵部本では本文化して「短歌」の初めに位置する。

項目2にも「両説子細多之」とあり、古来風体抄について言及しているが、ここでも、長歌短歌のことが種々の髄脳に問題になっていることを述べ、一方に決定しがたいかという。

俊頼口伝すなわち俊頼髄脳（一三頁）には「短歌といへるものあり。それは五文字、七文字とつゞけて、わがいはまほしき事のある限りはいくらとも定めずいひつゞけて、はてに七文字を例の歌のやうに二つつゞくるなり。……なが歌といへるは、長くゝさりつゞけてよみながせるにつきて、なが歌とはいふなり。ことばのみじかき故にみじか歌とはいふなり」とあって、両説のあることを述べている。

俊成の古来風体抄（再撰―四三七頁）には「まづ長歌短歌と云ふこと、もとよりあらそひあることなり。……古今集よりうたがひの侍るなり」として、長歌短歌の論議の根源が古今集にあることを指摘し、これについては両説を認めるものの、万葉集やその他の例は「長きをば長歌、短きをば短歌・反歌としるし侍るなり」として、「長歌」説を支持している。項目2参照。

▽古来（初—三六）

10**病などをただすことはなけれど　同事の多はわろし**

この歌体には、歌病を正すような禁止事項はないが、同事（同心病）つまり同じ語が一首中に多いのはよくないという。これ以下、項目14まで、この歌体における病の扱いについて述べている。

11**万葉短歌はわざと同事をいひつがへたるやうなるも多　近代……**

「万葉短歌」つまり万葉集の長歌にはわざと「同事」を並べているようなのも多いが、近代ではそういう歌はよいものといえないという。

12**たとへば　あさ川わたり　ふなきとき　夕川わたり　此川の……**

前項の「同事」の例として、「かは」の語が繰り返されている、万葉集巻一、三六番（人麿）の長歌「旦川渡　舟竟　夕河渡　此川乃」をあげる。ただし、「舟竟」の句は、「ふなよそひ」や「ふなきそひ」などと訓読され、拾遺集雑体下、五六九番でも「ふなくらべ」とされ、八雲御抄と同じ「ふなきとき」の訓を当てるものは見いだせない。

13**この様は数しらず多也**

前項の例歌のように、「短歌」（長歌のこと）が「同事」を繰り返し詠むことが極めて多いことを指摘している。ちなみに、短歌（五七五七七の歌）では、この「同事」を詠むことは、特に歌合などで、「同心病」などとして避けるべきこととされた。

14**短歌本**

「短歌」すなわち長歌詠作に当たっての手本の意で、以下、項目15、16、20の歌を具体例にあげる。俊頼髄脳（一三頁）に「このごろの人はこれをまなぶなるべし」として、八雲御抄が項目19や22で言及する伊勢の長歌などをあげているが、「短歌本」として、手本であることを明示して、例をあげる歌学書は他に見当たらない。

15**舒明天皇登香具山望国之時御製　やまとには　むら山ありと……**

「短歌」（長歌のこと）の手本として、万葉集巻一、二番の舒明天皇の長歌をあげている。

16**検税使大伴卿登筑波山時作　くさまくら　たびのうれへを　……**

前項同様、「短歌」の手本として、万葉集巻九、一七五七番の長歌をあげる。なお、この歌の題詞には諸本ともに「登㆓筑波山㆒歌一首」とあるだけで、「大伴卿」の名は見えないが、一七五三番の題詞に「検税使大伴卿登㆓筑波山㆒時歌一首」とあって、同じ時の作と見られていたことがわかる。

17**以上二首　万葉の中にはことばつづきよき也　されど　みみ……**

項目15と16の二首は万葉集の長歌の中では、ことばの続き具合がなだらかでよいと評価しているが、聞き慣れない理解しがたい語が少々あることを難じている。

18古今以後至于今多かれども　みなやうをかへて難多

古今集以後当代に至るまで、「短歌」（長歌）は多く作られているけれども、みなそれぞれの理由で、不都合が多いという。

19伊勢及躬恒冬長歌は本也

古今集雑体、一〇〇六番の伊勢の歌（項目22参照）と、詞書に「冬のながうた」とある一〇〇五番の躬恒の歌（次項参照）が長歌の手本だという。

20ちはやぶる　神な月とや　今朝よりは　くもりもあへず　はつ…

前項に長歌の手本と述べている古今集雑体、一〇〇五番の躬恒の歌で、次項にその根拠をあげるが、和歌童蒙抄（一―三七三頁）は「短歌」の例歌として、この一首のみをあげる。

21此歌は短歌本　詞調姿艶事甚以難相兼両方歌也　尤可為本

前項の躬恒歌こそ「短歌」（長歌のこと）の手本だとする。その理由として、ことばが整い、歌ざまが美しいことの両方を兼ね備えた歌を詠むことは非常に難しいという。

22此外伊勢長歌又殊勝物也

項目19でも、躬恒の歌とともに「短歌」（長歌のこと）の手本とされた、古今集雑体、一〇〇六番の伊勢の長歌「おきつなみ　あれのみまさる　宮のうちは　としへてすみし　いせのあまも　舟ながしたる……そらをまねかば　はつかりの　なき渡りつつ　よそにこそ見め」を特にすぐれたものとしてあげている。俊頼髄脳（一三三頁）にも、この歌をあげ、「ことばをかざりてよそへよめれば、このごろの人はこれをまなぶなるべし」とある。

23其後相兼両方は不見

項目19の伊勢と躬恒の歌以後に「詞調姿艶」（項目21）を兼ね備えた「短歌」（長歌のこと）はないという。

24俊頼述懐長歌も是等には不及歟

堀河百首の源俊頼の長歌である一五七六番歌は「もがみ川　せぜのいはかど　わきかへり　おもふこころは　おほかれど　行かたもなく　せかれつつ……あまのたくなは　くり返し　心にそはぬ身をうらむらん」というものだが、前掲の伊勢、躬恒の歌には及ばないかという。この歌は、千載集雑下、雑体、一一六〇番に「短歌」として収載されているが、八雲御抄がこれを「長歌」と称していることが注目される。

25貫之忠岑は誠可指南　然而依不兼両方不入之

古今集雑体、一〇〇二番の貫之の長歌「ちはやぶる　神のみよより　くれ竹の　世世もたえず　あまびこの　おとはの山の　はるがすみ……しのぶぐさおふる　いたまあらみ　ふる春さめの　もりやしぬらむ」と一〇〇三番の忠岑の長歌「くれ竹の　世世のふること　なかりせば　いかほのぬまの　いかにして　思ふ心をのばへまし……おいずしなずの　くすりがも　君がやちよを　わかえつつ見む」を指していると思われるが、これらは「詞調姿艶事」の両方を兼ね備えていないので、「短歌本」には入れないという。項目21参照。

26抑称長歌短歌事　有両説

「長歌」「短歌」と称することに両説のあることをいい、以下、項目

27、28で、先行歌学書がいずれと称しているか述べる。(三)短歌参照。

27**浜成幷孫姫式には以之称長歌**

浜成式つまり歌経標式(真―六頁)に「長歌、以二一句一為二一韻一、如レ是展転相望」、孫姫式(三九頁)に「長歌式、五七五七五七七、五言与二七言一轆轤交往循環不レ極、其落句重用二七言一耳」とあって、両書はこの歌体を「長歌」と称している。

▽歌経(抄―三)

28**喜撰式幷新撰髄脳には以之称短歌**

喜撰式は新撰和歌髄脳のことと見られるが、その新撰和歌髄脳(五九頁)に「五七五七、多少いくらも人の心なり。是を短歌といふ」とある。新撰髄脳の方は脱落があり、確認できないが、奥義抄(三六八頁)に「五七歌は第二句の終字を為二一韻一、第四句の終字を為二一韻一、如レ此転々韻を取事短故これを短歌と名づく。いはゆる喜撰式および新撰髄脳、古今集には如レ此存」とある。

29**普通歌〔三十一字〕或又謂長歌**

※「或又謂長歌」は幽斎本、書陵部本、内閣本による。国会本は「謂」を脱落している。

これは前項に続く叙述で、「喜撰式幷新撰髄脳」に「普通歌」つまり三十一字の歌を「長歌」とあることを指摘したものか。現に新撰和歌髄脳(五九頁)には「五七五七七と云ふは、三十文字余り一文字なり。是を長歌といふ」とある。

奥義抄(三六八頁)は、三十一字の歌を長歌と称す理由として「歌は本体は韻字を用うべき也。三十一字歌は第三句の終字を為二初韻一、第五句の終字を為二終韻一。韻を取事長ゆゑこれを長歌と名付、五七歌は第二句の終字を為二韻一、如レ此転々韻を取事短故これを短歌と名付」と述べる。つまり、五七の偶数句末の韻より、三十一字の歌の第三句と第五句末の韻の間隔の方が長いからと考えている。一方、和歌童蒙抄(一―三三頁)には「歌と云はうたふと云事なれば、三十一字の作は字すくなく、句のつゞきながめよければ、その詠のこゑながし。長句の歌は句の多くつゞける故に、詠のこゑ長くはあるべからず。仍て短歌と云ふ也」とあり、歌を朗詠した時の声の長さによるとする。古来風体抄(初撰―三六頁、再撰―四二九頁)も同様のことを述べている。

30**万葉又以三十一字謂短歌歟**

万葉集では三十一字の歌を「短歌」というかと述べている。確かに万葉集は五七五七七の歌を「短歌」や「反歌」と表示し、「長歌」とすることはない。

31**〔又万葉集十字句を二添歌もあり　但非普通　所謂　鶯の……〕**

※「十字句」は書陵部本による。国会本は「中字句」。

これ以下、最後の項目34までの注記は、項目21〜29の頭部に朱の小字で書き込まれているが、項目21以下の本文は通常より低い位置(上から三分の一程度)から下に書かれ、その上部にこの注記がぎっしり書かれている。この書き方は、もとの本の形態を伝えようとしたものと見られ、本文の余白部分に後から書き込まれたものではないことが明らかである。幽斎本は朱筆ではなく墨で、ほぼ同様の形態で書写されている。

「又万葉集十字句を二添歌」は、俊頼髄脳（一三頁）が「短歌」（長歌のこと）の例を引く中で、「又万葉集の中に、十文字ある句を二そへたる歌」として、万葉集巻九、一七五五番の「うぐひすの　かひごのなかに　ほととぎす　ひとりうまれて　ながちちににてはなかず　ながははに　にてはなかず　うのはなの　さきたるのへゆ……わがやどの　はなたちばなに　すみわたれとり」を引くが、その第五句から第八句の「己父尓　似而者不鳴　己母尓　似而者不鳴」を、俊頼髄脳は「しやがてゝに似てなかず　しやがはゝに似てなかず」としてあげ、「これはよく知れる人もなし。たゞ旋頭歌のやうに句をよめれば、短歌の中に旋頭歌とぞみたまふる」と説明している。ただし、袋草紙（六〇頁）は「先達も誤事有」としてあげる例の中に、この俊頼の説をあげ、「予見二数本一全其句不二違乱一、如何」として、不審を述べている。

32 **〔俊成古来風体抄……崇徳院御時　短歌と被出人皆詠長歌云々〕**

※「短歌と被出人」は書陵部本による。国会本は「短歌と侍古人」。

古来風体抄（再撰—四二七頁）は「長歌短歌と云ふこと、もとよりあらそひあることとなり」として、両説を詳しくあげるなかで、「崇徳院に百首歌人々にめしゝ時おの〳〵が述懐のうたは、短歌によみて奉れと教長卿の奉書にて仰せられて侍りしかば、おの〳〵短歌とかきてなが歌をよみてたてまつり侍りにしなり」と述べている。また、結局、古来風体抄は「よりて猶これには、長きをば長歌、短きをば短歌・反歌としるし侍るなり」と述べ、「長歌」説であることがわかる。

▽古来（初—三六）

33 **〔俊頼曰　長歌をも同事を云ながせる称長歌　様々によめる…〕**

※国会本は「俊頼曰　長歌云々」が重複している。

俊頼髄脳に、八雲御抄と一致する叙述はなく、「長くゝさりつゞけてよみながせるにつきて、なが歌とはいふなり。ことばのみじかき故にみじか歌とはいふなり」（一三頁）とある。顕昭本系の唯独自見抄（俊頼髄脳研究会）においても同様にある。

34 **〔其も難決定　有子細歟　所詮両説也〕**

前項の俊頼髄脳の場合も「短歌」「長歌」を決定し難いとし、結局、八雲御抄は両説を容認している。

※書陵部本による。

a **五も七文字も任心　ただいづれにても一句也　但初五文字添は…**

五文字、七文字を好きなだけ繰り返してよいことをいい、「但初五文字添はいまだ見ず」は最初の句に五文字を添えるのを見たことがないという。項目31の「短歌之旋頭歌」を説明したものか。

（四　反歌）

反歌

「短歌」に続き、歌体についての章である。万葉集には、長歌に添えられる歌を「反歌」と称し、それらは旋頭歌の一首を除いて、あとはすべて三十一字の歌である。

（一）六義の項目24に「普通三十一字号反歌也」とあり、（十五）諸歌の項目2にも「反歌」をあげて、詳述している。ただし、「諸歌」では、万葉集における、歌の内容から分けた分類のひとつとしてあげるのに対し、ここでは、歌体のひとつとしてあげている。次項参照。

▽俊頼（一一九）奥義（三六九）古今序注（一三）古来（初―三六・再―四三七）和色（九九）

1 **三十一字也**

俊頼髄脳（一一九頁）は、「反歌のすがた」として、古事記（上）に見え、古今集仮名序の古注に引かれる素戔烏尊の歌「八雲たつ出雲やへがきつまごめに八重垣つくるその八重垣を」などを引いており、三十一字の歌を「反歌」と考えていることがうかがえる。奥義抄（三六九頁）も、「短歌にくはへたる三十一字歌は反歌歟。其読如何」という問いに対して、「件字の詞或はかへす、或はならふ、或はそむくとよめり」として、それぞれの根拠を述べ、「逮二素戔烏尊到二出雲国一始有二三十一字之詠一。今反歌之作也」とする古今集の真名序の記述を引用して、「凡三十一字歌を反歌と可レ称歟」と答える。

また、顕昭の古今集序注（一三頁）の引く「公任卿注」にも「三十一字也。又称二反歌一」とあり、和歌色葉（九九頁）にも「古今の序には例の三十一字の歌を反歌といふとみえたり」とある。

（五　旋頭歌）

旋頭歌

旋頭歌の歌体は、和歌の五句に更に一句を加えたものとするのが、新撰和歌髄脳以来の歌学書に共通した見解である。また旋頭歌の例歌として新撰和歌髄脳（六〇頁）は、ア「夢路には足もやすめず通へどもなぞやかひなしうつつに一目見しごとはあらず」（古今・恋三・六五八・小町　ただし第四句「なぞやかひなし」は無い）、イ「ます鏡そこなるかげにむかひ居て見る時にこそ知らぬ翁に逢ふ心地すれ」（拾遺・雑下・五六五）、ウ「かの岡に草刈る男しかな刈りそありつゝも君が来まさむみ馬草にせむ」（拾遺・雑下・五六七・人麿）、エ「舟に乗りうしほかきわけ玉藻かるほどばかりだに立つな朝霧」の四首をあげている。奥義抄（三二八頁）はアとエ（ただし第三句以下「玉もかるほどばかりしらなみたつなありかみゆべく」とある）および「はぎの花をばなくずばなでしこの花をみなへし又ふぢばかまあさがほの花」（万葉・巻八・一五三八・憶良）をあげる。新撰髄脳（六六頁）はイとウをあげているが、俊頼髄脳（一三〇頁）はイとウに「うちわたす遠方人に物申すそもそのそこに白くさけるは何の花ぞも」（古今・雑体・一〇〇七・よみ人しらず）を加えている。八雲御抄は俊頼髄脳と一致する。

▽和色（一〇〇）

1 **三十一字にいま一句をそへたる也　普通歌は五句是は六句也**

俊頼髄脳（一三〇頁）に「次に旋頭歌といふものあり。例の三十一字の歌のなかにいま一句を加へてよめるなり」とある。八雲御抄はこれをそのまま踏襲するが、さらに「普通歌は五句是は六句也」とつけ加えて、和歌と旋頭歌の違いは句数によることを明示している。なお奥義抄（三六九頁）にも「問云、六句歌を旋頭歌と名づくる、如何」と、「六句歌」の語がみえる。

2 **初五七五なべての歌の様にて　其後七字句或五字句を添たる……**

俊頼髄脳（一三〇頁）には「五文字の句も、七文字の句もたゞ心にまかせたり。加ふる所またよみ人の心なり。しかはあれど、はじめの五文字ふたつかさなれる歌は見えず」とあり、加える句は五字でも七字でもよく、場所も任意であるが、五五七・五七七となる形はないとする。また、中間に七文字、五文字、末部に七文字を挿入する例をあげ、その他は「さま〳〵おほかれど、さのみやはとてしるし申さず」と省略している。八雲御抄は俊頼髄脳の説明をさらに合理的に整理して、旋頭歌の基本型は短歌の上句五七五と下句七七の間に五字句または七字句が加わった形であること、それ以外に五七七・五七七の形もあること、第五、六句は七七で和歌の下句と同じであることの三点にまとめている。俊頼髄脳の説明では第五、六句が七五または五七もあり得るが、実例は未詳である。八雲御抄によるとこれらの形は除かれ、現存の旋頭歌の形はすべて網羅されている。また俊頼髄脳は「ます鏡」「かの岡に」「うちわたす」の順に例歌をあげて説明するが、八雲御抄では「うちわたす」「かの岡に」「ます鏡」の順にとりあげている。

本来、旋頭歌は五七七・五七七と片歌をくり返す形で、三十一文字の短歌とは別の形式である。しかし三十一文字の短歌を和歌の基本として考える平安時代の旋頭歌観が、八雲御抄に至ってより明確に示されたといえる。

3 **うちわたす遠かた人にもの申われそのそこにしろくさけるは……**

俊頼髄脳（一三〇頁）には「うちわたす遠方人に物申すそもそのそこに白くさけるは何の花ぞも　是ははてに七文字を添へたるなり」とあり、この歌では「はて」つまり最後に「何の花ぞも」の一句を添えたとする。八雲御抄では五七五・［七］七七と五七五・［五］七七の二つに整理している（項目2）ので、この歌は「われそのそこに」の七字句が加わった例（項目6）になる。八雲御抄が俊頼髄脳と見解を異にするこの例を「俊頼口伝いへり」として最初にあげたのは、修正する意味をこめているのだろうか。なお旋頭歌の歌体は五七七・五七七であるので、第三・四句は「ものまうすわれ　そのそこに」となるが、八雲御抄では上句が五七七の例歌は項目8にあげているので、句の切り方は俊頼髄脳と同じく「ものまうす　われそのそこに」となる。

4 **〔万人丸〕かの岡に草かるをのこしかなかりそありつつも……**

俊頼髄脳（一三〇頁）の「かの岡に草かるをのこしかなかりそありつゝも君がきまさむみまくさにせむ　これは中に五文字をそへたるなり」による。俊頼髄脳の説明では添えた句が「しかなかりそ」と「ありつゝも」のいずれか曖昧であるが、八雲御抄の説明では、上句五七五と下句七七の中間に五字句「ありつつも」を挿入したことが明瞭になる。なお万葉集巻七、旋頭歌、一二九一番に「此の岡に草刈るわらはしかな刈りそありつつも君が来まさむ御馬草にせむ」とある。

5**あさつくひむかひの山につきたてる……是二は五字句を入たる也**

※「是二は五字句」は書陵部本による。国会本は「是は二五字の句」。

「あさつくひ」の歌は俊頼髄脳にはなく、八雲御抄が新たに加えている。この歌は、万葉集巻七、旋頭歌、一二九四番「朝月の日向の山に月立てり見ゆ遠妻を持ちたる人し看つつ偲はむ」であるが、八雲御抄には「つきたてる」とあり、前項と同じく五七五・五七七の例歌としてあげられている。「是二（是の二つ）」は俊頼髄脳のあげる前項の例歌と当該歌の二首を指すか。

6**ますかがみそこなる影にむかひゐてみるときにこそしらぬ翁……**

俊頼髄脳（一三〇頁）に「ます鏡そこなるかげにむかひゐて見る時にこそ知らぬ翁にあふ心地すれ　これは中に七文字を添へたるなり」とあるのに一致する。第四句の七字句「みるときにこそ」を挿入したとする。

7**旋頭歌多かれ共耳近きもなし　大方旋頭歌などをばいたく……**

八雲御抄は旋頭歌を歌の正統とはみていない。全く無視するのではないが、気軽に作るべきではなく、また熱心に取り組む必要もないとしている。

8**又五七七五七七なるもあり　古今に　君がさすみかさの山の……**

俊頼髄脳の例歌三首（項目3・4・6）はすべて上句五七五であり、他は「さま〲おほかれど、さのみやはとてしるし申さず」として、五七七・五七七の型の例はあげていない。八雲御抄は五七七・五七七の例歌として新たに古今集雑体、旋頭歌、一〇一〇番「君がさすみかさの山のもみぢばの色神な月しぐれの雨のそめるなりけり」（貫之）と同一〇〇八番「春さればのべにまづさく見れどあかぬ花まひなしにただなのるべき花のなれや」（読人知らず）の二首を補足し、旋頭歌の現存する形をすべて具体的に示している。

（六　混本歌）

混本歌

喜撰式以下の歌学書が八雲御抄のあげる「朝顔の」と「岩の上に」の二首を例歌にあげている。新撰和歌髄脳（五九・六〇頁）は和歌の五句から一句を除いたものすなわち四句と説明し、俊頼髄脳（一三〇頁）もこれをうけている。しかし奥義抄（三九頁）と和歌童蒙抄（一—三七三頁）は、「朝顔の」は四句とみるが、「岩の上に」は五句とみている。和歌色葉（一〇〇頁）は四句とし、「岩の上に」はあげていない。

▽喜撰（三〇）孫姫（二八）

1**三十一字内一句なき也　又有五句字不足**

俊頼髄脳（一三〇頁）は「次に混本歌といへるものあり。例の三十一字の歌の中に、いま一句をよまざるなり」とあり、和歌より一句少ない形とする。八雲御抄は俊頼髄脳によるが、「又有五句字不足」とつけ加えているのは、「岩の上に」の歌を奥義抄（二三九頁）と和歌童蒙抄（一―三三頁）が五句としていることを念頭においたものであろう。項目4参照。

2 **是一体にてはあれども普通の事にあらず　よみたる事もすくなし**

俊頼髄脳には混本歌について否定的な見解はみられないが、八雲御抄は評価していないことを表明する。項目5参照。

3 **〔是は末の七字をよまざる歌也〕　朝がほのゆふかげまたず……**

俊頼髄脳（一三〇頁）に「朝顔のゆふかげまたず散りやすき花のよぞかし　これは末の七文字をよまざるなり」とあるのによる。和歌の第五句にあたる句を省いたとする。

4 **〔是は中の七文字十一字ありて末の七文字無也　句は〕　いは…**

俊頼髄脳（一三〇頁）に「岩の上に根ざすまつかへとのみこそたのむ心あるものを　是は中の七文字の十文字余り一文字ありて、はての七文字のなきなり。是もひとつの体也」とあるのによる。俊頼髄脳は混本歌を四句と規定して「岩の上に　根ざすまつかへとのみこそ　たのむ心あるものを」を五・七・五・十一の四句とする。そこで和歌の第四句目にあたる七字がこの歌では十一字あり、第五句にあたる七字がないとするのである。

なお作者を小町とすることについては未詳であるが、新撰和歌髄脳（六〇頁）は「三国町の祝歌」、奥義抄（二三九頁）は「三国町歌」とある。また新撰和歌髄脳と奥義抄では混本歌に続いて折句歌をあげ、その例歌を小町の歌としているので、それが混入したとも考えられる。

a **句はあまりて文字たらずともいひてん**

書陵部本と内閣本にある。項目1の「又有五句字不足」に該当する。項目4の例歌の第四句を「たのむ心」と「あるものを」に分けて五句とみると、下句七・七とあるべきところが六・五と字足らずになるというのである。

項目4で国会本は「句は」とのみあるが、「あまりて」以下が脱落したとみるべきか。

5 **かやう体の物也　善悪などあるべき程の物ともみえず　只古今…**

項目2と同じく、混本歌については問題にするほどのものではないとする見解を繰り返す。

古今集の真名序に「爰及人代此風大興　長歌短歌旋頭混本之類雑体非一源流漸繁」とある。

（七　廻文歌）

廻文歌

頭尾のどちらから読んでも同じになる遊戯的な歌である。俊頼髄脳（一三一頁）以下の歌学書すべて八雲御抄のあげる「むらくさに」を例歌とする。

▽奥義抄（二三七）和童（一―三七六）和色（一〇一）

1 **これはさかさまにおなじやうによまるる也　むらくさに……**

俊頼髄脳（一三三頁）は「次に廻文の歌といへるものあり。草の花をよめる歌

むらくさに草のなはもしそなはらばなぞしもはなのさくにさくらむ

これは摂論の尼が歌なり。さかさまによめば、すみのまのみすといへる事の体に、おなじ歌によまるゝなり」と詳しいが、八雲御抄は簡単に記している。和歌童蒙抄（一—三七六頁）に「むらくさに……さくにさくらむ　是はさかさまにもおなじやうによまるゝなり」とあるのと一致する。

2**すべてかやうの事をよめる　大方の歌のためよからぬ事也**

俊頼髄脳には廻文歌について否定的な見解はみられないが、八雲御抄はこの種の歌はよむべきではないとする。

（八　無心所着）

無心所着

無心所着は俊頼髄脳にはみえない。奥義抄（二三六頁）に譬喩歌、相聞歌　挽歌、戯咲歌、無心所着歌を「已上出万葉集」としてあげ、八雲御抄のあげる「わぎもこが」を例歌とする。和歌色葉（一〇一頁）も「わぎもこが」を例歌にあげる。なお「無心所着」は万葉集には「無心所著」とする。

1**万葉十六巻に在之　ただすずろ事也　あしくよめばそのすがた…**

万葉集巻十六に「無心所著歌二首」として、三八三八番「わぎもこが額に生ふる双六のことひの牛の倉の上の瘡」と、三八三九番「わがせこが犢鼻にするつぶれ石の吉野の山に氷魚ぞさがれる」を載せる。八雲御抄は歌の体をなさないとしながらも、万葉集にあることに注目してとりあげている。

2**右歌者舎人親王令侍座曰　或有作無所由之歌人者賜以銭帛……**

※「令侍座曰」は書陵部本による。国会本は「令侍座日」。

三八三九番の左注。ただし「二万文」は万葉集左注には「二千文」とある。

（九　誹諧歌）

誹諧歌

俊頼髄脳（一三三頁）は「誹諧」を一概に戯れ言とはいえないとし、八雲御抄も俊頼髄脳と同一の見解をとる。奥義抄以下の歌学書は滑稽の意としている。

▽奥義（二三六・三六五・三六七）和童（一—三七四）和色（一〇一）和難（三九〇）

1**〔俊頼抄　公任曰　随分先達雖尋未得心之也　宇治関白語給…〕**

項目1は国会本では「誹諧歌」と項目2「是は……」の上部に朱の細字で書かれている。また内閣本では項目3の行間に細字で書かれている。項目3参照。

2**是はいかなるをいふにかあらん　まさしき様しる人なし**

俊頼髄脳（一三三頁）に「次に誹諧歌といへるものあり。これよく

知れるものなし。また髄脳にも見えたることなし」とある。

3 **公任卿なども不知之　而通俊なにと心えたるにかありけん……**

※「通俊」は幽斎本、書陵部本、内閣本による。国会本は「通俊通」。

俊頼髄脳（一二三頁）に「古今についてたづぬれば、ざれごと歌といふなり。よく物いふ人のざれたはぶるゝが如し

うめの花みにこそ来つれうぐひすの人く〳〵といとひしもする

秋の野になまめき立てる女郎花あなこと〴〵し花もひとゝき

是がやうなることばある歌はさもと聞ゆる。さもなき歌のうるはしきことばあるは、なほ人に知られぬことにや。宇治殿の四条大納言にとはせ給ひけるに、これはたづねおはしますまじき事なり。公任あひとあひし先達どもに、随分に尋ねさぶらひしに、さだかに申す人なかりき。さればすなはち後撰、拾遺抄にえらべることなしと申されければ、さらばすぢなき事なりと申してやみにきとぞ帥大納言におほせられける。それに通俊中納言の後拾遺抄といへる集をえらびて、誹諧歌を撰べり。若しおしはかりごとにや。これによりて異事もおしはかるに、はか〴〵しき事やなからむとこそ申されしか」とある。俊頼髄脳は古今集の誹諧歌がすべてざれごと歌と言い切れないこと、経信が頼通から聞いたところによると、頼通が誹諧歌の意味を公任に尋ねたのに対して、公任も先達に尋ねたが不明であると答えたこと、経信が通俊の撰んだ後拾遺集に誹諧歌があることを批判したことを記している。八雲御抄はそのうちから公任と経信に関する部分をとりあげている。

4 **誠如公任経信不知ほどの事なれば　末代の人非可定**

八雲御抄は俊頼髄脳の記述をふまえ、公任、経信が誹諧歌の意味を不明とする以上、末代の人が誹諧歌について定義することは不可能だとの見解を示す。

5 **又千載集にもあり**

千載集、雑歌下の雑体に「誹諧歌」として二十二首ある。

6 **大方はざれよめるなどは推せらるれども其様知事なし　後拾遺…**

俊成は古来風体抄（再撰―四六頁）で「誹諧歌の体に、ざれをかしくぞみえたるべき」といっており、誹諧の意味を滑稽と解している。後拾遺集、千載集のそれは明らかに滑稽の歌であり、八雲御抄も誹諧歌をそのたぐいとみているようである。ただし、「其様知事なし」「しりがほに定にはあらず」と慎重に述べるにとどめ、誹諧歌の意味は不明とする俊頼髄脳の見解に従っている。

7 **歌体可見古今**

誹諧歌の意味は不明であるから、滑稽と解してよまれた後のものによらずに、古今集の誹諧歌をもとに考えるべきであるとする八雲御抄の見解を示す。

8 **或説云　誹諧有様様　一俳諧　二誹諧　三俳諠　四滑稽……**

※「誹諧有様様　一俳諧」は書陵部本による。国会本は「誹諧有有様　三誹諧」。

この箇所は四本ともに誤写があると思われる。「狸言」は「俚言」の誤りか。

「或説」は未詳。清輔本古今集保元二年本の巻十九、一〇一一番

歌の注記に「誹諧有㆓九種名㆒。一俳諧、二誹諧、三誹譃、四滑稽、五諧謔、六迷字、七空戯、八鄙諺、九俚言。或書如㆑此。但、以㆓誹諧㆒多称㆓徊諧㆒。而称非条、不審。如㆑字バ有㆑理歟。俊頼自筆本ニハ俳諧ト書㆑之」（久曾神昇『古今和歌集成立論　研究編』）とある。誹諧をさらに分類したものであるが、いずれも「ざれごと歌」の類である。

（十　折句）

折句

折句について言及している先行歌学書は多く、新撰和歌髄脳（六〇頁）は和歌を歌体や技巧面から六つに分類した「和歌六義体」の一つに、また奥義抄（三九頁）は「和歌六体」の一つに折句歌を位置付けている。和歌童蒙抄（一―三七五頁）は全部で十一項目からなる雑体の中に「折句歌」の項目を立て、さらにそれを「かぶりの歌」と「くつかぶりの歌」に分類している。また、勅撰集では千載集雑下の雑体の中に短歌、旋頭歌、物名、誹諧歌と並んで折句歌の項目が立てられている。

折句についての八雲御抄の記述は、基本的にはいずれの先行歌学書とも齟齬をきたすものではないが、次の（十一）折句沓冠の記述と関連してとらえた場合、俊頼髄脳（一二〇頁）や和歌色葉（一〇二頁）の記述に近いと考えられる。ただし、項目2、3で八雲御抄があげる二首の例歌が、和歌童蒙抄以外の先行歌学書すべてがあげている、「ことたまへ」と「ことはなし」という言葉を詠み込んだ小野小町の出典不明の贈答歌（奥義抄には返歌なし）ではなく、いずれも勅撰集歌である点に、八雲御抄独自の注釈姿勢がうかがわれる。

1 **毎句上物名を一文字づつおきたる也**

俊頼髄脳（一二〇頁）に「五文字ある物の名を五句のかみに据て詠るなり」とあり、和歌色葉（一〇二頁）も「五文字ある詞を句ごとのかみにして」詠む技法の歌であるとする。

▽新和（六〇）奥義（三九）和童（一―三七五）

2 **から衣きつつなれにしつましあればはるばるきぬるたびを……**

「かきつばた」を詠み込んだ業平の折句歌。古今集羇旅歌、四一〇番の詞書に「……かきつばたといふ五文字を句のかしらにすゑて旅の心をよまむとてよめる」とあり、伊勢物語（九段）にもある。

和歌童蒙抄（一―三七五頁）は折句歌の項目にこの歌を引用して、「これは句ごとのはじめにかきつばたとおきたり。かぶりの歌といふ」と説明する。

3 **をぐら山みねたちならしなく鹿のへにけん秋をしる人ぞなき**

「をみなへし」を詠み込んだ貫之の折句歌。古今集物名、四三九番の詞書に「……をみなへしといふ五文字を句のかしらにおきてよめる」とある。

八雲御抄が折句の例歌として独自にあげる勅撰集歌である。拾遺（雑秋・一一〇三・貫之）拾遺抄（雑上・四八四・貫之）

4 **これはかきつばた　をみなへし也　かやうの歌数をしらず**

前項2、3の例歌が「かきつばた」と「をみなへし」を詠み込んでいることをいう。このような折句の歌は数多く詠まれたというが、それらの中から八雲御抄は勅撰集のような正統なものを範として、自らの注釈の中に積極的に取り入れようとしていたと考えられる。

（十一　折句沓冠）

折句沓冠

国会本、幽斎本、書陵部本、内閣本いずれも、本文中の章題は「折句沓冠」で異同はないが、国会本、書陵部本では、冒頭目録の章題が「沓冠折句」となっている。

八雲御抄の本文中章題のように「折句沓冠」という項目を立てている先行歌学書は見当たらない。ただし、和歌童蒙抄（一—三七五頁）は「折句歌」の下位に分類した「くつかぶりの歌」として、八雲御抄が項目2、4で引用する「あふさかも」と「をののはぎ」の例歌をあげている。また、俊頼髄脳（一三二頁）に「沓冠折句の歌」、和歌色葉（一〇二頁）には「沓冠の折句」とあって、国会本と書陵部本の冒頭目録章題と一致し、いずれも、八雲御抄と同じ二首の例歌をあげている。奥義抄（二三九頁）は「沓冠折句歌」として項目2の例歌をあげるが、項目4の歌はあげていない。

▽新和（六〇）

1 **これは毎句上下に文字を入たる也**

俊頼髄脳（一三二頁）に「十文字ある事を句のかみしもにおきてよめるなり」とあり、和歌色葉（一〇二頁）に「十文字ある詞を句ごとのかみしもにおきてよむなり」とある。各句の上（冠にあたる初めの文字）と各句の下（沓にあたる終わりの文字）に十文字の言葉を詠み込む技法の歌をさす。

▽新和（六〇）奥義（二三九）和童（一—三七五）

2 **あふさかもはてはゆききのせきもゐずたづねてとひこきなば……**

各句の初めの文字に初句から第五句へ、次に、各句の終わりの文字に初句から第五句へ、順に「あはせたきものすこし」と詠み込んでいる。

村上御集八三番、栄花物語（月の宴）に見える歌である。村上天皇が「合薫物少し」所望して巧みに詠み贈った歌に対して、広幡御息所は返歌のかわりに帝に薫き物を奉った。機知をもって応じたエピソードとして有名であったためか、先行歌学書はすべてこの歌を例歌として引用している（ただし、新撰和歌髄脳、俊頼髄脳などはこれを光孝天皇の歌とする）。

▽新和（六一）俊頼（一三二）奥義（二三九）和童（一—三七五）和色（一〇二）

3 **凡此文字のおきやう　是は普通也**

先行歌学書は、各句の初めと終わりの二文字の、合計十文字を詠み込むものであることは説明しているが、その十文字を詠み込む順序まで規定しているわけではない。前項の「あはせたきものすこし」は、まず各句の初めの文字を初句から第五句の順に、次に各句の終わりの文字を初句から第五句の順に詠み込んでいたが、このような文字の置き方を八雲御抄は「普通也」と言っている。

4**此外も又よめるやう　をののはぎみし秋ににずなりぞます……**

「冠」にあたる各句の初めの文字に、初句から第五句まで、「普通」の順に「をみなへし」を、「沓」にあたる各句の終わりの文字に、第五句から初句まで、「さかさま」の順に「はなすすき」を、それぞれ詠み込んでいる。

俊頼髄脳（一二三頁）に「これはしもの花すゝきをばさかさまによむべきなり。これも一のすがたなり」とあり、和歌色葉（一〇二頁）にも「をみなへしはなすゝきとおきてよめりける歌に、はなすゝきのことばをさかさまにすゑたり」とある。

出典不明歌であるが、奥義抄以外の先行歌学書はいずれもこの歌を例歌としてあげる。

▽新和（六二）和童（一―三七五）

5**はかなしなをの小山田つくりかねてをだにも君はてはふれずや**

初句の初めの文字、終わりの文字、第二句の初めの文字、終わりの文字……の順に第五句まで、「はなをたづねてみばや」と詠み込んでいる。

散木集雑部下、一五三二番の俊頼の沓冠折句歌。詞書に「春つれづれに侍りければ、春宮大夫公実中納言国信刑部卿顕仲などの御もとへ奉りたりける歌」とあり、さらに左注には「春宮大夫の返しをばせで使につきておはして、いざさは花尋ねにとて誘はれしこそ、昔広幡の御息所の、薫き物奉られたりけん心地して、をかしかりしかとぞ」とある。

八雲御抄が折句沓冠歌として独自に引用したものである。

6**これはさきざきの字のすゑやうにはあらず　如此様々也**

前項の「はかなしな」の歌に見られる折句沓冠の文字の置き方が、項目2、4であげた折句沓冠の例歌の文字の置き方とは異なることを言ったものである。項目3でも述べたように、折句沓冠歌では一首の中に詠み込む十音の文字の順序にはさまざまな場合があったことを、八雲御抄が「如此様々也」と言ったのであろう。

（十二　沓冠）

沓冠

新撰和歌髄脳（六〇頁）に「沓冠歌」、また和歌童蒙抄（一―三七五頁）の折句歌の項目の中にも「くつかぶりの歌」が見えるが、いずれも（十一）折句沓冠の項目2、4であげた「あふさかも」と「をののはぎ」の歌を例歌としている。その記述内容から、これらの歌学書の「沓冠歌」の概念は、次項で八雲御抄が述べる「沓冠」の概念とは異なり、八雲御抄のいう「折句沓冠」の技法の歌を単に「沓冠歌」と言っていることがわかる。

1**はじめをはりに其字とさだめておく也　文字は一も二も三も……**

八雲御抄は、和歌の一番最初の文字（冠の位置）と一番最後の文字（沓の位置）に、ある言葉を詠み込む技法の歌を沓冠歌とする。

このような技法の歌を沓冠歌とするのは八雲御抄独自の見解である。

2 **花のなかめにあくやとてわけ行ば心ぞともにちりぬべらなる……**

古今集物名、四六八番の聖宝の歌を例歌としてあげる。八雲御抄の記述は、「はをはじめ、るをはてにて、ながめをかけて時の歌よめと人のいひければよみける」という古今集の詞書によっている。さらに、沓冠歌を詠むことは簡単であるから、わざわざ注釈するに及ばないという。

（十三　物名）

物名

先行歌学書に見える「隠題（歌）」のことである。奥義抄（二三五頁）に「是古式に不ㇾ載事也。但古今幷拾遺集に物名部と云はこれにや。近代の人是を称二隠題一也。件歌は為ㇾ題而物名を歌のおもてにおきて他の心をのぶる也」とあり、また、古今集注（二三六頁）にも「近来ハ此ノ物名ヲ隠題トイフ」とあって、当時の人が、物名の歌のことを隠題の歌と称していたことがうかがわれるが、八雲御抄が、「隠題」ではなく、あえて「物名」という項目を立てたのは、古今集や拾遺集などの勅撰集の部立を尊重しようとする意識の表れであろう。

▽俊頼（二二四）和童（一―三七六）和色（一〇二）

1 **これはかくし題也　物の名をかくしてよむ歌也**

俊頼髄脳（二二四頁）に「隠題といへるものあり。物の名をよむに、その物の名を歌のおもてにすゑながら、その物といふことをかくしてまどはせるなり」とあり、和歌色葉（一〇二頁）にも「隠題といふ歌はものゝ名をかくすなり」とある。

2 **くきも葉もみなみどりなるふかぜりはあらふねのみやしろく……**

拾遺集物名、三八四番の輔相の歌で「あらふねのみやしろ」を詠み込んでいる。

物名歌は詠み込む字数が多いほど難しいが、多くの物名歌を詠んだ藤六（輔相）の歌の中でも、この歌は「あらふねのみやしろ」という九字を巧みに隠して詠み込んでいるという。

先行歌学書のうち、俊頼髄脳（二二四頁）と和歌色葉（一〇二頁）が、これを隠題歌の例歌としてあげる。

拾遺抄（雑上・四七六・輔相）

3 **登蓮が　かさぎのいはや　七字ぞ近くなにともきこえぬ　これ…**

「かさぎのいはや」を詠み込んだ「名にしおはばつねはゆるぎのもりにしもいかでかさぎのいはやすくぬる」（千載・雑下・物名・一一七九・登蓮法師）をさす。

この勅撰集歌は先行歌学書には見当たらないが、「かさぎのいはや」という七字をうまく隠して詠み込んだ物名歌の例として、八雲御抄が独自に付け加えたものである。

4 **わらび〔蕨〕をわらひ〔藁火〕かくしたるなどは　音こそ……**

「わらび」を詠み込んだ物名歌、「煙たちもゆとも見えぬ草のはをたれかわらびとなづけそめけむ」（古今・物名・四五三・真静法師）は、清濁の違いはあるものの、「蕨《わらび》」と「藁火《わらひ》」では同じ名であり、隠して詠んだとは言えないという。古今集注（三三六頁）も、この古今集の物名歌が「カクサヌ蕨歌」であると説明している。

5 **かつらのみやを月の桂の　とかくしたるも　いたくかくれたる…**
「かつらのみや」を詠み込んだ物名歌、「秋くれば月のかつらのみやはなるひかりを花とちらすばかりを」（古今・物名・四六三・源ほどこす）が、完全に物の名を隠していないことをいう。古今集注（三四五頁）に「故重家卿云、此隠題ハ宮ノ字許ヲカクシテ桂字不レ隠。若鬘宮ヲ隠セル歟ト云々」とあり、また、同書（三四五頁）の頭注部分にも「裏書云、カクシ題ト云ハ、其文字ヲ皆アラヌコトニヨミナスナリ。桂ノ宮ヲカクサバ、桂ノ字同コトニテカクサレズ」とある。

6 **惣て古今拾遺などにも少々かくれぬも有也**
前項4、5で引用した古今集注に指摘されているほか、奥義抄（三三六頁）に「同名のものをするよみて、なかばかくれぬ歌」の例として、「かのかはのむかばき」を詠み込んだ、「かのかはのむかはぎすぎてふかからばわたらでただにかへるばかりぞ」（拾遺・物名・四六・輔相）があげられている。

7 **古今などにはかくす物をやがて題にて多は其心をよめり　鶯……**
古今集注（三三五頁）は「うぐひす」を詠み込んだ「心から花のしづくにそほちつつうくひずとのみ鳥のなくらむ」（古今・物名・四二二・敏行）について、「歌ノコ、ロ、ヤガテソノ物ゲニヨミナガシテ、サスガニアラハニ、ソノ名ヲヨマズシテカクセリ。スナハチ此歌也。花ノシヅクニソボチテ鳥ノナクト読、是鶯心ナリ」と説明する。

（十四　贈答）

贈答
贈答と題するが、叙述の中心は返歌についてである。俊頼髄脳（一四九頁）が「歌の返しは」と始まり、和歌童蒙抄（一—三七六頁）には「返歌」と題し、和歌色葉（一二三頁）も「一　可返歌事」という見出しのもとに、贈答歌の返歌の有り様を述べるのに一致している。
八雲御抄は返歌を「贈歌の詞を巧みに利用して返すもの」（項目4〜7）と「贈歌の詞をほとんど変えずに返すもの」（項目10〜13）と「贈答歌とは一見思えない趣で返すもの」（項目14・15）の三パターンに分類し、それぞれ例歌を示す説明方法を採っている。返歌を三つの型に分ける在り方は俊頼髄脳に見られ、和歌色葉も踏襲する。しかしながら、その分類の基本方針については、八雲御抄と先行歌学書では若干の差異があると考えられる。
八雲御抄の分類の原則は、和歌に用いられた「詞」であり、贈歌と返歌がどのように「詞」を共有するのか、しないのかという点に、言い換えれば、返歌が贈歌の「詞」を、どう扱うかによっている。だが、俊頼髄脳や和歌色葉においては、その分類の基準はやや曖昧である。すなわち、八雲御抄は先行歌学書の分類の型に従いつつも、独自の判断基準のもとに、例をあげて、考証していると言えるのである。

1**これは歌をかへすをいふ　極大事なる事也　人のやすくおも……**

返歌の重要性を認め、軽く扱う姿勢を批判する。

2**かへすやうも様々也　たとへばただ人の返事をするもなに事……**

返歌の有様は、様々であると述べるが、その分類基準が「詞」であることは、「いふ所の詞をぐしてかへす事もあり　心はおなじ事なれどこと葉をかへてもかへす也」という記述からも明白である。

3**歌はよけれどもかへしにわろきもあり　歌はよからね共返し……**

歌そのものの良し悪しが、必ずしも返歌としての良し悪しにつながらないと指摘している。

このような叙述も、俊頼髄脳（一四九頁）の「歌の返しは本の歌によみましたらばいひいだし、劣りなばかくしていひいだすまじとぞ昔の人は申しける」、和歌童蒙抄（一—三七六頁）の「よき歌には返はせぬことなりとぞ古人申しける」、和歌色葉（一三頁）の「抑歌の返をば本歌によみますべし」といった歌学書の意見とは、一線を画すものといえよう。

4**真静法師が説法をききて安倍清行が小町がもとへ　つつめども…**

※「真静法師」は書陵部本による。国会本は「真浄法師」。

古今集恋二、五五六番の詞書には「しもついづもでらに人のわざしける日、真せい法しのだうしにていへりける事を歌によみてをののこまちがもとにつかはしける」とある。

この贈答歌は古今集恋二、五五六番の安倍清行の贈歌と、同、五五七番の小野小町の返歌である。

a**〔あひにあひたる贈答になん〕**

幽斎本にのみ、項目4にあげた小町の歌「をろかなる」の後に細字の書き入れとしてある。

この評価は、項目17の「昔今多は一番にしるすわれはせきあへずの心にのみかへすなり」に一致する。

5**業平朝臣家に侍ける女に敏行が　つれづれのながめにまさる……**

この贈答歌は、古今集恋三、六一七番詞書に「なりひらの朝臣の家に侍りけるおんなのもとによみてつかはしける」とある藤原敏行の贈歌に対して、同、六一八番詞書に「かの女にかはりて返しによめる」としてある在原業平の返歌である。

6**大弐三位さとにいで侍けるをきかせ給て　まつ人は心行とも……**

この贈答歌は、新古今集雑中、一六〇七番詞書に「大弐三位さとにいで侍りにけるをきこしめして」とある後冷泉院の贈歌に対して、同、一六〇八番の詞書に「御返し」としてある大弐三位の返歌である。

7**かやうのたぐひおほかれども返しするやうの本に成りぬべき……**

項目4～6にあげた贈答歌三例を、基本型と考えている。贈歌の詞を巧みに取り込みながら返歌する例である。

俊頼髄脳（四九頁）では「返しよき歌」という記述のみで、「恋しさはおなじ心にあらずともこよひの月を君みざらめや」（拾遺・恋三・七七・信明）と「さやかにも見るべき月をわれはたゞ涙にくもる折ぞおほかる」（同・七八・中務）、「人しれぬ涙に袖はくちにけりあふよもあらば何につゝまむ」（拾遺・恋一・六四・読人不知）と「きみはたゞ袖ばかりをやくたすらむあふには身をもかふとこそきけ」（同・六五・読人不知）、「君やこし我やゆきけむおぼつかな夢かうつゝかねてかさめてか」（古今・恋三・六四五・読人不知）と「かきくらす心の闇にまどひにき夢うつゝとはよ人さだめよ」（同・六四六・業平）の以上贈答歌三例をあげる。なお、前掲の拾遺集歌は各々、拾遺抄の三六三番と三六四番、及び二三六番と二三七番にある。

和歌色葉（二三頁）は「其返をするに惣て三しな侍り。一には和のかへし。和のかへしといへるは本歌の同じ心にあて、さぞかしといふ也」と説明しつつ、俊頼髄脳があげた拾遺集歌「恋しさは」と「さやかにも」を例歌とし、最後に「とやはらげかへしたるなり」と述べる。

八雲御抄は贈歌の「詞」を巧みに利用する返歌を分類の第一の型とし、また、そのような贈答歌を基本型と考えている。この考え方は俊頼髄脳、和歌色葉もその例歌から察するに同様である。ただ、八雲御抄が基本的な贈答歌の例とした歌と、俊頼髄脳、和歌色葉の例歌は一致しない。また、和歌色葉は「同じ心にあて、さぞかしといふ也」と述べている点において、八雲御抄の、「詞」を分類の原則とする姿勢と異なる。

8人のもとへやる歌もよくよく心えてよむべし

返歌のみならず、歌を贈る心構えについて注意を促す。具体例として、項目9の記述がある。

9禁中仙洞すべて貴所へまゐらする歌をばわたくしに君がなど……

歌中に「君」という語を詠む時の留意点を述べる。すなわち、禁中、仙洞など貴所に和歌を差し上げる場合は、代名詞として「君」を用いてはならないということである。この場合「君」は「上御事」をのみ指す語として認められる。

項目8の記述に「人のもとへやる歌もよくよく心えてよむべし」とあり、贈答歌の一注意点として述べられていると考えられるが、特に「君」の使い方に言及したのは、贈答歌の基本型の例にあげられた「すみよしの」（項目6）の歌が後冷泉院に差し上げた歌であり、「君が千とせのかげぞ恋しき」と詠んでいることにひかれたものか。いずれにしても、八雲御抄が贈答歌において、心得ねばならないとしたものが「詞」の使い方であるということの、一つの証といえよう。

10又あふむがへしといふものあり　本歌の心詞をかへずして……

「俊頼抄物には」とは、俊頼髄脳（三五頁）に「歌の返しに鸚鵡返しと申す事あり。……鸚鵡返しといへる心は、本の歌の心詞をかへずして、同じ詞をいへるなり。え思ひよらざらむ折はさもいひつべし」とあるのを指す。

和歌童蒙抄（一―三七七頁）和歌色葉（二三頁）にも「あふむがへ

し」についての同様の記述がある。

11**いたく神妙の事にはあらざるか　むかし今多けれどもみな……**

※「あらさるか」は幽斎本、書陵部本、内閣本による。国会本は「あさるか」。

「あふむがへし」は実生活の場面には多く詠まれるが、歌の価値という観点からは取り上げるべきものではないので、歌集などに採られることは少ないという。

12**たとへば是などぞあふむがへしといふべき　後一条院春日……**

八雲御抄の例歌は、後一条天皇の春日神社への行幸に従った、道長と太皇太后彰子の贈答歌として、大鏡（巻五）に見える。

13**これほどことばつづかね共ただ同心同詞なるはおほかる也……**

「あふむがへし」が日常的に作られていたことを述べる。三句が同じもの、二句が同じものは多いという。

14**又さきに所注のやうには少かはりて詞をかへたる**

これは八雲御抄においては、贈歌の中に見える「詞」を返歌に使用しない場合である。

俊頼髄脳（一五〇頁）は「返しともおぼえぬ返しある歌」として「見ずもあらず見もせぬ人の恋しきはあやなくけふやながめくらさむ」（古今・恋一・四七六・業平）「しるしらぬなにかあやなくわきていはむ思ひのみこそしるべなりけれ」（同・四七七・読人不知）の例をあげる。返歌に対して、俊頼は「この歌の返しをすべき心は、見ずもあらず見もせぬ人のといへれば、いつかみえつるそら事をも又みえなばよもさも思はじとも、まことにさも思はゞうれしとも詠むべき。此返しの心はおまへはたれかと申す、すみかはいづれの所ぞたしかにのたまへ、たづねてまゐらむとよみたらむ歌の返しとぞ聞こゆる」と疑問を述べる。

和歌色葉（二三三頁）では「三には返歌の体。返歌の体といへるは、こゝろにその義をおもひて詞にはあらずかへす也」と述べ、八雲御抄が項目15にあげる贈答歌と、俊頼髄脳の例歌「見ずもあらず」と「しるしらぬ」の贈答歌二例をのせている。そして、最後に「心にふかく思て詞をまはしていへるなり」と述べる。このような、内容にまで関わる叙述の在り方と比較してみると、八雲御抄の分類基準があくまで「詞」の用い方に重きを置いた、非常に単純明快な説明の仕方になっていることが、項目15にあげた例歌からもわかるのである。

15**あだなりと名にこそたてれ桜花年にまれなる人も待けり　と……**

古今集春上、六二番に読人不知の歌としてある贈歌と、同、六三番の業平の返歌である。

八雲御抄は業平の返歌を「贈歌の詞を用いて返さない」という点において通常の返し方ではないとしつつも、「是又一のやう也」と認知している。

16**是ならずもかはりはあれども是らを心えてたりぬべし　大方……**

論のまとめの部分である。「贈歌の詞を巧みに利用する返歌」と「贈歌の詞をほとんど変えずに返す返歌」と「贈歌の詞を用いない返歌」の三つの型を心得ておけば十分であるという。また、歌人であっても返歌について心得ていない者もいる中で、業平を

「ことに返事をよくしたるなり」と評価する。

17 **昔今多は一番にしるすわれはせきあへずの心にのみかへすなり…**

返歌としてもっとも基本となるべきは「われはせきあへず」という小町の歌（項目4参照）であると述べる。返歌は贈歌に対して「すこしあしざまに取なしてのみかえす」のが定番であるが、いずれにしても「能々心えて返すべし」と結ぶ。

b **又詞をさかさまにとりなしてのみ返す**

書陵部本にのみある記述である。返歌は贈歌の詞を逆手にとって返すのが一つの型であるということであろう。

（十五　諸歌）

諸歌

諸歌以下に反歌、挽歌、相聞、譬喩、問答、相歓と、万葉集によって歌の分類をし、その個々について主に俊頼髄脳や奥義抄によりながら述べる。和歌色葉と重なる点も多い。

1 **〔諸歌段　一本此段無之〕**

「諸歌」の右下に朱筆で注されている。諸歌の章段がない八雲御抄の「一本」の存在を示すこの注記や、国会本、幽斎本、内閣本のように「諸歌」と記されていない目録は、この章段が後に加えられたことをうかがわせる。

久曾神昇氏は八雲御抄諸本を御稿本と御精撰本とに分類され（この分類によれば内閣本は御稿本、国会本、幽斎本、書陵部本は精撰本の系統となる）、諸歌は、御稿本において贈答と異体の間に追加された（「八雲御抄の伝本について」『国語と国文学』昭12・7）章段と述べておられる。

また八雲御抄には、国会本、幽斎本、書陵部本、内閣本のように諸歌の章段が贈答と異体の間にある伝本と、高松宮本や列聖全集本などのように短歌、反歌に続いてある伝本とがあり、久曾神氏は前者を「諸歌原位置本」、後者を「諸歌移動本」と分類されている（『校本八雲御抄とその研究』・『日本歌学大系』別巻三解題等）。

2 **一　反歌**

八雲御抄は（三）短歌と（五）旋頭歌の間でも反歌について述べているが、ここでは、長歌に添えられ長歌の内容を再度歌う歌として、反歌を歌の内容の点から述べている。（四）反歌参照。

3 **〔常三十一字〕**

八雲御抄は、（一）六義において「普通三十一字号反歌也」（項目24）、また（四）反歌において「三十一字也」（項目1）のように、反歌が三十一字の歌であることを繰り返し述べている。この認識は、古今集真名序「逮于素戔烏尊到出雲国始有三十一字之詠今反歌之作也」をはじめ、顕昭古今集序注に引用する公任卿注「短歌三十一字也　又称㆓反歌㆒」（一三頁）、奥義抄「如此ば凡三十一字歌を反歌と可㆑称歟」（三六九頁）、和歌色葉「古今序には例の三十一字の歌を反歌といふとみえたり」（九八頁）等に同じ。

▽古来（初―三七・再―四二八）

4 **〔かへし歌と云〕**
奥義抄（三六九頁）は、反歌の「反」の字について「件字の訓或はかへす、或はならふ、或はそむくとよめり」と種々の訓みをあげ、「凡て此反歌をそふる事は、短歌は不レ能二詠吟一が故、短歌のおほよそをつゞめて三十一字に詠むなり。然れば返も故あり……いはむや返反の音、訓によりて不レ可レ改こゝろにある歟」のように、反歌とは短歌（長歌）の内容を詠吟のために三十一字に縮め詠み返したものであり、また「反」と「返」は音も同じであるから、反歌を「かへ（返）し歌」ということも間違いではないとする。和歌童蒙抄（一―三七二頁）も「八雲立つ」の歌をあげ、「これを又返歌といへり」「短歌は序のように長くいひつゞけて、反歌は詩のように同心を句をつゞめてかへさひつくる也。反歌をばかへさふとよめり」のように、短歌（長歌）と反歌を詩序と詩の関係として捉え、反歌を「かへ（反）し歌」として理解している。八雲御抄は、反歌を「かへし歌」とする点では奥義抄や和歌童蒙抄と同じだが、どのような理解によるのかは明らかでない。

5 **是短歌の歌也**
和歌色葉（九九頁）に「短歌にそへたる例の歌をば反歌といふ也」とある。

短歌を「或称長歌」とし、「短歌本」として長歌をあげる八雲御抄の立場からすると、「短歌（長歌）」に添えられ、「短歌（長歌）」と同じ内容を詠むのが反歌であると述べたのであろう。

6 **雖不限一首或両首も詠之**
八雲御抄以前の勅撰集において長歌に添えられた反歌の数は、古今集一首（一〇〇四・忠岑）、拾遺集一首（五七〇・人麿）、千載集一首（一一六二・俊頼）、新勅撰集二首（一三四一・俊頼、一三四三・俊成）のように、一首あるいは二首である。

7 **万葉は一首二首或三首　又多首**
※「多首也」は内閣本による。国会本は「多百也」。
万葉集では反歌は一首から三首が普通だが、時には多い場合があると述べる。

万葉集において反歌の最多の例は、巻五の「老身重病疑年辛苦及思児等歌」の題詞で収められた山上憶良の長歌「たまきはる　内の限りは…」に付された、八九八番から九〇三番の六首である。ただし、巻十の長歌「大夫に　出立ち向かふ…」（一九三七）に付された「たびにして妻恋ひすらし」（一九三八）の題詞「反歌」が一九六四番まで及ぶとすれば、二六首の反歌となる。

8 **然而常は一首之短歌意趣也　非他事**
反歌は普通は一首であり、「短歌」（長歌）と同趣であると述べる。

9 **詞替も多**
長歌と同じ内容を詠みながら、長歌にはない言葉を用いる場合の多いことを言うか。

10 **心は甚末也**
幽斎本、書陵部本では「其末也」であり、いずれが本来の本文か未詳。和歌童蒙抄（一―三七三頁）が「この反歌をよみかなふることかたし」と述べるように、反歌では長歌の意趣を充分に表現できないことを言うか。

11**一　挽歌**

万葉集巻二・三・七・九・十三・十四に挽歌の部立があるほか、巻五（七九四）・十五（三六二五）・十九（四二一四）の題詞や巻十五（三六九〇・三六九三・三六九六）の左注に「挽歌」と記されている。

12**俊頼抄悲歌云々**

俊頼髄脳（一二五頁）に「挽歌とかけるは悲の歌なり」とある。

▽奥義（三三六）和色（一〇三）古来（初―三四〇・再―四五二）

13**古挽歌大略歟　何も非悲も有歟**

万葉集巻二や巻三の挽歌には、「かからむとかねて知りせば大御船泊てしとまりに標結はましを」（巻二・一五一・額田王）「人言の繁きこのころ玉ならば手に巻き持ちて恋ひずあらましを」（巻三・四三六・河辺宮人）のように恋歌の如き表現や、「天の原振り放けみれば大王の御寿は長く天足らしたり」（巻二・一四七・大倭后）のように、帝の病平癒を願って命の長さを寿ぐ表現がある。このような、死別の悲しさを直接に表現しない挽歌のあることを言うか。

あるいは、題詞に「古挽歌」とある「夕されば　葦べに　騒ぎ明けくれば　沖になづさふ　鴨すらも　妻とたぐひて……褻れ衣袖片しきて　一人かも寝む」（巻十五・三六二五）の長歌および反歌「鶴が鳴き葦辺をさして飛び渡るあなたづたづし一人さ寝れば」（三六二六）は、左注に「丹比大夫悽愴亡妻歌」とあるものの死者を傷み悲しむ直接的な表現はなく、むしろ恋歌的であり、八雲御抄は、この歌について述べたものか。

14**一　相聞**

万葉集巻二・四・八〜十四に見える部立。八雲御抄は相聞歌が恋歌かどうかについて以下に述べる。

15**以恋為本之**

相聞歌の本質が恋歌であることを言う。

16**故春相聞夏相聞秋冬同之と云は皆春夏恋也　以之可知之也**

万葉集巻八・十の四季の相聞歌が、すなわち四季の恋歌であることを言う。

17**俊頼抄恋歌也云々**

俊頼髄脳（一二五頁）に「万葉集に相聞歌といへるは恋の歌をいふなり」とある。

▽奥義（三三六）和色（一〇三）

18**但少々非恋にも有歟　其も多は思人歌也　然而以恋為本**

八雲御抄は、相聞の中の恋歌でない歌も多くは人を思う歌であって、相聞歌の主題が「恋」にあると述べる。

19**但万葉十二古今相聞往来歌類之上下とたてて　其内正述心緒……**

相聞歌の主題を項目18のように恋と捉えた時、目録に「古今相聞往来歌類之下」とある万葉集巻十二（巻十一が「古今相聞往来歌類之上」）に、正述心緒・寄物陳思・問答・羇旅発思・悲別（国会本の「悲例」は誤り）のような分類があること、または、そのような分類を相聞歌の主題としていることを八雲御抄は疑問とし、「猶々可勘」のように更に検討が必要だとしている。和歌童蒙抄（一―三七五頁）は万葉集巻十二の歌について、「其歌どもは、多くは恋の心或は述懐・羇旅・悲別・問答にて、それとたしかにさしたる事はなし。唯はなもみぢをもてあそび、雪月を詠ぜるにはあらで、思ふ心をいかさまにもいひのべて、人に知らする歌を相聞かする歌となづけたるなるべし」のように、相聞歌が恋に限らず、思う心を人に伝える歌の謂であると述べる。

20 **一　譬喩**
万葉集の巻三・七・十・十一・十三・十四に譬喩の分類があり、以下、譬喩歌とは「たとへ」歌であることを言う。

21 **たとへ歌といへり**
古今集仮名序古注に、「たとへうた」に対して「これはよろづのくさ木とりけだものにつけて心を見するなり」とある。和歌色葉（一〇三頁）が「譬喩歌といへるはたとひによする歌也」と述べている。（一）六義の項10参照。
▽奥義（三六七）

22 **但たとへどもなきも有歟**
巻三・十一・十四の譬喩歌には「寄物」の題詞や左注がない。このように、物にこと寄せて思いを喩えた歌であることが明確に記されていない、あるいは明確でない歌のあることを言うか。

23 **寄衣喩思　寄弓喩思などいへり　只寄物歌也**
万葉集譬喩歌「紅の深染の衣を下に著ば人の見らくににほひいでむかも」（巻十一・二八二八）「衣しも多くあらなむ取りかへて著ればや君が面忘れてある」（同・二八二九）の左注に「右二首、寄衣喩思」、「梓弓弓束巻かへ中見さし更に引くとも君がまにまに」（同・二八三〇）の左注に「右一首、寄弓喩思」とある。和歌色葉（一〇三頁）に「譬喩歌といへるはたとひによする歌也。心におもふおもひをものによそへていふなり」とあるように、譬喩歌が物にこと寄せた歌であることを言う。

24 **一　問答**
万葉集巻十一・十二・十三に「問答」の分類があり、また、巻四・七・十四の題詞や左注に「問答」の語が見える。

25 **問答也**
問答歌が問いかけの歌と、それに答える歌によって構成されることを言う。俊頼髄脳（一三五頁）に「譬喩といひ、問答といへるは、文字にあらはれぬ」とある。

26 **防人歌も大略同事歟　委事可尋**
※「防人歌」は国会本書き入れ、書陵部本による。国会本は「防舎」。
万葉集巻十四の防人歌「置きて行かば妹はま愛し持ちて行く梓の弓の弓束にもがも」（三五六七）「おくれ居て恋ひば苦しも朝狩の君が弓にもならましものを」（三五六八）の左注に「右二首、問答」とある。

27 **問答は多二首也　問事を答たる也　一は問　二は答**
万葉集巻十一の二五〇八～二五一六番の問答歌では二五一〇～二五一二番の三首を除いて、また巻十二の三二一一～三二二〇番の問答歌はすべて、問いかけと答えの二首一組である。

28 **一　相歓**

万葉集巻四、六五〇番「わぎもこは常世の国に住みけらし昔見しよりをちましにけり」の題詞に「大伴宿祢三依離復相歓歌一首」とある。また後述するように、巻十七、三九六〇〜三九六一番の題詞に「相歓歌二首、越中守大伴宿祢家持作」とある。

29 **寄物思人歌歟　万十七云　天平十八年八月越中掾大伴池主附……**

万葉集巻十七の「相歓歌二首　越中守大伴宿祢家持作」の題詞で収められた「庭に降る雪は千重敷く然のみに思ひて君を吾が待たなくに」（三九六〇）「白波の寄する磯廻を漕ぐ船の梶とる間なく思ほへし君」（三九六一）の二首は、「降り敷く雪」と「楫取る間なき船」に寄せて大伴池主に対する歓迎の思いを詠んだ大伴家持歌である。この二首の左注には「右以二天平十八年八月一掾大伴宿祢池主附二大帳使一赴二向京師一、而同年十一月還二到本任一、仍設二詩酒之宴一弾糸飲楽、是日也白雪忽降レ積地尺余、此時也復漁夫之船入レ海浮レ瀾、爰守大伴宿祢家持寄二情二眺一聊裁二所心一」とあって、二首が「白雪忽積レ地尺余」「漁夫之船入レ海浮レ瀾」という嘱目の景に池主に対する情を寄せた歌であることを記している。この左注を引用する八雲御抄は、相歓歌をこの二首の題詞、歌の表現、左注によって「寄物思人歌」として理解したのであろう。

（十六　異体）

異体

国会本、幽斎本の目録には、「異体連歌」のように一つの項目としてあげている。

八雲御抄は、歌体としての定まった名を持たない歌を「異体」として以下に例をあげ、注している。

1 **たとへばやうやうの雑体をよむ也　定たる名もなけれども……**

古今集真名序では「長歌・短歌・旋頭歌・混本歌之類」を雑体としてあげ、歌経標式（真—六頁）では「聚蝶・譴警・雙本・短歌・長歌・頭古腰新・頭新腰古・頭古腰古・古事意・新意体」の十種を「雑体」（歌経標式の抄本や奥義抄では、これらの十種を「雅体」とするが「雑体」の誤りか）とする。また、俊頼髄脳（一九頁）は「雑体」の言葉を用いず、「歌の姿」として、「反歌・旋頭歌・混本歌・折句の歌・沓冠折句の歌、廻文の歌・短歌（長歌）、誹諧歌・連歌・隠題」等をあげており、歌学書によって歌の姿の分類や名称は様々である。

和歌色葉（九六頁）が「凡歌の髄脳家々にわかれて、さまざまのすがたあり。くさぐさの名もあり」と、歌の姿は多様で名も種々であると述べているが、八雲御抄においても、雑体を「異体」としてあげ「定たる名」もないとのべるのは、このような点を言うのではないか。

▽歌経（抄―三）奥義（三二）和童（一―三七）

2 **無同字之歌とて　よのうきめみえぬ山ぢへいらむにはおもふ……**

古今集雑下、九五五番の物部吉名歌が「同じもじなきうた」の詞書でこの歌を収める。この歌は一首中に同じ仮名を繰り返さない。

3 **これならずも多　題につきても又字につきても多**

項目2のような同字を用いない歌とは違って、詞書や題にある言葉や物の名、また特定の文字をよみこむ歌が、折句、沓冠、物名のように様々あることを言うか。（十）折句、（十一）沓冠折句、（十二）沓冠、（十三）物名参照。

4 **万葉　ねずみのいへよねつきふるひ木をきりてひききりいだす…**

奥義抄（三三頁）は「雅体」十種の二に「謎警」（歌学大系本では「継警」とあるが、歌経標式（真本、六頁）に「謎警」とあり、八雲御抄も「是はなぞ〳〵なとの様也」と注するように「謎警」が本来か）を「言隠語露也」（歌経標式は「言隠語露情也」）、和歌色葉（一〇二頁）では「おもふことをさりげなくあらぬさまによみなして、そばよりあらはしいふ也」）として、この歌をあげ、「ねずみのいへは穴名なり。よねつきふるひは粉名なり。きをきりてひきゝりいだすは火の名也。よつはこれ四字也。即あなこひしと云心なり。故に謎警と云ふ」のように、「鼠の家」が「穴（あな）」、「米つき、ふるひ」が「粉（こ）」、「木を切りて、引き切り出す」が「火（ひ）」、「よつ」が「四（し）」で、八雲御抄が注するように、「あな恋しと云心」がよみこまれていると述べている。ただし八雲御抄はこの歌の出典を万葉とするが、万葉集にこの歌は見出せない。

▽歌経（真―六・抄―一四）

5 **又三年三日我恋など云体事多**

書陵部本、内閣本は「三年三月」とし、項目4と同じ「なぞなぞ」歌の類であろうが未詳。

6 **凡神代にはもじも定まらざるえびす歌といへり**

古今集仮名序「この歌あめつちのひらけはじまりける時よりいできにけり　しかあれども世につたはることはひさかたのあめにしてはしたでるひめにはじまり」の古注に、「したでるひめとはあめのわかみこのめなり、せうとの神のかたちをかたにうつりてかかやくをよめるえびす歌なるべし。これらは文字のかずもさだまらず、歌のやうにもあらぬことどもなり」とある。

7 **すさのをのみことの八雲たつより三十一字に定て　様々種々……**

古今集仮名序に「ちはやぶる神世にはうたのもじもさだまらず、すなほにして事の心わきがたかりけらし、ひとの世となりてすさのをのみことよりぞみそもじあまりひともじはよみける」のように、三十一字の歌の始まりを素戔烏尊の「八雲立つ」の歌とする。また、真名序は「逮于素戔烏尊到出雲国始有三十一字詠今反歌之作也……爰及人代此風大興長歌短歌旋頭混本之類雑体非一源流漸繁」のように、素戔烏尊より三十一字の歌がはじまり、以後、長歌等の雑体の歌が生まれたことを述べている。

▽奥義（三三）和色（一〇一）古来（初―三〇五・再―四一七）

（十七　連歌）

連歌

新勅撰集までの勅撰集における連歌の入集状況は、拾遺集六聯十二句、（拾遺抄一聯二句）、金葉集二度本十七聯三十四句（異本歌二聯一句）、金葉集三奏本十一聯二十二句である。

金葉集撰者である俊頼は、俊頼髄脳に四十五聯九十一句の連歌を収めており、連歌論における俊頼髄脳の意味と影響は大きい。

▽俊頼（一二四・一九六・二一九）和童（一—三七六）奥義（三三二）和色（一〇三）袋草（一〇・一五）

1**昔は五十韻百韻とつづくる事はなし**

連歌発生の当初は短連歌が普通であり、八雲御抄執筆の頃のように五十句百句と続けるような鎖連歌はなかったことを言う。

金子金治郎氏によれば、明月記が記録する連歌会において、承久以前の公的なもののうち、百句は五回、五十句は三回見られること、後鳥羽院が定家・家隆・家長らに別々に賦物を課して独吟連歌を進献させているのがすべて百韻の形式であったことから、五十句を越えて百韻形式が多く行われ、後鳥羽院時代には百韻が定型となっていた（『菟玖波集の研究』風間書房　昭40）。

2**ただ上句にても下句にてもいひかけつれば　いまなからを……**

初期の連歌は、上句または下句で「言ひかけ」て、その後に残りの句を付ける短連歌であったと述べる。俊頼髄脳（一〇三頁）に「次に連歌といへるものあり。例の歌のなからをいふなり。本末心にまかすべし」とあり、和歌色葉（一〇三頁）も俊頼髄脳を受けて「連歌は例の歌をなからづゝいひつらぬる也。本末心にまかせたり」と述べる。

▽袋草（一〇）

3**いまのやうにくさる事は中比の事也**

今鏡（花のあるじ）に、花園左大臣源有仁邸で、藤原公教が四位少将であった大治元年（一一二六）から同五年（一一三〇）の間の頃、「君達参りては鎖連歌などいふことつねせらるるに」のように君達が常に鎖連歌に興じ、公教の「ふきぞわづらふ賤のささやを」との下句に、平実重が「月はもれ時雨はとまれと思ふには」との上句を付けたとあり、木藤才蔵氏によれば、この連歌は「鎖連歌に関する最古の資料」である（『連歌史論考　上』明治書院　昭46）。

4**賦物なども中ごろよりの事歟**

古今著聞集巻五には、永万元年（一一六五）、某人の「うれしかるらむ千秋万歳」に、小侍従が「ゐはこよひあすは子日とかぞへつつ」と付けた、いろはを冠に置くいろは連歌の例が見えるが、能勢朝次氏によれば、「完備すれば四十七句となるべき性格」の鎖連歌であった（『聯句と連歌』要書房　昭25）。このいろは連歌は「いろは」の賦物でもあるが、八雲御抄は、後鳥羽院時代に盛んであった賦物と鎖連歌の起こりを同じ頃と捉えており、項目3にあげた今鏡の例から考えると、八雲御抄の言う「中ごろ」とは十二世紀前半を指すか。

5 **万葉八尼がしたるを家持卿付之　さほ川のみづをせきあげて……**

万葉集巻八に「尼作二頭句一幷大伴宿祢家持所レ誂尼続二末句等一和歌一首」の題詞で、「佐保河の水を塞上て殖し田を（尼作）苅る早飯はひとりなるべし（家持卿）」（一六三五）のように、尼と大伴家持の連歌があり、八雲御抄はこれを引用する。俊頼髄脳（三四頁）はこの歌をあげて（ただし「かるわせいひは」とする）、「これは万葉集の連歌なり」と注す。

6 **是連歌根源也**

▽袋草（一〇）

俊頼髄脳（三四頁）、袋草紙（一〇頁）ともに万葉集における連歌の例として項目5の尼と家持の歌をあげるが、俊頼髄脳が連歌は既に前句で表現意図が十分言い尽くされていなければならないとして、「よもわろからじと思へど、心残りてするにつけあらはせり。如何なる事にか」のように、尼の前句は表現意図が十分に言い尽くされていないと批判的であるのに対し、袋草紙は「吉連歌也」として評価している。ただし、両書ともこの連歌を八雲御抄のように「連歌根源」とは述べていない。

7 **其後或先下後に付上　又普通にもこれをいふ**

※「或先下」は書陵部本、内閣本による。国会本は「或先」。

尼と家持の連歌の場合、五七五に七七の句を付ける形であったものが、後には七七の下句に五七五の上句を付ける、いわゆる下句起こしの連歌が発生したことを言う。また上句に下句を付ける普通の連歌も、下句起こしの連歌と並行して行われていたと述べる。

8 **多は一句につくるは秀句にてのみあるなり**

項目5や以下の項目のように、一句連歌（短連歌）の多くが頓知や洒落問答の類であることを言う。

9 **或人〔監命婦也〕　人心うしみついまはたのまじよといへる……**

俊頼髄脳（三四頁）が、拾遺抄（四五〇　拾遺・一一八四）所収の女と良岑宗貞との連歌として、「ひと心うしみついまはたのまじよ　夢にみゆやとねぞすぎにける」をあげるが、大和物語百六十八段にも女と宗貞との連歌として収められている。「丑三つ」に「憂し見つ」、「子」に「寝」を掛けた掛詞の応酬による一句連歌である。

八雲御抄の書き入れ注はこの女を監命婦とするが、監命婦は、八・十・二十二段など大和物語の多くの章段に登場するものの承和・天慶の頃の人であり、宗貞とは時代が合わない。

10 **又天暦　さ夜ふけて今はねぶたく成にけり　滋野内侍〔少弐…〕**

拾遺集に「よひにひさしうおほとのごもらで、おほせられける」の詞書で天暦御製の前句（雑賀・一一八二）と、「御前にさぶらひてそうしける」の詞書で、滋野内侍の付句（同・一一八三）を収める。

滋野内侍は八雲御抄の割注にあるように少弐命婦のこと。生没年、伝ともに未詳。大和物語や九条右丞相集に右大臣藤原師輔との贈答歌がある。

11 **これらは上古の事也　非朝夕事而次第に多連之　近代は如法事…**

※「如法事」は幽斎本、書陵部本、内閣本による。国会本は「女法事」。

尼と家持に始まった連歌は、天暦以前の「上古」では短連歌が主流であったが、次第には多くの句を付けるようになり、後鳥羽院時代以降の「近代」では鎖連歌が当り前になったとまとめる。項目3・4参照。

12 **古は是を詮とする事にあらざれば不及口伝故実　近年こそ繁多…**

かつて連歌が盛んでなかった時代には、連歌についての口伝や故実（作法）もなかったが、隆盛になってきた近年にはいささかあると述べる。

俊頼髄脳（一二四頁）は、「そのなからがうちに、いふべき事の心をいひはつるなり。心のこりて、つくる人にいひはてさするはわろしとす」のように、「上句でも下句でも、言い掛けた句の中に表現すべき心はすでに表現しきっていなければならない」として、万葉集の尼と家持との連歌についても「よもわろからじと思へど心残りてするにつけあらはせり。いかなることにか」のように、「佐保河の」の前句が表現の意図や心を言い切っていないことに疑問を呈している。

袋草紙（一〇頁）は、「至㆓連歌㆒更不㆑可㆑有㆓詠儀㆓」のように「連歌は詠吟してはならない」と述べ、また「至㆓鎖連歌発句㆒。専不㆑可㆑詠㆓末句㆒。又如㆑然之時任㆑口早速不㆑可㆑発。当座主君若女房事ヲ暫可㆓相待㆒也。有㆓遅々㆒時詠㆓出之㆒、尤宜歟」のように、「鎖連歌の場合、下句を先に詠んではならない。発句を口に任せて早々と詠んではならない。その座の主人か女房が発句を詠み出すのを待つべきである」等の作法について記しているが、俊頼髄脳が、前句で表現の意図を言い切ってしまわなければならない、とした点については、「不㆑可㆓必然㆒歟」として、尼の前句についても「吉連歌也」としている。

八雲御抄は、尼と家持との連歌について俊頼髄脳が指摘した欠点は、まだ連歌の作法のない時代であったからだとし、また近年連歌が盛んになって生まれてきた口伝や故実として、俊頼髄脳や袋草紙に記された類を指していると思われる。

13 **〔経信卿　女房などの連歌しかけたるには不聞之由をしばし…〕**

項目5の本文上部余白に朱筆で書き入れられている。

この一文は、幽斎本、内閣本にはなく、書陵部本では項目8と9の間にあるが、内容的に項目12の「近年の口伝や故実」に続く補足と考え、この位置に置いた。

女房に連歌をしかけられた場合には聞き取れなかったということにしてその間に付句を考えるのがよい、という源経信の口伝である。この口伝の内容は、袋草紙（一一頁）に「帥大納言云、女房歌読掛時不㆑聞之由ヲ一両度可㆓不審㆒。女房又云、如㆑此之間、廻㆓風情㆒猶不㆓成又問㆒。女房はゆかみていはず。其間猶不㆑成ば別事に候けりとて可㆑逃。是究竟の秘説也と云々」のように、経信の「究竟の秘説」として伝えられている内容に等しい。

ただし袋草紙の場合、連歌と言うよりも単に「返歌」についての説のようにもよめる。

14**又禁制事及末代尤可存事也**

連歌の作法について、俊頼髄脳には短連歌を念頭に置いた記述がみられ（項目2参照）、ついで、袋草紙（一〇頁）には「至二鎖連歌発句一。専不レ可レ詠二末句一」という鎖連歌についての心得が示される。八雲御抄では、先行歌学書にはみられなかった、鎖連歌における「禁制事」を式目にして示す。この部分は、後代の連歌論・連歌式目の先蹤をなすもので、二条良基の連理秘抄には「八雲の御抄にも、末代ことに存知すべしとて、式目など少々しるさるゝにや」（三六頁）とある。内容的には、発句や病に関する禁制のほか、賦物の作法について述べる。また「賦禽獣」（項目34）、「賦国与源氏」（項目36）といった賦物の例を示すものの、「○何何○」という上賦下賦形式の例はあげられておらず、上賦下賦形式は承久以後であることがうかがえる。

15**一　発句者於当座可然人得之　無何人不可令**

※「得之」は書陵部本、内閣本による。国会本は「得已」。

まず発句についての心得を述べる。発句は「可然人」が詠み出すとするものの、どのような人がそれにあたるのかは詳しく述べられていない。この点について、袋草紙（一〇頁）には、「至二鎖連歌発句一…当座主君若女房事ヲ暫可二相待一也」（項目17参照）とある。八雲御抄の「可然人」とは、袋草紙の「当座主君若女房」という記述をうけて、主催者や高位者のことを念頭に置いているのであろう。

16**或又付執筆者　連句入韻与連歌発句事体同　可然人可令事也**

僧良季の王沢不渇抄（建治年中成立）に、漢聯句の作法について、「執筆言発句、多分例也。入韻亭主或座中高位言之。入韻者、発句下半句也。因茲略頌曰、執筆発句亭主入韻云々」とある。聯句の場合、第一句を執筆者、第二句を亭主か参加者のうちの高位のものが発するならわしであったらしい（能勢朝次『聯句と連歌』要書房　昭25）。八雲御抄は、聯句の作法に準じて、連歌の発句も、「可然人」すなわち主催者や高位者がよむべきだとする。これに対し、良基の筑波問答（八六頁）には、「当道の至極の大事、たゞ発句にて侍るなり。発句わろければ一座みなけがる。されば堪能宿老にゆづりて、末座に斟酌あるべき也」とあり、上手な人や年長者が発句をよむべきだとする点で八雲御抄とは異なる。

17**〔一本云　清輔云　発句は当座主君　若は女房など暫可相……〕**

国会本のみ、項目16のあとの行間に書き入られている。内容は袋草紙（一〇頁）の「至二鎖連歌発句一専不レ可レ詠二末句一。…当座主君若女房事ヲ暫可二相待一也。有二遅々一時詠二出之一、尤宜歟。我等之時非二沙汰之限一」という部分を要約したものであろう。ただし袋草紙の「我等之時」（私的な会の時）という部分を、八雲御抄は「達者時」（堪能な人ばかりの会の時という意か）とする。

18**一　発句は必可言切　なにの　なには　なにを　などはせぬ事也**

※「なにを」は幽斎本、書陵部本による。国会本は「なに」。

発句についての心得。短連歌を言い切るべきことについては、俊頼髄脳（一二四頁）に、「本末こころにまかすべし。そのなかからがうちに、いふべき事の心をいひはつるなり。心のこりて、つくる人にいひはてさするはわろしとす」（項目40～43参照）とある。上句、下句のいずれからよみかけてもよいが、上句ならば上句、下句ならば下句だけで完結した表現になっているべきだということだろう。

袋草紙（一〇頁）は、「近代和歌式云、連歌不二云切一わろき事也云々」と俊頼髄脳と同説を引用したうえで、「案云、不レ可二必然一歟」（項目24参照）という自説を述べ、「…うゐし田を」「…声すれば」など言い切らない短連歌を「吉連歌也」とする。また、「至二鎖連歌発句一。不レ可レ詠二末句一」と述べ、鎖連歌は上句すなわち五七五から詠みはじめるべきであるとする。しかし、発句を言い切ることについては言及しておらず、言い切らない短連歌を「吉連歌」と評していたことからみて、発句の言い切りにはこだわっていないようである。

八雲御抄は、発句は言い切らなければならないとし、袋草紙があげる短連歌の上句のような「…の」「…は」「…を」をしりぞける。この「発句は言い切る」という作法は、後世の連歌においても重要であったらしく、連理秘抄（五三頁）にも、「所詮発句はまづ切るべき也、切れぬは用ゐるべからず」とある。

a　**かなとも　べしとも　又春霞　秋の風などの体にすべし**

この部分は書陵部本のみにみえる。国会本ほかが言い切らない形の具体例「何の、何は、何を」のみを示すのに対し、切れる具体例として「かな、べし、体言止」をあげる。連理秘抄（五三頁）には、「かな・けり・らんなどやうの字は、何としても切るべし。物名風情は切れぬもある也。それはよく〳〵用心すべし」とあり、「物名（体言止）」の場合は切れないこともあると注意している。なお、「物名」の切れる・切れぬの区別については、連理秘抄の草案本である僻連抄（日本古典文学全集51の四三頁）にみえる。項目22、23参照。

19　**一　初三句中は可顕賦者也　あらはすとは　たとへば物名を……**

初めの三句についての心得。賦物とは、各句に物名を詠み入れること。例えば「魚鳥」の賦物ならば、上句に魚名、下句に鳥名を詠み込む。ただし、初めの三句については、たとえば「こがら」という鳥名を「こがらし」、「さめ」という魚名を「はるさめ」というような物名で詠み込まず、「こがら」「さめ」そのものをあらわにして詠み込むということ。後鳥羽院時代の連歌においては、賦物が重視されたらしく、筑波問答（一〇三頁）に「後鳥羽院御時はことさら賦物を御好みありき」とある。

20　**一　三句が内は可去病　〔四句〕五句がうちにも同事は用意す…**

前項に続いて初めの三句に関する心得。三句めまでは歌病を避ける、四句五句めでは、他の歌病はともかく、「同事」すなわちまったく同じ語の使用は避けたほうがよい、ということ。

21　**惣一座連歌にいたく同事のおほかるはあしき也**

項目26に「かまへて連歌をばあらぬやうにひきなしくつくる也」とあるように、後鳥羽院当時から、連歌には変化の妙が求められていた。こうした心得は後に細かい式目として定められる。連理秘抄（五六頁）では、「一座一句物」（連歌一巻中に一度だけしか用いてはいけない語）として「若菜　鹿　昔」等、「一座二句物」として「春月　故郷　成りにけり」等があげられている。

22 **一　上句にあしひきのなどいひはてて　下句に山といはでは……**

変化に富む下句（後句）を可能にするための上句（前句）の心得。前句に「あしひきの」「しもとゆふ」「ひさかた」などの枕詞を用いると、付句は「山」「葛城」「月・雲」などと詠まざるをえないのでよくないということ。はじめに述べた発句の場合と同じく、発句以外でも一句ごとに言い切った表現が望ましいということ。

23 **百韻のうち　いひきらぬ句の五六などにあまりたらんは　連歌…**

言い切らない句が百韻のうちに五、六句もあるのは見苦しいということ。言い切らぬ句とは、前項22に述べる枕詞を用いるもののほか、項目18に述べる「なにの」のような、助詞によって下句の付合を限定してしまう句をいうのであろう。連理秘抄（四三頁）には、「てにをはは大事の物也。…にの字は上の句にてはよし。下の句にては聞きよからず。ての字又上の句にてよし。下の句にてはわろし。…ても・とも一向是をとどむべし。のの字、一座一句といへども、いまだ一切見ざる所也」とあり、「ても」「とも」「の」などは避けるべきであったようである。

24 **〔清輔云　連歌不云切は凶　案之不可必然歟云々　加之誠に…〕**

国会本にのみ朱筆書き入れの形で存する。「清輔云…云々」は、袋草紙（一〇頁）の「近代和歌式云、連歌不二云切一わろき事也云々。案云、不レ可二必然一歟」という部分の引用。項目18参照。「加之誠に毎度不可然」は八雲御抄の付言で、清輔説に賛同する。項目43参照。

25 **一　これは下句せむおりおもふべし　上句に山桜などしはて……**

前句の心得を述べた前項に対し、本項は後句の付合の心得を述べる。前句の「山桜」に対し、「花の云々」と付けるのはよくない、また、皆同じような付句を考えるのはよくない、ということ。

26 **一　かまへて連歌をばあらぬようにひきなしひきなしつくる也…**

鎖連歌全体の構成についての心得。前句からは予測できないような離れた内容の句を付けて続けていくものだ、ということ。「春にて久く秋にて久は連歌せぬもののあつまりたるおりの事也」とあるが、連理秘抄の「句数」（六五頁）の項には、「春　秋　恋（以上五句）　夏　冬　神祇…（以上三句連之）」とあり、春や秋はそれぞれ五句まで連ねることができるとされている。

27 **一　いたくいとしもなき連歌　おもひいだすをせむに　はやく…**

連歌は付ける早さを競うものではなく、よく考えて付けるものであるということを述べる。和歌色葉（一三頁）にも「又くさり連歌の座……。たとひよき句をえたりといふとも、明匠座上をまちて、もしほどへばつくべし。口にまかせていふべからず。句のかずおほからむとおもひ、かたはらの人にすぐれむとはげみてのらず、めづらしからぬ句をはじず、はゞからずいふは先達のいましめなり、当座のそしりなり。たとへば古賢の多悪少善にはしかずといふがごとし」とある。

28 **一　いたくまさなきふし物し　いりたちたる魚鳥の名などは……**

※「魚鳥の名」は書陵部本、内閣本による。国会本は「魚鳥名名」。賦物について、不適切な、一般的ではない魚鳥の名を用いるのはよくないという戒め。連理秘抄（四三頁）には、「但、初心の人、こは賦物（詠み込むのが困難な賦物）さらに好むべからず。賦物こはくなりぬれば、句がらの悪くなる也」とあり、初心者が困難な賦物を詠み込むべきではないとする。魚鳥の賦物の例は、明月記の建暦二年（一二一二）十二月十日条に「無心宗之輩在東、有心宗在西云々、是御所也、先立隔屏風、各宗連歌折紙一枚訖、撤屏風寄合、賦鳥魚云々」とみえる。

29 **一　まさなき事は能々心えてつくべし　栗下といふ物まじり……**

後鳥羽院時代の「有心衆・無心衆」の発端については、明月記建永元年（一二〇六）八月十日条に「日来左中弁宣綱等人々多同心、和歌所輩ヲ狂連歌に可籠伏由結構、下官雅経等以尋常歌詞相挑之、此事及三度許、事達叡聞、召抜彼方張本等、長房卿、宣綱、清範、重輔、以之称無心衆、態出狂句、中納言、雅経、具親候御方、以之称有心」とみえる。この「有心衆・無心衆」を、「柿下衆・栗下衆」とも呼んだらしい。後鳥羽院宸記（『看聞御記』応永三十一年二月二十九日条所引）の建保三年（一二一五）五月十五日条に「有柿下栗下連歌興。以銭為懸物。尋常句時百文。秀句時二百文取之」とみえる。

また、筑波問答（七七頁）には「後鳥羽院建保の比より、白黒又色々の賦物の独連歌を、定家・家隆卿などに召され侍りしより、百韻などにも侍るにや。又様々の懸物など出だされて、おびたゝしき御会ども侍りき。よき連歌をば柿本の衆と名づけられ、わろきをば栗の本の衆とて、別座に着きてぞ侍りし。有心無心とて、うるはしき連歌と狂句を、まぜ〱にせられし事も常に侍り。土御門院・順徳院などの御製は、ことに比類なくぞうけ給はりおき侍りし」とみえ、井蛙抄（九九頁）にも「六条内府被語云、後鳥羽院御時、柿本、栗本とておかる。柿本はよのつねの歌、是を有心と名づく。栗本は狂歌、これを無心といふ…」とある。

30 **むかし無心が　すにさしてこそ　といふ連歌をしたりしに……**

出典未詳。無心の「すにさしてこそ」に対して、有心が「あはびがひ」とつけたということ。和歌において「あはび」は、「片思」や「かづく」ということばとともに詠まれることが多いが、「すにさしてこそ」との意味的連関はよくわからない。

31 **又なましきとおぼしたるもいふ事のありしに　有心の中より……**

文意が通りにくいが、井蛙抄（一〇〇頁）に「水無瀬和歌所に、庭をへだてゝ無心座あり。庭に大なる松あり。風吹て殊に面白き日、有心の方より、慈鎮和尚、心あると心なきとが中に又いかにきけとや庭の松風、と云歌よみ、無心のかたへ送らる。宗行卿こころなしと人はのたまへどみゝしあればきゝさぶらふぞ軒の松風、と返歌を詠じけり。耳しあればが、なまさかしきぞと上皇勅定ありてわらはせ給ひけり」とあり、八雲御抄の「なましきとおほしたる……わらひなどしたりし」という部分も、「生（賢）しきと思したる…笑ひなどしたりし」と解すべきか。続く「それは其人のがら、さもと思ゆればこそあれ」という部分は、宗行のように滑稽な歌を詠んで笑いにつながるのは人柄によるのだから、若い人や高貴な人はよく考えてすべきだという戒めであろうか。

32 **一　一字あるものの名はあらはしてはいづくにもす　ただ一字…**

項目19に「初三句中は可顕賦物也　あらはすとは　たとへば物名をかくしてはせぬ也」とあったが、賦物に一字の語を用いる場合は、発句、第二句、第三句以外でも、隠さずあらわにして詠んでよい、ただし、各句のはじめにその語を用いる、ということか。

33 **一　さきの上句に　春くれば……はもじある体の事は　尤……**

※「はもじ」は書陵部本、内閣本による。国会本は「文字」。

「春くれば」について、下句だけを隔てて、「なにすれば」と詠むのは、「…れば」「…れば」と「は」の同字になるのですべきではないということ。ある句とある句が一句だけを隔てている場合を打越という。連理秘抄（五六頁）の「一、韻字」の項には、「つゝ　けり　かな　らん　して　打越を可レ嫌。他准レ之」とあり、「れば」「ば」については言及されていないが、こうした「てにをは」の類は打越を嫌ったことがうかがえる。

34 **一　傍の賦物をする事はわろくきこゆる也　たとへば　賦禽獣…**

たとえば、賦禽獣連歌の場合、獣名を詠み込むべき句で、獣名を詠み込んだ上で、さらに、傍の賦物である「時鳥」などの鳥名を用いる場合には、十分注意する必要がある。それ以前の句で、賦物として「時鳥」が用いられていない場合には決して詠んではならない。以前の句で既に用いられている場合にも余り望ましくないが、それほどの難にはならない、ということ。また「連句の韻におなじ」とあるが、連歌の賦物の規則は、漢聯句の韻の規則に準じるということ。聯句では一人が二句づつ作り、その二句めに韻字を置く。

35 **一　両方かねたる賦物　一方に先しつれば　又する事なし……**

賦草木のような交互に詠み込む賦物において、両方の意味をもつ語は、一方だけにしか用いることができない、たとえば、草木の場合、草の「水葱」と木の「梛」の一方しか用いることができないということ。賦草木連歌の例としては、明月記建保五年（一二一七）四月十四日条に、「連句連歌同時始之、連句陽唐韻、連歌賦草木」とみえる。

36 **国与源氏を賦に　みゆきとして（源氏名）　国のゆきに用る……**

賦国名源氏の場合なら、源氏巻名である「みゆき（行幸）」を、国の「悠紀」を隠した国名の賦物として用いてはならないと述べる。賦国名源氏連歌の例としては、明月記建保三年（一二一五）十一月二十八日条に「被召御前、有連歌興……賦国名源氏」とある。また、菟玖波集一二七八番には「後鳥羽院御時源氏国名の百韻連歌奉りける中に　いつもみとりの露そみたるゝ　蓬生の軒端あらそふ故郷に　源家長朝臣」（金子金治郎『菟玖波集の研究』風間書房　昭40）とあり、国名「出雲」と源氏巻名「蓬生」が詠みこまれている。なお書陵部本、内閣本は、この「国与源氏」以下を一つ書きとして立てている。

37 **又賦草に　しのぶ草として　しのぶ草はさきに候へば　これは…**

「しのぶ草」を詠んだ場合に、それ以前に傍の賦物の句で「しのぶ草」が用いられているような場合は見苦しいということであろう。

38 **しらぎくなどしては　字に用は　猶いかがせむ　白といふ草……**

文意がとりにくいが、草の賦物の傍の句において、隠題としてではなく顕して草名の「白菊」などを用いるのはどうであろうか、「しら」という草はないから、「きく」だけなら傍の賦物で詠むことを許す場合もある、ということか。しかし、やはり、風情の無いものを両方の賦物に用いるのは特にいけないと戒めている。

39 **又かくしたるにてはなくて　名物をあらぬものになす事　わろ…**

由緒、本説のあるようなことばを賦物に用いる際の注意。賦源氏ではないのに、源氏巻名である「玉かづら」を、草木の賦物として「桂」の意を込めて詠むのはよくないということ。

40 **〔俊頼抄云　句中に云べき事を云はつる　心残てつくる人に…〕**

項目40から42は俊頼髄脳（二四頁）の引用、項目43はそれに対する八雲御抄の付言。国会本、幽斎本、内閣本は行間に書き入れ、書陵部本は本文化している。

41 **〔夏の夜をみじかき物といひ初し　人は物をや思はざりけん…〕**

和漢朗詠（夏・一五三）深窓秘抄（三四）に、第二、三句を「ねぬにあけぬといひおきし」としてみえる。作者は不明。

42 **〔さほ川の水せきあげしの連歌　万葉のよもをろかなる事……〕**

項目5、6参照。

43 **〔誠に可然　但近代百句五十句とせんに　さのみやはいひ……〕**

連歌は言い切るべきものであるという俊頼髄脳説に対し、八雲御抄は、近代の鎖連歌では必ず言い切ることができるわけではないと説く。項目24の国会本の書き入れ「加之誠に毎度不可然」と内容的に重なる。

44 **大方連歌は　いたう風情をつくし　歌などのやうになけれども…**

次項で取り上げられる即興の一句連歌（短連歌）の場合と異なり、座における連歌の場合は、ある程度考える時間を与えてよいということ。項目27参照。

45 **秘蔵詞などはつくすべからず**

秘蔵の詞（難義語・秘説のある語）ばかり用いるのはよくない、という。

46 **一句連歌のなにとなくつくべうもなきは　極たる大事也　道信…**

俊頼髄脳にみえる道信と伊勢大輔の例を引く。俊頼髄脳（三六頁）は「歌をよまむにはいそぐまじきがよきなり。いまだ昔よりとくよめるにかしこし事なし」としたうえで、この例をあげ、「これらを思へば心ときも賢き事なり」とする。八雲御抄では即興の短連歌を「極めたる大事」とし、伊勢大輔を「殊勝の事なり。もっとも有難し」と評している。この伊勢大輔の速詠については、袋草紙（六四頁）、十訓抄巻一もふれている。この道信・伊勢大輔の短連歌は、続詞花集にもとられており、詞書に「上東門院后宮と申しける時、うへの御つぼねにおはしますに、道信朝臣山吹花をもちてとほるに、ごたちのはしに見えければ、花をさしいるとて歌のもとをいへりければ、おくに侍るを、かれとれと宮のおほせごとありければ、とるとてすゐをいひける」（物名・九三五）とする。書陵部本のみにみえる「款冬枝をもちて」は、続詞花集詞書「山吹花をもちて」が書き入れられ本文化したものか。

47 **東三条に四条宮おはしける比　良暹が　もみぢばのこがれて……**
良暹の短連歌に何人も付けられなかったというこの話は、俊頼髄脳（三九頁）末尾に詳しく、連歌とは「おもなく言出でて打ち笑ひてやみぬるものなり」とする。また、和歌童蒙抄（一―三六頁）も俊頼髄脳を受け、「良暹が紅葉ばのこがれてみゆるみふねかなといへりけるに、殿上人あまた有りけるに、やがてさてやみにけるはうきためしといひ流したり。つけたる人あまたありけめど、程のすぎぬればいひいでぬわざになむ。」とし、この話を「うきためし」と述べる。これに対して八雲御抄は「真実にはにくからぬ事」とする。また、順徳院も参加した承久元年（一二一九）内裏百番歌合の家衡歌「紅葉ばのこがれて見ゆる木末かな衛士のたくひのよるはもえつつ」（一四一）に対する判詞（衆議判）に、「上句、良暹法師連歌なり」とあり、当時よく知られた逸話であったことがうかがえる。

48 **昔も今もよくしかけられぬれば　にげたる事多　歌よりも大事…**
「昔も今も……にげたる事多」とは、小式部内侍に「大江山生野の道の…」の歌を詠みかけられて逃げた定頼のことなどをさすか。俊頼髄脳（三六頁）には「内侍御簾よりなから出でゝわづかに直衣の袖をひかへて、この歌をよみかけゝれば、いかにかゝるやうはあるとて、ついゐて此歌のかへしせむとて暫しは思ひけれど、え思ひえざりければ、ひきはりにげにけり。是を思へば、心とくよめるもめでたし」とある。同話は袋草紙（八頁）にもみえる。八雲御抄は、即興で返歌をすることよりも、即興で短連歌の下句を付けることは、より「大事」であると考えているようである。

49 **凡今いひかけなどする連歌は　先例文字数様々也　或略初五……**
「或略上下又上下句」の文意がとりにくいが、即興の短連歌を言いかける場合は、文字の数はさまざまであって、第一句の五文字を略したり、上句を略すことも、下句を略すこともあるということか。鎖連歌の発句は、必ず上句（五七五）であることに対し、短連歌の場合は必ずしもそうではないことを注したものか。

（十八　八病）

八病（喜撰式）
奈良末期に成立したという歌経標式をはじめ、平安中期頃に現れた和歌式は、中国の詩病の分類にならい、和歌を対象にした「歌病」を列挙して論じているが、それぞれ歌経標式が「七病」、和歌作式（喜撰式―以下喜撰式と記述する）が「四病」、和歌式（孫姫式―以下孫姫式と記述する）が「八病」を取り上げている。すなわち八雲御抄が、章題「八病」の下に喜撰式の書名をあげるのは、現存の和歌四式を見る限りは誤りで、八雲御抄の記述のもとになるのは、孫姫式の八病の記述ということになる。しかし、現存の喜撰式は、奥義抄引用の逸文「喜撰式」と内容が異なっている。奥義抄（二四〇頁）は「已上出㆓喜撰幷孫姫式㆒」と八病を引用しているし、顕昭が古今序註で「喜撰偽式」とよぶものにも八病の記述があったというので、現存本とは異なる喜撰式があり、それが「喜撰偽式」であったか、また「喜撰偽式」は喜撰式の一部であったのかとも言われている。

孫姫式（二六頁）と同じく八病をあげる歌学書には、喜撰偽式と一部分が一致する新撰和歌髄脳（六一頁）をはじめ、奥義抄（二三八頁）、和歌童蒙抄（一—三七九頁）、袋草紙（新古典大系 四五八頁）、古来風体抄（初撰—三八四頁・再撰—四六〇頁）、和歌色葉（二〇四頁）がある。このうち出典として孫姫式の書名をあげるのは奥義抄だが、前述の如く、「已上出㆓喜撰幷孫姫式㆒」と八病を示しているので、現在の喜撰式にはない八病をのせる、いわゆる喜撰偽式を孫姫式と併せて見たものか。また袋草紙（新古典大系 四五八頁）は「八病〈喜撰式〉」とあり、八雲御抄に一致している。八雲御抄は、奥義抄、袋草紙などの歌学書から八病を引用しているものと思われる。

一方、八病全体をあげないで、おもに同心病について詞と心に分けて考察する歌学書に、新撰髄脳（六五頁）、俊頼髄脳（一二六頁）があり、奥義抄や和歌童蒙抄などのように、八病をひくとともに「同心病」について諸例を検討するもの〈「避病事」「詞病事」として奥義抄（二四〇頁）、「病難例」「文字病難不例」として和歌童蒙抄（一—三八二・三八五頁）〉もみえる。八雲御抄はその両方を受け継いで考察を加えている。つまり八雲御抄は「八病」を引く前掲歌学書だけによらず、歌合の判詞や新撰髄脳等の説く同心の歌の病をも併せて説明しているといえるだろう。項目8参照。また歌合の難については（二十一）歌合子細参照。

八雲御抄の八病の名称、説明様式は、孫姫式以下の先行歌学書と重なり、病名〇〇をあげ、「或謂㆓之和△△㆒」というのは、中国の詩病名△△を和では〇〇という事になるが、もとの詩病とのつながりやその病の実態は判然としないものが多い。そのため八病の例歌は、孫姫式からではなく（孫姫式の例歌は二首しか引かず、一首は引かれる病が異なっている）、八雲御抄は様々な歌学書から引用するほか、独自にも例歌を集めて、病をわかりやすく説明しようとする。

1 一　同心病〔或号和叢聯病〕是同事の二句にある也　句並ぬる…

孫姫式（二六頁）の冒頭に八病の名をあげて「第一　同心　一篇乃内再用㆓同詞㆒、或謂㆓之和叢聯㆒」とある。小沢正夫氏の『古代歌学の形成』では、これは、空海の『文鏡秘府論』に整理された「文二十八種病」中の「叢聚」にあたるので、「或謂㆓之和叢聯㆒」というと解説される。

孫姫式の説く同心病は、一首（一篇）のうちに同じ詞（同詞、説明文中では同辞）を二度用いることであるが、「以㆑意」（わざと用いたもの）や、語音が同じでも意味が異なるものは病とせず、語音が異なっても「義理」（意味）が同じものを避けるべきだとする。これは基本的に孫姫式を引く歌学書に継承され、新撰髄脳や俊頼髄脳でも言及されている説で、新撰髄脳（六五〇頁）は「（やまひ）ことを数多ある中にむねと去るべきことは、二所に同じことのあるなり。但、詞同じけれども心異なるは去るべからず…詞異なれども心同じきをばなほ去るべし」というが、俊頼髄脳のように文字病、同心病と区別して、どちらも病であると考えるものもある。

奥義抄（二三八頁）、袋草紙（新古典大系　四五八頁）には「一歌中再用同事也」とあり、「是同事の二句にある也　句並ぬるは不謂云々」という八雲御抄の「同心病」に対する解説とは、表現が少し異なる。

また「句並ぬるは不謂云々」については奥義抄（二四〇頁）に「同心の病と云は、一歌の中に再同事を用也。但隔レ句て用るを為レ病云々」として「隔レ句」というのが上句と下句、一句を隔てる、の二義があると説明するので、八雲御抄はここを引いて「隔レ句」に対し、句が続くことを「句並ぬる」といい、それは病とは「不謂云々」とするので奥義抄と同じ見解であるといえる。また奥義抄は、「如二古髄脳一」は同心病をしるすのに「隔レ句おもむきみえず。是又今の世にいできたつこととなるべし」と、句を隔てての同心を病とすると言うのは、今の世の事だとも記している。（二十一）歌合子細の項目9参照。文字病については項目4参照。

2　〔遍照〕　**わがやどはみちもなきまで荒にけりつれなき人をまつ…**

八雲御抄が独自にあげる例歌である。項目4参照。古今（恋五・七七〇・遍照）。

3　〔新　躬恒〕　**さかざらむものとはなしにさくら花おもかげに……**

当該歌は亭子院歌合に、第二句「ものならなくに」第五句「まだきみゆらん」（三二）とみえ、その判に「ひだりはらんといふことふたつあり。みぎはやまざくらといふことまくとて、ぢになりぬ」とされたものである。国会本の注記に「新」とあるが、「新」のつく現存の歌集にはみえない。

八雲御抄では結句「まだきたつらん」とあり、同じ結句を持つのは、和歌色葉（一〇七頁）で、その他の俊頼髄脳（一二七頁）、奥義抄（二四一頁、ただし流布本にのみみえる例歌）、和歌童蒙抄（一—三八二頁）、袋草紙（新古典大系　四五八頁）は歌合と同じく、「まだきみゆらん」と引くが、どの歌学書も亭子院歌合に難とされた事を指摘する。次項参照。

拾遺（雑春・一〇三六・躬恒　結句「まだき見ゆらん」）

4　**なき二あり　らむ二あり　かかる歌　昔は数しらずして撰集に…**

項目2、3の歌について、「なき」「らむ」が重出することをいう。孫姫式、新撰髄脳が、同じ事でも、心（意味）と詞をわけて考察して以来、平安後期には詞を同じくするものも病とし、詞病、文字病と称する。奥義抄（二四一頁）は「又歌に詞病と云事あり。但、古髄脳にはみえず。近代出来事か。たとへば、けれ・らむなど云類也。まことに耳たちて聞ゆ。さるべき事なり」という。

ところが、俊頼髄脳（一二七頁）は、文字の病をあげた後に「又古き歌の中に、さり所なき病ある歌もあまた見ゆる、如何なることにかあらむ」と病とせざるを得ない例に項目3「さかざらむ」と、項目6「けふ降りぬ」の和歌を引き、「これはのがる所なき病なり。これらはみな三代集にいれり」という。俊頼髄脳は病であっても優れた歌の欠点（病）は取り立てて言う事ではないという意見で、八雲御抄が「撰集に多」というのは、これによると思われる。

袋草紙（新古典大系　四五八頁）、同心病の項に伊勢大輔の歌を「依病負了。但撰時依優美、不顧病類撰入之歟」とあるのも参考になったか。

また俊成は六百番歌合、春中、八番の判詞で、「然而上古不去病は常の事なり、撰集与歌合又事異歟」と述べている。

5 **俊成古来風体曰八病中是ぞ可去　其残はさりあふべきにあらず**

古来風体抄（初撰—三四九頁）に八病をあげて「このなかにはじめの同心の病ぞむねとさるべき事とみえたる。のこりはさりあふべきにあらざる事なり」とあり、古来風体抄再撰本（四六〇頁）でも「残りはさりあふべきにあらず。それをさらばふるきよき歌どもみなことやぶれ侍りぬべし」と記している。

6 **〔けふ降ぬあすさへふらば〕**

項目6「けふ降ぬ」から8「但不可然事歟」まで、国会本、幽斎本、内閣本では、項目1の「一　同心病　或号和叢聯病」の下に注記のように細字で書かれている。書陵部本によりこの位置に置いた。国会本などは俊頼髄脳によって例歌を冒頭に補ったか。

俊頼髄脳（一二七頁）が「さり所なき病ある歌」に引く和歌、「梓弓おしてはるさめ今日降りぬ明日さへ降らば若菜つみてむ」（古今・春上・二〇・読人不知）の第三、四句をあげている。活用形は異なるが「降る」を二度含んでいる。

7 **〔なが月の有明の月などいへる〕**

「今こむといひしばかりに長月のありあけの月をまちいでつるかな」（古今・恋四・六九一・素性）の第三、四句で、「月」を二度含む。

俊頼髄脳（一二六頁）が文字病に引くものである。次項参照。

8 **〔俊頼為病　但不可然事歟〕**

俊頼髄脳（一二六頁）は「今にも去るべしと見ゆるは同心の病、文字病なり。同心の病といへるは文字はかはりたれども、心ばへの同じきなり……文字病といふは心はかはりたれども、同じ文字あるをいふなり」という。これは、孫姫式以下、奥義抄までの歌学書が「同心病」を「おなじ詞（事）が一首の中に二度あること」と説明し、新撰髄脳（六五頁）が「ことを数多くある中にむねと去るべきことは二所に同じことのあるなり。但し、詞同じけれども心異なるは去るべからず」と明確にしたことだが、平安前期は「同心」のみを病としていたものを、「詞」と「心（意味内容）」を分けて考える流れに従い、その双方を病とするものである。奥義抄にも同じく「避病事」「詞病事」と述べられている。俊頼髄脳（一二六頁）は「同詞」を避けるべき事、文字病として項目7の例歌を引き、「此月と月なり。ながつきとよめる月は、つきなみの月なり。ありあけの月とよめる月は空に出づる月をいへば、心はかはれど、なほ同じ文字なり」という。項目6の例歌に対しても「此けふ降りぬといふ降りと、あすさへ降らばといふ降りとなり。これはのがる所なき病なり」（二七頁）とする。しかし、これらの例歌は勅撰集歌であるため、容貌の優れた人の欠点は欠点とも見えないのと同じだと例え、難とするわけでもない。八雲御抄も同じ立場をとる。項目4参照。

9　〔俊頼口伝は山与嶺体のも此内の病といへり　縦ば同心也〕

※「山与嶺体」の「体」は幽斎本による。書陵部本、内閣本も「ていい」。国会本は「侍」。

項目9、10は国会本、幽斎本、内閣本では、項目4、5の上部に細字で記され、国会本では朱書されている。書陵部本によりこの位置に置いた。

俊頼髄脳（一二六頁）は前項の「今にも去るべしと見ゆるは同心の病、文字病なり。同心の病といへるは文字はかはりたれども、心ばへの同じきなり」に続けて、「山桜さきぬる時は常よりもみねの白雲たちまさりけり」（後撰・春下・一一八・読人不知　亭子院歌合・右・四・貫之）を引いて「これは山と峯なり。山のいたゞきをみねとはいへば、病にもちゐるなり」という。

また袋草紙（一二四頁）が項目3の躬恒歌と項目9の貫之歌が番われた亭子院歌合の判詞「左らんと云事ふたつあり。右は山みねと云事またありとて持になりぬ」を引き、後にも俊頼、基俊に山峰が病とされたというが、項目3に引いた歌合本文（十巻本）では、貫之歌に対する判詞は「やまさくらといふことまく」であり、二十巻本では「右山ざくらまたげり」となっており、本文が種々乱れているようである。次項参照。

10　〔なぎさ　みぎは　文字はかはりたれ共同心也と云々〕

前項に続き国会本では朱書された注記である。

俊頼髄脳（一二六頁）は前項の記述に続けて、「もがり船今ぞなぎさに寄するなるみぎはのたづの声さわぐなり（拾遺・雑上・四六五・読人不知）是又なぎさとみぎはとなり。みぎはとなぎさともいへば文字はかはりたれども、同じ心の病とするなり」という。これは同じ拾遺集歌をひく、新撰髄脳（六四頁）の「詞異なれども心同じきをばなほ去るべし」を承けているものと思われる。当該歌に対する同じ見解は奥義抄（二四一頁）、和歌色葉（一〇七頁）にも見られる。

11　二　乱思病〔或号和形迹病〕　是詞不優而そへよめる也

孫姫式（二六頁）に「第二　乱思　義不レ優猶レ文而造次難レ読、或謂二之和形迹一」とある。小沢正夫『古代歌学の形成』によれば、「乱思」の説明は、意味が優雅でなく、すらすらと読み難い」であって、『文鏡秘府論』は「形迹病」を「嫌疑（本来はいまわしい故事）」と説明しているので、「疑わしい」、意味のあいまいな歌（乱思）を「和形迹」としたとされる。孫姫式（二七頁）では説明中に「去錯二乱思慮一」ともある。

「義不レ優」が新撰和歌髄脳以下の歌学書では「詞は優なくして」となり、新撰和歌髄脳（六三頁）では続けて「常にそへて詠めるなり。その心見えず」という。奥義抄（二三九頁）に「詞不レ優して常にそへよめる也」とあり、和歌童蒙抄（一―三九頁）には「ことばつゞきつまびらかならず。その心みだれて何とも聞えぬなり」とある。

12**あひみるめなきこのしまにけふよりてあまとしみえぬよする……**

孫姫式（二七頁）、奥義抄（二三九頁）、和歌色葉（一〇五頁）は「一　同心病」の例歌としてあげている。出典は未詳。

13**いにしへの野中のし水みるごとにさしぐむ物はなみだなりけり**

袖中抄の「野中のしみづ」の項（一六六頁）に「むかし心をつくしいみじくおぼえし人のおとろへたらんをも、もとのありさましりたれは、猶むすぶよしをよめりけるを本として、もとの妻をば野中のし水と云ならはしたるにこそ」として当該歌をあげる。

八雲御抄にのみ見える例歌であるが、「あひすみける人、心にもあらでわかれにけるが、年月をへてもあひ見むとかきて侍りけるふみを見いでてつかはしける」（後撰・恋四・八三・読人不知）という詞書により「もとの妻」に「野中のし水」を「そへよめる」ことが知られるので、「乱思病」の例としたか。

14**かやうによめる也　此たぐひむかしも多　近ごろことにみゆる…**

順徳院自身の見解を述べたもの。また「所詮下品歌人毎度得之」の指摘も八雲御抄にのみ見えるが、項目18にも類似の言及がある。

15**三　爛蝶病（或号和平頭病）　是本句好て末句疎也**

※「末句疎也」は書陵部本、幽斎本、内閣本による。国会本は「未句疎也」。

孫姫式（二六頁）に「第三　爛蝶　欲レ労二句首一疎二義於末一、謂二之和平頭一」とある。小沢正夫『古代歌学の形成』によれば、「平頭病」は詩病の名を借用しただけで、中国詩学とは関係がないといい、以下の病についてもその傾向が見える。孫姫式の説明は「歌の初めの方ばかり熱を入れて、終りが粗略になったもの」というが、新撰和歌髄脳（六二頁）には「爛蝶と云は、歌の初と後との心の相違したるなり」といい、和歌色葉（一〇五頁）は「始の句はよくして末の句の疎なるなり」という。和歌童蒙抄（一―三〇頁）が「一首の中にふたことをならべてよめるなり」というのは、次の例歌からの解釈か。孫姫式、新撰和歌髄脳、奥義抄、和歌色葉があげる例歌「はる霞たなびく山の松がうへにほにはあらずて白雲ぞたつ」は八雲御抄に引かれていない。

奥義抄（二三九頁）に「句始は好て末疎也」、袋草紙（新古典大系　四六六頁）に「本句好テ末句疎也」とあり、八雲御抄に一致する。

和歌の本末については、長明無明抄（二九五頁）に「上句おとれる秀歌」と題して「俊恵云、歌は秀句を思えたれども本末いひかなふる事のかたきなり」とも述べられている。

16**（寛平后宮歌合）あかずしてすぎゆく春の人ならばとくかへり…**

八雲御抄が「是本句好て末句疎也」というように上の句に対して、下の句のできが悪い例といえよう。次項17も同じ。

袋草紙（新古典大系　四五八頁）が「百番歌合」の歌として「爛蝶病」の例歌にあげる。袋草紙が寛平后宮歌合を「百番歌合」と称するのは奥義抄「太后の百番歌合」（三四二頁）によるか。

寛平后宮歌合（三四）

「三爛蝶病」から「五花橘病」までの例歌は、袋草紙、「証歌」の「犯病類瑕瑾歌、八病」の例歌による。項目17、20、24参照。

17 **〔同〕夏の日のくるるもしらずなく蟬はとひもしてしかなに……**

袋草紙（新古典大系　四五八頁）が前項の歌に続いて、「同歌合云」と、「爛蝶病」の例歌としてあげる。

寛平后宮歌合（七〇）

18 **是は下品歌人のよむ腰折皆如此　上下句共疎も多　是はしも……**

八雲御抄の説か。「上下句共疎も多」というのは、例えば顕昭が、若宮社歌合建久二年（一一九一）の判詞で、「たに深きかけぢをしむるすまひには閨のしたにも鶯ぞ鳴く」（一六・法橋宗円）について、上句は「いかがと聞ゆるうへに」、下句の内容も「あやしくきこえ侍り」として、「孫姫式に欄蝶病などあげたるは、かかる事にや」と述べる。「しもすはり」の指摘は先行書には見えず、未詳。

19 **四　諸鴻病〔或号和上尾病〕是偏に題に被引て詞不労也**

孫姫式（二六頁）に「渚鴻　偏拘二於韻一不レ労二其始一、或謂二之和上尾一」とある。和歌童蒙抄（一―三八〇頁）でも「ひとへに韻をとゝのへて、はじめの句のことばをいたはらぬなり」とあるが、新撰和歌髄脳（六二頁）は「一題に引かれて詞をいたはらざるなり」というように、「韻」にふれる説が「題」のことと混同されている。奥義抄（三三九頁）には「偏に題に被レ引て詞不レ労也……用レ韻歌曰」とある。袋草紙（新古典大系　四五八頁）にも「偏ニ　題被引テ詞不労」といい、八雲御抄に一致する。八雲御抄は新撰和歌髄脳や袋草紙、和歌色葉と同じく、孫姫式、和歌童蒙抄がいう「韻」については触れていない。

20 **人をおもふ心のおきは身をぞやくけぶりたつとは見えぬもの……**

袋草紙（新古典大系　四五八頁）が「百番歌合」の歌としてあげる。項目16参照。

寛平后宮歌合（一六九）

21 **くれの冬わか身おいゆきこけのはふえだにぞをふれうれしげ……**

※「こけのはふ」は、書陵部本、幽斎本、内閣本による。国会本は「こけのそふ」。

孫姫式（二七頁）、奥義抄（三三九頁）、和歌色葉（一〇五頁）が「渚鴻病」の例歌としてあげる。新撰和歌髄脳（六二頁）では「くれの冬我身ふりゆくゆきかけの上にぞふれるをしけゝむなは」と歌詞が異なっている。出典未詳。

22 **是又常の事也　ことに歌の道にあしき趣き也**

「題に引かれ詞をいたわらず」と言う内容であるので、歌合には、よくある事というか。それは歌道にとって「あしき趣」という八雲御抄の見解である。

23 **五　花橘病〔或和翅語病〕是すなほにして直に其本名を用也**

孫姫式（二六頁）に「第五　花橘　諷レ物綴レ詞直用二其本名一、或謂二之和翻語一」とある。孫姫式（二八頁）が「あなつたなたけども朽ち木もえなくにたとへばにむやわがこひらくに」を例歌に引いているので、小沢正夫『古代歌学の形成』では、「諷」のうたであるのに、例歌が「拙」を「諷」しながら「あなつたな」と「拙」

をそのまま言い直した「本名を称する」歌である所が病という。新撰和歌髄脳（六三頁）、奥義抄（三三九頁）、和歌色葉（一〇五頁）も同歌を引くが、和歌童蒙抄（一—三八〇頁）は「たけどもくちきもえなくに」が「句のつゞきに詞をかけてよむなり」という新説を出している。

奥義抄に「詞質にして直に其本名を用」、袋草紙（新古典大系 四五八頁）にも「〈詞質にして直ニ其本名ヲ用也〉」とあるが、「詞質」は八雲御抄と異なっており、八雲御抄は、新撰和歌髄脳や和歌色葉の「詞をすなほにして」からも引用したものか。

24 **冬くれば梅に雪こそふりかかれいづれのえだを花とはをらん**

袋草紙（新古典大系 四五八頁）に「花橘病」の例歌に「百番歌合」の歌として、第五句「花とはらはん」でのる。項目16参照。

寛平后宮歌合（三六）　新撰万葉（四〇八）

25 **是又左道事ながら常とみゆる物也**

これも、邪道であるが常にある事だという、八雲御抄の説であろう。

26 **六　老楓病〔或和齟齬病〕　是篇終一章上四下三用也**

孫姫式（二六頁）に「一篇終一章上四下三用也、或謂二之和齟齬一」とあるが、例歌「てるつきはかれなまめにふいこの上かぎらなくけぬるがひ云々」の「一篇終」、結句を見ても意味が判然としないため、齟齬というか。奥義抄（三三九頁）には「てる月はゝれまなくのみにほふいろの人ゆきもなくきえぬるがうき」とある。和歌童蒙抄（一—三八〇頁）だけが「ことばゆたかならず、しぶしぶしくて吟詠にさまたげあるなり」と説明する。

奥義抄に「篇終一章上四下三用レ之」とあり、袋草紙（新古典大系 四五八頁）には「篇終一章、上四下三用也」とあって八雲御抄に一致する。

27 **〔喜撰式云一首中不籠思詠也云々〕**

現在喜撰偽式かといわれている新撰和歌髄脳（六三頁）には「一つ歌の中に籠りて思はぬことなく、皆尽しつるなり」とあり、和歌色葉（一〇五頁）には「ひとつ歌の中にこめておもはずなることをいふ也」とある。

奥義抄（三三九頁）には「喜撰式云」として「一歌中にこめ思ひたることなくいひもらしつるなり」とあり、袋草紙（新古典大系 四五八頁）にも「喜撰式云、一歌中ニコメヲハ（本）ラサル事ナリ。イひもらしつる也」とあり、八雲御抄の「一首中不籠思詠也云々（一首の中に思いを籠めず詠む也）」とは微妙に異なっている。

28 **七　中飽病〔或和結腰病〕　是三十五六文字ある也**

孫姫式（二六頁）に「一篇之内或有三十六言、或謂二之和結腰一」とある。説明ではまた「三十二三四五六言」（二八頁）ともいう。和歌童蒙抄（一—三八〇頁）、和歌色葉（一〇六頁）が「三十二三四五六字」説を引いている。字余りの歌をいう。

奥義抄（二四〇頁）、袋草紙（新古典大系 四五八頁）は「三十五六文字」あるとし、八雲御抄に一致する。新撰和歌髄脳（六三頁）は「是は深き病にあらず」という。

29 **〔経信〕 さもあらばあれくれ行春も雲のうへにちる……三十四字**

八雲御抄が独自に引く例歌である。

新古今（雑上・一四六三・経信）

30 **〔二条讃岐〕ありそ海の波まかきわけてかづくあま……三十六字**

八雲御抄が独自に引く例歌であるが、出典未詳。

31 **これにすぎんは有がたし　旋頭歌にことなるべからす**

和歌よりも一句多い旋頭歌にも、五字句が増えるという説と七字句が増えるという両説ある。そこで、五字句が増えたとすると三十六文字、七字句が増えたとすると三十八文字となるので、短歌形式では、例歌の三十六字以上はあり得ないという八雲御抄の説か。（五）旋頭歌参照。

32 **八　後悔病〔或和解証病　或混本之詠音韻不諧云々〕是無……**

孫姫式（二六頁）に「混本之詠音韻不レ諧、或謂二之和解鐙一」とあり、混本歌の韻が整わないものとする。

韻の問題としているものに、袋草紙（新古典大系　四五九頁）の「混本之詠音韻不皆也」があり、「後悔病」という名称に引かれた説明をするものとしては、新撰和歌髄脳（六三頁）の「後悔病と云は、心静に思ひめぐらさで、まだしきに書き出でつるを、後に思ふに悪しかりけりと思へば、後はなげき悔ゆるなり。されば猶しばらく思ふべきなり」や和歌色葉（一〇七頁）がある。

しかし、八雲御抄が「是無風情後悔する也」ともいうように、韻と後悔について触れるものには、和歌童蒙抄（一—三八〇頁）があり、「韻をとゝのへずして、たとへば混本歌也。……いそぎてよみいだす程に、句の数もかへりみぬが故に、後にくやしき病と云ふ也」というが、奥義抄（二四〇頁）には「混本之詠音韻不レ諧。或云二和解鐙病一。喜撰式云、心のどかに思ひめぐらさずして、まだきよみて後悔也」とあって、八雲御抄の記述に最も近い。

孫姫式が引く例歌「いはのうへにねざすまつがへとおもひしものを」と「あさがほのゆふかげまたずうつろへるかな」は八雲御抄も混本歌のところで用いているが、この後悔病には例歌があげられていないので具体的にどのような和歌を想定していたか判然としない。（六）混本歌参照。

33 **俊頼曰歌をすみやかによみて後によき詞をおもひよりたるなり…**

俊頼髄脳（三五頁）に「歌の八の病の中に、後悔の病と云ふ病あり。歌すみやかに詠み出して、人にもかたり、かきてもいだして後に、よきことばふしを思ひよりて、かくいはでなど思ひて悔いねたがるを云ふなり。さればなほ歌をよまむにはいそぐまじきがよきなり」とある。

（十九　四病）

四病〔喜撰式〕

喜撰の作とする倭歌作式（喜撰式）の中に四病があげられ、その分類された病名は後掲の歌学書が継承している。また例歌は、喜撰式（一八頁）と同じ歌をあげるものに石見女式（三一頁）、奥義抄（二三七頁）、和歌童蒙抄（一—三七九頁）、和歌色葉（一〇四頁）があり、新撰和歌髄脳（五八頁）、古来風体抄（初撰—二四八頁・再撰—四六〇頁）

は例歌をあげない。袋草紙（新古典大系 四五九頁）は四病について独自の例歌を引くが、その九首のうち、七首までを八雲御抄が引用している。そのためにこの二書が、病に対して、喜撰式とは違う解釈をすることとなり、ここにも八雲御抄に対する袋草紙の影響の大きさを指摘することができる。

1　**一　岸樹病〔第一句始第二句始同也〕**

病の名称は喜撰式（一八頁）が「岩樹」とし、その他石見女式（三一頁）などは「岸樹」とする。

また病の内容は各歌学書とも喜撰式の「第一句初字與第二句初字同声也」と同じだが、八雲御抄の記述は、袋草紙（新古典大系 四五九頁）の「第一句始第二句始同也」に一致する。項目2にあげる例歌も同じである。

太皇太后宮亮平経盛朝臣家歌合、仁安二年（一一六七）で、判者清輔は、七番右の師光歌に対して、岸樹病を指摘している。

2　**〔兼盛〕夏ふかく成ぞしにける大あらきのもりのした草なべて…**

袋草紙（新古典大系 四五九頁）が「天徳歌合」（三一）の歌としてあげる。項目4参照。

後拾遺（夏・一二八・兼盛）。

3　**〔友則〕あまのかはあさせしら波たどりつつわたりはてねば……**

袋草紙にはみえず、八雲御抄が独自にあげる例歌である。

古今（秋上・一七七・友則）。

4　**夏ふかくのなと　なりぞのなと也**

※「夏ふかくのな」は幽斎本、書陵部本、内閣本による。国会本も朱筆で「夏ふかく」の下に○を書き右に細字で「のなイ」とある。

項目2の例歌について、一、二句の頭の「な」が重なるとの八雲御抄の解説である。

a　**又あまの川のあと　あさせのあと也**

※幽斎本、書陵部本による。

前項に同じく友則歌（項目3）の「あ」の重なりをいう。

5　**しら露もしぐれもいたく**

「しら露もしぐれもいたくもる山は下葉残らず色づきにけり」（古今・秋下・二六〇・貫之）の一、二句目の「し」が同じである。項目7の注記にあるように、項目5、6は俊頼髄脳（一二八頁）による例歌である。

6　**あきのよのあくるもしらず　などかずしらず**

「秋の夜の明くるも知らず鳴く虫は我がごとものや悲しかるらむ」（古今・一九七・敏行）。「あ」が、重なっている。この歌のような岸樹病の歌が多いことを言う。

俊頼髄脳（一二八頁）による例歌である。

7　**〔俊頼云此病可去云々〕**

国会本、内閣本は、岸樹病と掲げた横にこの項を注記し、書陵部本も項目1の注の下に書くが、次の俊頼髄脳によればこの項を項目5、6に続ける幽斎本が整っていると思われるので、この位置に置いた。

俊頼髄脳（一二八頁）に「又はじめの五文字のはじめの文字と、つぎの七文字のはじめの文字と同じきを、古き髄脳に岸樹の病といへり。是ぞなほ去るべき事なり。おなじ文字よみつればさゝへて耳とゞまりて聞ゆれども、又古き歌になきさまにあらず」として項目5、6に取り上げたの古今歌二首をあげる。

8 〔此段詞歟〕
国会本のみにみえる。国会本では項目6の下に書かれた朱の注記だが意味不明。

9 **二　風燭病　〔毎句第二字与第四五字同〕**
袋草紙（新古典大系　四五九頁）の「毎句第二字ト第四五字ト同也」に一致する。

喜撰式（一八頁）では「句ごとに第二字と第四字が同じ」の意味で、例として「このとのはさとのとりとる」があがっていて、石見女式（三頁）、新撰和歌髄脳（五八頁）、奥義抄（二三七頁）、和歌童蒙抄（一―三七九頁）、和歌色葉（一〇四頁）も同じ。

10 **〔忠岑〕鶯のたによりいづるこゑなくは春くることをいかで……**
袋草紙（新古典大系　四五九頁）が「百番歌合」の歌として結句を八雲御抄と同じ「いかでしらまし」であげる。項目12参照。

古今（春上・一四・千里　結句「誰かしらまし」）　寛平后宮歌合（三）

11 **〔兼盛〕み山いでてよはにやきつるほととぎすあかつきかけて…**
袋草紙（新古典大系　四五九頁）が「天徳歌合」の歌としてあげる。

項目12参照。

拾遺（夏・一〇一・兼盛）

12 **これうぐひすのくと　声なくのくと　又み山のやと　よはにや…**
項目10、11の例歌で、初句の二字目と、別の句の四字目が同じ字になっているということを説明する。袋草紙（新古典大系　四五九頁）と同じ例歌をあげるので、右のような説明になる。項目9の「第四五字同」は、「第四または五」の意になるか。

13 **三　浪船病　〔五言の四五字七言六七字同也〕**
※「五言の四五字」は書陵部本、幽斎本による。国会本は「五言の四字」。
袋草紙（新古典大系　四五九頁）に「五言ノ四五字、七言ノ六七字同也」とある。しかし喜撰式（一八頁）では「五言之第四五字與二七言之六七字一同声也」といい、「くさのゝわかれにしのゝ」を例にあげる。袋草紙、八雲御抄では項目14、15の例歌からみると、字の重なりは五字句または七字句の一箇所であっても病となっていて、喜撰式とは説明がずれている。石見女式（三一頁）、奥義抄（二三七頁）、和歌童蒙抄（一―三七九頁）、和歌色葉（一〇四頁）も喜撰式に同じであり、和歌童蒙抄と和歌色葉は特に第一句目と二句目のこととする。

また新撰和歌髄脳（五八頁）には「五字の句の第四の字と七の字の句第六七の字と同じきなり」とあり、二ケ所三文字が同じというので、喜撰式とも八雲御抄とも一致しない。

14 **〔躬恒〕いもやすくねられざりけり春のよは花のちるのみ夢に…**
袋草紙（新古典大系　四五九頁）が「亭子院歌合」（一八）の歌としてあげる。項目16参照。

新古今（春下・一〇六・躬恒）

15**花だにもちらでわかるる春ならばいとかくけふはおもはざらまし**

袋草紙（新古典大系　四五九頁）が「天徳歌合」（二〇）の歌としてあげる。項目16参照。

金葉三（春・三二・朝忠）

16**是はつつ　るる　又あきの野のなどいへる重点也　是古今無憚…**

※「是古今無憚事なれど入病中」は、書陵部本、内閣本による。国会本、幽斎本は「古今」を「今古」とする。

項目14の「つつ」と項目15の「るる」の重なりをいう。八雲御抄がいうように、一首中に「つつ」のような重点（かさね字）が一ケ所に見える歌は数多く、病とはされていない。

また「秋の野の」の例は「秋の野の草のたもとか花すすきほにいでてまねく袖と見ゆらむ」（古今・秋上・二四三・棟梁）、「秋の野のをばなにまじりさく花のいろにやこひむあふよしをなみ」（古今・恋一・四九七・読人不知）など多数あるが、袋草紙（新古典大系　四五九頁）が「寛和二年歌合　右勝　長能」の歌として「かりにとやいもは侍らん秋のゝの花みるほとは家路忘れぬ」（六）をあげているので、これによるか。この歌合は実際は寛和元年（九八五）に行われた。

項目14から16の例歌は、袋草紙によれば全て歌合で勝となった歌と知れるので、八雲御抄は「是古今無憚事なれど入病中」という。

17**四　落花病　〔毎句同字交也　但故重読不忌〕**

※「但故重読不忌」は幽斎本、書陵部本、内閣本による。国会本は「但故重読不恋」だが「恋」の右下に「忌イ」という他本注記がある。

袋草紙（新古典大系　四五九頁）に「毎句同字交也。但故重読不忌」とあり、八雲御抄に一致する。喜撰式（一八頁）にも「毎レ句交二於同文一、詠誦上中下文散乱也」とあり、「のちのたのしきあしたの」で「の与の同声」と言うが、「上中下に文が散乱」というのであれば、「し」の同声もあろう。それを新撰和歌髄脳（五八頁）では「句毎に同じ字のやうなる詞をまじへたるなり。乱れ合ひて詠ずる声の悪しきなり。故に重ね詠む体、これをば重点の歌といふ」と呼んでいる。

また「但故重読不忌」については、奥義抄（二三七頁）に「但故重読は不レ忌」とあり、和歌色葉（一〇四頁）も「但し、さらにかさねてよむはいまざる也」と述べている。

18**ほのかにぞなきわたるなる郭公み山をいづる夜半のはつこゑ**

袋草紙（新古典大系　四五九頁）が「天徳歌合」（二六）の歌としてあげる。「わたるなる」の「る」の重出をさすか。

金葉三（夏・一二七・望城）。

19**〔赤染〕夢にだにあはばやとおもふに人こふるとこにはさらに…**

袋草紙（新古典大系　四五九頁）が「弘徽殿女御歌合」の歌としてあげる。項目20参照。

長久二年弘徽殿女御歌合（十番右・あかぞめ）第二句「見ばやとおもふに」結句「ふされざりけり」

20ゆめにだにといへる　に二也　ざりけりの　り二也

19の例歌で、「に」が二つあることと、結句「ねられざりけり」に「り」が二つあることを言う。

項目18、19の例歌では、一字の同声をいうことになる。

21每句同事交をもいへり

喜撰式（一九頁）のいう「畳句」を指すか。喜撰式には「思ひなき思ひにわたる思ひこそ思ひの中に思ひ出でつゝ」をあげる。和歌童蒙抄（一―三七九頁）に「畳句　同事をかさねていふなり。こゝろこそ心をはかる心なれ心のあだは心成りけり（古今六帖・二七三）といふなり」とある。畳句については石見女式（二三頁）、新撰和歌髄脳（五八頁）でも触れている。

（二十　七病）

七病〔浜成式〕

（十八）八病、（十九）四病に引き続き、和歌式のあげる歌病として、浜成式すなわち藤原浜成の著した歌経標式に見える「七病」をあげる。この「七病」も、「八病」「四病」同様、中国の詩病の発想に基づくものである。

歌経標式は、奈良時代末期に成立した歌学書だが、平安時代末期に抄出本が作られ、それを抄本、もとの本を真本と称する。「七病」については、真本（一頁）が「歌病略有㆓七種㆒」、抄本（一〇頁）が「和歌七病」として、いずれも「頭尾」以下七種の歌病をあげ、例歌を提示している。これを引用する歌学書のうち、和歌童蒙抄（一―三七七頁）は真本の叙述内容や例歌とほぼ一致し、奥義抄（二三七頁）は抄本と一致する。また、奥義抄と同じ作者の清輔が著した袋草紙（新古典大系　四五九頁）も抄本によっているが、こちらは歌経標式の万葉集の例歌を歌合の歌に置き換えて引用している。古来風体抄（再撰―四六〇頁）は、この病は避けるべきほどのものではないとして、名称のみ紹介しているが、真本に見られる「同声韻」の名称ではなく、抄本に見られる「声韻」の名称を用いているところから見て、やはり抄本を引用していることがわかる。

一方、八雲御抄も抄本と一致するが、例歌の一致から見て、歌経標式そのものからの引用ではなく、むしろ、袋草紙を参照していることが明らかである。しかし、すべて袋草紙のままに引用するのではなく、八雲御抄が独自に新たな例歌に置き換えているものも多く、個々の例については、以下の項目のなかで言及する。

なお、この「七病」の項には、これに続けて、「新撰髄脳禁」（項目33）、「此外古人禁来事」（項目39）についても言及しているが、これも、袋草紙（新古典大系　四六八頁）が「八病」「四病」「七病」に続けて、「犯病類瑕瑾歌」すなわち歌病を犯して欠点のある歌としてあげる事項と例歌に一致するものが多く見られ、八雲御抄が袋草紙を参考にしていることがうかがえる。

1一　頭尾病〔発句終第二句終同〕

▽古来（初―三四八）

歌経標式（抄—一〇頁）に「一頭尾　第一句終字與㆓第二句終字㆒同字也」とあり、初句の末字と第二句の末字が同じものを頭尾病としている。袋草紙（新古典大系　四五九頁）には「一頭尾病〔発句終第二句終同〕」とあり、八雲御抄の叙述に一致する。

▽歌経（真—一）奥義（二三七）和童（一—一三七）古来（初—一四八・再—四六〇）和色（一〇六）

2 **〔順〕春ふかみゐでの川なみたちかへり見てこそゆかめ山吹の花**

袋草紙（新古典大系　四五九頁）が「天徳歌合　款冬　左勝」として、頭尾病の例歌にあげる、同歌合、八番左の源順の歌である。項目4参照。

拾遺（春・六八・順）拾遺抄（春・四七・順）

3 **秋の田のかりほのいほのとまをあらみわがころもでは露にぬれ…**

後撰集秋中、三〇二番の天智天皇の歌で、初句と第二句の末字に同じ「の」の字が使われ、頭尾病に当たる。この歌は袋草紙の頭尾病の例歌にはあげられておらず、八雲御抄が独自に掲出した例である。

4 **春ふかみのみと　ゐでの川なみのみと也**

項目2の歌の初句と第二句の末字が「み」の同字で、頭尾病であることを指摘している。

5 **是等は沙汰の外の事也**

項目2、3のような歌を詠んでも、差し支えないことを述べている。このような歌病に相当しても、問題にする必要がないと考えていることが明らかである。

6 **二　胸尾病〔発句終第二句三六字同也〕**

※「発句終第二句三六字同也」は幽斎本、書陵部本、内閣本による。国会本は「終」の字を脱落している。

初句の末字と第二句の三字目または六字目が同じものを胸尾病とする。歌経標式の抄本（一〇頁）に「二胸尾　第一句終字與㆓第二句三六等字㆒同字也」とあり、袋草紙（新古典大系　四六〇頁）には「〔発句終第二句三六同也〕」とあって、八雲御抄の叙述は袋草紙によっている。

▽歌経（真—二）奥義（二三八・二四二）和童（一—一三七）古来（初—一三四八・再—四六〇）

7 **〔能宣〕名にしおはば秋ははつとも松むしのこゑはたえせず……**

袋草紙（新古典大系　四六〇頁）が「寛和二年内裏歌合　松虫　左勝」として、胸尾病の例歌にあげる、同歌合、松虫左（二五）の大中臣能宣の歌である。項目9参照。

8 **〔顕綱〕外山には柴の下ばもちりはててをちのたかねに雪ふ……**

千載集冬、四五三番の藤原顕綱の歌で、初句の末字と第二句の六字目が「は」で同字になっており、胸尾病の例歌としてあげる。これを袋草紙は胸尾病の例歌にあげておらず、八雲御抄のみに見られる例である。

9 **名にしおはばのは　あきはのは也**

項目7の歌の初句の末字と第二句の三字目が「は」の同字で、胸尾病であることを指摘している。

10 **三　腰尾病〔他句終与本韻同也　第三句終為本韻也〕**

歌経標式の抄本（二頁）に「三腰尾　他句終字與二本韻一同字也」とあり、袋草紙（新古典大系　四六〇頁）に「腰尾病（他句終ト本韻ト同也。第三句終為本韻）」とあるのをはじめ、七病をあげる歌学書にはすべて「腰尾」とあり、八雲御抄のみ「腨尾」とあって異なる。「腨」は「うで。ひじ」のことだが、「腰」と同様に真ん中辺りを意味するものと思われるが、意図的に変えたものか、誤写によるものかは不明。袋草紙と八雲御抄があげる例歌は二首とも一致している。

なお、歌経標式の真本（二頁）に「他句者言下除二本韻一余三句上」とあり、この病が、本韻すなわち第三句末字と他句すなわち第一、二、四句のいずれかの末字が同じ場合を言っているのがわかる。袋草紙と八雲御抄が共通してあげる二首（項目11・12）は、ともに、初句末と第三句末の同字の例である。

▽歌経（真―二）奥義（三三八）和童（一―三七八）古来（初―三四八・再―四六〇）

11　**〔当純〕山かぜにとくるこほりのひまごとにうちいづる波や……**

袋草紙（新古典大系　四六〇頁）が「中宮百番歌合」として、腰尾病の例歌にあげる、寛平御時后宮歌合、右（二）の源当純の歌である。古今集春上、一二番にも収載されるが、初句は「谷風に」とある本が多く、「山風に」とあるのは元永本、清輔本など少数である。八雲御抄が「山かぜに」の本文を採るのは、同じく「山風に」とある袋草紙を典拠とするゆえと見られる。項目13、15参照。

▽俊頼（二三九）

12　**氷だにとまらぬはるの谷かぜにまたうちとけぬうぐひすのこゑ**

袋草紙（新古典大系　四六〇頁）が「天徳歌合　鶯　左勝」として、腰尾病の例歌にあげる、同歌合、二番左勝の源順の歌である。初句末字と第三句末字が「に」で同字である。

拾遺（春・六・順）

13　**山風にのにと　ひまごとにのにと也**

項目11の歌の初句末と第三句末が「に」で、同字であることを指摘している。

14　**古郷はよしのの山し近ければ　など云也**

古今集春上、三二一番の「ふるさとはよしのの山しちかければひと日もみ雪ふらぬ日はなし」（読人不知）の歌で、これも初句末と第三句末が同字の例である。袋草紙の腰尾病の例歌にはないが、項目11の歌とともに、次項に記す通り、俊頼髄脳（二三九頁）にあげられている。

15　**〔俊頼曰　古人雖難先規誠多云〕**

この注記は、国会本では項目11、12の歌の上部余白に書き入れられている。

俊頼髄脳（二三九頁）は「はじめの五文字のはての文字と、中の五文字のはての文字と同じきは耳とゞまりてあしと聞こゆとかきたれど、古き歌にみなよみ残したること見えず」として、項目11と14の歌を引き、「これ共にあしくとも聞こえず。かやうの程のとがは歌によるべきなり」とする。

16 **四　䐕子病〔五句中本韻と同字有也　或謂巨病〕**

国会本の「䐕子」は「黶子」のことで、ほくろを意味するものと見られる。

歌経標式（抄―二頁）に「四黶子　五句中本韻与同字有。一黶子者不レ可レ為二巨病一。二黶子已上為巨病」とあり、本韻（第三句の末字）と同字が歌中にあるのを黶子病として、一つあるのは巨病ではないが、二つ以上は巨病だとする。ところが、袋草紙（新古典大系　四六〇頁）には「〔五句中本韻と同字有也。巨病已上ヲ為巨病〕」とあり、歌経標式の叙述の途中を脱落させたのか、後半の意味が通らない。八雲御抄は、そのような袋草紙によったゆえか、この病の理解が本来の歌経標式とは違い、項目17と18の例や項目19「是下の五文字同字也」の叙述に見る限り、第三句中に第三句末と同字があるのを黶子病と考えているようだ。項目19参照。

▽歌経（真―三）奥義（三三八）和童（一―三七八）古来（初―三四八・再―四六〇）

17 **〔朝忠〕花だにもちらでわかるる春ならばいとかくけふはお……**

袋草紙（新古典大系　四六〇頁）が「天徳歌合　暮の春　左勝」として、黶子病の例歌としてあげる、同歌合、十番左の朝忠の歌である。第三句末の「は」の字がほかに三箇所使われているのが黶子病に当たるが、八雲御抄の理解では、第三句末の「は」が、同じ第三句中にもう一つ使われて、「はるならは」と詠まれているのを黶子病だと考えている。項目16・19参照。

金葉三（春・九五・朝忠）

18 **梅の花しるかなくしてうつろはば雪ふりやまぬ春とこそみめ**

袋草紙（新古典大系　四六〇頁）が黶子病の例歌としてあげる、寛平御時后宮歌合、左（五）の歌である。第三句末の「は」の字がほかに三箇所使われているのが黶子病に当たるが、これも前項同様、八雲御抄は第三句「うつろはは」の末字「は」が第三句にもう一つ使われているのを黶子病だと考えている。項目16、19参照。

19 **是下の五文字同字也　此たぐひ数を不知多**

「下の五文字」は五七五七七において「下の五」すなわち第三句のことで、そこに本韻と同じ字があるのを黶子病だと説明している。項目16参照。

また、この類が多いことを指摘しているのは、この病が避けるほどの病ではないという意識の現れであろう。

20 **五　遊風病〔一句中の字と終字と同也〕**

同一句中の字と末字とが同じ場合を遊風病と説明している。袋草紙（新古典大系　四六〇頁）には「五遊風病〔一句ノ中ノ〕」の後に脱落があるが、例歌として引く歌も八雲御抄のと同じ二首（項目21・22）が引かれ、同じ内容と見られる。歌経標式の抄本（二頁）に「五遊風　一句之中字與二終字一同字也」とあり、内容が一致するが、真本（三頁）には「一句中二字與二尾字一同声同字、是也」とあり、同一句中の二字目と末字が同音同字ものとしていて異なる。

▽奥義（三三八）和童（一―二七八）古来（初―三四八・再―四六〇）

21
春たたば花みんとおもふ心こそのべのかすみにたちまさりけれ

袋草紙（新古典大系　四六〇頁）が「百番歌合」として、遊風病の例歌にあげる、寛平御時后宮歌合の右（二）の歌である。初句の一字目と末字が「は」で同字である。

22
〔朝忠〕ひとづてにしらせてしかなかくれぬのみごもりにのみ…

袋草紙（新古典大系　四六〇頁）が「天徳歌合　恋　左かつ」として、遊風病の例歌にあげる、同歌合、十六番左の朝忠の歌である。袋草紙の第四句「みごもりながら」は誤りで、歌合本文も「みごもりにのみ」とあり、第四句の一字目と末字が「み」で同字である。

新古今（恋一・一〇〇一・朝忠）

23
六　声韻病〔句のうち同字也〕二韻同字

歌経標式（抄―二一頁）に「六声韻　二句共同字是也」とあり、袋草紙（新古典大系　四六〇頁）に「二韻共同字也」、八雲御抄に「二韻同字」とあるように、この病は第三句と第五句の末字が同じものをいう。袋草紙はこれを「但不巨病」とする。項目27参照。

また、俊頼髄脳（一二八頁）は「声韻」などの名はあげないが、この病に言及している。項目28参照。

なお、歌経標式の真本（一四頁）はこの病を「同声韻」と称するが、袋草紙及び八雲御抄はこの名称を抄本と一致する「声韻（病）」としている。

八雲御抄の「句のうち同字也」の注記は、前の「遊風病」の説明が入り込んだものと見られる。内閣本にはこの注記はなく、書陵部本では「六声韻病」の前行つまり「遊風病」の説明として「同句内同字なり」とある。

▽奥義（三三八）和童（一―四六〇）古来（初―三四八・再―四六〇）和色（一〇六）

24
〔小弐〕あし引の山がくれなるさくら花ちりのこれりと風に……

袋草紙（新古典大系　四六〇頁）が「天徳歌合　桜　左勝」として、声韻病の例歌にあげる、同歌合、七番左の少弐命婦の歌である。

項目26、28参照。

拾遺（春・六六・小弐命婦）拾遺抄（春・四五・命婦少弐）

▽俊頼（二八）

25
〔兼盛〕ひとへづつ八重山吹はひらけなむほどへてにほふ花……

袋草紙（新古典大系　四六〇頁）が「天徳歌合　款冬　右負」として、前項の歌とともに声韻病の例歌にあげる、同歌合、八番右の兼盛の歌で、第三句「ひらけなむ」と第五句「花とたのまむ」の末字が「む」で同じになっている。項目28参照。

▽俊頼（二八）和色（一〇六）

26
桜花のなと　しらすなのなと也

項目24の歌の第三句と第五句「風にしらすな」の末字が同じ「な」の字であることを指摘している。

27
上句末字本韻也　下句末同字也

※「上句末字は本韻也　下句末同字也」は幽斎本、書陵部本、内閣本による。国会本は「上句未字本韻也　下句末句字也」。

上句の末字を本韻と言い、それと下句の末字が同字であるのが「声韻病」だと説明を加えている。

28〔俊頼云　此病咎有とも不聞と云り　誠非可去〕

この注記は、国会本では項目25の上部余白に書き入れられている。

俊頼髄脳（一二六頁）は、天徳四年内裏歌合で詠まれた「ひとへづつ」（項目25）の歌が「本の末のはての文字と末のはての文字と同じ。これは歌にとがする事なりとさだめられ」たのに、同じ歌合に「あし引の」（項目24）の歌が勝になっているのを指摘し、「かやうの程のことは歌によめるなめり」としている。さらに「わがこひはむなしきそらにみちぬらし思ひやれどもゆく方もなし」（古今・恋一・四八八・読人不知）を引いて、これも第三句と第五句の末字が同じだが、「とがありとも聞こえず」として、この病は避けるほどの病でないことを述べている。

29七　遍身病〔二韻中本韻二字以上を除同字有也　新撰髄脳禁之〕

袋草紙（四六〇頁）に八雲御抄同様「二韻中本韻二字已上ヲ除同字有之」とある。歌経標式（抄―二頁）には「二韻之中除二本韻一二字以上除二同字一也」とあり、万葉集巻四、五〇五番、安倍女郎の歌「いまさらになにかおもはむうちなびき心はきみによりにしものを」（古今六帖・二六二〇）を引き、「五句中用二四爾一是也」とする。『歌経標式注釈と研究』（桜楓社　平5）は、これに関して、「短歌における前半三句と後半二句とをそれぞれ一単位と把握して」「二韻」とし、「遍身は本韻を除く各句尾字にかかわる歌病かもしれない」と注されるが、本韻（第三句末字）との同字を除いて、「二韻中」つまり一首中に、二字以上の同字のある場合を遍身病とするものと見られる。

なお、八雲御抄の「新撰髄脳禁之」については、袋草紙にも同じ記述があるが、新撰髄脳の現存部分には見られない。

▽歌経（真―四）奥義（三三八）和童（一―三七九）古来（初―三四八・再―四六〇）

30〔定頼〕とこ夏のにほへるにははからくににをれるにしきも……

袋草紙（新古典大系　四六二頁）が「長元八年三十講歌合　瞿麦　左勝」として、遍身病の例歌にあげる、賀陽院水閣歌合、五番左勝の藤原定頼の歌である。歌合本文も後拾遺集（夏・二二五・定頼）所収本文も、第三句は「からくにに」とあり、本韻は「に」で、それを除くと、「し」が歌中に三箇所ある。ただし、袋草紙では第三句が「から国の」とあり、本韻の「の」を除いた「に」の同字の多い例となる。

31〔匡房〕しら雲とみゆるにしるしみよしののよしのの山の花……

袋草紙（新古典大系　四六一頁）が「賀陽院歌合　桜　右勝」として、遍身病の例歌としてあげる、高陽院七番歌合、桜二番右の大江匡房の歌である。本韻の「の」を除くと、「し」の字が一首中に五箇所使われている。

なお、（二十一）歌合子細の項目14には「遍身病事」として、この歌に番えた左方の筑前の陳状が引用されている。

詞花（春・三・匡房）

32 **是同字有事也　同字有三号蜂腰　有四は号鶴膝　近代不禁……**

項目29「遍身病」が結局、歌中に同字がいくつもある病だということを説明している。中宮亮顕輔家歌合、十番右「秋の山峰のあらしに雲はれて空すみわたる有明の月」（雅親）の歌に対する、基俊の判詞に「右歌は、一首中帯二巨病、一者蜂腰病之、二者鶴膝病之、和歌作式、准詩門病、立八病。云、一首の中同字三あるを蜂腰、同字四あるをば為鶴膝者、今于勘此歌、あの字四あり、又のの字三あり、已犯蜂腰鶴膝也者、此巨病也」とあって、この病が難ぜられている。ただし、八雲御抄はこの病について「近代不禁　上古多」として、避ける必要のないことを示している。ちなみに、蜂腰、鶴膝は、もともと、空海の文鏡秘府論にも見える詩病の名称であるが、病の内容は異なる。

33 **又新撰髄脳禁曰　くらはしの山のかひより　といへるの字……**

以下、項目37までは藤原公任の著した新撰髄脳が禁じているものをあげているが、これも、袋草紙（新古典大系　四六二頁）からの引用である。袋草紙は、七病に続けて、新撰髄脳に難じられたものを二種あげている。そのひとつは「句末詞末字同字」で、天徳四年内裏歌合、一番左勝の朝忠の歌「くらはしの山のかひより春がすみとしをつみてやたちわたるらん」と次項の歌を引いている。句の末字とそれに続くことばの末字、つまり「くらはしの」と「山の」の「の」が同字であることを問題にしている。八雲御抄は、同じ歌を引いて、袋草紙にある「句末詞末字同字」の説明には触れず、「の」の字の並んでいることを新撰髄脳が禁じていることだけを述べている。

なお、現存の新撰髄脳には脱落錯簡があり、これらの部分については確認できない。

金葉三（春・三・朝忠）

34 **山里のそともの　などいへるたぐひかずしらず多**

袋草紙は前項の歌に続けて、「句末詞末字同字」の例歌として、長久二年弘徽殿女御歌合、八番左勝の藤原隆資（ただし、袋草紙は「藤　隆賢」とし、初句「山さとは」）の歌「やまざとのそとものをだのなはしろにいはまのみづをせかぬひぞなき」を引く。これも初句末とそれに続くことばの末字「の」の字が並んでおり、八雲御抄はこのような例が数多くあるとしている。

金葉（七五・隆資）

35 **又　ながゐのうらのさざれ石の　といひ　花だにもちらで……**

袋草紙（新古典大系　四六二頁）は新撰髄脳が難じているものとして、もう一種類「二句末句同（同髄脳禁之）」をあげる。「きみがよはながゐのはまのさざれいしのいはねのやまとなりかへるまで」（高陽院七番歌合・祝三番右勝・顕綱　ただし、袋草紙では第五句「なりはつるまで」）と「はなだにもちらでわかるる春ならばいとかくけふはをしまざらまし」（天徳四年内裏歌合・十番左・朝忠）を引き、二つの句の末字が同じ場合を問題としている。八雲御抄にも「もじのはてのさしあひたる事也」とあるところから、句の最後の字が重なっていることを述べていることがわかる。ただし、これも、現存の新撰髄脳では脱落していて確認できない。

金葉三（九五・朝忠）

36 **ちかく　しほがまのうらふく風に霧はれてやそ嶋かけて　と……**

近年の歌にも、「しほがまのうらふくかぜに霧はれてやそ島かけてすめる月かげ」（千載・秋上・二六五・清輔）のように、二つの句の末字が同字の歌のあることを指摘している。

37 **以上二は新撰髄脳禁也**

「以上二」とは項目33、34と項目35の場合を指す。これは、この部分の典拠となったと見られる袋草紙（新古典大系　四六三頁）に照らせば、「句末詞末字同字」と「二句末句同」のことになる。

38 **以上式禁也**

（十八）「八病」から前項までに、喜撰式、孫姫式、歌経標式、新撰髄脳などが禁じたものをあげてきたことを示す。

39 **此外古人禁来事**

ここからは式の類以外で、古人が禁じたものをあげる。袋草紙（新古典大系　四六二頁）にも「新撰髄脳忌之」としてあげた例に続いて、「已下事不載式」とある。

40 **一　恋しさはおなじこころにあらずともこよひの月を君見ざら…**

「恋しさは」の歌は、拾遺抄恋下、三六三番の源信明の歌で、項目43にある通り、初句と第四句の頭字が同じ字の例歌としてあげられている。

俊頼髄脳（三八頁）に、この歌と次項の歌を引いて、「これは本のはじめの文字と末のはじめの文字と同じ。……これ又古き歌になきにあらず」とある。

袋草紙（新古典大系　四六二頁）にも「発句始第四句始字同」として、天徳四年内裏歌合の「ことならば雲井の月となりなゝむ恋しきかげやそらに見ゆると」（十八番右・中務）を引いて、「方人難之、判者不用之云々」とする。この歌合の判詞にも「右歌のかみしものくのかみに、おなじもじぞあめる、にくさげにぞ、いかがさぶらふべきと奏すれば、左右のおほせなし、左の人申す、左はさるもじさぶらはずとまうすめれど、させる難にはあらぬにぞ、仍為持」とあり、禁じるほどのものでないことを示している。

拾遺（恋三・七六七・信明）

41 **秋かぜにこゑをほにあげてくる舟はあまのとわたるかりにぞ……**

寛平后宮歌合の「あき風に声をほにあげて行く舟はあまの戸わたる雁にざりける」（二一〇・菅根）の歌で、俊頼髄脳（三八頁）に、前項の「恋しさは」の歌とともに引かれている。前項、次項参照。

42 **秋かせのあ　あまのとのあ也**

前項の歌の初句と第四句の初めが同字であることを指摘している。

43 **第一始字第四始字同也　号平頭病云々**

項目40以下の説明である。「平頭病」については、袋草紙（一六二頁）に「古今歌合難」の例としてあげる、保延四年或所歌合の「なみのよるほのみしまえのあしのねのながれて人をこひわたるかな」（参河）の歌に関する基俊の判詞に「右平頭病ぞ侍めれど、ながれて人をとよまではいかゞよむべき。此難は判者のつみにて唯持と申すべし」と見える。さらに、清輔はこれについて、項目40にあげた天徳歌合の「ことならば」の歌を引き、「方人雖訴申、殊非咎之由被定云々」と述べている。

44**一　なみだ川いかなる水かながるらむなどかわがこひをけつ人…**
以下項目48までは、句頭に同字がある歌について述べている。亭子院歌合、恋一番左の興風の歌で、袋草紙（新古典大系　四六一頁）は「毎句始同字多」の例歌として、初句を「難波かた」、作者名も「躬恒」としてあげる。次項参照。
古今六帖（二〇八二）

45**毎句上同字ある也　二字は常事　三字を禁也**
※「毎句上同字ある也」は幽斎本、書陵部本、内閣本による。国会本は「毎句上句字ある也」。
前項にあげる例歌は、初句、第三句、第四句の初めが同字になっている。八雲御抄は「二字は常事　三字を禁也」とするが、次項46に四つ、項目47に三つの句頭が同字の例をあげている。

46**八千代へん宿ににほへるやへざくらやそうぢ人もちらでこそ……**
袋草紙（新古典大系　四六三頁）が「賀陽院歌合　左持」として、「毎句始同字多」の例歌にあげる、高陽院七番歌合、桜四番左の讃岐の歌である。初句、第二句、第三句、第四句の初めの四つの句頭が「や」の同字で、歌合の判詞には「くのかみごとに、やもじやおほからん」とあり、「持」となっている。ただし、八雲御抄は「これわざとよめる也」と述べて、好意的である。

47**みさぶらひみかさと申せ宮ぎのの　などいふ体也**
古今集東歌、一〇九一番の「みさぶらひみかさと申せ宮木ののこのしたつゆはあめにまされり」の歌で、初句、第二句、第三句の句頭が同字である。新撰髄脳（六五頁）に、この歌について「優れたる事のある時には惣じて去るべからず」とある。一方、奥義抄（二四〇頁）には「四条大納言の新撰髄脳のごときは……又云」として、この歌をあげ、「一字なれども心同は為ㇾ病。証歌にこれをいだせり。みさぶらひ、みかさのみに字は御の字なる故也。これにてならびの句にも同字あるは病と見えたり」というように難じている。

48**〔住吉歌合　此病　俊成難之〕**
この注記は、国会本では項目46の歌の上部余白に、内閣本は項目44の歌の間の余白に、書陵部本は項目47に続けて本文に書かれており、句頭同字に関する注記として書かれたものと見られるが、次に述べる通り、当該の歌合の歌が初句と第四句の初めが同字になっていることから考えると、項目40～43の平頭病に関する注記の可能性もある。
嘉応二年住吉社歌合、旅宿時雨七番右の歌「しばのとをたたくあらしのおとにまたしぐれうちそふたびのよはかな」（憲盛）を、判者の俊成が「しばのとしぐれとおけるはじめのもじいかがとみゆ、よりて又持とす」としている。

49**一　終七字が有八号孟体　浜成禁之　古今非沙汰限**
本項と次項は、第五句が八字の字余りの歌を取り上げている。

「孟体」は「査体」の誤写と見られ、歌経標式（抄―一三頁）に「査体別有七種」として、歌に不備、欠陥のあるものを七種あげ、そのうちの一つとして、「終句有二八字一。云二列尾一」とする。袋草紙（新古典大系 四六五頁）は「詠列尾体歌〔終七字、有八字、浜成禁之〕」として、次項の歌を例歌にあげている。

八雲御抄は「古今非沙汰限」として、末句が字余りであっても、今も昔も問題にしていないことをいう。

50**亭子院歌合　左勝　躬恒　ちりにし梅の花にぞ有ける　其外……**

前項の例として、亭子院歌合、春左勝（五）の躬恒の歌「きつつのみなくうぐひすのふるさとはちりにしむめのはなにざりける」（十巻本歌合）を第五句「花にぞありける」（二十巻本歌合もこれに同じ）の字余りであげる。袋草紙も「列尾体」として、字余りで引く。

八雲御抄は「其外不可勝計」として、ほかにもこのような例が数えきれずあることをいう。

51**以上病万葉已下集には皆以在之　不可勝計　近代無禁之**

「以上病」は（十八）八病以下、前項までに述べた病を指し、これらが万葉集以下の歌集に存在し、実際にはこのような歌が数えきれないほど詠まれており、近代ではこれを禁じることもなくなっていることを指摘している。

52**上古歌殊同事多也　第一同心病許所禁来也　非歌合之外は代々…**

古い歌には同事すなわち同じ詞を詠み込むものが多いという。俊頼髄脳（二六頁）に「今にも去るべしと見ゆるは同心の病、文字病なり」とあるように、同事を詠む同心病を最も禁じてきたが、歌合以外はさしたる問題とされず、勅撰集などにも入集することに不都合のないことを述べる。（十八）八病の項目1参照。

53**家隆　事ぞともなく　はかなの夢の　といへる無二　寂蓮が……**

※「無二」は書陵部本、内閣本による。国会本は「歌二」。

前項の同心病の例として、近年の二首をあげ、「さやうの事近比も多」と述べ、やはり、こういう歌を詠むことに支障のないことを述べている。前者は「あふと見てことぞともなく明けぬなりはかなの夢のわすれがたみや」（正治初度百首・五・家隆）において、「な（無）」が二つ使われ、後者は「ものおもふ袖より露やならひけむ秋風吹けばたへぬ物とは」（新古今・四六九・寂蓮）において、「もの（物）」が二つ使われていることを例示している。ただし、これらの例は、俊頼髄脳（二六頁）の分類では文字病に属す。

54**抑句のならびぬるは不為病　而俊頼抄出病例　尤不得心　更……**

奥義抄（二四〇頁）に「同心の病と二云は、一歌の中に再同事を用也。但隔レ句て用るを為レ病二云々」とあり、八雲御抄は同事を詠む場合も句が並んでいる場合は病ではないといい、俊頼髄脳がこの例歌を多くあげているのは得心がいかず、憚る必要はないとする。（十八）八病の項目1にも「句並ぬるは不謂」と述べ、（十八）八病の項目8も「俊頼為病　但不可然事歟」とする。

55**隔句同事の有を為病也　俊成曰　凡万葉已下歌は同事を二句……**

「隔句同事」については、奥義抄（二四〇頁）に「隔レ句て用るを為レ病二云々。隔レ句と二云に、二義有」とあり、一つは上句と下句に隔たっている、もう一つは中に一句を置いて隔たっている意味のあることを言い、「如二古髄脳一は、一歌の中に二度同事を用を同心病としるして、隔レ句おもむきみえず。是又今の世にいできたることなるべし」として批判的である。

俊成は古来風体抄（再撰―四六〇頁）で、「むかしの歌に、おなじことふたゝびかへしてよめることを、公任卿俊頼朝臣などさへいかに思ひて申したる事にか、……あさかやまの歌も、はじめの山の名はにごりていふべし、あさくはといへるは山の井のあさき心なり。又みやまには松の雪だにきえなくにといへる歌も、はじめはおくやまと云、みやこはのべのといふは宮なり。さればこれらはやまひならぬよしに申したるこそ、いかにさは侍るにか。たゞむかしの歌はわざと二たびいへるなり」として、「あさかやまかげさへみゆるやまのゐのあさきこころをわがおもはなくに」（万葉・巻十六・三八〇七）が「あさ」、「み山には松の雪だにきえなくに宮こはのべのわかなつみけり」（古今・春上・一九）が「みや」の同事を隔たった句に詠んでいることを指摘し、「病といふなる事は、時代のあらたまりへだゝりて、物しりだてける人どもの、式をつくりなどしける程に、病どもをたてゝいひなやましてけるぞとてこそあらまほしけれ。古き歌どもをさへあらぬさまにいひなせる事あやしくみえ侍る事也」と述べ、歌病の論について、批判的である。

▽古来（初―三四九）

56 **誠上古事如然　不可難事也**

八雲御抄も前項同様、古い時代の歌は、あれこれ病を当てて難じるべきものではないとする。

（二十一）　歌合子細

歌合子細

歌合についての八雲御抄の記述は、袋草紙によるところが大きい。歌合の引用は、袋草紙「判者骨法」（一〇五頁）「撰者故実」（一〇三頁）「古今歌合難」（一一四頁）「故人和歌難」（一六三頁）によっているが、項目32以降、袋草紙の巻末「証歌」（新古典大系　四五八頁）の例による記述も多く見られる。内容は歌合のきまり・勝敗・難などの故実について例をあげて説明している。

1 **一　一番左は可然人得之**

歌合の一番左は、優れているべきと考えられているので身分の高い人が当てられることが多く、普通はこれを勝とする。一番左を重んじることは、和歌童蒙抄（一―三六二頁）に「一番は左のまけぬにや」とあり、袋草紙（一〇七頁）にも「一番左歌ハ可レ優之由、故人所レ申也」とするが、「将レ優二左歌一之議、近代之会釈歟」（一二〇頁）と、これは近代のルールかとも述べている。

2 **但　随題て能因孝善（代人家忠）例也**

八雲御抄では一番左でも題によっては能因や孝善が撰ばれた例があるとするが、これは代作の例である。

能因の一番左の例としては永承四年内裏歌合一番「松」がある。

「代人家忠」とは家忠の代作者の意で、承暦二年内裏歌合で、二番左ではあるが、左中将家忠朝臣の歌が実は孝善の作である。孝善の一番左の例は郁芳門院根合一番左第二首「あやめ」（二位宰相雅実の代詠）がある。

3 **一番左は不可負　先例負も多為持**

袋草紙（一〇七頁）は「一番左歌ハ可レ優之由、故人所レ申也。然者哉、前大相国、参議之時、歌合ハ故将作判也。其詞云、右勝と可レ申ども、左一番は憚思給て持由云々。古今歌合に一番右勝例多不レ見也」と、負けるべきところが持になった時の判者の詞を詳しく説明している。

▽和童（一―三八二）

4 **右勝事　弘徽殿女御歌合（義忠判）　相模負　侍従乳母勝**

弘徽殿女御歌合から以下項目6まで、歌合の一番で右が勝った例を袋草紙の例の中から三例をあげる。

袋草紙（一〇八頁）は「古今歌合に一番右勝例多不レ見者也。但弘徽殿女御歌合、義忠判レ之」として「一番霞　左　はるのくるあしたのはらのやへがすみひをかさねてぞたちまさりける」（相模）「右勝　はるはなほちくさにゝほふ花はあれどおしこめたるはかすみなりけり」（侍従乳母）をあげ、以下、右勝の歌合を五例あげている。

5 **又　法性寺関白家歌合　左俊頼　右源定信　云作者旁不可為例**

袋草紙に「今殿下歌合」として載せる（一〇八頁）。「就レ中至二俊頼一ハ依レ為二判者一難レ優二吾歌一歟」（一一〇頁）、「俊頼朝臣為二判者一之時、以二吾歌一定レ負。殿下歌合」（一一一頁）とあるように、判者俊頼が自歌であるために一番左の歌を負けにした特殊な例であるため、「かたがた例となすべからず」というのであろう。

歌は、摂政左大臣家歌合大治元年一番「旅寝雁」、左「かぎりありていそぎ立ちぬるいほのうちにたれをたのむのかりしたふらん」（俊頼）、右「むさし野にたびねする夜のさびしきにたのむのかりのなくぞ嬉しき」（定信）であった。

6 **其外　小野大臣歌合有例歟**

「小野大臣歌合」は、袋草紙（一〇八頁）に一番右勝の例として「小野宮右大臣歌合」としてのるもの（永延二年七月二十七日の蔵人頭実資家後度歌合）をいうか。

7 **非普通事**

項目4～6の一番右勝の例が特別であるため「非普通事」と言う。袋草紙（一一〇頁）でも五例の後に「此等之外、殊不二見及一者也」としている。

8 **抑雲泥事　出来は不及左右事歟**

袋草紙（一一〇頁）では右勝の理由を具体的にあげるが、八雲御抄では項目4～6の一番右勝の理由を載せず、出来いかんに関わらず一番左は勝つものとしている。

9 **一　句並ぬるは善悪不為病　わざと詠也　上古中古それをも……**

内閣本は項目9～17までに相当する本文がない。

ここから項目17までは、歌合の判での歌病に関する記述である。

八雲御抄では、同心の句が並ぶ場合は病とせず、句が離れれば同心病とする。(十八) 八病項目1、(二十) 七病項目54、55参照。

「わざと詠也」とは、同心病について「古来風体抄」(再撰—四六〇頁)に「むかしの歌に、おなじことふたゝびかへしてよめること……たゞむかしの歌はわざと二たびいへるなり」とあり、俊成は古歌について病を云々することに疑問を呈している。また、古歌の同心病について述べる公任や俊頼の歌論を「はゞかりあるべき事」と批判する。八雲御抄はそれをうけて、「上古中古それをも称病とも　尤無其謂　歌一の体也」というか。

10**俊頼も為病歟　仲実又同**

俊頼髄脳(三六頁)に、同心病を「去るべし」と述べて、「あづさ弓おして春雨けふ降りぬあすさへ降らば若菜つみてむ」について「此けふ降りぬといふ降りとあすさへ降らばといふ降りとなり。これはのがる所なき病なり」と「らむ」二つを病としている。「らむ」が第三、四句にあるため、並びの句にあるものを俊頼が病としたと考えたか。

仲実の並句についての見解は不明。

11**春日山いはねの松は君がためちとせのみかは万代をへん　並句…**

永承四年内裏歌合、一番左の歌であるが、第五句は「よろづよぞへむ」(後拾遺・四五二・能因)とある。

「並句不為病」とあるように第五句「千歳…」第六句「万代…」と同じ意味の句が並ぶ例である。この歌は「春日」と詠んだことで勝ちとなった歌で、俊頼髄脳(一六三頁)、袋草紙(一〇七頁)、袖中抄(二七二頁)に引用されるが、「並句」という指摘は見られない。

12**同心病は為難　同事の二所にある也　隔句也　其外　乱思……**

書陵部本では「一　同心病は」と一つ書きがある。八雲御抄の項目12は、八病、四病、七病についての見解である。八雲御抄の見解は同心病で句を隔ててあるものを難とする。同心病以外の病も良くはないが、難とはしない。それだけでは歌合で負にはならないということであろう。しかし、それは、「今古流例也」というように近ごろの傾向か。

13**平頭病は天徳歌合中務詠也　非強難とて為持**

袋草紙(一三〇頁)は判詞を引き、「右上下首字同……させる難にはあらぬにぞ。仍為レ持」とする。八雲御抄が歌病の後に「此外古人禁来事」として記す「平頭病」である。(二十) 七病項目40〜43参照。

天徳四年内裏歌合、十八番右「ことならばくもゐの月となりななむこひしきかげやそらにみゆると」(中務　続古今・一三四八)は「こ」の字が第一句第三句の句頭が同じ平頭病である。

14**遍身病事　康資母幼少聞侍しかば　輔親云　同字三はいかが……**

※「康資母」は幽斎本、書陵部本による。国会本は「康資」とする。

袋草紙(一三七頁)に「女房陳状云」として「輔親が母に申しゝことを、幼少にて承しかば、同字三はいかゞせむ。四以上あらむ歌をば、公歌にはとりいださじとまうししに」と引く。

これは高陽院七番歌合の筑前(康資母)の陳状の一部である。

高陽院七番歌合二番左、筑前の「くれなゐのうすはなさくらにほはずはみなしらくもとみてやすぎまし」(三・筑前　詞花・一八・康資王母）と、右「しらくもとみゆるにしるしみよしのよしののやまのはなざかりかも」(四・匡房　詞花・三・匡房）の勝負について、筑前が提出した陳状には「のもじいつつ、しもじよつさぶらふだにひとしとさぶらふがやましう、すけちかが母にまうしさぶらひしを、をさみみにききさぶらひしかば、おなじもじみもじはありなん。よもじはおほやけうたには、えよまじとこそまうししか」とあり、筑前の祖父である輔親が、筑前の母に語る詞を幼時に聞いたという。遍身病については（二十）七病項目29、31参照。

15**然而　能宣寛和歌合詠　春のくる道のしるべはみよしのの……**

寛和二年内裏歌合の「はるのくるみちのしるべはみよしののやまにたなびくかすみなりけり」(一・能宣　後拾遺・五）について、袋草紙（一三七頁）に前項の記事に続いて、「彼先祖能宣歌云」として「の丶字四也。此歌等皆勝、如何」とある。

16**又　貫之木の下風も鶴膝病也　惣勿論事也　但五六は雖不病……**

亭子院歌合の「さくらちるこのしたかぜはさむからでそらにしられぬゆきぞふりける」(三・貫之　拾遺・六四）は、袋草紙（一三七頁）に「らの字四也」と鶴膝病が指摘されている。袋草紙では前項の例と合わせて、同字が四つある歌が歌合で勝つことを不審とするが、八雲御抄ではこれを病ではないが五、六もあれば聞きよくないとする。また袋草紙（一六〇頁）には「和歌作式、准二詩八病一、立二八病一云、一首中、同字……有レ四は為二鶴膝一者」とある。

（二十）七病項目32参照。

17**俊成日　歌合には同字四などあるは古は咎たりと有　のの字四…**

※「のの字四……」は幽斎本、書陵部本による。国会本は「のの丶字四……」とある。

住吉社歌合嘉応二年の「旅宿時雨」の十八番の判詞（判者俊成）の中で「うたあはせにはおなじもじよつありなど、ふるくはとがめたるをりもあれど、のの字よつあるは、ことにとがときこえず」とあるのにより、項目14の「同字……四有は公所には不可出之」に対する俊成の判断を示している。

歌は、左「なにはがたあしのまろやのたびねにはしぐれはのきのしづくにぞしる」(八五・経盛　玉葉・一二六四）で、「の」四つである。

18**一　祝歌は勝也　神社名を詠又同**

祝歌と神社名を詠んだときは必ず勝であるの意。以下項目19から23まで、祝歌がどのようなときに持または負とされるかを述べる。

19**四条宮歌合二番　左春日祭　右七夕　是は持也**

袋草紙（一〇六頁）に「皇后宮春秋歌合、土記云、二番右七夕、左春日祭、以二春日祭一不レ論二善悪一為レ持云々」とある。

皇后宮春秋歌合二番、左「けふまつるみかさの山のかみませばあめのしたにはきみぞさかえむ」(範永　後拾遺・一一七八）と、右「よろづよに君ぞみるべきたなばたのゆきあひのそらをくものうへにて」(土佐　金葉・一五八）の番のことで、左が「春日祭」を詠むにも関わらず持となったという。

20**永承四年歌合一番　かすが山とよめり　于時　大二条関白……**

袋草紙（一〇七頁）に「永承四年歌合時」として載る。俊頼髄脳（一六二頁）にもあるが、八雲御抄の表現は、袋草紙の「内大臣殿（大二条殿也）曰、春日と講歌ハ争可レ負哉云々。于レ時殿下（宇治殿）有二甘心気一。仍無二左右一為二左勝一」によるものであろう。「かすが山」の歌は項目11を参照。

21**非判者　非歌人共　以斟酌称之**

判者でもなく歌人でもない大二条関白（教通）が意見を述べたため項目20の「春日山」の歌が勝った例について「以斟酌称之」と言う。

22**祝歌負事　長元に長家が　夏の夜も涼しかりけり　秀逸の上……**

袋草紙（一〇七頁）に「寄レ祝たる歌をば不レ負云々。雖二如此存一、誠秀逸之時定二勝負一、常事也。三十講歌合」として、長家と赤染の歌をあげている。また「夏のよもすずしかりけりつきかげはにはしろたへのしもとみえつつ」（賀陽院水閣歌合・一・行経　後拾遺・二二四・長家）、「やどがらぞつきのひかりもまさりけるよのくもりなくすめばなりけり」（賀陽院水閣歌合・二・赤染衛門　金葉二・二〇一・詠人不知　金葉三・一九五）の歌と、判詞「右は一番の歌とよみたり。はしたなくおもひたれどことかぎりあれば、左にをかしきおぼえありて勝つなむ」とを引く。一番の歌として祝歌を詠んだが、趣向に優れた左に負けた例である。八雲御抄では、赤染が負けた理由として、長家歌が「秀逸の上一番左歌なれば」とする。

23**又　応和二年　野宮歌合に祝歌負了　是も歌がらむげならん上…**

応和二年内裏歌合と天禄三年野宮歌合（女四宮歌合）のことである。どちらの歌合も袋草紙によれば、祝歌が負けている。

袋草紙（一三〇頁）は応和二年内裏歌合六番右、靭負蔵人「あやめぐさねをふかくこそほりてみめちとせもきみもわかかむとぞおもふ」と、判詞を引用して「郭公といふことなけれど歌のすがたきよらかなりとて左勝」とあり、頭注にも「顕昭云、此寄レ祝歌負例歟」とある。ただし、この歌は十巻本によれば、判詞が異なり持となっている。

野宮歌合は、袋草紙（一〇七頁）に「野宮歌合、寄レ祝歌被レ定レ負」とあり、「うゑしうゑばつかのまもなくかるかやのみちよのかずをかずふばかりぞ」（女四宮歌合・一八・ただのぶ）を指している。袋草紙では「みちよのかず」が刈萱ではなく、桃の花を思わせると負けの理由の判詞も引用する。

負けた祝歌は、歌として話にならなければ、何も言うことはないかという八雲御抄の見解を示している。

24**一　歌合には遠国名所詠みたるをば或為難例　仍近代多　上古…**

歌合に遠国名所を詠むことについて難とする例もあるが、それはあまりの事で、遠国の名所をすこしは注意して詠むべきだとする。項目25から29は歌合で遠国名所を詠んだ具体例をあげる。

25**月題には遠けれ共俊頼も　をば捨山と詠み　基俊も　さらしな…**

月題に詠まれた遠国名所として、俊頼、基俊の例をあげる。俊頼の「をば捨山」は「こよひしもをばすてやまの月をみて心のかぎりつくしつるかな」（関白内大臣家歌合保安二年・三）、基俊の「さらしなの月」は「なぐさむる程こそなけれよひのまにわけて入りぬるさらしなの月」（内大臣家歌合元永二年・四三）をいうが、判詞ではどちらも遠国を詠んだことを咎められてはいない。

26内裏承暦に藤孝善歌　きびの中山　多名所をおきながらと……

承暦二年内裏歌合の「たにがはのおとはへだてずまがねふくきびのなかやまかすみこむれど」（三・家忠）について、袋草紙（一三〇頁）は、八雲御抄と同じく作者を藤孝善とし「霞は吉野山、会坂山などまぢかくいひなれたるを、うちすてゝきびの中山まであまり深なむ。順が判したるはさがのをすぎてをぐら山まで尋ねゆきけむ、いかゞとぞ申たる」とする。

判詞にも「みちとし、このかすみはたちどこそはるかなり……とまうすに」と書かれている。

27野宮歌合　くらぶ山　同之

袋草紙（一三一頁）に野宮歌合（天禄三年八月二十八日判者順）として、歌「くらぶやまふもとののべのをみなへしつゆのしたよりうつしつるかな」（女四宮歌合・四・ありただ）と判詞「有忠さがのをうちすぎてくらぶ山までもとめありきけむ、あいなし」を引く。遠国ではないが、近くの名所を通り過ぎているとする。

28又　徳大寺左大臣　花に　末松山とよめり　顕昭難之

袖中抄（二九五頁）第十八「すゑの松山」の項の「八条大相国海橋立亭歌合」に、徳大寺左府として「花ざかりすゑの松山かぜふけばうすくれなゐのなみぞたちける」（六条宰相家歌合・実能・五）をあげ、判者顕季卿云として「あまたよみ来たる所をさしすぐし花もよみこぬすゑの松山……むねと又松の花と見えたり」とある。また袋草紙（一四四頁）にも実行卿家歌合三番左に少将実能として「花ざかりすゑの松山」の歌と判詞が載る。

なお、袖中抄に載るものの、直接難じたのは顕季であるから、国会本、幽斎本が「顕昭」とするのは疑問である。書陵部本や内閣本には「顕季」とある。

29根合の　あさかの沼は誠不可逢今日事　尤難也　只　四季歌……

郁芳門院根合の「あやめぐさひくてもたゆくながきねのいかであさかのぬまにおひけむ」（三・雅実　金葉・一二九・孝善）について、袋草紙（一四一頁）には「江記云、右方人云、浅鹿沼間在二陸奥一。自京一月路也。不レ可レ逢二今日事一。所レ引之菖蒲黄損歟云々」という。また、同じく「撰者故実」（一〇四頁）には「抑女房歌中、浅鹿沼〈人々云、太遼遠也〉仍除レ之」として、同歌合で遠くの浅鹿沼を詠んだために、歌合歌として選ばれなかったことを載せている。

八雲御抄は、この難はもっともであるが、「あさかの沼」は四季歌には詠まれていると述べる。

30一　照る月のおのが光　といへるをおのがを俊成難之　誠無詮…

「てる月もおのがひかりやたむくらむしらゆふかくるすみよしのまつ」（住吉社歌合嘉応二年・三三・伊綱）について俊成が「おのがのことばことにあるべしともやおぼえざらむ」と判詞に述べた

ことを指す。

ここに「おのが」の難があるのは不審で、元来は項目32の伊勢大輔の歌の「おのがは風」の注であったか。

31 **一　同心は可去也**

祝歌、遠国名所の話題から、元の同心病の話題にもどる。ここからは袋草紙「証歌」（新古典大系　四五八頁）からの引用が多い。

32 **所謂　伊せ大輔が　さよふけて旅のそらにてなくかりは……**

伊勢大輔の「さよふけてたびのそらにてなくかりはおのがはかぜやよさむなるらん」（皇后宮春秋歌合・一〇）は、袋草紙「証歌」（新古典大系　四五八頁）の同心病の例歌に四条宮春秋歌合　雁として載る。歌合で「よふたつ」と難ぜられたように「夜」が同心である。

33 **定文歌合　みぬ人の恋しきやなそおほつかなたれとかしらん……**

袋草紙に（新古典大系　四六三頁）「見ト不見ト」の例として、「みぬ人のこひしきやなそおほつかなたれとかしらむゆめにみゆとも」（定文歌合・二六・躬恒　拾遺・六二九・読人不知）があがっている。

34 **よひとよとは或暮と書とて不為病　万葉には初夜ともかけり……**

袋草紙（新古典大系　四六二頁）の「ヨヒト夜と」の例歌の後に「ただし万葉集には以暮字テよひとよめり。或初夜と書也」とあるのによる。八雲御抄は「よひ」は「暮」と書き、病としないこともあるが、万葉集では「初夜」とも書くので「同心同詞」でもっとも病であると言う。

35 **一　長元歌合　能因歌　公任依病不指南**

袋草紙（新古典大系　四六二頁）は「ヨヒト夜と」に「郭公きなかぬよひのしるからばぬるよも一夜あらましものを」（後拾遺・二〇一・能因）を載せ「是三十講歌合時所読也。而四条大納言云、歌合に不似云々。仍不入之。若為病歟」とする。公任が能因の歌を取らなかったことは袋草紙（一〇四頁）により詳しい記述がある。なお長元歌合、三十講歌合は、共に賀陽院水閣歌合のことである。

36 **亭子院歌合　是則が　みちとせになるてふもものことしより……**

俊頼髄脳（一二六頁）は、亭子院歌合の「みちよへてなるてふももはことしよりはなさくはるにあひぞしにける」（六・是則　拾遺集・二八八・躬恒　拾遺抄・一八四・読人不知）を、「これも、年と世とを病と、亭子の院の歌合にさだめられたり」と述べる。ただし亭子院歌合の判詞には「としとよむべきことをよといへりとて、まく」とある。

37 **一　同事をよみたる或可憚歟　尤無由**

ここから別の項目のごとくになっているが、「同事をよみたる、或可憚歟」は、項目38、39の説明であるだけでなく、項目31～36についての評でもある。

38 **承暦　孝善　霞籠与隔　被難　但　経信記非病云々**

「たにがはのおとはへだてずまがねふくきびのなかやまかすみこむれど」（承暦二年内裏歌合・三・家忠）の題は「霞」、勝負は持であった。項目26の「多名所をおきながら」と難ぜられた藤孝善歌「きびの中山」である。この歌について、袋草紙（一三〇頁）は、八雲御抄と同じく作者を孝善とし、「かすみのたゝずまひこそこゝろえず。籠と云、不レ隔と云、同事なれば病とて制たる事也」と難ぜられたことを引く。さらに「経信記云」として「私案専非レ難歟。不レ隔与籠非二同事一歟」と引く。

39**能宣　さはべのあしの下根とけみぎはもえいづる　といへる……**

袋草紙（一六三頁）は「たづのすむさはべのあしのしたねとけみぎはもえいづる春はきにけり」（後拾遺・九・能宣）をあげ、「難後拾遺」の「是は上手歌と被二書付一はいとおそろし……沢辺と水際とは同事なるが上に、みぎはにもえいづるとはいふべけれ」を載せ、同心病を指摘している。

40**一　岸樹病　猶可去歟**

岸樹病については（十九）四病を参照。次項41は岸樹病の例である。

41**左大将歌合（後京極）　俊成判　そでの雪そら　とよめる……**

※「そでの雪そらと」は幽斎本による。国会本は「そでの雪そらこと」。

「袖のゆきそらふくかぜもひとつにてはなにほへる志がの山ごえ」（六百番歌合・一三・定家）に対し、右方から「句ならびのその字、みみにたちてきこゆ」とあり、判は「右方人、みみに立つよし申云云。但、この志がの山ごえはおもしろくやあらんときこえ侍るにや」として結局、左歌「袖の雪」が勝った。

八雲御抄の「定兼日令見歟。非深咎歟」は、きっと定家が前もって俊成に歌を見せていたか、岸樹病は難ぜられても負けるほどの病ではないのか、というのである。

42**一　同さまにてあらぬ事**

項目43から項目45まで、類似した音をもつ語が一首中に存する例をあげる。袋草紙の「古今歌合難」「故人和歌難」および「証歌」中の「犯病類瑕瑾歌」の例を引用する。

43**たとへば　よそなれどすぎの村だちしるければきみが栖の程……**

袋草紙（一六四頁）は「故人和歌難」で「後拾遺問答云」として、後冷泉院の「よそなれどすぎのむらだちしるければきみがすみかのほどぞしらるゝ」をあげ、「問、いとをかしうよみたまふ。但、しるといふことやあまたあらむ。答、しるきとしらるゝとは同心と不二覚侍一ど、くせと被二仰成一む人はげにさも申つべかりけり」と引用する。後拾遺問答の底本が草稿本であったためか、「よそなれど」の歌は現存の後拾遺集にはない。八雲御抄は袋草紙によっているので、後拾遺入集歌と解して「撰集には皆以入之」とする。そして、第三句「しるければ」と第五句「しらるる」が同心病ではないという後拾遺問答の見解にしたがいつつ、場合により同心病とされたり、されなかったりすることがあると述べる。また「是は歌合ならねと」と断って「後拾遺問答」を引用しているのは、これが論難の例であり、「歌合子細」が主として歌合での論難の例を集めているからである。

44**かぞふれば空なるほしもしる物を……かずにおかまし　是は……**

※「かそふれは」は書陵部本、内閣本による。国会本は「よそふれは」。

袋草紙（新古典大系　四六三頁）は「証歌」中の「計ト数ト」の項

に、「かそふれは空なる星もしる物をなにをつらさの数にをかまし」（後拾遺・恋四・七五七・長能）をあげる。長能集では「また、女」の詞書で「かぞふればそらなるほしもなにならずなにをつらさのかずにとらまし」（三四）となっていて、字句に異同がある。

45 **高陽院歌合に通俊が　月影をひるかとぞみる秋の夜をながき……**

袋草紙（二三八頁）は「古今歌合難」で、寛治八年（一〇九四）高陽院七番歌合の「月かげをひるかとぞみる秋のよをながきはるひとおもひなしつゝ」（月一番右・通俊）をあげ、難陳を「昼と日とは若同事にやと申しかば、通俊、皆文字かはりたり。同事不ㇾ侍と陳申を、詞かはりたれど、義同様なれば、猶避とこそ聞給るうちに、やまざくらさきぬるときはつねよりもみねの白雲たちまさりけりと云、歌合歌にていとよき歌也。それになほさるべしとこそ被ㇾ定たれと申侍しかど、ともかくも人申ざりしかども、左歌のいともまさらざりしかば、殿下にいかゞと申侍しに、例などいかゞと侍りしかば、かゝるをり持などに被ㇾ定たるをりも候よしを申て、持と被ㇾ定了」と引用する。また袋草紙（新古典大系 四六一頁）の「証歌」中の「昼ト日ト」では、「賀陽院歌合（右持）通俊卿」として「月影を」の歌をあげる。歌合本文にも「持」となっているので、八雲御抄が「勝」とするのは不審。和歌童蒙抄「歌合判」（一—三八三頁）にも「病難例」としてこの歌をあげるが、八雲御抄初句は「月みれば」となっていて字句に異同があるので、八雲御抄が袋草紙によったのは明らかかと思われる。定家物語（二六〇頁）にも、「歌病事」の例歌に初句「月みれば」で載せる。

46 **一　さもとおぼゆる難**

項目47から項目49までは、難とみなされて当然な例をあげる。袋草紙の「古今歌合難」「判者骨法」および「証歌」中の「犯病類瑕瑾歌」の例を引用する。

47 **ひとへづつやへ山吹はひらけなんといへるを　小野宮さては……**

袋草紙（二二六頁）は「古今歌合難」で、天徳四年（九六〇）内裏歌合の「ひとへづゝやへやまぶきはひらけなむほどへてにほふ花とたのまむ」（八番欵冬右・兼盛）をあげ、小野宮（藤原実頼）の判詞を「右歌はやへやまぶきのひとへづゝひらけば、ひとへなるやまぶきにてこそあらめ。心はあるにたれどもやへさかずは、ほいなくやあらむ。又下句のはて、上の句のはてにおなじもじあり。仍以ㇾ左為ㇾ勝」と引用する。八雲御抄は一重ずつ咲くのであれば八重ではないという判詞を受けて「如此難也」とする。また判詞中にあるように三句末、五句末ともに「む」で同音のため、袋草紙（新古典大系 四六〇頁）は「証歌」中の「声韻病」の例歌とし、八雲御抄も同様に声韻病にあげる。（二十）七病の項目25参照。

▽俊頼（一一二八）和童（一—三八六）和色（一〇六）

48 **又長元歌合〔君がよは　能因歌云　山の海となる事〕**

袋草紙（二二四頁）は「古今歌合難」で、長元八年（一〇三五）賀陽院水閣歌合の「きみがよは白雲かゝるつくばねのみねのつゞきのうみとなるまで」（九番祝左・能因）をあげ、判詞を「海も山になり、山も海にならばあしかりなむ。海は海山は山にてあらむこそよからめ。いま〳〵しとて左負」と引用する。歌合では負となったが、詞花集賀、一六四番に入集する。

▽和童（一―三九三）

49**承暦〔匡房〕　君が世はかぎりもしらずわたつうみのなはしろ……**

袋草紙（二一〇頁）は「判者骨法」で、承暦二年（一〇七八）内裏後番歌合の「きみがよはゆくへもしらずわたつみのなはしろ水になりかへるまで」（十四番祝右・匡房）をあげ、判詞を「是勅判云、長元歌合にも山の海と成る、あぢきなしと被レ定たり。是心似たり。左歌は心行ても不レ覚とて令レ定レ持御」と引用する。第二句は、袋草紙では「ゆくへもしらず」、和歌童蒙抄（一―三九三頁）では「行方も知らぬ」であり、八雲御抄のように「かぎりもしらず」とする本文は未詳である。書陵部本、内閣本は歌の一部分を引用するに止まる。

以上項目47から項目49の例歌について、八雲御抄は「あまり事」、「過法事」と、無理のある詠みぶりを難じている。

50**一　さしもなき難**

項目51から項目58までは、項目46「さもとおぼゆる難」とは対照的に、先行歌学書や判詞では難とされているが、八雲御抄ではさほどの難とは考えない例をあげる。袋草紙の「古今歌合難」「故人和歌難」の例を引用する。

51**天徳歌合　無水藤波　万葉に済々**

※「無水藤波」は国会本異本注記および幽斎本、書陵部本、内閣本による。国会本は「水」を脱落している。

袋草紙（二一六頁）は「古今歌合難」で、天徳四年（九六〇）内裏歌合の「むらさきにみゆるふぢなみうちはへてまつにぞちよのいろもかゝれる」（九番藤左・朝忠）と「われゆきていろみるばかりすみよしのきしのふぢなみをりなつくしそ」（九番藤右・兼盛）をあげ、判詞を「水なくて藤浪と云事古歌にをり〳〵有。されど尋人なければさてとゞまれるなるべし。歌合にはいかゞあらむ。ことによせぬはいはれなし。猶水岸などにぞよすべかりける。……右おなじなみあるに、岸によせたればたよりあり。かくそふるきしにある藤なみとおしなべて云ことにはあらず。……左歌ふぢなみ水によらず、いかゞと愁申事理共可レ然。仍以レ右為レ勝」と引用する。判詞中の、水がないのに「浪」を用いているという難に対して清輔は「予今案に……又有二万葉集一如何。又云、ふぢなみのはなはさかりにさきにけりならのみやこをおぼゝゆやきみ」と、万葉集歌（巻三・三三〇・大伴四綱）をあげて反論している。八雲御抄は清輔説を踏襲し、「万葉済々」とする。

▽和童（一―三八九）

52**むば玉のをぬばたま也　両説也**

袋草紙（二一九頁）は「古今歌合難」で、天徳四年（九六〇）内裏歌合の「むばたまのよるのゆめだにまさしくばわがおもふことを人にみせばや」（十六番恋右・中務）をあげ、判詞を「右よるといふことは、ぬばたまとぞいふよし、むばたまとかけり。かきあやまれるにやと、其由奏れば、有レ誤らば、いかゞと仰事あれば、左勝」と引用する。また袋草紙（新古典大系　四六四頁）「証歌」中

「得恋無恋字歌」の例に、「天徳歌合〔右負〕中務」として「むは玉の」の歌をあげ、「依黒玉誤負了」とする。和歌童蒙抄（一—三八六頁）も袋草紙の「古今歌合難」に引用した判詞を引き、さらに続けて「是可尋事也。万葉集に烏玉とかきて、むばたまとも、うばたまとも、ぬばたまとも和字に順かきて侍めり。よるならむからに、ぬばたまのこゝろかなふべしとも覚えぬと、村上聖主の御前にて小野宮殿申させ給ひけることあだならむやは」と述べる。八雲御抄が「むばたま」「ぬばたま」の両説を認めているのは、和歌童蒙抄の実例に即した見解を肯定したものであろう。

53**亭子院歌合　伊勢が　いそのかみふるの社の桜花こぞみし……**

袋草紙（二四頁）は「古今歌合難」で、延喜十三年（九一三）亭子院歌合の歌「いそのかみふるのやしろのさくらばなこぞみし花のいろやのこれる」（七）を伊勢作としてあげ、判詞「こぞをこひてことしの心なしとてまく」を引用する。この歌の作者については、季方（亭子院歌合十巻本）、是則（同二十巻本）など異同がある。また十巻本では第二句を「ふるのやまべ」とするが、八雲御抄の記述は袋草紙に一致する。八雲御抄は袋草紙の引用例を参照しつつ、歌合での難が当たらないとの見解を示している。

54**長元にせきいるる水の　ふかき難ともきこえず**

袋草紙（二三頁）は「古今歌合難」で、長元八年（一〇三五）賀陽院水閣歌合の「ちよをへてすむべきみづをせきいれつゝいけのこゝろにまかせてぞみる」（三番池水左・資業）をあげ、判詞を「左せきいるゝわるしとてまく」と引用する。歌合本文では第五句を「まかせつるかな」とする。また袋草紙（新古典大系　四五八頁）の「証歌」中に、はなはだしい字余りを指す「中飽病」の例歌として「千世をへてすむといふ水をせき入つゝ池の心にまかせてそみる」の形であげる。八雲御抄は「せきいるゝ」の字余りを、取り立てて難とはせず、「中飽病」の例歌を他に求めている。

▽和童（一—三八四）

55**根合にたづと云事　頼通童名也　匡房非難云々　誠沙汰外事也**

袋草紙（新古典大系　四五七頁）の「故人和歌難」に、「同根合時、右一番歌に、たつの居と詠後日左難云、たつとは宇治殿童名なり。不可然云々。匡房云、童名をさる事未聞事也云々」とある。これは、寛治七年（一〇九三）郁芳門院根合、一番右の斎院女房（二十巻本断簡は作者を師頼とする）の歌「たづのゐるいはかきぬまのあやめ草ちよまでひかむ君がためしに」（続古今・賀・一八七六　師頼　第四・五句「ちぎりてひかんきみがためには」）に対して、後日、左方からたづは頼通の童名だから難であるとする意見が出され、右方の匡房が難ではないと反論したことを指す。栄花物語（下）にも「との〻若君をば、たづ君とぞつけ奉らせ給ける」とあり、頼通の幼名が田鶴であったことは確認できるが、二十巻本断簡に判詞はなく、中右記の逸文では判詞をあげ「持」とする。「たづ」をめぐるこの論難は袋草紙以外では確認することができず、八雲御抄は袋草紙によったと思われる。袋草紙（新古典大系　四五八頁）はさらに続けて牛の例もあげ、童名を避ける必要はないとする。八雲御抄も袋草紙と同じ見解で、左方の難を「誠沙汰外」として、非難に当たらないとする。

56**此外　仲実難露結余事也**

袋草紙（一三五頁）は「古今歌合難」で、永保三年（一〇八三）後三条院四宮侍所歌合の「しらつゆはいろますはひとなりにけりこきむらさきにさけるふぢなみ」（五番藤花左・仲実）と「ひにそへてにほひぞまさるふぢのはなちとせの春をおもひこそやれ」（同右・有賢）をあげ、判詞を「白露とよまれたる、あるまじきことにはあらねど、こゝのやうにはよまずもありなむ。右君がちとせといひたればともかくもいふべし」と引用する。判詞の「こゝのやう」は負となった仲実の理の勝った詠みぶりを指したものと解され、八雲御抄の「余事」も同様の見解と見られる。番えられた右方が祝意のある歌であったため「しらつゆは」の歌は負けとなったが、致命的な難とはされていない。

57**兼昌恋せじとを俊頼の難はいかがせん**

袋草紙（一五四頁）は「古今歌合難」で、元永元年（一一一八）内大臣家歌合の「こひせじとおもひなるをによるなみのかへりてそれもくるしかりけり」（恋七番左・兼昌）をあげ、判詞を「俊頼云、いつもじ名歌なれば、うちきくに思ひいでらる。古人如レ此事はさるべしとぞ。さればおとるべきにや」と引用する。初句「こひせじと」が、名歌「恋せじとみたらし河にせしみそぎ神はうけずぞなりにけらしも」（古今・五〇一　伊勢・六十五段）を想起させるという理由で負となった。この俊頼の難に対して、八雲御抄は「いかがせん」と批判的である。

58**長元赤染　なほとこなつ　不日　已上二事申難也**

※「申難」は書陵部本による。国会本は「中難」。

八雲御抄の記述は、袋草紙（一二四頁）の「古今歌合難」に、長元八年（一〇三五）高陽院水閣歌合の「にはのおもにからのにしきをしく物はなほとこなつの花にぞありける」（五番瞿麦右・赤染衛門）をあげ、判詞を「なほとこなつ、わるしとてまく」と引用するのを受けたものであろうが、「不日」以下に本文上の誤りがあると思われる。書陵部本には「不日」はなく、「五月」とある。袋草紙（一二四頁）は先に引用した部分に続けて、同歌合の赤染衛門の歌「さつきやみほぐしにかゝるともしびのうしろめたきをしかやみるらむ」（八番照射右）をあげ、判詞を「右はことばのきこえいみじうをかしとあるほどに、左ともしびとある、うたがひあげて申せば、右ほぐしにかけたりといひたれば、ことさらにほぐしと云事なしと申に、ともしびは家などにともしたるをなむいふとかたく申せば、ことわりとて左勝」と引用する。判詞中の、ともしびは家に言うとする意見に対して、清輔は万葉集歌をあげて「予今案、非レ無二証歌一。万葉集歌云、山葉に月傾バ潜する海人のともし火おきに奈津左布云々」と反論している。書陵部本の「五月」が「さつきやみ」の歌と解することが可能なら、この歌合で難じられた赤染の歌「にはのおもに」と「さつきやみ」の二首をさして「已上二事申難也」と述べているとも考えられる。

a**鶯の春となく虚言云々　此事尤無其謂　歌作法也**

▽和童（一—三八四）

ａからｃは書陵部本のみにある。袋草紙（二五頁）は「古今歌合難」で、天徳四年（九六〇）内裏歌合の「しろたへにゆきふりやまぬうめがえにいまぞうぐひすはるとなくなる」（三番右・兼盛）をあげ、判詞を「右歌はるとなくことそらごとなりとて負畢」と引用し、さらに「今案に春となくとは、春になりたるけしきになくなり」と清輔の見解を述べる。書陵部本は清輔の「今案」と同様、いわれの無い難であり、擬人的表現は「歌作法」とする。

ｂ**後撰　かりこそなきて秋とつぐなれ**

後撰集秋下、三五八番には「題しらず　よみ人しらず」として「物思ふと月日のゆくもしらざりつかりこそなきて秋とつげつれ」をあげる。第五句を「秋とつぐなれ」とする本文は現存諸本にない。

ｃ**又　をぎの葉の秋とつげつる　などいへり　これとても景気……**

「おもふこと侍りけるころ　いとどしく物思ふやどの荻の葉に秋とつげつる風のわびしさ」（後撰・秋上・二三〇・読人不知）を指す。現存諸本中に「荻の葉の」の本文は見出せない。

ａからｃはいづれも擬人的表現の例であり、項目58にあげた赤染衛門の「さつきやみ」の歌が鹿を擬人的に表現しているのに関連して、これが「作法」にかない、難には当たらないことを示したものと考えられる。

59**一　同事の詞かはりたるは尤可為病**

項目60から76までは類似した語句が詠まれているために病となる例を中心にあげる。袋草紙（新古典大系　四五八頁）が「証歌」中の「犯病類瑕瑾歌」としてあげる、若干の欠点を持った歌からの例の引用が中心であり、配列においてもほぼ一致する。また「古今歌合難」「撰者故実」などからも引用している。

60**良牟与礼牟　京極御息所歌合勝**

袋草紙（新古典大系　四六一頁）は「証歌」中の「良牟ト礼牟ト五音字」の項に、延喜二十一年（九二一）京極御息所歌合の歌「千早振神もしるらん春日野のわか紫にたれか手ふれん」（四二）をあげ勝とする。二句末「らん」と五句末「れん」が重なるのが難とされる。なお十巻本では負、二十巻本では持となっているが、八雲御抄が「勝」とするのは、袋草紙によったためであろう。京極御息所は、宇多天皇の御息所の藤原時平女従二位褒子を指す。

61**介礼与介留　徽子女御歌合　中務持**

袋草紙（新古典大系　四六一頁）は項目60に続いて、「証歌」中の「介礼ト介留ト同前」の項に、天暦十年（九五六）麗景殿女御歌合の中務の歌として「みよし野は雪ふりやます寒けれと霞そ春のしし成ける」（二番霞・歌合本文では作者名なし）をあげる。萩谷朴氏は『平安朝歌合大成』第一巻で、麗景殿女御を荘子女王と認定されていて、八雲御抄が徽子女御とするのは誤りであろう。三句目の「けれ」と五句末「ける」が重なるのが難とされているが、たとえば、同歌合の款冬題で詠まれた「やへさけるかひこそなけれやまぶきのちらばひとへもあらじとおもふに」（十八番右・作者名なし）は勝となり、詞花集春、四六番、金葉集三奏本春、八一番にも入集しているので、「けれ」と「ける」の重出は、病としては軽い。

62 **良志与奈利　寛和歌合　惟成為持　或不病とも　是等をば病也…**

袋草紙（新古典大系　四六二頁）は項目61に続き、「証歌」中の「良志ト奈梨ト」の項に、寛和二年（九八六）内裏歌合の「鶯の鳴ねのとかに聞ゆ也花のねくらもうこかさるらし」（四番鶯・惟成弁）をあげる。三句末「なり」と五句末「らし」の重出が病とされるが、持となっているので致命的なものではない。

63 **山与峰　亭子院歌合　勅判　山峰またかりとてと云々　俊頼……**

国会本「またかりとて」、幽斎本「またかはりたり」、書陵部本「またかりたり」、内閣本「またかり」とするが、歌合判詞によって、「またありけり」とするのが正しいと思われる。

袋草紙（新古典大系　四六三頁）は「証歌」中の「山ト峰ト」の項に、延喜十三年（九一三）亭子院歌合の「山さくら咲ぬる時は常よりも峰のしら雲立まさりけり」（四・貫之）をあげ、判詞を「勅判云、山と峰とまたありけりと云々」と引用する。初句「山」と四句目「峰」の重出が同心病である。また袋草紙は「古今歌合難」（二四頁）では、右の記述内容に加えて、「又俊頼基俊同引二此例一、以二山峰一称レ病。但此評定少有二不審一。彼判詞能可二了見一歟。就レ中以二山峰一為レ病ハ、河と読てハ淵瀬とハ不レ可レ詠歟、如何」と述べる。八雲御抄が「俊頼基俊共謂病　清輔不為病」とするのは、袋草紙の「古今歌合難」の記述によっている。定家物語（三六〇頁）にも、「歌病事」に「山さくら」の歌を載せる。

▽和童（一―三八二）

64 **山与高ね同事也　或不病とも　是をば病也　准之多　高陽院……**

袋草紙（新古典大系　四六三頁）は「証歌」中の「山ト高根ト」の項に、寛治八年（一〇九四）賀陽院歌合として高陽院七番歌合の歌「をしなへて山の白雪つもれともしるきはこしの高ね成けり」（雪一番右・通俊）をあげる。二句目の「山」と五句目の「高ね」が同心病である。しかし千載集冬、四五二番に入集しているので重大な欠点ではなく、八雲御抄は「或不病とも　是をは病也」として見解が分かれることをいう。

65 **又同歌合に　顕綱〔初…〕とやまといひて遠のたかねといへり…**

袋草紙（新古典大系　四六三頁）は「証歌」中の「山ト高根ト」の項に、「同歌合〔右持〕」として、寛治八年（一〇九四）高陽院七番歌合の「外山には柴の下葉も散はてゝをちの高ねに雪降にけり」（雪三番右・顕綱）をあげる。しかし歌合本文では、勝となっていて、判詞も「右の歌の、したばしもちりはつ、といふこともいかがあらん」とあり、「山」と「高根」の重出は難とされていない。この歌も千載集冬、四五三番に入集する。「初五字也　隔二句」は傍注であるが、「とやま」が第一句、「遠のたかね」が二句を隔てた第四句であることを注す。

d **〔けりとけるとは俊成難之〕**

書陵部本のみにある。嘉応二年（一一七〇）住吉社歌合の「すみよしのかみさびにけるたまがきをみがくは月のひかりなりけり」（社頭月十一番左・女御家兵衛督）に対して、判者の俊成は「左又、けるけりといへり」と難じ、右方の通親歌にも欠点があったので「持」としたことを言う。二句末「ける」と五句末「けり」の重出が難とされる。

66 匂与香　顕房歌合勝

袋草紙（新古典大系　四六三頁）は「証歌」中の「匂ト香ト」の項に、天喜四年（一〇五六）六条右大臣（顕房）家歌合の花橘題で詠まれた「我宿のはなたちはなの匂にはひとりぬるこもうつり香そする」（一八・ちかもと）をあげ「勝」とするが、歌合本文によると「持」であり、下句も「かをたづねつつこぬ人ぞなき」となっている。これは「わがやどのはなたちばなのにほふにはかをたづねつつこぬ人ぞなき」（一八）の上句と「やどちかきはなたちばなのにほひにはひとりぬるよもうつりがやせん」（二〇・たひらのこれざね）の下句が合体した結果と考えられる。八雲御抄が「勝」とするのは袋草紙によったためであろう。

67 独与人　法性寺関白歌合　時昌が　霜枯にわれひとりとや……

※「霜枯」は幽斎本、書陵部本、内閣本による。国会本は「霜様」。

袋草紙（新古典大系　四六三頁）の「証歌」中「独ト人ト」の項に、元永元年（一一一八）内大臣家歌合の「霜枯にわれ独とや白菊の色をかへても人にみすらむ」（残菊十八番右・時昌）をあげ「俊頼朝臣和歌判之、人ト独ト未事切。仍持云々。基俊不為難之、仲実朝臣為病之」と述べる。袋草紙の「古今歌合難」（一五三頁）にもこの例をあげるが、仲実の事は見えないので、「証歌」によったと解される。八雲御抄は病か病でないかは歌によるとしたうえで、「霜枯に」の歌については「ひとり」は人について言っているのではなく、病ではないとする。

68 古今の　ひとりのみながむるやどのつまなれば人をしのぶの……

袋草紙（新古典大系　四六三頁）では項目67に引用した「証歌」中の「独ト人ト」の項に「古今集〔二八〕」として万葉仮名表記で「ひとりのみなかむるやとのつまなれはひとをしのふのくさそをひける」（古今・恋五・七六九・さだののぼる）をあげる。初句の「ひとり」と四句目の「ひと」が同心病とされる。

69 又西住法師が　宿ごとにながむる人はあまたあれど空には月……

※「西住」は書陵部本、内閣本による。国会本は「西行」。

袋草紙（一五三頁）は「古今歌合難」で、「或所歌合〔永久四年七月二十一日　仲実朝臣判レ之〕」の中に「十五番　月　右　藤国親〔西住入道也〕」としてこの歌をあげ、判詞を「もじやまひありとて負」と引用する。八雲御抄は袋草紙によっていて、「難あり」とするのは、「人」と「ひとり」の同心病を言ったものと解されるが、重大な欠点とはしていない。この永久四年（一一一六）右兵衛佐忠隆歌合は散逸していて、袋草紙が三番五首を伝えるにすぎない。

70 月与月（年月与日月と）吉水僧正　長月もいく有明に成ぬ……

吉水僧正は慈円のことであり、慈鎮とも称す。この例歌は先行歌学書によらず、八雲御抄が独自に補ったと思われる。新古今集秋下、五二一番に「暮秋のこころを」の詞書で入集する。新古今集と八雲御抄では歌本文は一致するが、拾玉集、三〇一五番および、慈鎮和尚自歌合（八王子・八番左）では四句目が「あさぢの霜」となっている。慈鎮和尚自歌合では、判者の俊成は「長月も」の歌に対して、「いく有明にといへる心猶えんにおぼえ侍り」として勝を与えている。八雲御抄が「詞の心かはりたる也」とするのは、「月与月」の傍注に「年月与日月と」とあるように、暦日の長月と天象の有明の月とは意味が異なることをいう。和歌色葉（一〇七頁）には「又文字は同じけれども心別に成ぬれば病とはせずとぞ髄脳には申たる。……月次の月と空の月とは別なり……とがなし」とある。したがって「可為難歟」は、難とすることをためらっていると解すべきであろう。

71**こゐとおとと病也　三条院大嘗会輔親詠之**

袋草紙（新古典大系　四六三頁）は「証歌」中の「声ト音ト」の項に、「三条院大嘗会　白音山」として、「音たかきをうたの山のほとゝきす万代とのみ声そ聞ゆる」（輔親）をあげるが、八雲御抄はこれによっている。三条院大嘗会が行われたのは長和元年（一〇一二）のことであり、悠紀方が大中臣輔親、主紀方は源兼澄であった。

72**声与ね　貞文家歌合に躬恒為持**

巻二『作法部』（十二）作者の項目43参照。

袋草紙（新古典大系　四六三頁）が「証歌」中の「声トねト」の項に、延喜五年（九〇五）定文家歌合の「人しれぬねをや鳴くらん秋萩の花さくまでに鹿の声せぬ」（一四・躬恒）をあげ、「持」とするのによっている。

73**代与年　是をば皆為病也　三十講歌合勝　年をへてすむべき君…**

袋草紙（一二三頁）は「古今歌合難」に、長元八年（一〇三五）高陽院水閣歌合の「ちよをへてすむべきみづをせきいれつゝいけのこゝろにまかせてぞみる」（三番池水左・資業）と「としをへてすむべききみがやどなれば池のみづさへにごるよもなし」（三番池水右・定頼）をあげ、判詞「左せきいるゝわるしとてまく」を引用する。左歌に難があったために、「としをへて」の歌は勝となった。八雲御抄はこの歌のように「年」と「世」とが一首中にあっても病ではないが「きみがよ」と「千とせ」がある場合は病とする。なお「としをへて」の歌は続後拾遺集賀、六二三番に入集するが、第五句は「濁らざりけり」となっている。

74**又　とまらぬ春のたに風にまだうちとけぬ　この二のぬは病歟…**

袋草紙（一〇四頁）は「撰者故実」で、天徳四年（九六〇）内裏歌合の「こほりだにとまらぬはるのたにかぜにまだうちとけぬうぐひすのこゑ」（一番左・順）をあげ、「不ㇾ留ヌ不ㇾ解ヌ如ㇾ此近代之説、病也。但近代義、難二指南一歟」と述べる。「とまらぬ」と「とけぬ」の重出が「近代の説」では病となるという。和歌色葉（一〇七頁）には「文字の病と云事は上古になき事を、一字も同を近来いたむべし」といい、「氷だに」の歌をあげてこの当時は文字の病という事がなかったので勝となったとする。一首中に同じ音があるのを文字の病とするようになったのは、近代であるとする共通の理解が認められる。歌合判詞は「左歌のこころばへいとをかし……以左為勝」として「ぬ」の重出を不問にして勝とする。また袋草紙（新古典大系　四六〇頁）の「証歌」では「腰尾病」の例歌となっているが、八雲御抄は「膊尾病」の例歌とする。（二十）七病の項目13参照。

75**頼宗　せめて命のをしければ　といひていのる也けれと云　病…**

袋草紙（一〇四頁）の「撰者故実」には、項目74に引用した部分に続いて「三十講歌合に堀河右大臣歌云、あふまでとせめていのちのをしければこひこそ人のいのちなりけれ　介礼、々々又病也。亭子院歌合に、らむらむを定レ病。是同事也。但大宮左府語曰、此歌有レ病事、作者并方人不二覚悟一。講時判者又感歎云、歌は出来者也云々。此時作者大臣有レ病事を始覚悟て、責レ体給之処、遂無二沙汰一勝了。後日相二改之一、自筆集には命のをしきかなと被レ書。事外劣也云々」とあり、第三句と第五句に「けれ」が重出していたために病と指摘された。しかし「自筆集」に改めた方は「事外劣也」と評され、改訂以前の歌の評価の方が高く、病は致命的なものではない。奥義抄（二四一頁）では「又歌に詞病と云事あり。但、古髄脳にはみえず。近代出来事か。たとへば、けれ・らむなど云類也。まことに耳にたちて聞ゆ。さるべき事也。……あふまでとせめていのちのをしければこひこそ人のいのちなりけれ　是等又よき歌也。たゞいかなることもよくつゞけつればあしくも聞えず。されば天徳の歌合には同とがあれども、とがめたるもあり、とがめぬもあり。かやうの事は当時耳にたゝむにしたがふべし。近代の人は此式を可レ用也」と述べる。これらによれば、文字続きの如何によって病となったりならなかったりするとして、「あふまでと」の歌は「よき歌」とされ、難とはされていない。

八雲御抄は第三句の「けれ」と五句末「けれ」の重出を「病」としているようであるが、あるいは「いのち」の重出を病としたとも考えられる。八雲御抄は頼宗の歌を一部分しか引用していないが、第五句に異同がある。古来風体抄（初撰―三九二頁）、後拾遺集恋一、六四二番、長元八年（一〇三五）高陽院水閣歌合（十番恋右）、入道右大臣集、四三番は「いのり」とするが、奥義抄、古来風体抄（再撰―四九九頁）、袋草紙では「いのち」であり、八雲御抄では、幽斎本が「いのち」とする。

▽袋草（四〇・一二三）和色（一〇七）

76**空と雲ゐとなどは不病　道経歌を俊頼為軽病　通俊曰難有……**

※「俊頼為軽病」は幽斎本、書陵部本による。国会本は脱落している。内閣本では「空と雲ゐ……敵歌」までが脱落している。

袋草紙（一五二頁）は「古今歌合難」で、長治元年（一一〇四）左近権中将俊忠朝臣家歌合の歌「まつほどもこゝろそらなるほとゝぎすいとゞ雲井になきわたるかな」（一番郭公右・道経　歌合本文では初句「まつ人も」）をあげ、俊頼の判詞「又左人云、右歌そらと雲井と同心の病と申、又さもときこゆめれど、是はふかきとがにあらずとて持と申」を引用する。判は「空」と「雲井」が同心病とするが、八雲御抄は病ではないとする。また八雲御抄が「俊頼為軽病」とするのは、判詞の「ふかきとがにあらず」を指したものであろう。通俊の説については未詳であるが、歌合では難があっても、相手方が勝とはならず、持となる例としている。

77 **一　わざとよみたる同事　病にて非病**

以下項目80まで、一首の中に同じ言葉を詠むことについての記述である。同じ事を詠むことについては、項目12・31などにも述べられているが、ここでは「わざと」詠んでいる場合を取り上げている。「病にて非病」とは、あいまいな言い方であるが、修辞の一つとして意識的に詠んでいる場合は、病のように見えるが、病ではないということであろう。

78 **たとへば　徽子歌合勝　やへさけるかひこそなけれ山吹の……**

袋草紙（新古典大系　四六三頁）が、項目71・72に引かれた「声ト音ト」「声トねト」に続く「一重ト八重ト」の項に「麗景殿女御歌合（款冬右勝）」として「八重さけるかひこそなけれ山吹のちらは一重もあらしと思へは」（一八）の歌をあげる。この歌は金葉集三奏本、春、八一番と詞花集、春、四六番に読人不知として入集している。

なお、八雲御抄は麗景殿女御歌合を徽子歌合としている。麗景殿女御歌合と斎宮女御歌合は類聚当初から混同されていたようである。巻二（九）講師の項目40、（十四）選集の項目175、（十五）殊歌合の項目23参照。

79 **又　寛和（勝長能）ひとへだにあかぬ心をいとどしくやへ……**

袋草紙（新古典大系　四六三頁）が、前項にあげた歌に続いて「寛和二年歌合（款冬左勝）」として「一重たにあかぬ心をいとゝしく八重かさなれる山吹のはな」の歌をあげる。この歌は寛和二年内裏歌合、五番に詠まれ、金葉集三奏本、春、七八番と詞花集、春、四五番に入集している。

項目78・79の二首の歌は、袋草紙の証歌によっていると思われるが、八雲御抄はこれらの「一重」と「八重」はわざとそのように詠んでいるとして、「非病」としている。

80 **又　ねぬる夜の夢をはかなみまどろめばいやはかなにも　など…**

「ねぬる夜の夢をはかなみまどろめばいやはかなにもなりまさるかな」（古今・恋三・六四四・業平　伊勢物語・百三段）を指す。歌合の歌ではないが、「はかな」を重複させて詠んだ例として八雲御抄はあげたのであろう。

81 **一　風と木がらしと　六帖　こがらしのおと聞秋は過にしを……**

風と木枯らしを詠むことは普通によくあることであるが、病であり、難ずべきことであるとする。

これは古今六帖、二〇八番の歌で、第二句「おとにて秋は」とあるが、袋草紙（新古典大系　四六三頁）に「木枯ト風ト　六帖」としてこの歌をあげるのによるだろう。

82 **一　同様の鄙詞一首中一所はゆるす　二三所は難之　匡房……**

※「一首中一所はゆるす」は書陵部本による。国会本は「一首一所は」とある。

なお国会本は「一首一所は」とある右横に、小字で「中イ」「ゆるすイ」と異本注記がある。幽斎本も「一首」の右に小字で「のうち」「ゆるす」と補入されている。

袋草紙（一四一頁）に、「ふたこゑとなどかきなかぬ時鳥さこそみじかき夏の夜ならめ」という郁芳門院根合（二番左勝・堀川殿）の郭公の歌をあげて、「江記云、右方人云、於二御前一専不レ詠二夜短詞一。依レ濫二於世一也。一首鄙詞三所などか、さこそ、ならめ等也。如此詞二所猶凡、況三所乎云々」と述べる。「などか」「さこそ」「ならめ」の語が「鄙詞」として難じられたという。八雲御抄はこれを引いている。

83　**一　重言は病にあらざれ共難之　基俊申云　さ衣の袂はせばし…**

項目83、84は重言、すなわち同じ内容の言葉を重ねて使うことについての記述である。八雲御抄は、重言は病ではないが難であるとする。

元永元年内大臣家歌合、十一番左負、俊隆の歌「さごろもの袂はせばしかづけども時雨の雨は心してふれ」についての基俊の判詞に、「基云、狭衣と云ひて、せばしとは、いかによまれたるにか、四条大納言の式には浅歌重言とてわろき事にぞして侍る」とある。袋草紙（一五四頁）はこの歌を引き、「基俊云、さ衣又せばしとよめる、重言病也、仍負云々」と述べて、重言を病とする。

84　**大炊御門右大臣歌　袖のしづくといひて　又恋の涙をよめり……**

袋草紙（一六二頁）に、「或所歌合（保延四年判者基俊）」の「恋左　新宰相中将公能」の歌として「くれなゐにそでのしづくはなりにけりみにしみわたるこひのなみだに」の歌をあげて「上句の袖のしづく、下句の恋の涙、同事侍、病とや申べからむとて負」と述べる。なお、この歌合は散逸しており、袋草紙にのみ見える。

項目83、84の八雲御抄の重言についての記述は袋草紙によると思われる。

85　**一　詠古歌　わざと本歌としたるは少々はゆるす　近代過法……**

項目85、86は古歌の句を用いることについての記述である。古歌を意識的に本歌として詠むことは少々は許されるが、近代は行き過ぎている場合が多いと述べている。

86　**忠隆が二句古歌なるは　非強とて勝了　二句ながらつづきたる…**

袋草紙（一五二頁）が元永二年内大臣歌合、「尋失恋」三番右勝の忠隆の歌をあげる。「ありしだにうかりしものをなぞもかくゆくへもしらずつらさそふらむ」をあげて「始め二句ぞふるき歌なれど題心は侍めれば為勝」の判詞を引く。本歌は後撰集の「有りしだにうかりしものをあかずとていづくにそふるつらさなるらん」（恋五・九五二・中務）である。忠隆の歌は初句と第二句が後撰集の歌と全く同じであったが勝とされた。

なお、同じく元永二年内大臣家歌合、暮月十一番右に、時雅が「山の端にをしむもしらぬ夕月夜いつあり明にならんとすらん」と詠んだが、これに対しては「又判云」として「右歌は後拾遺抄の歌なり、ただひと句やかはりたらん、されば左の勝とぞ申すべき」とある。本歌は金葉集の「やまのはにあかずいりぬるゆふづくよいつありあけにならんとすらん」（春・一〇四・公資）で、第二句以外が本歌と全く同じであったために負となったのである。「過法事」の例と言えるであろう。

87　**一　得花詠落花　得紅葉詠落葉事　寛和　永承　承暦　幷高……**

※「永承」は書陵部本、内閣本による。国会本は「永和」。

項目87から91までは、「花」の題で「落花」を詠んだり、「紅葉」の題で「落葉」を詠む、あるいは「恋」の題で「恋」の語が詠み込まれていないなど、題と歌の内容についての記述である。ここからの八雲御抄の記述は、袋草紙（新古典大系　四六八頁）の「犯病類瑕瑾歌」の項目の順番にほぼ沿って、袋草紙の証歌を引用しながら書かれている。

袋草紙（新古典大系　四六四頁）は、「得桜詠落花歌」の項に、「賀陽院歌合〔左勝〕周防内侍」の歌として「山さくらおしむ心のいくたひか散木のもとに行かへるらん」（高陽院七番歌合・桜三番）をあげる。この歌は千載集、春下、八十番に内侍周防の歌として入集している。また続く「得紅葉詠落葉歌」の項に、「寛和二年歌合〔左勝〕藤敦信」の歌として「落ちつもる庭の紅葉はから錦またゝく物もなしとこそみれ」をあげる。この歌は寛和二年内裏歌合に「冬紅葉」の題で詠まれた歌（二九）であり、下句「まづしくものもなしとこそきけ」とする。

また、永承四年内裏歌合には、四番に「紅葉」の題で「あらしふくみむろのやまのもみじばはたつたのかはのにしきなりけり」（左・能因）「ちりまがふあらしのやまのもみじばはふもとのさとのあきにざりける」（右・祐家）と落葉が詠まれている。承暦二年内裏歌合には、四番に「桜」の題で「たづねこぬさきにはちらでやまざくらみるをりにしもゆきとふるらん」（左・顕季）と落花が詠まれている。八雲御抄は、これらの歌はいずれも難ではないとしているのである。

88　月又同有例

※「月又同有例」は幽斎本、書陵部本による。国会本は「月又日有例」。

なお、幽斎本は「日」を見せ消ちにしている。

袋草紙（新古典大系　四六四頁）に、項目87であげた「得紅葉詠落葉歌」に続いて「得月詠落月」の項に「承暦後番歌合〔無勝負〕」として「くもりなき影をとゝめて山のはに入るとも月をおしまさらまし」（承暦内裏後番歌合・十番右勝月・公実）の歌と、「隆綱卿歌合〔左勝　兼房朝臣判也〕」として「月影のいつる山のはうれしくもいる山のはのつらくも有哉」の二首を引く。この部分の八雲御抄の記述も、袋草紙によっていると思われるが、八雲御抄は、「月」の題で「落月」を詠むことも例があり、難ではないという立場である。公実の「くもりなき…」の歌は、金葉集秋、一九二番に入集している。

89　得恋無恋字　更々非難　承暦　并郁芳門院根合有沙汰　同判……

袋草紙は「犯病類瑕瑾歌」（新古典大系　四六四頁）の中で、項目88の「得月詠落月歌」に続いて、「得恋無恋字歌」の例歌に、「天徳歌合〔右負〕中務」として「むばたまのよるのゆめだにまさしくはわがおもふことをひとのみせばや」（天徳四年内裏歌合・十六番・恋）の歌と「郁芳門院根合〔右持〕六条右府」として「思あまりさてもやしはしなくさむとたゝなをさりに頼めやはせぬ」（五番右・恋・小別当）を引く。

また袋草紙の「古今歌合難」（一四三頁）には、前掲の郁芳門院根合の歌を引き（ただし初句「おもふかねて」）、「左人云、右恋といふもじなし、いかゞと。右人云、天徳歌合朝忠歌に、人をもみをもうらみざらましとある歌、世人の乗レ口名歌、彼時又勝となむ被レ定けるとや。左人云、承暦歌合時左恋歌其詞なしとて負。即今日判者、大いまうちぎみなむ彼時も判給へると申ば、大臣云、彼歌はわたつみのはるかなるそこに海人のいれるよしをのみいひて、思たのむと云事もなし。古歌にも、詞にも恋ともなけれども其心あるは皆深とがとせぬ物也。左右歌同ほどなれば持となむ」と述べる。郁芳門院根合において、「思あまり…」の歌に「恋」の語がはいっていないと左方が非難したのに対して、右方は天徳四年内裏歌合の恋の題の歌「あふことのたえてしなくはなかなかに人をもみをもうらみざらまし」（十九番左勝・朝忠）を例としてあげたが、左方は郁芳門院根合と同じ顕房が判者を務めた承暦二年内裏歌合で、「わたつみにみるめもとむるあまだにもちひろのそこにいらぬものかは」（十五番左恋・定綱）の歌が負けとなったことをあげ、結局「持」となったのである。八雲御抄の記述は、これらの袋草紙によると思われるが、「惣沙汰外事也」とのべており、「恋」の語を詠まないことに問題はないとする。

90 **近代恋字有は少**

※国会本は「有は」の下に「少」を脱落している。「近代恋字有は少」は幽斎本、書陵部本、内閣本による。

近代は「恋」の題に「恋」の語が詠み込まれることは少ないと述べている。

91 **応和歌合　待郭公に　佐理　さみだれにふりいでてなけと……**

応和二年内裏歌合に「時鳥をまつ」の題で、詠まれた歌（二一）である。袋草紙（一三〇頁）がこの歌を引いて「郭公といふことなけれど歌のすがたきよらなりとて左勝」と述べているのによるであろう。八雲御抄は、この歌が郭公の語が詠まれていなくても勝とされたが、それはいずれの題についても同じであるとする。さらに、恋の語が詠まれていない恋の歌は、古今集以下いくらでもあり、全く難には当たらないと述べている。

92 **一　祝に詠栄花事　家成家歌合に基俊が　松ばかりの長寿無詮…**

項目92、93は「祝」の題についての記述である。「祝」題には出世栄達ではなく長寿の祝いを詠むべきであるとする。

袋草紙（一六二頁）に「家成家歌合〔保延元年　判者基俊〕」として、「くらゐやまおひそふ松のとしをへてたえぬもきみがさかゆべきかな」（祝・右・忠兼）の歌をあげ、「右自レ古祝をよむには、長生久視の心をなむよむ。偏に栄官栄禄の心をよみて、已忘二仙算遐齢心一、あやしく侍。右祝のこゝろうすし、為持」と述べる。八雲御抄はこの袋草紙の記述によっていると思われる。

93 **抑花山院歌合弾上宮の　万代もいかでかはてのなかるべき仏に…**

※「なかるへき」は幽斎本、書陵部本、内閣本による。国会本では「なかる」の次の字が判読できない。

花山院歌合、九番右に、祝の題で弾上宮上の詠んだ歌である。

袋草紙（新古典大系　四六四頁）が項目89の「得恋無恋字歌」に続いて「得祝不祝歌」としてこの歌をあげる。長寿を祝う内容の歌にはなっておらず、八雲御抄も「珍事」としている。

94一　郭公題未聞事或難之　高陽院歌合顕綱歌未聞　左歌は聞……

以下項目96まで、「郭公」の題において、郭公の声を聞かずと詠むことが難になるということについて述べている。

袋草紙（一三八頁）が、高陽院七番歌合、郭公三番右の顕綱の歌と判詞を引くのによる。「あくるまでまちかねやまのほとゝぎすけふもきかでやくれむとすらむ」の歌について「共に唯同事に侍を、左は郭公きゝたり、右はまだきかねば、前にもきゝたるをぞ勝と申める」という判詞を引いている。顕綱の歌はほとゝぎすの声を聞かずとよんだために負とされたのである。さらに「予今案レ之、在納言家歌合に合二聞歌一て不レ聞歌或勝或持也」と、清輔の説が述べられているが、これについては項目96参照。

95根合雅俊又負了

※「根合雅俊又」は書陵部本による。国会本は「未聞左歌は…根合雅俊」の部分が重複している。

なお幽斎本は重複している部分を見せ消ちにしている。

袋草紙（一四一頁）に、郁芳門院根合、二番右、雅俊の歌「なかずとてうちもふされず郭公声まつ人もねがたかりけり」を引いて、「左いとをかし。右上下ことたがひたる心地して、まだ郭公きかずとて負了」と述べる。雅俊の歌も郭公の声を聞かずと詠んだとことが、負の原因の一つになったのである。

96但在納言歌合有二首云々

袋草紙は「犯病類瑕瑾歌」（新古典大系　四六四頁）の中の「得時鳥未聞歌」の項に、「在納言歌合〔右持　左は聞歌也〕」として「さ夜ふけてふるの山への郭公かへる雲井の声をきかせよ」（民部卿家歌合・十番右持）と「わか宿に声なおしみそ時鳥かよふ山路のミチハテソハ」（同歌合・十番左勝　下句「かよふ千里のみちはてしそは」）の二首をあげる。在納言家歌合とは、在原行平家で催された歌合で、在民部卿家歌合とも呼ばれる。

また袋草紙の「古今歌合難」（一三八頁）には、項目94であげた顕綱の歌について「予今案レ之」として、在納言家歌合では郭公の声を聞かずと詠んで、勝、あるいは持となっていると述べている。

八雲御抄はこれらの袋草紙の記述による。

97一　詠述懐不難　寛和花山御製　近代多

述懐の心を詠むのは、難ではないと述べる。袋草紙（新古典大系　四六四頁）は「寄述懐歌」の項目に「百番歌合」として、「年のうちはみな春なから暮なゝむ花みてだにも浮世過さん」（寛平御時后宮歌合・春歌・一四　下句「花を見てだに心やるべく」）の歌と、「寛和元年歌合（月　右勝）御製〔歟〕」として「秋の夜の月に心はあくかれて雲居に物をおもふ比かな」（寛和元年内裏歌合・一・月左勝・花山天皇）の二首をあげる。

元永二年内裏歌合には、「暮月」二番左の歌「山の端にいそぎないりそ夕月夜うき身だにこそ世には住みけれ」（顕仲）の歌についての判詞に「左歌、述懐の心なり、歌合にはよまずとうけ給はる」とあり、述懐の心を詠むことを難としている。しかし、大治三年西宮歌合では「月寄述懐」の題で詠まれており、永暦元年太皇太后宮大進清輔朝臣家歌合にも「述懐」の題がある。八雲御抄が「近代多」と言うように、「述懐」を詠むことが一般的になっていったと思われる。

98 一　**詠恋不普通　寛和惟成霧歌詠恋云々　但是を非恋歌……**

袋草紙（新古典大系　四六五頁）が、前項の「寄述懐歌」に続く「寄恋歌」の項目に「同二年歌合〈霧　右持　惟成弁〉」としてこの歌をあげる。（寛和二年内裏歌合・三　第二句「行にし人の」）八雲御抄は、この歌は「恋し」と詠んではいるが、恋の歌ではないと述べている。

99 一　**侵傍題　天徳　寛和已後多**

項目99、100は、傍題を侵すということについての記述である。傍題を侵すとは、同じ歌合の中で、別の題になっている事がらを詠む事である。

袋草紙（新古典大系　四六五頁）は前項の「寄恋歌」に続く「侵傍題歌」の項目に「天徳歌合〈暮春　左勝　朝忠卿〉」として「花だにもちらて別る春ならはいとかくけふはおしまさらまし」（天徳四年内裏歌合・十番）、「寛和二年歌合〈網代　右勝〉能宣」として「あしろ木にかけつゝあらふから錦日をへてよする紅葉成けり」（寛和二年内裏歌合・二七）、「三条太政大臣歌合〈霧中夜虫〉順」として「草村の底まて月のあらせはや鳴虫の音はかくれさるらん　件歌合有水上秋月題、作者露顕也」（三条左大臣殿前裁歌合・二四・くさのなかのあきのむし　第三句以下「てらせばやなくむしのねもたえせざるらむ）の三首をあげて、順の歌について「つきのてらせばや」と詠む事が「水上秋月」の題を侵していると述べる。

朝忠の歌も、五番に「桜」の題があるので「はなだにもちらで」と詠むことは傍題を侵すことになる。また能宣の歌も、十五番に「紅葉」の題があるので、傍題を侵していることになる。

100 **但可依事　暮春と花などは無憚　鶯郭公等物は不可侵之**

傍題を侵すということは事がらによるのであって、前項の朝忠の歌のように、「暮春」の題で「花」を詠むことなどは問題ないと、八雲御抄は述べる。しかし、「鶯」の題で「郭公」の題を侵してはならないと言う。

藤原清輔が判者をつとめた、太皇太后宮亮平経盛朝臣家歌合で、「鹿」の題で詠まれた「嶺になく鹿の音ちかくきこゆなり紅葉吹きおろす夜はのあらしに」（一番右持・経盛）の歌の判詞に「右ももみぢ吹きおろすなど歌めきたり、そもそも傍題はよまぬことなりとや申す人もあれど天徳花山歌合にも侍るめれば、ひが事にはあらじとて持のさだめ侍りぬ」とある。ここでは清輔は、「紅葉吹きおろす」と詠むことが「紅葉」の題を侵していることを難とはしていない。

101 一　**俳諧歌　寛平后宮歌合興風棟梁在古今**

項目101、102は俳諧歌を詠むことについての記述である。袋草紙（新古典大系　四六五頁）に、項目99に引いた「侵傍題歌」に続いて「詠誹諧歌」の項目で「百番歌合興風」として「春かすみたなひく野への若菜にも成みてしかな人もつむやと」（寛平御時后宮歌合・春歌・一〇）と「同歌合　棟梁」として「秋風にほころひぬらし藤袴つゝりさせてふきり〳〵すなく」（寛平御時后宮歌合・秋歌・九四）の二首をあげる。これらの歌は、いずれも古今集（雑体・一〇二〇、一〇三一）に入集している。

102 **但不可詠也**

八雲御抄は歌合では俳諧歌を詠むべきではないと述べている。長承三年（一一三四）の中宮顕輔家歌合で、「恋」八番右の歌について、判者藤原基俊が「已存誹諧之体、尤為誑誕」と批判している。また太皇太后宮亮平経盛朝臣家歌合、「紅葉」七番右の歌について藤原清輔の判詞には、「左、ことなる事なし、すゑもふるめきてや、右、又誹諧歌ていに侍るめればいづれとも申しがたし」とある。

103 **一　逢不逢恋　尋常は逢後又不逢也　而乍対面無実事是云々……**

※「逢後又不逢也」は、書陵部本による。国会本は「逢後而乍対面無実事是云々」。

なお、国会本はその本文の右に、小字で「又不逢也イ」とある。幽斎本も「逢後而乍対面無実事是云々」とある右に「あはさるなり」と小字で書かれている。

項目103、104は、「逢不逢恋」についての記述である。八雲御抄は、「逢不逢恋」の意として、一度逢って後に逢わなくなるというのと、対面はしたが実事なきこと、の二つをあげて、前者を一般的な意とし、後者は説に非ずとする。

源宰相中将家歌合に「遇不逢恋」の題で、「いつとだに又逢ふことを契りせばひをかぞへてもなぐさめてまし」（十二番左勝・家職）などの歌が詠まれており、また後京極殿御自歌合にも「遇不逢恋」の題で「うつろひし心の花に春暮れて人も梢に秋風ぞふく」（六十九番左持・良経）と詠まれている。逢って後、逢わなくなった恋を詠むことが普通のようである。

104 **但源氏物語　匂兵部卿取付筑波人　後逢不逢由を呪云々**

源氏物語（東屋）に「宮も、逢ひても会はぬやうなる心ばへにこそ、うちうそぶき、口すさび給ひしか」とある部分を指すか。これは、匂宮と浮舟の逢瀬について、対面はしたが何事もなかったようだと、右近が少将宮に話す場面である。「乍対面無実事」の例として、八雲御抄はあげているのか。

（二十二　歌会歌）

歌会歌〔如屏風障子歌同之〕

ここでは、歌会、屏風歌、障子和歌のような歌合以外の場合の禁忌について、まず、従来禁忌とされたものを中心にまとめ、項目8「憚るべき名所并びに詞」以降でさらに具体例をあげる。先行歌学書には、八雲御抄のようにまとまった記述はない。

1 **殊に可去禁忌　非歌合は少々難は不咎　能々可思惟　君御運……**

※「非歌合」は幽斎本、書陵部本、内閣本による。国会本は「非可依歌合」。

歌会では、歌合ではないので少々の難は咎めないが、帝の御世に関る表現は禁忌とされるというのである。以下の項目2〜7の六例は、項目7を除いて、俊頼髄脳が2、3、4、5、6の順で取り上げているものである。また袋草紙にも項目2と6が見える。

※2忠峯が於禁中　白雲のおりゐる山とみえつるは高ねに花や散……

「高ねに花や」は書陵部本、内閣本による。国会本は「高ねに猶や」。なお幽斎本は「猶」をミセケチにして「花」と直す。

俊頼髄脳（三二頁）は、この歌（第四句「たかねの花や」出典未詳）を引用して「是は忠峯に春の歌たてまつれと宣旨有りけるにつかうまつれる歌なり。躬恒是をきゝて、府生おほきにあやまれり。如何でか宣旨によりて奏する歌は雲居もおりゐなどはよまむ。みかどをば雲の上と申す。位さらせ給ふをばおりゐさせ給ふと申す。くもおりゐるといひて末にちりまがふと書けり。さやうの事あやまつべきものにあらず。是はしかるべき事なりとぞ申しけるに、あはせて世中のかはりにけりとぞ申し伝へたる」と述べている。項目58参照。

帝の退位を「下り居」というため、「雲下りゐる」を咎めた。

▽袋草（一七〇）

3俊頼抄曰　堀河院御宇長忠出題〈夢後郭公〉有事

俊頼髄脳（三二頁）に「堀川の院の御時に殿上のをのこどもを召して歌よませ給ひけるに、左大弁ながたゞに題めしけるに、夢の後の郭公と云ふ題を奉りたりけるを、おの〳〵皆つかまつりて後、この題まことにあやし。夢の後といへる事はまが〳〵しき事なり。此世を夢の世といへば、夢の後とは後世を云ふなり。如何でか帝のめさむ題にかゝる題をば参らせむ。これはしかるべき事なり。世の人申しあひたりし程に、そのけにや、いくばくの程もなくて院かくれおはしましにき。それにはまたくよるまじき事なれど、世にいひあひたりしことよ」とある。

「夢の後」が後世を連想させるため咎めた。

4賢子侍所孝言出題　月暫隠　又有事

俊頼髄脳（三三頁）に、「堀河の院の母后の御ときに、庚申の夜、さぶらひども、宮づかさ集りて歌よまむとしけるに、のりときがり題を乞ひにやりたりければ、暫くかくると云へる題をたてまつりたりけるを、おのおのよみければ、くもがくると皆詠み合ひたりければ、まことに皆忌々しがりける折にて、歌どもをみなすてゝけるとぞ聞えし。それも程もなくかくれおはしましにけりとかや」とある。なお、題「暫くかくる」は、小学館古典全集本『俊頼髄脳』（二五三頁）では、題「月しばらく隠る」とあり、八雲御抄と一致する。月は帝王の象徴とされ、「雲隠る」は崩御を意味するため咎めた。

5堀河院中宮花合　亮仲実がたまのみどのとよめる　皆有失……

俊頼髄脳（三三頁）は、「同じ御時」（堀河の院の御時）の出来事として、「中宮の御方にて花合といふ事ありしに、その宮のすけにて越前の守仲実が歌に、たまのみどのと云へる事をよみたりしに、忌々しき事に人の申しゝか。たまのみどのは、たまどのとて昔はうせたる人をこむる所の名なり。されば忌々しかりしなめり」と述べている。小学館古典全集『俊頼髄脳』の頭注は、これを長治二年（一一〇五）閏二月二十四日の花合とする。中右記、殿暦によれば、この日中宮主催の花合があったことがわかるが、仲実の歌については未詳。

「たまどの」は葬送の前にしばらく遺骸を安置しておく所。枝葉部（『本文編』五二頁）に「たま(殿)　有憚」とある。

「たまのみどの」も「たまどの」に通じるため咎められたのだが、俊成五社百首（住吉社百首）に「かたそぎの玉の御との初霜にまがひてさける白菊のはな」（三五三）の例があり、社殿の美称として詠むことはあったようだ。

6 **同抄日　根合周防内侍が　わが下もえの煙なるらん　とよめる…**

俊頼髄脳（三二三頁）に、「又郁芳門院の御時に根合といへる事ありしに、周防の内侍といひし歌よみ、わが下もえの煙なるらむとよめりしを、よき歌などに世に申しゝを、人のもゆるけぶりの空にたなびかむはよき事にはあらずと申しゝかば、よみ人の為にぞいかゞと承りしに、院かくれおはしまして後ぞ歌よみの内侍はかくれにし」とある。袋草紙（一七二頁）は俊頼髄脳を引用した後、「然而江記云、人々遣二慶賀一之由、於二周防掌侍許一如何。是十番歌宜之由也云々」と述べている。

郁芳門院根合、十番右、内周防掌侍の歌「恋ひわびてながむる空のうき雲や我がしたもえの煙成らむ」（金葉・恋下・四三五）の「下燃えの煙」が葬送の煙を連想させると咎められた。しかし八雲御抄は、恋歌では問題にされる時とそうでない時があるとして、次の例をあげる。

7 **弘徽殿女御歌合　永成法師が　君が世は末の松山はるばる　と…**

弘徽殿女御歌合、九番左、「祝」題で永成法師が詠んだ「きみがよはすゑのまつ山はるばるとこすしらなみのかずもしられず」の判詞に「すゑの松と侍る歌の姿はいとをかしう、しきしまの山とことばなど見え侍れど、をとこ女いかにぞやあるうらみ歌とおぼえて、祝のかたにはきこえずおぼえ侍れば」とあり、結果は持であった。「君が世は末」と続けるなどもってのほかであるが、歌合では問題にされず、金葉集（賀・三二三）にも入集した。これは、何事も咎めるから不幸なことが起きるのであって、問題にしなければ何事もなくすむのだという。「君が代は末」の続き具合について、八雲御抄以前の歌学書で言及したものは見当たらない。

8 **可憚名所并詞**

以下、避けるべき名所や詞について列記する。八雲御抄が憚るとする場合を見ると、①その名所や詞を代表する歌が挽歌である、②地名や詞の一部に魂・命・冥土・葬送などを連想させる詞を含む、③皇統の断絶を象徴する詞を含む、などの場合があるが、ほとんどの項目は先行歌学書では憚りありとはされていない。なお項目の多くは、巻三・枝葉部言語部に記述がある。あわせ参照されたい。

9 **〔山城〕さがらか山〔是は名所の憚はなし　只根源歌の憚……〕**

名所部「山」の項（三九五頁）に山城国の名所として「さがらか」をあげ、「件短歌有憚」と注する。

万葉集巻三、四八一番、高橋朝臣が妻の死を悲しみ詠んだ歌に

「山城の相楽山の　山のまに　行きすぎぬれば…わぎもこが　入りにし山を」とあって、万葉集ただ一つの例が亡妻への挽歌である点が「根源歌の憚」なのだろう。以下、同様の例が続く。吉野や立田などの有名な名所でも憚りあることを詠んだ例があるが、これは問題ではなく、珍しい名所の場合は注意せよという。吉野に憚りあることを詠んだ例としては、溺死した出雲娘子を吉野に火葬した時の柿本人麿の歌「山のまゆ出雲のこらはきりなれや吉野の山の峰にたなびく」（万葉・巻三・四二九）「八雲さす出雲のこらが黒髪は吉野の川の沖になづさふ」（万葉・巻三・四三〇）がある。立田の例として、上宮聖徳皇子が龍田山で死人を見て悲しみ詠んだ歌「家ならばいもが手まかむ草枕旅にこやせるこの旅人あはれ」（万葉・巻三・四一五）がある。

10〔大和〕神をか山
名所部「山」の項（三九六頁）に大和国の名所として「かみをか」をあげ、「有憚」と注する。
「やすみしし　わがおほきみの…神岳の　山のもみちを　今日もかも　とひたまはまし」（万葉・巻二・一五九）は、天武天皇崩御の時の持統太后の歌である。
▽奥義（二五五）

11〔播磨〕いくぢ山
名所部「山」の項（三九八頁）に播磨国の名所として「いくぢ」をあげ、「有憚」と注する。
「おほみまの　くちおさへとめ　みこころを　めしあきらめし活道山《いくぢやま》」（万葉・巻三・四七八・家持）は安積皇子が薨じた時の作である。
なお、この項、歌学大系（三二一頁）には「いくら山」とあるが、「いくら山」の用例は見当たらない。

12しほひの山〔海やしにする山やしにする　海はしほひて山は…〕
名所部「山」の項（三九九頁）に「しほひ（の）〔有憚。万十六〕」、枝葉部「冥途」の項（『本文編』六二頁）に「しほひの山　海はしほひ山はかれたるなどいふ」とある。
万葉集巻十六に「いさなとり海や死にする山や死にする死ぬれこそ海は潮干て山は枯れすれ」（三八五二）、「生き死にの二つの海をいとはしみしほひの山をしのひつるかも」（三八四九）とある。
▽五代集歌枕（三四一）

13〔近〕たまのを山〔名を思也〕
※「たまのを山」は書陵部本、内閣本による。国会本は「たきのを山」。なお幽斎本は「き」をミセケチにして「ま」と直す。
和歌の例として「がまふののたまのを山にすむつるの千とせは君がみよのかずなり」（拾遺・賀・二六五・読人不知）があるが、この歌は詞書に「仁和の御時大嘗会の歌」とあって憚りとすべき歌ではない。「魂」に通じ、はかない命の象徴としても詠まれる「玉の緒」の名を持つゆえ憚るのだろう。
▽五代集歌枕（三三六）

14とりべ山
初学抄（三三〇頁）に「鳥べ山　ハカナキコトヾモアリ」、和歌色葉

（一五六頁）に「とりべ山　人のはかおほくあり」とある。名所部「山」の項（三九九頁）に山城国の名所として「とりべ」をあげ、「拾。有憚」と注する。

鳥辺山は都に最も近い火葬場、墓地であった。「とりべ山谷にけぶりのもえたたばはかなく見えし我としらなん」（拾遺・哀傷・一三二四・読人不知）「はれずこそ悲しかりけれとりべ山たちかへりつる今朝の霞は」（後拾遺・哀傷・五四五・小侍従命婦）「鳥辺山もえし煙もまがふやと海人の塩やく浦見にぞ行く」（源氏・須磨）など哀傷歌として詠まれた。

▽万物部類倭歌抄（一八四）五代集歌枕（三〇六）

15 **しでの山**

能因歌枕（一〇六頁）に「よみぢをば、しでの山といふ」とあるように、その名の通り死に行く時に越える山とされた。

袋草紙（八三頁）は亡者歌の項で「公信中将逝去之後」の作として「朝朗くらしとなどて思ひけむ独もしでの山は越えけり」（万代・三五七八　左注「これは、春宮権大夫公信身まかりてのころ、人のゆめに見えける歌となん」）を挙げる。和歌童蒙抄（二七七頁）は鳥部、「郭公」の項に「しでの山こえてきつらむほとゝぎすこひしき人のうへかたらなむ」（拾遺抄・恋下・三七〇・伊勢　拾遺集・哀傷・一三〇七）をあげて「伊勢がうみ奉りける御子のかくれ給ひにける又の年、ほとゝぎすの鳴てわたりけるを聞てよめる也。しでの山こゆとみえたり」と述べる。

名所部「山」の項（四〇〇頁）に「しでの山〔冥途〕」とある。また、枝葉部「冥途」の項（『本文編』六二頁）に「しでの山」をあげる。

▽万物部類倭歌抄（七八）

16 **うちのおほの〔万葉玉きはるとつづけたり〕**

名所部「野」の項（四〇五頁）に大和国の名所として「うちのおほの」をあげ、「万。上五字有憚。たまきはる――。むま」と注す。万葉集巻一に「たまきはる内の大野に馬なめて朝ふますらむその草ふかの」（四・間人連老）とあり、初句に「たまきはる」（項目47参照）を置くので憚るという。

▽奥義（二五七）和色（一六九）五代集歌枕（三五七）

17 **玉なきの里**

名所部「里」の項（四二一頁）に「たまなきの〔後拾。和泉式部〕」とある。

後拾遺集哀傷、五七五番に、和泉式部作の「十二月の晦の夜よみはべりける　なきひとのくるよときけどきみもなしわがすむやどやたまなきのさと」がある。十二月晦日の夜は死者が帰って来る夜として、死者の魂を祭る習慣があったらしいが、その気配はなく、私の住いは「魂無きの里」なのだろうか、と詠む。「魂無き」に通じるゆえ憚りとするのだろう。なお大江匡房の「夏のよはうの花月夜あかければ夜もみつべしたまなきのさと」（江帥集・四三六）は、詞書によれば「卯の花」題の歌合歌である。

18 **まなの池〔しまの宮がいかにぞや有也　是も憚有也〕**

※「まなの池」は国会本と幽斎本の異本注記、書陵部本、内閣本に

よる。国会本は「まちの池」。「いかにそや有也　是も」は書陵部本による。国会本は「いかそや有也　事も」。

名所部「池」の項（四一三頁）に大和国の名所として「まなの（万。しまみやの――）」とある。同じく「宮」の項（四一〇頁）に大和国の名所として「しまの（万。橘の――。非吉事）」とある。

万葉集巻二、皇太子草壁皇子を悼む歌に「嶋の宮勾乃池のはなちどり人目に恋ひて池にかづかず」（一七〇・人麿）、「橘のしまのみやにはあかねかも佐田の岡辺にとのゐしにゆく」（一七九・皇子尊宮舎人）があり、「しまの宮」は皇子の生前の宮殿、「まなの池」はその中にあると詠まれているので憚りとした。なお、万葉集一七〇番歌の第二句「勾乃池之」を現在は「まがりのいけの」と訓むが、金沢本などは「まなのいけなる」と訓んでいる。また、夫木抄（一二八四二）、五代集歌枕（四五六頁）もこの歌を「まなのいけなる」の形で採録する。

19 **さくらだに**（祓詞　有憚）

枝葉部「冥途」の項（『本文編』六二頁。一六四頁も同様）に「さくらだに　祓詞に冥途と云り」とある。

延喜式・祝詞・六月晦大祓に「遺る罪はあらじと祓へ清めたまふ事を、高山・短山の末より、佐久那太理《さくなだり》に落ちたぎつ速川の瀬に坐す瀬織つひめといふ神、大海の原に持ち出でなむ」とある「佐久那太理」をさすか。ただし、『日本古典文学大系』によれば、これは勢いよく落下するさまの副詞「さくなだりに」である。冥土の地名としたのは、祓物に負わせて流す罪穢が、この女神から最終的に根の国（黄泉の国）まで運ばれるとあるからだろう。

なお、蜻蛉日記（中）に「これよりいと近かなり、いざ佐久那谷みにはいてもくちひきすごすと聞くぞからかなるや」と、地名としての「佐久那谷」が見え、源氏物語河海抄・未乙女の注に、祓の場所として「七瀬所々」を挙げる中に「佐久那谷」が見えるのは、同じ場所をさすかと思われるが、和歌では、「にほてるやさくらだにより落ちたぎる浪も花さくうぢのあじろ木」（拾玉集・二三〇六）のように「さくらだに」の形で詠まれている。

▽能因（九一）

20 **しでのさき**

名所部「崎」の項（四三〇頁）に伊勢国の名所として「しでの」をあげ、「万。有憚」と注している。

万葉集巻六の歌「後れにし人を思はくしでのさき木綿取りしでてさきくとぞ思ふ」（一〇三一・丹比屋主真人）は挽歌ではないが、「死出」に通じる地名ゆえ憚るのだろう。

▽五代集歌枕（四三八）

21 **わたりがは**

枝葉部「冥途」の項（『本文編』六二頁）に「わたりがは」を挙げる。

三途の川のこと。奥義抄（三三六頁）は、「なくなみだ雨とふらなむわたり河水まさりなばかへりくるがに」（古今・哀傷・八二九・篁）をあげて「わたり河とは三途河をいふ也。みつせ河ともいへり」

と述べる。袋草紙（八二頁）は希代歌、亡者歌の項に「義孝少将」の作として「しかばかり契りしものを渡り川帰る程には忘るべしやは」（後拾遺・哀傷・五九八）をあげる。

▽和色（三三五）和難（四二六）

22 **みつせ川**

枝葉部「冥途」の項（『本文編』六一頁）に「みつせがは」をあげる。

これも三途の川。奥義抄（三三六頁）に「菅原の道真が地獄絵を見てよめる歌云」として「みつせ河わたるみさをもなかりけりなにゝころもをぬぎてかくらむ」（拾遺・雑下・五四三・道雅女）をあげる。

▽和色（三三五）和難（四二六）

23 **あたら国**

国会本、幽斎本、書陵部本、内閣本ともに「あたら国」とあるが、枝葉部・国名部（『本文編』五八頁幽斎本）に「あだし　有憚」とあり、「あだし国」の誤りか。

日本紀饗宴和歌「おほみとくひろにはすめらみよなればあだしくにさへあまたきつかふ」（七五・源庶明）の注に「あたしくには、ことくにといふなるべし」とある。異国すなわち黄泉の国の意か。

24 **ねの国**

枝葉部（『本文編』五八頁）に「ねの(国)　有憚」とある。死者の赴く地下の国、黄泉の国のこと。

25 **あたら夜〔月と花とをなど……おなじさまなれば尤可禁也……〕**

※「おなしさまなれば」は幽斎本、内閣本による。国会本は「おなしさまなれ」。

枝葉部「夜」の項（『本文編』二八頁）に詳しく述べるほか、「世」の項（同六二頁。一六二頁も同様）に「あたら世　万に新世　月と花とにはあらず」とある。

「あたら夜の月と花とをおなじくはあはれ知れらむ人に見せばや」（後撰・春下・一〇三・信明）や、千五百番歌合で判者忠良が勝とした「あたら夜の月とはなとのながめよりいとど身にしむはるのあけぼの」（一四五番左・兼宗）などのように、月や花とともに夜の意で詠んでいる場合は憚りとはしないが、万葉集に見える新しい御世の意の「新世」に通じるので憚るとする。

「わが黒髪の　ましらかに　なりなむきはみ　新世に　ともにあらむと」（万葉・巻三・四八一）の「新世」を現在は「あらたよ」と訓むが、西本願寺本などは「あたらよ」と訓んでいる。

なお、同じ千五百番歌合で、「あけはてばこひしかるべきなごりかな花のかげもるあたら夜の月」（三二七番左・良経）を判じた俊成は「左、花のかげもるあたら夜の月、まことになごりおほく侍るべき事なり、…左まさるべきにやと申すべく侍之処、極以雖其恐多、あたら夜の詞、雖有旧艶事、強不可庶幾所存侍り」と述べて持としており、八雲御抄と同様の見解を示している。

26 **いはしろのむすび松〔ことのおこり有憚　禁中にては不可詠…〕**

枝葉部に「むすび(松)　いはしろ」（『本文編』八七頁）をあげ、同項の末尾で「いはしろの松は斎明天皇御宇に有間皇子結之。非吉事。仍心もとけすとは云り」と述べる。万葉集巻二に、有間皇子が自ら傷みて松が枝を結ぶ歌「いはしろの浜松が枝をひきむすびまさきくあらばまたかへりみむ」（一四一）があり、長忌意吉麻呂が結び松を見て哀しむ歌に「いはしろの野中にたてる結び松こころもとけずいにしへ思ほゆ」（一四四　拾遺・恋四・八五四・人麿）がある。この故事により憚りありとする。「いはしろの松」に関しては、俊頼髄脳（一六三頁）に「有間の皇子のよからぬ事によりてまどひありき給ひけることのおこりを思へば、歌合にはよまでも有りぬべしとぞ承りし」とある。▽綺語（一二三）奥義（二七八）和童（別一―二六九）袖中（二七〇）和色（一四四）和難（三六八）

27　**かすみのたに**

枝葉部（『本文編』三六頁）に「かすみの谷　有憚」とある。憚りとするのは、「草ふかき霞の谷に影かくしてる日のくれしけふにやはあらぬ」（古今・哀傷・八四六・康秀）が仁明天皇の御国忌の日に詠まれた点に起因するか。

28　**あしすだれ〔津の国の外はばかる〕**

枝葉部（『本文編』一四七頁）に「あしすだれ　なにはの外は憚」とある。「悪し」に通じるため忌むか。ただし「かけてだにおもはぬやどのあしすだれみすになれけるしるしとぞみる」（隆信集・六五四）のように津の国や難波と関りなく詠まれた例もある。

29　**うつせみの世**

枝葉部（『本文編』六三頁。一六三頁も同様）に「うつせみのよとはたゞうつせみによせてはかなき事を云り」とある。「空蟬の世にもにたるか花ざくらさくと見しまにかつちりにけり」（古今・春下・七三・読人不知）のように、はかない世の意で詠まれた。帝の御世がはかない意に解せるゆえ忌むか。▽綺語（三九）

30　**きなるいづみ**

枝葉部「冥途」の項（『本文編』六一頁）に「きなるいづみ」をあげる。「黄泉」を訓読した。「むらさきの雲井ならずと君まさばきなるいづみのそこもすみなん」（高倉院昇霞記）のように追悼歌としての例はある。

31　**ふたつの海〔生死海也〕**

枝葉部「冥途」の項（『本文編』六一頁）に「二の海といふも生死道也」とある。万葉集巻十六に「生き死にの二つの海をいとはしみしほひの山をしのひつるかも」（三八四九）とある。

32　**ならくのそこ**

枝葉部「冥途」の項（『本文編』六一頁）に「ならくのそこ　是地獄名なり」とある。俊頼髄脳（一三一頁）は「高岡の親王、弘法大師によせ給ふ歌」として「いふならくならくのそこに入りぬればせちりも修陀もかはらざりけり」(出典未詳)を挙げ、「奈落のそことよまれたるは地獄をいふなり。刹利もといへるはみかどきさきもといふなり。修陀もといへる、あやしのかたひもといへるなり。地獄におちぬればよき人もあやしの人も同じやうなりとよまれたるなり」と説明する。袋草子(七六頁)は「権化人歌」としてこの歌をあげる。

33 **すずしきみち〔納涼の体にもよむべからず〕**

枝葉部「極楽」の項(『本文編』六三頁)に「すゞしき道」をあげ、源氏物語(椎本)を引用して「源氏に宇治の八宮の御事をいふに、『御行たゆみなくし給。よに心をとゞめ給はねば、いでたちなむのいそぎのみおぼせば、すゞしきみちにもおぼしたちぬべきを』これ極楽にかぎらず。すべてよき世界歟」とある。極楽も死後の世界なので憚るのだろう。

34 **ふるきふすま**

源氏物語(葵)に、光源氏が亡き葵上を偲んで「ふるき枕ふるき衾誰と共にか、とある所に」と、長恨歌をふまえた和歌を詠む場面がある。和歌の例に、永久百首、冬十二首、「衾」題の「あれはてむなしき床のかた見にはふるきふすまのむつましきかな」(三九一・常陸)がある。

35 **ふるき枕**

前項参照。枝葉部(『本文編』一五一頁)に「ふるき枕といへり。はゞかりあり」とある。千五百番歌合で寂蓮は「つゆしげきよもぎがねやのひまとぢてふるき枕に秋かぜぞふく」(恋三・千三百五十番右)と詠んだが、判者顕昭は、長恨歌、源氏物語などを根拠に「ふるき枕」は「ふるきを思ふ心」であって「歌合の恋の題にはたてまつられがたくや」と述べている。

36 **むなしきとこ**

源氏物語(椎本)に、宇治の八の宮が亡くなった後に薫が詠んだ「たちよらむかげとたのみし椎がもとむなしきとこになりにけるかな」があり、生前の床をいうので憚る。「女におくれてなげき侍りけるころ　おもひやれむなしきとこをうちはらひむかしをしのぶ袖のしづくを」(千載・哀傷・五四四・基俊)も哀傷歌である。なお、「さとはあれぬむなしきとこのあたりまで身はならはしの秋かぜぞふく」(新古今・恋四・一三一二・寂蓮)のように恋歌で本人がいない床として詠む例もある。

37 **みにすきたかひこねのみこと〔此神はあめわかひこと云神の…〕**

「夫」は「友」とあるべきで、内閣本には「とん」(友)とあるが、国会本、幽斎本、書陵部本すべて「夫」とし、後掲する信西日本紀鈔にも「夫」とする伝本があるため改めなかった。

味耜高彦根神。日本書紀・神代下の訓は「あぢすき」であるが、枝葉部・神部(『本文編』一七三頁a)にも「味耜高彦根神　美甘寿策たかひこねのみこと」とあり、信西日本紀鈔でも「ミニスキ」と訓んでいる。

信西日本紀鈔(『信西日本紀鈔とその研究』高科書店　平2・6)に「ミニスキ高彦根命　此神は天若彦と云神の友也、天若彦死て後、かばねをそらへもちてのぼりけり。更に是神、そらにのぼりて、天若彦をとぶらひけるに、天若彦のかほ形、此神ににたまひたりければ、依之、天若彦の父母妻子、此神にとりかかりて、わがこはまだをはしけりとてなげきければ、死たる人に我をばいかにみたがふるぞと云て、太刀をぬきて、もやをきり給てけり。もやとは、しにたる人のあるやなり」とあるのによる。

味耜高彦根神は亡き友人天稚彦に見間違えられたため憚る。

38 **ときうしなへる**

「いつかまた春のみやこの花を見ん時うしなへる山がつにして」（源氏・須磨）や「秋かぜのむらさきくだくくさむらにときうしなへるそでぞつゆけき」（秋篠月清・六四六）のように、時勢から取り残される意で詠まれるが、帝の場合は退位に通じるため忌むか。

39 **いまはの空〔恋などにもすこしはいかにぞやあれ共それは憚…〕**

「みな月もいまはの空に風すぎて秋にいざよふ野べの荻原」（影供歌合・二七・保季）などと詠まれた。「いまは」は臨終を意味することがあるため憚るか。八雲御抄は、恋の歌でもどうかと思われるが、それは憚らないという。

40 **ながれての世**

言語部・世俗言（『本文編』一九二頁）に「ながれて　是よりゆくすゑの事をいふ」とある。

和歌では、「ちよふれどおもがはりせぬかはたけはながれての世のためしなりけり」（金葉・賀・三〇五・堀河院）、「ゆくみづにうかぶるはなのさかづきやながれてのよのためしなるらん」（六百番歌合・一四六・家房）のように「将来末長く」という意味で詠まれたものが多い。帝の代が流れる意に通じるため忌むか。

41 **はなちどり**

枝葉部（『本文編』九五頁）に「はなち鳥　有憚」とある。

項目18「まなの池」で引用した万葉集巻二、一七〇番の人麿歌で、亡き皇太子草壁皇子の生前の宮殿「しまの宮」とともに詠まれているのを憚りとしたか。
▽能因（七五）奥義（二八三）和童（別一—二七三）俊頼（一八二）綺語（一〇六）初学（二一八）袖中（三三一）和色（二二四）和難（三七九）

42 **たれこめて**

俊頼髄脳（一四三頁）は、「五文字こはき歌」として「たれこめて春のゆくへもしらぬ間にまちし桜もうつろひにけり」（古今・春下・八〇・因香）をあげる。古今集の詞書に「心地そこなひてわづらひける時に、風にあたらじとておろしこめてのみ侍りけるあひだに」とあり、病臥を象徴する詞として忌むか。
▽綺語（八七）和童（別一—一六三）和難（四四八）

43 **むなし煙**

枝葉部（『本文編』三三頁）に「むなし（煙）」をあげる。「ふじのねのならぬおもひにもえばもえ神だにけたぬむなしけぶりを」（古今・誹諧・一〇二八・紀乳母）などと詠まれたが、火葬の煙を連想させるので憚りとしたか。

44 **〔昇霞　かすみにのぼる也〕**

※国会本、幽斎本、書陵部本、内閣本すべて前項43「むなし煙」の注の形であげるが、別項と見て独立させた。

顕註密勘抄（三五一頁）は、項目27「かすみの谷」で掲げた古今集歌「草ふかき霞の谷に影かくし…」（哀傷・八四六・康秀）について、「御門のうせ給を昇霞といひてかすみのぼると申せば、霞の谷にかくすとよそへたり」と述べる。「昇霞」「升霞」は「登霞」に通じ、貴人の死を意味する。源通親の「高倉院昇霞記」は、二十一歳の若さで崩じた高倉天皇を偲ぶ追悼記であり、和歌に「はこやの松に　よをこめて　のぼるかすみの　あともなく　きえにし後は　うぐひすのねをのみなきて」（高倉院昇霞記・一三八）と詠まれている。

45 **あとたゆる〔雪などは常の事也〕**

和歌では、「式部卿あつみのみこしのびてかよふ所侍りけるを、のちのちたえだえになり侍りければ…　しら山に雪ふりぬればあとたえて今はこしぢに人もかよはず」（後撰・冬・四七〇・不知）、「雪ふかきいはのかけ道あとたゆるよし野の里も春はきにけり」（千載・春上・三・待賢門院堀河）のように、雪のために足跡が途絶える意で詠む例が多く、八雲御抄もこれは問題にしていないが、皇統の途絶えを連想させるため忌むのだろう。

46 **いきのを**

枝葉部「命」の項（『本文編』一三八頁）に「いきのを」をあげ、言語部（同一九〇頁）に「いきのを　気也」とある。「絶えぬべき命の玉のいきの緒にかかりてなほもおもほゆるかな」（匡衡集・三）のように命を象徴するため憚る。

▽初学（一八八）和色（一五五）和難（三七六）

47 **たまきはる**

枝葉部「命」の項（『本文編』一三八頁）に「玉きはるは極心也」とあり、言語部（同一九四頁）に「たまきはる　是は命極也。但又物をほめむとして、たまきはるといへり。俊頼同存之。げにも然」とある。「ただにあひてみてばのみこそたまきはるいのちにむかふあがこひやまめ」（万葉・四・六七八・中臣女郎）のように魂（命）極まるの意として憚る。

▽綺語（八一）俊頼（一六四）和童（別一―一九一、二八九）袖中（一六四）和色（二六五）和難（四五五）

48 **うはむしろ**

枝葉部（『本文編』一四八頁）に「うは(席)　有憚　源氏に云り」とある。

源氏物語（夕顔）に「上席におしくくみて、惟光のせたてまつる」とあり、夕顔の遺体を運ぶ時にくるんだものである。

49 **雲がくれ〔月日をいむなり〕**

空の月や日とともに「雲隠れ」と詠むのを忌むとする。源氏物語（須磨）で、光源氏が亡き父帝を偲ぶ場面に、「月も雲隠れて、森の木立、木深く心すごし。帰り出でむかたもなき心地して、拝みたまふに、ありし面影さやかに見えたまへる、そぞろ寒きほどなり。なきかげやいかが見るらむよそへつつながむる月も雲がくれぬる」とある。また、後拾遺集哀傷、五四〇番、三条院皇后宮（藤原妍子）の葬送の夜、命婦乳母（源憲子）が詠んだ「などてかくもがくれけむかくばかりのどかにすめる月もあるよに」は皇后の薨去を象徴する。帝や皇后を月に譬え、「雲がくれ」は崩御や薨去を象徴するため憚るのだろう。項目4参照。

50 **過にしきみ〔是慎ことば也　但有例　仲平云伊勢に寛平過……〕**

※「御覧」は書陵部本による。国会本は「御切人」。なお、幽斎本は「切人」をミセケチにして「覧」と訂正する。

枝葉部「冥途」の項（『本文編』六二頁。「極楽」の項一六四頁も同様）に「すぎにしといふは卒人をいふ　過にし君などいへるなり」とある。

「過ぎにし君」は亡くなった人を指すのが一般的であるが、「法皇、伊勢が家のをみなへしをめしければたてまつるをききて　女郎花折りけん袖のふしごとにすぎにし君を思ひいでやせし」（後撰・秋中・三四九・仲平）の場合は、昔逢った人、昔の恋人という意味だという。

51 **かやうの詞はよくよく心えてよむべし　わが述懐とあらはに……**

以上あげた詞であっても、わが述懐歌とはっきりわかる歌や恋歌などの場合は憚らないこともあるが、おおむねはどうかと思われる詞であるからよくよく気をつけるべしというのである。

なお、この後にも「憚るべき」詞は続く。本文に乱れがあると考えられる。

52 **よのみじかきといふ事先例難之　但可随事**

袋草紙（一四七頁）に「よのみじかき」と詠んで難じられた例として、右兵衛督家歌合の実能の歌「そらさえてすゞしき夏の月かげはよのみじかきぞ秋にかはれる」（一二番左・持）に対する判詞「左、うたがら心ゆかぬにあはせて月歌によそへていひならはしたること也。よみじかしとある、無レ便心地す」と記されている。また、同（一四一頁）に、郁芳門院根合、三番左、堀河殿の歌「ふたこゑとなどかきなかぬほとゝぎすさこそみじかき夏の夜ならめ」が、「左いと〳〵をかし」として勝になったことに対する難「江記云、右方人云、於二御前一専不レ詠二夜短詞一。依レ濫二於世一也」とも記されている。いずれの歌も「夜が短い」ことを詠んでいるが、「夜」は「世」と同音であることから、久しかるべき御世が短い、とも聞こえるため、歌合歌としては不都合と難じられたのである。ただし、八雲御抄が「但可随事」とするように、恋の歌においては、「なにはめにみつとはなしにあしのねのよのみじかくてあくるわびしさ」（後撰・恋四・八八七・道風）のように、しばしば用いられる表現である。なお、項目52から60まで、二字下げになっており、注記が本文化した可能性がある。

53 **よはのなど云てはくるしからず　いかでかよまざらん　みじ……**

前項の補足説明として、「よはのみじかき」とするならばよいが、「みじかきよ」も項目52「よのみじかき」と同様の理由で憚るべきであるという。「夜半の短かき」と詠んだ歌の例には次の例がある。「なきぬなりゆふつけ鳥のしだりをのおのれにもにぬ夜はのみじかさ」（拾遺愚草・三二九「建保五年四月十四日庚申五首、夏暁」）「とこのうへにあやめのまくらかたしきてねをぐせねばやよはのみじかき」（夫木抄・二六六三・信実）

また、千五百番歌合には、「みじかきよ」と詠んだ次の例がある

「さみだれに露さへそふるささまくらみじかきよをもあかしかねけり」(三八一番左・季能)

54**承暦歌合　もしほの煙たえやしぬらん　経信禁之　非深咎歟……**

承暦二年内裏歌合の為家詠「さみだれのひまなきころはいせのあまのもしほのけぶりたえやしぬらむ」(八番右)について、袋草紙(一三頁)には、「右　けぶりたゆと云事禁忌ありと云々。経信卿記云、又咎レ之、絶レ煙不レ便事歟云々」とあり、同歌合で、この歌は負となっている。「けぶり絶ゆ」の詞が憚られたのは古今集哀傷、八五二番の河原左大臣源融を追悼する貫之の歌「君まさで煙たえにししほがまの浦さびしくも見え渡るかな」により「死」が連想されたためであろう。

55**堀河院中宮　花契遐年　上御製　千とせまでをりてみるべき……**

千載集賀、六一一番の「おなじ御時、きさいのみやにて花契遐年といへる心を、うへのをのこどもつかうまつりけるに、よませたまうける」との詞書を付した堀河院の詠「千とせまでをりてみるべきさくら花こずゑはるかにさきそめにけり」をいう。

この項目以下60まで、禁中では「おる」は、帝の退位を連想させるため、憚るべき詞であることを述べるが、この項と次の項はともに例外としてあげている。

56**朝光おりにことなどよめるは非禁也　おりてことといへる歌あ……**

新古今集雑上、一四五二番の朝光詠「をりにこと思ひやすらん花桜有りしみゆきの春をこひつつ」について、「下」ではなく、花を「折る」ことがはっきりわかる場合は「非禁」とする。

この歌は「堀河院におはしましける比、閑院の左大将の家のさくらををらせにつかはすとて」円融院が詠んだ歌「かきごしに見るあだ人の家桜花ちるばかり行きてをらばや」(一四五一)に対する返歌である。したがって、「おりてことといへる歌あしき」は、帝にむかって、退位をほのめかすことにまがう表現を用いることはよくないと言うのである。ちなみに、朝光集(五一、五二)では、贈歌の詠者は円融院ではなく少将内侍となっている。

57**於禁中おるといふ事禁之**

禁中においては帝の退位に通う詞は禁忌とする。袋草紙(一七〇頁)は忠峯が院宣によって献じた歌「白雲のおりゐる山と見えつるはたかねの花やちりまがふらむ」に対する躬恒の非難「帝王に奏歌に、雲下居とは争詠哉」を引き、「予案レ之、帝王御前にて下と云事尤可レ有二禁忌一歟」とする。俊頼髄脳(三三頁)にも同様の記述がある。項目2参照。

58**清輔朝臣引例拾遺歌　おりてみるかひもあるかな梅の花　源……**

袋草紙(一七〇頁)に「予案レ之、帝王御前にて下と云事尤可レ有二禁忌一歟。但拾遺抄云、康保三年二月二十一日梅花下ニ御椅子立て有二御宴一時、源広信朝臣歌云、をりてみるかひもあるかなうめの花いまこゝのへににほひまさりて　此も可レ有二禁忌一歟、如何」とある。ちなみに、拾遺歌は拾遺抄雑上、三八五番をいう。拾遺集雑春の一〇一〇番では、作者は源寛信、第四句「けふここのへの」とある。

59**但下折別事なれどうちききたる同事也　されば折も可忌歟**

※「但下折」は書陵部本による。国会本は「作下折」。帝王の御前で「下る」は憚るべき詞であることに関連して、「折る」も、別の詞ながら同音のため憚るべきであるという。

60 但公忠がおりてかざせるなどいふやうに或詠之　又可禁之

「延長のころほひ、五位の蔵人に侍りけるを、はなれ侍りて、朱雀院承平八年、又かへりなりて、あくるとしむ月に、御あそび侍りける日、梅の花をりてよみ侍ける」と詞書を付した、源公忠朝臣の詠「百城にかはらぬ物は梅花をりてかざせるにほひなりけり」（新古今・雑上・一四四）の如く詠まれた場合もある。

61 抑うつぶしぞめ

61〜67は出家に関するもの。うつぶしぞめは、色葉和難集（四九一頁）や和歌童蒙抄（別一—三六頁）に記されているように黒色の僧衣のこと。枝葉部（『本文編』一三七頁）にも「うつぶしぞめの有憚」とある。次の例のように、明らかに出家者の述懐や僧衣をさして詠む以外には、歌に詠むべきではない詞として、ここにあげられている。「世をいとひこのもとごとにたちよりてうつぶしぞめのあさのきぬなり」（古今・雑体・一〇六八・読人不知）「しもゆきのふるやのもとにひとりねのうつぶしぞめのあさのけさなり」（大和物語・百七十三段・良岑宗貞）。原中最秘鈔（『源氏物語大成』巻七）の藤裏葉の注に、「俊成卿説云つるはみうつふしそめしるしはあらはし墨染こけいろなどは出家のほかは是を歌に不レ可レ詠と云々」という八雲御抄と似た記述がある。『枝葉部・研究編』参照。

62 つるばみ

後掲の歌学書はすべて四位以上の人の衣と説明するのみである。枝葉部（『本文編』一三八頁）にも「つるばみの　有憚　四位已上共」とある。「つるばみ」は延喜式縫殿寮式に染めの料として記されており、西宮記、巻十七にも「黒橡衣」が喪服として用いられたことが記されている。また、源氏物語（夕霧）に、一条宮の御息所の喪に服す姪の装束について次のような描写がある。「山との守のいもうとなれば、放れたてまつらぬうちに、幼くより生ほし立てたまうければ、衣の色いと濃くて、橡の衣一襲、小袿着たり」このように喪服をいうことから歌に詠むことは憚られたのである。

▽綺語（九五）和童（別一—三四）奥義（三七四）初学（三三）和色（一五〇）

63 しゐしば

枝葉部（『本文編』一三九頁）にも「しひしばの　憚」とある。栄花物語（月の宴）、康保四年の条に「（村上帝）うせ給ひぬ……宮々御方々の墨染どもあはれにかなし……天下の人烏のやうなり。四方山の椎柴残らじと見ゆるも、あはれになん」とあるように椎柴は喪服の染料として用いられたために、喪服のことをさすようになる。よって憚るべき詞とされたが、哀傷歌には喪服の意で詠じられている。「これをだにかたみとおもふをみやこにははがへやしつるしひしばのそで」（後拾遺・哀傷・五六三・一条院）「もろ人の花さくはるをよそにみてなほしぐるるはしひしばのそで」（千載・雑中・二六・長方）。

64**あらはし**

枝葉部（『本文編』一三七頁）にも「あらはし　源氏　有憚」とある。喪中であることを表す意から喪服のこと。源氏物語（藤袴）に「この御あらはし衣の色なくは、えこそ思給へ分くまじかりけれ」とある。

65**すみぞめ**

枝葉部（『本文編』一三八頁）にも「すみそめ　僧又有憚」とある。「あしひきの山べに今はすみぞめの衣の袖はひる時もなし」（古今・哀傷・八四四・読人不知）や「すみぞめの色は我のみと思ひしをうき世をそむく人もあるとか」（拾遺・哀傷・一三三三・能宣）の例がある。『枝葉部　研究編』参照。

▽初学（二三）和色（一五〇）

66**こけ**

枝葉部（『本文編』一三七頁）にも「こけ　非僧又僧」とある。能因歌枕（七八頁）に「苔衣とは、僧のころもを云」とある。「みな人は花の衣になりぬなりこけのたもとよかわきだにせよ」（古今・哀傷・八四七・遍昭）や「いはのうへに旅ねをすればいとさむし苔の衣を我にかさなん」（後撰・雑三・一一九五・小町）の例がある。『枝葉部　研究編』参照。

▽初学（二三）和色（一五〇）和難（五二七）

67**いろなどいふは出家物　又ときにとりてよむべからんには……**

いろ衣は「くれなゐのはつはなぞめのいろごろもおもひしこころわれはわすれず」（古今六帖・三四八九）のごとく花やかな色の衣の意味で詠まれることが多いが、枝葉部（『本文編』一三七頁）にも「いろ　有憚」とある。栄花物語（ころものたま）にも「左兵衛督の北方、正月二十余日の程になくなり給にければ…この姫君、黒き御衣のほころびたるを見て」詠まれた歌「形見とて染めたる色の衣さへ落つる涙に朽ちぬべきかな」があるように、喪服をいうところから憚るべき詞とされたのである。『枝葉部　研究編』参照。

68**公宴にはわがやどとはよまず**

項目71まで「わがやど」は禁詞であることについて述べる。袋草紙（新古典大系　四六四頁）にも「犯病類瑕瑾歌」等を列挙した証歌の中に「公家歌合　吾屋戸ト詠云」の例（項目69・71にあげた二首）を記す。また、和歌童蒙抄（別一―三八四頁）にも、承暦二年内裏歌合の政長の歌「年をへてきけどあかぬは我宿の花にこづたふ鶯の声」に対する難と反論「わが宿のとは内にてはよまぬ事也と難ず。左、天徳歌合によめりといふ」が記されている。

69**但天徳歌合に朝忠が　わがやどの梅がえになく　とよめり**

天徳四年内裏歌合の三番左の朝忠詠が「わがやど」と詠みながら難じられず、勝となった例をいう。袋草紙（新古典大系　四六四頁）に「公家歌合　吾屋戸ト詠云　天徳歌合　鶯　左持　朝忠卿　我やとに梅かえに鳴うくひすは風のたよりに香をやとめこん」とある。承暦二年四月二十八日に開催された内裏歌合の三番、左の刑部卿政長朝臣の歌に「我宿」と詠むことが難ぜられた折の反論の証歌に引かれた。項目68、71参照。

70**自撰なれば撰は道理なれど無沙汰為持**

袋草紙（九七頁）に「天徳四年歌合」について「撰者、左朝忠卿、右、平兼盛」とある。また、巻二（七）「判者」の項目45に「天徳　左朝忠　兼盛入われのみ（われのみ入）」とある。左右各々の最多出詠者である朝忠と兼盛が撰者と見られていたらしい。

71**承暦後番政長　わが宿の花に木づたふ　とよめる**

※「承暦後番政長」は幽斎本、書陵部本、内閣本による。国会本は「家暦俊番改長」。

袋草紙（新古典大系　四六四頁）には「公家歌合　吾屋戸ト詠云」の例として「承暦歌合　鶯　左持　政長朝臣　年をへて聞くにもわかす我宿の花にこつたふ鶯のこゑ」とある。八雲御抄には「承暦後番」とあるが、承暦二年四月晦日に開催された内裏後番歌合には該当歌はない。これは承暦二年四月二十八日に開催された内裏歌合の三番左の刑部卿政長朝臣の歌のことである。歌合の判詞には「わがやどとは、うちにてはよまぬことなりとなずれば」「わがやどはちかくはよまぬこととなんきく、ことばのもじはふるきよきうたによめりとも、ただいまのうたのさだめにぞしたがふべき」などの難が論ぜられた。左方は「天徳のうたあはせにもよめり」と反論したが勝負は持となった。

72**彼は歌人ならねど被撰入了**

巻二（十一）「番事」の項目11「歌人与非歌人番事」の中の項目14「承暦　匡房与政長」と政長を歌人でないとする記述が見える。藤原政長は勅撰集に入集を果たしていないため歌人と見なされなかったのであろう。

73**文字をこゑにてよむことなべてなし　物名はけふそくなども……**

袋草紙（新古典大系　四六五頁）に「用音歌、後撰、けうそくををしまつきにてまさいませ花の盛をこらむしつゝを」とある。和歌一字抄（三八頁）にも「用音歌」の項目があり、「脇足」を詠んだ同歌を引く。「けふそくをおさへてまさへよろづよに花のさかりを心しづかに」（後撰・一三七・仁教）

74**歌合ならぬにはあながちに題をみなつくす事はなし　如屛風……**

題を読み込む時の注意を記す。題と歌とのかかわりについては、俊頼髄脳（一三七頁）に「大方歌をよまむには題をよく心得べきなり云々」との記述があり、四季折々の具体的な風物を例に引いて詳述しているが、八雲御抄のごとく、歌合、屛風歌等における題との関わりを説明した記述は見あたらない。次の項目以降80まで、題の文字そのままではなく題を詠み込む具体例をあげる。

75**経信は翫池上月と云にいはまの水とよみて用池**

金葉集秋、詞書に「寛治八年八月十五夜鳥羽殿にて翫池上月といへることをよませ給ひける」と記す一八〇番と同じ題で詠まれた一八一番の経信の歌「てる月のいはまのみづにやどらずはたまゐるかずをいかでしらまし」をいう。

76**俊頼は雨後野草にあさぢふにとよみて用野**

金葉集夏、一五〇番の「二条関白の家にて……雨後野草」を詠じた俊頼詠「このさともゆふだちしけりあさぢふに露のすがらぬくさの葉もなし」をいう。

77 **松などいひつれば用山事もあるべし**

※「いひつれば」は幽斎本、書陵部本による。国会本は「いつれは」。

拾遺愚草に建保三年（一二一五）内裏歌合に「山夕風」の題で詠じた歌「鐘のおとを松に吹きしくおひ風につまぎやおもきかへる山人」（三六九七）の例がある。

78 **上東門院　岸菊久匂といへるには岸心はただ汀とよめり　如……**

万寿元年（一〇二四）九月十九日、後一条天皇が、上東門院が滞在中の高陽院に行幸された折、「岸の菊久しく匂ふ」の題で歌会が催された。その際、仮名序を書いた慶滋為政の詠「みどりなる松のよはひをあらそふはみぎはににほふ白菊の花」をいう。栄花物語（こまくらべの行幸）に詳しい記事がある。

79 **野亭はすずのしのやといひつればあり**

隆源口伝（一二六頁）には「時鳥とこめづらなることぞなき鳴くことかたきすゞのしのやは」という歌をあげ「すゞといふ竹のあるなり。それして作りたる家なるべし……すゞのやは山も里も遠き野中にあるなり」と説明しており、「野亭」が「すずのしのや」と詠まれたことがうかがわれる。他にも綺語抄（九二頁）、初学抄（三一〇頁）和歌色葉（一五二頁）等が「すずのしのや」について記しているが、「野亭」については言及していない。千五百番歌合にも題はないが、「野亭」と同じ意味で詠まれたと考えてもよい例がある。「かたをかのすずのしのやに秋くれぬしぐれもらすなならのうはぶき」（八二五番・右・越前）。『枝葉部　研究編』八四、一五〇頁参照。

80 **山家を軒ばの杉などよめるはその景きを思ひやる也**

新古今集冬部に「摂政太政大臣、大納言に侍りける時、山家雪といふことをよませ侍りけるに」という詞書を付した「待つ人のふもとのみちはたえぬらんのきばのすぎに雪おもるなり」（六七二）と詠まれた例がある。また、秋篠月清集にも「山家朝雪」の題で「うちはらひけさだに人のとひこかしのきばのすぎのゆきのしたをれ」（一二七七）と詠まれた例がある。いずれも、無理に題を詠み入れず、題に関わる情景を詠じている。

81 **あながちに題をよみいれんとはせず　是をききて心えぬもの……**

項目75以下の、必ずしも題をそのまま詠む必要はないが、題の心は詠み込むことが肝要であることを例証する記述をうけて、その点を心得ない者は、題にそぐわない歌を詠じてしまうと戒めている。

82 **於其所本物をおきてこと物をよむをば或難　たとへばふぢの……**

袋草紙（一五九頁）に、長承三年顕輔朝臣歌合の顕輔歌「よもすがらふじのたかねに雲きえてきよみがせきにすめる月かげ」に対する判者基俊の難と、作者の反論が記されている。即ち、基俊が「有㆓二難㆒。一は、雲よもすがらきゆとよめり。雲はよもすがらきゆる物にあらず。須臾に生、須臾に滅者也。二は、ふじのたかねをよむには烟をぞよむ。雲をばよめりとも見えず。されば相模歌に、よとゝもにこゝろそらなるわがこひやふじのたかねにかゝる

白雲　とよめるをば、烟をおきて雲とよめり。無二本意一とて負云々」と難じたのに対し、清輔は「朗詠集、終夜雲尽月行遅と申詩侍、如何」と反論し、判者が閉口したことが記されている。さらに、「予案二相模歌一不レ負、持也」と述べ、また、頭注に「顕昭考二万葉一に、富士に不レ読レ煙して、或雲、或雪を詠歌多、如何」と、基俊の難についての反証が記されている。なお、袋草紙のいう相模歌は永承四年内裏歌合の一四番右の歌で十巻本本文も「持」となっている。また、万葉集に多いという例歌には次のものがある。「……するがなる　ふじのたかねを　あまのはら　ふりさけみれば　……しらくもも　いゆきはばかり　ときじくぞ　ゆきはふりける」（巻三・三二〇）「ふじのねをたかみかしこみあまくももいゆきはばかりたなびくものを」（巻三・三二四）

（二十三　学書）

学書

八雲御抄成立当時に存在していた、和歌に関する書物をあげている。これらの中には、それぞれの項目で記すように、現在は伝わっていない散佚書が多く含まれている。八雲御抄では「学書」を、家々撰集・抄物等・四家式・五家髄脳・物語・雑々に分類しているが、これは和歌現在書目録の、撰集家・抄集家・類聚家・髄脳家・歌合家・会集家・百首家・家集家・惣雑家という分類を参考にしていると思われる。和歌現在書目録は、その真名序によると仁安年間（一一六六〜一一六九）に成立、現存最古の歌書目録である。日本学士院紀要第十二巻第三号に太田晶二郎氏が紹介、翻刻し、守覚法親王にかかわる蔵書目録かと推測されている「桑華書志」所載「古蹟歌書目録」（以下、古蹟歌書目録と略称する）には「和歌現在書目録〔四帖　清輔　顕昭　経平朝臣撰之〕又一帖〔未書終〕」とある。現存する和歌現在書目録は、歌合家以下の項の本文が欠落している。

1 **万葉集已下代々勅撰子細在他巻**

巻二（十四）撰集で、万葉集と八代集の歌数、撰者、序者、部立、子細について述べていることをいう。

和歌現在書目録では、撰集家の項のはじめに万葉集、古今集、後撰集、拾遺集、後拾遺集、金葉集、詞花集をあげて「已上七部勅撰」と記している。

2 **家々撰集**

以下、項目19まで私撰集をあげている。和歌現在書目録では撰集家の項の後半に、項目3から18までの歌集をあげて「已上十六部私撰」と記している。

3 **新撰万葉集〔以詩読歌〕号菅家万葉集　菅家撰也　二巻書也……**

「以詩読歌」と注記しているのは、和歌と七言絶句の漢詩を対にするという新撰万葉集の形式を、漢詩によって和歌を読み解いていると見なしたからか。

八雲御抄に「序曰寛平五載秋九月二十五日　下巻延喜十三年八月二十一日云々」とあるが、新撰万葉集の上巻と下巻の序文に、それぞれ同じ日付が見えている。和歌現在書目録では「新撰万葉二巻〔菅家〕序云寛平五載秋九月二十五日　但下帖他人撰歟　序云延喜十三年八月二十一日云々　如或書源相公作也　今案件年源相公参議右衛門督当時也〔可尋〕」と、下巻の撰者を、延喜十三年（九一三）に参議であった源当時かとしており、八雲御抄もこれによって「下巻……是他人撰也。或説源相公説云々。如何」と記している。菅家すなわち菅原道真は延喜元年（九〇一）に左遷され、同三年（九〇三）に配所で没している。

▽奥義（三四）和色（一一四）は「菅家万葉集」。

4 樹下集二十巻〔多々法眼源賢撰　有仮名序〕

現存しない。和歌現在書目録に「樹下集二十巻　多々法眼源賢撰之　有仮名序」、古蹟歌書目録に「樹下集一部〔七帖〕」とある。後拾遺集序には「またうるはしきはなのしふといひ、あしびきの山ぶしがしわざとなづけ、うゐきのもとの集といひあつめて、ことのはいやしくすがただびたるものあり、これらのたぐひはたれがしわざともしらず。またうたのいでどころつばびらかならず……つちのなかにもこがねをとり、いしのなかにもたまのまじはれることあれば、さもありぬべきうたはところどころのせたり」と「うゐきのもとの集」として名前があがっていて、後拾遺集の撰集資料の一つであったことが記されている。

隆源口伝（一一二頁）に一例「ふせや　樹下集」と記して作者未詳の歌が引かれている。袋草紙（七八頁・七九頁）も出典を樹下集とする歌を引いているが、袋草紙の場合は二例とも作者が僧である。

撰者の源賢は、寛仁四年（一〇二〇）没。後拾遺集に二首入集。

▽奥義（三四）古来（初―三四・再―四三五）和色（一一四）

5 玄々集一巻〔能因撰　有序〕

玄々集の序文に「是以延喜御宇之時、紀貫之奉勅撰玄之又玄三百六十首、其外撰集之家往往有之、今予所撰者永延已来寛徳以往篇什也」とあり、永延年間から寛徳年間（九八七〜一〇四六）すなわち一条、三条、後一条、後朱雀の四代の、とくにすぐれた和歌を撰んだという。

和歌現在書目録に「玄々集一巻〔有序　能因撰之〕」、後拾遺集序に「又ちかく能因法師といふものあり、心はなの山のあとをねがひて、ことばひとにしられたり、わがよにあひとしあひたるひとのうたをえらびて玄玄集となづけたり」とある。

古来風体抄（初撰―三二四頁）は「後拾遺えらぶとき能因法しの玄々集をば、などにかありけんのぞけるを、詞華集には勅撰にあらねばとて玄々しふの歌をおほくいれたればにや、後拾遺の歌よりは、たけあるうたどものいりて、集のたけはよく見ゆるを」と、勅撰集と玄々集との関係にふれて、玄々集にとられた歌を評価している。また、袋草紙（五八頁）は「和歌昔より無レ師。而能因始長能ヲ為レ師。……仍玄々集多入二長能歌一也」と記す。長能の歌は、玄々集に十首入集している。

▽古来（再―四三六）和色（一一四）古蹟歌書目録

6 山伏集〔撰者不知〕

現存しない。和歌現在書目録に「山伏集〔撰者不分明〕」とある。

後拾遺集序には「あしびきの山ぶしがしわざ」と、樹下集などとともに名前があがっている。項目4参照。

7良暹打聞

現存しない。和歌現在書目録に「良暹打聞」とある。

和歌一字抄には「水上郭公　良暹打聞」（六・清成法橋）のように「良暹打聞」という出典注記をもつ歌が一例、「雨中落花　打聞」（三・長家）のように「打聞」という出典注記をもつ歌が十例ある。良暹は康平七年（一〇六四）頃に没。後拾遺集に初出。

▽古来（初―三四・再―四三五）和色（一一五）

8隆経三巻集

現存しない。和歌現在書目録には「三巻撰〔中《ママ》下　隆経朝臣撰之〕」とある。藤原隆経は後拾遺集に初出、顕季の父である。

9経衡十巻抄

現存しない。和歌現在書目録には「十巻抄〔経衡撰之〕」とある。藤原経衡の著書について、袋草紙（二八頁）に「藤経衡、和二後撰一歌と云物有。後撰中優歌を百首許書出、其返歌を詠ずる也」とあるが、十巻構成とされる本書とは別の書であろう。経衡は和歌六人党の一員で、後拾遺集に初出。

10良玉集十巻〔顕仲兵衛佐撰　大治元年　嘲金葉集〕

現存しない。和歌現在書目録には「良玉集十巻　八条兵衛佐入道顕仲撰之　金葉集撰之比　大治元年（一一二六）十二月二十五日撰之」、袋草紙（三三頁）に「金葉集之後、良玉集出来。顕仲入道撰レ之。同除二彼集一」、古蹟歌書目録に「良玉集　一部〔三帖〕」とある。

「嘲金葉集」については、八雲御抄巻二（十四）撰集の項目69にも「金葉後　顕仲嘲之　撰良玉集」とあるが、これと同じ説は八雲御抄以外には見あたらない。

和歌一字抄には「老後見月〔良〕津守国基」（一〇三番）のように、出典が良玉集であることを「良」と注記している歌が五例ある。また、出典を「良玉」と注記する歌が、歌枕名寄に四十六例、夫木和歌抄に十一例ある。

▽和色（一一五）

11拾遺古今二十巻〔教長撰　有序永範　嘲詞花集〕

現存しない。和歌現在書目録に「拾遺古今二十巻　右京大夫教長撰之　詞花集撰之比撰之　序者永範朝臣」、古蹟歌書目録に「拾遺古今一部〔六巻　奥有目録〕」とある。

万葉集時代難事（五九頁）には「是以拾遺古今序云……白川法皇令レ撰二金葉集一。其後好事之者絶無レ聞。和歌棄不レ被レ用。於レ是太上天皇云云」と、序の一部が引かれている。中古六歌仙の集付（『新編国歌大観』第五巻　解題）にも、拾遺古今という書名が見えている。

「嘲詞花集」については、八雲御抄巻二（十四）撰集の項目71にも「詞花は則教長為院司　伝仰於顕輔　然而猶有腹立気撰之」とあるが、これと同じ説は八雲御抄以外には見あたらない。

▽袋草（三三）和色（一一五）

12続詞花集二十巻〔有序長光　雖可為勅撰　二条院崩御不遂之〕

和歌現在書目録に「続詞花集二十巻　清輔朝臣撰之　二条院召覧之清書了可奏之由　雖蒙勅命　不遂崩御之由見序　々者長光朝臣」とある。二条院の崩御は長寛三年（一一六五）七月である。巻二（十四）撰集の項目32参照。

13**顕昭法師三巻抄〔号今撰集〕　如此集不可勝計　此外撰者……**

和歌現在書目録も「今撰集〔上中下　顕昭〕」と、八雲御抄と同じく、本書を顕昭の著作としているが、和歌色葉（一二四頁）には「袋造紙、今撰集、みな清輔のしわざ也」とある。古蹟歌書目録には「今撰集一部〔三巻〕」とある。

中古六歌仙の集付（『新編国歌大観』第五巻　解題）には、今撰集という書名が見えていて、それによると、中古六歌仙に入集している清輔の歌の六十五首中十一首、俊恵の歌の五十九首中五首、登蓮の歌の二十六首中五首が今撰集にも入集していたことになる。ところが、現存する今撰和歌集には、清輔が七首、俊恵が三首、登蓮が六首入っているだけで、中古六歌仙との重出歌も、今撰和歌集夏、五二番の清輔の歌と雑、一九〇番の登蓮の歌の二首だけである。中古六歌仙の集付が依拠した今撰集は、少なくとも現存する今撰和歌集とは異なっているようである。

14**所謂　念西入道打聞**

現存しない。和歌現在書目録に「念首入道打聞」、和歌色葉に「大原入道念西作打聞」（一四〇頁）とある。

▽和色（一一五）

15**尼草子〔持来経信家〕**

現存しない。和歌現在書目録に「尼葉子〔尼公持来於経信卿家売之　故為名〕」とある。

16**資仲後拾遺〔四巻　不具〕**

現存しない。和歌現在書目録に「後拾遺〔資仲卿　且四巻不果書也〕」とある。藤原資仲は寛治元年（一〇八七）に没。後拾遺集初出。

17**五葉集〔二十巻　尾張権守橘盛忠撰云々　有両序　敦光……〕**

現存しない。和歌現在書目録に「五葉集二十巻　尾張権守橘盛忠撰之〔有仮名序　或有真名序　敦光作之云々〕後冷　後三　白河　堀河　鳥羽　五代和歌云々」、古蹟歌書目録に「五葉集一部〔一帖〕」とある。

万葉集時代難事（五六頁）には「五葉集序云……始㆑自㆓永承㆒、迄㆓于聖代㆒、時更㆓五代㆒、数近㆓百年㆒云云。是後冷泉、後三条、白川、堀川、鳥羽、已上五代也」と、真名序の一部が引かれている。五葉集の撰歌範囲の五代が、玄々集の撰歌範囲である、一条、三条、後一条、後朱雀の四代につづいているのは、玄々集に範をとって撰集したためか。項目5参照。

撰者の橘盛忠については未詳。序を書いた藤原敦光は儒者で、天養元年（一一四四）に没。

▽和色（一一五）

18**又　号山階集　撰南都歌**

現存しない。和歌現在書目録に「山階集〔南部中秋也〕」とある。南都は奈良のことで、山階集という書名も、奈良の山階寺、すなわち現在の興福寺とかかわりがあると思われる。

和歌色葉（一二五頁）には「宗延〔慈光房已講〕が山科集」とある。同じ和歌色葉（一三七頁）に「〔金葉〕宋延擬講紀伊入　道素意息、慈光房」とあって、宗延と宋延は慈光房と称される同一人物とみられ、『新編国歌大観』の金葉集二度本の解題に追記されている、橋本公夏筆本拾遺、四一番の作者名に「宗延法し」とある。なお、詞花集雑上、三〇六番の琳賢法師の歌の詞書に「やましなでらにまかりたるに、宋延法師にあひてよもすがらものいひはべりけるに」とあり、和歌色葉が作者としている、宗延（宋延）が山階寺にいたことがわかる。

19
称月詣集抄　賀茂歌〔重保所為〕　如此物近年又多　皆……

和歌現在書目録には見あたらない。月詣和歌集の成立は、巻末の跋文によると「寿永元年（一一八二）壬寅十一月」だからである。月詣和歌集の序には、賀茂別雷社神主の賀茂重保が「三十六人の百首をあつめて神の御たからにそなふ、十二月の宮まいりの歌をつらねて、よみ人の二世のねがいをみてんとおもふこころふかし、これによりて、としごろともとする祐盛法師をかたらひて……たのみをかけあゆみをはこびたてまつる人人、そのほかのことのはをあつめて月詣集となづく」とある。八雲御抄に「賀茂歌」とあるのは、賀茂社に月詣する人々が奉納した歌をおもな撰集資料としたことをいうか。

▽和色（一二五）

20
抄物等

次項から項目51までの抄物等とは、新撰和歌、三十六人撰などのように秀歌を抄出した書や、古今和歌六帖、類聚古集などのように和歌を部類した書を指している。和歌現在書目録は、以下の各項に記すように、抄物等を「抄集家」と「類聚家」とに分類している。

21
万葉集抄〔五巻抄　貫之撰云々〕

現存しない。和歌現在書目録、抄集家の項では「万葉集抄〔五巻〕右一説紀貫之　一説梨壺五人抄之云々」と二説を記しているが、八雲御抄は貫之説をとっている。袋草紙（一七頁）や袖中抄（八〇頁）は「又世間有㆓万葉集抄序物㆒〔不㆑知㆓作者㆒〕。件序ニ云、柿本朝臣人麿歌集云……」と、万葉集抄の序文の一部を引用しているが、これが二十巻抄にあったものか、次項の五巻抄にあったものかはわからない。古蹟歌書目録では、部類万葉集につづけて「同抄三帖〔二十巻本又一帖　五巻本　又一巻　同〕」とあり、部類万葉集を抄出した二十巻本と五巻本が存在したことになるが、これも八雲御抄などにいう万葉集抄と同じ書を指すかどうかは不明である。

22
二十巻抄〔不知撰者〕

前項の万葉集抄をうけている。現存しない。和歌現在書目録、抄集家の項に、万葉集抄につづけて「同　二十巻抄〔撰者可尋〕」とある。古蹟歌書目録などの記述については、前項参照。

23
類聚歌林〔山上憶良撰　在平等院宝蔵云々　通憲歟〕

現存しない。和歌現在書目録、類聚家の項に「類聚歌林〔憶良在平等院宝蔵〕」とある。

古来風体抄（初撰—三二頁）に「山上臣憶良といひける人なん類聚歌林といふものあつめたりけれど、勅事などにしもあらざりければにや、ことにかきとゞむる人もすくなくやありけん、世にもなべてつたはらず、みたる人もすくなかるべし。たゞ万葉集のことばに山上臣憶良が類聚歌林にいはくとかきたるばかりにぞ、さる事ありけりとみえたる。宇治の平等院の宝蔵にぞあなるときくとぞ、少納言の入道みちのりと申ゝものしりたりしもの、むかし鳥羽の院にてものがたりのついでにかたり侍りし」とある。八雲御抄が「通憲歟」と記すのは、これによったのであろう。

古来風体抄が述べるように、万葉集の左注には九個所、類聚歌林という書名が見えている。例えば、巻一、七番の左注に「右　山上憶良大夫類聚歌林曰、一書戊申年幸比良宮大御歌」、巻二、九〇番の左注に「右一首古事記与類聚歌林所説不同、歌主亦異焉」、巻二、二〇二番の左注に「右一首類聚歌林曰、檜隈女王怨泣沢神社之歌也」などである。
▽奥義（三四）袋草（一六）古来（再—四三）和色（二四）
24
新撰四巻〔貫之古今後撰　但不奏之〕
「古今後撰」は「古今の後に撰ず」と訓む。新撰和歌の序には、古今集の撰進後さらに優れた歌を抽出せよという勅命が下り、土佐に赴任していた延長八年（九三〇）から承平五年（九三五）の間も撰定をつづけたこと、「詞人之作、花実相兼而已、今之所選、玄之又玄也」と、優れている中にもとくに優れている歌を撰んだこと、また、土佐から帰京したところ、醍醐天皇も勅命を伝えた藤原兼輔も薨じていたので、奏上がかなわなかったことが記されている。
和歌現在書目録、抄集家の項に「新撰和歌集四巻　右紀貫之撰古今集　撰了後更蒙勅命抽其勝　但不奏崩御云々」、袋草紙（三二頁）に「古今集之後、貫之一人奉㆑之撰㆓新撰集㆒……古今集之外歌多入㆑之……件集未㆓撰終㆒間、延長八年正月任㆓土佐守㆒即赴㆑任。承平五年上洛時、延喜崩御云々」とある。
また、袋草紙（二五頁）に「新撰集、貫之一人撰㆓玄中之玄㆒也、而不㆑入㆓古今㆒歌多以入㆑之。貫之意存㆓秀逸之由㆒歟」とあり、古今集に入れなかった歌の中からも、貫之が優れていると思う歌を撰んでいることを指摘している。
▽古蹟歌書目録

25
金玉集一巻〔公任卿撰〕
和歌現在書目録、抄集家の項に「金玉集一帖〔同〕」とある。「同」は「四条大納言撰」をうけている。後拾遺集序には「大納言公任朝臣……いまもいにしへもすぐれたるなかにすぐれたるうたをかきいだして、こがねたまのしふとなむなづけたる」とある。俊頼髄脳（一四〇頁）は「おほかた歌のよしといふは、心をさきとしてめづらしきふしをもとめ、詞をかざりよむべきなり。……これらをぐしたらむ歌をば、よの末にはおぼろげの人は思ひかくべからず。金玉集といへるものあり。その集などの歌こそはそれらをぐしたる歌なめり」と、金玉集を高く評価している。
▽袋草（二五・三六）古来（初—三〇四・再—四一六）和色（一一五）古蹟歌

書目録

26**拾遺抄十巻〔拾遺内五百八十六首　花山或公任〕**

※「拾遺抄」は幽斎本、書陵部本、内閣本による。国会本には「拾遺集」とある。

和歌現在書目録、抄集家の項に「拾遺抄一部十巻〔五百八十六首〕右撰定本集後更抄出云々」とある。巻二（十四）撰集の項目9、21参照。

▽古来（初―三二・再―四四）

a**六帖〔貫之或兼明親王〕**

※この項は幽斎本、書陵部本、内閣本による。国会本にはこの項が無い。

古今和歌六帖の撰者について、八雲御抄では貫之、兼明親王の二説をあげるが、和歌現在書目録、類聚家の項では「六帖〔貫之母〕」、袋草紙（三頁）では「六帖……貫之女子所為之故、号二紀家六帖一」、和歌色葉（二四頁）では「六条の宮〔後中書王〕の六帖」と、それぞれ異なる説をあげている。

▽古蹟歌書目録

27**深窓秘抄一巻〔公任卿〕**

和歌現在書目録、抄集家の項に「深窓集一帖〔同〕」とある。「同」は「四条大納言撰」をうけている。後拾遺集序には「大納言公任朝臣……わがこころにかなへるうたひとまきをあつめてふかきまどにかくすしふといへり」とある。

▽和色（一一五）

28**亀鏡抄〔伊勢寺入道　十巻〕**

現存しない。和歌現在書目録、類聚家の項に「亀鏡集〔伊勢室山入道　十巻〕」とある。

六百番歌合、十五番左負の顕昭の歌の判詞に「又右難云、室山入道亀鏡集も、までの部にいれたり」とある。蔵玉集が記している異名の中にも「男鹿すがる〔亀鏡抄〕」「霞を云ふなり白玉ひね〔亀鏡集〕」「ミサゴみなみさも鳥〔亀鏡抄〕」と、三例ある。簗瀬一雄氏は『中世散佚歌集の研究』（碧冲洞叢書　昭33）でこれらの用例を指摘し、亀鏡抄は「用語による部類分けが施されたものゝやう」であると推測しておられる。

また夫木和歌抄にも「題不知〔亀鏡〕」（一三四四八）のように、出典を「亀鏡」と注記する歌が九例ある。

29**和漢朗詠抄二巻〔公任〕**

和歌現在書目録、抄集家の項に「和漢朗詠集上下〔四条大納言撰〕」とある。後拾遺集序には「大納言公任朝臣……やまともろこしのをかしきことふたまきをえらびて、ものにつけことによそへてひとのこころをゆかさしむ」とある。

顕昭の後拾遺抄注（四六頁）は「或人云、二条関白為レ聟給之時、撰レ之誂二行成卿一清書被レ入二御手箱一云々」という説を伝えており、これによると、和漢朗詠集の成立は、公任の女が二条関白、藤原教通と結婚した長和元年（一〇一二）ごろということになる。

▽和色（一一五）

30**新撰朗詠抄二巻〔基俊〕**

和歌現在書目録、抄集家の項に「新撰朗詠〈上下　同〉」とある。「同」は「基俊」をうけている。

▽和色（二五）

31 **前十五番〈公任〉**

和歌現在書目録、抄集家の項に「前十五番　同」とある。「同」は「四条大納言撰」をうけている。後拾遺集序には「大納言公任朝臣……とをあまりいつつがひのうたをあはせてよにつたへたり」とある。

▽和色（二五）古蹟歌書目録

32 **後十五番〈道雅或定頼〉**

和歌現在書目録、抄集家の項に「後十五番〈或道雅或定頼云々未決〉」とある。和歌色葉（二五四頁）には「後の十五番をば定頼卿のつげる也」とある。

▽古蹟歌書目録

33 **三十六人撰〈公任〉**

和歌現在書目録、抄集家の項に「三十六人撰〈同〉」とある。「同」は「四条大納言撰」をうけている。後拾遺集序には「大納言公任朝臣……みそぢあまりむつのうた人をぬきいでて、かれがたへなるうたももちあまりいそぢをかきいだし」とある。

袋草紙（三七頁）は「朗詠江注云、四条大納言、六条宮被レ談云、貫之歌仙也。宮云、不レ可レ及二人丸一。納言云、不レ可レ然。爰書二秀歌十首一、後日被レ合。八首人丸勝、一首貫之勝。此歌持と云々。夏の夜はふすかとすれば郭公。自二此事一起三十六人撰出来歟」と、公任と六条宮すなわち具平親王との歌談義がきっかけで三十六人撰が成立したという。

▽古蹟歌書目録

34 **続新撰〈通俊撰　後拾遺内三百六十首〉**

現存しない。和歌現在書目録、抄集家の項に「続新撰〈通俊卿限後拾遺中云々〉」、古蹟歌書目録に「続新撰抄一部〈一帖〉」とある。

八雲御抄が「後拾遺内」と記しているのは、和歌現在書目録の「限後拾遺中」や、袋草紙（三頁）の「後拾遺有二続新撰一。偏集中歌也」と同じく、続新撰が後拾遺集の歌だけを抄出していることをいう。通俊が範にとった新撰和歌は、項目24で述べたように、古今集に入っていない歌からも撰んでいるので、新撰和歌との違いを指摘しているのである。

35 **明月抄〈顕季〉**

現存しない。和歌現在書目録、抄集家の項に「明月集〈顕季卿〉」とある。

和歌色葉（二五四頁）に「宗圓大夫法眼が明月集」とあるのは、別の書であろうか。

36 **類林抄五十巻〈仲実　有序〉**

現存しない。和歌現在書目録、類聚家の項に「類林〈五十巻　有序　仲実朝臣〉」とある。

万葉集時代難事（五一頁）に「又越州藤刺史仲実朝臣撰二類林和歌一序云、自二平城御宇一以来、撰集之蹤、連綿不レ絶。然万葉集者、

部類不二相同一。編列難二准據一云云」と序の一部が引かれている。

37 **悦目抄〔基俊〕**

和歌現在書目録、抄集家の項にも「悦目抄〔基俊〕」とあるが、基俊が著した悦目抄は現存しない。早くに散佚したらしく、現存する悦目抄は、後代の人が基俊に仮託した歌論書である。

38 **相撲立〔同　私記詩歌二十番〕**

「同」は前項の「基俊」をうけている。和歌現在書目録、抄集家の項にも「相撲立〔同〕」とある。

相撲立詩歌合は藤原忠通の命によって長承二年（一一三三）に撰進したもので「一番〔占手〕」「十九番〔掖〕」「二十番〔最手〕」のように、古代相撲の形式に倣った構成である。末尾に付された基俊の跋文には「長承二年八月二十八日、博陸前太相国御教書、併可撰進給詩歌事、以詩為左、以歌為右、可被撰進秀逸也、撰進之意、可令模相撲立給歟……同年十一月十八日、依恐淹留、愁以進覧之、同二十日御教書云、所令献給、倭漢両篇金玉有声」とある。

▽和色（一一五）

39 **題林百二十巻〔清輔　歌合三十巻　会三十巻　百首三十巻……〕**

現存しない。和歌現在書目録、類聚家の項に「題林〔歌合三十巻　歌会三十巻　百首三十巻　雑々三十巻　合百二十巻　二条院召了　清輔朝臣〕」、古蹟歌書目録に「題林三十巻〔歌合〕題林三十巻〔百首〕題林三十巻〔会〕題林三十巻〔雑〕」とある。

40 **諸家部類〔撰者不知　知足院許有之〕**

現存しない。和歌現在書目録、類聚家の項に「諸家集部類〔撰者可尋在富家入道殿　被伝献故左府云々〕」とある。知足院、富家入道は、ともに藤原忠実のこと。忠実は応保二年（一一六二）に没している。

41 **五代名所〔範兼〕　如此物遠近不可勝計　然而普通所用注之**

和歌現在書目録には見あたらない。古蹟歌書目録には「五代集歌枕〔五帖〕同目録〔一帖〕」とある。

42 **此外　能因題抄一巻**

現存しない。和歌現在書目録、抄集家の項に「題抄一巻〔能因撰〕」とある。

43 **麗花抄**

古筆断簡が伝わるのみである。和歌現在書目録、抄集家の項に「麗華集一帖〔不知撰者之趣　見後拾遺序〕」とある。後拾遺集序には「うるはしきはなのしふ」として、樹下集、山伏集とともに書名があがっている。項目4参照。

▽古来（初―三四・再―四三五）

44 **蓮露抄〔三巻〕**

現存しない。和歌現在書目録、抄集家の項に「蓮露集〔上中下或僧侶集　諸集哀傷部〕」とある。

45 **桑門集〔顕昭　私記古今僧侶歌〕**

現存しない。和歌現在書目録、抄集家の項に「桑門集〔古今僧侶歌有序　顕昭撰〕」、古蹟歌書目録に「桑門集一部〔五帖〕」とある。

▽和色（二五）

46**山戸菟田集**

現存しない。和歌現在書目録、類聚家の項に「山戸菟田集」とある。

47**古後拾集**

現存しない。和歌現在書目録、類聚家の項に「古後拾」とある。

48**句集十巻**

現存しない。和歌現在書目録、類聚家の項にある「佳句集〈十巻〉」と同じか。

49**恋集　等非絶物**

現存しない。和歌現在書目録、抄集家の項にある「恋部集〈作者可尋〉」と同じか。

50**大江広経上科抄二巻**

和歌現在書目録、抄集家の項に「上科抄〈上下　上巻古人　下巻近代　江広経撰〉」とある。

和歌一字抄には「遠山雪〈上科抄〉」（二三・頼氏）、「梅香遠香〈上科〉」（二四・橘則長）、「遙聞郭公〈上科〉」（三三・道経）のように、「上科集」という出典表記をもつ歌が三例ある。また袋草紙（七二頁）にも上科抄の詞書が引用されている。大江広経は後拾遺集に一首入集している。

51**類聚古集二十巻〈万葉〉　敦隆抄　近日又済々未入之**

和歌現在書目録、類聚家の項に「類聚古集二十巻〈万葉　敦隆切続之〉」、古来風体抄（初撰—三五四頁）に「又あつたかと申ゝものゝ、部類して四季たてたる万葉集、あまた人のもとにもちたる本なり」とある。

古蹟歌書目録に「類聚古集〈二十巻〉　同注五巻」とあるのは、類聚古集と類聚古集の注があったということだろうか。また、同じ古蹟歌書目録には「部類万葉集一部〈二十帖第二欠〉又一部」ともある。これは類聚古集とは別に、万葉集を部類した本が存在したということだろうか。

▽古来（再—四六五）

52**四家式**

次項から項目56までの歌書を四家式としてあげるが、四家式という語句の用例は八雲御抄より前には見あたらない。和歌現在書目録では「髄脳家」に分類されている。

53**歌経標式〈参議藤浜成奉勅〉**

和歌現在書目録に「歌標〈浜成有序〉」、和歌現在書目録の序に「光仁天皇はみことのりをくだして歌標をたて」とある。しかし、八雲御抄のこの項以外に「歌標」という書名を記しているのは、和歌現在書目録だけで、奥義抄（三四頁）は「抑歌のふみ式は、光仁の御代に参議藤原の朝臣浜成、みことのりをうけたまはりて作れる歌式」、袋草紙（一八頁）は「宝亀三年浜成朝臣奉㆑詔作㆓和歌式㆒」、古来風体抄（初撰—三四八頁）は「うたのしきといふものは、光仁天皇と申おほむとき、参議藤原浜成つくりたると申ぞ式のはじめなるべき」、和歌色葉（二四頁）は「浜成の和歌の式」とする。八雲御抄巻一（三）短歌や（二十）七病では「浜成式」という書名を使っている。

▽古来（再―四五九）

54 **喜撰作式**〔**喜撰奉勅**〕

和歌現在書目録に「僧喜撰作式」、和歌現在書目録の序に「喜撰法師は勅をうけたまはりて髄脳をつくれり」、千載集序にも「宇治山の僧喜撰といひけるなむ、すべらぎのみことのりをうけたまはりてやまとうたのしきをつくれりける」とある。また、古来風体抄（初撰―三四八頁）に「ひこひめ、喜撰などがしきとて、さま〳〵のやまゐどもをたておきて侍なり」とある。

顕昭の古今集注（一三五頁）は「但、喜撰式中、有二真偽両本一」と当時、喜撰式に真本と偽本があったという。顕昭によると「偽本、或立六義・六体・八病等」という特徴があり、俊頼、範兼、清輔等が偽本を用いた。八雲御抄でも巻一（十八）八病に「喜撰式」とあり、顕昭のいう偽本を用いていることになる。

▽古来（再―四五九）和色（一二四）古蹟歌書目録

55 **孫姫式**〔**有序**〕

和歌現在書目録に「孫姫式〔菅歟　有序〕」とあるが、「菅」すなわち菅原道真が成立にかかわったとする説は、八雲御抄やほかの書には見あたらない。また古蹟歌書目録は「倭歌髄脳〔一巻　喜撰作也　奥有孫姫式〕」と、喜撰式と合本された孫姫式の伝本があったことを伝えるが、顕昭の古今集注（三二七頁）は、教長の言として「四病ハ仁和御代、喜撰注レ之。八病ハ後ニ孫姫難二喜撰一也」と記す。

顕昭の万葉集時代難事（五九頁）に「孫姫式云、人丸古屋独二歩於南部一……自二貞観一之前、大宝已後、和歌之士煙涌波合。非二其声調一。高下会並因矣云云」という逸文が見えており、孫姫式の序の一部と考えられている。ただし序をもつ孫姫式の伝本は現在では見あたらない。

▽古来（初―三四八・再―四五九）

56 **石見女式**〔**是安倍清行式　同物也**〕

八雲御抄は石見女式と安倍清行式を「同物也」と記すが、和歌現在書目録では「石見女姫髄脳」と「勘解由安次官清行式〔号石見女是歟　未決〕」を別にあげて、同じ書とすることに疑問を呈している。奥義抄（三三四頁）には「石見女髄脳」、和歌色葉（一二四頁）には「石見の女の髄脳」とある。

安倍清行式については、袋草紙（一六八頁）に「勘解由安次官清行和歌式云、凡和歌者先レ花後レ実、不レ詠二古語幷卑陋所名奇物異名一、只花之中求レ華、玉之中択レ玉」という逸文が見えているが、袋草紙の頭注に「顕昭云、此式未二尋得一、尤以不審」と記されている。八雲御抄巻六、用意部（四三九頁）でも「安倍清行が式曰」として袋草紙と同じ逸文を引いている。

57 **五家髄脳**

五家髄脳という語句の用例は、八雲御抄より前には見あたらない。五家髄脳にあたるのは項目62までであるが、さらに項目72まで歌書があがっている。和歌現在書目録ではそれらのほとんどが「髄脳家」に分類されている。

58 **新撰髄脳〔公任卿〕**
和歌現在書目録に「新撰髄脳〔四条大納言〕」とある。
▽古来（初—三四九・再—四六〇）和色（一二五）

59 **能因歌枕**
和歌現在書目録に「能因歌枕」とある。古蹟歌書目録では「髄脳」の項に「能因歌枕〔一帖〕」とあるが、「雑」の項にも「諸国歌枕〔一帖　能因作〕」と能因作といわれる歌枕をあげている。

60 **俊頼無名抄**
和歌現在書目録に「俊頼口伝抄」、古蹟歌書目録に「俊頼髄脳〔一帖自筆〕又一本〔三巻〕」、古来風体抄（初撰—三四九頁）に「俊頼朝臣の口伝と申か髄脳と申か」、和歌色葉（一二五頁）に「俊頼の山木髄脳無名抄」と、さまざまな書名で伝わっている。六百番陳状（一三九頁）には「俊頼朝臣の書たる物と侍るは、世に人のあまた持て侍る、和歌髄脳と申双紙にや侍らむ。件の書は不審おほかるよし、承置て侍る。おぼつかなしと云々」とある。
▽古来（再—四六〇）

61 **綺語抄〔仲実〕**
和歌現在書目録に「綺語抄〔仲実〕」とある。

62 **奥義抄四巻〔清輔〕**
和歌現在書目録に「奥義抄〔四巻或六巻　清輔朝臣〕」とある。
▽古来（初—三六・再—四二七）和色（一二五）古蹟歌書目録

63 **此外　白女口伝**
この項から項目72までは、五家髄脳以外の髄脳をあげている。白女口伝は現存しない。和歌現在書目録に「白女口伝〔作名歟〕」とある。

64 **隆源口伝　已下済々**
和歌現在書目録に「口伝集〔隆源〕」とある。
▽和色（一二五）

65 **近　範兼童蒙抄**
和歌現在書目録に「童蒙抄　刑部卿範兼」とある。古蹟歌書目録には「童蒙抄一部〔五帖〕範兼卿撰進二条院」と、本書を二条院に献上したと記されている。
▽和色（一二五）

66 **江帥**
大江匡房には多くの著書があり、逸文として伝わっているものも多いが、江帥抄または江帥集と称する歌書については不明である。長明無名抄（三〇八頁）には「一条院御時道々ノサカリナル事ヲ、江帥ノシルセル中ニモ、歌ヨミハ道信、実方、長能、輔親、式部、衛門、曾根好忠ト此七人ヲコソハシルサレテ侍メレ」とあり、あるいは江帥が著した歌書の内容を伝えているかもしれない。

67 **初学**
和歌現在書目録に「和歌初学抄〔清輔〕」とある。
▽和色（一二五）

68 **一字**
和歌現在書目録では、抄集家の項に「一字抄〔諸句題　清輔朝臣〕」とある。和歌一字抄は、たとえば「上」の項に「水上落花」「水上郭公」「海上蛍」「池上月」「橋上藤花」「松上月」など、それぞれの項目にあげる一字を含む題で読まれた和歌を集めたものである。八雲御抄は、これを作歌の手引き書と考えて、髄脳の項に書きいれたのだろうか。

▽和色（一一五）

69**俊成古来風体　皆心明鏡也**

古蹟歌書目録に「古来風体抄〔二帖〕俊成入道撰〔又二帖〕」とある。

70**又　忠岑**

忠岑十体のこと。和歌現在書目録に「忠峯十体」とある。奥義抄（二四三頁）には「凡歌のしなは忠岑が和歌の十体、もしは四条大納言の九品、道済が十体などにみえたり」とある。

▽和色（一一五）

71**道済十体**

和歌現在書目録に「道済十体」とある。前項参照。

▽奥義（二四三）和色（一一五）

72**公任卿九品　等抄物不可勝計也**

和歌現在書目録に「九品〔四条大納言〕」とある。後拾遺集序には「大納言公任朝臣……このしなのやまとうたをえらびて人にさとし」とある。項目70参照。

▽俊頼（一一八）奥義（二四三）和色（一一五）

73**物語**

和歌現在書目録の部類に「物語」は無いが、八雲御抄では、歌を学ぶ時に必要な書として、伊勢物語、大和物語、源氏物語をあげている。

74**〔私業平〕伊勢　上下**

袋草紙（三頁）に「伊勢物語　和歌二百五十首〔但本々不審〕」とある。

▽和色（一一四）古蹟歌書目録

75**〔私滋春〕大和　上下**

袋草紙（三頁）に「大和物語　和歌二百七十首〔此中連歌三首但本々不レ同〕」、「作者不審」とある。滋春は、業平の子で古今集初出の歌人。大和物語百四十三段、百四十四段に「在次の君」として登場している。

▽和色（一一四）古蹟歌書目録

76**源氏五十四帖　此外物語非強最要**

後鳥羽天皇御口伝（一頁）に「まだしき程は……源氏等の物語みたるころは又其様になるを、能々心得てよむべき也」、八雲御抄巻六、用意部（四三四頁）に「詞につきて不審をひらくかたは、源氏の物語にすぎたるはなし」とある。

▽和色（一一五）

77**雑々**

これまでにあげた「家々撰集、抄物等、四家式、五家髄脳、物語」以外に分類される歌書をいう。

78**家々集　家々歌合　会〔自禁中至諸家〕　雑々所々歌**

和歌現在書目録は、目次に記されている「歌合家・会集家・百首家・家集家・惣雑家」の項が、欠けていて伝わっていない。古蹟歌書目録には「諸家集」の項があり、家集名をあげている。

（付　私記）

底本とした四本にはないが、巻一正義部巻末に「私記」を有する伝本があり、歌学大系第三巻（四三頁）にも付載されている。列記された書名の末尾に「八雲抄」の名が見える点からも、まさしく後人によって「私（わたくし）に記」されたものと思われるが、参考までに示した。引用は蓬左文庫所蔵「八雲抄」（一〇六—四四）による。

私記

囊草子九帖〔清輔〕　現存集〔敦頼〕　拾遺現存〔兼盛〕　歌苑抄〔俊恵〕　現存集　已下三ケ度　今撰集　桑門集已前也　而不被書入之条太以不審事也　三五代集〔俊成卿〕　花月集〔師光〕　拾遺歌苑抄〔治承元年八月披露之　時光〕　言葉〔広言〕　海手古良〔師氏亜相〕　豊蔭〔謙徳公〕　庵主〔増基法師〕　六帖〔後中書王　六条宮〕

宇治大納言〔隆国〕　浜松中納言　狭衣大将　山陰中納言　有馬王子　海人　しらゝ　孔雀御子　硯破　宇治橋姫　住吉　世継　忍ね　清少納言枕草子　和歌九品論義〔公任〕　諸国歌枕　難後拾遺〔経信〕　遊士日記〔傅大納言母〕　伯母口伝　堀河院日記〔讃岐典侍〕　新三十六人〔基俊〕　六々撰〔範兼歟〕　花譬〔祝緒歟　モトノキアリ　又モトアリ〕　卯譬〔近江ノ落書〕　山木髄脳〔俊頼〕　無名抄〔難山木髄脳云々　法輪入道大宮大相国伊通公〕　後葉集〔破詞花集　長門前司為経〕　牧笛記〔難後葉集云々　清輔〕　今撰集〔清輔〕　落書十五巻　続現存〔敦仲　敦頼子〕　歌撰合〔俊恵大夫公〕　難歌撰〔祐盛式部卿〕　寒玉集〔有安〕　難千載〔勝命美濃権守入道〕　山科集〔恵光房擬已講宗延〕　三井集〔賢辰〕　山月集〔経国〕　荊谿春花集〔覚審〕　仁和集〔卿公歌仙児〕　閑林抄〔静縁〕　百題抄〔親盛大和前司〕　百法門〔寂然〕　宝物集〔康頼〕　三十六人十八番〔覚盛〕　大原集〔法信〕　明月集〔宗円法眼〕　玉花集〔俊貞〕　古語拾遺〔斎部広成　大同元年〕　日本記　平語抄　解難集　難義抄　疑開　類聚　狂言集〔慶算法眼〕　問答抄　袖中〔二十巻　顕昭〕　八雲抄〔六巻　御抄〕

巻第二　作法部

久曾神昇氏は『校本八雲御抄とその研究』で「作法部は清輔の袋草紙によって成つたものと考へられる」と述べて、おもな「条項」について「八雲御抄目次」「八雲御抄本文」「袋草紙〈続群書類従本〉」を対比させた表を示しておられる。その表によって八雲御抄の目録にあげる章題と袋草紙の関係を要約すれば、次のようになる。八雲御抄の「歌合〈禁中　臣下〉」は袋草紙下巻「和歌合次第」と「歌合日装束」に、「歌会〈中殿　尋常〉」「書様」は同書上巻「和歌会」に、「題」「判者」「序者」「講師」「読師」「番」「作者」「清書」は同書下巻「歌合判者読講師弁題者或撰者清書人等」および下巻「判者骨法」に、「撰集」は同書上巻「撰集故実」および「故撰集子細」によっていることになる。しかし同氏も言われるように、八雲御抄は袋草紙を参照しつつ歌合記録など多くの資料を加え、全く組織を改めて構成されていて、巻一正義部と同様、先行歌学書は新たに構想された「作法部」中に、最大限に活用されているのである。

（一　内裏歌合）

一　内裏歌合〈院宮可准之〉

内裏歌合に関する八雲御抄の記述は、順序も含めて袋草紙（九〇頁）の「和歌合次第〈内裏儀〉」に一致する箇所が多く、袋草紙に引用されている十一例の歌合のうち九例が共通するが、記述の態度は異なっている。すなわち、袋草紙では注記に「内裏儀」とあるが、内裏歌合以外の例を引くことも多く、内裏歌合を晴儀歌合の代表として扱っているようである。これに対して八雲御抄では目録に「歌合〈禁中　臣下〉」とあるように、主催者を天皇と臣下に区分し、本文中では内裏歌合と執柄家歌合とに大別していて、両者は厳然と区別されている。

萩谷朴氏が『平安朝歌合大成』第五巻の解説において「場所が内裏の殿上であっても、主催者としての天皇の存在が欠いだ殿上侍臣歌合や蔵人所歌合などは、これを内裏歌合には加えず、雲客歌合や士大夫家歌合として分類することになる」と述べておられるように、内裏歌合の主催者は天皇に限られる。八雲御抄が注記で「院宮可准之」として、上皇や内親王などが主催する歌合を、内裏歌合に準ずるとするのは、天皇を頂点とする序列意識の表れである。

1 **天徳四年　永承四年　承暦二年　以此三ケ度為例**

項目1から項目5までは、内裏歌合のうち特に代表的な歌合をあげ、なかでも天徳四年歌合を依拠すべき先例として重視する。村上天皇主催の天徳四年（九六〇）三月三十日の歌合、後冷泉天皇主催の永承四年（一〇四九）十一月九日の歌合、白河天皇主催の承暦二年（一〇七八）四月二十八日に行われた歌合を、内裏歌合の典型とする。袋草紙にはこのような見解は見られず、とりあげたすべての歌合を同列に扱っている。永承四年内裏歌合の殿上日記には「凡見震遊之佳趣同天徳之旧儀者也」とあり、『平安朝歌合大成』第二巻所載の承暦二年歌合の記録切には「今属二皇化之無為一、慣二天徳之遺美一」とあって、両歌合とも天徳内裏歌合にならったことがわかる。また、今鏡（すべらきの中）にも「歌のよしあしはさることにて、事ざまの儀式などえもいはぬ事にて、天徳歌合、承暦歌合をこそは、むねとある歌合には世の末まで思ひて侍るなれ」とあり、天徳と承暦の内裏歌合を儀式の盛大さゆえに典型としている。

また、御裳濯川歌合の一番判詞では、判者の藤原俊成は歌合の歴史的展開に言及して「村上御時天徳の歌合よりぞ判のことばはしるされて後、永承承暦等の内裏の歌合ならびに私の家にいたるまで、かちまけをしるすことに成りにたり」と述べ、判詞を有する本格的な歌合として天徳以下永承、承暦の内裏歌合を代表的なものと見なしていて、八雲御抄の見解と共通する。

2 **自余者　或菊合根合等次**

内裏で開催された歌合のうち菊合や根合に付随した歌合は、その他として二義的な扱いになっている。内閣本の独自部分には「物合次歌合」の項を別に設け、内裏歌合を七例あげている。袋草紙では、物合に伴う歌合と歌のみの純粋な歌合とを区別するという見解は見られず、長元五年（一〇三二）上東門院菊合や永承六年（一〇五一）内裏根合も同列にとりあげられている。

3 **又卒爾内々密儀也**

内裏で行われた天皇主催の純粋な歌合であっても、「卒爾」につまり急遽取り行われた歌合は参加者が限定され、結果的には非公式の「内々密儀」となる。これも項目2同様、その他として二義的に扱われている。内閣本の独自部分の項目（＊十五）殊歌合には「内々儀」として「応和二年五月四日　庚申夜九番」「寛和元年八月　六番」「永承六年　六番」「承保三年九月　七番」の四例をあげる。このうちの寛和元年（九八五）内裏歌合は「卒爾」に行われたことが明らかな例である。仮名日記には「殿上にはかにいでさせおはしまして、さぶらふ人人をとりわかせたまひて、歌合せさせたまひける、御かたきに権中納言公任朝臣をめして、題四をたまひて、御判はこれしげなりけり」とあり、花山天皇が殿上に居合わせた侍臣に行わせたものである。後述のように、晴儀の内裏歌合では、通常一か月ほどの準備期間が設けられる。

4 **寛和二年歌合者　雖非密儀不均三度例**

寛和二年（九八六）六月十日内裏歌合は花山天皇の主催による晴儀歌合であるが、行事的な興味よりも、文芸的な興味に重点が移っていった歌合とされており、八雲御抄がこの歌合を項目1の三例の内裏歌合と区別しているのは、行事的要素が乏しかったためと思われる。したがって袋草紙（九〇頁）の「和歌合次第〔内裏儀〕」にも取りあげられていない。

5 **仍以天徳例　勘入永承々暦幷延喜十三年亭子院歌合已下例也**

内裏歌合の中では、天徳四年、永承四年、承暦二年の歌合を代表とすることは、項目1にすでに見えるところであるが、その中でも特に天徳四年内裏歌合を、亭子院歌合以下の院、宮主催の歌合を含めた晴儀歌合の代表とする。

延喜十三年（九一三）三月十三日亭子院歌合は、宇多法皇の主催になり、奏楽や賜禄を伴なった晴儀歌合の最初の例である。

6 **兼日定左右頭事**

項目6から項目21までは、歌合開催日までに準備すべき事柄を「兼日」に行うこととしてあげる。

袋草紙（九〇頁）の「和歌合次第〈内裏儀〉」の最初に「兼日定二和歌題并左右頭念人等一」とある。歌合準備の最初に行われるのが、左右の方人の書き分けであり、それぞれの頭（代表者）の決定である。項目7から項目9には、左右の方人の頭が決められた日および歌合開催日をあげるが、袋草紙では頭の決定した日はあげていないので、八雲御抄は直接歌合資料などによったと思われる。

7 **天徳三月一日　歌合晦日**

御記には「天徳四年三月三十日己巳、此日有女房歌合事……及今年二月、定左右方人」とあり、殿上日記には「天徳四年三月三十日、女房有歌合之事、此事始従今月上旬、先被書分左右人」とあり、仮名日記には「三月二日、左右方人のかきわけを、ないしのすけしてかたがたのとうのざうしにたまへり、これ二月二十九日に、うへのみづからかきいださせたまへるなり」とある。いずれの記事によっても、左右の方人の頭が決められた日は不明であるが、仮名日記では三月二日の書き分け以前に方人頭が決められたことが明らかなので、前日の三月一日と解したのかもしれない。

8 **永承十月中旬　歌合は十一月九日**

※「十一月九日」は書陵部本による。国会本は「九日」を脱落している。

殿上日記にも「〔永承四年十一月〕九日戊戌……今日有殿上歌合事、始従去月中旬、先被撰分左右方人」とある。

9 **承暦三月一日　歌合四月二十八日**

『平安朝歌合大成』第二巻所載の記録切に「承暦二年四月殿上記云、二十八日……今日有二歌合事一。去三月一日、於二御前一、被レ定二件事一。蔵人頭右大弁実政朝臣奉レ仰、献二題目一……関白左大臣祗候、即分二殿上侍臣一、為二左右方人一」とあり、一致する。

10 **天徳以更衣為頭**

袋草紙（九〇頁）に「天徳時以二更衣藤原修子同有序等一為二左右頭一」とあり、御記に「就中以更衣藤原修子同有序等為左右頭」とあり、仮名日記には「左頭には中将御息所……右頭には弁の御息所」とある。左頭の藤原修子は中将更衣、右頭の藤原有序は弁更衣とも呼ばれた。

11 **亭子院歌合　以女六七宮為左右頭**

袋草紙（九〇頁）に「亭子院時以二女六女七宮等一為二左右頭一」とあり、仮名日記に「左頭、女六宮……右頭、女七宮」とある。女六宮は宇多天皇の皇女誨子内親王を、女七宮は同じく皇女依子内親王を指す。

12 **永承両貫首**

※「両貫首」は幽斎本、書陵部本による。国会本は「両貫首首」。

殿上日記には「先被撰分左右方人、蔵人頭相分為左右頭〔左方、右近衛中将資綱朝臣、右方、権左中弁経家朝臣〕」とあり、左右の方人の頭を、蔵人頭であった源資綱と藤原経家の二人がつとめた。「貫首」は蔵人頭のことである。

13**承暦同〔但右頭不参　以俊綱為右頭〕　自余准之**

袋草紙（九〇頁）には「承暦時蔵人頭実政為二左頭一右方依レ無二蔵人頭一以二位階上﨟一用二俊綱一〔殿上歌合、尋常時以二蔵人頭一用レ之〕」とあり、『平安朝歌合大成』第二巻所載の記録切にも「〔蔵人頭実政朝臣為二左方頭一、右方依レ無二蔵人頭一、以二位階上﨟一、用二修理大夫俊綱朝臣一〕」とある。「同」は方人の頭は貫首がつとめるの意であるが、当時の蔵人頭であった左馬頭源俊実が欠席のため、右方人の中で最も位階が上であった橘俊綱が頭をつとめた。俊綱は、この歌合で右方講師もつとめている。

「自余准之」は、内裏歌合では左右の方人頭を、二名の蔵人頭がそれぞれつとめることを言ったものと解されるが、引用した袋草紙の割注部分にも同様の指摘がある。

14**永承　五位蔵人俊長執筆分書之**

袋草紙（九〇頁）には「永承四年時五位蔵人俊長執筆書二分左右一云々」とあり、左右の方人の書き分けを源俊長が行ったと述べるが、殿上日記には見出せない記述内容であり、八雲御抄は袋草紙によったと思われる。

15**同雑事定文事**

袋草紙（九〇頁）に、左右頭の決定、方人の書き分けに続いて「次左右定二雑事一〔有二定文一〕」とある。歌合開催に当たって行うべき行事について、左右の方人が協議した内容を記した定文の書式を、次の項目16に具体的に示す。

16**書様定と書て　歌合左方雑事　又上て一奉幣……一祓事行事某…**

※「行事某」は幽斎本、書陵部本による。国会本は脱落している。

「籌判」は「籌刺」のこと。袋草紙（九〇頁）に

「定文書様

　定

　　歌合右方雑事

一　奉幣

一　祓事〔其所行事〕

一　文台

一　籌刺

一　灯台

一　饗

一　女房檜破子

一　装束

　　年　月　日

各有二行事一。〔郁芳門院根合時江記説也〕」

とある箇条書き部分を文章化したものであろう。袋草紙の細字部分に「江記説」とあるように、郁芳門院根合の右方歌人および念人であった大江匡房の江記によったらしいが、現存の江記には見出せない。八雲御抄は袋草紙にあげる右方の例を引きながら「歌

合左方雑事」と記すが、定文の書式は左方、右方ともに共通なので、左を先にする慣例により「左」に改めたのであろうか。書陵部本、内閣本では「歌合左右雑事」となっていて、左方と右方の雑事を一括したとも解されるが、定文中の実際に即した表現としてはやや無理があろう。

17同祈禱事

袋草紙（九一頁）にも雑事定文に続いて「次祈禱奉幣」とある。歌合に先立って勝利を祈願して行われる立願の祈禱について述べた箇所であるが、八雲御抄では項目19のように歌合後の宿願成就の折のものも一括してあげる。袋草紙では、歌合後については「次有㆓宿願事㆒」として別に述べる。

18承暦　八幡賀茂可競馬

袋草紙（九一頁）に「承暦時、八幡、賀茂祈願〔可㆑競㆑馬云々〕」とあり、勝利した時には石清水八幡宮と賀茂神社に競馬を行うと祈誓したとするが、『平安朝歌合大成』第二巻所載の記録切には見出せず、八雲御抄の記述は袋草紙によっていると思われる。

19長元　左住吉又八幡十烈

「烈」は「列」に同じ。「長元」は長元八年（一〇三五）五月十六日に行われた賀陽院水閣歌合（長元三十講歌合とも言う）を指す。関白左大臣藤原頼通の主催による執柄家歌合であるが、援用されたものであろうか。袋草紙（九六頁）には賜禄に続いて「次㆓有宿願事㆒。後日果㆑之。三十講時、左勝方人八幡十列、又参㆓詣住吉社㆒。講㆓和歌㆒云々」とあり、歌合後に勝利のお礼に奉納された。真名日記にも「同二十一日、左方人参八幡住吉、是為遂宿賽也……先参石清水、禊了奉幣〔金銀御幣〕……次走十列……二十二日……駕馬向住吉……次走十列」とある。「八幡」は石清水八幡宮を指し、「十列」は左右二騎ずつ十番行う競馬を言う。

20郁芳門院根合　五社奉幣〔石賀稲住北〕　其度持也　左賀茂……

袋草紙（九一頁）に「郁芳門根合、石清水、賀茂、稲荷、住吉、北野云々。〔是右方也〕」とあり、勝利祈願を行った五社は一致するが、『進献記録抄纂』所載の中右記、寛治七年五月一日の条には「奉幣七社幷立願……石清水、賀茂下上、春日、大原、吉田、住吉、十列」とあり、神社名の一部に相違がある。したがって八雲御抄は、袋草紙の記述によったと思われる。また、袋草紙（九六頁）に「次有㆓宿願事㆒。後日果㆑之。……根合時、左賀茂競馬、右八幡競馬云々」とあり、勝負は持であったため左方右方ともに宿願成就の競馬を奉納したことを記す。

21同被下題事

ここまでが、兼日すなわち歌合の前日までに行われる事柄である。

袋草紙（九〇頁）の「和歌合次第」の最初に「兼日定㆓和歌題幷左右頭念人等㆒」とあるように、前もって歌題が示される場合（いわゆる兼題）は、歌合開催が決定した早い時期に行われたようである。八雲御抄が「題を下されること」とするのは、勅題であった天徳内裏歌合を模範としているのであろうか。あるいは内裏歌合では、勅命により臣下が題を奉った場合も、勅題に等しいと解しているのであろうか。

22 **当日朝　男女有祓又反閇事**

項目22から項目82までは「当日」として、歌合当日に行われる事柄を記す。国会本、幽斎本、書陵部本ともに「当日朝」とあり、八雲御抄では歌合当日の朝に、男女の方人の祓と陰陽師による反閇が行われるとするが、祓は歌合の前日までに行われるものであり、本文上の問題がある。あるいは項目21と関連させて、題が下された日の朝に行われる事柄と解しても、疑問が残る。

袋草紙（九一頁）では「祈禱奉幣」に続いて「次方人男女有㆓祓事㆒。〔当日有㆓反閇㆒〕」とあり、祈禱奉幣に続いて侍臣および女房の方人の祓が行われ、同日に反閇が行われるとするが、実例はなさそうである。萩谷朴氏は、『平安朝歌合大成』第五巻において「歌合の当日に反閇の行われた事実を報告した記録のあることを知らない。歌合において、祈禱奉幣除祓のことのある時には、歌合当日より日を隔てた以前に行なわれていたのが通常であって、恐らく、これは清輔の誤解であろう」とされる。また同氏は、郁芳門院根合などの例によって「むしろ祈禱奉幣のために各社へ参詣する以前の手続きとして、賀茂河原において御祓が行われたわけである」と述べておられる。袋草紙では、奉幣に先行する祓を後に行われるものとして記し、八雲御抄では、さらにこの祓を歌合当日の朝に行うものと誤解したようである。と言うのは袋草紙には「次方人男女有㆓祓事㆒。〔当日有㆓反閇㆒〕」に続いて「次御装束〔当日早旦〕」と記されているため、八雲御抄は「当日早旦」を祓のことと解して、「当日朝」と記したのではないかと考えられるからである。

23 **同御装束事**

「同」は「当日朝」のことであり、項目23から項目32までは歌合会場の設営について述べる。項目22にあげたように、袋草紙（九一頁）には方人祓に続いて「次御装束〔当日早旦〕」とあり、歌合当日の早朝から会場の準備が行われた。

24 **天徳中殿西面〔台盤所北一間也〕**

袋草紙（九一頁）には「天徳儀〔清涼殿西面〕……天徳御装束儀、西宮記云、早朝蔵人雑色以下参上、供㆓奉御装束㆒。其儀西廂皆懸㆓新御簾㆒〔納㆓仁寿殿㆒也〕」とあり、殿上日記にも同様の記述が見える。「中殿」は清涼殿のことであり、内裏歌合は清涼殿で行われるのが通例である。

25 **永承里内**

永承三年（一〇四八）に内裏が焼亡したため、永承四年内裏歌合は里内裏であった京極殿で行われたので、「里内」とする。袋草紙（九一頁）に「永承両度〔不㆓分明㆒、但土記云、西対云々〕……永承四年土御門右府記云、御装束御殿〔西対〕南廂四間、巻㆓廂四間御簾㆒」とあり、殿上日記には「仍当日早朝供奉御装束、其儀、上南廂御簾母屋懸新御簾」とある。

26 **承暦中殿東面也　其所懸新調御簾**

袋草紙（九一頁）に「承暦〔清涼殿　東面〕」とあり、八雲御抄の記述に一致する。『平安朝歌合大成』第二巻所載の記録切にも

「今日早朝、供二奉御装束一。其儀、撤二昼御座一」とある。歌合会場に新調の御簾を懸けることは、項目24、25に引用した袋草紙や殿上日記にも見えている。

27 **天徳用台盤所倚子　依為西面也　御座南立机**

袋草紙（九一頁）に「天徳御装束儀、西宮記云……第五間〔渡殿間也〕立二御倚子一〔大盤所倚子也〕南方立二御几帳一立二置物御机一〔在二御座南一〕」とあり、殿上日記にもほぼ同様の記述が見える。また仮名日記には「後涼殿のわたどのにわたりて、にしむきにいしのおましよそひておはします」とある。

28 **永承承暦　用殿上倚子**

永承四年内裏歌合については、袋草紙（九一頁）に「永承四年土御門右府記云……東第三間立二殿上御倚子一」とあり、殿上日記にも「上南廂御簾母屋懸新御簾、其前立殿上御倚子」とある。

承暦二年内裏歌合については、袋草紙（九一頁）に「承暦殿上記云、撤二昼御座一敷二二色綾毯代一立二侍御倚子一」とあり、『平安朝歌合大成』第二巻所載の記録切にも「立二侍御倚子一」とある。「殿上御倚子」と「侍御倚子」は同じである。

29 **御座左右敷公卿座　簀子有侍臣座　御座……簀子敷円座為籌判座**

※「簀子有」は書陵部本による。国会本は「簀子右」。「為籌判座」は幽斎本、書陵部本による。国会本は「為」を脱落している。

袋草紙（九一頁）に「永承四年土御門右府記云……南広廂除二御座一間一、東西鋪二緑畳各三枚一、為二左右公卿座一。当二上達部座末一簀子敷二畳一枚一為二左右（ママ）。方殿上人座一。……敷二円座二枚一為二講師座一。簀子敷二円座一為二籌刺座一」とある記述を要約したと思われる。殿上日記には「孫庇左右敷緑端畳為公卿座……敷所円座各一枚為員差座」とあり、公卿座と籌刺座だけが知られる。

30 **永承関白候簾中**

袋草紙に「永承四年土御門右府記云……母屋西間簾中殿下令レ候給云々」（九一頁）、「永承四年殿上記云……関白、左相府、直衣候二御簾中一」（九三頁）とあり、殿上日記にも「関白左相府直衣候御簾中」とある。この関白は藤原頼通を指す。

31 **承暦候座**

『平安朝歌合大成』第二巻所載の記録切には「次有レ召、公卿相分着レ座。左方、民部卿藤原朝臣……侍従源朝臣等也。関白左大臣加着二座上一。爰念人公卿以下、満座欽仰」とあり、関白左大臣藤原師実が左方の上座に着き、一同が歓迎した様子を伝える。

32 **御装束様　永承々暦大略同**

永承内裏歌合と承暦内裏歌合とがほぼ同じ設営とするのであるが、八雲御抄にはそう断定するに足る具体的記述に乏しく、参照した袋草紙の詳しい記述から、結論だけを述べたかと思われる。

33 **剋限出御着御倚子**

袋草紙（九三頁）には「左右方人参入集二会所一」に続けて「次刻限宸儀出御」とある。内裏歌合では、主催者である天皇が最初に席に着かれるのであり、天皇の登場をもって歌合の開始と見なすことができる。八雲御抄では「方人参入集会所」については「雑事」として扱い、歌合次第とは区別している。項目86参照。

34 〔御直衣張袴〕

書陵部本では本文化しているが、八雲御抄では服装の項を立てず、割注で触れるのがもとの形であったかと思われる。（項目38参照）。袋草紙では「和歌合次第」とは別に「歌合日装束」の項（九六頁）を設け、歌合における服装を述べる。天皇については「主上御服不二分明一。若御直衣歟。但亭子院歌合時、檜皮色御衣僧面色御袴之由見二仮名記一」（九七頁）とあり、直衣とするものの、袴の種類は不明である。

35 天徳申時

※「天徳申時」は幽斎本、書陵部本による。国会本は「〔天徳甲時〕甲時」。

項目35、36は天皇が着席される時刻を記す。袋草紙（九三頁）には「天徳時〔申時〕、永承四年〔戌時〕……承暦〔戌刻〕、亭子院〔巳時〕」とある。また御記には「申刻、就倚子」とあり、殿上日記に「申二刻出御」とある。

36 〔院例〕亭子院歌合巳時　永承々暦共戌時

「院例」は国会本では割注、幽斎本では傍注であるが、書陵部本では本文化している。記述内容は袋草紙に一致する。（項目35参照）。亭子院歌合の仮名日記および『平安朝歌合大成』第一巻所収の十巻本、二十巻本では出御の時刻を記載せず、左方の奏を奉った時刻を巳時とする（項目41参照）。永承四年内裏歌合の殿上日記には「戌剋出御」とあり、承暦二年内裏歌合の『平安朝歌合大成』第二巻　所載の記録切には「戌刻、宸儀出御」とあって、八雲御抄の記述に一致する。

37 次念人公卿依召着孫廂

袋草紙（九三頁）には宸儀出御に続いて「次有レ召。公卿相分、著二御前座一〔或兼日分レ之〕」とあり、公卿が左右に分かれて座に着くと述べるが、「念人」の表記はない。八雲御抄では内裏歌合の念人を公卿がつとめるという通例を明示する。また「孫廂」とするのは袋草紙の永承四年内裏歌合や承暦二年内裏歌合の記述などによったと思われる。

38 〔直衣束帯　上ざまの人は直衣　自余束帯〕

国会本、幽斎本は割注であるが、書陵部本では本文化している。袋草紙の「歌合日装束」の項に「亭子院幷天徳歌合、束帯。永承四年〔関白殿直衣云々。見二殿上記一〕承暦時無レ所レ見、定束帯歟。直衣布袴云々。直衣下襲。或本用二後帯一云々」（九六頁）とある記述を要約したと思われる。

39 承暦御座左右相分着之

袋草紙（九二頁）に「承暦殿上記云……当二御座間孫廂左右一敷二両面畳各一枚一、為二大臣座一。同間各敷二緑端畳一為二自余公卿座一云々」とあり、『平安朝歌合大成』第二巻所載の記録切にも、ほぼ同様の記事がある。八雲御抄ではさきの項目37で念人公卿の座を述べているので、ここではその他の侍臣も含めていると思われる。大臣以下身分の順に従って下座になることは、袋草紙が引用する永承四年内裏歌合の記事に詳しい。項目29参照。

40 次奏　天徳永承無之　延喜十三年承暦有之

袋草紙（九三頁）には公卿の着座に続いて「次左奏。有二或時一、無二或時一。公卿奏レ之。天徳幷永承両度奏不レ見」とあり、左奏に続いて「次右奏」とするが（例はあげていない）、八雲御抄は左奏で代表させる。奏は内裏歌合の必須要件ではなく、承暦二年内裏歌合では左方だけが先例にならって用意したものであり、天皇の様子をうかがい奏を奉ったことが、袋草紙所引の経信卿記に見える。項目42参照。

41延喜　左中務親王奏之〔付桜枝〕　右上野親王〔付柳枝〕

袋草紙（九二頁）に「亭子院時、左中務親王、右上野親王奏レ之。亭子院時左奏付二桜枝一、右奏付二柳枝一云々」とある。仮名日記にも「左の奏は巳時にたてまつる……左奏はさくらのえだにつけて中務のみこもたまへり、右はやなぎにつけて上野のみこもたまへり」とある。中務親王は宇多天皇第四皇子の敦慶親王、上野親王は同天皇第八皇子の敦実親王を指す。

42承暦左奏許也　左大将師通奏之〔付松枝〕　左大将取奏少将……

袋草紙（九三頁）に「承暦左奏、左大将藤原朝臣〔後二条殿〕無二右奏一」とある。さらに「経信卿記云」として「頭弁実政朝臣……進参申二於殿下一云、奏レ候。随殿下令レ候二気色一。依レ有二天許一被レ仰二其由一。……殿下令下目二大将一云上、奏可二持参一者。大将起レ座経二簀子一於二東障子後一〔左近少将隆宗取レ之立レ砌件奏付二松枝一〕

挿レ笏候取レ之。……当二御前間一、膝行懸二膝於長押一、捧二候松枝一。主上令レ取レ奏。又大将持レ枝退膝行。左廻起去。至二初所一返二給松枝一、復レ座。主上披覧了、令レ置二倚子左方一」と詳述する。八雲御抄はこれを要約したと思われる。『平安朝歌合大成』第二巻所載の記録切には「次左方、待レ催、先進レ奏。公卿念人之中有レ議。左大将藤原朝臣執レ奏、進二御前一、奏レ之」と簡潔に記す。左大将師通は「殿下」とある関白藤原師実の長男であり、少将隆宗は太宰大弐藤原良基の息である。また、主上は白河天皇を指す。

43次右方自殿上舁文台立弘廂

左右の順序については、八雲御抄は天徳四年内裏歌合に準じて、右方を先としている。袋草紙（九三頁）は「次立二左文台一。……次置二員刺具一。……次立二右文台幷員刺具等一。但天徳幷承暦時、右方先立レ之。自余左為レ先」と、左方を先とする。八雲御抄は袋草紙によるところが大きいが、天徳四年内裏歌合を基準にするという独自の姿勢をとっている。また文台と員刺具を置く場所についても、袋草紙（九三頁）では「天徳歌合西記云……」「永承四年殿上記云……」「同六年根合、同記云……」「承暦歌合、殿上記云……」「郁芳門根合、江記云……」と記録類をそのまま列挙するが、八雲御抄では文台は廂、員刺具は簀子と簡潔にまとめている。

天徳四年内裏歌合の殿上日記に「於置右方侍臣令持洲浜二机〔一置歌　一置指〕、応召参上従御浴殿西辺、献御前、先童女一人執地敷〔浅縹浮文織物〕、出進舗御座乾角高欄下、還却之後、同童女四人〔其装束着青色柳襲〕舁洲浜立地敷、……次小舎人二人〔藤原実明……〕舁員指洲浜置実正前、頃之、左方従殿上侍方参

上、童女一人先執地敷〔紫地綺也〕舗御座坤角如右方、次童女四人舁洲浜立地敷」とあり、右方、左方それぞれ殿上より参上して、御座の乾の角と坤の角に洲浜を置いている。天皇の御座は「西廂皆懸新御簾〔納仁寿殿御簾也〕、第五間〔渡殿間也〕立御椅子」とあり、清涼殿の廂である。また永承四年内裏歌合は殿上日記に「申剋右方参入、置文台幷員差具等於下侍内……頃之左方舁文台持参小板敷上……右方舁文台置殿上侍、戌剋出御、左方舁文台持参御前〔六位舁之〕、立孫庇東第二間、又舁員差具、置簀子敷東方〔六位同舁之〕、右方又立同西第三間、置同簀子敷西方〔六位皆舁之〕」とある。いずれも洲浜をまず殿上に運び、出御の後、文台は廂に、員刺具は簀子に置いている。

44 **〔風流如代々記文〕**

袋草紙（九七頁）は「一、歌合判者講読師幷題者或撰者清書人等」にそれぞれの歌合の洲浜の風流をまとめている。八雲御抄は「代々記文」と各歌合の仮名日記、殿上日記等に記されていることを示すのみで内容は省略する。

45 **承暦如此　永承左方先舁**

承暦二年内裏歌合も天徳四年内裏歌合と同様右方が先であるが、永承四年内裏歌合は左方が先であるとして、永承四年内裏歌合を例外とみる書き方である。袋草紙（九三頁）は「但天徳幷承暦時、右方先㆑之。自余左為㆑先」とあり、右方を先とする天徳・承暦両歌合を例外とみている。

ちなみに天徳四年内裏歌合は御記に「申刻、就倚子、良久、有方入自北方献和歌洲浜……暫左方経侍所前自南方献和歌州浜」とあり、州浜を奉るまでに「良久」と時間がかかっている。また仮名日記には「まづ右のすはまたてまつる、……ひのうちかたぶきて、もののいろみゆるほどにて、いとめでたし、かかるほどに、左いとおそくまゐるとて、殿もりのかみたひらのこれつねをめして、おそしとめさせたまふ、……かかるほどに、ひいといたくくれぬ、又蔵人藤原のしげすけをめして、おそきよしおほせたまふ、もののさまもみえぬほどに、すはまたてまつる」とあり、左方が大幅に遅れている。さらに『平安朝歌合大成』第一巻所載の仮名日記（萩谷朴氏蔵三条西家旧蔵本）に「かくて、日の気色晴れてみゆるほどに、歌ども遅しと召す。左のは遅ければ、まづ右のを奉る」とあるのによれば、右方を先にしたのは左方の洲浜の準備が遅れたための便宜的措置であったとも考えられる。

46 **延喜左五位右童舁　天徳童女共舁之　永承々暦共六位　承暦……**

袋草紙（九三頁）には「次立㆓左文台㆒。天徳時、童女四人舁㆑之　永承両度六位舁㆑之。承暦、五位六位等。亭子院時、左五位、右童結髪。郁芳門根合……、長元三十講歌合……」とある。八雲御抄は袋草紙によると思われるが、「童女共」「共六位」と左右（共）の別を明示する。

各歌合の舁き手は、亭子院歌合の仮名日記に「左……大夫四人かけり、……右の洲浜は午時にたてまつる、おほきなるわらは四人、みづらゆひ、しがいはきてかけり」とある。天徳四年内裏歌合は殿上日記に「同童女四人〔其装束……〕舁洲浜立地敷、……

左方……次童女四人舁洲浜立地敷」とある。永承四年内裏歌合は殿上日記に「左方舁文台持参御前（六位舁之）……右方又立同西第三間、置同簀子敷西方（六位皆舁之）」とある。承暦二年内裏歌合は『平安朝歌合大成』第二巻所載の記録切に「右方、直自二侍方一、舁二文台一、立二御前一（……六位舁之）。……次左方、……次立二文台一（…五位六位相交、舁之）」とある。

47 **次立左員判具於簀子（天徳童女　永承々暦六位）**

員判は員刺のこと。右方の文台に続いて員刺具について記す。幽斎本、書陵部本も「左員判」とするが、「右」の誤り。なお内閣本では「同」とあるので右方となる。場所、舁き手についての詳細は項目43参照。

48 **次舁左方文台（風流如代々　承暦五六位舁之）**

右方に続き、左方の文台について記す。承暦二年内裏歌合では右方の舁き手は六位であるが、左方は五位と六位であるので、それを明示している。袋草紙（九三頁）は「承暦、五位六位等」として左右の区別には触れていない。項目46参照。

49 **次立員判具於簀子**

左の文台に続いて、員刺具の場所を示す。項目43参照。

50 **天徳如此**

以上の項目43から49まで、天徳四年内裏歌合を根拠にしていることを改めて明記したものか。袋草紙を始め大勢は左右の順であるのに対して、八雲御抄は天徳四年内裏歌合によって右方を先にしている。

51 **郁芳門院根合　依院仰無員判**

袋草紙（九三頁）に「次置二員刺具一。舁人如二文台一。或時無二此事一。内裏歌合員刺多小舎人也。郁芳門根合時、依二上皇仰一無二員刺一云々」とあるのによる。ただし、中右記寛治七年五月五日の条「左方之念人中納言中将進令奏給云、先日籌刺灯台之風流如此事皆以可停止之由、被仰下了、今右方已有童女者、此事不可有者、再三被奏、時刻推遷之後有仰、被追入童女、左方頗有咲気」によると、右方が趣向をこらした文台を童女にもたせたのに対して、左方の念人中納言中将忠実が非難したもので、「籌刺灯台之風流」が籌刺と灯台を指すのか、その風流を指すのかについては不詳。左右とも灯台は供しているので、ここは員刺や灯台の過度な風流が停止されたとみるべきか。ちなみに永承五年祐子内親王家歌合では員刺をおかずに権大納言師房が勝負を記録している。

52 **次依召供灯（風流也）**

袋草紙（九三頁）に「次随レ召供二灯台一。六位役レ之。随レ便一両所立レ之」とある。灯台の風流は、皇后宮春秋歌合の漢文日記（『平安朝歌合大成』第二巻）、承暦二年内裏歌合の記録切（『平安朝歌合大成』第二巻）などに詳述されている。八雲御抄は項目44と同様に「風流也」と記すのみで詳細は省略する。

53 **講師前切灯台也　天徳用脂燭（左少将伊渉　右少将助信役之）**

袋草紙（九三頁）には「次随レ召供二灯台一。六位役レ之。随レ便一両所立レ之。講師前、短灯台各一本。根合時最先供二両方灯台一云々。是依レ入レ夜始一歟。又天徳時、以二脂燭一照レ之由見二御記一。左近少将伊渉、右近少将助信等役レ之云々。四条宮春秋歌合時、又以如レ此。左々少将忠俊、右少納言伊房居二両講師中央一云々」とあり、八雲御抄は袋草紙によっている。

天徳四年内裏歌合の御記に「于時日已昏、供灯兼立篝火於南北小庭、令召可読歌人……進就洲浜下、読其和歌、〔左作金山吹花枝……〕、左近少将伊陟右近少将助信等把脂燭照之」とある。

54 **四条宮春秋歌合　忠俊　少納言伊房役之**

『平安朝歌合大成』第二巻所載の漢文日記によると、「漸欲二昏黒一、左方立二灯台一本一〔是又美乃山歌云々。小山上生銀柏木、其葉上居灯成碧実。有錦打敷。侍従隆綱取之、蔵人修理亮昌綱右近将監清長取灯台等。当座人傾面驚眼歟〕……内府戯曰、右方歌已負、不レ儲二灯台一可レ有二罰酒一歟。咲被レ起了」とあり、灯台は左だけで、昌綱と清長が役にあたっている。また忠俊は「左近権少将忠俊筑前権守政長昇二洲浜一」、伊房は「〔少納言伊房取茵〕」とあるが、灯台の役についての記述はみえない。

a **次員判進　兼敷円座　殿上童也**

袋草紙（九四頁）に「次置二講師篝刺等円座一。六位役レ之」とある。また同（九三頁）「次立二右文台幷員刺具等一」に「永承四年殿上記云、……敷二所円座各一枚一為二員刺座一〔左右以二小舎人一人一為二員刺一〕」とある。

55 **次左右参上**

袋草紙（九四頁）は「次奏二参入音声一。或時無二此事一。亭子院時、左黄鐘調、歌伊勢海、右双調、歌竹河。以二方殿上人等一用レ之由見二彼時記一。承暦時、左双調、次歌席田云々。根合時〔郁芳門〕左方乗レ船、歌席田、参上云々」とする。八雲御抄は袋草紙によるが、歌合の次第としてはまず「左右参上」とし、その際に各歌合についての参音声の有無（項目56）とその内容の説明（項目57・58・59）というように整理している。

56 **延喜天徳有参音声　或之天徳永承不見　笛笙篳拍子也**

「延喜天徳」は「延喜承暦」の誤り。内閣本には「亭子歌合幷承暦在之」とある。

「笛笙篳拍子」は、承暦二年内裏歌合の『平安朝歌合大成』第二巻所載の記録切に「次奏二参入音声一。刑部卿政長朝臣〔笛〕、権左中弁師賢朝臣〔拍子〕、左近衛少将俊頼〔篳篥〕」とある。

57 **延喜左黄鐘調　歌伊勢海　右双調　歌竹川**

亭子院歌合の仮名日記に「左の奏は巳時にたてまつる、……楽は黄鐘調にて伊勢海といふうたをあそぶ、右の洲浜は午時にたてまつる、……楽は双調にて竹河といふうたをいとしづやかにあそびて」とある。

58 **承暦左双調　席田**

項目55参照。

59 **長元頼通公歌合幷郁芳根合　自舟参上　歌笛如例**

長元頼通公歌合すなわち賀陽院水閣歌合は内裏歌合ではない。袋草紙（九四頁）にはあげていないが、八雲御抄は舟で参上した例として言及したか。同歌合の漢文日記に「伶人依方誠在舟矣、先吹調子、次奏陵王破」とある。また郁芳門院根合は、中右記寛治七年五月五日の条に「酉時、左方人々乗船進御前、……吹双調、次歌席田、為参音声」とある。（二一）執柄家歌合の項目7参照。

60 次左右講師参　読師は依儀式参

袋草紙（九四頁）は「次召二講読師等一。先召二講師一。次召二読師一。〔各用二円座一〕亭子院歌合時、左講師為二女房一。巻二御簾五寸許一読レ之云々。野宮歌合、橘正通一人読二両方歌一云々」と詳しく述べるが、八雲御抄は講師と読師の参上の次第のみ簡潔に記す。また、読師について袋草紙（九四頁）は「永承四年歌合、土御門右府記云……次左頭中将、右頭弁各自二広廂一進、居二籌刺幷講者後一。取レ歌授二講者一云々……承暦二年歌合、経信卿記云……左実政朝臣経二上達部前一候二文台傍講師後一。右俊綱朝臣同進候。次被レ仰下左右講師可二進参一之由上。……次頭弁取二子日歌一令レ授二講師一。々々読レ之云々。予今案、以二読師一称二後居一歟。籌刺幼稚之故有二後居一。有二後居一之時、無二読師一歟、不審也。又天徳歌合、或人記云、以二講師一称二歌出一」と実例をあげて、読師は講師の後に控えて歌を講師に渡す役の者で、後居がつとめる場合もあるとするが、八雲御抄はこれらを「読師は作法に従って参る」と簡略にしたものか。（九）講師、（十）読師参照。

61 次有判

袋草紙（九四頁）は「次仰二判者一。……次講二和歌一。……次判定。……次講畢」と逐次あげるが、八雲御抄は適宜抜粋し、独自のものも加えて「有判」としてまとめている。また注目すべきことがらは内裏歌合に限らずあげている。

62 承暦有仰敷判者円座　長元左大臣歌合敷之

袋草紙（九四頁）に「承暦二年歌合経信卿記云、……被レ仰下可レ敷二判者座一之由上。蔵人取二菅円座一枚一」とある。また、長元左大臣歌合すなわち賀陽院水閣歌合については、左経記長元八年五月十六日の条にみえる。（二一）執柄家歌合の項目5参照。

63 郁芳根合　院半巻御簾有御見物

袋草紙（九二頁）の「次刻限宸儀出御」に「根合江記云、……上皇又上二御簾一給〔高三尺余許云々〕」とある。また、中右記寛治七年五月五日の条にもみえる。

64 寛治高陽院歌合　中宮大夫師忠書勝負

高陽院七番歌合は中右記寛治八年八月十九日の条にみえる。（二一）執柄家歌合の項目12参照。

65 人々進寄　左右互申難求紕繆

和歌の評定の有様をいう。袋草紙（九五頁）に「次講二和歌一。……左右講師陳二是非一事無レ憚。〔見二承暦歌合一〕」とある。承暦二年内裏歌合の有り様は『平安朝歌合大成』第二巻所載の記録切に「以二皇后宮大夫源朝臣一為二判者一。論難之間、雄雌互決。評定之後、左方已勝」とあり、各番の評定にも活発な論難が見られる。その他、皇后宮春秋歌合の漢文日記に「各論雌雄雖争勝負」とある。

66 承暦両念人詠歌両三反

袋草紙（九五頁）に「次講二和歌一。……承暦歌合之時、経信卿記云、頭弁取二子日歌一授二講師一。講師読レ之。方人依二御気色一両三度詠

吟。次読二右歌一。左大丞三度詠吟」とある。

67 **永承左資綱右経家　承暦左実政右俊綱進歌**

「進歌」は講師に歌を渡すことで、読師の役割。袋草紙（九四頁）に「以二読師一称二後居一歟」とあり、同（九七頁）「一、歌合判者講読師并題者或撰者清書人等」に、永承四年内裏歌合の後居は、左源資綱、右藤原経家、また承暦二年内裏歌合の後居は、左藤原実政、右橘俊綱とある。

永承四年内裏歌合は、殿上日記に「蔵人頭相分為左右頭〔左方、右近衛中将資綱朝臣、右方、権左中弁経家朝臣〕……以左右頭各為読師」とある。また、承暦二年内裏歌合の『平安朝歌合大成』第二巻所載の記録切に「即分二殿上侍臣一為二左右方人一。〔蔵人頭実政朝臣為左方頭、右方依無蔵人頭、以位階上臈、用修理大夫俊綱朝臣〕」とある。

68 **次勝方念人公卿已下　於前庭拝**

袋草紙（九五頁）に「次勝方拝。承暦時左方勝有レ拝。自余無レ所レ見レ之。経信卿承暦歌合記云、……公卿并方殿上人列二立庭中一〔三行。六位有二五位後一〕。再拝復レ座云々」とある。八雲御抄は袋草紙によるが、項目68、69、70の順に整理している。

69 **承暦如此　永承無所見**

承暦二年内裏歌合は『平安朝歌合大成』第二巻所載の記録切に、「左方已勝。即方人念人等、公卿以下、於二前庭一有二勝方拝一」とある。

70 **公卿四位五位六位四重也**

項目68参照。

71 **次有管絃**

袋草紙（九六頁）に「次御遊事　召二堪能公卿並殿上人等一、令三蔵人置二御遊具一」とある。

72 **天徳左右共奏之　同時互奏地下召人済々**

袋草紙（九六頁）には「天徳時地下召人相交由見二御記一」とあり、左右の別には触れないが、八雲御抄は左右共に奏したことを明記する。

天徳四年歌合の御記に「令召楽所人、相分候南北小庭、逓奏歌曲、大臣弾箏、大納言源朝臣弾琵琶」とあり、殿上日記も左右共に召人を交えての御遊の様子を詳述する。

73 **永承々暦尋常御遊也**

永承四年内裏歌合の殿上日記に「講歌事畢、即有御遊、逓理糸管旁整曲調、……凡見震遊之佳趣同天徳之旧儀者也」とあり、また承暦二年内裏歌合の『平安朝歌合大成』第二巻所載の記録切に「更有二御遊事一。民部卿藤原朝臣〔拍子〕、皇后宮権大夫源朝臣〔琵琶〕……又堪二糸竹一之輩、有レ召候二階下一。緩急之調、視聴催レ感。……今属二皇化之無為一、慣二天徳之遺美一」とある。

74 **承暦地下伶人相交**

袋草紙（九六頁）に「天徳時地下召人相交由見二御記一。承暦時同レ之」とある。承暦二年内裏歌合の『平安朝歌合大成』第二巻所載の記録切に「更有二御遊事一。……又堪二糸竹一之輩、有レ召候二階下一」とある。

75 **次公卿禄**
天徳四年内裏歌合の殿上日記に「左大臣賜夏御衣一襲……、東方漸明、尊儀入御」とあり、禄は入御の前に行われた。八雲御抄はこれに準じている。項目79参照。

76 **永承々暦には入御後也　可依便宜歟**
永承四年内裏歌合は殿上日記に「夜及五更尊儀入御、公卿給禄、各以退下矣」とあり、承暦二年内裏歌合も『平安朝歌合大成』第二巻所載の記録切に「事了、宸儀入御。公卿以下給ㇾ禄退下」とあって、どちらも禄は入御の後である。八雲御抄は天徳四年内裏歌合を基準にして禄を入御の前とするので、永承承暦両歌合については逆であると補足する。ただし順序は便宜的なものとする。

77 **天徳夏御装束一襲也　大納言已下白合御衣一重　宰相単重……**
袋草紙（九六頁）に「次大臣以下賜ㇾ禄。天徳時、大臣夏装束一襲、大納言白合御衣一重、参議白単重御衣。自余疋絹」とある。天徳四年内裏歌合の御記に「賜大臣以下禄有差〔大臣参議白単御衣、自余疋絹也、夏装束一襲、大納言白合御衣一重〕」とある。

78 **長元左大臣歌合　輔親〔判者有別禄云々〕**
袋草紙（九六頁）に「次大臣以下賜ㇾ禄。……三十講歌合時、判者中三位賜ㇾ禄。〔蘇芳生掛袴云々〕」とある。長元左大臣歌合すなわち賀陽院水閣歌合は内裏歌合ではないが、八雲御抄は判者の禄の例として特に記したものか。（二）執柄家歌合の項目23参照。

79 **次入御〔公卿平伏〕**
天徳四年内裏歌合の殿上日記に「東方漸明、尊儀入御、大臣以下歌舞退出」とある。永承四年内裏歌合の殿上日記に「夜及五更尊儀入御、公卿給禄、各以退下矣」、承暦二年内裏歌合の『平安朝歌合大成』第二巻所載の記録切に「事了、宸儀入御。公卿以下給ㇾ禄退下」とある。いずれも「入御」が記されている。袋草紙は入御については特に言及していないが、八雲御抄は「入御」で歌合次第をしめくくっている。また「公卿平伏」は八雲御抄独自の記述である。

80 **天徳承暦左勝**
八雲御抄は歌合次第の最後部に勝負のことを記すが、袋草紙は後（九七頁）の「歌合判者講読師并題者或撰者清書人等」に各歌合の勝負をまとめて記す。

天徳四年内裏歌合は殿上日記に「今日之事左方多勝」とあり、承暦二年内裏歌合は『平安朝歌合大成』第二巻所載の記録切に「論難之間、雄雌互決。評定之後、左方已勝」とある。

81 **有公卿作者**
天徳四年内裏歌合の公卿作者は藤原朝忠と橘好古（ただし、二十巻本に歌人としてあげるが歌はみえない）。永承四年内裏歌合は藤原頼宗。承暦二年内裏歌合には公卿作者はみえないが、源経信の代詠がある。

82 **永承持**
永承四年内裏歌合は殿上日記に「左右為持」とある。

83 **雑事**
八雲御抄は、袋草紙（九二頁）の「左右方人参入集会所」同（九五

頁）「講畢、勝負舞」同（九六頁）「盃盤事」「御遊事」「大臣以下賜禄」の中から、補足的な事柄を「雑事」としてここにまとめている。また内裏歌合以外の例にも拡げている。内閣本が一つ書きにしている部分と多く重なる。

84 **天徳有勧盃肴物　後二代無此事（……左大臣給之　有公卿膳）**

※「左大臣」は幽斎本、書陵部本による。国会本は「左右臣」。

袋草紙（九六頁）の「盃盤事」に、「天徳歌合時、御厨子所供二御菓子干物一。（重信陪膳）。次供二御酒一。左大臣起レ座献レ盃二云々。（見二西記一）。又歌講以前賜二酒饌於方公卿一云々。永承幷承暦時此事不レ見。自余歌合皆有二此事一」とある。天徳四年内裏歌合の殿上日記に「勝負之次坏酌必勧、……又御厨子所借御菓子肴物等、陪膳重信朝臣」とある。

85 **公卿念人当日分之　或依位次分之**

※「依位次」は幽斎本、書陵部本による。国会本は「位」を脱落している。

袋草紙（九三頁）に「次有レ召。公卿相分、著二御前座一。（或兼日分レ之）永承根合土記云、爰有レ仰云、上達部相分可レ著者。……重仰云、依二位次一可二相分一者」とある。

86 **左右集会事**

袋草紙（九三頁）に「次左右方人参入集会所」とある。

87 **承暦（左弘徽殿　右麗景殿）　而右直参下侍**

袋草紙（九三頁）には「承暦時（左方弘徽殿　右方下侍）」とある。承暦二年内裏歌合の集会所は『平安朝歌合大成』第二巻所載の記録切に「左右集会所、兼日定レ之。（以弘徽殿為左方、以麗景殿為右方……右方不経集会所、参弓場辺、相待御出良久徘徊之）。歌、右方、直自二侍方一、舁二文台一、立二御前一」とある。袋草紙は実状に即して記すが、八雲御抄は正式の麗景殿を記す。

88 **郁芳根合（左覆殿　左東寝殿　右弘陽殿）**

幽斎本、書陵部本には「左覆殿」がない。国会本の誤入か。また国会本と幽斎本は「弘陽殿」とするが不審。書陵部本は「弘徽殿」とする。袋草紙（九三頁）は「郁芳門院根合時（左東殿寝殿右同御湯殿）」とある。

中右記寛治七年五月五日の条に「未刻左右方人参集東泉殿（左方西御所　右方東屋）、但右方儀式不知之」とあり、袋草紙、八雲御抄ともに一致しない。

89 **勝方舞　依相撲節例　雖負多終番勝方奏之　或無此事**

袋草紙（九五頁）に「次勝負舞。雖二負員多一最後番勝者、可レ奏二勝方舞一歟。根合江記云、右方人議云、第十番歌、若勝者可レ奏二勝方舞一。是相撲時。右雖レ多レ負、最後番若勝者奏二納蘇利一之故也。……天徳時雖二右方負一奏二歌曲一云々」とある。八雲御抄は最後番の勝方が奏すると簡潔に記し、雑事に入れて「或無此事」とするのは、内裏歌合の次第として必ずしも必要ではないとの判断によるか。

90 **禄は流例也（有差）**

項目75「公卿禄」では、時（項目76）、禄の品（項目77）、判者の禄（項目78）の三点に絞り、禄の品は天徳四年内裏歌合で代表している。永承五年祐子内親王家歌合（項目91）と賀陽院水閣歌合（項目92）は内裏歌合ではないため補足として雑事へ記したか。また永承五年祐子内親王家歌合を賀陽院水閣歌合の前に記すなど、独自に整理している。

91 **祐子内親王歌合　右大臣　教　内大臣　頼　判者　各給馬**

袋草紙（九六頁）に「祐子内親王歌合時、右大臣〔大二条殿〕、内大臣〔堀河殿判者也〕各被レ曳レ馬云々。〔前駆者取レ之〕」とある。永承五年祐子内親王家歌合の漢文日記に「退出之比、曳出竜蹄二疋〔一疋、右大臣、一疋、内大臣、前駆者取之〕」とある。右大臣は教通、内大臣は頼宗で判者をつとめた。

92 **又長元　教通　頼宗　能信　長家　引馬**

「長元」は賀陽院水閣歌合をいう。袋草紙（九六頁）に「三十講歌合時……春宮大夫〔頼宗〕、中宮権大夫、権大納言等被レ曳レ馬云々」とある。また賀陽院水閣歌合の漢文日記に「其後内大臣退出、即有曳出物〔竜蹄一疋〕、……夜欲参半、仍春宮大夫、中宮権大夫、権大納言退下、此間曳出華廏馬各一疋、余興不尽之故也」とある。内大臣は教通、春宮大夫は頼宗、中宮権大夫は能信、権大納言は長家。（二）執柄家歌合の項目24参照。

93 **女房破子流例也　檜破子也**

※「檜破子也」は幽斎本、書陵部本による。国会本は「檜」を脱落している。

袋草紙（九六頁）は「次盃盤事」に「自余歌合皆有二此事一。女房中或檜破子云々」とする。八雲御抄は女房に関することとして雑事の最後部に記したか。

賀陽院水閣歌合の漢文日記に「他上卿同以退出、女房料、左方調備檜破子」とある。

（二）執柄家歌合

一　執柄家歌合〔大臣家可准之〕

袋草紙（九〇頁）の「和歌合次第」は内裏歌合のみを取り上げ、特に執柄家歌合、その他の歌合を区別してあげることはない。和歌合抄目録や二十巻本類聚歌合目録では、摂関家主催の歌合は大臣家歌合に含めている。

八雲御抄は、国会本、幽斎本、書陵部本の冒頭目録章題に「歌合〔禁中　臣下〕」とあるように、まず歌合を禁中と臣下に大別するが、本文中の「一　執柄家歌合」の章題の下に「大臣家可准之」と注記しているように、臣下歌合の中でも、執柄家歌合と大臣家歌合を区別して扱っている。執柄家とは文字通り、摂政・関白のみを指した分類である。このように、内裏歌合、執柄家歌合、大臣家歌合を区別するのは、八雲御抄独自の見解であり、八雲御抄が執柄家歌合を内裏歌合に次ぐ重要な歌合として位置付けようとしていたことがうかがわれる。

1 **長元八年五月　三十講次左大臣〔頼〕歌合**

長元八年（一〇三五）五月十六日の賀陽院水閣歌合。主催者は関白左大臣藤原頼通である。

袋草紙（一〇三頁）に「〔宇治殿　十番〕三十講歌合〔長元八年五月十六日　左勝〕」とある。（＊十六）物合次歌合の項目23参照。

2 **寛治八年八月十九日　前関白〔師〕高陽院歌合**

寛治八年（一〇九四）八月十九日の高陽院七番歌合。主催者は前関白藤原師実である。

袋草紙（一〇三頁）に「〔京極大殿女　七番〕高陽院歌合〔左勝〕」とある。（＊十六）物合次歌合の項目24参照。

3 **已上両度為例　其外無可然歌合　仍就寛治例注之**

以下、八雲御抄は執柄家主催歌合について高陽院七番歌合に基づきつつ、随時、賀陽院水閣歌合の次第も交えて説明している。

袋草紙には両歌合の歌合次第をまとめて記述した部分はなく、八雲御抄の以下の記述は中右記、左経記、歌合日記等を参考にしている。

4 **先剋限　大殿已下公卿十余輩着座〔直衣〕**

中右記の寛治八年八月十九日条に「東透渡殿西上南北対座敷公卿座、〔高麗端、対座、〕人々先令相分着給」に続き、左方の公卿として大殿（前関白藤原師実）、殿下（関白藤原師通）以下八名と、右方の公卿として左大臣（源俊房）、帥大納言（源経信）以下七名の、計十五名の名前を列挙し、「已上直衣、此中公定束帯」という割注があるが、この同じ高陽院七番歌合の記録である仮名日記には「左のおとど、関白殿よりはじめ、上達部二十余人まゐりさぶらはる、大殿も御かぶりにていでさせたまへり」とある。

八雲御抄の記述は中右記によったものか。

5 **次立切灯台　敷菅円座**

※「菅円座」は幽斎本、書陵部本による。国会本は「管円座」。

中右記の寛治八年八月十九日条に「寝殿巽角東面戸前立切灯二本、其前敷円座二枚為左右講師座」とある。ただし、中右記はさらに「東透渡殿西上南北対座敷公卿座、……人々先令相分着給、……次東戸前立左右文台」と続き、この高陽院七番歌合が「灯台を立て円座を敷く」→「大殿・公卿の着座」→「左右の文台を立てる」の順で進行したことがわかるが、八雲御抄の記述と順序が異なる。

なお、賀陽院水閣歌合は、左経記の長元八年五月十六日条によれば、上卿が着座してから左右の文台の舁き出しがあり、その後円座を敷き灯台を立てるという順序で進行した。

6 **次置左右文台〔寛治　女方　左馬頭師隆　少将能俊　男方……〕**

※「女方」は書陵部本による。国会本は「女房」。「師隆」「少将」は幽斎本、書陵部本による。国会本は「隆」「小将」。

高陽院七番歌合の仮名日記に「左の歌をいださる、……しろかねのたなごひのはこに、ふせれうのたなごひをしきものにて、……少将能俊つたへたまはる、……左馬頭師隆朝臣……そのうへにたなごひのだいをたてらるるなり、……をとこの歌たてまつる、……からすずりとおぼしくて、ふでなどたてられたり、蔵人宗佐もてまゐる、にしきのうちしきは、……宗輔の少将もてまゐる」とある記述によっている。中右記の寛治八年八月十九日条にも「次東戸前立左右文台」とあるが、文台を置いた人物については言及していない。

賀陽院水閣歌合については、袋草紙（九三頁）に「次立二左文台一。……長元三十講歌合、左右共六位蔵人、上臈持二打敷一」とある。また、漢文日記にも「左方参、……雑色源頼実執地敷……蔵人右衛門尉藤原俊経伝取舗東長押上、次蔵人式部大丞橘季通、藤原貞章等、同舁文台洲浜……其上立文台……次右方参入着座……蔵人式部少丞橘義清、右衛門尉藤原家任舁文台洲浜立東長押上」とある。仮名日記や左経記にも同様の記述がある。

7 **次左右参上　長元　舟にて発歌笛　右は只参**

左経記の長元八年五月十六日条に「左方乗船二艘、遊龍王破、漸以参入、……此間右方人々参入」とある。また漢文日記にも「左方参、……先文殿南釣台下撫船二隻、……鼓棹盪舟、自後池北歴寝殿東高階下潺湲参進、伶人依方誡在舟矣、先吹調子、次奏陵王破、……次右方参入着座」とある。

8 **次召講師（長元　左　々少弁経長　右　々中弁資通　寛治……）**

※「右　々中弁資通」は幽斎本、書陵部本による。国会本は「々」を脱落している。
賀陽院水閣歌合について、漢文日記に「召経長、資通朝臣等、令講歌」とあり、仮名日記に「左のかうじ左少弁つねなが、……右のかうじ右中弁すけみちのあそん」とある記述と一致している。袋草紙（一〇三頁）には「講師、（左、左少弁経長　右、右少弁資通）」、左経記の長元八年五月十六日条には「次召左右講師、（左右少弁長経、右中弁資通朝臣等、着円座之）」とある。

高陽院七番歌合について、袋草紙（一〇三頁）に「講師、（左、右大弁基綱　右、右中弁宗忠）」とある。また、中右記の寛治八年八月十九日条に「次召講師、（左、右大弁基綱朝臣、右、下官）」とあり、仮名日記にも「右大弁基綱朝臣左のかうじに、又、右中弁宗忠朝臣を右のにめす」とある。（九）講師の項目30、31参照。

9 **次歌評定（人々進寄）**

袋草紙（九四頁）に、内裏歌合の次第に関してではあるが、「次臨二披講期一、撰二堪能者一両一、可二進参一之由仰レ之」とあり、歌の評定の際に、歌に堪能な者が召し出されて意見を述べるケースがあったことがわかる。高陽院七番歌合では、歌合当座に歌の評定をめぐるやりとりがあったことが歌合記録からうかがわれ、（一）内裏歌合の項目65には、左右の方人の論難の様子を、「人々進寄左右互申難求紕繆」と記している。

10 **（長元　念人各二人　左　兼頼　公成　右　顕基　隆国）**

漢文日記に「同十五日、……以左藤宰相中将左兵衛督為左方念人、以左源宰相中将右兵衛督為右方念人、……三位中将当日追為左方念人」とある。長元八年（一〇三五）の時点において、左藤宰相中将は藤原兼頼、左兵衛督は藤原公成、左源宰相中将は源顕基、右兵衛督は源隆国のことであるから（公卿補任）、八雲御抄の注記はこれと一致している。

仮名日記、左経記、栄花物語（歌合）にも上達部の方分けについて同様の記述がある。

11 **（員刺　殿上童）**

※「員刺　殿上童」は書陵部本による。国会本は「員判　殿上童」を重複している。

左経記の長元八年五月十六日条に「重之有員指洲浜、蔵人同取之、置仏前東縁北辺、……召童為員指」とある。

漢文日記には「左方員刺小舎人平経章、右方員刺義清着座」とあり、仮名日記にも同様の記述がある。また、栄花物語（歌合）にも「童員指」とある。

12寛治　中宮大夫師忠記勝負

※「記勝負」は幽斎本、書陵部本による。国会本は「紀勝負」。

中右記の寛治八年八月十九日条には「中宮大夫執紙筆、毎度記勝負」とあるが、高陽院七番歌合の歌合記録には、歌合の勝負を師忠が記したことについては言及されていない。八雲御抄の記述は中右記によるか。（一）内裏歌合の項目64参照。

13長元　歌風流也

袋草紙（一〇三頁）に「左、扇十枚書二和歌一、納二銀透筥一。右、作二銀瞿麦一栽二欟内一。銀蝶各書二和歌十首一云々」とある。

漢文日記には、左方の風流について「扇十枚書和歌、入銀透筥置其上〔以象眼為紙、依各題目画図、以銀為骨、雕鏤居出〕」、右方の風流について「〔洲浜上立沈石、作銀瞿麦栽欟内銀蝶各書和歌十首〕」とあり、同様の記述は仮名日記や左経記にもある。

左方の和歌は、題目に従って下絵を描いた、意匠を凝らした十本の扇にそれぞれ一首ずつ書いて、銀の透筥に入れて提出され、右方の和歌は、沈香を立てた洲浜の上に金の瞿麦を栽え、花の上にとまらせた十匹の蝶の翅にそれぞれ一首ずつ書いて提出されるという趣向が凝らされていた。

14寛治　只切寄続之　後日左　々大将　右　関白書之

仮名日記に「左の歌は、左大将のうへ、左のおとどの御むすめかきたまふべし、右のは、関白殿かかせたまふべくとぞ、こよひはおのおのたてまつりたるを、ゐのうへにやりつがれたりとぞ」とあるが、左方の和歌を清書した人物が八雲御抄と異なる。

歌合の当日に左右方が奉った和歌は、別の料紙に書いたものを絵の上に切り継いだ未完成状態のものであったと考えられるが、中右記の寛治八年八月十九日条によれば、この和歌は「和歌書物、〔巻文各五巻、春夏秋冬祝各一巻、瑠璃軸色々之色紙、下絵、左方女絵、右方男絵、皆書歌情歟、美麗過差無極〕」と、左右いずれとも春夏秋冬に祝を加えた五巻の巻物で、色々の色紙を継いだ料紙に、左方は女絵、右方は男絵で歌の心を表した下絵がそれぞれ描かれた美麗きわまりないものであったという。後日改めて清書して、最終的には中右記の言うような形に仕立てられたのであろう。（十三）清書の項目6参照。

15次花歌七番講畢

※「講畢」は幽斎本、書陵部本による。国会本は「講師」。

「花歌」は春題の「桜」をさす。中右記の寛治八年八月十九日条に「各々講之、……先春夏秋冬祝、次第如此」とあり、「桜」は高陽院七番歌合の五つの歌題の第一。

以下、八雲御抄は高陽院七番歌合の次第に従い、「郭公」「月」

「雪」「祝」の順に和歌が講じられたとする。

16 **公卿膳　坏酌　汁物　高坏物**

中右記の寛治八年八月十九日条に「歌講之間居菓子・肴物等、〔大殿陪膳左少将有家朝臣、左府・殿下地下四位〕」とある。

17 **〔題等そなへて可書を料紙不足之間如此事也〕**

国会本のみに細字で書き入れられているが、どの部分に関する注か不明。項目14と関係があるか。

歌題なども備えて正式に書くべきところであるが、料紙が不足していたためにとりあえず省略して書いたという意か。

18 **次郭公歌**

「郭公」は高陽院七番歌合の五つの歌題の第二。項目15の「桜」に続いて講じられた。

19 **次勧盃〔瓶子基兼取継　酌五位侍臣也　公定卿取之〕**

中右記の寛治八年八月十九日条に「初献無勧盃、第二献皇太后宮権大夫、次移居対南面饗饌、於此座頻盃酌、及暁更事了」とある。この時の皇太后宮権大夫は藤原公定であった（公卿補任）。なお、基兼が瓶子を取り次いで五位侍臣が酌をしたことは不明。

20 **次月雪祝歌判畢**

※「判畢」は幽斎本、書陵部本による。国会本は「判」。

高陽院七番歌合において、「桜」「郭公」に続いて「月」「雪」「祝」の順に和歌が講じられ歌判が下された。項目15参照。

21 **次諸大夫置管絃具**

中右記の寛治八年八月十九日条に「次召管絃具、有御遊、帥大納言、〔琵琶〕、藤大納言、〔箏〕、左大将、〔笛〕、政長朝臣、〔拍子〕、予・宗輔、〔共笙〕、皇太后宮権大夫、〔付歌〕」とあり、仮名日記にも「歌のかうはてて、いとたけの御あそびあり、さいばら、らうえい、むかしのあそびにことならず」とある。

22 **次呂律曲〔寛治　楽人於船奏同音〕**

中右記の寛治八年八月十九日条に「呂、安名貴・鳥破、律、更衣・太平楽破、三台急、前池儲船楽、〔楽人等合奏、布衣或冠〕」とある。

23 **次有禄〔長元　判者輔親給之〕**

袋草紙（九六頁）に「次大臣以下賜レ禄。……三十講歌合時、判者中三位賜レ禄。〔蘇芳生掛袴云々〕」とある。漢文日記にも「各評定了後、中三位賜禄〔蘇芳織物褂幷袴〕、於東簀子敷趨拝之間、超卿相座、是情感之余、不知手之舞足之蹈歟」とあるほか、左経記にも同様の記述がある。

24 **次引出物〔長元　内大臣　頼宗　能信　長家　四人引馬〕**

袋草紙（九六頁）に「次大臣以下賜レ禄。……三十講歌合時、……春宮大夫〔頼宗〕、中宮権大夫、権大納言等被レ曳レ馬云々」とあるが、内大臣に馬を賜ったことは記されていない。

漢文日記には「其後内大臣退出、即有曳出物〔竜蹄一疋〕、自余上卿猶以在座、……夜欲参半、仍春宮大夫、中宮権大夫、権大納言退下、此間曳出華廄馬各一疋」とあって、四人が引出物に馬を賜ったことが知られる。この時の内大臣は藤原教通、春宮大夫は藤原頼宗、中宮権大夫は藤原能信、権大納言は藤原長家で（公卿補任）、八雲御抄の記述と一致する。（一）内裏歌合の項目92参照。

25雑事

以下、賀陽院水閣歌合と高陽院七番歌合の雑事に関する事柄を列挙している。ただし、項目32から後の部分は、后宮、大臣已下家々、諸社の各所で行われた歌合についての記述であり、これらは両歌合の雑事としては適切ではない。本来、独立した事項として記述されていたものであろう。

26長元　左勝　自勝方進檜破子

漢文日記に「女房料、左方調備檜破子〔以紫檀地螺鈿為足、以村濃糸緒之、繍図山水、尽風流之美〕」とある。

27長元　左　頭経輔已下　右　只侍臣已下　経任依障不参

賀陽院水閣歌合の左右の方人頭と、方人の構成について述べたもの。

漢文日記に「以蔵人頭左中弁経輔朝臣為左方頭、以右近衛中将俊家朝臣為右方頭、方人之中依無蔵人頭推而為上首也」とある。歌合における方人の頭は蔵人頭がつとめるのが慣例化していたようであり、賀陽院水閣歌合では、左方の頭は、正四位下、左中弁で蔵人頭を兼ねていた藤原経輔（公卿補任・職事補任）がつとめた。この時、正四位下、権左中弁でもう一人の蔵人頭でもあった藤原経任（公卿補任・弁官補任）は、栄花物語（歌合）に「頭弁は民部卿の服にて籠りゐ給へればなるべし」とあるように、長元八年（一〇三五）三月二十三日に薨じた父大納言民部卿斉信の服喪中のためこの歌合には参加していない。右方の頭は蔵人頭ではない「侍臣」の藤原俊家がつとめた。この時俊家は、従四位下、右近衛中将で備後権守。ちなみに俊家は、同年十月十七日に経任の後任として蔵人頭に任ぜられている（公卿補任）。

なお、経任が障り（服喪）のため参加しなかったことに言及しているものは、管見の範囲では前述の栄花物語（歌合）の記事のみである。

28寛治　左　女七人　右　通俊　匡房両納言　四位五人

※「女七人」は幽斎本、書陵部本による。国会本は「七」を脱落している。

前項27の賀陽院水閣歌合に関する記述と対応しているとみるならば、この部分は高陽院七番歌合の方人の構成についての説明になっていなければならないはずであるが、袋草紙（一〇三頁）に「女為レ左、男為レ右、相番合レ之」とあるように、男女が左右に分かれたのは、方人ではなく歌人であった。したがって、この項目は、高陽院七番歌合の左右の歌人構成についての説明ということになろう。

仮名日記は「をとこ女の時の歌読をえらびてくだしたまふ、左には女七人、御方方の女房のなかにえらばれたり」に続いて左方の女房七人の名前をあげ、さらに「右にをのこ七人、権中納言通俊卿、権中納言匡房卿、讃岐前司顕綱朝臣、式部権大輔正家朝臣、讃岐守行家朝臣、三河前司頼綱朝臣、左京権大夫俊頼朝臣……たがひによみたてまつる」とある。中右記も同様に、左右十四名の歌人名を列挙している。

29 **長元寛治共左勝**

袋草紙（一〇三頁）に、三十講歌合、高陽院歌合の両歌合について「左勝」とある。

30 **長元　撰歌合　寛治　皆悉番之**

袋草紙（一〇四頁）に「長元歌合時、四条大納言入道居二住長谷一。左方人々行向令レ撰レ歌」とあって、賀陽院水閣歌合の時に藤原公任に撰歌を依頼したことがわかる。

高陽院七番歌合の仮名日記に「五の題、……左には女七人、……右にをのこ七人、……たがひによみたてまつる」とあり、袋草紙（一〇三頁）に「女為レ左、男為レ右、相番合レ之」とある。高陽院七番歌合では、左右十四人の歌人が各々五題の歌を詠み、それらすべてがいずれの題においても同じ相手と番えられた。

31 **禁中仙洞執政家歌合　或大略如此**

国会本、幽斎本、書陵部本ともに「或」とあるが、幽斎本は朱で「或」をミセケチにして、同じく朱で「式」に訂正している。

内裏、仙洞、摂関家で催行された歌合の次第は大略このようなものであると、これらの歌合を総括してまとめた部分である。

32 **后宮　四条宮春秋歌合為本**

雑事の中に含まれる形で書かれているが、以下の記述は長元、寛治両歌合の雑事に関わるものではなく、后宮歌合、大臣已下家々歌合、諸社歌合に関する記述である。

八雲御抄は后宮歌合の本として皇后宮春秋歌合をあげる。この歌合は袋草紙が「歌合判者講読師幷題者或撰者清書人等」の中で「〔宇治殿女寛子　十番〕皇后宮春秋歌合〔天喜四年左勝　四条宮〕」（一〇〇頁）と、皇后主催の例に唯一あげているものである。（＊十五）殊歌合の項目15、16参照。

33 **大臣已下……永久　実行　講師　五位二人……読師　四位二人…**

※「読師　四位二人」は幽斎本、書陵部本による。国会本は「講師　四位二人」。

永久実行歌合は、参議実行が永久四年（一一一六）に行った六条宰相家歌合のことで、講師、読師を備えたものであった。

大臣以下の家々で行われた歌合の多くは略儀で行われるのが一般的であり、近日はこの実行歌合に及ばないぐらいに簡略化されているかという。

袋草紙（一四三頁）に「実行卿歌合〔永久四年二月四日〕……講師〔家信　道経〕読師〔俊頼　仲実〕」とあり、歌合本文にも「講師　左　散位家信　右　散位道経　読師　左　前木工頭俊頼朝臣　右　散位仲実朝臣」とある。（＊十六）物合次歌合の項目31参照。

34 **抑於諸社歌合者　勧進人書番之　判は或任神慮或又有判**

諸社で行われた社頭歌合について述べたもの。そもそも、諸社歌合にあっては、歌合を勧進した人が歌を書き番えて奉納する。歌判は神慮に任せることもあれば、実際に判を下すこともあるという。

以下、項目37までは実際に歌判が下された歌合の例である。

35〔大治二年　広田歌合　基俊判之〕
大治三年（一一二八）八月二十九日、広田神社で催された西宮歌合のことで、袋草紙（一一一頁）に「大治三年八月広田歌合、基俊判」之」とあるが、同書（一五九頁）には「広田社歌合〔大治二年八月二十九日　判者基俊〕」とある。
八雲御抄が開催年次を「大治二年」に誤るのは、前掲の袋草紙（一五九頁）の記述によったためか。（七）判者の項目36参照。

36〔嘉応　住吉　俊成判〕
嘉応二年（一一七〇）住吉社歌合の本文に「判者　正三位行皇后宮大夫兼右京大夫藤原朝臣俊成」とある。

37〔建久　日吉恋歌合　顕昭法師判之　此類今古不可勝計也〕
建久の日吉恋歌合は未詳。
有判の社頭歌合は枚挙に暇がないという。

（三　中殿会）

一　中殿会
袋草紙（一頁）には「和歌会之次第」とあり、「公私同之」として説明があるのに対して、八雲御抄では、歌会を「中殿会」すなわち清涼殿で催される歌会と、「内裏仙洞已下万人会同之」と説明書きのある「尋常会」に分ける。また、和歌色葉（一一〇頁）に「和歌会事」、和歌秘抄（三七四頁）にも「和歌会次第」として作法が述べられるが、袋草紙と同様、中殿会と尋常会とに分けることなく説明される。
ただし、項目2に「二条院花有喜色」と紹介される歌会のように中殿で行なわれても「晴儀」にあたらない場合や項目18、19、35～37のように場所を中殿としない歌会の次第や所作の例もあげている。

1上古者尋常会只中殿也　自中古為晴儀
上古には中殿（清涼殿）における歌会も尋常会と同様に扱われたが、中古に到り「晴儀」として別格のものになった。

2二条院花有喜色　非晴儀　仍不入
二条院臨席のもとに行なわれた歌会であり、その題が「花有喜色」であった。しかし、これは晴儀にはかなわず、例としてあげられないという。千載集賀、六二三番に「二条御時、おほうちにいましましてはじめて、花有喜色といへる心をよませ給うけるに、よみ侍りける」と詞書して「千代ふべきはじめの春としりがほにけしきことなる花ざくらかな」（経宗）とあり、同歌が月詣集、六一番に「保元四年三月内裏の御会に、花によろこびの色ありといふことを」と詞書してある。
（八）序者に「又二条院花有喜色　雖似晴儀無序」とあり、その歌会が晴儀にかなうか否かの要件として、「序」のあることが少なくともあげられるということか。

3後冷泉天喜年新成桜花
晴儀にかなう歌会の例として項目3～7の五例をあげる。
また、この五例は、貞治六年（一三六七）中殿御会記（『群書類従』

十七輯）に「こゝに中殿の宴と申侍ることは。後冷泉院天喜四年閏三月に図工の桜花を感じたまふて。大納言師房卿〔土御門右大臣〕。に勅して新成桜花といふ題を献ぜしめ。清涼殿〔中殿是也〕。に群臣をひきて御製をくはへられ。絲竹の宴遊ありしよりこのかた。白河院応徳元年三月左大弁匡房に勅して。花契㆓多春㆒といふ題を献ぜしめて中殿にて講ぜられき。又堀川院永長元年三月権中納言匡房卿に勅して花契㆓多年㆒といふ題を献ぜしめて宸遊をのべられき。崇徳院天承元年十月権中納言師頼卿に勅して松樹久緑といふ題をけんぜしめて宸宴ありき。順徳院建保六年八月右大臣藤原朝臣〔光明峯寺関白〕。に勅して池月久明といふ題をけんぜしめて講ぜられき」と中殿における歌会の代表として語り継がれている。これは、八雲御抄を資料としていると考えられる。

後冷泉天皇主催の歌会については、袋草紙（五頁）に「天喜四年新成桜花宴、殿上記云」として内容が述べられている。

天喜四年（一〇五六）閏三月二十七日に行なわれた歌会である。中殿御会部類記の大右記の記述によると、題は「新成桜花」とは明記されないが、「先作㆓桜樹枝㆒。……源大納言献㆓序題㆒」とある。

4 白川院応徳花契多春

応徳元年（一〇八四）三月十六日の歌会と考えられるが、中殿御会部類記の宗俊卿記には「被㆓和歌序題㆒。民部卿題云。花契㆓多年㆒」と述べられている。八雲御抄においては、（六）歌書様の項目65に「春日侍中殿同詠花契多春」、また（八）序者の項目10に「応徳花契多春」とあるのに一致している。経信集、四〇番にも「花契多春」と題して「ももしきのみかきのはらのさくらばなはるしたえずはにほはざらめや」とある。項目3にあげた貞治六年中殿御会記にも「花契多春」とする。

5 堀河院永長竹不改色

永長元年すなわち嘉保三年（一〇九六）三月十一日の中殿御会は中右記によると題は「先兼日被出題、〔花契千年〕」となる。これは中殿御会部類記に載る為房卿記にも「永長元年三月十一日……始有㆓和歌㆒。花契㆓千年㆒」とあり、一致する。この歌会については、袋草紙（五頁）に江記を引用する。

一方、題を「竹不改色」とする歌会は、長治二年（一一〇五）三月五日に催された中殿和歌管絃御会のことである。中右記には「竹不改色、江中納言献之」と記す。順徳院がいずれを念頭に置いたかということになるが、（八）序者の項目11に「永長、竹不改色（中殿）左大臣俊房専一」といい、これは、中右記及び殿暦による長治二年の歌会記録の「序者左大臣（俊房）」「左府披作序」と一致する。よって、この例は長治二年の歌会を指すと思われる。項目3にあげた貞治六年中殿御会記では「堀川院永長元年三月権中納言匡房卿に勅して花契㆓多年㆒といふ題を献ぜしめて宸遊をのべられき」と「多年」と「千年」と違いはあるにしても、「永長元年」の記述を重視し、是正した形をとる。

6 崇徳院天承松契遐齢

今鏡（すべらぎの中・第二）に「さのみうちうちにはやとて花の宴せさせ給ひけるに『松遐かなる齢を契る』といふ題にて、殿より始めて参り給ひけり」とある。

天承元年（一一三一）十月二十三日の中殿初度歌会のことか。

しかし、（八）序者の項目14には「天承松樹久緑」とあり、歌題が異なる。また、八雲御抄を参照していると考えられる貞治六年中殿御会記にも「崇徳院天承元年十月権中納言師頼卿に勅して松樹久緑といふ題をけんぜしめて宸宴ありき」と伝えられる。項目3参照

7 **近建保池月久明**

順徳院自ら主催した建保六年（一二一八）八月十三日の歌会である。順徳院中殿御会和歌幷図が伝わり、その会記には「建保六年八月十三日〔壬子〕於中殿初講和歌、題云、池月久明」とある。

8 **以五ケ度例定之**

項目3〜7にあげた五例を晴儀にふさわしい中殿会の先例と定める。殊に順徳天皇臨御のもとに催された「建保六年八月中殿御会」は後世重視された。

9 **刻限出御　平敷御座〔御直衣張袴〕東向母屋御廉本に立几帳……**

以下、項目33の「入御」まで歌会の次第を展開する。

中右記の永長元年（嘉保三年）三月十一日条には「人々参入之後、〔戌刻〕、出御昼御座、依召公卿参入広庇、〔兼敷菅円座、参議座相折如除目時〕」と記され、また長治二年三月五日条には「亥刻出御昼御座、召公卿、参内〔中殿東庇三間敷菅円座〕、左大臣、右大臣、内大臣、〔已上直衣、余束帯〕」と記述する。

建保六年八月中殿御会の会記に「建保六年八月十三日〔壬子〕於中殿初講和歌、題云、池月久明、戌時出御昼御座〔御直衣御張袴〕」とある。

10 **次依天気頭召上卿**

袋草紙（五頁）に「嘉保三年三月内裏御会〔江記〕以㆓頭弁㆒召㆓公卿㆒」とある。建保六年八月中殿御会の会記では「頭中将公雅朝臣召公卿」と記されている。

11 **次公卿自上戸参着〔直衣束帯相交〕**

歌会の流れは項目9にあげた中右記などの記述と同じである。

12 **次置管絃具　五位殿上人役之　主上御所作時頭取玄象置大臣……**

建保六年八月中殿御会の会記には「先依有御遊伶人等参着」と述べ、参加者名があげられる。続いて、「五位殿上人置御遊具、頭中将持参御琵琶〔玄上〕、置右大臣座前、大臣取之参進御前」あり、「建保の例」と八雲御抄が述べるように一致している。

永長元年（嘉保三年）三月十一日の中右記には「御遊物具等可取出者、蔵人両三人、取置物御厨子。管絃具等持参、堪管絃殿上人、依召候簀子敷」とある。また、同、長治二年三月五日条には「先有御遊、管物具蔵人等進之、堪管絃殿上人依召候東簀子敷」と見え、これらの例からも、歌会に先立って管絃の遊びが行われたことがうかがえる。

13 **次御遊畢撤管絃具〔参管絃不参歌人起座〕**

※「次御遊畢撤管絃具」は幽斎本、書陵部本による。国会本は「次御遊撤管絃具」。
建保六年八月中殿御会の会記では「事了伶人退下、次撤御遊具置

文台」と続き、八雲御抄に一致する。

14 **次置文台　朝餉御硯筥蓋也　蔵人入柳筥持参置長押上**

文台について、袋草紙（一頁）は「次臨二披講期一召二文台一。先レ是置二講師円座一。当二御所中央一置レ之。〔於二私所一置二亭主前一〕」とする。

和歌色葉（一〇頁）に「先づ文台を定て亭主の前におく」とある。和歌秘抄（三七五頁）では「依二主人命一、諸大夫置二文台一〔主人前〕敷二講師円座一、立二切灯台一」と述べる。

また、袋草紙（一一頁）に「嘉保三年三月内裏御会初度御製文台用二御硯筥蓋一。野行幸時用二楊筥蓋一云々。亦御製文台下有二高杯一。設レ之由通俊卿所レ申也」とあり、硯筥の蓋が用いられると説明する。

実際の歌会においても、中右記の嘉保三年（永長元年）三月十一日条に「以御硯筥蓋為文台」、同じく、中右記の長治二年三月五日条に「取御硯筥蓋、置御座南為文台」とあり、確かに硯筥の蓋が多く用いられていた。順徳院御記の承久元年（一二一九）正月二十七日条に「〔如法文台也非硯筥〕」、同承久二年（一二二〇）二月十三日条に「不用硯蓋。只文台也」という例もみえるが、これにしても「硯筥蓋」を用いることを前提とした記述である。文台の位置については前掲歌学書は「主人の前」という見解が一致する。殿暦の嘉承二年（一一〇七）三月六日条には「即退文台ヲ持参、置御前〔主上御南面、其御座の前ニ置〕」とある。さらに、建保六年八月中殿御会の会記に「〔文台巽弘庇迫長押子〕」、また、後二条師通記の嘉保三（永長元）年三月十一日条に「硯蓋置長押子端」、あるいは、中右記の長治二年三月五日条に「置御座南文台」と見える。

「蔵人入柳筥持参」について、順徳院御記の建保四年（一二一六）十二月八日の条に「今日中殿会也。於作文者。……資実卿進左大臣後献題。左大臣召蔵人。召柳筥入之持参膝行進之。朕取之置前。……又資実付韻字進。又進大臣如始持参。朕取之置座前。〔硯筥下此硯ハ本自右座前硯也〕左大臣持空柳筥復座。召蔵人帰給柳筥次資実書題次第ニ取伝」とあるが、「柳筥」に入っているのは「硯筥の蓋」でも「文台」でもない。

15 **一説には蓋を伏て置　尋常不然**

中殿御会部類記に載る公孝公記の建治四年（一二七八）の詩御会記に「次持二参硯蓋一置二御前一。〔以レ甲為レ下。アヲノケテ置レ之〕自二下﨟一置二懐紙一。至二相置畢一。内府為二読師一。居寄取二懐紙等一。〔不レ取二筥蓋一〕置レ前」とあり、硯筥の蓋の内側を上にしていることが分かる。ところが、中殿御会部類記所載成恩寺関白記の応永十七年（一四一〇）八月十九日条には「〔先取二硯蓋一テ置也。常説。初仰テ置レ之時。ウツフセテ置レ之歟。或只如レ元ニテ不レ置レ之。伏タルヲ仰事聊不審。但又有モ説人可レ尋也〕」同じく後瑞雲院記応永十九年（一四一二）の会記には「文台知興持二参之一。仰〔天〕置レ之。臨期民部卿伏〔天〕可レ置之由申之間。被レ直レ之了」とあり、二説あったことを伝えている。八雲御抄の記述も、内側を上にすることを前提にしているものの、この当時にすでに伏せて置く説もあったことを教示している。

16 **次置歌　先序者進文台下膝行置　以歌下方向御所方　次自下……**

※「次置歌」は幽斎本、書陵部本による。国会本は「次置」。「以歌下方向御所方」は書陵部本による。国会本は「以歌方向御所方」。「先序者進文台下膝行置」については、建保六年八月中殿御会の会記に「次第置歌。右大臣〈序者〉」とある。

歌を置く向きと順序について、袋草紙（一頁）は「各隋レ次置二歌於文台一。〈自二下臈一置レ之〉。其儀文台下近臨之時、膝行置レ之。以二歌下一向二御所一。或説向二上之一」と作法を述べ、同（二頁）に「以二下臈一為レ先」とある。また、和歌色葉（二〇頁）には「次文台にむかへて講師の円座をしく。次に作者おの〳〵歌を文台におく。亭主の前にむかへて下臈よりおくべし。次に当座一二の人を読師とし、下臈の堪能を講師とす」と簡単に記す。和歌秘抄（三七五頁）には「歌人自二下臈一任二位次一参進置レ歌。……〈以二文下一向二御前一〉。指二置文台上一、頗逆膝行立退帰」とある。すなわち、前掲の歌学書全て、歌は下臈より置くということで一致する。また、中右記の嘉保三年（永長元年）三月十一日条「人々歌次第進之。〈下臈為先〉」、中右記の長治二年三月五日条「人々置和歌。先下臈」と歌会の例においても違いはなく、八雲御抄の「次自下次第置之」も「下臈」より置いていくという意味であろう。

17 **右廻退〈大内儀〉一揖退下　一説也　普通不然　自簀子参也**

殿暦の嘉承二年三月六日条に「余取副和歌於笏揖、膝行置笏〈程近、仍不立也〉和歌ヲ取廻置之、取笏揖起簀子を進、東御座間東柱下ニ西向居、〈左廻居也〉、取御気色、人々近進寄へき由ヲ示、仍人々進候簀子」とあり、歌を置いた後に「揖」の所作を行っている。また、中右記の同日条にも「民部卿一人進御前、指笏置歌、抜笏揖而被帰本座」とある。

18 **俊明は指笏置歌　隆季は侍中殿一揖**

※「隆季は侍中殿一揖」は幽斎本、書陵部本による。国会本は「隆季は□中殿一揖」。

中右記は嘉承二年三月六日の鳥羽殿での歌会を記して「人々置和歌、兼二方殿上輩従下臈進之、〈二十人許〉、次公卿従下臈進之、但人々多置笏奉歌了帰、民部卿一人進御前、指笏置歌、抜笏揖而被帰本座」とする。民部卿すなわち源俊明の作法が他者と異なっていたことを述べているが、八雲御抄の記述もこれを指す。「隆季は侍中殿一揖」については、順徳院御記の建保五年（一二一七）十月十日条に「今夜有詩会。……治承中殿隆季置詩指笏」とあるが、「揖」に関する記述はない。

19 **嘉承池上花度先召切灯台後歌置**

嘉承二年三月六日に鳥羽殿に行幸して行なわれた歌会を指す。金葉集賀、三一四番に「嘉承二年鳥羽殿行幸に池上花といへることをよませ給ひける」と詞書して「いけみづのそこさへにほふはなざくら見るともあかじちよのはるまで」という堀河院御製がある。

殿暦の嘉承二年三月六日条には「即退文台ヲ持参、置御前、……

此先ニ立切灯台、次置和歌、自下臈置之」とあり、中右記同日条も同様の順序である。八雲御抄に展開する歌会の順序とは異なる例として、嘉承の例があげられていることになる。

八雲御抄は「置歌」（項目16）の次に「立切灯台敷菅円座」（項目20）という順序になるわけであるが、和歌色葉（一二〇頁）には項目16にあげたように、文台を置き、講師の円座を敷いた後、歌が文台に置かれるとある。和歌秘抄（三七五頁）も「諸大夫置二文台一〔主人前〕敷二講師円座一、立二切灯台一。……歌人自二下臈一任二位次一参進置レ歌」の順である。

また、中右記に見える嘉保三（永長元）年三月十一日条の中殿御会の順序は「取打敷幷切灯台、立御座間長押上、以御硯筥蓋為文台、人々歌次第進之、〔下臈為先〕」、同じく長治二年三月五日中殿御会も「次立切燈台。〔御座南辺供之〕取御硯筥蓋。置御座南為文台。人々置和歌」となり、八雲御抄とは異なる。

建保六年八月中殿御会においても嘉承の例と同様に、「置文台立切灯台、五位敷読師円座〔文台巽弘廂逼長押上〕、六位敷講師円座〔在文台前、聊去長押上……次第置歌〕」とあり、文台を置き、切灯台を立て、円座を敷いた後に歌を置いている。

以上はいずれも、切灯台が歌を文台に置く以前に立てられている例である。順徳院御記に記される歌会の記録にも、建保六年九月十三日条「頼資持硯筥蓋。次立切灯台敷円座。次自下置歌」、承久元年（一二一九）正月二十七日条「人々着座。次立切灯台。敷円座置文台。如法文台也非硯筥。次自下臈置歌」といった例が見える。

しかしながら一方、八雲御抄の流れと同様の例も順徳院御記には見られる。承久二年（一二二〇）二月十三日条「如先々置文台。職事家光置之。不用硯蓋。只文台也。次自下臈置歌。次立切灯台」では歌を文台に置いて後、切灯台を立てている。また、詩会の例ではあるが、建保五年（一二一七）十月十日条には「序者大内記菅原長員置詩。次第自下置之。次立切灯台。六位役也。取公卿座火用之。次敷円座」とある。

20 **次立切灯台敷菅円座〔五位役之　読師講師座二枚也〕本……**

※「読師講師座二枚也」は幽斎本、書陵部本による。国会本は「読師座二枚也」。

文台が出され、歌を置いていく流れについては、項目14及び前項19参照。

袋草紙（一頁）に「先レ是置二講師円座一。当二御所中央一置レ之」とあるが、切灯台については言及しない。

切灯台の位置については、中右記の嘉保三年（永長元年）三月十一日条「切燈台、立御座間長押上」、同、長治二年三月五日条の「取御硯筥蓋、置御座南為文台」と考えあわせると、切灯台は文台の近く、すなわち講師の座近く位置する。さらに、中右記長治二年三月五日条の「立切燈台〔御座南辺供之〕」がある。

切灯台以外の灯については、後二条師通記の永長元年三月十一日の条に「御座左右燈台立、公卿着座、……切燈台立昼御座、硯蓋置長押上端」とある。

「建保御遊之間」について、建保六年八月十三日中殿会の会記には「次撤御遊具置文台立切灯台、五位敷読師円座〔文台巽弘廂逼長押子〕、六位敷講師円座〔在文台前、聊去長押子〕」とあり、掌灯に関しての記述はない。

21 **次人々進寄　上臈両三人又堪能人又為講音曲人少侍臣一両人……**

袋草紙（一頁）は歌を置き、講師を召した後、「次歌人応レ召近参候。次読師進二寄文台下一。取重置レ之」とする。

公卿は項目11の時点で参上している。その位置は、袋草紙（五頁）には「天喜四年新成桜花宴、殿上記云、今日有二御遊事一。其儀孫庇第三間以南敷二菅円座一為二諸卿座一」とある。中殿御会部類記の宗俊卿記による応徳元年三月十六日条には「上達部座二東簀子一。殿上人候二南広庇一」、中右記の嘉保三（永長元）年三月十一日の歌会では「依召公卿参入広庇」とある。また長治二年三月五日の歌会について中右記は「召公卿、参内、〔中殿東庇三間敷菅円座〕」とし、殿暦では「公卿座在石灰壇」とする。建保六年八月十三日中殿会の会記には「頭中将公雅朝臣召公卿〔孫廂南第三間、以南西折敷円座」とする。

「人々進寄」とは、歌を文台に置き、退いていた人々が進み寄るということか。建保六年八月十三日の会記によると「次第置歌、……次右大臣着読師円座、次次人各進参、群居近辺、講師範時朝臣着座」となる。殿暦の嘉承二年三月六日条に「和歌取廻置之……取気色、人々近進寄へき由ヲ示、仍人々進候簀子」とある。

また、八雲御抄（四）尋常会の項目9にも「次歌人近進〔堪能人上臈公卿又音曲人〕」とある。

22 **建保侍臣中無音曲人　仍以知家為家召之**

建保六年八月十三日中殿御会の作者に藤原知家と藤原為家の名がある。音曲人とは、袋草紙（二頁）に「次講師読二上之一。……次可レ然人々同音詠レ之」とある「可然人々」のことか。順徳院御記承久二年七月三十日条に「今夜御書所作文也。……当時侍臣中。詩情与音曲相兼之人不会見。建暦ニハ実時候之。代々此作文ニ侍臣内必有朗詠。而今度無其人之間。時通籠居前官なれども召出之」とある。

23 **次講師正笏参上〔依召参也〕**

次に、八雲御抄では、講師参上、読師が歌を重ね、講師が読み上げるという流れであるが、他の歌学書と必ずしも一致しない。袋草紙（一頁）では、歌を文台に置いた後、講師のお召し、次に「歌人応レ召近参候。次読師進二寄文台下一。取重置レ之」と続く。和歌秘抄（三七六頁）にも、歌を置いた後、「取二和歌一召二寄可レ然之人一。〔近代称二下読師一〕。令レ重二和歌一。其人次第重レ之。且奉二読師一」とあり、その後、講師が召され、参進すると書かれており、やはり八雲御抄と少し異なる。

「笏」については和歌秘抄（三七六頁）に「講師参進。〔雖レ有二殿上之所一、於二講師一者必持レ笏。衣冠之時多略不レ持。雖二束帯一又不レ持非二巨難一。但可レ依レ人。如二弁官儒者一、尤可レ持〕」とある。

建保六年八月中殿御会の会記は「次右大臣着読師円座、次次人各進参、群居近辺、講師範時朝臣着座〔持笏〕、自下臈次第講之、次講師退下、大臣依天気参進、賜御製復座、召民部卿藤原朝臣、為御製講師、満座詠吟、事了各退下」と記述する。

24 **殿上四位〔五位雖有例普通不然　清輔朝臣五位也〕**

講師をつとめる者の位については、袋草紙(一頁)にも「次召二仰講師一。五位中召二勘能者一。私所用二位階下臈一。但儀式之時多用二四位一」とある。和歌秘抄(三七六頁)においては「触二読師一之後、召二講師一。……恒例用二五位一。内裏院中多有二四位勤之例一。講師参進。〔雖レ有二殿上之所一、於二講師一者必持レ笏。衣冠之時多略不レ持。雖二束帯一又不レ持非二巨難一。但可レ依レ人。如二弁官儒者一、尤可レ持〕」とあり、中殿会においては四位がつとめることが多いという見解は一致するといえよう。

「清輔朝臣五位也」は袋草紙(一頁)の「次召二仰講師一。五位中召二勘能者一」とあるを指すか。また、袋草紙(一頁)に続いて、「但儀式之時多用二四位一」とあることから、清輔が五位ながら歌会において講師をつとめた例を示唆するとも考えられる。(九)講師参照。

25 **次読師取歌自下重　或有下読師座　読師腋重之　下読師者非……**

袋草紙(二頁)に「次読師進二寄文台下一。取重置レ之」とあり、和歌秘抄(三七六頁)にも、「各置レ歌訖、主人気二色読師一。々々頗坐寄。〔当座第一人多勤レ之〕取二和歌一召二寄可レ然之人一。〔近代称二下読師一〕。令レ重二和歌一。其人次第重レ之。且奉二読師一」とある。項目23、(十)読師参照。

26 **次講師読之**

袋草紙(二頁)には「次講師読二上之一」とあって、その作法を詳細に述べる。和歌秘抄(三七六頁)も作法を展開する。

27 **次読師撤歌**

袋草紙(二頁)には「次臣下歌講了自二簾中一被レ出二御製一。其儀取二払臣下歌一」とある。項目23参照。

28 **次読師給御製披置〔講了自御懐中令取出給也〕**

袋草紙(二頁)には「次臣下歌講了自二簾中一被レ出二御製一。其儀取二払臣下歌一。更居二他文台一。〔非二強儀式一之時用二本文台一〕。講師又改レ之。〔四位勤レ之〕」とある。和歌色葉(二二頁)に「若於二禁中一有二主上乃御製一者、諸卿乃歌講後、従二簾中一被レ出レ之」とある。

29 **次御製講師者着〔先是本講師退下　或臣下講師通用有例……〕**

袋草紙(二頁)に「御製出時、講師可二急退一。凡歌畢可二急起一也」とある。袋草紙は御製の講師を「四位勤レ之」とするわけだが、『袋草紙考証』(三九頁)は歌会の例より「臣下の歌の講師に関することをここに誤って書いたものか」と判断する。

「或臣下講師通用例」としては、中右記に見える永長元年(一〇九六)三月一日の鳥羽殿和歌管絃御会において、筆者藤原宗忠が臣下の講師をつとめた後、「勅」によって御製の講師をもつとめることになったという記述がある。項目32参照。

「御製講師中納言宰相也」については、建保六年八月中殿御会においても、項目23に見るように、歌を講じ終わり、講師の藤原範時が退き、参議である民部卿藤原定家が御製の講師として召されている。他にも永長元年（嘉保三年）三月十一日の歌会には、講師右大弁基綱に代わり、御製講師は権中納言藤原通俊、また嘉承二年三月六日の鳥羽殿での歌会では講師頭道時に代わり、御製講師は参議源重資がつとめている。（九）講師参照。

30 **通俊説御製文台下に立土高月　一説云々　多は只本文台也**

「通俊説」については袋草紙（二頁）に「嘉保三年三月内裏御会……亦御製文台下有二高杯一。設レ之由通俊卿所レ申也」とある。また、御製の文台に関して、袋草紙（二頁）には「次臣下歌講了自二簾中一被レ出二御製一。其儀取二払臣下歌一。更居二他文台一。〔非二強儀式一之時用二本文台一〕」と述べる。

31 **次有公卿禄〔有差詠〕　臣下歌詠合て御製時有別禄也**

禄を賜るについては、袋草紙（五頁）「天喜四年新成桜花宴、殿上記云、……召二経信朝臣一講二和歌一、訖之後、天明宴罷賜二御衣於諸卿一云々」などの例がある。

袋草紙（二頁）に「頭註、故人云、臣下歌読人合二御製一之時賜二勅禄一云々」とある。歌会において、御製と臣下の歌の内容が一致した場合、特別な禄が与えられるということであろう。

32 **但白川院宗忠詠合無禄　凡先例未勘之**

中右記、永長元年（一〇九六）三月一日条に「講了欲立座処有勅、被仰云、近日毎日有此和歌興、御製講師不可用他人、汝同可勤仕、則奉仰又復座、被見御製講之処、已合愚歌、天気令咲御、満座之人為言、一者面目也、以愚慮及高情、一者恐畏也、以拙詞叶御製、進退維谷、身心失度、已及深更事了、人々退出」とあり、筆者宗忠が臣下の講師をつとめた後、勅により御製を披講しようとしたところ、御製と自歌の歌意の一致を知ったこと、及びその時の感激の思いを詳しく述べているが、「禄」を賜ったとの記述はない。

33 **次入御〔或先入御〕**

天皇の入御により、ここに歌会は終る。「或先入御」とは「有公卿禄」の前に「入御」の場合もあるということか。

34 **抑有女歌事は中殿時不可然歟　但有例歟　近代奉行者内々取……**

以下は補足説明である。

女歌に関しては、袋草紙（二頁）に「但於二僧侶幷女房歌一不レ論二貴賤一終レ講レ之」「亦女房歌、諸人歌講畢時出レ之」とある。

また、八雲御抄（十二）作者の項目1にも「一　作者　中殿御会公卿殿上人也　女房猶不可交　但有例　僧不参之　密には女房参」とする。

女歌は臣下の歌が披講された後、御製が披講される前に、出され重ねられ、講じられたことが、場所は中殿ではないが、中右記などの記述に見える。次項参照。

35 **寛治八年月宴女歌三首簾中出　書薄様置扇上〔銀骨書図〕**

寛治八年（一〇九四）八月十五日に鳥羽殿で催された管絃和歌御会のこと。

中右記同日条に「此間女房従簾中被出三首歌、書薄様三重、被置扇上、〔扇銀骨、画図殊妙〕……爰従簾中給御製於関白」と記す。

36 **又京極関白七夕会同自簾中入扇出　右中弁師頼取伝之置文台……**

寛治七年（一〇九三）七月七日関白師実が高陽院で催した会。御二条師通記の同日条に「講師了、次女房六人和歌、自御簾中置扇上被出云々、右中弁承仰、予取之置之、以有信令読之」とあり、中右記の同日条に「殿下召右中弁師頼朝臣、被尋女房和歌、則自簾中被和歌六首、紅紫女郎薄様書之置扇上、師頼朝臣取之置文台上、有信同講之」とある。

37**康和元年四月斎院和歌会入扇出〔出薄様〕**

※「斎院和歌会」は幽斎本、書陵部本による。国会本は「斎院会和歌会」。

後二条師通記に「康和元年四月一日於斎院可有和歌」、長秋記に「康和元年四月三日斎院宴遊事」とある。斎院は令子内親王。項目35〜37は女歌が扇の上に置かれて出された例としてあげられている。

a**大治菊送多秋　女歌二〔中納言大夫典侍〕講畢指出　内大臣……**

幽斎本のみに見える頭注部分の書き入れである。項目34〜37にあげた女歌に関する追加例と考えられる。

大治五年（一一三〇）九月五日の鳥羽院主催の歌会について、中右記の同日条に「詠菊送多秋、……人々歌披講之後、従簾中、女房中納言君大夫典侍和歌二首書紅葉薄様一重被出、内大臣進寄取之、被置本歌上、更召返講師又披講」とあり、内容が一致する。

38**又蔵人頭は置歌事は侍臣後重は随位階**

蔵人頭が歌を献じる場合の作法を述べたものであり、その順序は臣下の最後であって、その位置は位階に従って重ねられる。詩会の例だが、順徳院御記の建保五年（一二一七）十月十日条に「蔵人頭者置詩之時ハ。不謂位階。為侍臣上。重詩ニハ守位次」とあるに、一致する。

39**六位は不守一﨟　依官　是先例也　又随﨟先例　両説也**

六位が歌を献じる場合は、官による説と﨟による説があるという。順徳院御記の承久元年正月二十七日条に「又康光ハ一﨟。左衛門尉　範綱ハ三﨟。大膳亮也。六位依官之由在旧記之間。申合左大臣。仍今夜以範綱重康光上了」とある。

（四　尋常会）

一　尋常会〔内裏仙洞已下万人会同之　此中に或有略事〕

歌会の次第は中殿会をほぼ簡略化した形ながら一致する。ただし、項目によっては中殿会より詳細に述べる部分もある。（三）中殿会参照。

1**先出御〔或御座簾中　寛治月宴如此　講畢関白進給御製伝……〕**

※「寛治月宴如此　講畢関白進給御製伝大殿」は幽斎本、書陵部本による。国会本は「伝大殿　寛治月宴如此　講師関白進給御製」。

「寛治月宴」は寛治八年（一〇九四）八月十五日に鳥羽殿にて行われた管絃和歌の会を指す。中右記の同日条に「人々感歎、爰従簾中給御製於関白、関白伝献大殿便宜也」との記述があり、八雲御抄の内容に一致する。

しかし、これは全ての歌を講じ終えた後、御製を披露する場面を述べた部分であるので、作法の順序から言えば項目13の位置にあるべき記述である。

2 **次人々着座〔或本自興遊莚は兼候之〕**

袋草紙（一頁）に「先懐二愚詠一参二其所一随レ便着レ座」とある。和歌秘抄（三五頁）は「兼日預レ題之人、装束随レ催参二其所一。……主人出二客亭一公卿以下着レ座」とする。

3 **次置文台　或兼置之　硯蓋又別文台　近年多　昔も有例　代々…**

八雲御抄の（三）中殿会項目14以下の流れと一致する。袋草紙、和歌秘抄の順序は各々若干異なる。詳しくは（三）中殿会の項目19参照。

また、文台に関しては、（三）中殿会の項目14参照。

4 **長元六年二月於白川院子日時宇治殿文台螺鈿蒔絵硯筥蓋也**

袋草紙（三頁）に「長元六年二月十六日於二白河院一子日之時宇治殿文台用二螺鈿蒔絵硯筥蓋一之由見二彼記一。〔是見二江記一〕」と記す。また、同（五頁）には「長元六年白河子日記云〔宇治殿義忠記レ之〕……東西広庇御前立二燈台二脚一、為二講師之所一。置二螺鈿蒔絵之御硯筥蓋一為二衆歌之台一」とある。

長元六年（一〇三三）二月十六日、藤原頼通主催の歌会のこと。

5 **近院御時後京極摂政所献文台蒔長柄橋**

長柄橋の橋柱で造られた文台があることは、家長日記や古今著聞集にも見える。しかし、古今著聞集（巻五）清輔所伝の人丸影の事には「長柄橋の橋柱にてつくりたる文台は、俊恵法師がもとよりつたはりて、後鳥羽院御時も、御会などにとりいだされけり」とあり、また、家長日記にも、少将雅経が長柄橋の橋柱を献上したとあるばかりで、後京極摂政すなわち藤原良経との関係を示す記述はない。「蒔長柄橋」とあるので、別のものか。

6 **或旅所花枝松枝など有例歟　又用扇**

家長日記に「花一えたおりて文台にして、おの／＼歌をゝく」とある。旅先では手近なものを文台として用いたようである。

7 **次置歌　有序は先序者　次に自下臈也**

（三）中殿会の項目16参照。

8 **次立切灯台敷菅円座**

（三）中殿会の項目20参照。

9 **次歌人近進〔堪能人上臈公卿又音曲人〕**

（三）中殿会の項目21参照。

10 **次召講師〔四品多は弁官有便　或侍臣上臈〕**

（三）中殿会の項目23、24参照。

11 **次読師取歌重〔或下読師重之　第一人可有御製読師　仍或……**

（三）中殿会の項目25においては、読師と下読師の役割や関係について言及するのみである。

「第一人可有御製読師　仍或第二人又兼御製読師有例」については、和歌色葉（二一〇頁）に「次当座一二の人を読師とし、下臈の堪能を講師とす」とあるように、そもそも、読師という役割を果たす者は当座の上位者であった。

「或第三人有例」については、中右記の永長元年三月十一日の条に「依召公卿参広庇、……大殿・関白殿・中宮大夫〔師〕・左衛門督〔公〕・左大将〔忠〕・新中納言〔経〕・治部卿〔通〕・江中納言〔匡〕・中宮権大夫〔能〕・右兵衛督〔雅〕・皇太后権大夫〔公定〕・左大弁、〔季〕、召人、蔵人参入……中宮大夫為読師」とある。中宮大夫は大納言源師忠であり、大殿藤原師実、関白藤原師通に次ぐ第三の人が読師となった例か。（十）読師参照。

12 **次講歌**

（三）中殿会の項目26参照。

13 **次講御製〔講師或通用〕**

（三）中殿会の項目29参照。

14 **次人々退下**

中殿会は「入御」で歌会を終える。（三）中殿会の項目33参照。

15 **公所外或四位多五位**

「公所外或四位五位」とは公所以外での歌会の講師をつとめる者の位階についての説明か。（三）中殿会の項目24参照。

16 **序者五位六位也**

これも前項同様公所以外での歌会の序者をつとめる者の位階を述べるか。（八）序者参照。

17 **臨時花宴　康保三年立倚子於庭梅樹下……伊尹朝臣折花挿王卿…**

※「伊尹朝臣折花挿王卿」は幽斎本、書陵部本による。国会本は「伊朝臣折花王卿」。

「臨時花宴」とは、康保三年（九六六）二月二十二日の梅の花の宴のことである。北山抄第三に「康保三年二月二十二日……至清涼殿前、立梅樹之下、登時立御倚子、召為平親王令候座、令宰相中将折花挿王卿冠、延光朝臣執盃立、令各読和歌、左兵衛督兼明卿書之……巳刻入御〔私記〕」とある。「宰相中将」は藤原伊尹のこと。

拾遺抄雑上、三八五番に「康保三年二月二十一日、梅のはなのもとに御扆子たてさせたまひて宴せさせ給ひけるに、殿上のをのこども和かつかまつりけるに」と詞書して「をりて見るかひも有るかな梅のはないまここのへのにほひまさりて」（源博雅）がある。

（五　歌書様）

一　歌書様

国会本、幽斎本、書陵部本の目録に「書様」とあるように、歌会における和歌懐紙の、題目、和歌、位署等、いわゆる端作りの書き方を、御製の場合と大臣以下の臣下の場合とに大別して述べる。叙述内容は、袋草紙（四頁）の「和歌書様」「題目書様」「位署書様」、また和歌色葉（二一頁）の「読書題事」に多く重なるが、袋草紙や和歌色葉にはない、八雲御抄ならではの「御製書様」に関する記述を持つ。

1 **御製書様**

以下、項目14まで天皇と上皇の御製の書様について述べる。

2 **詠其題和歌**

まず題目の書様として、「詠」、その下に「題」、次に「和歌」の順に書く。

3 **〔一首時は三行三字吉説也　及五六首は二行　三首已上は三行〕**

※「三首」は幽斎本、書陵部本による。国会本は「三字」。
歌数によって歌の改行が異なることを述べる。八雲御抄は、項目96において「清輔朝臣曰　一首歌は三行三字墨可書　但或三行も吉程歟」のように「三行三字」の書式を清輔の言として引く。「三行三字」が一首歌を書く際の基本的な、そして御製に限らない書式であることは、袋草紙（四頁）の「三行三字書レ之。但近代不二必然一。故老曰、墨黒顕然可レ書レ之。不レ可レ執二手跡一云々」に、また、和歌秘抄（三七八頁）の「一首歌、不レ論二公私一、三行三字書レ之、宜歟」に見える。

ただし、袋草紙が「但近代不二必然一」と述べるように、清輔の時代には、また歌数の多い時はその限りでなく、八雲御抄では三首以上は三行、五首や六首は二行に書くのがよいと述べる。和歌秘抄（三七四頁）は、建保六年（一二一八）八月の順徳天皇の中殿御会における藤原定家の端作りをあげ、歌の書様を「三行三字」と注している。また、和歌秘抄（久保田淳『新古今歌人の研究』所収東京大学蔵本、東大出版会　昭48）は、建仁二年（一二〇二）三月、後鳥羽院給題の和歌を各作者が六首ずつ詠んだ三体和歌御会における藤原定家の端作りをあげ、歌を「二行」と記している。項目96、97参照。

4 **春日秋夜なにど書事は詩には有例　歌には普通には不書給……**
再度題目の書式に戻り、歌会においては、詩会の場合とは違って「春日」「秋夜」のような歌会の時季を書かないとする。

たとえば、長治二年（一一〇五）三月五日内裏での歌会において、藤原忠実の書様は「余和歌書様、春日詠竹不改色応製和歌」のように「春日」を書いているが、堀河天皇の書様は「主上御歌書様、詠竹不改色和歌」であって「春日」を書いていない。また、建保六年（一二一八）八月中殿御会においても、藤原道家の「秋日侍中殿同詠池月久明応製和歌一首」、源通光の「秋夜陪中殿同詠池月久明応製和歌」に対し、順徳天皇の題目は「詠池月久明和歌」であり、「秋日」「秋夜」の文字はない。

ただし、八雲御抄は時季を書いた御製の例も難ずるべきではないとする。

5 **寛治月宴白川院令書給之様　八月十五夜翫池上月和歌云々**
寛治八年（一〇九四）八月十五日、鳥羽院での歌会における白河上皇の題目の書様は不明だが、金葉集には「寛治八年八月十五夜鳥羽殿にて翫池上月といへることをよませ給ひける」（秋・一八〇）のような詞書で収められている。

6 **於其所と書も両説也**
御製の題目に歌会の場を書くについても是非両論あると述べる。「鳥羽殿」と歌会の場を書いた前項5の白河上皇御製を念頭におくか。

7 **又院御時も柿下一老など令書給　是は可随時歟**
位署の書様についての叙述。後鳥羽院が「柿下一老」と作名を用いた例をあげ、作名は時と場合によると述べる。

建保三年（一二一五）五月十五日に院御所で行われた有心無心連歌を

後鳥羽院御記には「柿下栗下連歌興」と記しており、柿下人麻呂以来の伝統的な歌をよむ「有心衆」の人々は「柿本衆」と呼ばれていた。「柿下一老」も後鳥羽院のそのような継承意識による作名か。

8 **二首三首已上は詠何首和歌　又始には書題　両様也**

二首以上の歌を懐紙に書く場合、その題目に「詠何首和歌」のように歌数を示す書様と「詠其題和歌」のように題を示す書様の両様あるとする。八雲御抄は項目95においても「唯一切貴賤普通詠何首和歌又始ハ書題テ詠其題和歌とて其後毎歌書題普通書之」のように題目の書様に両様あることを述べるが、「詠其題和歌」と書いた後に題と歌とを交互に書くのが普通の書様だと述べている。

袋草紙（三頁）は、

「詠二首、応教和歌（親王公卿家）

　　　　位署

　　題―――

　歌―――

　　題―――

　歌―――

是有二両題一之時儀也。但省略儀也。詩常儀ハ如レ例書レ之」

のように二首歌の書様を例としてあげ、題目に歌数を書くことを略儀としており、和歌秘抄（三七八頁）も「詠隔夜郭公和歌」のように題を題目に示す書様を「常説」、「詠二首和歌」のように歌数を示す書様を「或又」としてあげる。項目95参照。

9 **是不限公御作法　惣万人如此**

前項8が御製に限らないことを言う。

10 **又内々御会作名尋常事也**

親しい者との歌会に天子や上皇が近臣の名を作名として位署に用いるのはよくある事として、次項11のような実例を列挙する。

11 **高倉御時右衛門佐経仲　院御時左馬頭親定　建暦比左少将……**

右衛門佐経仲は高階泰経男。本名業仲。承安四年（一一七四）正月二一日任右衛門佐。治承二年（一一七八）十二月十五日兼東宮権大進。非参議正三位に至る（公卿補任）。

左馬頭親定は藤原定輔男。建仁元年（一二〇一）年任左馬頭。承元三年（一二〇九）非参議従三位。従二位参議に至った（公卿補任）後鳥羽院の近臣。

後鳥羽院は建仁元年（一二〇一）の「和歌所影供歌合」や建仁二年（一二〇二）の「三体和歌」等で、「左馬頭親定」の名を借りて歌を詠んでいる。

左少将親通は従三位右兵衛督藤原伊輔男。左少将、従五位下侍従（尊卑分脈）。

12 **殊其道遠人之名を書事也　近侍者中也**

※「其道遠人」と改めた。国会本は「其後道遠人」、幽斎本、書陵部本は「其道達人」。「近侍者」に改めた。国会本、幽斎本は「近作者」、書陵部本は「近者」。

項目12の経仲、親定、親通は、それぞれ高倉、後鳥羽、順徳天皇の近臣であるが、勅撰集や夫木集に名を見いだせず、八雲御抄に「其道遠人之名」とあるように歌人としての力量故の借名ではない。

13 如然事不及先例　可随時儀歟

作名が時と場合によることを再度述べる。

14 天子上皇不書同字

御製の題目には「同」の字を書かない。

15 大臣已下書様

項目1〜14の御製の書様に対し、以下、大臣以下の臣下における和歌懐紙の書き方を、主に袋草紙の「題目書様」「位署書様」によりながら述べる。

16 禁中　仙洞　応製

以下、歌会の場における題目の書様について述べる。禁中や仙院の歌会では「応製」と書くとするのは、袋草紙（四頁）の「凡於二公家仙院一、書二製字一」、和歌色葉（一二頁）の「帝院には応製」に同じ。

建保六年（一二一八）八月十三日、順徳天皇の中殿御会における右大臣藤原道家歌の題目は「秋夜侍中殿同詠池月久明応製和歌」であり、正治二年（一二〇〇）、後鳥羽院御所での院初度百首における民部卿藤原定家の書様は、和歌秘抄（三七四頁）によれば「秋日侍太上皇仙洞同詠百首応製和歌」であって、ともに「応製」と書く。

17 〔大納言已下などは　或応太上皇製〕

中右記の大治五年（一一三〇）九月五日条によると、鳥羽上皇仙院の歌会における権大納言藤原宗忠の書様は「秋日同詠菊送多秋応太上皇製和歌」のように「応太上皇製」とある。ただし、他の人々は、「此外人々、或応製、或応太上皇製、或加和歌一首と書也」のように様々であった。項目77参照。

18 〔万葉応詔　近代不用之　自上古応製也〕

袋草紙の「御賀歌作法」に「万葉集云、天平十八年正月於二太上天皇御在所一賦二雪和歌一。左大臣橘宿祢応レ詔歌一首〈各書レ応レ詔〉。右件王卿等応レ詔作レ歌……」（六頁）のように、元正天皇御在所で左大臣橘諸兄以下の臣下や諸王臣等が「応詔歌」を奏した万葉集（巻十七・三九二二〜三九二六）の例をあげており、万葉集には、天平八年（七三六）宮中で聖武天皇より葛城王等が橘姓を賜った際の「橘宿祢奈良麻呂応詔歌一首」（巻六・一〇一〇）のような例も見える。

ただし、八雲御抄は、万葉以降は「応製」であり「応詔」は用いないと述べる。

19 〔中殿会以前は密儀也　仍不書之〕

禁中であっても、清涼殿以外の場での歌会は内々のこととして「応製」を書かないとする。

保延元年（一一三五）六月六日、崇徳天皇が鳥羽上皇御所に行幸し歌会が催されたが、中右記には「今夜行幸以後、於御前有和歌興、題云、松風如秋、但依密儀人々不書臣上応製字云々」のように、仙院における、また天皇や上皇の御前での歌会であったが、内々の会として人々は「応製臣上」を書かなかったとある。

時代は下るが、正応二年（一二八九）正月十七日、伏見天皇の御会も禁中ではあったが中殿（清涼殿）ではなかったので、「依為中殿御会以前。各不書応製臣上也」（中殿御会部類記所引公衡公記）のように「応製臣上」を書かなかったと記されている。項目51参照。

20 **院号　后宮　応令**

女院、后宮の場合「応令」と書くとするのは、袋草紙の「於二女院后宮幷内親王家一、書二令字一」（四頁）や和歌色葉の「女院后宮内親王には応令」（一二頁）に同じ。和歌秘抄（三七四頁）は、建久五年（一一九四）八月十一日、中宮御所和歌御会における藤原定家の題目「秋夜同詠月契秋久応令和歌」をあげる。

21 **〔小一条院　匡衡和歌序応令と書〕**

袋草紙（四頁）は「不二践祚一太上皇准二女院后宮一歟。小一条院和歌序匡衡書二令字一」のように、皇位に即かなかった太上天皇の場合は女院や后宮に准じて「応令」と書くとし、実例として小一条院の和歌会に序者大江匡衡が「令」の字を書いた例をあげる。どの歌会を指すのか、また匡衡の例については未詳であるが、御堂関白記によれば寛仁二年（一〇一八）九月十六日条に小一条院の大井河臨幸があり、その際の序者慶滋為政の題目「秋日臨大井河紅葉泛水応令歌一首幷序」が扶桑古文集に見えるが、やはり「応令」とある。小一条院は三条天皇第一皇子敦明親王。長和五年（一〇一六）東宮となったが、道長の圧迫で寛仁元年（一〇一七）東宮を辞して小一条院の院号を授けられ、准太上天皇となった。

22 **東宮　応令**

東宮の歌会でも「応令」と書く。

23 **〔但匡房和歌序応教と書　可有両説歟〕**

袋草紙（四頁）は「又春宮和歌序匡房卿書二教字一」のように、東宮歌会で序者大江匡房が「教」の字を書いたことを述べる。八雲御抄や袋草紙がどの例を指すのかは不明であるが、扶桑古文集に「東宮付蔵人所」における右少弁大江匡房の題目「春日同詠松契遐年応教和歌一首幷序」が見え、そこに「応教」とある。八雲御抄は前項で東宮歌会は「応令」と書くとしつつも、匡房の例をあげ「令」「教」の両様を認めている。

24 **内親王　応令**

袋草紙「於二女院后宮幷内親王家一、書二令字一」（四頁）や和歌色葉「女院后宮内親王には応令」（一二頁）に、女院、后宮、内親王の歌会には「令」の字を書くとある。

25 **〔斎院　義忠応令と書〕**

本朝続文粋巻十に、「後一条院御時、中宮行啓斎院之間、当庚申夜有歌宴、月照残菊応令和歌幷序贈藤三品」のように、長元八年（一〇三五）十月八日、斎院馨子内親王のもとに中宮藤原彰子行啓の際、序者藤原義忠が「月照残菊」の題で「応令和歌」を詠んだ例が見える。

藤原義忠は藤原為文男。侍読、左大弁等に任ぜられ死後参議従三位を追贈された。後朱雀天皇の大嘗会和歌を大中臣輔親と奉献している。

26 **摂関　応教**

※「応教」は幽斎本、書陵部本による。国会本は「応令」。

摂関家の歌会では「応教」と書くとする。ただし袋草紙は「又、於二一所一、花族公家教字不レ書。御堂殿作文斉信卿不レ書二教字一」（四頁）のように、摂関家での歌会に参会した者が摂関家に次ぐ華族や公卿である場合は「教」字を書かないとして、関白藤原道長主催の作文会における藤原斉信の例をあげている。この例は、藤原為隆の永昌記の天治元年（一一二四）四月九日条に「又公卿等皆書応教之字、御堂御作文、済信卿不書教字」のように記されている。

藤原斉信は太政大臣藤原為光男。長徳二年（九九六）年参議従四位上。正二位、大納言に至る（公卿補任）。

27 **〔大臣已下惣可然家同之〕**

袋草紙（四頁）に「大臣幷卿相書二教字一」、和歌色葉（一二頁）に「親王大臣家公卿には応教とかくべし」（一二頁）とあるように、八雲御抄でも摂関家でなくとも大臣以下しかるべき家での会では「応教」と書くと述べる。

和歌秘抄（三七五頁）に、文治三年（一一八七）二月九日、藤原良経家での初度作文詩歌会における藤原定家の題目「春日同庭梅久芳応教和歌」が見える。

28 **〔清輔説　教字は家礼人書之云々　必不然　唯末座之輩書習…〕**

袋草紙（四頁）では「或人云、至二一人子息一、雖レ非二公卿一書二教字一。但非二家人一者不レ可レ然云々」のように、「或人」の説として、摂関家の子息主催の歌会では子息が公卿でなくとも家人は「教」の字を書く、とある。

八雲御抄は、参会者のうちの末座の者が「教」の字を用い、しかるべき家の歌会では殿上人でも「教」を用いることがあると述べる。

29 **已上凡様如此　但后宮已下会　納言已上などは必応令不書之**

「製」「令」「教」の書き分けは概ね以上のようであるが、后宮以下での歌会では納言以上の者は必ずしも「応令」を書かなくてよいとする。

30 **大治五年無御製応製臣上字如何　人々相議為御前事　御製有無…**

大治五年（一一三〇）の歌会において、御製がない場合に「応製」「臣」「上」の字を書くべきか否かについて論議がなされ、御製の有無はまえもって臣下には分からぬことだから「応製」「臣」「上」の字は書くべきであり、歌を殿上で密かに御覧になるような場合は書かないと述べる。

中右記によるとこの論議は、大治五年九月五日、鳥羽上皇仙洞の歌会における論議であり、「人々云、無御製竝出御、不可書応製臣上字歟、如何、予申云、於御製有無者、臣下兼不知事也。雖無御出、大臣被参也、已於御前被講、猶可有臣上字也、於殿上被講時、密々御覧、如然時不書臣上」とあるように、藤原宗忠の進言である。ただし、八雲御抄には「於殿上密々御覧時は不書之」とあり、殿上での密々の御覧には「応製」「臣」「上」のいずれも書かないとするが、中右記には「臣」「上」を書かないと記されている。

31 **早春　暮春　秋日　冬夜等可随時**

題目に歌会の時季を書くことは、御製では原則的に否定されていたが、臣下については場合によって書くとする。項目5参照。

32 **八月十五夜　九月九日なども書**

観月宴や重陽宴のような年中行事の時季も、臣下の場合は書く。項目4、5参照。

33 **陪中殿　陪清涼殿　陪弘徽殿　陪宴様也**

宮中での歌会の場合に「陪」の字を用いて歌会の場を書く例をあげる。また、宴のような場合も一つの場として「陪」の字が用いられている。項目70参照。

34 **凡時節多書之也**

普通、臣下は歌会の行われた時季は題目に書く。

35 **序者加一首字　或不加　両説**

序者が題目に「一首」の字を書き加えるか否かについて両説あることを記す。

中右記の大治五年九月五日条には、鳥羽上皇仙洞での歌会における書様が記され、序者藤原実光の題目の書様は「秋日侍太上皇仙洞詠菊送多秋応製和歌一首幷序」とある。さらに中右記は「一首詞、序者之外不可書事也」のように、序者以外は「一首」の字を書くべきでないと記している。

また、建保六年八月の中殿御会でも序者藤原道家の題目は「秋夜侍中殿同詠池月久明応製和歌一首幷序」であり、序者が「一首」の字を書き加えるのが普通であったようだが、本朝続文粋巻十には、「三月三日侍太上皇宴同詠逐年花盛応製和歌幷序」（藤原敦光）「春日住吉行旅述懐応太上皇製和歌」（源経信）のように、序者が「一首」の字を書き加えなかったと思われる題目の例も見受けられる。項目69参照。

36 **作者一首字不加　匡房記　序者外不加之**

匡房の記録や注は見出せないが、中右記の大治五年九月五日条に「一首詞、序者之外不可書事也」とあるように、序者以外の作者が「一首」の字を書き加えることは戒められていたようである。

37 **位署は如応製臣上字者皆書之**

※国会本、書陵部本の「上字之日」、幽斎本の「上之字日」では意味が通じず、「之字」の二字は「者」と思われる。

中右記の大治五年九月五日条に「一首詞、序者之外不可書事也於臣上者皆悉書之」とある。

38 **土御門右大臣云　菅丞相碧玉装箏時被書二行　兼帯多人或書……**

※「近日不見」は幽斎本、書陵部本による。国会本は「近日不」。

袋草紙（四頁）は「江帥朗詠注云、碧玉装箏斜立柱〈天神御作、此注云々〉故源右府〈師房〉被レ命曰、件度正文見レ之、於二位署一二行被二書。依二官多一歟云々」のように、和漢朗詠集所収の菅原道真詩「碧玉装箏斜立柱」（巻上・雁付帰雁・三二）に付された大江匡房注を引くが、匡房注の中に「道真詩の原文に位署が二行にわたるのは道真の官の多さによるものか」との源師房の言がある。八雲御抄はこの師房の言を「土御門右大臣云」として引用した上で、最近では位署の二行書は見られないと述べている。

土御門右大臣は具平親王男源師房。従一位右大臣。永承四年（一〇四九）に内裏歌合判者を、承保三年（一〇七六）には大井河行幸和歌の序者を務めたが、大井河行幸の際の師房の位署は「従一位行右大臣兼左近衛大将皇太弟傅臣源朝臣師房上」（本朝続文粋・巻十）であった。

39 **前官は書位　四位已下は加散位字**

※「四位」は幽斎本、書陵部本による。国会本は「四位」を脱落している。

前官は位を書き、四位以下の者は「散位」の字を書く。

40 **而堀河院御時　京極前関白散位従一位と書　非普通事**

袋草紙（四頁）の割注には「……江進士有重法師語二云、堀河院御時和歌、京極大殿位署令レ書二散位従一位藤原朝臣一云々。人以為二希代位署一云々」のように、「江進士有重法師」（未詳）の言として、堀河天皇の和歌会において藤原師実が位署に「散位従一位」と書いたことを記す。この師実の位署は「希代位署」として伝えられ、古今著聞集巻五にも「堀河院御時和歌御会に、京極大殿御位署に散位従一位藤原朝臣何某とかゝせ給ひたりける。希代の位署なるよし。人目をおどろかしけり」とある。

京極前関白とは藤原頼通男藤原師実。従一位摂政関白。寛治八年（一〇九四）年、高陽院七番歌合主催。八雲御抄は一位でありながら四位以下のように「散位」と書いた師実の位署を「非普通事」と非難している。項目39参照。

41 **唐名内々事　頗宿徳事歟**

中国風の官名は、私的な会において徳を積んだ年配者が書くべきものであるとする。実例を次項にあげる。

42 **公継公前右大臣時　上相国と書〔正二位唐名云々〕時人不……**

※「相国」に改めた。国会本、幽斎本、書陵部本、内閣本は「柱国」。

相国はもと秦時代の官で、はじめは丞相の上位にあったが後に丞相を意味した。三代実録の元慶八年（八八四）五月二十九日条、光孝天皇に対する文章博士菅原道真の奏議文に「本朝太政大臣、可当漢家相国等」とあるように、相国は太政大臣の唐名である。

藤原公継の唐名の位署「相国」に対し、当時批判のあったことを述べた上で八雲御抄は、公宴での唐名はよくないが、私的な会や臣下の歌会において、まして公継ほどの人物が唐名を用いることは問題ないと述べる。

順徳院御記の承久元年（一二一九）正月二十七日条にも、内裏での歌会で「前右大臣歌。便ニ蔵人置加之。此公詠上相国公継と書。有姓。人々曰。唐名不可然など申。誠非普通歟。但又有何事哉」のように、前右大臣藤原公継が「相国」との唐名を用い、参会者の批判があったと記されているが、順徳院は公継の唐名を問題なしと述べている。

公継公は藤原実定男。本名公嗣。号野宮左大臣。左大臣従一位に至る。項目41、93参照。

43**私所にも同官同姓不書之　大将家には権中将某など也　同省……**
袋草紙（四頁）に「為二諸宮司一人、於二当宮若上臈之傍官家一不レ書二官名一。唯亮若大臣又不レ書レ之。凡諸司長官可レ准レ之」のように、宮司を始め諸司において、自分より身分の高い者が歌会の主催者である場合は、参会者は自分の官や名を書かないとある。
八雲御抄は臣下の歌会で参会者の官や姓が主催者と同じ場合には参会者は官、姓を書かないとし、例として近衛大将主催の歌会に同じ近衛府の権中将が参会した場合、「近衛権中将某」とは書かず、ただ「権中将某」と書き、同省の場合も同じと述べる。

44**姓は藤原人許にては不書姓　他姓は可書之　又源平已下人家……**
袋草紙（四頁）に「或説云」として「於二同姓人家一、不レ書レ姓云々。但故人多以書レ之。如レ此云々」のように、主催者と参会者が同姓である場合、参会者は姓を書かないとある。また、和歌秘抄（三五頁）は、文治二年二月の藤原良経家の歌会での藤原定家の位署「侍従定家」について、「主人異レ姓書レ姓」と注している。
八雲御抄は藤原氏が主催者である場合、参会者の藤原氏は姓を書かず他姓は姓を書くが、これは源氏や平氏が主催者の場合も同じと述べる。

45**親王も有臣字　具平に如此**
項目37に関連して、応製の場合は親王も「臣」の字を書き、具平親王の例があると述べる。実例は未詳。

46**雖禁中　内々事又中殿以前には只詠其題詠何首和歌など書て……**
禁中での歌会であっても、内々や清涼殿以外の場での歌会の場合には「応製」「臣」「上」は書かない。
時代は下るが、正応二年（一二八九）正月伏見天皇の歌会において、「依為中殿御会以前。各不書応製臣上字也」のように、内裏ではあるが中殿での会ではなかったので「応製」「臣」「上」の字は書かなかったと公衡公記にある。

47**或書兼官　或本官　多は本官也**
位署に兼官を書く場合も本官のみを書く場合もあるが、本官を書くことが多いとする。

48**又参議左近中将なども書　普通には参議某也**
参議が左近中将のような兼官を書く場合もあるが、普通の歌会においては参議という一つの官と名を書けばよいとする八雲御抄の説は、和歌秘抄（一二頁）の「或人公家に書二位署一様、公卿四位晴乃儀には官位姓朝臣名上とかくべし。常儀には一官名ばかりにて……」に同じ。

49**或略姓如法**
前項のように、行事などの特別な歌会でない場合には、一つの官と名を書けばよく、姓を略して書くのが当然のようになっていると述べる。

50**当座などに納言已上などは可従時**
当座の歌会において、納言以上の臣下の場合、姓を略すかどうかはその時の状況に従うのがよいとする。

51**上字は通光公常書　但応製臣上は一と不書と云り**
通光公はどのような歌会においても「上」の字を書くが、内々や当座の歌会では「応製」「臣上」とは書かないと言っている、と通光の言を引く。

和歌色葉（二二頁）の「読書題事」に、「或人」の説として「常儀には一官名ばかりにて、臣上の字を書かず」とある。

通光は源通親男。建仁元（一二〇一）年非参議従三位。従一位太政大臣に至った（公卿補任）。

52**兼行も不書之　蔵人頭　蔵人なども不書**

普通の歌会では「兼」「行」も書かないし、天皇の家政機関である蔵人所の者であってもその官職は書かない。

53**国司は前加賀守など書　他官は不然**

項目52に続き、地方官以外は前任の官は書かないことを言うか。

54**又朝臣不可然事也**

袋草紙（三頁）の「位署読様」に「於二親王大臣家一、六位同レ前（官姓名）。五位官名朝臣。四位官姓朝臣。三位以上官許」とあるように、「朝臣」の字を書くかどうかは作者の位によって異なり、ひとしなみに述べられないことを言うか。

55**大臣は不書姓　左大臣某也　内大臣某也**

※「内大臣某也」は幽斎本、書陵部本による。国会本は「内大臣某也」を脱落している。

大臣は名のみを書く。

56**関白は雖中殿　不書陪宴　陪中殿等字　只秋夜詠云々也**

項目47～55は位署の書様についてであったが、以後、また題目の書様にもどる。

関白は中殿での歌会であっても「陪宴」「陪中殿」等の字を書かないとする。

57**序者外書同字　両説歟**

袋草紙（三頁）は「但同字序者之外、不レ書之由見二江記一」のように、序者以外の者は「同」の字を書かないと大江匡房の日記（この部分は散佚）を踏まえて述べる。八雲御抄は、項目68に建保六年八月の中殿御会における序者道家の題目の書様をあげ、項目69で「非序者人は多秋夜陪宴詠池月久明応製和歌也」のように序者以外の大方の作者が「同」の字を書かなかったとするが、項目74では中殿以外の場での序者の書様をあげた上で、「已上序者如此　但作者略同字大略同之　又或同字書之」のように、序者以外の作者は大方「同」の字を略すが書く場合もあると両方を認めている。項目69、74参照。

58**保安花見行幸　太政大臣雅実不書同字**

袋草紙（三頁）は「其日其皇幸二其所一同詠レ翫二其物一応レ製和歌。〔公家仙院〕是臨二幸他所一之儀也。或説、同詠両字不レ書。亦和歌一首書。如レ此事唯任レ意。保安五年花見御幸殿下此定也。太政入道同詠両字不レ書」のように天皇上皇臨幸における題目の書様を記し、「同」「詠」の両字を書かないとする「或説」を示し、保安五年（一一二四）、白河・鳥羽両上皇が白河法勝寺へ花見御幸の際（百錬抄では閏二月十二日）、太政入道源雅実が題目に「同」「詠」の両字を書かなかった例をあげる。

八雲御抄は、この雅実の書様を序者以外の作者が「同」の字を書かなかった有名な例としてあげている。

源雅実は右大臣顕房男。号久我太政大臣。承暦元年（一〇七七）参議従三位。太政大臣従一位に至る（公卿補任）。

59**或説　臨時宴には陪宴とは不書　是不用例也**

臨時宴の歌会に「陪宴」とは書かないする説を「或説」として示し、不用の説として否定している。

60**諸社披講歌には書官位兼行朝臣也　不可書臣上**

神社に奉納し披講する歌には官位・兼行・朝臣のすべてを書く。ただし「臣」「上」の字は書かないとする。

八雲御抄の項目91に、住吉社への献歌の書様として「正二位行権中納言兼左衛門督藤原朝臣某」をあげる。項目91参照。

61**無披講歌進時奥に書官姓名　是一説也　歌合　屏風　障子等歌也**

歌合、屏風や障子歌には懐紙の最後に官姓名を書くという説を一説として示す。

八雲御抄は、項目99においても「無披講は或可書名於奥」のように、披講のない歌は、あるいは名のみを最後に書くと述べる。項目99参照。

62**大嘗会作者は不可然歟**

八雲御抄の項目99に「然而只一身大嘗会歌　又近代被召御書歌なと様事は不可加名」とあるように、披講しない歌の中でも大嘗会歌だけは名を書き加えないとする。項目99参照。

63**暮春陪中殿同詠竹不改色応製　和歌一首〔并序〕従一位行左大…**

項目63から70までは中殿歌会における序者の書様について述べる。本項は、中殿会における序者の端作りの典型例として、長治二年（一一〇五）三月五日中殿会の源俊房のものを示す。この和歌序は本朝続文粋巻十に「暮春侍二中殿詠竹不レ改レ色応製和歌一首并序。従一位行左大臣源朝臣俊房上」とあり、八雲御抄が「陪」とするのを「侍」、「同詠」を「詠」としている。この歌会については、中右記および殿暦の同日条にみえる。（三）中殿会の項目5、（八）序者の項目11参照。

64**後三月侍中殿翫新成桜花〔師房〕**

天喜四年（一〇五六）閏三月二十七日の中殿会、序者源師房の端作り。袋草紙（三頁）に、「嘉保三年内裏江帥書様、春日侍二中殿一同詠二其物一応レ製和歌一首并序。是源右府天喜年中会書様云々」とあり、大江匡房の書様（項目66参照）と同様、「後三月侍中殿同詠翫新成桜花応製和歌一首并序」とあるべきか。但し八雲本文は「同詠」を欠く。（三）中殿会の項目3、（八）序者の項目8参照。

65**春日侍中殿同詠花契多春〔経信〕**

中殿御会部類記所引宗俊卿記の応徳元年（一〇八四）三月十六日条に「被二和歌序題一。民部卿。題云、花二契多年一」とあり、後二条師通記同日条にも、「序者民部卿」とある。この時の民部卿は経信で、経信集四〇番詞書にも「花契多春（有序）」とみえる。（三）中殿会の項目4、（八）序者の項目10参照。

66**春日侍中殿同詠花契千年〔匡房〕**

※「花契千年」は書陵部本による。国会本は「契多年」。

袋草紙（三頁）に、「嘉保三年内裏江帥書様、春日侍二中殿一同詠二其物一応レ製和歌一首幷序」とあり、この匡房の書様は、項目64にみえる天喜四年（一〇五六）の師房の書様に準じたもので、序者の書様の典型例とされていたものと思われる。この時の匡房の序文は本朝続文粋巻十にみえるが、正確な端作りは引用されていない。中右記嘉保三年（永長元・一〇九六）三月十一日条には「春日侍中殿同詠二花契一千年一応製和歌一首臣上字。序者並人々書様如何」とある。（八）序者の項目31参照。

67**初冬侍中殿詠松樹久緑〔師頼〕**

天承元年（一一三一）十月二十三日に中殿で行なわれた歌会。時信記同日条に詳しい。なお、国会本、書陵部本は「詠」とするが、項目63、65、66、68の例から考えれば、幽斎本のように「同詠」とあるべきか。（三）中殿会の項目6、（八）序者の項目14参照。

68**秋夜侍中殿同詠池月久明〔道家〕**

※幽斎本、書陵部本により「道家」とする。国会本は「道―」。

建保六年（一二一八）八月十三日の中殿御会。御会記には「秋夜侍中殿同詠池月久明応製和歌一首幷序　右大臣正二位臣藤原朝臣道家上」とある。なお、和歌秘抄（三七四頁）にはこの時の定家の端作りがみえる。（三）中殿会の項目7、（八）序者の項目15参照。

69**皆悉中殿と書　皆同字　和歌一首〔幷序也〕　非序者人は多……**

※「和歌一首」は幽斎本、内閣本による。国会本は「和歌一是」。

項目63から68の例を根拠として、序者は通常、「中殿」「同詠」と書き、また「和歌一首幷序」と書くと述べ、序者以外の作者の場合は、「中殿」「同詠」を用いずに「陪宴詠池上月久明」と書くと述べる。「同」字の有無については、袋草紙（三頁）に「但同字序者之外、不レ書之由見二江記一」とある。八雲御抄は、項目57で「序者外書同字　両説歟」とし、項目74では「同」字を書く場合もあることを認めている。序者以外の作者が「一首」と書かないことについては、項目35参照。

70**又陪中殿陪清涼殿字等両説也　陪宴は多普通説也**

「陪中殿」と書く説と「陪清涼殿」と書く説の両方があり、また、通常は「陪宴」と書くことも多い、と述べる。前項69に「皆悉中殿と書」とあるように、和歌序では「中殿」が多い。「清涼殿」とする例は、詩題や詩序に「早春内宴、侍二清涼殿一同賦二春先梅柳知、応製」（菅家文草・巻六）、「九日侍二宴清涼殿一同賦二菊是花聖賢一応レ製　江匡衡」（本朝文粋・巻十一）などがみえるが、和歌の端作りでは未詳。また、項目68で序者道家が「侍中殿」としているのに対し、和歌秘抄（三七四頁）には、同じ歌会における定家の端作りが「〔中殿〕秋夜侍宴同詠池月久明応製和歌」とみえる。

71**初冬扈従行幸遊覧大井河応製ゝゝ〔師房公〕**

項目71から77は、中殿歌会に準ずるものとして、天皇の行幸先や院御所での歌会の場合について述べる。本項は扶桑略記の承保三年（一〇七六）十月二十四日条、及びに百錬抄同日条に見える野行幸のおりの序者師房の書様を示す。「応製」の下の「ゝゝ」は、以下「和歌一首幷序」と続くことを略して示したものか。本朝続文粋巻十に「初冬扈二従行幸一遊二覧大井河一応レ製和歌一首幷序　従一位行右大臣兼左近衛大将皇太弟伝臣源朝臣師房上」とある。（八）序者の項目9参照。

72春日侍太上皇城南水閣同詠池上花応製〻〻〔宗忠公〕

嘉承二年（一一〇七）三月六日、鳥羽殿歌会での序者宗忠の書様。中右記同日条に詳しい。和歌序でありながら「鳥羽殿」を「城南水閣」という唐名で表わす例。（三）中殿会の項目19、（八）序者の項目12参照

73八月十五夜侍太上皇鳥羽院同詠翫池上月応製〔経信卿〕

寛治八年（一〇九四）八月十五日鳥羽殿の歌会での経信の書様。中右記同日条に詳しい。前項の「城南水閣」という唐名に対し、「鳥羽殿」という和名を用いている。（三）中殿会の項目35、（八）序者の項目30参照。

74已上序者如此　只作者略同字大略同之　又或同字書之　仮令……

序者以外の作者の場合は「同詠」の「同」字を略すが、他は序者に同じである、ただし最近は序者以外の作者も「同詠」と書く、ということ。項目57、69参照。

75公家仙洞已下臨幸所を書　常事也　如然事可依時儀

袋草紙（三頁）の「其日其皇幸二其所一同詠レ翫二其物一応レ製和歌。公家仙院是臨二幸他所一之儀也」という記述を受ける。天皇、上皇の行幸先での歌会の場合、その所の名を書くのは普通のことで、その時々に応じて書けばよい、ということ。

76院中多陪太上皇仙洞又侍鳥羽院也

院の御所で行われる歌会の場合、「陪太上皇仙洞」、又は「侍鳥羽院」等と書くことが多いということ。項目73の「侍太上皇鳥羽院」も一例か。

77匡房松影浮水時応太上皇製と書　一例也

※「一例」は幽斎本、書陵部本による。国会本は「可例」。

「仙洞」「鳥羽院」という所名で示すのではなく、「応太上皇製」として、院の歌会であることを示した例。扶桑古文集に「冬日同詠松影浮水応太上皇製和歌一首并序　参議従三位兼行左大弁勘解由長官権守大江朝臣匡房」とある。和歌秘抄（三七四頁）には、「秋日侍太上皇仙洞同詠百首応製和歌　従四位上行左近衛権少将兼安芸権介臣藤原朝臣定家上　内々常御会之時　不レ書二太上皇仙洞字一」とあり、内々の会の場合は「太上皇仙洞」とは書かないとする。項目17参照。

78〔逍遙〕初冬於大井河翫紅葉和歌〔国成義忠は遊覧大井河……

項目78から96は中殿や院御所以外での歌会の書様の例。長元五年（一〇三二）十月二日の大井川行幸歌会の例。本朝続文粋巻十に「初冬於二大井河一翫二紅葉一和歌一首并序　国成朝臣」とある。国成の例以外は未詳だが、義忠（為文男、長久二年（一〇四一）没）は同じ時のものか。実綱（資業男、永保二年（一〇八二）没、公教男とは別人）、実政（資業男、寛治七年（一〇九三）没）、有綱（実綱男、応徳三年（一〇八六）没？）のものは、項目71の師房の序に同じく、承保三年（一〇七六）十月の白河上皇の大井川行幸の折のものか。

79〔殿上〕於禁中同詠池上落葉和歌〔実綱〕

出典未詳。中殿以外の場所で行われた殿上歌会の書様の例。「於

禁中」とする。

80 **於陣座翫桜花和歌〔康保例〕**

袋草紙の（五頁）に「康保三年花宴記云、陣座今日有二花宴事一云々」とあり、本項はこの歌会の折の書様の例かと思われる。ただし『袋草紙考証歌学篇』（九九頁）は、日本紀略康保二年（九六五）三月五日条に見える花宴が、陣座で行なわれている点、序者が大江昌言である点など、袋草紙の記述と一致するため、袋草紙の「康保三年」は「二年」の誤りであるとする。「陣座」は内裏における公事の際の上卿の座所。（八）序者の項目38参照。

81 **夏夜於秘書閣守庚申同詠雨中早苗〻（時綱）**

在良集四番詞書に「夏夜於秘書閣同詠雨中早苗和歌」とあり、同じ歌会のものかと思われる。時綱（源信忠男）は新撰朗詠集ほかに作がみえる詩人。「秘書閣」は、幽斎本、書陵部本の傍書に「御書所」とある。端作りに「秘書閣」を用いる例としては、本朝続文粋巻九の「七言暮春於二秘書閣一同賦二禁庭松表一レ貞詩一首幷序　隆兼朝臣」などがある。

82 **春日陪博陸書閣〻〻〻**

「博陸」は関白の唐名であり、幽斎本、書陵部本の傍書には「摂政」とある。摂関家の歌会の場合の書様の例としてあげたか。「博陸書閣」の例としては、本朝続文粋巻九の「七言秋日陪二博陸書閣一同賦二勝地一植二松樹一応レ教詩一首幷序　右大弁正家朝臣」などがある。

83 **秋夜侍左相府尊閣〻〻〻〔尊閣書閣水閣皆常事也〕**

幽斎本、書陵部本の傍書に「大臣」とある。「尊閣」「書閣」「水閣」など唐名を用いるのは「常事」であるとする。「尊閣」「書閣」「水閣」の用例としては、「左丞相尊閣賀帯三官恩賜詩曰」（江吏部集・中）、「七言暮春陪二左相府書閣一同賦二林池叶勝遊一応レ教詩一首幷序」（本朝続文粋・巻八）、「春日陪二左丞相水閣一同賦三花樹契二遐年一詩一首幷序」（同・巻九）などがある。

84 **晩秋於高陽院直廬同詠池辺落葉〻〻〔通俊〕**

高陽院は師実の邸。通俊が師実邸での催しに参加していたことは、千載集冬四五二番詞書に「京極前太政大臣の高陽院の家の歌合に、雪の歌とてよみ侍りける　治部卿通俊」とあることからも知られる。

85 **餞奥州橘刺吏〻〻**

餞別歌の書様の例。本朝続文粋巻十には「秋日於二李部大卿水閣一餞二奥州橘刺史赴一レ任和歌幷序　敦宗朝臣」という例がみえる。

86 **春日遊朱雀院〻〻〻**

朱雀院での歌会の書様例としては、本朝続文粋巻十の「春日於二朱雀院一同詠二聞レ鶯遅帰一和歌一首幷序　行家朝臣」など。

87 **秋日於長楽寺**

長楽寺での会の書様例としては、本朝文粋巻十三の「初冬於二長楽寺一同賦二葉落山中路一詩序　高相如」など。

88 **秋夜於遍昭寺〔言志〕**

遍昭寺での会の書様例としては、本朝続文粋巻八の「八月十五日夜於二遍照寺一翫レ月詩一首幷序　実範朝臣」、「言志」の例としては、本朝文集巻五十の「秋夜宿山寺言志和歌序　藤原友房」など。

89 **秋夜守庚申〻〻**

庚申夜の歌会の書様例としては、本朝文集巻五十一の「冬夜守庚申夜聞松風和歌序　藤原敦基」など。

90 **八月十五夜於戸部大卿水閣〻〻**

大卿水閣の例としては、本朝続文粋巻十の「秋日於二李部大卿水閣一餞二奥州橘刺史赴一レ任和歌並序　敦宗朝臣」など。

91 **秋日侍住吉社壇同詠〻〻〻　正二位行権中納言兼左衛門督藤原…**

社頭での歌会の書様の例か。「正二位……」という位置の書様を示しているのは、項目60、108に寺社の勧進歌には名を書くと述べていることと対応するか。

92 **歳暮侍北野聖廟〻〻〻**

寺院での歌会の書様の例か。北野天満宮の書様の例としては、本朝文粋巻十「九月尽日侍二北野廟一詩序　高積善」など。

93 **只随所或唐名或其所など随時書之　其様不可勝計**

公宴では位署を唐名で書くことは憚られたようであるが（項目42参照）、所名を唐名で書くのは普通である、ということ。

94 **神社仏寺勝地名所等於其所書之**

神社や寺、景勝地や名所などで行われた歌会の場合は、その所名を書くということ。前項目86以下はその具体例として示されている。

95 **只一切貴賤普通詠何首和歌　又始は書題て詠其題和歌とて……**

通常は「詠何首和歌」と書く。また、題が異なる複数の歌を書く場合、はじめの歌は「詠其題和歌」と書き、二首め以降は歌ごとに題のみを書くということ。項目8参照。

96 **清輔朝臣曰　一首歌は三行三字墨可書　但或三行も吉程歟**

袋草紙（四頁）に「三行三字書レ之。但近代不二必然一。故老曰、墨黒顕然可レ書レ之。不レ可レ執二手跡一云々」とある。項目3参照。

97 **五首已下は一枚　及十首は可続　皆用高檀紙**

※「高檀紙」は幽斎本、書陵部本による。国会本は「高壇紙」。

和歌秘抄（三八〇頁）には「四五首以上多題、続二二枚一書レ之」とある。高檀紙を用いることについては、明月記建保三年（一二一五）十二月七日条に「書高檀紙二枚、加礼紙、以二枚如立文裹之……」とみえる。

98 **若有障不参者加一紙可封　其上或封或片名字也**

紙に位署のみを書いて封をすることは、袋草紙（八頁）に「故人語云、先年殿上人々詠二和歌一之間、泰憲民部卿参入……」と述べられ、八雲御抄においても、項目111で白紙の作法として示されている。この白紙の作法にならい、歌会に不参の場合には、紙に封をして出す作法があったと思われる。八雲御抄では、封じる紙に位署を書くことについてはふれていない。「其上或封……」は、封じた上に「封」もしくは姓の一字を書くということか。

99 **如歌合之乍無披講は或可書名於奥　然而只一身大嘗会歌……**

歌合などで披講のない場合には、最後に位署を書くが、大嘗会歌や女御宣下の御書に添える代作歌などの場合には書かない、ということ。項目61、62参照。御書歌については（十二）作者の項目23参照。

100**僧は只一官也　法印和尚位などは不可書　凡僧只名許　又……**

僧の位署の書様について、僧綱の場合は、僧正、僧都、律師などの僧官だけを書き、法印和尚位や法眼、法橋などの僧位は書かない。また凡僧（僧綱以外のもの）の場合は名だけを書いて僧官位を書かないが、沙弥だけは書く場合もあるということか。

101**女歌　薄様若檀紙一重　五首已上は面の方へ引返て可書之**

女歌の色紙の用い方について。東大本和歌秘抄（久保田淳『新古今歌人の研究』所収　東大出版会　昭和48）には、「戸部禅門口伝云」として、「女房の歌はうすやうにても一かさねに十首ならはおもてに六首うらに四首かけとてあれともうらに五首かきたるもくるしからす」とある。また、女歌の場合の端作りについて、袋草紙（四頁）に「女歌不レ書二題目幷名字一」とみえる。

102**俊頼朝臣法性寺入道会　うの花の身のしらがともみつるかな……**

項目102から106は袋草紙（九頁）の「和歌書注事」をふまえる。まず、前項99とのかかわりからか、位署を書かずに、和歌に自分の名を詠み込んだ俊頼歌を示す。袋草紙はこの俊頼の事跡について、「是独歩之時事也」と評するが、八雲御抄は「時人感之」とするのみで、八雲御抄独自の見解は示されていない。この歌は無名抄、散木奇歌集にもみえる。

103**凡詠名事有先規　憶良万葉詠也**

袋草紙（九頁）に「又直我名を読事もあり。万葉集に憶良の歌に云、おくらゝはいまはまちなむこなくらむそのこのはゝもわれをまつらむ」とあるのによる。

104**多題など遅参時詠一首　公任卿会範永天橋立詠以後**

袋草紙（九頁）に「亦両題有下詠二一首一事上。或所ニテ海士橋立、紅葉恋二首ノ題ヲ講、範永朝臣遅参而臨レ講之時、以二二首題一詠二一首和歌一。恋わたる人に見せばや松の葉もした紅葉する天のはしだて」とある。金葉集恋下、四二一番詞書には、「公任卿家にてもみぢ、あまのはしだて、こひとみつの題を人人よませけるに、おそくまかりて人人みなかくほどになりければ、みつのだいをひとつによめるうた」とあり、公任家の歌会で範永が、「海士橋立」「紅葉恋」の二題（または「紅葉」「海士橋立」「恋」の三題）を一首に詠んだということ。

105**高倉一宮会にも有例**

袋草紙（九頁）の「又有二両題一之時、唯詠二一首一多二先蹤一。高倉一宮歌合後宴以二三首題一上達部之中同詠之。而宇治殿下令レ詠二一首一　有明の月だにあれや郭公たゞ一こゑの行かたもみむ」という記述をうける。複数の出題に対し、一首だけ詠じた点では前項と同じだが、この場合は三題のうちの一題だけ詠んだもの。高倉院一宮歌合は永承五年（一〇五〇）六月五日の祐子内親王家歌合。題は桜、郭公、鹿。頼通歌は後拾遺集夏、一九二番におさめる。

106**顕輔も詠之**

※「詠之」は幽斎本、書陵部本による。国会本は「詠之」が脱落している。

袋草紙には「又故左京、三月尽歌、恋歌、両首披レ講之時、証観法印詠二三月尽許一。春のくる道にきむかへ郭公かたらふ声に立やとまると」とあり、二題のうち一題だけ詠進したのは、故左京（顕輔）ではなく、証観法印であるとしている。国会本の形では解しにくいが、幽斎本、書陵部本の形でも袋草紙とは齟齬をきたす。本文に乱れがあるか。

107 **和歌注不可然事歟　但源起日本紀竟宴歌　近崇徳院御時書注……**

和歌に注は付けるべきではない。但し、和歌に注をつけることは日本紀竟宴歌に起源があり、近くは崇徳院時代に注を付けた例がある、ということ。袋草紙（九頁）に「是前蹤也。日本紀竟宴歌多事。先新院歌宴、故左京有レ注被レ書。世以傾レ之。不レ知也。但如レ此事得タル人々所レ為歟」とあり、清輔は、父顕輔（故左京）が崇徳院歌会で和歌に自注を付けたのを、人々が不審がったことに対して反論を述べている。国会本では誰が注を付けたのか書いていないが、内閣本は顕輔とする。本来の国会本は、前項の「顕輔も」が「近崇徳院」の前にあった可能性もあろう。「上皇御歌有注分被付」は袋草紙にはなく、後鳥羽院が自歌に注を付けたということか。

108 **近日人々勧進歌称花族之由　或作者など……雖乞食勧進可書名**

※「雖乞食」は幽斎本、書陵部本による。国会本は「難□会」。

最近の人々は家格が高いからといって、寺社への勧進歌に位署を書かないが、これはものごとをよく知らないのである、歌道においてはそういうことはない、神社への勧進歌会などの場合は乞食であっても名を書くべきである、ということか。項目60に「諸社被講歌には書官位兼行朝臣也」とある。

109 **抑置白紙には題目位階官職名皆書て歌許を置て逐電**

袋草紙（七頁）に「題目幷位署許書テ諸人歌置之後置レ之、逐電而不レ居二講席之座一云々」とある。置白紙作法といっても、題目や位署は全て書き、歌だけは書かずにおく、ということ。

110 **寛平宮滝御覧日　在原友于〔行平卿子〕　又源善有此事　友……**

寛平の宮滝御幸の時、友于は作法通り白紙を置き、善は上句だけを詠んだということ。この宮滝御幸のことは袋草紙（七頁）に見えるが、「寛平法皇宮滝遊覧時、源昇朝臣、在原友于朝臣置二白紙一云々。記云、即善朝臣献二其題一。歌曰、やたがらすかしらにおきてしのゝかみ句のすゐにおきたいの歌よめ　侍臣等題ヲ聞てより、口食幷管弦ヲ忘。昇、友于起沈吟遂不レ能レ成。大歎曰、臣等歌興非レ不レ及二於如道等一歟。然而臣等頗知二和歌道一。善々悪々」とあり、源善が難解な題を出したので、源昇、在原友于は詠み出せなかったとする。同話は古今著聞集第五にもみえる。

111 **昔侍臣講歌　于時泰憲自然参　兼被勧之書之退下　披見書題……**

袋草紙（八頁）に「故人語云、先年殿上人々詠二和歌一之間、泰憲民部卿参入、有レ興之由人々被レ示。而称二急々之由一、欲二退出一。人々留レ之。戸部云、進二置和歌一可二退出一云々。人々承諾。仍和歌ヲ書封レ之退出云々。披講之期開之処、位署幷題許書テ奥書曰、於二和歌一者可二追進一云々。人々感二歎之一。且不レ案之由云々。凡得レ名人中々事云出ヨリ遁避一之事也」とある。この袋草紙の記

事とほぼ同内容が古今著聞集第五に見える

112 **不堪人は不可然　近日愁連三十一字　還懐恥　尤見苦事也**
歌が詠めない人は詠むべきではない、最近は無理に詠んでかえって恥をかく人が多いが、非常に見苦しいことである、ということ。こうした八雲御抄の見解に対して、和歌秘抄（三七八頁）には「置二白紙一之作法、有二注置人一云々。亡父命云、詠歌接二人数一之輩、善悪何不レ当レ出哉。遂不二詠出一而及二闕如一者、急逐電、可レ止二出仕一。何及下置二白紙一之故実哉上。不レ足レ言也。」とあり、俊成は白紙を置くことを認めていなかったようである。

113 **近代不書位署題　只退下多　有恐事也　不詠は須用白紙作法**
歌が詠めない場合、位署や題を書かずに下がってしまうのは、失礼である、必ず白紙作法に従って、位署や題を書いて、歌のみを書かずに下がるべきだ、ということ。順徳院御記建保四年（一二一六）十二月八日条には「中殿作文会…通方雅清ハ。当座詩なとにも不置白紙之輩也。今度不参。尤不便」と、白紙を置かないことを非難する記述がみえる。

114 **中山内府は家中興遊酒宴などの次には　毎度に上句を古歌を……**
中山内府は、家中の歌会では、いつも古歌の上句を引用して、「……といひし人もおもひ出らる」と書いていたが、優雅でたいへんよいことである、見苦しい歌を詠むのはよろしくない、ということ。中山内府は藤原（中山）忠親。建久二年（一一九一）より内大臣。

115 **たとへば　君が代はつきじとぞおもふ神風や　といひし人も……**
「君が代はつきじとぞおもふ神風や」という上句をもつ和歌としては、袋草紙「希代歌」（八〇頁）に「経信卿　君が代は尽じとぞ思ふ神風やみもすそ川のすまむ限りは　是は承暦二年殿上歌合也。其後或人夢ニ唐装束女共雙居て詠二吟此歌一、各感嘆して云、依此二歌一、帝王御宝算可二増長一云々」とある。同じ話が袖中抄（一八三頁）にも見える。この経信歌は、後拾遺集、時代不同歌合、古来風体抄、近代秀歌ほかにおさめる。

116 **其歌は随時景気也　不詠人は中中さはさはと不詠也**
「……とおもひ出らる」によって引用する古歌は、その時々の状況によってふさわしいものにすること、歌が詠めない人がそうやすやすと詠めるはずはない、だから、古歌を引用するのも見苦しくなくてよいことだ、ということか。

117 **花見御幸　通季卿　題に恋歌を出　又八十……於是非恥優事也**
※「恥」は幽斎本、書陵部本による。国会本は「取」。この部分は意味がとりにくいが、（十二）作者の項目21に「保安花見歌会で歌が詠めなくても必ずしも恥ではないことを述べる。この
　長実代通季詠」とあり、また内閣本（十二）作者事の項目Cに、「元久八十嶋　代実教家隆詠之　通季実教とは不知歌合也此例又多」とあることとかかわるか。長実に代わって通季が、実教に代わって家隆が歌を詠んだが、そうしたことは恥ではないということか。

（六　出題）

一　出題

※国会本は「一　勅題　一　儒者　一　可然臣」から始まり、幽斎本、書陵部本とは異なる。国会本では項目6の前にある「一　出題」が幽斎本、書陵部本のように全体の標題となるべきであると考え、校訂した。国会本の如く「一　勅題　一　儒者　一　可然臣」が冒頭にあっても、項目1以下の内容と矛盾はしないが、まず「出題」の大項目が優先するべきか。冒頭目録章題には「題」とあり、本文章題では「出題」としている。

袋草紙（九七頁）には「一、歌合判者講読師幷題者或撰者清書人等」と題して実際の歌合二十一例をあげているが、題者については、「天徳四年歌合」に「勅題歟」とある他は、三歌合にのみ具体的な題者の名を記している（項目1参照）。題者は歌合の日記などには記されず、不明であることが多いが、八雲御抄は題者の資格について考察し、題と、出題者の具体例をあげている。

1 **題は儒者得之　於儒者は高位大才人可出之　但作者中儒者多……**

題者の資質に言及して、儒者が題を得るというのは、八雲御抄が初出か。八雲御抄は儒者の中では高位大才の人、また歌人であるべきという。「近代非歌人　儒者多　其は不可然歟」（「歌人」は幽斎本、書陵部本による。国会本は「寄人」）と、近代に多い、歌人でない儒者では不可というのは当然であろう。

萩谷朴氏は『平安朝歌合大成』第五巻「第三章　平安期歌合の構成　第一節　人員的構成」で、題者に儒者を指定する例として、

①貞元二年（九七七）左大臣頼忠前栽合（式部権大輔菅原文時）
②長元八年（一〇三五）年関白左大臣頼通歌合（式部大輔資業）
③永承四年（一〇四九）内裏歌合（同右）＊
④承暦二年（一〇七八）内裏歌合（蔵人頭右大弁実政）＊
⑤寛治七年（一〇九三）郁芳門院根合（左大弁匡房）＊

をあげられている（＊印は袋草紙に名のあがるもの。ただし③については袋草紙は、後述のとおり（項目9）、題者は大輔国成朝臣とする）。この題者たちはまた、当該歌合の和歌作者でもある。

項目9参照。

2 **又勅題常事也**

『平安朝歌合大成』第五巻で萩谷朴氏は、勅題の例は、仮名日記で「題を給（賜）ふ」と記される、天徳四年内裏歌合や応和二年内裏歌合、寛和元年内裏歌合であるといわれる。歌合史のなかで勅題の三例が「常事」になるかは疑問であるが、八雲御抄は、題者の第一に「一　勅題」と掲げている。それは八雲御抄が内裏歌合を第一に考え、また勅題による天徳歌合を、内裏歌合の代表的な例と考えているためでもあろう。

また後鳥羽院にとっては、勅題は「常事」で、明月記によれば、建仁元年（一二〇一）七月二十六日の条の「右中弁奉書到来……初可被講和歌、以松月夜涼為題」（和歌所和歌御会始）や、同九月二

十六日の条の「五十首御歌、〈此間又被進題、他人不入其事云々〉」（院五十首和歌会）、同十月五日の条の「入夜左中弁書給題三首」（熊野御幸）をはじめとして、同七日の条、同十三日の条、同十四日の条、同二年六月三日の条、同八月十五日の条、同九月十三日の条、同三年一月九日の条、同年五月十三日の条、建永元年（一二〇六）七月十二日の条、同月十三日の条、同月二十八日の条、建保三年（一二一五）九月二十九日の条などに勅題と考えられる記述があり、家長日記にも、建仁元年設置の和歌所について「歌のこゝろみこれにて侍き。……御簾のうちより題十首いださる」という後鳥羽院出題の例が見える。

また順徳院自身も建保三年（一二一五）内裏名所百首について、明月記の十月二十五日の条に「先日給題多改」とあり、また建保四年十一月一日の条にも「日入之程参内、依先日給和歌題也」（内裏三首歌会）と、勅題の例がみえる。

3 或可然臣献之例多　長元八年歌合　宇治関白自出之

※「献之」は幽斎本、書陵部本による。国会本は「新之」。

「然るべき家臣が題を献ずる例」（項目3・4・5）の初めに「宇治関白」をあげる。長元八年歌合は、長元八年（一〇三五）五月十六日、左大臣頼通が主催した。

漢文日記には「四日令献資業和歌題〈月、五月雨、池水、菖蒲……〉」とあり、題者は資業である。資業は、式部大輔をつとめ、同歌合の方人で歌人でもあるので、八雲御抄が項目1でいう題者の資格にかなうが、八雲御抄の「長元八年歌合　関白自出之」という記述は、項目4、5の例も参観すると、「可然臣」として八雲御抄が、摂政、関白などの大臣級の人物を考えているため、主催者頼通を題者としてあげているようである。

資業の存在はあるものの、頼通が出題にかかわっていることは、左経記同月四日の条に、「於太閤御前書分殿上人、為左右方人、太閤被聞彼此云、歌題可撰用当時可然事小事也歟、将可撰四季題歟、人々或被申云、不似先例、用四季題有興歟者、或不談旧跡、可用当時題者、人有数、仍書出当時小事、〈月、五月雨、池水……〉」とあり、太閤（頼通）が、季節に適った景物の題を出すべきか、春・夏・秋・冬にわたった四季題とすべきか、人々に相談したことがうかがえる。

また、栄花物語（歌合）に「『題はこと所求むべきならず。たゞこのま近く見ゆる事こそは』とて、月・五月雨・池水・菖蒲・蛍火・瞿麦・郭公、照射、これのみや外の思やる事はあらめとて、祝・恋とかゝせ給て」に「かゝせ給て」とあるのも、高陽院での嘱目の景を、頼通が出題したと考えられていたためか。

袋草紙（一〇三頁）には「〈宇治殿十番〉三十講歌合〈長元八年五月十六日左勝……〉」とあるが、題者の名は記されていない。

4 院御時　後京極摂政常奉之

後鳥羽院歌壇が活発であった正治、建仁年間以降、後鳥羽院・良経のかかわった歌合は数多いが、題者が明記されていないので確認できない。津村正氏は、歌会における題者について調査され、新古今成立以前の歌会において、後鳥羽院出題が数多いことを指摘され、良経出題について左の二例を、表中に「良経カ」と示されている。(「鳥羽・後白河院政期の歌会での題者の在り方」〈『和歌文学研究』第65号〉)。

建仁元年(一二〇一)二月八日十首和歌会の記録に付された明月記の逸文に「八日……着座了大臣殿令進題給十首云々〈春三夏二秋三冬二〉各結題〈可尋記忘了〉」(有吉保『新古今和歌集の研究 続編』所収 笠間書院 平8)とあり、また同年七月二十七日当座の会でも良経が題に関わった例が、明月記に「次可有当座会云々、左大臣殿書題」と記されている。「進題」「書題」が実際の出題とは限らないであろうが、良経出題の可能性は高い。

また「院御時」を後鳥羽院の治世の時として広く考えるならば、良経主催の六百番歌合を拾遺愚草の「歌合百首 建久四年秋、三年給題」という記述から良経出題の例とできよう。

八雲御抄はここまで歌合の題者について述べてきているが、次項5では中殿御会に触れるように、良経出題の場合も、身近な歌会の例をも考慮していると思われる。

5 **建保中殿会 右大臣道奉之**

順徳天皇により建保六(一二一八)年八月十三日中殿(清涼殿)において催された御会和歌で、八雲御抄は中殿御会の先例としている。歌会の題は「池月久明」、題者、序者、読師は右大臣道家がつとめた。

百錬抄の同日の項に「題……右大臣 被献之」とある。

前項から続いて、歌会の例になる。

一 勅題 一 儒者 一 可然臣

※「一 勅題 一 儒者 一 可然臣」の位置を幽斎本、書陵部本によって「一 出題」と入れ替えた。国会本では冒頭にある。

本来は「一 出題」が全体の標題で、「一 勅題 一 儒者……」は項目1から5をまとめて項目6の「此他其道堪能……」以下に続ける説明文であったかと思われる。

6 **此外其道堪能人 如定家など時々密儀には出之**

前項に述べたように「一 勅題 一 儒者 一 可然臣」に続けて解釈すべきで、勅題、儒者、然るべき臣(第一級の意か)、以外でも和歌の道に堪能の人、定家などが内裏歌合などの晴儀の場でない歌合には出題することがあるという。明月記の建保元年(一二一三)七月四日の条によれば「近日和歌題五許可進者、題者事本自不堪、不当其仁」と、順徳天皇よりの出題の命を聞いて、定家は謙遜、恐縮している。

また同月二十六日の条によれば「参内大臣殿、見参之間、大府卿参入、相共評定百首題」と、道家の命で百首題の評定をしたことも見える。定家などが内々の相談にあづかることもいうか。

7 **又在時儀 雖為歌人如家隆雅経非其仁 定家有家などは有何事**

※「定家有家などは」は、幽斎本、書陵部本による。国会本はそれぞれ「家」を省略している。

また堪能の人の出題の機会がある時でも題者は、当時の人々の評判によっても決まる。歌人といっても、家隆、雅経などは適任とはいえず、定家、有家などは問題がなくつとまるという。

8**天徳歌合　勅題**
天徳歌合は、天徳四（九六〇）年三月三十日、清涼殿で催された歌合で村上天皇による勅題であった。
袋草紙（九七頁）に「〔左勝二十番〕天徳四年歌合……題者、勅題歟」とある。仮名日記に「みかのひ、だいをたまふ、これはないしのすけの御ぜんにてかきいだせるなり」とある。
項目8、9、10は、内裏歌合の題者を例示し、項目12、14、15にその題の内容が示されている。

9**永承四年〔国成〕**
永承四年（一〇四九）十一月九日に披講された後冷泉御時歌合とも称される永承四年内裏歌合は、袋草紙（九八頁）に「十五番　永承四年歌合……題者、式部大輔国成朝臣」とある。
『平安朝歌合大成』によれば、萩谷朴氏は、題者国成は誤りで、当時の式部大輔の藤原資業であろうといわれる。式部大輔は、和歌二首も詠進していることが知られる。

10**承暦四年〔実政〕**
国会本、幽斎本、書陵部本とも「四年」とするが、当該歌合は、承暦二年（一〇七八）四月二十八日に、白河天皇主催で行われた内裏歌合である。
『平安朝歌合大成』所収の記録切に「蔵人頭右大弁実政朝臣奉仰、献二題目一」とあり、袋草紙（九九頁）にも「十五番　承暦二年歌合……題者、実政朝臣」とある。

11**長治　永長　堀河院百首　郁芳門院根合等　惣其比大略匡房也**

※「郁芳門院根合」は書陵部本による。国会本、幽斎本は「郁芳門根合」。
『平安朝歌合大成』によれば、永長、長治年間には小規模な私的歌合が盛んであったが、現存資料には題者匡房の名はみえない。

しかし、永長元年（一〇九六）には、二十巻本十三目録や、夫木抄等の記載から「永長元年五月二十五日権中納言匡房歌合」が、長治元年（一一〇四）には夫木抄により「長治元年六月権中納言匡房歌合」の催しが認められるといい、そこでは家の歌合として当然、匡房の出題が考えられる。

堀河百首は長治二年（一一〇五）から翌三年の間に源俊頼の企画で、名目上、大江匡房を題者に、藤原公実を勧進者にして奏覧したといわれている。

また郁芳門根合は、寛治七年（一〇九三）五月五日、白河天皇皇女郁芳門院が催した歌合で、題者は匡房がつとめた。

袋草紙（一〇〇頁）にも「〔白河院皇女〕郁芳門院根合　〔寛治七年〕左右持　十番……題者、匡房卿」とある。

この項は、近代歌壇の長老であるとともに、儒者として題者に相応しい匡房の名をあげている。

12**天徳〔三月尽日　春夏恋題〕**
「三月尽日」は、開催の日付で、以下に歌題を「春夏恋」とまとめて説明している。実際には霞、鶯、柳、桜、山吹、藤花、暮春、初夏、郭公、卯花、夏草、恋の十二題二十番が勅題により出された。

以下、項目12から16は、具体的に日付と題を例示する。

13 **寛和〔六月九日　四季祝恋〕**

寛和二年（九八六）六月十日、花山天皇が主催した内裏歌合の開催日時は、二十巻本では九日となっており、八雲御抄に一致する。

題は、四季、祝、恋の二十題、二十番であるが、四季は春（霞、鶯、子日、桜、款冬）、夏（郭公、撫子、菖蒲、蛍）、秋（織女、霧、月、松虫、網代）、冬（紅葉、時雨、霜、雪）と趣向に富み、四季にわたる出題も祝題も歌合としては初出である。

14 **永承〔十一月九日　紅葉等景物祝恋〕**

※「十一月九日」は幽斎本、書陵部本による。国会本は「九日」を欠く。また歌題も幽斎本は「松月紅葉」、書陵部本は「杜月紅葉等」と詳しい。

永承四年（一〇四九）年内裏歌合は、十一月九日に行われ、式部大夫による歌題は、松、月、紅葉、残菊、初雪、池水、擣衣、千鳥、祝、恋の十題十五番である。

15 **承暦〔四月十八日　四季祝恋〕**

八雲御抄は十八日とするが、歌合日記にも、二十巻本類聚歌合目録にも記される二十八日の誤りである。袋草紙には日付の記載まではない。

題は子日、霞、鶯、桜、藤花、菖蒲、郭公、五月雨、七夕、月、鹿、紅葉、雪と祝、恋の十五題、十五番である。

16 **建保〔閏六月　四季恋〕**

建保四年（一二一六）閏六月九日、順徳天皇の内裏で行なわれた百番歌合をいう。題は、春夏秋冬恋で、各二首の二十番であった。

17 **凡時景物は有之　過は不可然事也**

四季にはそれぞれの景物があるので、出題の時期と題の季節がずれることを戒める。

（七　判者）

一　判者

袋草紙（九七頁）が「一、歌合判者講読師幷題者或撰者清書人等」の中で、歌合二十一例とそれぞれの担当者をあげているが、判者については、判のなかった歌合を含めても判者が不明であることは少ない。また袋草紙（一〇五頁）は「判者骨法」の項を設けて、天徳歌合をはじめとする諸歌合の判詞を引き、判者の作法を述べているが、八雲御抄もこれ等を受けて、判者の実例をあげ、判者の条件や、判者の和歌の勝負、判者への難などを記している。

1 **以堪能重代為其仁〔雖堪能非重代者能々可有儀　雖重代非……**

袋草紙（一一一頁）には、「故人云、和歌判者は非二荒涼一者之所レ為。一者、家重代者、若は達レ道者、次者、高貴有二威権一人云々。予今案に雖レ如レ此之輩、皆難レ遁二誹謗一歟」とあり、資格の第一に「家重代」「達道」をあげるように、八雲御抄も、判者に相応しい条件として、「堪能」「重代」をあげる。しかし、八雲御抄は、堪能であっても、重代の歌人でない者が判者をつとめるには、よくよくの理由があるべきで、重代といっても堪能でない者に判者をつとめることは許されないとする。すなわち、八雲御抄が、判者として不可欠とする資質は「堪能」となるか。両事を備え、和歌の道の経験の久しい人をその任とすると述べている。

また当時の重臣で、和歌に長じていなくても判者になった例もあるかと、項目2、3をあげ、検証している。

2寛和　儀懐

袋草紙（九七頁）に「寛和二年歌合（左勝二十番）判者、中納言義懐」とあるように、寛和二年（九八六）内裏歌合の判者は、花山天皇寵臣であった、藤原義懐である。

二十巻本類聚歌合目録にも「同（花山院）御時歌合……判者入道中納言」とある。この時、義懐は権中納言、従二位であった。

項目3、4へ続いて、重臣が判者をつとめた例をいう。

3承暦　顕房

承暦二年（一〇七八）内裏歌合を指す。

袋草紙（九九頁）に「十五番　承暦二年歌合（左勝）判者、大納言顕房」とあり、判者骨法の項（二一頁）にも「承暦二年歌合六条右府判レ之」とある。二十巻本類聚歌合目録にも「同（院）御時歌合……判者皇后宮大夫顕房」とある。歌合当時、源顕房は権大納言で皇后宮大夫を兼任、永保三年（一〇八三）から右大臣となったことは、今鏡（すべらぎの中）にも「承暦二年四月二十八日、殿上の歌合せさせ給ふ。判者は六条右の大臣、皇后宮大夫と申しし時せさせ給ひき」として載る。

4偏依重臣作之　但此人々重代之上歌人也　尤有其理歟

項目2、3は重臣であるために判者となった人々の例をあげたが、これらは判者たる理由のある人だという。

項目2の義懐は一条摂政伊尹男。母は恵子女王。同母姉妹の懐子は花山天皇の母。天皇の外戚として権中納言に至り、後拾遺集に一首入集。花山院出家後、義懐も出家し、その和歌が栄花物語（さまざまのよろこび）に「見し人も忘れのみゆく山里に心ながくもきたる春かな」とみえるので、歌人としての風評も高かったことが知られる。

項目3の顕房は、具平親王の孫、土御門右大臣師房の次男で、母は道長女尊子。白河天皇中宮賢子の実父で、通称六条右大臣。後拾遺集以下に十四首入集する。

ともに重代の重臣で歌人であり、八雲御抄のいう条件を満たしている。


5近比俊成入道相継定家傍若無人　尤専一也

判者としては、近頃では俊成が、それに続いては定家が第一の人で、他には適任者がいないかのようであるという。

6院千五百番歌合十人判之　是は別儀也

院千五百番歌合は後鳥羽院主催の第三度百首で、建仁元年（一二〇一）に詠進した。四季、祝、恋、雑の題で、歌人三十人に百首歌を詠ませた千五百番の歌合。

判者は、忠良、俊成、通親（死去の為、無判）、良経、後鳥羽院、定家、蓮経、生蓮、顕昭、慈円の十人だが、衆議判とは異なり、大量の判であるため、分判となったので、八雲御抄は、判者の起用という点で特別な例と考えている。

7又定家有障之時々密儀など用他人　是臨時事歟

また、特別な例として定家が障りある時には他人に判を任せたことをいう。幽斎本の「有障之時　時々密儀などに」のほうが分かりやすい。

8衆儀判を付詞則判者習也　又只衆儀許も有例

判者の役割として衆議の結果に、判を付け判詞を書くことをいう。

また衆議のみで判のない例もあるという。袋草紙（一四五頁）の「国信卿歌合〔康和二年四月二十八日〕」に「衆議判」という注記が見える。康和二年（一一〇〇）の源宰相中将家和歌合では一番の宰相中将（国信）と顕仲の和歌に続いて、「左右歌、伴読合了、亭主命、縦雖無判、唯以衆議可被量定者、仍互忘左右之義、各達所看而已」とあって、国信が衆議判で裁量すべきことを命じた事が知られ、同記録には衆議の模様が詳しい。

西行の自歌合である御裳濯河歌合において、判者俊成は、「抑、歌合といふ物は上古にはありけむを、しるしつたへざりけるにや、亭子のみかどの御ときよりぞしるしおかれたれど、或時はかちまけをつけられず、あるをりは勝負をば付けながら判の詞はしるさず、村上御時天徳の歌合よりぞ判のことばはしるされて後、永承承暦等の内裏の歌合ならびに私の家にいたるまで、かちまけをしるすことに成りにたり」と、判及び判詞を書くことの由来を記している。

9永承皇后宮歌合　頼宗　長家　顕房　兼房等各申之

八雲御抄は「永承皇后歌合」で頼宗以下が衆議したことを例示している。

八雲御抄のいう「永承皇后歌合」は、『平安朝歌合大成』によると、二十巻本には、「皇后宮歌合〔永承五年五月五日　後冷泉院后　号四条宮〕」と題する歌合が載せられ、二十巻本類聚歌合目録にも「〔寛子〕皇后宮歌合〔永承五年五月五日〕」とある。しかし、萩谷朴氏は、寛子入内が永承五年（一〇五〇）十二月のため、二十巻本歌合本文標題年記旁註の「一説治暦二年可尋」を採用し訂正されている。また八雲御抄が二十巻本による資料によったとしても、同歌合は女房歌人による出詠で、判者名や判は記されず、頼宗以下は関わっていないと思われる。寛子主催の歌合としては、天喜四年春秋歌合が最も盛儀であり、八雲御抄のあげる衆議判に加わった歌人名も見えるので、八雲御抄もこれを指していると考えられる。そうすると「永承」は「天喜」の誤りということになるが、この呼称は、永承に入内した寛子を「永承皇后」というためか。

この皇后春秋歌合は、天喜四年（一〇五六）四月三十日に行われ、判者は内大臣頼宗。作者に頼宗、顕房、長家、念人に兼房の名が見える。また袋草紙（一〇〇頁）には、同歌合の読師の項に「左　顕房」、撰者の項に「左　内大臣、右　民部卿〔長家〕」の名が見える。これらが衆議に加わった人々か。これも、項目8から続いて衆議判の例をあげたもの。

栄花物語（根合）に左の方人の左大臣殿〔教通〕や、右の方人であり判者である大殿〔頼宗〕の名があがり、殿上の人々として顕房、隆俊、長家、兼房らが記され、この時の衆議の様が詳しい。

10例

判者の具体例を以下にあげる。

11延喜十三年亭子院歌合〔勅判　藤原忠房遅参故也〕

袋草紙（九九頁）には「延喜十三年亭子院歌合〔寛平法皇也。〕勅判、臨レ期為二判者一、令レ尋二藤原忠房一給之処、不レ参云々。仍勅判也」とあり、忠房が不参のため勅判となったという。国会本の「遅参」は誤りか。内閣本では、「不参」とある。また勅判である事は、同（一一〇頁・一二四頁）にも記されている。

仮名日記にも「上のおほせたまふ、このうたをたれかはききはやしてことわらむとする、忠房やさぶらふとおほせたまふ、さぶらはずとまうしたまえば、さうざうしがらせたまふ」とある。

12天徳四年〔左大臣実頼〕

袋草紙（九七頁）に「天徳四年歌合……判者、左大臣〔小野宮殿〕」とある。

『平安朝歌合大成』所収の仮名日記広本（萩谷朴氏蔵三条西家旧蔵）には「仰せ言にて左大臣して歌の勝ち負けのわざせさせ給ふ。算おほく刺さるるままに、国光の朝臣云はむかたなしと思へり。又、左大臣を怨めしと見やる」と左方の実頼が判者をつとめたことを不平等と見た記事が見える。

13寛和二年〔中納言義懐〕

項目2、4参照

14長保五年〔左大臣家歌合　道　左衛門督公任〕

長保五年（一〇〇三）五月十五日に道長が法華三十講の法楽として催したもので、割注の「道」は主催者道長を指す。

袋草紙（一〇三頁）に「〔法成寺〕御堂歌合〔長保五年七番、右勝歟。常非歌合儀〕判者、左衛門督公任」とあり、八雲御抄に一致する。また『平安朝歌合大成』によれば、十巻本では「判者左衛門督右衛門督」とし、二十巻本では「判者右衛門督公任」とする。藤原公任あるいは複数の判ともいわれる。

この時、公任は皇后宮大夫で左衛門督であった（公卿補任）。

15長元八年〔左大臣家歌合　頼　神祇伯輔親〕

長元八年（一〇三五）頼通主催の賀陽院水閣歌合は、袋草紙（一〇三頁）に「〔宇治殿十番〕三十講歌合〔長元八年五月十六日左勝〕……判者、祭主三位輔親」とあり、同（一〇六頁）にも「長元八年三十講歌合記云、左右毎講和歌判者〔輔親〕以相定」という。扶桑略記、百錬抄にも同様に記載されている。

栄花物語（歌合）にも「三位輔親をぞ、この哥の勝負定むべき人にて召したる」と、その様子を描写している。

この時、大中臣輔親は従三位で、神祇伯、祭主をつとめている（公卿補任）。

16永承四年〔大納言師房〕

永承四年（一〇四九）内裏歌合は、袋草紙（九六頁）に「十五番　永承四年歌合……判者、正二位権大納言源師房」とある。

この時、源師房は、権大納言であった〔公卿補任〕。

また袋草紙（一〇六頁）には「永承四年歌合判者土御門右府記云、……此間主上直勅下宣曰、可レ申二歌善悪一者、事起二卒爾一。既忌二進止一。因然之間稽首、称云々」と、判者が勅命により急に決まったことを記している。

17 天喜四年〔皇后宮春秋歌合　内大臣頼宗〕

袋草紙（一〇〇頁）には「〔宇治殿女寛子　十番〕皇后宮春秋歌合〔天喜四年左勝　四条宮〕判者、内大臣〔堀河右大臣〕」とある。また堀河右府判は、同（一〇六頁・一二一頁）にも、記載されている。

項目9参照。

18 承暦四年〔皇后宮大夫顕房　不可叶御意　後番勅判〕

「四年」は「二年」の誤り。

袋草紙（一〇七頁）に、「承暦歌合時、一番左右歌講畢後、関白殿仰曰、共有二難事一可レ申。此後方人難二陳之一」と、関白師実の言を皮切りに、方人の論難が続いたことを言い、歌合の一番の判詞にも「いづかたもなんあらむ、まうせとおほせらるるに」以下に左右の難が詳しい。

また同じく袋草紙（九九頁）の承暦二年（一〇七八）内裏歌合の判者を記した注に「〔有難判不知作者〕」とあり、判者骨法の項（一二一頁）にも「承暦二年歌合六条右府判レ之。又有二難判一。不知作者。自然流布云々」というのは、作者は分からないが判者への難もあったという。

当該歌合の二日後に行われた、承暦二年内裏後番歌合の末尾に「此歌はみな右方歌也、二十八日の歌合ばかりの歌、むげにみぐるしきに、かつとさへ定めたる、のちのよのそしられ、わがよのはぢなりとおほせられて、右のかぎりをあはせて、御判にせさせたまふ、左ののこり歌もめしてごらんずるに、ゆゆしき歌のかぎりあれば、それはすてさせたまひて、あはせられずとす」とあり、左方に重きを置いた二十八日の源顕房の判を、白河天皇は不満とし、右方の読人を集め勅判の後番歌合を行なったことが知られる。

19 寛治八年〔前関白高陽院　大納言経信〕

寛治八年（一〇九四）八月十九日、前関白師実が主催した高陽院七番歌合の判者は、袋草紙（一〇三頁）に「〔京極大殿女七番〕高陽院歌合〔左勝〕判者、帥大納言経信」とある。また、「賀陽院歌合、経信判、桜題に伯母与二匡房一合レ之」（一二一頁）として伯母（筑前）が判を不服として師実に消息を送り、判者経信がこれに答えた消息文の遣り取りのあった事を記す。同様の記事は和歌童蒙抄（一三六頁）にも見える。中右記にも「帥大納言為二判者一」とある。この時、源経信は大納言で、六月十二日に太宰権帥になった〔公卿補任〕。

20 又如根合　前栽合等時　歌合判者大略同之　但一向不択歌仙……

次項以下は物合の時の判者を例示する。これらの場合も普通の歌合の場合とほとんど変わらないが、歌人として実力のある者ばかりを選ぶわけでもなく、人を選ぶという。

21 永承六年根合〔内大臣頼宗〕

永承六年（一〇五一）五月五日に行なわれた、殿上根合の判者について、袋草紙（九八頁）に「〔五番左大将左右持〕同（永承）六年根合……判者、内大臣〔堀河殿〕」とある。また同じく「同（永承）六年殿上根合、同人（土御門右府）記云、……一番菖蒲左方先読、方人挙レ声詠レ之。次右読二一両一詠之後、内府〔堀河右大臣〕被レ申云、今夜根事為レ先。勝負在レ彼。至二于和歌一、必不レ可レ被レ定二勝負一歟。有下猶可レ被二定申一之仰上。仍被レ定レ持」（一〇六頁）とあって、根合の後、歌合に至り、必ずしも勝負をつけなくともよいのではないかと内大臣頼宗が判者を辞退したのを、勅命によって判者となったことを記している。

22 **寛治三年四条宮扇合〔大納言経信〕**

寛治三年（一〇八九）八月二十三日、後冷泉皇后寛子が宇治で催した四条宮扇合和歌については、袋草紙（一〇一頁）に「十五番　同（四条宮）宮扇合　寛治三年　右勝　判者、民部卿源経信」とある。

判者源経信は、当時、権大納言で民部卿、皇后宮大夫であった（公卿補任）。

23 **嘉保鳥羽殿前栽合〔左大臣俊房〕**

嘉保二年（一〇九五）、鳥羽離宮に於いて、白河院と皇女郁芳門院が行なった前栽合は、袋草紙（一〇〇頁）に「十番　同（郁芳門院）院前栽合　嘉保二年　右勝　判者、左大臣　堀河源左府」とあり、源俊房が判者であるという。また「鳥羽殿前栽合判者、堀河左府也。件日記云、匡房愚詠之荻歌可レ有二御芳心一之由云々。而其座忘却して定レ負と云々。但判者無二偏頗一」（四〇頁）にともいう。中右記にも「依レ仰左大臣為二判者一」とある。

24 **寛治郁芳門院根合〔右大臣顕房〕**

寛治七年（一〇九三）の根合について、袋草紙（一〇〇頁）に「郁芳門院根合　寛治七年左右持　十番　判者、右大臣〔六条右府〕」とあり、右大臣源顕房をいう。

また同書（一〇六頁）には「郁芳門院根合時、六条右府為二判者一。一番左歌講了後、左右未レ申二左右一之間、判者被レ申云、可レ為レ持。依レ為二一番一也。二番左歌講了後日、左右可レ申二各瑕釁一。其後左右相互致レ難、後評二定之一。或時判者難レ之。又陳レ之、常事也」と、当該判を、一般的な判者のありようとして述べている。

25 **女房為判者事非普通事　長久二年弘徽殿女御歌合　左は義忠……**

※「弘徽殿女御歌合」は幽斎本、書陵部本による。国会本は「弘徽女御歌」。

女房が判者となるのは普通のことではないとし、例外として、八雲御抄は、長久二年（一〇四一）二月十二日に行われた、後朱雀天皇女御、関白教通女生子主催の歌合で論難に加わった相模の名をあげるか。

国会本、幽斎本は「上右相模」とあるが、相模の名は左にみえ、左の歌撰人でもあるので、書陵部本「上古相模」のほうが適切である。

また八雲御抄は「左は義忠　右は家経」と、二人判者のように記述しているが、袋草紙（一〇三頁）には「閑院太政大臣女　十番

弘徽殿女御歌合　長久二年　右勝　判者、大和守藤義忠朝臣〔有家経相模等難判〕」とあるように、判者は義忠である。袋草紙（一〇五頁）には、また「一条院御時、弘徽殿女御歌合に……見二相模之難判一也」とあり、「弘徽殿女御歌合義忠判之。家経幷相模等加難判」（一一一頁）ともある。これらによると「家経」も論難に加わったらしいし、相模も判者となったのではなく衆議に参加したようである。

十番の判詞に「これはあるやうありて、みぎかちにはさだめたるぞといひはべりけるを、ひだりのひとびと、さがみに、いかにとひはべりければ、あからさまなるたびねのいとつれづれなるにちかきまたさだめたるとか」とあり、右勝を不服とする左の人々が相模に意見を求めたことが見える。

26 **凡所々家々歌合不可勝計**

小規模な私的歌合は枚挙に暇がないという。

27 **可然所之殊歌合等判者**

次項以下は数多い歌合の中で、特筆すべき歌合と考えられた歌合の判者を例示する。（＊十五）殊歌合参照。

28 **延喜二十一年京極御息所歌合〔大和守忠房〕**

袋草紙（一〇三頁）に「〔時平公女〕京極御息所歌合〔延喜二十一年三月、左大将殿歟。二十二番、左右持歟。〕判者、大和守忠房春日詣　以二忠房所献之歌返歌一被レ合云々」とあり、延喜二十一年（九二一）京極御息所（時平女褒子）が行った時の事情は、仮名日記にも「延喜二十一年三月七日、亭子院の京ごくみやすむどころ、みかどもろともにかすがにまうでたまひけるとき、やまとのかみにてはふぢはらのただふさといふひとなむありける……ほんくだものいれたり、二十なんありけるおほむくるまにいるる、しきしにかきてうたどもなむつけたりける……院にかへりたまひて、左右とかたわきて、うたをよませたまうてあはせさせたまふ……うたよみはおほかれど、ことさらにただふさをめしてうたはさだめさせたまへりける」とある。

29 **天禄三年九月野宮歌合〔前和泉守順〕**

天禄三年（九七二）規子内親王前栽歌合は、女四宮歌合ともいわれ、開催年月には諸説あるが、袋草紙（一〇一頁）に「村上皇女規子十番　野宮歌合　天禄三年九月二十八日　左勝員八番　判者、前和泉守源順〔有判歌〕」とあるため、八雲御抄も九月とするか。『平安朝歌合大成』によれば、十巻本歌合総目録には「斎宮歌合〔天禄三年八月二十八日〕」、二十巻本類聚歌合目録には「〔規子〕斎宮歌合〔天禄〔延歟〕三年八月二十八日〕」、『新編国歌大観』では「八月二十日」とある。仮名日記に「天禄といふとしはじまりて三とせの秋の中のことなり」とあるので八月であったと思われる。

判者については、仮名日記にも「そのうたども、したがふのあそむのさだめまうさるはん、かくなん」とある。

30 **永承五年祐子内親王家歌合〔内大臣頼宗〕**

永承五年（一〇五〇）の、高倉一宮歌合とも呼ばれた歌合は、袋草紙（一〇一頁）に「〔後朱雀院皇女〕祐子内親王歌合〔永承五年六月五日〕」判者、内大臣〔堀河殿〕」と記され、殿上日記にも「内大臣評定和歌」とある。内大臣は藤原頼宗のこと。

31 **近　法性寺関白歌合〔顕季　俊頼　基俊　判之〕**

近年の「法性寺関白歌合」の判者をいうが、忠通は、十度を超える歌合を催したことが判明している。そのうち注記の三名が関係したものをあげる。

① 元永元年（一一一八）十月二日内大臣家歌合が、俊頼、基俊の両判である。

② 元永元年十月十一日内大臣忠通歌合は、判者俊頼。

③ 元永元年十月十三日内大臣忠通歌合も、判者俊頼。

④ 元永二年七月十三日内大臣歌合は、判者顕季。

⑤ 保安二年（一一二一）九月関白内大臣歌合の判者は、基俊。

⑥ 大治元年（一一二六）八月摂政左大臣家歌合は、「率爾合之　後日献判詞」と記されているが、衆議判を俊頼がまとめたといわれている。

袋草紙は②を「〔今殿下〕内大臣家歌合〔元永元年十月二日　判者俊頼基俊〕」（一五三頁）、③を「〔今殿下〕内大臣家歌合〔元永二年七月日　判者修理大夫〕」（一四九頁）、⑤を「関白殿歌合〔保安二年九月十二日　判者俊頼基俊〕」（一五五頁）、と記している。

また二十巻本類聚歌合巻目録にも「同（内大臣）家歌合」として①については「有俊頼基俊両人判」とあり、以下②は「判者俊頼後日判」、③は「判者俊頼朝臣」、④は「判者顕季卿」、⑤は「判者基俊」、⑥は「判者俊〔頼〕朝臣」と判者が示されている。

右のように、記録に残る範囲でも、顕季、俊頼、基俊の三名が、忠通主催の歌合判者をつとめていることがわかる。

32 **此外万寿義忠歌合〔自判〕**

以下は、臣下の小規模な歌合の例。

万寿二年（一〇二五）五月五日義忠が阿波国で催した、東宮学士義忠歌合は、袋草紙（一三六頁）に「義忠朝臣歌合〔万寿二年五月五日於二任国一合レ之、自判レ之」とあり、藤原義忠が自ら判じた。

33 **康平公基〔範永判　聟君也〕**

康平六年（一〇六三）の丹後守公基朝臣歌合は、袋草紙（一二八頁）に「公基朝臣歌合〔康平六年十月　判者範永朝臣〕」とある。

康平六年（一〇六三）、丹後守公基朝臣歌合の標題注記に「康平六年十月三日　於任国所合」とあり、主催者藤原公基が丹後に在任中おこなわれ、題には、海人橋立が見える。女婿藤原範永や津守国基、永範法師等が京から丹後に下って参加している。公基主催、範永判の歌合は、天喜六年（一〇五八）にも行なわれているが、範永の判詞が残されているのは本歌合である。

34 **永保四宮歌合〔通宗〕**

国会本、幽斎本、書陵部本ともに、注記部分には「通宗」（書陵部本は「通家」）を最初に、あとは順不同ながら、項目35の「〔実行　俊忠　師頼〕」の三名が記されている。しかし、実行以下の三人は、標記の永保三年（一〇八三）年四宮歌合当時は四歳から十七歳であり、判者であった可能性は低い。したがって、実行以下は本来、項目34「永保四宮歌合」の注記ではなく、次項の「等歌……」へと続くべきものとみられる。「永保四宮歌合」とあるのは、永保三年（一〇八三）三月二十日篤子内親王家侍所歌合で、二十巻本歌合には「後三条院四宮侍所歌合」とある。袋草紙（一三五頁）に「〈堀河院中宮〉四条宮歌合〈永保三年三月二十日判者通宗〉」とあるように、判者は若狭守藤原通宗朝臣がつとめた。

35 **〔実行　俊忠　師頼〕等歌合　顕季　俊頼など也**

※「〈実行　俊忠　師頼〉等」は幽斎本に、「歌合　顕季　俊頼など也」は書陵部本による。国会本は「〈俊忠　実行　師頼〉　顕季俊頼など也」。

本来は、実行、俊忠、師頼は歌合主催者、顕季、俊頼はその判者という意図で、八雲御抄が記していたと考えられる。

永久四年（一一一六）六月四日の六条宰相家歌合（参議実行歌合）と、元永元年（一一一八）六月二九日の右兵衛督家歌合（右兵衛督実行歌合）の判者は、修理大夫顕季であるが、袋草紙（一四三頁）に、「実行卿歌合〈永久四年二月四日〉　判者修理大夫」（開催の二月は六月の誤りか）とあり、続いて「同家歌合　〈元永元年六月二十九日　判者修理大夫顕季卿〉」（一四六頁）と見えている。また、長治元年（一一〇四）五月二六日、左近権中将俊忠朝臣家歌合の判者は俊頼で、袋草紙（一五三頁）に、「俊忠朝臣歌合〈長治元年五月二十六日　判者俊頼朝臣〉」とある。また袋草紙にはこれに続く記事として「師頼卿歌合〈天仁二年冬　判者俊頼朝臣〉」（一五三頁）と、同歌合の逸文を載せる。

この項は袋草紙の記事に添って八雲御抄が記した事柄と解される。項目43参照。

36 **奈良花林院　山無動寺　広田　住吉等歌合　択当世歌仙　俊頼…**

判者は当時のいわゆる歌仙、和歌の上手が歌合判者となることをいい、俊頼、基俊、俊成等の名をあげた。

袋草紙（一二一頁）に「奈良花林院歌合、基俊判、後日作者宗延法師出二陳状一」と記され、また同じく「奈良花林院歌合　判者基俊」（一五七頁）とある。

「奈良花林院」は、天治元年（一一二四）春の永縁奈良房歌合であるが、当歌合には基俊判の奈良花林院歌合と標する本（書陵部蔵）と俊頼判の永縁奈良房歌合と標する本（二十巻本、天理図書館蔵）の二伝本がある。基俊と俊頼の判の前後関係については諸説があるが、この二人が加判したことが認められる。

「山無動寺」は、袋草紙（一五六頁）に「無動寺歌合〈保安三年二月二十日　判者俊頼基俊〉」として六首の和歌と俊頼、基俊の判詞を伝える逸文が残る。比叡山無動寺の寛慶が主催者であったと推測されている。

「広田」は袋草紙（一二一頁）に「大治三年八月広田歌合、基俊判」之。而合顕仲卿歌、定持者也」とあり、同じく（一五九頁）に「広田社歌合〈大治二年八月二十九日　判者基俊〉」と記す。これは源顕仲が大治三年（一一二八）に広田神社で催した西宮歌合で、顕仲主催の三社頭歌合（広田西宮、同南宮、住吉）の初めとなり、判者は基俊がつとめた。また俊成判の、承安二年（一一七二）広田社歌合も行われた。

「住吉」は、嘉応二年（一一七〇）十月九日、藤原敦頼が行った住吉社歌合。これも俊成が判者をつとめた。住吉歌合は他に前述の大治三年住吉歌合があり、これは主催者源顕仲判である。

この項も「無動寺歌合」「奈良花林院歌合」「広田歌合」が列挙される袋草紙をもとに書かれているが、袋草紙記載の歌合は保延四年（一一三八）まで（『新古典大系袋草紙』付録による）であるので、俊成判の例を八雲御抄が補ったものと思われる。

37**判者二人常事歟**

前項36の、花林院歌合、無動寺歌合もそうであったように、複数判者の例も多いことを次項に示す。八雲御抄は、袋草紙が「古今歌合難」のなかで、次項の二歌合に続いて記述する無動寺歌合までを、基俊俊頼の複数判と考えていたと思われる。

38**法性寺歌合　俊頼　基俊**

忠通家の歌合の中で、元永元年（一一一八）十月二日内大臣家歌合が、俊頼、基俊の両判である。

袋草紙（一五三頁）に「〔今殿下〕内大臣家歌合　〔元永元年十月二日　判者俊頼基俊〕」とある。

また保安二年（一一二一）関白内大臣歌合の判者は、基俊であるが、この歌合記録には裏書の判詞があり、現在は裏書が当座、表判が後日の基俊判と考えられている。しかし、袋草紙（一五五頁）は「関白殿歌合　〔保安二年九月十二日　判者俊頼基俊〕」と記し、「俊頼云」として裏書を引用している。八雲御抄も袋草紙によって、この保安二年関白内大臣歌合も複数判と考えていたと思われる。項目31参照。

39**又家成家　顕仲　基俊など也　如然事只在時儀**

※「基俊など也」は幽斎本、書陵部本による。国会本は「基也」。

袋草紙（一六二頁）に「家成朝臣歌合〔長承四年　判者基俊顕仲等也〕」として一番の和歌と基俊、顕仲の両判を載せる。

袖中抄（三〇三頁）にも「ははき木」の項に「家成卿歌合、藤原為忠鹿歌云　ははき木につまやこもれるさをしかのそのはらになく声ぞきこゆる　基俊判云、……伯顕仲卿判云」と両判詞を引いている。袋草紙のいう「長承四年（一一三五）」の歌合を、『平安朝歌合大成』は、保延元年（一一三五）八月播磨守家成歌合としてのせるが、逸文しか伝わっていない。

源顕仲、藤原基俊の両判を得ることができるというのは、顕季の孫にあたる主催者家成の力で、『平安朝歌合大成』にも言うように「六条藤家の威勢の盛んなことを思わしめるものがある」ということで、八雲御抄は「時儀に在り」というか。

40**判者は或不書自勝負　衆儀判又仰上なとは不及子細**

判者は原則として、自分の歌については勝負を書かないという。

袋草紙（一一〇頁）にも、「又判者為㆓作者㆒之時、至㆓我歌㆒者、不㆑加㆑判。故実歟。但人々心々也。基俊云、或所歌合相㆓兼判者㆒之時、判詞之　為㆓判者㆒之人、不㆑詠㆑歌者例也。縦雖㆑詠㆑歌於㆓自作之番㆒不㆑加㆑判、是故実也。仍不㆑加㆑判云々」とあり、同趣の基俊の詞を伝える。しかし実際には、続けて「雖㆑然殿下歌合時、又有二勝負一。若是御定歟」とあるように、基俊は忠通主催の歌合で自歌に勝ちをつけていて、これを袋草紙が「（忠通の）御定歟」と述べているので、八雲御抄でも「仰上なとは不及子細」という。

41**其外は俊頼　顕仲已下皆我は負　判者或替人詠　其も同　近代…**

袋草紙は前項の引用箇所に続けて実例をあげているが（二二頁）、その中に「顕仲卿為二判者一之時、以二我歌一皆為レ負。〔中御門中納言歌合〕　俊頼朝臣為二判者一之時、以二吾歌一定レ負。〔殿下歌合〕……但六条右府以下は人に代て詠也」とあり、基俊、源顕仲が自歌を負けとしたこと、判者が代作したことを述べており、八雲御抄はこれによっている。

近代にも判者が自歌を負け、あるいは持としたことは、袋草紙（二〇頁）に、歌合で一番左勝ちが原則であるのに俊頼が自歌を負けとしたことを「就レ中至二俊頼一ハ依レ為二判者一難レ優二吾歌一歟」と、判者であったためと言い、同じく袋草紙（二二頁）に「輔親卿為二判者一之時、以二吾歌一為レ持。〔但一首　三十講歌合〕」ともある。

42**承暦歌合　不合叡慮　仍後番勅判也**

※「不合叡慮」は幽斎本、書陵部本による。国会本は「不合」が脱落している。項目18参照。

43**師頼家歌合　基俊難俊頼判　如此事多**

袋草紙（一五三頁）に「師頼卿歌合〔天仁二年冬　判者俊頼朝臣〕……左歌いひなれたり。右心はをかしけれど末のつる、いかゞとみゆれば、基俊難判云、左歌がらをかしけれど、霜のあしたに雪ふるかとぞみゆるとうたがはれむは、義ならぬ心地なむする」とある。この天仁二年（一一〇九）冬右兵衛督師頼歌合の記事は、歌合の逸文であり、袋草紙が最も詳しい。

また判者が難を受ける事については、袋草紙（二二頁）に「予今案に雖二如此之輩一、皆難レ遁二誹謗一歟」（判者の資格を備えた輩であっても誹謗は遁れがたいか）として弘徽殿女御歌合の判者義忠以下、誹謗を受けた実例七例をあげているが、その中に右の例も「故春宮大夫〔師頼〕歌合、俊頼判レ之。而基俊加二難判一」としてあげられている。

44**歌合撰者は判者に継ては可撰事歟　能々可思慮**

※国会本、幽斎本、書陵部本とも項目を別に立てていないが、ここから撰者について述べる。項目45から49は、内閣本が「一　歌合撰者」としてあげる例に大略一致する。

撰者は歌合の出詠歌を前もって選び出す者をいう。

袋草紙「撰者故実」（一〇三頁）に「雖レ非二秀逸一可レ然レ公達幷重代者歌必可レ入レ之。又雖二重代一後生未レ詠二晴歌一可レ有レ議之由、匡房卿所レ示也。但不二秀逸一之時事也。於二秀歌一者不レ可レ依レ人」とあり、撰者の心得を記すが、八雲御抄は、撰者が配慮すべきことが多いので、判者に次いで大事に選ぶべきだという。

またあまり知られない撰者の例について、袋草紙（九七頁）が「一、歌合判者講読師幷題者或撰者清書人等」であげた四例をすべて以下に引いている。またここでは記されていなかった「長元三十講歌合」の撰者について、袋草紙は「撰者故実」などに別に詳しく記しており、八雲御抄も項目46に撰者公任をあげている。

45**天徳〔左朝忠　兼盛われのみ入〕**

※「われのみ入」は幽斎本、書陵部本による。国会本は「入ねれのみ」。

袋草紙（九七頁）に「天徳四年歌合……撰者、〔左、朝忠卿　右、平兼盛云々〕」とある。二十番のうち、朝忠は左方に七首、兼盛は右方に十一首の自歌が入っている。『新古典大系袋草紙』脚注では、そのために袋草紙は彼等を「撰者と見たか」と指摘する。項目47参照。

46**長元三十講次〔両方公任〕**

袋草紙（一〇四頁）に「長元歌合時、四条大納言入道居二住長谷一。左方人々行向令レ撰レ歌」とあり、長元八年（一〇三五）賀陽院水閣歌合で、公任が左方の撰をしたことがわかる。また同じく袋草紙（四三頁）に「長元歌合時、経信卿生年十八也。為二三河権守一。舎兄経長卿は為二蔵人弁一。件歌合等ヲ為二評定一、以二経長一四条大納言長谷ニ遣レ之。経信所望して乗二経長車後一参上也」（一三頁にもほぼ同内容が載る）と、左方人の経長が公任の所へ赴く際に、右方人であった弟経信が同道し、評を聞いたことが記される。この時のできごとは「難後拾遺抄云」という袋草紙「故人和歌難」の条（一六三頁）にもみえ、ここには「なかぬよもなくよもさらにほとゝぎす」という赤染衛門の和歌がひかれ「申されけるは、歌はあしうもあらず、さらにと云詞を、よしもなういたづら事なれと申されけるとき、給へしこそさもあることと覚えしか」と公任の評を聞いた経信の感想が書かれている。当該歌は左方に入れられているが、赤染衛門の歌は右方にも出されているので、公任は左右の和歌を見ていたか。八雲御抄によれば、撰者は両方、公任がつとめた。

47**天喜皇后歌合〔左頼宗判　右長家〕**

袋草紙（一〇一頁）に「皇后春秋歌合……〔撰者、左、内大臣　右、民部卿（長家）〕」とある。また「土記云、前一日左方人向二内大臣家一〔判者〕撰二和歌一。右方向二民部卿家一〔家長〕撰定。民部卿以二自作一多入。方人含レ咲者衆云々」ともある。天喜四年（一〇五六）皇后宮春秋歌合の際の内大臣は頼宗のことで、判者でもあるが、方人と行なう撰の模様が知られ、撰者長家が自作を多く入れたことも記されているので、項目45の例でも自作の多い二人を撰者と見たか。項目9参照。

48**承暦〔両方経信〕**

承暦二年（一〇七八）内裏歌合について、袋草紙（九九頁）に「承暦二年歌合……撰者、〔左、経信卿　右、（頭註、顕昭伝聞、右方匡房卿撰之云々）〕」とある。『新古典大系袋草紙』の脚注によれば、陽明本は本文に「右、左」がなく「経信卿」とあり、顕昭伝聞の頭注もないので、両方経信ということになり、八雲御抄と一致する。

49**郁芳根合〔左通俊　右匡房〕**

※「匡房」は幽斎本、書陵部本による。国会本は「遅房」。

寛治七年（一〇九三）の根合は、袋草紙（九九頁）に「郁芳門院根合……撰者、〔左、右大弁通俊　右、左大弁匡房〕」とあり、また同（一〇三頁）には「寛治根合右撰者匡房卿也」とある。寛治七年に通俊は右大弁、匡房は左大弁であった（公卿補任）。

（八）序者

一　序者

巻一（一一）序代には、歌会の和歌序について述べているが、ここでは、それを製作するにふさわしい序者の要件を、「公宴」「后宮已下貴所晴会」「雲客遊覧所々」「大臣家已下所々」の場合に分けて提示し、その実例を列挙している。特に「公宴」については詳しく、「宸遊」（項目6）と「仙院」（項目26）に分けて、それぞれの例を開催年次順にあげている。

袋草紙には「和歌序故実」（三頁）、「序代庭訓」（一四頁）として、序代の書き方についての記述があるが、序者の要件には言及しておらず、いわゆる歌学書の類では八雲御抄以外にそれを問題にするものはない。八雲御抄のこの「序者」の部分の記述は、種々の日記や歌会の記録などを参考にしつつ、八雲御抄が独自にまとめたものと考えられる。

1 **公宴序者　大臣若大納言中納言也　参議雖有例猶上卿之役也**

公宴の序者は、参議の例があるものの、やはり上卿つまり大臣、大納言、中納言のつとめるべき役だとする。なお、以下、「宸遊」（項目6）と「仙院」（項目26）に分けて、序者の実例をあげ、八雲御抄がこの両者、つまり天皇主催と上皇主催の両方の宴を指して「公宴」としていることがわかる。

2 **非成業人於和歌序者希代事也**

※「希代事」は幽斎本、書陵部本による。国会本は「希」を脱落している。

成業（秀才・進士・明経などの課試に及第した者）でない者が公宴歌会の序者をつとめるのは稀なことだとする。つまり、漢学に通じた学識の高い人物でなければ、序者としてふさわしくないことを意味するといえよう。

3 **仍一度書たる人は多不書之　震宴序は同人不可過一度　能々……**

「震宴」は「宸宴」、つまり天皇主催の宴のことで、八雲御抄はその歌会の序は同じ人が二度書くべきでないという。また、念入りに人選し、漢学の才を求める必要性についても述べている。ただし、書陵部本には「震宴序は同人不可過一両度」とあり、一、二度を過ぎるべきではないとなっている。確かに項目8、9の師房の例に見られるように、宸宴の序者を二度つとめている例もあるので、その方が実態に即しており、それゆえ、本文を改めた可能性もある。

4 **雖公宴密々事などは侍臣なども随便書之　勝遊の様によるべき…**

項目1で公宴の序者は上卿がつとめるべきものとしているが、ここでは、公宴でも内々で行われる場合は侍臣が書くこともあるとする。

項目7や18は、このような密宴の具体例といえよう。また、平安時代中、後期の和歌序を集録した扶桑古文集にも、白河院の鳥羽殿和歌会において、「式部大丞藤原宗光」や「学生藤原尹通」などの侍臣が製作した序代が見え、八雲御抄の述べる通り、晴儀でない場合は、上卿以外でも公宴の序代を製作していたことが確認できる。

5長治元年中宮和歌会　右兵衛督師頼為序者　宗忠記曰　如此……

長治元年（一一〇四）四月二十四日に催された中宮御所堀河殿での和歌管絃会について、中右記に「盃酌之後於寝殿東廂被講和歌、題云、松契遐年〈江中納言題〉、序代右兵衛督師頼、講師権左中弁時範朝臣、読師は左兵衛督」とあり、さらに、「右兵衛督序代頗不得心、乍置両大弁被仰序者条世人為奇、如此序代多殿上人中儒者所役也、不然者大弁之所役也、不然者又年宿徳上﨟得此道人所書来也、同宰相中乍置大弁被仰他人、世間作法如何」と述べて、右兵衛督源師頼が序者に選ばれたことを難じ、序者の資格について言及している。公卿補任によれば、この時、中右記の筆者藤原宗忠と右兵衛督源師頼は同じ正三位参議であり、しかも、宗忠は右大弁であった。左大弁の源基綱も同座しており、その両大弁を差し置いて、師頼が序者に選ばれたことに納得がいかないと宗忠はいうのである。この非難は彼自身が選ばれなかった不満とも取れ、八雲御抄の「我不書事を怨歟」という記述はそれを指摘したものといえよう。

なお、中右記は、この中宮主催の晴の会の序者を、殿上人の儒者、それでなければ大弁にさせるべきだと述べているが、八雲御抄は、項目37に「后宮已下貴所晴会　多公卿也」としている。

6震遊

「震遊」は幽斎本にもある通り「宸遊」のことで、天皇主催の御遊を指す。以下、項目18まで開催年次順に歌会をあげ、その折の序者名を官職とともにあげている。なお、宸遊は公宴に属すので、序者の要件として、項目1の「公宴序者　大臣若大納言中納言也」が基本となり、密宴の項目7以外はこれに当てはまる。

7寛弘元年十月密宴　参議右大弁行成書之〈于時公任　有国……〉

権記の寛弘元年（一〇〇四）十月十七日の条に「内府今日被饗次、淵酔之餘有和歌之興、余奉勅序」として、饗次（地火炉ついで）の宴の後、和歌を詠ずることとなり、筆者の藤原行成が序代を献上したとあるのが、この宴のことと思われる。また、本朝小序集にも「冬日侍二宸宴一言レ志和歌　参議正三位行右大弁兼侍従美濃権守藤原朝臣行成上」（ただし、公卿補任によれば、美濃ではなく美作権守）と端作りして、この時の真名序代が採録されている。その序代中に「聖上乗二万機之餘閑一、命二一日之密宴一」と表現され、八雲御抄にも「密宴」とあるのは、この会が予定された正式な晴の会でなかったことを示している。したがって、項目1の「公宴序者　大臣若大納言中納言也」の要件を満たさずとも、項目4に「雖公宴密々事などは侍臣なども随便書之」とある通り、参議の行成が序者をつとめることに不都合はないといえる。

また、八雲御抄の注記の「于時公任　有国　輔正　斉信　俊賢忠輔」は、序者の任に当たるにふさわしい人物をあげたものと見られ、公卿補任によれば、確かに、いずれも正三位参議右大弁であった行成以上の官位にある人物である。したがって、この注記は、ほかにも適任者がいたことを示して、そういう中で、行成が選ばれたことを殊更に強調したものといえよう。ただし、この中で同座していたことが確認できるのは、前掲の本朝小序集所収の序代中に「右衛門督藤原朝臣酌二堯樽桑葉之露一」として見える藤原斉信だけである。

8 天喜四年閏三月翫新成桜花〔中殿〕　大納言師房書〔于時上臈…〕

天喜四年（一〇五六）閏三月二十七日の後冷泉天皇の中殿会における序者は、袋草紙（五頁）所引のこの宴の殿上記に「権大納言源朝臣即献二序代一」とあるように、この時、正二位権大納言（公卿補任）であった源師房がつとめた。また、中殿御会部類記所収の大右記の同日条にも「有二御遊事一。先作二桜樹枝一。立二中殿広庇一。有二管絃和歌事一。内大臣〔（頼宗）〕。民部卿〔長（長家）〕。源大納言〔師（師房）〕。藤大納言〔信（信長）〕。予〔（俊家）〕……等参仕。源大納言献二序題一」とある。

八雲御抄の注記に「于時上臈内大臣頼宗」と記すのは、師房が、上臈の藤原頼宗を差し置いて、序者をつとめたことを殊更に示したものであるが、頼宗の名は右の大右記にも見え、新勅撰集賀、四六四番にも「天喜四年潤三月中殿に翫新成桜花歌」と詞書して、彼の歌が採歌されていることからも、彼がこの会に同座していたことが確認できる。

9 承保三年十月大井行幸　右大臣師房〔無上臈之可書　専一歟〕

承保三年（一〇七六）十月二十四日の白河天皇大井河行幸における序も、前項同様源師房（公卿補任によれば、この時右大臣）が献じた。扶桑略記のこの日の条に「行二幸大井河一、御鷹逍遙也。公卿侍臣等皆以供奉。右大臣源朝臣師房述二和歌序一」、百錬抄の同日条にも「行二幸大井河一。有二和歌一。右大臣〔師房〕献レ序」とあり、本朝続文粋巻十に、この時の真名序代が採録されている。

古事談第一には、師房が師である国成にこの序を見せたところ、「非二和歌序体一。似二詩序一」と言われたが、「我不レ可レ書レ詩、仍吾才学此時欲レ書」（十訓抄には「われ、詩序を書くべからず。われ、和歌の才学を、この時、書かざらむはと思ひて」）と答えたという逸話が残っている。

八雲御抄がこの行幸を宸遊に分類するのは、項目19にあるように、旅所といっても大井行幸は天皇主催による大会だと認識しているからだろう。

扶桑略記の「公卿侍臣等皆以供奉」の記事や、この時の歌を収めた種々の歌集などからも、この行幸に、かなり多くの公卿が供奉したことが確認できるが、関白左大臣師実は別格として、その他、名の見えるのは、権大納言俊家や権中納言祐家、同経信などで、確かに、いずれも右大臣の師房より下位で、八雲御抄の注記にいう通り、上位者で序を書くべき者がなく、師房が適任であったようだ。

10 応徳花契多春〔中殿〕　大納言経信書〔于時上臈左大臣俊房〕

応徳元年（一〇八四）三月十六日、三条内裏で催された白河天皇の中殿会の序者は、後二条師通記に「序者民部卿」、中殿御会部類記所引の江記に「民部卿序者」とあるように、民部卿すなわち正二位権大納言源経信（公卿補任）がつとめた。経信集四〇番の詞書に「花契多春〔有序〕」とあって、この時のものと思われる歌が残されているが、序は採録されていない。

また、後二条師通記に「殿下、三公侯、有御遊事」とあって、関白藤原師実、左大臣源俊房、右大臣源顕房、内大臣藤原師道が臨席していたことがわかるが、八雲御抄の注記の「于時上﨟左大臣俊房」は、俊房の如き序者にふさわしい上﨟が同座する中で、経信が序を献じたことを指摘している。

11 **永長竹不改色〔中殿　左大臣俊房専一〕**

※「竹不改色」は幽斎本、書陵部本による。国会本は「竹不改也」。百錬抄の長治二年（一一〇五）三月五日条に「於二中殿一始有二御遊和歌興一。左大臣献レ序」、中右記の同日条に「題竹不改色、江中納言献之、序者左大臣」とある通り、題が竹不改色で、左大臣源俊房が序者をつとめた中殿会は永長年間（一〇九六〜九七）ではなく、堀河天皇により催されたこの長治二年の中殿会のことと考えられる。この俊房の序は本朝続文粋巻十に採録されている。

公卿補任によれば、この時、俊房は従一位左大臣で首席者であり、八雲御抄の注記「左大臣俊房専一」は、俊房が序者として、最適任者であったことを指摘したものである。

12 **嘉承池上花〔雖為鳥羽殿行幸勝遊也〕　権中納言宗忠〔于時……〕**

堀河天皇が白河法皇御所鳥羽殿へ行幸の際に催された嘉承二年（一一〇七）三月六日の歌会の序代は、中右記のこの日の条に「入夜有和歌興……先講序代〔下官候之〕」とあり、筆者宗忠が制作したことがわかる。続けて、中右記には、「抑下官和歌席献序代、御遊之座執拍子、誠一身之両役、是内外之家風也、倩思此事、已面目之秋也。就中去寛治四年臨幸此仙洞之日、列雲客之末、纔献詩也、今日為納言献都序、昇進之早以是可知、偏浴不次之恩幸、加衆人之上也」と、この日の感激が述べられており、宸宴の序者をつとめることが如何に光栄なことであったかがうかがえる。

八雲御抄の注記の「雖為鳥羽殿行幸勝遊也」は鳥羽殿での催しではあるが、行幸の勝遊であるとして、重視している。さらに、八雲御抄は注記に「于時左大臣　前中納言　俊匡房」として、従一位左大臣源俊房と正二位前権中納言でこの時太宰権帥（公卿補任）である大江匡房の名をあげ、彼らのような序者にふさわしい上席者の同座にもかかわらず、正三位権中納言の藤原宗忠が序者をつとめたことを指摘している。

13 **此両度序匡房内々書儲　若可書之由存歟　但俊房宗忠書了**

「此両度」とは直前の項目11と12の歌会を指すが、前述の通り、それぞれの序は俊房と宗忠が書いている。八雲御抄はこの両歌会の序を大江匡房が内々に用意していたというが、これについては不明。ちなみに、項目11の俊房の序について、匡房は江談抄で、「左府の竹の題の和歌序は優美と謂ふべし」と賞賛するものの、その序に「吾君徳載二八圦一。高継二黄帝々堯之跡一。詞兼二六義一。自叶二赤人々丸之流一（本朝続文粋・巻十）とあるのを、「『黄帝・帝堯』を改めて、『炎帝・帝魁』と為さば、いよいよ善からんか。これ文選の成文なり。……なほ下句に『赤人・人丸』と我始めて作らむ日は、なほ片方は健く作るべきなり」といささか難じている。

津村正氏は、「鳥羽・後白河院政期の歌会での題者の在り方」（『和歌文学研究』第65号　平5・3）において、序者には題者よりも年長、高位の者が選ばれていることがほとんどであることを明らかにされたが、この長治の中殿会で匡房は題者をつとめており、公卿補任によれば、この時、俊房は従一位左大臣、匡房は正二位権中納言であるから、上位の俊房が序者をつとめ、下位の匡房が題者をつとめたことに不都合はなかったはずである。項目12の場合は、宗忠が正三位権中納言、匡房が正二位太宰権帥で、匡房の方が上位であったので、自分が任されるものと思い、用意していたのだろうか。

14**天承松樹久緑〔中殿〕　権中納言師頼〔于時有仁　宗忠　皆経…〕**

時信記の天承元年（一一三一）十月二十三日の条によると、この日に催された崇徳天皇の初度中殿会は、右大弁実光の松樹久緑の題で、権中納言源師頼が序者をつとめた。ただし、これに先立つ十九日条に、当初、この会が十九日に催されるはずが、初度中殿会での序の要不要、題の不都合など、問題が噴出して、二十三日に延期されたことが記され、序者については、堀河天皇の嘉保三年の初度中殿会で中納言匡房（項目31）、長治二年の中殿会で左大臣俊房（項目11）がつとめた先例によって、今回は中納言師頼、次回は内大臣有仁がつとめることになったことが記されている。また、中殿御会部類記に、中右記の長治二年（一一〇五）三月五日の御会に引き続き混入したかたちで「題云。松樹久緑。光光可レ献也。先御遊。……次和歌。序者新中納言師頼」とあり、これは、天承の中殿会の記事と見られる。

「于時有仁　宗忠　皆経一役了」という八雲御抄の注記は、内大臣有仁、権大納言宗忠が既に公宴の序者をつとめたことがあることを指し、確かに、八雲御抄に「嘉承池上花　権中納言宗忠」（項目12）、「保安両院花見御幸　内大臣有仁」（項目32）とある通り、彼らはこれ以前に公宴の序者をつとめている。これは、項目3の「宸宴序は同人不可過一度」に通じる見解といえよう。

15**建保池月久明〔中殿〕　右大臣道家〔于時左大臣良輔重服也〕**

建保六年（一二一八）八月十三日に催された順徳天皇の中殿会については、順徳院中殿御会和歌弁図に、この日の模様を記した漢文日記、右大臣藤原道家の真名序代、披講された和歌のすべて、及び歌会に先立って行なわれた御遊の着座図が記録されている。八雲御抄は注記に「左大臣良輔重服也」とするが、公卿補任によれば、良輔はこの年の「三月三十日服解、〔母儀〕、五月十八日複任」とあり、八月十三日は服喪の期間に当たらない。ただし、前掲の記事や和歌に良輔の名は見えず、確かに彼はこの会に列席しておらず、息の道家が首席者であった。

16**此外震遊或密儀也　無何侍臣等多書之**

項目8から前項までにあげた中殿会や行幸以外の宸遊は、密儀すなわち内々の会で、そういう会ではたいした身分でない侍臣等が多く序を書いているという。これは項目4に「雖公宴密々事などは侍臣なども随便書之」とあるのと同じ趣旨の言であり、その例として、項目18をあげる。

17又二条院花有喜色　雖似晴儀無序

千載集賀、六二三番の左大臣藤原経宗の歌の詞書に「二条院御時、おほうちにおはしましてはじめて、花有喜色といへる心をよませ給うけるに、よみ侍りける」とあり、同じ歌が月詣和歌集六一番の詞書には「保元四年三月内裏の御会に、花によろこびの色ありといふことを」とある通り、八雲御抄のこの項の歌会は、保元四年（一一五九）の二条天皇初度中殿会のことと見られる。ただし、序の有無なども含めて詳細については未詳。(三）中殿会の項目2にも「非晴儀」とある。

18建保松間雪　前中納言資実書序　然而密儀也

順徳院の紫禁和歌草五三〇番は、建保二年（一二一四）の詠草で、詞書に「十一月十六日、松間雪」とあり、八雲御抄のいう「建保松間雪」の会はこの歌会のことと見られるが、序者のことも含めて未詳。また、明月記の同年十月十六日の条に「今夜内裏披講松上雪」とあるのも、歌題が少し異なるが、標記の歌会を指しているのかもしれない。

八雲御抄が序者としてあげる藤原資実は、公卿補任によれば、この時太宰権帥であり、上卿でないのに、宸宴の序者をつとめるのは、項目4や16にいう通り、この会が内々の会だから許されたことだろう。

19凡以中殿為大会　雖旅所大井行幸等は又勿論也

中殿会を大会とすることは当然だが、八雲御抄は、旅所といっても、大井川行幸などは中殿会同様、大会だと述べる。この発想は、「宸遊」（項目6）として並べられた項目7から15の会の中に、中殿会に混じって、項目9「承保三年十月大井行幸」や項目12「嘉承」の鳥羽殿行幸が入っているところにも現れている。

20上古は多仮名序也　仍不入之

巻一（二）序代の項目1にも「昔は可然歌などには　多くは仮名序代にて　真名は少也」として、同様に述べている。以下の項目21〜24に見られる通り、確かに、古くは仮名序代が制作されているものの、平安中期以降は真名序代が盛んに制作され、一一〇〇年代には、本朝小序集や扶桑古文集などの真名序代を集録する書物まで編纂された。一方、仮名序代は現存するものは少なく、項目21〜24以外に確認できるのは、藤原顕季の元永元年（一一一八）人麿影供和歌序や清輔の承安二年（一一七二）暮春白河尚歯会和歌（『新編国歌大観』第五巻）の序代などわずかである。

八雲御抄が「仍不入之」とするのは、仮名序代は上古に多いものとして、ここでは、真名序代を問題にしていることを示している。

21延喜大井河行幸　紀貫之

大鏡第六巻に、宇多法皇大井川御幸を語る中に「その日の序代はやがて貫之のぬしこそはつかうまつりたまひしか」とあり、裏書に、その序代が採録され、古今著聞集巻十四にも、昌泰元年（八九八）九月十一日、「大井川に行幸ありて、紀貫之和歌の仮名序をかけり」として、同じく、仮名序が採録されている。ただし、この御幸の年次等に問題があり、江戸時代、井上文雄によって、日本紀略の延喜七年（九〇七）九月十日条に「法皇召㆓文人㆒、賦㆓眺望九詠之詩㆒」とある宇多法皇の御幸がこの時のことであると考証されている。

22 **円融院大井御幸　同時文**

※「時文」は書陵部本による。国会本は「時又」。

「同」は前項の「紀」を指し、貫之の息の紀時文をいう。百錬抄の寛和二年（九八六）十月十四日条に「円融院幸大井河、摂政已下扈従、有和歌管絃」とあり、続古事談第一に「詩ノ序右中弁資忠、和歌ノ序大膳大夫時文ツカウマツレリ」とあって、和歌序を紀時文が献じたことが記されているが、現存せず、仮名序代であったかどうかも確認できない。

23 **同子日　平兼盛**

「同」は前項の「円融院」を指し、これは、円融院の紫野で催された子の日の宴のことである。小右記の永観三年（九八五）二月十三日条に「召兼盛、左大臣仰可献和歌題之由、即献云、於紫野翫子日松者、以兼盛令献和歌序」とあり、平兼盛が題者と序者をつとめたことが確認でき、兼盛集一番にその仮名序代と和歌が収載されている。この兼盛の序代について、袋草紙（一四頁）は「於㆓和歌序題㆒優艶可㆓訓書㆒也。但、兼盛紫野子日序慎㆑所㆑書也」と述べる。

24 **万寿高陽院競馬行幸上東門御会　為政書之**

後一条天皇が母太皇太后彰子滞在中の高陽院に行幸し、万寿元年（一〇二四）九月十九日、競馬、騎射、管絃の催しに続いて、翌日、歌会が行われた。この行幸は、後に、駒競行幸絵巻にも描かれた盛大な行幸で、その模様は、栄花物語（こまくらべの行幸）に詳しく、「式部の少輔文章博士内蔵権頭よしゝげためまさ書き記して奉る」として、善滋為政の仮名序代も採録されている。また、この序代と和歌は高陽院行幸和歌（『新編国歌大観』第五巻）としても伝えられている。

25 **皆是仮名序代也**

前掲の項目21～24の行幸での歌会の序代がすべて仮名序代であることを繰り返し述べる。項目20参照。

26 **仙院**

「宸遊」（項目6）に対して、上皇や女院主催の歌会を「仙院」として分類する。これも、以下、項目34まで開催年次順にあげ、序者名を官職とともにあげているが、項目31は実は中殿会なので、本来は「宸遊」に分類すべきものを誤っている。

27 **長元四年上東門院住吉詣　左衛門督師房書（于時斉信　頼宗…）**

日本紀略の長元四年（一〇三一）九月二十五日の条に「上東門院巡㆓礼石清水八幡宮。四天王寺。住吉社等。公卿侍臣女房等詠歌。左衛門督源朝臣師房作㆑序」とあり、この日から各所を巡ったことがわかる。栄花物語（殿上の花見）に「（十月）二日……住吉の道に述懐といふ心を、左衛門督師房」として、従二位権中納言源師房の真名序代と和歌、及びこの時の人々の詠歌が採録されている。

八雲御抄が注記に名をあげる「斉信　頼宗　能信」は、公卿補任によれば、いずれも師房より高位の人物で、こういう人物を差し置いて、師房が序者に撰ばれたことを指摘する注記といえる。小右記や栄花物語によれば、権大納言春宮大夫頼宗がこの御幸に供奉していたことは確認できる。

28 **延久五年後三条院住吉詣　参議左大弁経信〔于時師房　俊房…〕**

延久五年（一〇七三）二月二十五日の後三条院の住吉詣については、栄花物語（松のしづえ）に詳述され、この時の人々の詠歌が五十首近く採録されている。序代は、これには「左大弁経信〔序〕」とだけあるが、本朝続文粋巻十と扶桑古文集に収載されている。

八雲御抄が注記に名をあげる「師房　俊房　隆房」は、公卿補任によれば、従二位参議左大弁の源経信より高位の人物で、序者の適任者としてあげていると思われるが、栄花物語のほか、扶桑略記、百錬抄、古事談、今鏡など、この日の記事の見えるいずれの資料にも、彼ら三人がこの御幸に供奉した記録は見られない。このことから、推察されるのは、このように、八雲御抄が注記にあげる人物名は、それぞれの会に列席しているか否かを調査して示されたものではないようだ。

なお、大曾根章介氏が「延久の住吉御幸和歌序について」（日本古典文学会々報」第121号　平4・1、『大曾根章介日本漢文学論集』汲古書院　平10）において、この御幸が長元の住吉御幸（前項）を規範になされたもので、序代についても「師房がそれを下敷にして潤色を加えたとみてよい」と述べられている。

29 **寛治鳥羽松影浮水　左大弁匡房〔于時左大臣俊房　大納言……〕**

当該の歌会は、中右記の寛治元年（一〇八七）十一月二十五日の条に「暁院有御幸鳥羽殿」とだけ記され、また、新続古今集賀、七五二番の摂政藤原師実の歌の詞書に「寛治元年十一月鳥羽殿にて、松影浮水といふ事を講ぜられけるに」とある白河院の歌会のことと考えられる。

扶桑古文集に「冬日同詠松詠浮水応　太上皇製和歌一首〔并序〕参議従三位兼行左大弁勘解由長官権守大江朝臣匡房」と端作りして、この時の序代が和歌とともに採録されている。ただし、その序代中には「当十月之令節、命一日之歓遊」とあり、十月に催されたことが記され、前掲の中右記などとは齟齬がある。さらに、右の通り、扶桑古文集には、匡房は「参議従三位」とあるが、公卿補任によれば、非参議従三位であり、一致しない。いずれにしても、八雲御抄の注記に見える左大臣俊房、権大納言経信、参議藤原通俊は匡房より高位で、この注記は、こういう適任者を差し置いて、匡房が序者をつとめたことを指摘している。ちなみに、経信集一九四番の詞書に「松影浮水」とあるのは、この時の歌と見られるので、経信は確かにこの御幸に供奉していたようだ。

30 **同八年月宴翫池上月　大納言経信〔于時大臣俊房〕**

袋草紙（五八頁）に「白川院於㆓鳥羽殿㆒、九月十三夜池上月和歌、序者経信卿の歌に云はく」として、この時の歌が問題になっているが、正しくは、金葉集秋、一八〇番の詞書に「寛治八年八月十五夜白河殿にて翫池上月といへることをよませ給ひける」とあり、中右記の同日条にも「於女院御方、〔東面〕、被講和歌、題云、翫池上月、序題師、予勤仕講師、左大臣為読師」とある通り、寛治八年（一〇九四）八月十五日の白河院の月宴のことと見られる。帥大納言源経信が序者をつとめ、八雲御抄が注記にあげる左大臣俊房も同座して読師をつとめていたことが確認できる。なお、扶桑古文集にこの経信の真名序代が収載されている。

31 **嘉保三年三月十一日辛亥　花契千年　権中納言匡房〔于時……〕**

※「嘉保三年三月十一日辛亥　花契千年」は書陵部本による。国会本は「嘉保花〔始中殿也　可書会　三年三月十一日卒死〕契千年」。

当該の歌会は、中右記の嘉保三年（一〇九六）三月十一日条に「今夕於御前初有和歌　先兼日被出題〔花契千年〕」とある堀河天皇初度の中殿会のことで、「宸遊」（項目6）に分類されるべきものである。これが何故「仙院」（項目26）に混じったのかは不明。開催年次としては、順番通りに置かれている。

袋草紙（三頁）に「嘉保三年内裏江帥書様、春日侍㆓中殿㆒同詠㆓其物㆒応㆑和歌一首幷序」とあり、大江匡房（公卿補任によれば、この時権中納言）が序者をつとめたことがわかる。また、本朝続文粋の巻十に「華契㆓千年㆒　江大府卿」として、この匡房の序代が収載されている。

八雲御抄の注記があげる「経信　俊房　通俊」は、公卿補任によれば、従二位権中納言の匡房より上席者で、序者の適任者といえるが、中右記に記録されている参会者の中に、「治部卿」（権中納言藤原通俊）は確認できるが、俊房と経信の名は見えない。

32 **保安両院花見御幸　内大臣有仁〔専一〕**

保安五年（一一二四）年閏二月十二日、白河、鳥羽両院の法勝寺花見御幸後の白河南殿での歌会は、百錬抄に「両院臨㆓幸法勝寺㆒。覧㆓春花㆒。太政大臣。摂政以下騎馬前駆。……於㆓白河南殿㆒。被㆑講㆓和歌㆒。内大臣献㆑序」とあって、内大臣源有仁が序者をつとめたことがわかる。

当該の序代は扶桑古文集に収載されており、今鏡（御子たち）にも、この有仁について語る中で、この序代を「世こぞりてほめ聞え侍りき」とあり、その一部を引用している。また、古今著聞集（遊覧）にも「内大臣、序を書き給ひけるに、『海内苗安の日、洛外花開く時』と、かみおろしに書き給ひける、いと興ありける」とある。八雲御抄の「専一」の注記も彼が序者として最適任者であったことを示す。

33 **〔有管絃〕大治於院始御会〔無御製〕　左中弁実光**

※「有管絃」は書陵部本による。国会本は「有官位」。

この大治五年（一一三〇）九月五日、愛染明王数体供養の後、催された鳥羽上皇の院御所三条東殿での初度の管絃の御遊及び歌会については、中右記や長秋記に詳しく、公卿、殿上人が多数伺候したが、「無御製並出御」（中右記）であったため、会の進行など種々論議がなされている。序者を左中弁藤原実光がつとめたこともこれらの記事から確認でき、扶桑古文集に「秋日侍　太上皇仙洞同詠菊送多秋応製和歌一首〔幷序〕　正四位下行右中弁臣藤原朝臣実光〔上〕」と端作りして収載されている真名序代は、この時のものと考えられる。ただし、公卿補任によれば、実光はこの当時、左中弁で、右中弁とあるのは誤りと見られる。上皇主催の公宴でありながら、上卿ではなく、左中弁実光が序者をつとめたのは、御製のない会であったためか。

34**正治鳥羽池上松風　内大臣通親〔于時左大臣良経〕**

※「内大臣通親〔于時左大臣良経〕」は書陵部本による。国会本は「内大臣通〔于時左大臣良〕」。

八雲御抄には「正治」とあるが、正治三年は建仁に改元された年に当たり、当該の歌会は、猪隈関白記の建仁元年（一二〇一）四月二十六日の条に「於鳥羽北殿、初有管絃・和歌事」とあり、拾遺愚草二四八九番の詞書にも「建仁元年、鳥羽殿にてはじめて歌講ぜられ、御遊など侍りし夜、池上松風」とある後鳥羽院の鳥羽北殿での初度の会を指すものと見られる。定家の建仁元年熊野山御幸記（『続群書類従』四輯上）の同日条に記された参会者の中に「左大臣殿、右大臣〔笙云々、而不被参云々〕、内大臣〔序者〕」とあり、内大臣源通親が序者をつとめたことが確認できる。

八雲御抄の注記は、序者の適任者として、左大臣藤原良経の名をあげているが、前掲の熊野御幸記の記事にも良経の名が見え、秋篠月清集一四〇一番の詞書に「院於鳥羽殿初度御会に、池上松風」とあることからも、良経が同座していたことがわかる。

35**此外又同之**

このほかもここにあげるものと同じだというが、「同之」が「仙院」（項目26）以下の例だけを指すのか、「震遊（宸遊）」（項目6）以下も含んだ公宴全体を指すのか不明。いずれにしても、このほかの場合もここにあげた例と同様に序者が選任されていることを述べたものであろう。

36**永治二年崇徳院於法性寺関白家松契千年　序不書歟　可尋**

新勅撰集賀、四五八番の詞書に「永治二年（一一四二）、崇徳院、摂政の法性寺家にわたらせ給て、松契千年といへる心をよませ給けるに」とあり、また、教長集七九七番の詞書に「讃岐院法性寺の殿下の許へわたらせたまひて、松契千年と云ふことを」とあり、崇徳院の藤原忠通邸への御幸の折の歌会のことと見られるが、序の有無など詳細は不明。

37**后宮已下貴所晴会　多公卿也　於卿相不論成業　只撰器量也**

后宮のもとなどでの晴の会の序者は多くは公卿であり、公卿の場合は成業（秀才・進士・明経などの課試に及第した者）でなくてもよく、力量によって選ぶべきだという。項目5参照。

38**雖禁中便所会は私事也　仍康保花宴には雖有御製陣議也　准……**

※国会本は「雖有御製陣」以下に脱落があるため、幽斎本の「雖有御製陳議也　准私事　小内記昌言書之　御書所にては時綱書之」によるが、ただし「陳」は国会本の「陣」の方が正しいものと見

られ、これに従う。

袋草紙（五頁）に「康保三年花宴記云、陣座今日有二花宴事一……于レ時少内記大江昌言候二陣座一。聊記二小序一」とあるが、正しくは、日本紀略にある康保二年（九六五）のことらしく、その三月五日の条に「諸卿着二陣座一。翫二南殿前新移桜樹一。有二詠歌盃酒絃管之興一」とある。これについては、『袋草紙考証 歌学篇』に詳しく、さらに同書に「この宴は御製があり、帝も御覧のものであったと思われる」とある。

序者については、前掲の日本紀略に「少内記大江昌言記二小序一」とあって、正七位少内記大江昌言がつとめたことがわかる。八雲御抄が述べる通り、宮中の歌会でも陣などで行われる会は私的なものであり、したがって、序者は公卿である必要はなく、侍臣でよいというのである。項目4参照。

39 **雲客遊覧所々時　儒者五位　或非成業も如時範者或書之**

雲客つまり殿上人の遊覧の歌会では五位の儒者つまり文章博士など漢学に通じた者が序者をつとめ、あるいは成業でない者も時範のような者は序を書くという。この時範については、宮崎康充氏の「平時範に関する覚書」（『書陵部紀要』第41号　平2）に詳しく、五位蔵人と弁官と検非違使を同時に兼ねた、三事兼帯を果たした有能な官人である。これに関して、中右記の嘉保元年（一〇九四）十二月十七日条に「右少弁時範、任右衛門権佐、左右少弁兼左右権佐例、古今未曾有之事也、但当時之撰、時範当其仁、雖無先例又以理也何為哉」とあり、右衛門権佐に時範こそがふさわしいとする。続古事談第一には「堀河院御時ノ逍遥ニ、序代カクベキ人ナカリケリ。大業蔵人国資、無才ノ物ニテ人ユルサズ。五位蔵人時範カキテケリ」とある。このように、時範は堀河院の信任厚い、有能な人物として知られており、こういうことから、八雲御抄にも名が出されたのだろう。ただし、時範は文章生を経ているので、八雲御抄の「非成業も如時範者或書之」という、時範が非成業であるような物言いには不審がある。

40 **大井逍遙　多成業六位　或経文章生五位也**

項目19には大井河行幸が中殿会同様、大会だとあるが、ここにいう大井逍遙は、前項に引き続いて、殿上人の遊覧の例としてあげたものである。その折の序者の要件は成業（課試を及第した者）で六位の者か、文章生を経た五位の者だとする。

41 **八十嶋　成業六位多書之**

八十島祭のことか。八十島祭は天皇即位の大嘗会の翌年、朝廷が使者を難波に遣わし、住吉の神などを祭った儀式で、新勅撰集賀、四五九番の詞書に「後白河院の御時、やそしまのまつりに、すみよしにまかりてよみ侍」（権中納言長方）とあり、玉葉集神祇、二七八〇番の詞書に「後白河院御時、八十島の使にて住吉にまうでてよみ侍りける」（従二位朝子）とあって、この祭について詠まれた歌は散見するが、歌会の開催や序代の製作などについては未詳。

42 **大臣家已下所々　多は儒者五位　或四位也　不及公卿歟**

項目39は殿上人の遊覧の場合をあげており、ここに大臣家以下とするのは、大臣、大納言、中納言など上達部の主催する歌会を指すものと見られる。

例えば、本朝文粋巻十一に載る、永久三年（一一一五）六月二十七日の内大臣藤原忠通の東三条第での歌会の序者をつとめた藤原実光は正五位左少弁で、八雲御抄に述べる通り、儒者五位である。

なお、（四）尋常会の項目16に、公所以外では「序者五位六位也」という叙述がある。

（九　講師）

一　講師

中殿会講師、歌合講師、物合講師になる者の官位とその実例、および講師の作法について述べる。特に中殿会講師の官位や振舞いについて詳しい。袋草紙の「和歌会之次第」（一頁）「題目読様」（三頁）「位署読様」（三頁）により、その頭注にある例も含み、さらに順徳天皇自ら建保六年（一二一八）に催した建保中殿会の例もあげる。建保中殿会は後に中殿御会の先例として重視されている。所作に重点をおいた袋草紙に対して、ここでは天皇の側からどのような官位の者を講師にするのかという規範に重点がある。

1 **中殿会講師　臣下　四位殿上人多弁官　御製　中納言参議**

臣下講師は四位の殿上人で多くは弁官であり、御製講師には中納言参議のものがなる、の意。袋草紙（一頁）「和歌会次第」には「次召二仰講師一」として「五位中召二勘能者一。私所用二位階下臈一。但儀式之時多用二四位一」とある。（三）中殿会の項目24参照。

2 **御製講師は　臣下講師退出後　更依召着替　人々歌撤後　自……**

※「退出」は幽斎本による。国会本は「出」を脱落している。

袋草紙（二頁）に「次臣下歌講了自二簾中一被レ出二御製一。其儀取二払臣下歌一。更居二他文台一。〔非二強儀式一之用二本文台一。〕講師又改レ之。〔四位勤レ之。〕更読二題目一講レ之。度数可レ倍二臣下歌一。於二御製一者以二文下一向二吾方一云々。〔嘉保度叶レ之。講師通俊卿也。〕御製出時、講師可二急退一」とあり、臣下講師は退き、御製講師が着座する。

3 **読師人進て給て披之　御製講師読之　臣下講師或通用之　蔵人…**

※「披之」は幽斎本、書陵部本による。国会本は「被之」。

読師が歌を受け取って懐紙を開いて渡し、御製講師が読むことを述べ、臣下講師が御製講師を通してつとめることがあり、蔵人頭が両方を兼ねることが多いかという。（三）中殿会の項目29参照。

4 **中納言御製講師〔禁中仙洞同之〕**

以下の項目5、6に中納言が御製講師になった例をあげる。「禁中仙洞同之」とあるのは、項目6の寛治月宴の例が、清涼殿での中殿会でなく、仙洞で中納言が講師をつとめたことをさす。

5 **嘉保　通俊卿**

嘉保は嘉保三年（一〇九六）三月十一日に催された堀河天皇初度の中殿会（題「花契千年」）のこと。通俊は従二位権中納言治部卿。袋草紙（二頁）に「於二御製一者以二文下一向二吾方一云々。〔嘉保度叶レ之。講師通俊卿也。〕」とある。中右記の同日条にも「治部卿為講師」とある。

6寛治月宴　通俊

寛治月宴は寛治八年（一〇九四）八月十五日、白河院の鳥羽殿での歌会をいう。中殿会の御製講師の例としてはふさわしくないが、項目4に「禁中仙洞同之」とあるように仙洞の例としてあげたものであろう。中右記の同日条に「召新中納言通俊卿披講御製」とある。公卿補任によれば、通俊はこの時、正三位権中納言であった。

7参議例

御製講師に参議がなった例を、以下項目8〜10まであげる。項目11では、御製講師の起源を康保三年（村上天皇）御記を引用して説明している。項目12〜14は参議以外の者がなった時の例。

8嘉承池上花　左大弁宰相重資

嘉承は堀河天皇の行幸和歌のことで、金葉集（三四）に「嘉承二年鳥羽殿御幸に池上花……」として御製がある。中右記の嘉承二年三月六日条に「入夜有和歌興」として「左大弁重資於講師座辺、令詠臣下之歌、講了後撤之、有御製、講師左大弁、堂上堂下合声詠之」とある。重資はこの時、参議正四位上左大弁であった。

9崇徳院鳥羽田中殿　竹遐年友　中将教長

※「竹遐年友」は幽斎本、書陵部本による。国会本は「竹巡年友」。崇徳院の鳥羽離宮田中殿での歌会の御製講師を中将教長がつとめたの意。袋草紙（二一頁）には頭注として「新院於二鳥羽閑中御所一竹遐年友、和歌度御製講師教長卿勤レ之」とある。なお、この歌会は仁平二年（一一五二）六月〜久寿二年（一一五五）七月の間（新古典文学大系『袋草紙』脚注による）。教長は保延七（永治元）年（一一四一）参議、久安五年（一一四九）正三位になっている。

10建保中殿〔民部卿〕定家

建保六年（一二一八）八月十三日、順徳天皇によって催された中殿御会の会記によれば、臣下講師は範時、御製講師は定家がつとめた。定家はこの時、参議正三位民部卿であった。

11康保三年御記曰　左大臣曰　延喜故左大臣時平　代講師……

「康保三年御記」は村上天皇御記の康保三年（九六六）の佚文。康保三年時、左大臣は実頼で、「左大臣曰」以下の内容は、延喜の時に左大臣時平が紀長谷雄に御製を読ませたことから、以後民部卿に御製をよませるようになった。これが御製講師の根源であるというもの。

12康和元中宮御遊和歌　読師頭弁宗忠　彼記為頭之者無便宜……

康和元年（一〇九九）中宮御遊は康和元年三月二十八日内裏での賭弓に続いて行われた、堀河天皇の中宮篤子のもとでの小弓、蹴鞠、管弦、和歌御会のことか（後二条師通記による）。和歌御会では正家朝臣が序を献じ、題は「風静花芳」（本朝世紀、王沢不渇鈔）という。宗忠は、康和元年十二月十四日参議正四位下右大弁（三十八歳）。参議以前は蔵人頭であった。したがって読師頭弁は宗忠のことと考えられる。史料大成の中右記欠文のため、詳細は不明。八雲御抄に「彼記」として引用するのはその佚文か。

13**保安花見御幸雅兼　其後例近代多歟**

保安五年（一一二四）閏二月十二日、白河、鳥羽両院の花見御幸の時の白河南殿での歌会における講師は、袋草紙（一頁）に「花見御幸時、蔵人頭右大弁雅兼朝臣為二講師一」とある。源雅兼は、この時正四位下右大弁、蔵人頭であった。ただし、古今著聞集（三六〇頁）は御製講師を中納言実行とする。

14**大治五菊送多秋　講師沙汰　弁官蔵人頭不候とて行盛朝臣……**

※「不候」は書陵部本による。国会本は「不作」。

「大治五菊送多秋」は、大治五年（一一三〇）九月五日、鳥羽院御所での歌会で、長秋記の同日条に「講師左衛門佐行盛朝臣」とあり、中右記にも「只今必弁官不候……行盛朝臣已四位也」とあって、御製も出御もない会の講師を藤原行盛がつとめたことが記されている。行盛は崇徳院大嘗会和歌作者であり、金葉集入集歌人である。

15**臣下講師　弁官或四品上臈　有序時は儒者及知漢字之人作之**

臣下講師は弁官、或いは四位の身分の人、序がある時には儒者か漢字を知る人がつとめる、の意。袋草紙（一頁）にも「儀式之時多用二四位一」とある。以下、項目16～22は臣下講師の例。項目18の道時を除けば皆、弁官であった。その道時も、正四位下刑部卿で、位は他の者と同じである。

16**承保野行幸　右大弁実政**

「承保野行幸」は承保三年（一〇七六）十月二十四日、白河天皇大井河行幸のこと。袋草紙（一頁）の頭注に「野行幸時、左大弁実政朝臣講師」とある。藤原実政は、正四位上、承保二年（一〇七五）六月十三日より右大弁。袋草紙には「左大弁」とあるが、承保四年（一〇七七）正月に蔵人頭、同年八月参議になっていることからみて、承保三年冬に左大弁であった可能性は強い。

17**嘉保三年三中殿　右中弁基綱**

嘉保三年（一〇九六）三月十一日中殿会のこと。国会本、幽斎本、書陵部本は「右中弁」とするが、中右記では、「爰召右大弁基綱為講師」とある。公卿補任でも基綱は正四位下、寛治八年より右大弁とある。御製講師については、項目5参照。

18**嘉承池上花　頭刑部卿道時**

中右記の嘉承二年三月六日条に「爰召講師、蔵人頭刑部卿道時朝臣」とある。尊卑分脈では、道時（通時）は「源経信男、正四位下、刑部卿右少将（金葉集作者）」、勅撰作者部類では（源）通時として四位左少将、至嘉承二年とある。御製講師については項目8参照。

19**寛治月宴　右中弁宗忠**

中右記の寛治八年（一〇九四）八月十五日条に「予勤仕講師」とある。宗忠は寛治二年正月従四位下、同八年六月右中弁となった。項目6参照。

20**保安花見御幸　頭右大弁雅兼**

袋草紙（一頁）の頭注に「花見行幸時、蔵人頭右大弁雅兼朝臣為講師」とあり、八雲御抄には、御製講師をあげた項目13にも雅兼の名が見え、臣下講師と御製講師を兼ねたことがわかる。雅兼はこの時、正四位下蔵人頭、右大弁であった。項目13参照。

21 **天承中殿　右大弁実光**

崇徳天皇の天承元年の中殿会。時信記によれば十月二十三日に行われた。藤原実光は天承元年（一一三一）十二月二十二日参議正四位下、二十四日左大弁。元右大弁とあるので、この時右大弁か。

22 **建保中殿　右大弁範時〔先例雖多不注之〕**

※「右大弁範時〔先例雖多注之〕」は幽斎本、書陵部本による。国会本は「右大弁範〔先例注多注之〕」。

「建保中殿」は建保六年（一二一八）八月十三日の中殿会。範時は、建保三年（一二一五）十二月より正四位下、同六年正月十三日より右大弁。項目10参照。

23 **弁官尤有便事歟　五位雖有例　非普通事歟**

袋草紙（一頁）には講師について「五位中召二勘能者一。私所用二位階下﨟一。但儀式之時多用二四位一」とあり、八雲御抄は項目15にも述べる通り、弁官あるいは四位の人が臣下講師にふさわしいとする。

24 **為序者兼講師　長元六年白川子日義忠勤之**

袋草紙（一頁）の頭注に「長元六年白河子日時、義忠為二序者一勤二仕講師一」とあり、また袋草紙（五頁）に「長元六年白河院子日記〔宇治殿義忠記レ之〕」の引用がある。それによれば、義忠は和歌の召人として伺候し、召しにより歌序を奉仕し講師をつとめた。「長元六年白川子日」は、長元六年（一〇三三）二月十六日関白頼通が白河邸で催した子日の宴遊。藤原義忠は東宮学士、万寿二年（一〇二五）より正五位下左少弁。弁官補任によれば長暦二年（一〇三八）、正四位下右中弁。さらに、その注に「大学頭、東宮学士、大和守如故」とある。したがって義忠は長元六年時、左少弁。正五位下か。ただし、大学頭になったのが万寿二年から長元を経て長暦二年までの間で年次不明。位階も、正五位下から正四位下へと飛躍している。従四位の時代があったか。

25 **女房講師例　延喜十三年亭子院歌合　巻御簾一尺五寸女房講之**

女房が講師になった例。延喜十三年亭子院歌合の十巻本の殿上日記に「歌の講師は、女なむつかまつりける」とある。

26 **歌合講師　多は弁官又他官も四位也　大略同御会**

歌合の講師は、弁官であるか又は他官であっても四位である、大略は中殿御会と同じ、と述べる。以下、歌合の講師の例を項目27〜31まであげる。袋草紙「歌合判者講読師并題者或撰者清書人等」（九七頁）によっていると考えられる。

27 **天徳　左〔右兵衛督延光〕右〔右中将博雅　共非作者〕**

袋草紙（九七頁）は天徳四年内裏歌合の講師を「左、左衛門督延光朝臣。右、右近衛中将博雅朝臣」とするが、公卿補任によれば官位が入れ替わっている。これは天徳内裏歌合本文の誤りが原因であろう。

すなわち、天徳四年内裏歌合の本文では、御記に十巻本は「左方右兵衛督延光朝臣、右方右近中将博雅朝臣」、二十巻本は左方を「左兵衛督」とするが後は同じであり、また、仮名日記も十巻本二十巻本共に博雅を右近中将としている。

ところが公卿補任によれば、源延光は従四位上、天徳三年正月三十日右兵衛督、同年九月十六日蔵人頭、十月九日右近権中将とあり、したがって天徳四年内裏歌合時に源延光は従四位上蔵人頭右近権中将である。源博雅は天徳三年（九五九）三月十九日右兵衛督、天延二年（九七四）に非参議従三位皇后宮権大夫となり、そのまま同じ官位で天元三年（九八〇）に亡くなった。中将にはなっていない。つまり、どちらも天徳三年に右兵衛督であったが、延光が歌合の前に右中将になったために二人の官位を取り違えたのではないか。尊卑分脈も伝本によっては博雅について「琵琶名匠　従三位　皇后宮権大夫右中将」とある。

28 **寛和　左〔権中将公任〕右〔蔵人長能〕**

袋草紙（九八頁）には、花山天皇主催の寛和二年内裏歌合について、「講師、左、権中将公任、右、左近将監長能」とある。二十巻本では「講師　権中将公任　左近尉ながたふ」とある。寛和二年（九八六）時、公任は正四位下左近衛権中将。この歌合では右方、十八番雪に出詠している。藤原長能は天元五年（九八二）右近少監、蔵人、近江少掾、図書頭、上総介。この歌合では左方、五番款冬に出詠している。

29 **永承　左〔左馬頭経信〕右〔右中弁資仲〕**

袋草紙（九八頁）には、永承四年（一〇四九）十一月九日の内裏歌合について、「講師、左、従四位上左馬頭源朝臣経信、右、従四位上右少弁藤原朝臣資仲」とある。源経信は寛徳二年左馬頭、永承四年正月従四位上。藤原資仲は永承三年右中弁、従四位下。永承四年正月に従四位上となっており、殿上日記にも資仲は「右中弁」とある。

30 **〔関白家〕長元　左〔左小弁経長五位〕右〔右中弁資通四位〕**

内裏歌合ではなく、関白家での歌合の例を次の項目31と続けてあげる。袋草紙（一〇三頁）は「三十講歌合」として、長元八年（一〇三五）五月十六日の賀陽院水閣歌合の講師を「左、左少弁経長、右、右少弁資通」としてあげ、位はあげない。源経長は長元三年（一〇三〇）左少弁、長元六年（一〇三三）正五位下、四位になったのは長元九年（一〇三六）。したがって八雲御抄で指摘されているように五位で講師になった例である。源資通は長元四年右中弁、従四位下。長元七年従四位上となった。

31 **寛治　左〔右大弁基綱非作者〕右〔右弁宗忠〕**

項目30に引き続き関白家歌合の例をあげる。袋草紙（一〇三頁）も寛治八年（一〇九四）八月十九日の高陽院七番歌合の講師を「左、右大弁基綱、右、右中弁宗忠」とする。藤原基綱は寛治三年（一〇八九）正四位下、同八年（一〇九四）六月右大弁で、項目17基綱と同一人。藤原宗忠は寛治二年（一〇八八）従四位下。同八年六月右中弁となった。

32 **已上例大略四品也　於歌合は非作者人　其例誠多**

以上の例での歌合の講師はたいてい四位であり、歌合の講師は歌の作者でない例がまことに多い、の意。項目27〜31の例の中で歌合の時にあきらかに四位でなかった講師は、項目30の長元八年関白左大臣頼通歌合の源経長だけである（ただし、項目28内裏歌合寛和二年の時の藤原長能の位階は確認できなかった）。「於歌合は非作者人其例誠多」というが、実際には項目28の寛和二年内裏歌合で公任と長能は講師でありながらどちらも出詠しているし、項目29の永承四年内裏歌合で経信と資仲の出詠した歌がそれぞれ確認できる。

33 物合講師

菊合、根合、扇合等、物合の講師の例を以下の項目34〜38まであげる。袋草紙「歌合判者講読師並題者或撰者清書人等」（九七頁）によるのではないかと思われるが、殿上日記等によって訂正したと思われる項目35のような例もある。

34 長元上東門院菊合〔左　中宮亮兼房〕右〔右少弁経長〕

※「経長」は幽斎本、書陵部本等による。国会本は「雅長」。

袋草紙（九六頁）は長元五年（一〇三二）十月の上東門院菊合の講師を「左、中宮権亮藤兼房、右、左少弁源経長朝臣」とする。藤原兼房は道兼の孫である。尊卑分脈では「歌人、正四位下、讃岐守、備中守、中宮亮、右少将。延久元年六月卒」とある。源経長は、万寿四年（一〇二七）従五位上、長元二年（一〇二九）蔵人、長元三年左少弁となった。

35 永承殿上根合〔左少将師基〕右〔右少将隆俊〕

袋草紙（九八頁）は永承六年（一〇五一）五月五日の内裏根合の講師を「左、斎院長官長房朝臣、右、右近中将隆俊朝臣、如土記講師、左　良基、右、基家」とするが、十巻本殿上日記では「先左右講師、依召参入。左々近衛少将師基　右々近衛中将隆俊朝臣」、二十巻本では「講師　左　左近権少将源師基　右　右近権中将源隆俊」として、左の講師が袋草紙とは異なり、八雲御抄は歌合本文と一致している。しかし、源師基は尊卑分脈、公卿補任に見えない。源隆俊は永承元年（一〇四六）左権中将、同四年（一〇四九）正四位下、康平二年（一〇五九）参議となった。永承元年に既に左権中将であるので、八雲御抄の「右少将」は「右中将」の誤りか。

36 寛治郁芳門院根合〔左　侍従宗忠〕右〔少将能俊〕

寛治七年（一〇九三）五月五日郁芳門院根合の講師は袋草紙（一〇〇頁）に「左、四位侍従宗綱朝臣　右、右近少将源能俊朝臣」とあり、中右記には「左、講師宗忠、右、講師左少将能俊」とある。藤原宗忠は中右記の筆者で寛治二年（一〇八八）従四位下、同六年（一〇九二）侍従。源能俊は寛治元年（一〇八七）右少将、寛治二年蔵人、寛治三年従四位下となっている。

37 同前栽合　左〔左中弁宗忠〕右〔少将能俊〕

嘉保二年（一〇九五）八月二十八日の郁芳門院前栽合の講師は袋草紙（一〇〇頁）に「左、左中弁宗忠朝臣　右、右近少将能俊朝臣」とある。なお、宗忠は嘉保二年には右中弁であったはずで、左中弁になったのは、承徳二年（一〇九八）。能俊も、嘉保二年正月正四位下となっている。前項36参照。

38 又天喜扇合　侍従〔宗信〕右〔中弁基綱　非其同人可勤之〕

天喜扇合は寛治三年（一〇八九）八月二十三日の四条宮扇合のことか。袋草紙（一〇一頁）は「同宮（皇后宮）扇合」としてあげ、「講師〔左、侍従宗信　右、弁基綱〕」とするが、後二条師通記には

「左講師権弁基綱朝臣、右四位侍従宗忠朝臣」とあり、「宗信」は誤りか。源基綱は寛治三年正月従五位上、同二八日権左中弁、同三月十二日正四位下となった。

39 **后宮歌合　天喜例　左右正権亮奉仕之**

天喜四年（一〇五六）四月三十日の皇后宮春秋歌合のこと。皇后宮は前項の四条宮寛子のこと。袋草紙（一〇〇頁）に「左、権亮藤原顕宗朝臣　右、亮藤師基」とあり、二十巻本に「講師〈左権亮顕家朝臣　右亮師基朝臣〉」とある。前項扇合と主催者が同じで、后宮歌合の例として引用された。

a **内親王　天禄野宮歌合　六位橘正通**

規子内親王前栽歌合とも呼ばれる、天禄三年（九七二）八月二十八日の女四宮歌合を、袋草紙（一〇二頁）は「野宮歌合」としてあげ、「講師、加賀掾橘正通〈読両方歌〉」とする。橘正通は尊卑分脈に「宮内卿正四位下、詞花作者」とあるが公卿補任に見えない。勅撰作者部類は「四位。少納言橘匡利男」とする。

b **永承祐子〈家経一人奉仕之〉**

永承五年（一〇五〇）六月五日の祐子内親王家歌合について、袋草紙（一〇二頁）も「講師　家経朝臣一人読二両方歌等一」とあるが、新古典大系の袋草紙脚注で指摘されているように家経は誤りで、殿上日記によれば経長と資通であった。

40 **女御　麗景殿歌合〈左延光右保光　此等例不同可在時儀也〉**

天暦十年（九五六）二月二十九日の麗景殿女御歌合。麗景殿女御は荘子女王。袋草紙（一〇三頁）も「講師〈左、延光朝臣　右、保光朝臣〉」とする。源延光は天慶九年（九四六）従四位下、改姓賜源朝臣。天暦八年（九五四）三月春宮権亮。同九月兼内蔵頭〈権亮如元〉。源保光は天暦五年（九五一）従四位下、同八年民部大輔、同十年正月次侍従となった。

41 **凡公宴は四位也　関白大臣已下四位雖有例多五位也　諸家……**

講師の身分について結論を述べる。すなわち、講師は公宴においては四位の者がつとめ、関白家では大臣以下四位までの例があるが多くは五位である、諸家の歌合では大体五位の者がつとめるが、六位の例もある、の意。項目1、15参照。

42 **講師作法**

講師としての立居振舞い、題目の読み方、位署の読み方などを次の項目43〜55まで述べる。袋草紙（一一頁）によるところが大きい。

43 **依召笏〈略儀不持笏　雖侍臣多は持之　弁官又勿論〉参上……**

袋草紙（一一頁）にも「次講師読二上之一。其儀延二右足一頗及臨読レ之〈専不レ居二円座一、只懸二片膝許一〉」とある。（三）中殿会の項目23参照。

44 **講師随重て頗うつぶきて微音に一句づつ読也　位署は如法微音…**

袋草紙（一一頁）には「其音不レ微。一句々々読二切之一。〈但至二位署一髣髴読レ之〉」とあり、位署以外は読み方が相違している。和歌秘抄（三七六頁）は「一句つゝ切声に読二上之一」とある。

45 **建保詩中殿会時　頼範為御製講師　関白普通に披たるを取反て…**

ここでは、御製を御製講師のほうに向けるのは間違いがないようにするための作法だと説明する。
袋草紙（二頁）に「於二御製一者以二文下一向二吾方一云々」とある。
建保四年十二月八日の建保詩中殿会は、順徳院御記にも「関白は普通に下を向西置之。頼範取之向下於我方講之」とある。

46**高倉院詩中殿（治承）祖父永範……他人不記　但口伝不可不審歟**

※「但口伝不可不審歟」は、幽斎本、書陵部本による。国会本は「口伝不可不宗由歟」とする。
前項のように頼範が行なった作法が、祖父の永範の口伝によることを述べるが、他に記述がないことを指摘している。

47**其上通俊　嘉保和歌会有此作法　誠一説歟**

項目45の記述についていう。袋草紙（二頁）に「於二御製一者以二文下一向二吾方一云々（嘉保度叶レ之。講師通俊卿）」とあるように、文台に置かれた歌を開けた時、普通は文の下を御前の方に向けて置くが、御製は自分の方へ向ける。ただし八雲御抄では一説歟とする。

48**題目読様　仮令　秋の夜　其題を詠て製に応るやまと歌云々……**

袋草紙（三頁）の「一、題目読様　仮令　秋夜同詠二叢夜虫一応レ製和歌一首。如二仮名一読レ之云々　御製詠給ヘルト可レ読。一説云事ヲト可レ読二付之一云々。但可レ依レ題歟。仮令春心在レ花、是等類尤可二読付一」による。
八雲御抄は一説をそのまま取りあげて「題に依りていふことを詠むとも読むべし」とするが、袋草紙にある「春心在レ花」の例をあげない。

49**和字は高く歌字は微に可読　是清輔説也　一反後は又不読名**

「製に応るやまと歌」の「やまと歌」についての読み方の説明。和（やまと）の字は強く読み、歌（うた）の字は微かに読むべきである、これは清輔の説であるという通り、袋草紙（三頁）に「亦和字明読レ之、歌字微読レ之」とある。和歌秘抄（三七頁）によれば定家と清輔とでは「やまとうた」の読み方（アクセント）が異なっていた。それは古今集仮名序や古事記、日本書紀における「やまと」の語源解釈と関連した故実によるものであるが、ここでの「やまと」と「うた」の読み方はアクセントを問題にしているわけではない。

50**位署は親王は中務卿親王三品親王とて不読名　大臣已下同之……**

袋草紙（三頁）に「一、位署読様　於二公家仙院一（女院同レ之歟）六位官姓名、五位官名、四位官名朝臣。三位以上姓朝臣（但四位宰相准二非参議一）親王内親王（無レ官可レ称レ位歟。三品親王、若一品親王也。）於二親王大臣家一、六位同レ前、五位官名朝臣。四位官名朝臣。三位以上官許」とあるように、袋草紙は公家仙院と親王大臣家について各々身分の低いものから説明しているが、八雲御抄は内裏で位署を読み上げる場合について、「親王は」と身分の高いものから説明しながら、「私所」（袋草紙にいう親王大臣家か）について五位の官名に朝臣を加えることを述べた後は身分の低いものから説明している。また、五位の官名に朝臣を加えることが繰り返され記述が混乱している。

51**助音人は一反後詠之　准詩頌声無其人或不詠歟**

この部分、助音に関しての説明。助音は節をつけて歌を詠むこと。講師が一度読んでから助音の人が詠ずる。頌声（しょうせい）はほめたたえる声のこと。つまり、詩の頌声に准じて、その人すなわち助音に適当な人がいなければ詠じない、ということか。

袋草紙（二頁）では「講師読二上之一」として「有二両題一之時、同題一巡講了読次歌」と講師の読み方についての説明が続き、その後、「次可レ然人々同音詠レ之。但初音不二助音一……次詠二三返之一」と助音を説明し「為二後進一人不レ可二進詠一レ之」とする。袋草紙の場合は詠じないというわけではなく、若輩の人は進んで詠じてはならない、というだけである。

52 **康和元四斎院和歌　師時講師　記曰　人々奉歌後有召参為講師……**

この項は、人々が歌を奉ったあと召しにより師時が講師となった、康和元年（一〇九九）四月三日に行われた斎院和歌について、位署読様の実例としてあげている。師時は承徳元年（一〇九七）蔵人、右少将。康和元年正月従四位下となった。「康和元四斎院和歌」は（三）中殿会の項目37参照。

53 **歌合には両方講師各別也　書番一巻には講師も一人也**

歌合の際の講師の人数について述べる。歌合では左方、右方の講師はそれぞれ別（各一人）である。ただし、書番で歌合が一巻になっている場合は講師は一人であるの意。

歌合の歌は色紙や風流（装飾物）に書かれていて、後にはそれを読師が取り上げ講師に渡したが、天徳内裏歌合の時には読師という役割がなく、講師の源博雅が順序を誤って読み勝敗に影響したことが殿上日記等に記されている。中世になって歌合を一巻に書くようになり、講師は一人となった（峯岸義秋『歌合の研究』二三四〜二三五頁）。和歌秘抄（三七八頁）では「晴歌合、左右有二講師一云々。未レ勤二仕之一。建仁元年雖レ有二左右講師一、各不レ及二別作法一歟」とあるので、晴以外での歌合講師は既に一人だったようである。

54 **先左講師読歌　次には先自負方可読　仮令　左勝は次番には先……**

袋草紙（九五頁）にも「次講二和歌一……一番若持者、二番猶出二左歌後一。後者自二負方一出レ之」とある。歌合の際の講師の歌の読む順序について述べる。まず、左の講師が歌を読み、次の番には先に負けた方から歌を読むのである。たとえば、左が勝てば次の番は右の講師が右の歌をよむ。前の番が持の場合には、その前の番で負けた方から歌を読む。

55 **凡講師読歌外は不言　是故実也　而承暦師賢通俊少々陳是非……**

承暦二年（一〇七八）四月二十八日内裏歌合で師賢は左方、通俊は右方の講師であったが、論難が盛んであったこの歌合で、彼らも多く難を述べた。例えば、通俊は「真金ふく吉備の中山　霞こむれど（二番左・霞・家忠）」を「この霞は立ちどこそかなり」と難じたり、師賢は「今日よりはつまとぞ頼むあやめ草かりそめなりと思はざらなむ（六番右・菖蒲・匡房）」を「菖蒲にはあらで、恋にてなむある」と難じたり、という具合であった。

56 **凡講師之習無尽人　尽題て講て読而　付案て別仰などにては……**

※「付案て」は幽斎本による。国会本「付宴を」。

歌会の時の講師の歌の読み方について述べる。一人の人の歌を全部ではなく、一つの題の歌を全部講じて読み、別に仰せがあれば一人の作者の歌を三首あれば三首とも読むが、普通は二〜三首書いてあっても同じ題の歌だけ一首ずつ読んでいく、これらは清輔ら古人の説である、の意か。袋草紙（二頁）に「有二両題一之時、同題一巡講了読二次歌一。雖二数十一准レ之。件時更又読二名字一」とあるように、題が二つある時、まず同じ題の歌ばかり一通り講じ終わってから、次の題の歌を読む、たとえ数十人分でもそのようにする、という。これは歌会の時に歌が作者ごとに懐紙に書かれていたことによる。八雲御抄の説では、仰せがあれば作者ごとに二題とも読んでもよい、ということであろう。（五）歌書様参照。

（十　読師）

一　読師

読師は、歌を披講される順に重ねる役である。歌合や歌会の進行役であり、座の首席者あるいは次席者がつとめた。

先行歌学書では、袋草紙において、歌合や歌会の説明の中で読師について触れたり、読師にまつわるエピソードが書かれているが、読師についてのまとまった記述はない。八雲御抄は、資料の一つとして袋草紙を参考にしつつ、それを取捨選択かつ大幅に補足しながらみずからの立場でまとめている。御製読師と臣下読師を区別するのも八雲御抄独自である。

1 **当座第一座為御製読師　二座人可為臣下読師　無御製所にて……**

読師については、（四）尋常会の項目11でも「次読師取歌重〔……第一人可有御製読師　仍或第二人　又兼御製読師有例　或第三人有例〕」と述べている。同座した者のうちの首席者が御製の読師、次席者が臣下の読師、というのが普通であるが、御製がない場合でも、多くは次席者の役であり、首席者が御製と臣下の読師を兼ねることもあると述べて、以下に例をあげる。

袋草紙（二頁）は、「和歌会之次第」のところで「次読師進二寄文台下一。取重置之。……一二座人等数勤二仕之一」と、八雲御抄と同様、その場の首席者または次席者が読師をつとめることを指摘し、三例をあげているが、そのうち八雲御抄が例としてあげるのは保安五年花見御幸で首席者藤原雅実がつとめた例のみである。

項目4参照。

▽和色（二〇）

2 **下読師可随便宜　大臣読師之時参議重之　有親知之人には雖……**

※「有親知之人」は書陵部本による。国会本は「有親私之人」。

「下読師」は、他の歌学書には見当らない語であるが、（三）中殿会の項目25に「次読師取歌自下重　或有下読師座　読師腋重之　下読師者非御気色　私心寄人也」とあり、（四）尋常会の項目11に「次読師取歌重〔或下読師重之。…〕」と述べているので、読師の補佐役として歌を重ねる人をいうのだろう（なお順徳院御記でもこの語を用いている）。

「清輔説」とは、袋草紙（二頁）の「和歌会之次第」に「次読師進二寄文台下一。取重置之（若位階次第不レ審、召二蔵人一令レ重レ之）」と見える、位階の次第が不審の場合に蔵人を召して歌を重ねさせるという説。

八雲御抄は、読師が大臣の時の下読師は参議がつとめ、親しい人であれば四位五位でもよいとするが、読師が大臣の場合、清輔のいう蔵人はふさわしくない、とする。

a〔**嘉承池上花　俊明読師　蔵人弁為隆重之**〕

書陵部本に前項2に続けて細字で書かれている。2にいう蔵人を召して歌を重ねた例であるが、読師は大臣ではない。

嘉承二年（一一〇七）三月六日、堀河天皇鳥羽殿御幸の折の歌会のこと。中右記、殿暦に詳しい。中右記に「民部卿為読師（但召蔵人権右中弁為隆於座後、被重人々歌次第）」とあり、読師は大納言正二位民部卿源俊明、歌を重ねたのは蔵人権右中弁の藤原為隆とわかる。また殿暦にも「余民部卿ニ可読師由ヲ示」とある。藤原為隆は、歌会の時は五位であった（公卿補任保安三年条）。

公卿補任によれば、この年の席次は、左大臣従一位源俊房、関白右大臣正二位藤原忠実、内大臣正二位源雅実、大納言正二位源俊明の順であるが、殿暦・中右記には俊房、雅実の名は見えず、同座の中では、忠実が首席者、俊明が次席者であったと思われる。

3**寛治月宴　前関白当関白左大臣在座　左大臣為読師　是其時……**

次席者臣下読師の例としてあげている。なお、御製の読師は首席者の前関白師実がつとめた（項目9参照）。

寛治八年（一〇九四）八月十五日、白河上皇が鳥羽殿にて催した観月の歌会のこと。中右記によれば「大殿（前関白藤原師実）、左大臣（源俊房）、関白殿（藤原師通）」が同座したことがわかる。また「講師左大臣為読師」とあって、臣下の歌については講師読師ともに左大臣俊房であった。なお、臣下の歌は官位の低い者から順に披講されるのだが、中右記によれば、左大臣と関白の歌の次第について、講師の左大臣には逡巡があったようで、「依大殿命、先講関白殿歌、次左大臣、次大殿」と見え、師実の命によってようやく決着したのである。この時左大臣俊房は従一位、関白師通は正二位であり、位階の点では左大臣俊房が座の次席者であった。

4**保安花見御幸　太政大臣雅実為第一人為読師**

首席者読師の例（御製読師と臣下読師を兼ねたか）である。

袋草紙（二一頁）は読師について「保安五年、太政入道勤仕之（和歌会之次第）」と例示している。

保安五年（一一二四）閏二月十二日、白河・鳥羽両上皇の白河法勝寺への花見御幸の後、白河南殿にて行われた歌会のこと。百錬抄に「両院臨二幸法勝寺一。覧二春花一。太政大臣。摂政以下騎馬前駆。……於白河南殿。披講和歌。内大臣献レ序」とあって、「第一の人」である太政大臣雅実が供奉したことがわかる。読師についてては未詳。

5**大治　内大臣　敦光下読師　于時二人〔関白候〕**

「下読師」がおかれた例。御製のない時に次席者が読師をつとめた例でもある。

大治五年（一一三〇）九月五日、院御所における御遊の後の歌会のこと。中右記、長秋記に詳しい。長秋記に「内大臣可読師之由有勅定」とあるように、勅命により内大臣源有仁が読師をつとめたが、中右記「内大臣読師皆取之〔敦光朝臣候簀子、次第取之奉内大臣〕」によれば、藤原敦光が簀子に伺候して有仁に歌を取り次いだとわかる。中右記にはまた「人々歌被講之後、従簾中、女房中納言大夫典侍和歌二首……内大臣進寄取之、被置本歌上、更召返講師又被講」とあって、最後に講じられる女房歌の読師も内大臣源有仁であったようだ。また、この時御製はなかったことが中右記に見える。

つまり読師は「下読師」の敦光とあわせて二人で、「関白候」とあるように関白藤原忠通が同座したので、読師の源有仁は同座の中で次席者だといいたいのだろう。

6 **凡先例は非一様　如然事只在時儀　多第二人役也**

およそ先例は一様でないが、多くの場合、読師は次席者の役であると結論する。項目1参照。

7 **読師作法**

以下、歌会や歌会における読師の仕儀について、御製読師と臣下読師にわけて述べる。

8 **御製読師は歌披講畢臣下読師撤歌後　自御懐中被出之時　膝行…**

※「歌披講畢」は幽斎本、書陵部本による。国会本は「歌披講の」。

袋草紙（一一頁）の「和歌会之次第」に「次臣下歌講了自㆓簾中㆒被㆑出㆓御製㆒。其儀取㆓払臣下歌㆒。更居㆓他文台㆒」と簡単に説明がある。

八雲御抄（三）中殿会の項目26・27にも「次読師撤歌」「次読師給御製披置〔講了自御懐中令取出給也〕」とある。

御製の読師は、臣下の歌の披講が終り、臣下の読師が歌を撤した後に、懐中から出される御製を膝行して賜り、開いて置くのだという。

ちなみに、嘉承二年鳥羽殿御幸（a14参照）の時は、殿暦に「講了主上自御懐中取出御製令置給、須余可開、而依程遠、民部卿開」とあって、この作法によっていることがわかる。おそらく御製の読師は主席者の関白忠実であり、忠実が御製を開くべきであったが、遠かったので臣下の読師をつとめた民部卿源俊明が開いたのであろう。

9 **寛治月宴　上皇御簾中　関白〔師通〕進給御製　前関白披之……**

寛治八年（一〇九四）八月十五日、白河上皇の鳥羽殿観月の歌会のこと（項目3参照）。中右記に「爰従御簾中給御製於関白。関白伝献大殿便宜」とある。御製の読師は前関白藤原師実であり、通常は読師本人が御製を賜るのだが、関白藤原師通が父子の礼により取り次いだ、これは例外だというのである。

10 **講畢懐御製退事感興之余也　但不可為常事　此事又不限御製……**

以下項目14まで御製懐中について言及する。御製を懐中して退出するのは、感興のあまりのことであるが、これは御製に限らないとして、まず御製でない例をあげる。

袋草紙（九頁）の「取㆓和歌㆒事」に「御製若ハ当座主君詠㆓秀歌㆒

之時、其道之長、若ハ為二席上一之珍人懐レ之可二退出一云々。不レ堪二惜感一之由也」と述べて「高倉一宮歌合之後宴和歌云、宇治殿御歌曰、有明の月だにあれや時鳥ただ一声の行かたもみむ」（後拾遺・夏・一九二・頼通）をあげ、「大二条殿内大臣之時、懐レ之退出ト云々。是雖レ非二其道之長一、以二人望一歟。於レ事得タル人ノ所レ為也。況如二御製一哉」と述べている。

この歌は、永承五年（一〇五〇）の祐子内親王家歌合の後宴歌会で、「郭公」題で頼通（殿下）が詠んだもの（三七）で、日記に「殿下、抽郭公題、殊令詠嘉什、詞林花鮮、艶流泉清、講席之間、諷吟無止、嘉歎之余、右大臣、執而懐之」とあって、右大臣大二条殿教通がこの歌を懐中したとわかる。読師については未詳であるが、日記によれば、出席者のうち右大臣教通は関白頼通に次いで次席者にあたり、頼通歌の読師をつとめるに最もふさわしい。

11 **懐中可依時儀　近年此事多**

近年、御製を懐中する事が多いというのだが、参考までに、順徳院御記から御製懐中の例をあげると、「読師右大臣道家。懐中朕歌退出」（建保四年八月十五日条）「予歌ハ右大臣懐中了」（建保六年九月十三日条）などがある。

12 **院御時実氏懐中　浅位壮年人などは不相応歟**

浅位の人や若年の人が御製を懐中するのはふさわしくない例としてあげるが、未詳。なお西園寺実氏は建久五年（一一九四）生まれ、承元五年（建暦元年、一二一一）に十八歳で参議従三位に叙せられ、後鳥羽院の院政が終わる承久二年（一二二〇）の時点でも権中納言従二位、二十八歳であった。

13 **清輔云　顕輔崇徳院御製可取之由再三思惟ども猶有恐て退出……**

※「清輔云　顕輔」は幽斎本、書陵部本による。国会本は「清輔」。浅位の人の例。袋草紙（九頁）に、項目10の引用部に続けて「先年於二新院一有二和歌一。而有二宜御製一。故左京後日雖レ懐レ之、猶有レ恐空退出云々」とある。

顕輔は、左京大夫、中宮亮、皇太后宮亮のほか、近江権守、備中権守等を歴任、久安四年（一一四八）五十九歳で正三位に至り、久寿二年（一一五五）、六十六歳で没した。顕輔は崇徳院の院宣によって仁平元年（一一五一）に詞花集を撰進してもいるが、官位はさほどでもなく、懐中するには「浅位」であるため、「誠に恐るべき事歟」と評したのだろう。

14 **嘉承〔池上月〕関白懐中御製**

国会本、幽斎本、書陵部本ともに題「池上月」とあるが、この歌会については、書陵部本項目a（項目2の次）に「嘉承池上花……」とあるほか、（三）中殿会の項目19、（八）序者の項目12、（九）講師の項目8・18などすべて「嘉承池上花」とあり、金葉集詞書「嘉承二年鳥羽殿行幸に池上花といへることを……」（賀・三四）、三月という時節から見て、「池上花」とあるべきだろう。

嘉承二年（一一〇七）三月六日の鳥羽殿御幸のこと。殿暦に「講了後人々退程、余取御製、是先例也」とあり、中右記にも「関白殿令執御製給」とあって、関白藤原忠実が御製を懐中したことがわかる。

15**臣下読師只自下臈次第重〔歌下為御所方〕二首三首時は端許……**

以下項目18まで臣下読師の説明。袋草紙（二一頁）の「和歌会之次第」に、読師の仕儀について「其儀取二一通一開レ之置二文台一〔両題時開二端歌許一〕。向二下於御前一。……以二下臈一為レ先」とある。

臣下の読師は、位の低い者から順に歌の下を御所の方に向けて置き、二首三首あるときには全部の歌ではなく端の歌（最初の歌）だけを開く、という。

16**僧幷女歌は人歌講畢後可重歟　不論殿上地下只守位也**

※「可重」は幽斎本、書陵部本による。国会本は「可重可重」。

袋草紙（二一頁）に、項目15で引用した部分に続けて「但於二僧侶幷女房歌一不レ論二貴賤一終講レ之」とあり、また「亦女房歌、諸人歌講畢時出之」ともあって、僧侶と女房の歌は貴賤に関わらず最後に講じること、女房の歌は最後に出すことを述べている。

八雲御抄は、僧侶と女房の歌を最後とする点は共通するが、殿上を許されているかどうかにかかわらず位の順に披講するという。

17**六位は或依官次第或依臈歟**

六位の者は、官の次第による場合と、臈による場合があるという。臈は年功の意。(三) 中殿会の項目38でも「六位は不守一臈依官　是先例也　又随臈先例　両説也」と述べている。

ところが、順徳院御記を見ると、建保七年（一二一九）正月二十七日の歌会の記事中、「又康光ハ一臈。左衛門尉範綱ハ三臈。大膳亮也。六位依官之由在旧記之間。申合左大臣。仍今夜以範綱重康光上了」とある。六位は官の上下によるという「旧記」を尊重すると読師の左大臣と申し合わせたうえで、この時は（年功によらず官によって）三臈の範綱を一臈の康光の上に重ね、先に披講したのである。

18**清輔説　地下者歌不置文台　私所にも侍品已下者歌不置文台……**

袋草紙による記述。袋草紙（二一頁）に、項目16の引用部に続けて「或人云、侍以下歌不レ置二文台一。於レ下講レ之云々。但近代不レ然歟」とある。

地下の者の歌は文台に置かない。私的な場所でも、侍の品以下（無位）の者の歌は文台に置かない。しかし近代はそうではない、というのだが、具体的な例については未詳。

19**歌合読師は只授講師役也　風流などに書花たるなどをも取……**

※「只授講師」は幽斎本、書陵部本による。国会本は「只模講師」。

歌合の読師は、ただ講師に授けるだけの役目であって、趣向を凝らして花などに書かれた歌をも取って講師に読ませる役目であるから、読師は置かれる場合と置かれない場合がある、という。

袋草紙（九七・九八・九九・一〇三頁）は「歌合判者講読師幷題者或撰者清書人等」の項で和歌の清書の仕方についても触れている。このうち、花など紙以外のものに書かれた例は四例、それを読師が講師に授けた例は、賀陽院水閣歌合（左方は扇、右方は蝶の翅に書いた。項目24参照）と永承六年内裏根合（胡蝶舞の人形の翼に書いた。項目21参照）の二例である。

残る二例については、承暦二年内裏歌合（鏡面に金泥で書いた。

項目26参照）の時は読師はなく、和歌の取次ぎ役を清輔は「後居」と呼んでいる。また天徳四年内裏歌合（左方は鶴の銜えた山吹の葉に書いた。項目20参照）では読師はなかった。

このほか、永承四年内裏歌合も蔦の葉に書いたことが知られる。なお、萩谷朴氏は、「文台に風流を凝らしたことが記録文献に残されている歌合」を列記し、その趣向について解説されている（『平安朝歌合大成』第五巻第三章第二節物質的構成イ）。

20 **天徳歌合無読師　左講師延光朝臣自取歌由有所見　右も撤……**

※「自取歌」は幽斎本、書陵部本による。国会本は「自元歌」。

天徳四年内裏歌合の殿上日記に「於是、召出左方延光朝臣右方博雅朝臣、令講各方献歌、延光朝臣手執花枝口詠艶藻」とある。また、仮名日記に「左、かうじ右兵衛督源のぶみつよりて、すはまのおほひをすこしひきあげて、山吹の花のえだの一尺ばかりあるこがねしてつくりたるをとりて、ささげてよひとよゐたり、花びらにうたはかきたるなるべし、ともかくもせで、ささげてよみときゐたり、かうろささげたるににたり、右、講師源中将ひろまさ、すはまのおほひは蔵人少将すけのぶもたり」とある。左方の洲浜には銀の鶴が金の山吹一枝をくわえ、その葉一枚ごとに歌が書かれていた。左方講師の源延光は、洲浜の覆いを引きあげ、みずから山吹の枝を捧げ持って和歌を講じたのに対し、右方の洲浜の覆いは講師の源博雅ではなく藤原助信が取り去ったことがわかる。八雲御抄は、これは読師としての役割ではないというのである。なお、「無読師」については項目26参照。

21 **但永承根合〔少将資綱　右大弁経季〕**

国会本、幽斎本、書陵部本ともに「少将」「経季」とあるが、「中将」「経家」が正しい。内閣本には「右中将」「経家」とある。

袋草紙（九六頁）の「歌合判者講読師幷題者或撰者清書人等」に永承六年（一〇五一）五月の内裏根合をあげ、「読師〔左、経家朝臣　右、資綱朝臣〕」と記す。この項目21以下項目24までは、袋草紙同項に読師の名をあげる歌合とすべて重なっている。

日記に「蔵人頭相分為左右頭〔左方右大弁経家朝臣、右方右近衛中将資綱朝臣〕……次有歌合事……以左右頭各為読師」とある。

歌合当時、左方読師の藤原経家、右方読師の藤原資綱ともに正四位下（公卿補任天喜四年条、永承六年条）。

22 **天喜皇后宮歌合〔顕房　隆俊〕**

袋草紙（一〇〇頁）は天喜四年（一〇五六）の皇后宮春秋歌合をあげて「読師〔左、後頭中将源顕房朝臣　右、前頭中将源隆俊朝臣〕」と記す。

日記に「読師　左　新頭中将顕房　右　前頭中将隆俊」とある。

歌合当時、左方読師の源顕房は正四位上（公卿補任康平四年条）、右方読師の源隆俊は正四位下（同康平二年条）。

23 **郁芳根合〔季仲　師頼〕為読師**

袋草紙（九九頁）は寛治七年（一〇九三）の郁芳門院根合をあげて「読師〔左、藤原季仲朝臣　右、右中弁源師頼朝臣〕」と記す。中右記抄出の根合本文は、右方読師を「顕頼」と記すので、八雲御抄は袋草紙によることが知られる。

歌合当時、左方読師の藤原季仲、右方読師の源師頼ともに正四位下（公卿補任嘉保元年条、承徳二年条）。

24**又宇治関白長元〔行経　兼房也〕**

袋草紙（一〇三頁）は、「〔宇治殿　十番〕三十講歌合〔長元八年……〕」の形で、長元八年（一〇三五）、宇治関白頼通主催の賀陽院水閣歌合をあげ、「読師〔左、右近少将行経朝臣　右、中宮亮兼房朝臣〕」と記す。

仮名日記（『平安朝歌合大成』所収二十巻本）に「左に左近少将ゆきつねのあそむ、右に中宮亮かねふさのあそむ、よりてよます」とある。また左経記に「左少将行経朝臣進取歌筥、立講師前。右中宮権亮兼房朝臣同林（ママ）居同歌書銀之枝、授講師」とある。歌合当時、左方読師の藤原行経は従四位上（公卿補任寛徳二年条）。兼房については未詳。

25**凡皆例四品也**

項目24にあげる賀陽院水閣歌合の兼房が未詳であるほかは、項目21から24の四つの歌合の読師はすべて四位である。

26**天徳寛和永承承暦歌合読師不見**

いずれも内裏歌合で、歌合記録に読師の名は見えない。八雲御抄は、（一）内裏歌合の冒頭で、天徳、永承、承暦の三度の内裏歌合と亭子院歌合を例とすることを述べているので、前例とすべき内裏歌合には読師がなかったということになる。

なおこの四つの内裏歌合は、袋草紙の「歌合判者講読師幷題者或撰者清書人等」（九七頁〜）にあげる歌合のうち、読師の名を記していない内裏歌合とも重なっている。ただし袋草紙は、天徳四年内裏歌合は「読師不見」とし、寛和二年内裏歌合は読師の項を立てない。永承四年内裏歌合、承暦二年内裏歌合については、読師の代わりに「後居」の項を立てている。

これに対して八雲御抄は、「後居」についてはまったく触れずに、袋草紙にはない「下読師」という名称を用いるのが特色である。「後居」「下読師」の名称はともに、歌合記録などには一切見えない。

（十一　番事）

一　番事

歌合における番について述べる。天皇や院との番については袋草紙で少し言及しているが、番についてのまとまった記述は先行歌学書にはない。

1**合手は人程歌程共相応尤難有　只宿老人などは万事可聴　無判…**

番の相手は、身分・家格と歌の上手さがどちらも応じることは難しいとして、老人はすべて許されること、諸社への奉納和歌など無判の歌合は歌よりも身分を尊重すべきこと、女官や古い時代の歌人の場合は位や貴賤は問題にしないことを述べる。

撰歌合は詠進歌の中から秀歌を撰んで結番する歌合のこと。「取切る」とは、反対に、詠進歌のすべてを結番して撰外歌を残さないことをいうのであろう（順徳院御記建保四年六月九日条「歌合習皆撰合也。今度皆悉番之。取切一人番之間。於院有沙汰被番也」参照)。乱合とは、結番相手や左右の分属などが一定しない歌合をいう。八雲御抄は、題によって撰出される撰歌合も乱合も番う相手は問題ではないという。

※「是非詩劣」は幽斎本、書陵部本による。国会本は「是非被劣」。

2 **建暦詩歌合　自院…雅経嫌重長　是非詩劣只嫌物狂　而有沙汰…**

「而有」は幽斎本、書陵部本による。国会本は「面有」。

順徳院歌壇初度の詩歌合、建暦二年(一二一二)五月十一日に催された内裏詩歌合をさすと思われる(唐沢正実「順徳天皇内裏における詩歌合の盛行について」日本大学『語文』第65号、昭61・6参照)。この詩歌合に出詠された雅経の和歌と家宣の詩が知られている。

八雲御抄は雅経が「人の程」によって重長との番を嫌ったため家宣に変更されたのは不審極まりないという。なお後鳥羽院が番を定めたこと、重長の詩と忠定の和歌、番などについては未詳。

ちなみに、建暦から数年後、建保四年(一二一六)十二月八日の中殿詩会について、翌九日の順徳院御記に「今度可参否及沙汰輩」のうちに「重長ハ依時不参」と見え、重長を中殿会のメンバーに加えるべきかどうか、この時点においても問題にされているので、雅経も同様の理由で嫌ったか。

3 **承久　忠定番伊平　忠定頻痛申　是未練者故也　然而合畢……**

「歌の程」により嫌った例。承久元年(一二一九)内裏百番歌合。七番以下、十七番……九十七番と、左に伊平、右に忠定が番えられている。「未練」は歌が未熟、つまり下手なこと。藤原忠定は藤原伊平との番を嫌ったというが、未詳。項目2の場合を含め、このように番の相手を嫌うのは、近代は歌合ごとに多いという。

4 **此子細於女歌者不謂善悪事也　撰歌合には偏撰歌之間不可……**

女歌と撰歌合については項目1で述べており、項目1の補足説明と見るべきもの。もと書入れ注であったか。

5 **永承四年殿上歌合　能因入道為一番左　是力不及之様歟**

永承四年(一〇四九)内裏歌合、一番、「松」題で、左方作者「能因法師云々」とあり、歌「かすがやまいはねの松は君がためちとせのみかは万代ぞへむ」と、右方、右中弁資仲の「いはしろのをのへの風に年ふれど松の緑はかはらざりけり」が番われ、左の勝。巻一、(二十一)歌合子細の項目1・2に「一番左は可然人得之」「但　随題て能因孝善(代人家忠)例也」とある。一番左には然るべき人の歌を置くべきであって僧侶の歌はふさわしくないが、他の歌人は力不足のため置かれた、の意か。

6 **御製番人事上古不見　寛和始之　于時御製二首　一首は番公任…**

御製を番うことは寛和元年(九八五)の内裏歌合が最初だという。現存の十巻本歌合本文は六題十二首のうち御製は「月」題左(一)、「霧」題左(七)、「虫」題左(一一)の三首あり、右は順に公任、長能、公任(一は左の勝、七・一一は持)であるが、仮名日記に「題四をたまひて」とあるので、四題八首しかなかった可能性が高い(すると御製は二首となる)。また長能作とされた歌は、後拾遺集秋上、三〇七番に「寛和元年八月七日内裏歌合によみはべりける」と詞書して橘為義の作として入集しており、前述の如く四題八首であれば、御製二首のうち一首は公任、一首は為義と番えられたことになって八雲御抄の記述と一致する（なお『平安朝歌合大成』所収、慶安版手鑑所載の二十巻本系日記断簡には「題六を給ひて」とあるが、存疑）。

藤原公任は関白太政大臣頼忠の一男で、歌合当時は正四位上左近衛権中将。正二位権大納言に至る。橘為義は近江掾道文の男。道長家の家司で、但馬守・丹波守・伊予守などに任ぜられた。勅撰集入集歌は後拾遺集二首、詞花集一首であり、長保五年の左大臣家歌合、後十五番歌合などに出詠した。公任は歌人としても家柄の上でも御製と結番するに申し分ないが、為義はさほどの人ではないという。

7又永承皇后宮歌合　御製（後冷）替源三位被番隆国畢

※「被番隆国畢」は幽斎本、書陵部本による。国会本は「被番隆国々」。

永承年間ではなく天喜四年（一〇五六）に行われた皇后宮春秋歌合の歌合本文（底本は二十巻本系陽明文庫本）には十番左歌が後冷泉帝の御製、右歌は「大輔」となっていて伊勢大輔の作と解せるが、栄花物語（根合）に引かれた歌合本文では、左「内の御製（源三位にかはらせ給へる）」右「大夫（隆国）」とあって、八雲御抄の記述と一致する。右歌は新古今集賀、七二五番にも「天喜四年皇后宮の歌合に、祝の心をよみ侍ける」と詞書し、作者「前大納言隆国」として入集する。

また袋草紙（一二〇頁）に、真名日記（『平安朝歌合大成』所収）を引いて「皇后宮春秋歌合、或記云、左十番祝、有二御製一云々。……是御乳母三位入二左方一、俄申二下御製一歟云々」という記述が見える。

源三位については、書陵部本に「俊賢」と細字注があり、群書類従本系の歌合本文も「源三位俊賢」としているのだが、前記真名日記に「御乳母三位」とあり、仮名日記にも「御めのとみなもとの三ゐまゐりたまへり」と見えるので、乳母の源三位とすべきである。なお、後朱雀帝崩御後の源三位と弁乳母の贈答が栄花物語（根合）と新古今集哀傷、八二一・八二二番に載り、『勅撰作者部類』は菅野敦頼女源成瀬妻とするが、萩谷朴氏は、先帝後朱雀帝乳母源隆子（源致時女、泰憲母）かとされる。

8近代は四位五位皆御合手　但過法下劣人は不可参歟

※「不可参歟」は書陵部本による。国会本は「可参歟」。

近代は四位五位の者でも皆御製と結番されるが、あまりに劣った人は、歌を参らせる（結番される）べきではない、という。

9院御時秀能時々為御番　如何

後鳥羽院と秀能との番については、たとえば増鏡（おどろのした）に、建保二年（一二一四）九月、水無瀬殿での清撰歌合において、第七番左、院の「明石潟浦路晴れゆく朝なぎに霧にこぎ入るあまの釣船」に秀能の歌が番われたことについて、「北面の中に、藤原秀能とて、年ごろもこの道に許りたるすきものなれば、召し加えらるること常のことなれど、やんごとなき人々の歌だにも、あるは一首二首三首には過ぎざりしに、この秀能九首まで召されて、しかも院の御かたてに参る。さて、ありつるあまの釣船の御歌の右に、『契りおきし山の木の葉の下紅葉そめしころもに秋風ぞふく』と詠めりしは、その身の上にとりて、長き世の面目、何かはあらん、とぞ聞きはべりし」と見える。

藤原秀能（如願）は元暦元年（一一八四）生まれ、河内守秀宗の男。建仁元年（一二〇一）十八歳の頃から歌壇に登場、後鳥羽院の殊遇を受けた。

10院御製亭子院歌合二首也

院御製が番われた例。袋草紙（二一〇頁）に、「又御製者不レ負云々。古今之間、有二御製一之歌合、延喜十三年亭子院歌合、有二御製二首一」とある。

亭子院歌合に宇多法皇の御製二首（二・六一）が入り、すべて勝である。

11歌人与非歌人番事

以下、項目12から19まで歌人として名高い者とさほどではない者が番われた例をあげる。「非歌人」か否かの判断は難しいが、一応の目安として、新古今集までの勅撰集入集と他の歌合等への出詠状況をあげておく。八雲御抄があげる番の一部は、袋草紙の「古今歌合難」の項に見えるものもあるが、袋草紙は番そのものについては問題にせず、本文が異なることもあるので、袋草紙を直接資料としたわけではないだろう。

12天徳　朝忠与博古

天徳四年内裏歌合、十番左「朝忠」、右「博古」。

藤原博古は勅撰集入集歌なく、この時の歌合歌一首のほかは、歌合への出詠は知られない。藤原朝忠はこの天徳四年内裏歌合に七首出詠、後撰集に四首、拾遺集に三首入集している。

13永承　経信与大中臣永輔（伊房替也）

永承四年内裏歌合の歌合本文には、三番左「左馬頭経信朝臣」、右「少納言伊房」とあるが、伊房の歌は、続詞花集冬、二九二番に「永承四年内裏歌合に」と詞書し、作者「大中臣永輔」として入集する。八雲御抄は、永輔の作を伊房が替わって出詠したと見ているようだ。

大中臣永輔は勅撰集入集、他の歌合出詠ともになし。藤原伊房は後拾遺集、金葉集、千載集に各一首入集。他の歌合出詠は見当たらない。源経信は三船の才を謳われ、後拾遺集以下に入集、和歌多数。

14承暦　匡房与政長道良

承暦二年内裏歌合、三番左「刑部卿政長朝臣」、右「美作守匡房朝臣」。六番左「大宮亮道良」、右「大江匡房」。

源政長は承保二年の殿上歌合に出詠。道良は勅撰集入集、他の歌合出詠ともになし。大江匡房は学識・詩文にすぐれ、和歌も多数。

▽袋草（三二）

15弘徽殿女御歌合　相模与侍従乳母

弘徽殿女御歌合、一番左「さがみ」、右「侍従のめのと」。

侍従乳母は千載集に一首入集（旧勅撰作者部類には記載なし）、長久二年の弘徽殿女御歌合、源大納言家歌合、永承六年の内裏根合に出詠、萩谷朴氏は大江匡衡女江侍従と同一人物かとされる。相模は金葉集以下の勅撰集に入集、数多くの歌合に出詠した。

▽袋草（一〇八）

16法性寺家　俊頼与源定信

大治元年（一一二六）の摂政左大臣家歌合、一番左「俊頼朝臣」、右「定信」。

源定信は金葉集に四首、千載集に一首入集。他の歌合への出詠は知られない。源俊頼は堀河院歌壇の歌人として活躍した。

17長元　赤染与公資

賀陽院水閣歌合、八番左「大江公資」、右「赤染」。

大江公資は後拾遺集から千載集までの勅撰集に七首入集、他の歌合への出詠は知られない。赤染衛門は拾遺集初出、多くの歌合に出詠した。

▽袋草（一二四）

18如此事不可勝計　随思出抄之

これらは枚挙に暇がないが、ただ思い出すままに列挙しただけと断る。

19嘉応住吉歌合　実綱与清輔　是は人がらにゆるす也

嘉応二年（一一七〇）の住吉社歌合で、「社頭月」題の四番と二十二番、「述懐」題の七番に、左清輔、右実綱の番がある。

藤原実綱は後拾遺集、金葉集、千載集に各一首入集、賀陽院水閣歌合、建春門院北面歌合に各一首と多くないが、官位は権中納言正三位に至る。八雲御抄は身分・家柄がよいのでよしとする。

20貴種与凡卑番事

身分・家柄がよい者とさほどでない者とが番われた例。

21天徳　朝忠与兼盛幷元真

天徳四年内裏歌合の一番・三番・九番が左朝忠・右兼盛の番、十九番が左朝忠・右元真の番である。

藤原朝忠は三条右大臣定方の男。蔵人、侍従、左近衛中将、参議等を経て、従三位中納言に至った。平兼盛は光孝天皇の曾孫、平姓となり越前権守、山城介等を歴任したが、従五位上駿河守に終わった。藤原元真は加賀掾、玄蕃允等を経て従五位下丹波介までの官歴が知られる。

▽袋草（一一五・一一七）

22〔是は只例也　非絶事古今常習也〕

これは一例にすぎないことを断る。項目18と同趣。

23寛和　兵衛佐道長与曾祢好忠

寛和二年内裏歌合、「祝」題、左「善忠」（三七）、右「兵衛佐」（三八）。藤原道長は摂政関白兼家の男、摂政を経て従一位太政大臣に至る。曾祢好忠は丹後掾の官歴が知られ、六、七位の卑官であることを嘆く歌が多い。

24長元　春宮大夫頼宗与能因法師

長元八年（一〇三五）の賀陽院水閣歌合、十番左「能因」、右「春宮大夫（頼宗）」。藤原頼宗は道長の二男、従一位右大臣に至る。歌合当時は正二位権大納言兼春宮大夫。

25**永承　祐家与能因　内大臣〔頼〕与源兼長**

永承四年内裏歌合。四番左「能因法師〔云々〕」、右「侍従祐家」十五番左「右衛門佐兼長」、右「内大臣（頼宗）」。藤原祐家は正二位中納言に至る。藤原頼宗は前項参照。源兼長は歌合当時右衛門佐、備前・讃岐などの地方官を歴任した。

26**天喜四条宮　内大臣与隆経**

皇后宮春秋歌合。『新編国歌大観』の底本である二十巻本歌合本文には、三番左「内大臣（頼宗）」、右「下野」とあるが、下野作とされた歌は、金葉集秋、一八三番に「後冷泉院御時、皇后宮歌合に駒迎への心を」と詞書し、作者「藤原隆経朝臣」とあって、八雲御抄の記述と一致する。藤原頼宗は項目24参照。藤原隆経は正四位下。甲斐守、美濃守、春宮大進等の官歴が知られる。

▽袋草（一三七）

27**実行歌合　実能番橘敦隆**

※「橘敦隆」は幽斎本、書陵部本による。国会本は「披敦隆」。

元永元年（一一一八）の右兵衛督歌合、四番左「実能朝臣」、右「橘敦隆」。藤原実能は大納言公実男。従一位左大臣に至る。橘敦隆は項目30参照。

▽袋草（一四七）

28**師頼歌合　令自番橘敦隆**

※「橘敦隆」は幽斎本、書陵部本による。国会本は「披敦隆」。

袋草紙（一五三頁）は、「師頼卿歌合〔天仁二年冬…〕」として、「霜」題、左「師頼卿」、右「敦隆」の番を引く。『平安朝歌合大成』所収、天仁二年（一一〇九）の右兵衛督師頼歌合は、袋草紙等による本文拾遺である。

源師頼については（十）読師の項目23参照。

29**我家歌合などには可撰可然人**

前項28の歌合をさす。

30**敦隆雖為好士非指歌人歟　如此事近日不可勝計**

橘敦隆は類聚古集の編者として知られ、「好士」とは言えるが、勅撰集入集歌はなく、歌人としてはさほど知られていない。中右記保安元年七月二十七日条に「或人云、一日木工助藤原敦隆卒去〔年五十余、悪瘡云々〕件人故肥前守俊清男也、高才者也、雖無風月頗通諸道也」とある。なお「貴種与凡卑番事」の注としてはやや不審。師頼、実能ともに歌人としても有名なので、「歌人与非歌人番事」の例とも考えられる。

（十二　作者）

一　作者

中殿御会、内裏歌合、屏風歌、御書歌、東遊歌、大嘗会の作者について記す。歌合の作者の一々の記録や大嘗会の次第及び作者等に関する袋草紙の記述を取込みつつも、独自の整理法によって、様々な歌の作者について、その資格や実際について包括的に述べている。なお、袋草紙には「作者」についてのまとまった記述はみられない。

1**中殿御会　公卿殿上人也　女房猶不可交　但有例　僧不参之……**

中殿御会の和歌作者は本来は公卿殿上人であり、女房も交じるべきでないとの原則を記している。しかし、実際は女房や僧侶も出詠する例があるというただし書きを付け加えている。

（三）中殿会の項目34にも「抑有女歌事は中殿時不可然歟　但有例歟」とあり、寛治八年（一〇九四）八月十五日に鳥羽殿で催された管弦和歌御会の例を挙げている。袋草紙（一頁）の和歌会之次第の条には「公私同レ之」とあり、中殿御会を特別に考えていない。女房、僧侶については、同（二頁）に「但於二僧侶併女房歌一不レ論二貴賤一終講レ之」「亦女房歌、諸人歌講畢時出レ之」とあり、歌の披講順序を問題にしているのみである。

2**内裏歌合　公卿殿上人六位女房〈所々女房同之〉　僧凡〈僧……**

内裏歌合の作者の資格について述べる。中殿御会よりも、作者の範囲はゆるやかで、女房・僧は憚らない他、地下の者も参会できるという。ただし、地下の参会が許されたのは上古のことで、中古以降は不可能になったと記す。

3**御製交他会事　堀河院中宮花契遐年　堀河院御製被出　是後……**

歌会に御製が詠じられた例をあげる。「堀河院中宮花契遐年」の際に詠まれた堀河院御製は、千載集賀、六一一番に「おなじ御時、きさいのみやにて花契遐年といへる心を、うへのをのこどもつかうまつりけるに、よませたまうける」という詞書を付した「千とせまでをりてみるべきさくら花こずゑはるかにさきそめにけり」という歌である。また「後冷泉后宮歌合」すなわち、天喜四年皇后宮春秋歌合の御製の例は（十一）番事の項目7にも「永承皇后宮歌合、御製〈後冷〉替源三位」とある。袋草紙（二〇頁）にも「皇后宮春秋歌合、或記云、左十番祝、有二御製一」とある。同歌は、金葉集賀、三三一番に「後冷泉院御製」として収められている。栄花物語（根あはせ）にも「左には内の御製ありけり」とあり、祝題の左の作者に「内の御製、源三位にかはらせ給へる」と記されている。

4**延喜亭子院歌合は地下者不及左右〈興風　是則　貫之　躬恒等…**

延喜十三年（九一三）亭子院歌合の和歌作者は、法皇はじめ、伊勢、是則、躬恒、貫之、季方、興風、頼基、兼覧王、雅固等であるが、仮名日記によると「左はうたよみかずさしのわらはれいのあかいろにうすはう綾のうへのはかま、右にはあをいろにもえぎの綾のうへのはかま……」と歌人も左右に分かれて参列したことが記されており、地下作者も参会したことがわかる。

5**天徳歌合〈兼盛　能宣　順　望城　元真　忠見等進之〉**

天徳四年内裏歌合の和歌作者は、左が藤原朝忠、坂上望城、橘好古、大中臣能宣、少弐命婦、壬生忠見、源順、本院侍従、右が平兼盛、藤原元真、中務、藤原博古、元輔等であるが、このうち、八雲御抄があげる作者の官位をみると、望城（内蔵允）、忠見（摂津大目）、順（勘解由判官）はいずれも地下であったといえよう。また、兼盛、元真等は、後拾遺集に朝臣を付されていないので地下であったか。また、能宣は後拾遺集には朝臣を付しているが、三十六人歌仙伝によれば、天徳四年時点では、神祇大佑（従六位上相当官）で、地下であったか。

6 **寛和〔能宣　兼盛　好忠　已上二代例等地下皆詠〕**

寛和年間には、二度、花山天皇主催の内裏歌合が行なわれているが、ここで云うのは寛和二年（九八六）六月十日の内裏歌合のこと。和歌作者は、左、能宣、斉信、明理（兼盛）、長能、好忠、（高遠）、敦信、右は惟成、実方、道綱、公任、兵衛佐等である。後拾遺集では、兼盛、好忠には朝臣をつけていないので地下作者ではなかったか。なお、能宣については、三十六人歌仙伝によれば地下であったか。なお、能宣については、三十六人歌仙伝によれば地下ではなかったことになるが未詳。「已上二代……」は項目5と6をまとめていう。

7 **永承歌合〔無地下作者　但沙弥能因参之〕**

永承四年内裏歌合の作者は、左が能因法師、侍従（右衛門女）、左馬頭経信、典侍（弁乳母）、右近少将長房、右兵衛佐師、式部大輔、中宮亮兼房、右近中将資綱、右衛門佐兼長で、右が右中弁資仲、文章博士家経、少納言伊房、侍従祐家、内大臣頼宗、権左中弁経家、左大弁資通、相模、大輔（輔親女）、右近中将隆俊等で、能因以外に地下の作者はいない。能因は、一番左、四番左の二首を詠じている。

8 **承暦〔無地下人　其時無指歌人之故歟　青衛門孝善は代家忠…**

「無地下人」と記された承暦二年内裏歌合の作者は、左、蔵人頭弁実政朝臣、左中将家忠朝臣、刑部卿政長朝臣、讃岐守顕季朝臣、大宮亮道良、道時朝臣、蔵人少納言基綱、権左中弁師賢朝臣、左中弁正家朝臣、内蔵頭定綱朝臣、右、中宮権亮公実朝臣、蔵人弁伊家、美作守匡房朝臣、右中弁通俊朝臣、丹後守仲実、為家朝臣、丹波守顕綱、右近中将公実朝臣、越前守家道朝臣等である。

藤原孝善が代作をしたことは二番左、家忠の歌「たにがはのおとはへだてずまがねふくきびのなかやまかすみこむれど」が袋草紙（一三〇頁）に「藤孝善」の作とあることからわかる。また七番左、家忠の歌が代作であることについては、同歌を収めた金葉集夏、一一二番の詞書に「承暦二年内裏歌合に人にかはりてよめる、藤原孝善」と記されている。なお、「青衛門」が藤原孝善のあだ名であることについては、袋草紙（三九頁）に「右衛門尉孝善ハ号二青衛門一。色青之故也」とある。

9 **凡延喜天暦菊合等地下歌人皆参　但菊合は猶不可准歌合云々……**

延喜十三年十月十三日内裏菊合は醍醐天皇が「此日仰殿上侍臣、令献菊花各一本分一二番相角勝劣」とにわかに催されたもので、このときの和歌作者は興風、季縄、是則、兼輔、伊衡、貫之、躬恒等で地下の者も参加している。また、天暦七年十月二十八日内裏菊合の和歌作者は壬生忠見と中務で、忠見は地下である。

10 **凡天徳　寛和　永承　承暦等皆撰歌合也　仍如近代左右作者……**

各歌合の殿上日記を見ると、天徳四年内裏歌合には「天徳四年三月三十日、女房有歌合之事、此事始従今月上旬」、永承四年内裏歌合には「今日有殿上歌合事、始従去月中旬」、承暦二年内裏歌合には「去三月一日、於二御前一、被レ定二件事一」（『平安朝歌合大成』第二巻）とあり、いずれも兼日兼題の撰歌合である。

寛和年間の内裏歌合は二度行なわれている。ここは寛和二年の歌合をいうのであろう。すなわち、寛和元年の内裏歌合の仮名日記には「にはかにいでさせおはしまして、さぶらふ人人をとりわかせたまひて」とあり、兼日兼題の撰歌合ではなかったといえるのに対し、寛和二年の内裏歌合は日記を有さないが、四季祝恋の整った題で構成されており、兼日兼題の撰歌合であったと考えられる。兼日兼題については袋草紙（九〇頁）に「兼日定二和歌題一…」の例に天徳四年と承暦二年の内裏歌合をあげている。歌合に出詠する作者の数が左右同数でないことについては、各歌合作者を列挙した項目5、6、7、8参照。

11**天徳　永承有公卿作者**

天徳四年内裏歌合の公卿作者は藤原朝忠（正四位下、参議）、永承四年内裏歌合の公卿作者は藤原頼宗（正二位、内大臣）、藤原資業（従三位、非参議）である。

12**寛和　承暦無公卿作者**

寛和元年内裏歌合の作者は、権中将公任、為理、左近将監長能、蔵人左少将惟成等で公卿はいない。承暦二年内裏歌合も項目8に記したように公卿作者はいない。ただし、（一）内裏歌合の項目80・81では「承暦左勝、有公卿作者」ともある。袋草紙（一三四頁）に二十番左を経信詠（経信は当時正二位、権中納言）とするのによったか。また、金葉集三奏本夏、一三三番の詞書には「承暦二年内裏歌合に五月雨をよめる源道時朝臣にかはりて、大納言経信」とあり、経信が代作をしていたことが記されている。

13**更受歌人不入撰事多　謬聴昇殿不入歌例有所見　天徳好忠乍……**

※「謬聴昇殿不入歌例有所見」は書陵部本による。国会本は「謬社日□殿不入無例有所見」。

袋草紙（三六頁）に「承暦歌合時、俊頼、殿上人、基俊、国基、輔弘、周防内侍、伯母等歌、不レ入レ之。又通宗依レ為二歌仙一此度聴二昇殿一不レ入レ之。後番纔一首入レ之云々。根合時復如レ此。経信、顕綱等歌不レ入レ之。経信卿云、凡不レ読二今度歌一云々」と、歌を依頼されても撰ばれない例、昇殿を許されながら歌は撰ばれなかった例を具体的に記している。

14**其後多歌合一身詠両方　長元三十講次歌合並郁芳根合有例**

歌合において同じ作者が左右の歌を詠じることについては、袋草紙（三六頁）に「斎宮女御歌合、左右歌、忠見一人読レ之云々」とあり、また、同（一〇四頁）に「一人読二左右歌一常事歟。三十講歌合赤染両方歌読レ之」とある。長元三十講次歌合は、関白頼通が、長元八年（一〇三五）五月十六日に三十講の後に賀陽院水閣にて行なった歌合で、『平安朝歌合大成』所収の十巻本本文によると、六番左右を赤染衛門が詠じている。後拾遺集夏、一九三番詞書に「宇治前太政大臣三十講後歌合し侍けるに、郭公をよめる、赤染衛門」とあり、歌合六番の左と右の歌二首を並べている。栄花物語（歌合）にも同様に記されている。『平安朝歌合大成』所収の二十巻本では六番左は良経で、右歌のみ赤染となっているが、十巻本の本文が正しいであろう。郁芳門院根合の例は、中右記の寛治七年（一〇九三）五月五日の条に、四番祝の左右の歌の作者を「左宰相典侍（右大臣殿）」「右小別当（右大臣殿）」とあり、左右ともに右大臣源顕房の代詠である。右方の歌は金葉集賀、三〇六番の詞書にも「郁芳門院の根合にいはひの心をよめる、六条右大臣」とある。

15屏風障子等歌　作者先例不多

「屏風障子歌等歌」は一行書きになっており、屏風障子等歌の作者について記す見出し語のようであるが、項目19以降は歌合における代詠についての記述となっており、本来は「作者先例不多云々」の説明に続く一文であったか。

16近最勝四天王院障子歌人十人不可過之

最勝四天王院の障子歌の和歌作者は、後鳥羽院、慈円、定家、家隆、雅経、通光、俊成卿女、有家、具親、秀能の十人である。この例をあげて、屏風障子の歌人は通常十人を越えないという。項目18の建久宜秋門院入内屏風の和歌作者も八人であった。

17上東門院入内屏風吉事吉例也　于時花山法皇詠給　是不可然……

道長女彰子、後の上東門院が入内したのは長保元年（九九九）十一月一日で、御堂関白記の同年十月二十一日の条に、「四尺屏風和歌、令人々読」とある。この時の花山法皇の詠は、栄花物語（かがやく藤壺）に「又、人の家に小き鶴共多く書たる所に、花山院、ひな鶴を養ひたてゝ松が枝の影に住ませむことをしぞ思」とある。また、続古今集賀、一八五九番にも「上東門院入内御屏風に、華山院御歌、ふくかぜの枝もならさぬこのごろははなもしづかにゝほふなるべし」とある。なお、花山法皇が入内屏風の歌を詠じたことについて八雲御抄は「是不可然事」と批判的に記しているが、小右記の同年同月二十八日の条にも「華山法皇、右衛門督公任、左兵衛督高遠、宰相中将斉信、源宰相俊賢、皆有和歌、上達部依左府命献和歌、往古不聞事也、何況於法皇御製哉」と、当時から批判があったことが記される。

18建久宜秋門院入内　俊成又入道後詠之　吉事なれど遁世人或……

建久元年（一一九〇）正月十一日、摂政藤原兼実女任子が後鳥羽天皇女御として入内した折に、月次屏風十二帖が献ぜられた。この時に俊成が詠じた屏風歌は、長秋詠藻に収められており、その六一三番の詞書には「文治六年正月三日は主上御元服なり、同十一日殿下女御御入内なり、そのれうの御屏風十二帖歌三十六首いるべきを、人々各よみてたてまつるべきに、遁世の身なりとも猶よみてたてまつるべきよしさきの年の霜月比よりおほせられしかば、よみてたてまつりし歌」と記されている。

19歌合歌会時常事也　上中古多　近代は人の心なまさかしく……

この一文は次項～項目22に述べる代作について言ったものか。内閣本では「歌合之時代人事如常也」と「代詠」のことについて述べることが明らかである。袋草紙（四六頁）にも「歌仙も晴の時歌を人に乞常之事也。花山院歌合之時、高遠卿令レ読二好忠一、永承時、相模申二請堀川右大臣歌一」とあり、代作が常の事であったと記すが、その後に、和歌の不得意な増珍という三井寺の僧がつねに代作を頼んでいたことが露見して笑い者になったという挿話が記されている。

20**藤孝善承暦代家忠　郁芳根合代経実**

藤原孝善が承暦歌合において家忠の代詠をしたことは、項目8参照。郁芳門院根合の例は、中右記の寛治七年（一〇九三）五月五日の条には一番左の歌「あやめ草ひくてもたゆくながきねのいかであさかのぬまにおひけむ」と三番左「さみだれのひましなければそでたれてやまだはみづにまかせてぞみる」が二位宰相中将経実の歌となっているが、袋草紙（一四〇頁）には「あやめ草」の歌が、「一番菖蒲、左持、藤孝善経実代」とあり、また「五月雨」の歌も「六番、五月雨、左持、孝善」とあることによる。金葉集夏、一二九番の「あやめぐさ」の歌の詞書にも「郁芳門院根合にあやめをよめる、藤原孝善」とある。

21**保安花見　長実代通季詠**

保安五年（一一二四）閏二月十二日、白河院、鳥羽院、待賢門院等が法勝寺に花見御幸した際、白河殿南殿にて催された和歌会の例を言う。この折に長実が代作した歌は、金葉集春の「白河花見御幸に」とある歌群中の一首、三二番に「人にかはりてよめる、太宰大弐長実、ふくかぜもはなのあたりはこころせよけふをばつねのはるとやは見る」とある。

22**二条院花有喜色　範兼依仰代丹波内侍　如此事多　近日も有……**

保元四年（一一五九）三月、二条内裏で歌会が開かれた折の範兼の詠は、新古今集賀、七三二番に「二条院御時、花有喜色といふ心を、人々つかうまつりけるに、刑部卿範兼、君が代にあへるは誰もうれしきを花は色にも出でにけるかな」とある。

23**近代女御入内露顕立后等時　被召御書歌〔東宮親王等同之〕……**

女御入内の折、女御宣下として遣わされた御書に歌がそえられたという記録は、明月記の元久二（一二〇五）年四月六日の条に「大理有消息、明日御書之歌可詠進之由被仰」とある。（「御書之歌」は冷泉家時雨亭叢書所収の影印本による。国書刊行会他の翻刻では「御出之歌」。）土御門天皇の女御、藤原麗子の入内の際、初めて御書に歌がそえられたらしいこと、その御製は代作が依頼されたことがわかる。また「其事不知先例、聞及者可示送云々、更不聞及之、末代事只以祝言無誤、可為先礼之由答之」とある明月記の記述は八雲御抄が「是非先例、近日新儀也」とするのに一致する。八雲御抄の「関白尤可詠　不然には執柄所為之　御返事は其方親知也」は次の例等が念頭にあってのことであろう。すなわち、猪隈関白記、建暦元年（一二一一）正月二十一日の条に「今日自内女御許へ有御幸〔書歟〕、余可進御書、又可詠進和歌之由、先日自院被仰之、於和歌者申不堪之由、仍九条大納言良平卿奉之詠進之、二首詠進之、以頭弁進院、一首有御点、和歌云、まつほどもひかりのとけき春の日にいとゝちとせのするゑそひさしき、余於朝餉書之、紅薄様〔無薄〕、内蔵寮献之、余書和歌也……召勅使右中将通方朝臣、於朝餉方給之……後聞、女御々返事有之、和歌許也、裏様如初、紫薄様無薄、左大将道家卿書之云々」と、順徳天皇女御立子（藤原良経女）の入内の際の御書の歌を、依頼された関白近衛家実が辞退し、大納言良平が詠進し、家実が清書したこと、女御方の返事は良経息男の道家が書いたという次第が記されている。

24**東遊等歌又被召事歌人一人也　近は儒者多献之　是非儒者役……**

東遊歌の作者について述べる。すなわち、東遊歌の作者は敏行、貫之、能宣、兼澄といった歌人が多いが、後三条院の祇園行幸の時に東遊歌を召された藤原経衡は歌人であると同時に大学頭（尊卑分脈）であり、実政は文章博士である。このように、次第に儒者が献ずるようになったという。

25**賀茂臨時（敏行）**

宇多天皇の寛平元年（八八九）十一月二十一日に始めて行なわれた臨時の賀茂社を祭る神事に敏行が東遊歌を献上した例をあげる。その歌は、古今集東歌、一一〇〇番に「冬の賀茂のまつりのうた、藤原敏行朝臣、ちはやぶるかものやしろのひめこまつよろづ世ふともいろはかはらじ」とある。

26**八幡臨時（貫之）**

袋草紙（六九頁）に「八幡臨時祭、先朱雀院御時被二始行一也。件歌貫之献レ之、其歌云、松も老又も苔むす石清水行末とほく仕へまつらむ、又云、石清水松蔭ふかく影見えてたふべくもあらぬ万代の蔭」と記される。同歌は貫之集にも収められている。「すざく院の御かどの御時、やはたのみやにかもの祭のやうにまつりしたまはんとさだめらるるに奉る」（八〇六番詞書）

27**平野女使（能宣）**

江家次第の平野祭の条に「自二寛和年中一被レ奉二東遊使一、殿上五位不二必相待一、承平四年十一月十二日、内侍有レ障不参、以二女史一為二代官一、命婦敦子」とあるように「女使」であったらしい。能宣の歌は、拾遺集賀、二六四番「ちはやぶるひらのの松の枝しげみ千世もやちよも色はかはらじ」で、詞書には「はじめて平野祭に男使たてし時、うたふべきうたよませしに」とある。この時は男使であったか。

28**松尾行幸（兼澄）**

寛弘元年（一〇〇四）十月十四日の行幸を指す。この時の兼澄の歌は、後拾遺集雑六、一一六八番「ちはやぶる松のをやまのかげみればけふぞちとせのはじめなりける」で、詞書には「一条院の御時はじめてまつのをの行幸侍りけるに、うたふべきうたつかうまつりけるに」とある。

29**日吉行幸（実政）**

延久三年（一〇七一）十月二十九日、後三条天皇の日吉行幸の際の実政の東遊の歌は後拾遺集雑六、一一六九番「あきらけき日よしのみかみきみがため山のかひあるよろづよやへん」で、詞書には「後三条院御時はじめて日吉の社に行幸侍けるに、あづまあそびにうたふべきうたおほせごとにてよみはべりけるに」とある。

30**祇園行幸（経衡）**

後三条院天皇の祇園行幸の折の藤原経衡の東歌は、後拾遺集雑六、一一七〇番に「同じ御時祇園に行幸侍けるに、あづまあそびにうたふべきうためしはべりければよめる」と詞書して「ちはやぶるかみのそのなるひめこ松よろづよふべきはじめなりけり」とある。

31 **又船岡今宮崇尊時　長能詠之**

後拾遺集雑六、一一六四番の詞書に「よのなかさわがしうはべりける時、さとのとね宣旨にてまつりつかうまつるべきを、うたふたつなんいるべきといひ侍ければよみはべりける、藤原長能」とあり、次の二首「しろたへのとよみてぐらをとりもちていはひぞそむるむらさきののに」「いまよりはあらぶる心ましますな花のみやこにやしろさだめつ」（一一六五）が続き、その左注に「このうたはある人云、よのなかのさわがしうはべりければ、ふなをかのきたにいまみやといふ神をいはひて、おほやけも神馬たてまつりたまふとなんいひつたへたる」と記されている。これらの歌は、長能集の一五・一六番にもあるが詠作事情に小異がある。

32 **大嘗会者上古所見不詳　起自承和〔于時丹波播磨国也〕**

※「播磨」は幽斎本、書陵部本による。国会本は「幡□」。

項目32〜71は大嘗会の和歌について述べるが、その内容は袋草紙（一二頁）の「大嘗会歌次第」の記述と重なるところが多い。まず、大嘗会の由来については、袋草紙（一三頁）に「大嘗会、天武天皇御宇白鳳二年癸酉十一月始㆑之。但歌不㆑見。而自㆓承和御宇㆒出来。但歌少々歟。勤㆓悠紀主基㆒国々、其初丹波播磨也」とある。八雲御抄はこの記述を簡略にしたようであるが、「起自承和」に「于時丹波播磨国也」と注をつけたのは誤りである。続日本後記、帝王編年記等によれば、承和の仁明天皇即位の時の悠紀主基国は近江と備中であるからである。袋草紙では、悠紀主基国が丹波と播磨であったのは「其初」すなわち大嘗会を始めた天武天皇の時のことと記す。袋草紙の記述は、日本書紀の天武天皇二年十二月（五日）の条に「侍㆓奉大嘗㆒中臣・忌部及神官人等、併播磨・丹波、二国郡司、亦以下人夫等、悉賜㆑禄」とあることに一致する。

33 **仁明　清和　陽成　光孝在古今**

この例は袋草紙にはない。古今集の一〇八二〜一〇八五番に、仁明、清和、陽成、光孝各天皇の即位時の大嘗会の歌があることをいう。すなわち、一〇八二番に「まがねふくきびの中山おびにせるほそたに河のおとのさやけさ、この歌は承和の御べのきびのくにの歌」とあるのが、仁明天皇の大嘗会の時、天長十年（八三三）十一月十五日の風俗歌。一〇八三番に「美作やくめのさら山さらさらにわがなはたてじよろづよまでに、これはみづのをの御べのみまさかのくにのうた」とあるのが、清和天皇の大嘗会の時、貞観元年（八五九）十一月十六日の主基の歌。一〇八四番に「みののくにの関のふぢ河たえずして君につかへむよろづよまでに、これは元慶の御べのみののうた」とあるのが、陽成天皇の大嘗会の時、元慶元年（八七七）十一月十八日の悠紀国の歌。一〇八五番に「きみが世は限もあらじながはまのまさごのかずはよみつくすとも、これは仁和の御べのいせのくにの歌」とあるのが、光孝天皇の大嘗会の元慶八年（八八四）十一月二十二日の悠紀国の歌である。

34 **其後　丹後　因幡　美濃　尾張　遠江　伊勢　参川　越前　美作**

※「美濃　尾張　遠江」は書陵部本による。国会本は「美膿　尾帳　遠湖」。

袋草紙（二三頁）に「其後、因幡、美濃、尾張、遠江、但馬、近江、備前、美作、越前、参河、伊勢、備中随㆑令㆑下用㆓其郡㆒」とある。八雲御抄にあげる国名はこれとほぼ同じ。ただし、袋草紙の「其後」は、項目32に述べたように、天武天皇以後のことであるが、八雲御抄の「其後」は文脈上、仁明天皇以後のことになるという違いがある。仁明天皇以後の悠紀・主基国を一覧すると、仁明（近江・備中）、文徳（伊勢・播磨）、清和（三河・美作）、陽成（美濃・備中）、光孝（伊勢・備前）、宇多（近江・播磨）で、醍醐天皇以降は悠紀国は近江、主基国は丹波と備中に固定された。したがって、因幡、尾張、遠江、但馬、越前等の国は仁明天皇以後は撰ばれていない。

35**而延喜以後　偏以近江為悠紀　以丹波備中替に為主基也**

袋草紙（二三頁）に「近来以後偏悠紀国近江、主基国丹波、備中替々勤也」とある。近江が悠紀国に固定されたのは、宇多天皇から、丹波と備中が交替で主基国を勤めたのは醍醐以来のことである。したがって、延喜以降と言うのである。

36**後冷泉院主基為播磨歟**

※「播磨」は幽斎本、書陵部本による。国会本は「幡磨」。

袋草紙（二三頁）に「但、冷泉院時、主基国播磨也」とあるのが正しく、八雲御抄にいう「後冷泉院」の時の主基国は備中である。したがって「後冷泉院」は「冷泉院」の誤り。或いは「後、冷泉院」と読むべきか。

37**只先例歌人詠之　自中古儒者必交之**

延喜以後長和年間までは、歌人が大嘗会歌を詠じている。栄花物語（ひかげのかづら）に、長和元年の大嘗会について「悠紀の方は、大中臣能宣が子の祭主輔親仕うまつる。主基の方は、前加賀守源兼澄なり。この人々、輔親は能宣が子なればとおぼしめしたり。兼澄は公忠の弁の筋なりなどおぼしめして、歌の方にさもあるべき人どもをあてさせ給へるなるべし」と記している。中古より儒者が撰ばれることについては、袋草紙（二三頁）に「後一条院、儒者始㆑従㆓此時㆒」とある。長秋詠藻、二八五番詞書にも「仁安元年悠紀方歌よみて奉るべきよし宣旨ありしかば、さきざきつねは儒者などこそつかふまつるをいかが」とある。

38**延喜〔近江　黒主〕**

醍醐天皇の即位は寛平九年（八九七）七月三日、大嘗会は同年十一月二十三日。悠紀国は近江国で、古今集、一〇八六番に「大伴くろぬし、近江のやかがみの山をたてたればかねてぞ見ゆる君がちとせは、これは今上の御べのあふみのうた」とある。

39**村上〔備中　不知人〕**

村上天皇の即位は、天慶九年（九四六）四月二十日、大嘗会は同年十一月十六日。悠紀主基国は、江家次第によると「悠紀近江野州、主基備中下道」であるが、八雲御抄は主基国のみ記している。作者の読み人知らずは、新古今集賀、七四七番の詞書「天暦御時、大嘗会主基、備中国中山、よみ人しらず」に一致する。

40**冷泉〔兼盛　能宣　元輔　不知人〕**

冷泉天皇即位は康保四年（九六七）五月二十五日、大嘗会は安和元

年（九六八）十一月二十四日。拾遺集神楽歌、五九八～六〇八番に「安和元年大嘗会風俗」歌が収められている。作者と歌番号のみ列挙すると、兼盛（六〇八）、能宣（五九八、五九九、六〇一、六〇四、六〇六）、元輔（六〇三、六〇七）、読人不知（六〇〇、六〇二、六〇五）であり、八雲御抄があげる作者と一致する。

41 **円融〔能宣　兼盛　中務〕**

円融天皇即位は安和二年（九六九）八月十三日。大嘗会は天禄元年（九七〇）十一月十七日。拾遺集神楽歌、六〇九～六一七番に「天禄元年大嘗会風俗」歌が収められている。それらの作者を見ると、能宣（六〇九、六一一、六一三）、兼盛（六一〇、六一四、六一五、六一六、六一七）、中務（六一二）と八雲御抄があげる作者と一致する。他に、元輔も悠紀方の屛風歌を献上しており、新勅撰集雑四、一三〇四番に入集している。

42 **自三条院所見不絶〔花山　一条未勘之〕**

三条天皇以降は大嘗会作者が明らかであるという。袋草紙（三頁）にも三条院以降の和歌作者が列挙されている。

43 **長和元〔悠　輔親　主　兼澄〕**

この項目以下、大嘗会の年号と和歌作者の名を列挙する。袋草紙（三頁）には「輔親　兼澄　三条院」と作者名と天皇名をあげる。三条天皇の即位は寛弘八年（一〇一一）六月十三日。大嘗会は長和元年（一〇一二）十一月二十二日。

44 **同四年〔悠　輔親　主　為政〕**

袋草紙（三頁）に「輔親　為政　後一条院」とある。後一条天皇即位は長和五年（一〇一六）一月二十九日。大嘗会は同年十一月十五日に行なわれた。前項と同じ年号なので、この項目のみ「同四年」と年数まで記したのであろう。但し「同五年」の誤り。新古今集賀、七四八番に大中臣輔親の悠紀方の歌が、千載集賀、六三四番にも善滋為政の主基方の歌が入集する。

45 **長元〔悠　輔親　主　義忠〕**

袋草紙（三頁）に「輔親　義忠　後朱雀院」とある。後朱雀天皇即位は長元九年（一〇三六）四月十七日。大嘗会は同年十一月十七日。千載集神楽歌、一二八一番に、主基方の義忠の歌が入集する。

46 **永承〔悠　資業　主　家経〕**

※「家経」は幽斎本、書陵部本による。国会本は「家隆」。

袋草紙（三頁）に「資業　家経　後冷泉院」とある。後冷泉天皇即位は寛徳二年（一〇四五）一月十六日。大嘗会は永承元年（一〇四六）十一月十五日。悠紀方の資業詠が、新古今集賀、七四九番と後拾遺集四五八、四五九番に、主基方の家経詠は金葉集賀、三一八番と詞花集雑下、三八三番にそれぞれ入集する。

47 **治暦〔悠　実政　主　経衡〕**

袋草紙（三頁）に「実政　経衡　後三条院」とある。後三条天皇の即位は治暦四年（一〇六八）四月十九日。大嘗会は同年十一月二十二日。主基方の経衡詠は千載集神楽歌、一二八二番に入集する。

48 **承保〔悠　実政　主　匡房〕**

袋草紙（三頁）に「実政　匡房　白河院」とある。白河天皇の即位は延久四年（一〇七二）十二月八日。大嘗会は承保元年（一〇七四）十一月二十一日。主基方の匡房詠は、千載集賀、六三五番、新勅撰集賀、四八三番に入集する。

49**寛治〔悠　匡房　主　行家〕**

袋草紙（三頁）に「匡房　行家　堀河院」とある。堀河天皇即位は応徳三年（一〇八六）十一月二十六日。大嘗会は寛治元年（一〇八七）十一月十九日。悠紀方の匡房詠は、千載集神楽歌、一二八三番、新古今集賀、七五〇番、新勅撰集賀、四八四番に入集する。

50**天仁〔悠　匡房　主　正家〕**

袋草紙（三頁）に「匡房　正家　鳥羽院」とある。鳥羽天皇の即位は嘉承二年七月十九日。大嘗会は天仁元年（一一〇八）十一月二十一日。

51**保安〔悠　敦光　主　行盛〕**

袋草紙（三頁）に「敦光　行盛　新院」とある。崇徳天皇の即位は保安四年（一一二三）一月二十八日。大嘗会は同年十一月十八日。金葉集冬、二八七番、同集賀の三一五番に主基方の行盛詠が、同集賀、三一六番に悠紀方の敦光詠が入集する。

52**康治〔悠　顕輔　主　敦光〕**

袋草紙（三頁）に「顕輔　敦光　近衛院」とある。近衛天皇の即位は永治元年（一一四一）十二月七日。大嘗会は康治元年（一一四二）十一月十五日。悠紀方の顕輔詠は、詞花集雑下、三八四番に入集する。

53**久寿〔悠　永範　主　令明〕**

袋草紙（三頁）は「永範　茂明　一院」と記す。「一院」すなわち、後白河天皇即位は久寿二年（一一五五）七月二十四日。大嘗会は同年十一月二十三日。大嘗会悠紀主基和歌も袋草紙と同じ作者名を記す。茂明は藤原敦基の息男であるが、同母の兄に合明がおり、合明は台記、中右記等には令明と記されている（尊卑分脈）。茂明、令明ともに儒者（文章博士）である。八雲御抄は兄弟を誤ったものか。なお、悠紀方の永範の歌は、千載集賀、六三六番、同集神祇歌、一二八四番、新古今集賀、七五一番等に入集しているが、茂明の歌は勅撰集には入集していない。

54**平治〔悠　俊憲　主　範兼〕**

袋草紙（三頁）に「俊憲　範兼　二条院」とある。二条天皇即位は、保元三年（一一五八）八月十一日。大嘗会は平治元年（一一五九）十一月二十三日。千載集賀の六三七、六三八番に、悠紀方の俊憲と主基方の範兼の詠が入集する。主基方の範兼の詠は、新古今集賀、七五二番にもある。

55**仁安〔悠　俊成〕**

袋草紙（三頁）に「顕広　永範　新院」とある。六条天皇の即位は永万元年（一一六五）六月二五日。大嘗会は仁安元年（一一六六）十一月十五日。また、八雲御抄の四本とも主基の詠者「永範」を記さないが、次の項目の悠紀の作者が「永範」であるため目移りして脱落したか。悠紀方の俊成詠は新古今集賀、七五三番に入集する。

56**嘉応〔悠　永範〕**

袋草紙（三頁）に「永範　清輔　高倉院」とある。高倉天皇の即位は仁安三年（一一六八）二月十九日。大嘗会は同年十一月二十二日。八雲御抄の「嘉応」は誤りであるが、千載集神祇歌、一二八五番永範の歌の詞書に「嘉応元年高倉院御時、大嘗会悠紀方神あそびのうた」とある。しかし、同集賀、六三九番の永範詠の詞書には「たかくらの院の御時、仁安三年大嘗会悠紀方の御屏風歌」、また、新勅撰集賀、四八五番の永範詠の詞書にも「仁安三年悠紀風俗歌」とある。なお、八雲御抄が主基作者「清輔」を脱しているのは、次項の悠紀作者に混入したためか。

57**寿永〔悠　清輔　主　兼光〕**

袋草紙（三頁）には「兼光　季経　当今　崇徳院」とあるが、「崇徳」は安徳天皇の誤りで悠紀と主基の作者が逆である。安徳天皇の即位は治承四年（一一八〇）二月二十一日。大嘗会は寿永元年（一一八二）十一月二十四日。千載集神祇歌、一二八六番詞書に「寿永元年大嘗会主基方歌よみてたてまつりける……権中納言兼光」とあるように主基作者は兼光で八雲御抄に一致する。主基方の兼光詠は、新古今集賀、七五四番にも入集する。八雲御抄の悠紀作者清輔は季経の誤り。前項の主基作者が混入したか。大嘗会悠紀主基和歌によると悠紀の作者は季経、主基の作者は兼光である。

58**元暦〔悠　季経　主　光範〕**

袋草紙（三頁）には「兼光、季経、今上」とあるが、千載集神祇歌、一二八七番詞書に「元暦元年今上御時、大嘗会悠紀方歌よみてたてまつりける……藤原季経朝臣」、同、一二八八番詞書に「同大嘗会主基方歌よみてたてまつりける……藤原光範朝臣」とあり、八雲御抄に一致する。悠紀方の季経の詠は同集賀、六四〇番にも入る。後鳥羽天皇の即位は寿永二年（一一八三）八月二十日。大嘗会は元暦元年（一一八四）十一月十八日。大嘗会悠紀主基和歌にも悠紀の作者は季経、主基の作者は光範とある。

59**建久〔悠　主　資実〕**

土御門天皇の即位は建久九年（一一九八）一月十一日大嘗会は同年十一月二十二日。主基作者は新古今集賀、七五六番詞書に「おなじ大嘗会主基屏風に……権中納言資実」とある。悠紀は同集、七五五番詞書に「建久九年大嘗会悠紀歌……式部大輔光範」とある。大嘗会悠紀主基和歌によると悠紀の作者は光範、主基の作者は資実である。

60**建暦〔悠　資実　主　有家〕**

大嘗会悠紀主基和歌も悠紀作者は資実、主基作者は有家とする。順徳天皇の即位は承元四年（一二一〇）十一月二十五日。大嘗会は准母春華門院の崩御によって延期されたため、建暦二年（一二一二）十一月十三日に行なわれた。

61**是皆悠紀は近江　主基は丹波備中替也**

悠紀と主基の国が固定されたことについては、項目35参照。

62**一人必儒者　一人は只歌人也　乍二人儒者又例事歟　只歌人……**

長和五年の大嘗会以来、一人は儒者が選ばれている。二人とも儒者の例も多く、寛治の匡房・行家、天仁の匡房・正家、保安の敦光・行盛、久寿の永範・茂（令）明、平治の俊憲・範兼の例がある。

63**凡中納言已下也　未及大納言已上**

八雲御抄にあげられている建暦以前の作者で大納言であった者はいない。中納言を務めたのは、建暦二年の悠紀方の作者藤原資実が正二位太宰権帥（前権中納言）、天仁元年の悠紀方の作者大江匡房が正二位太宰帥（前中納言）がいる。

64**敦光　令明など儒者中にも無指歌人とも一人は必可為儒者也……**

敦光は藤原明衡の息男で、文章博士、大学頭。金葉集にも二首入集している。令明は藤原明衡の孫で、文章博士、勅撰入集歌はない。また、兵範記、仁安三年（一一六八）十一月十日の大嘗会御調度内覧の条に「御屏風十帖……五尺四帖　本文、四尺六帖　和絵」とある。大嘗会屏風には大和絵屏風と唐絵本文屏風の二種があり、後者には中国の典籍から抜き出した瑞祥にちなんだ文章を書いたという。夜鶴庭訓抄にも「大嘗会御屏風大事也。悠紀主基とて左右あり。五尺六帖、四尺六帖づつ左右にあるなり。五尺には本文を書。四尺にはかなを書。はかせ二人。左右にして。本文はかんがへて。やがてそのはかせ歌よみなれば歌も兼よむ也。さらねば別の人もよむ。悠紀の方の歌をばただかんなに。主基の方はさうに書。秘説也」と、大嘗会に儒者が必要とされたことが記されている。

65**行事弁注国所々名下作者云々　撰其所計其詞詠之遣行事弁家……**

項目65から71まで、大嘗会の和歌（風俗歌・屏風歌）の制作手順を記す。この部分は、袋草紙（一二頁）に「先従㆓国々㆒注㆓進所々名於行事弁㆒下㆓作者許㆒。作者撰㆓便宜所々㆒、（各々可㆑避㆓禁忌㆒）諷㆓詠之㆒進㆓行事所弁㆒。以㆓風俗歌㆒下㆓楽所㆒。（以㆑之令㆑作㆑楽）。以㆓屏風歌㆒下㆓絵所㆒。（以㆑之書㆓図㆑之）。若和歌有㆓遅々㆒之時、所々名書㆑詞先進㆑之。和歌者追進㆑之。（件詞作者計㆑之）。又風俗歌許進ム常時也」とあり、八雲御抄の記述にほとんど一致する。

66**和歌書様　或以神楽歌為始　或以稲春歌為初也**

大嘗会和歌の書様を記す。袋草紙（一三頁）の和歌書様の記述中の「家経之流」の注記に「亦以㆓神楽歌㆒為㆑初。自余人以㆓稲春歌㆒為㆑初」とある。

67**資業家には真名別紙　風俗与屏風也**

袋草紙（一二頁）に「書㆓和歌㆒之時、家々之説不㆑同也。輔親兼澄等仮名、又風俗並屏風歌等書㆓一紙㆒。義忠仮名別紙。資業之流、真名別紙」とある。資業が、風俗歌と屏風歌を別紙に真名で書いたことについては、大嘗会悠紀主基和歌に、後冷泉院御時の資業の大嘗会和歌が例えば「亀岡松樹多生、万世仁千世乃賀佐祢天見留賀那亀乃遠賀奈留松乃緑尓」のようにすべて真名で書かれていること、また、風俗歌十首の始めと、屏風歌十八首の始めに署名があること（別紙に書かれていたため）からもわかる。

68**家経は仮名一紙**

※「家経」は幽斎本、書陵部本による。国会本は「家仕」。

袋草紙（一三頁）には「家経之流、歌仮名、詞真名、一紙」とある。大嘗会悠紀主基和歌によれば、後冷泉院御時の主基方和歌の家経の署名は風俗歌の前のみで屏風歌の前にはない。したがって、風俗歌・屏風歌ともに一枚に書かれたと推定される。また、同書によれば「早春朝人人多白玉村三宅」と詞書は真名、「春立ちて霞棚引く朝にもくもらざりけり玉村の郷」と和歌は仮名書きになっている。

69**匡房真名別紙　但匡房一度書仮名　他人皆真名別紙也同……**

袋草紙（一三頁）に「匡房真名別紙、（但天仁度仮名也）。以下人々皆真名別紙」とある。

70**但顕輔は詞は真名　歌仮名也**

袋草紙（一三頁）に「故左京、詞真名、歌仮名一紙也」とある。

71**悠紀主基共十月上旬可進　皆遣行事弁許　近代先経院奏流例……**

※「許」は幽斎本、書陵部本による。国会本は「計」。

袋草紙（一三頁）に「行事所献二和歌一之消息書様」の例として、式部大輔敦光の消息が挙げられており、十月八日の日付けになっている。兵範記、仁安三年（一一六八）九月十三日の条に「今日於行事所令書始御屏風一帖」とあり、山槐記、元暦元年（一一八四）九月十五日の条には、悠紀国から注進された約八〇箇所の地名が記されている。これらの地名が、和歌作者の許へ下され、大嘗会和歌は九月から十月ごろにかけて詠進されたのであろう。また、「近代先経院奏」については、百錬抄、建暦二年十月から十一月にかけての記事に、院の御所で大嘗会の件が議定される記事が見られる。

（十三　清書）

一　清書

歌合の清書人について具体例を列挙している。ほとんどの例は袋草紙の（九七頁）「歌合判者講読師並題者或撰者清書人等」についての記述に基づいている。ただし、袋草紙が記す清書人が決まるまでの過程等の詳しい説明は省いている。また袋草紙があげる歌合の例のすべてについては触れていない。

1**永承歌合（左兵衛佐師基　右中納言乳母）**

袋草紙（九八頁）に「左、兵衛佐師基、右、侍従中納言乳母（故行頼女）」とある。栄花物語（根あはせ）にも「師基の兵衛佐書きたり……手は右の大い殿の因幡の乳母」と記す。永承四年に侍従中納言であったのは藤原信長で、右大臣教通の息男であるので、袋草紙と栄花物語の右の清書人についての記録は矛盾しない。『平安朝歌合大成』第二巻には、橘行頼の父は因幡堂と号された因幡守行平であることから、行頼の娘が因幡の乳母と称されたのではないかという。

2**同根合（左公経　右兼行）**

※「公経」は幽斎本、書陵部本による。国会本は「公継」。

永承六年（一〇五一）内裏根合の清書人は、袋草紙（九八頁）に「左、散位公経　右、兼行」とある。

3**天喜皇后宮歌合（左兼行真名）　右経任卿母**

※「経任卿母」は幽斎本、書陵部本による。国会本は「経信卿母」。天喜四年（一〇五六）皇后宮歌合の清書人は、袋草紙（一〇一頁）には「左、兼行（以㆓真名㆒書㆑之也）。右、左兵衛督経任母」とある。歌合の仮名日記には「書き人は経任の中納言の母」と一人しか記されない。大鏡、巻二に「その大弐（佐理）の御女……経任の君の母よ、大弐におとらず女手かきにおはすめり」とある。

4 **承暦歌合〔左右大弁伊房　以金泥書之〕　右蔵人弁伊家**

※「以金泥書之」は書陵部本による。国会本は「伊房□□」。

袋草紙（九九頁）には「左、左大弁伊房（以㆓金泥㆒書㆑之）右、蔵人弁伊家」と記す。承暦二年内裏歌合の漢文日記には、書き手の記録はないが、左方は方磬に準えた銅鏡十六枚の表に「以金泥書和歌」とある。

5 **寛治郁芳門根合〔両方大納言雅実書之　天暦詩合道風書之……〕**

袋草紙（一〇〇頁）に「源大納言雅実書㆓左右歌㆒。江記云、源大納言雅実書㆓両方歌㆒。左方愁㆑之。天徳詩合時、道風書㆓両方詩㆒。強不㆑可㆑為㆓愁事㆒也云々」と、江記を引いて、左の清書を一人が行なった有名な先例「天徳詩合」の例をあげている。中右記、寛治七年五月五日の条にも源雅実が左右の清書人をつとめた記事がある。因みに「天徳三年八月十六日闘詩行事略記」（『平安朝歌合大成』第一巻による。）には「又木工頭小野道風者、能書之絶妙也……競其清書、左右渇望」し、左右が競い合って道風に清書を依頼した結果、両方を清書することになった成り行きが詳述されている。なお「天徳は書人不詳」とあるが、袋草紙（九七頁）の「歌合判者講読師並題者或撰者清書人等」の天徳四年内裏歌合の項にも清書人についての記述はない。また、同歌合の仮名、真名日記ともに清書人についての記録はない。

6 **寛治京極歌合〔当日は各歌於切寄　後日関白師通書之〕**

寛治八年（一〇九四）賀陽院七番歌合について、袋草紙は判者と講師を記すのみである。歌合の仮名日記には和歌の書様と清書人とについて「左の歌をいださる、歌をばその心のをむなゐにかかれたり……をとこの歌たてまつる、これも、をとこいつ巻にかきたり……左の歌は、左大将のうへ、左のおとどの御むすめかきたまふべし、右のは、関白殿かかせたまふべくとぞ、こよひはおのおのたてまつりたるを、ゐのうへにやりつがれたりとぞ」と記す。また、中右記の同年八月十九日の条に「和歌書物〔巻文各五巻、春夏秋冬、祝各一巻、瑠璃軸、色々之色紙下絵、左方女絵、右方男絵、皆書歌情歟、美麗過差無極〕」とある。『平安朝歌合大成』第三巻には大和絵と唐絵の歌絵を描いた色紙に、別の料紙に清書した和歌を破り継いだものであったという。「各歌於切寄」とは、このことをいうのであろう。（二一）執柄家歌合の項目14参照。

7 **抑承暦奏は左少弁季仲書之〔歌十五首　唐紙下絵也〕**

帝に奏上する歌題、年、和歌を清書した文書についての記述で、袋草紙（九一頁）の条に「承暦時経信卿記云……奏書様、和歌十五首、其題々ノ年号之。唐紙〔下絵〕有㆓懸紙㆒。左少弁季仲書㆑之云々」とある記述に一致する。

（十四　撰集）

一　撰集

万葉集と古今集から新古今集までの八代集について、歌員数、撰者、序者、部次第、子細の項目にわけて述べている。八雲御抄はそれまでの歌学書と同じく万葉集も勅撰と考えている。

「撰集」の項と関連のある袋草紙の項目は、一撰集故実、一故撰集子細、一諸集人名不審、一雑談（冒頭部分）であるが、「撰集」に関しては、後述するように、袋草紙の記述によりつつも、袋草紙とは異なる見解を述べている部分がかなりみうけられる。なお袋草紙には、当然のことながら、袋草紙よりも後に成立した千載集と新古今集についての記述はない。

1 **歌多少人善悪者不能注子細　随時従事**

勅撰集に入れる歌の数や、作者については、その時々で判断すべきであるという。次項にあげる袋草紙の説を批判する意図で、このように記すか。

2 **清輔云　撰集故実　時之大臣英雄公達などは雖非秀逸可入……**

袋草紙（一四頁）の「時大臣又一人歌、雖レ非二秀逸一必可レ入レ之。英雄公達又随レ宜可レ優事也。雖二歌宜一非二指重代一又非人無二其聞一者不可レ入レ之。於二無双歌一者無二左右一。又歌仙之歌有二秀歌一首一、次歌一両可レ入レ之、故実也」による。八雲御抄は、撰集時の大臣などの歌は、秀逸でなくても入れなくてはならない、重代の歌人ではない人や、身分の低い人の歌は入れてはならないが、優れた歌人の場合はかまわないなどと袋草紙を引用した上で「此故実為集尤無詮事也」すなわち、この「故実」は撰集のためにはもっとも意味のないことであると批判している。

3 **歌員数**

万葉集から新古今集まで、歌集ごとに入集歌の数を記している。

4 **万葉二十巻〔四千三百十五首　長歌二百五十此内也〕**

※「四千三百十五首」は幽斎本、書陵部本による。国会本は「四十三百十五首」。

袋草紙（一五頁）には「四千三百十三首、此中長歌二百五十九首、但本々不レ同、難レ用二定数一」とある。

5 **〔但万葉有両説　奥五十首　或無〕**

※「両説」「或無」は幽斎本、書陵部本による。国会本は「多説」「或二人」。

俊頼髄脳（一七五頁）は「初春のはつねの今日の玉はゝき手にとるからにゆらぐ玉の緒」（万葉・巻二十・四五一七）の歌をあげて「この歌、万葉集にも、ある本あり、なき本あり。此歌のみにあらず、今歌五十余首なければおぼつかなし。よく〱尋ぬべし」と記しており、古来風体抄（初撰―三四頁・再撰―四六五頁）にも同内容のことが記されている。

6 **古今二十〔千百首　序十一〕**

古今集の定家本系統の諸本の歌数は千百首で、八雲御抄に一致する。また、清輔本系統の前田家本の奥書には、歌数について「都

合千百首　但如目録千九十九首　他本歌十六首」とある。袋草紙（二四頁）は「千九十九首　此中長歌五首」、和歌現在書目録も「千九十九首」と歌数を記す。「序十一」については不詳。もとは「序有」とあったのを、誤ったものか。

7 **後撰二十〔千四百二十〕**
後撰集堀河本の歌数は千四百二十首で、八雲御抄に一致する。定家本系統の天福二年本と貞応二年本の歌数は千四百二十五首である。

袋草紙（二六頁）と和歌現在書目録には「千三百九十六首」とある。

8 **拾遺二十〔千三百五十一〕**
幽斎本には「又短連歌」とある。

拾遺集定家本系統の天福元年本の歌数は千三百五十一首で、八雲御抄に一致する。袋草紙（二六頁）、和歌現在書目録にも「千三百五十一首」とある。

拾遺集巻十八雑賀の一一七九〜一一八四番は、和歌一首の上句と下句を別の作者が詠んでいる短連歌である。

9 **〔抄　五百八十六〕**
袋草紙（二六頁）、和歌現在書目録には「五百八十六首」とあり、八雲御抄に一致する。定家本系統の拾遺集諸本がもつ天福元年書写の奥書には「又算合抄之証本、抄歌五百九十四首」とある。

10 **後拾遺二十〔千二百十八〕**
後拾遺集の序に「千うたふたももちとをあまりやつをえらびてはたまきとせり、なづけて後拾遺和歌抄といふ」とある。

11 **金葉十〔六百四十九　又連歌〕**
袋草紙（三〇頁）には「六百五十四首〔此外連歌十六首、但流布本是也〕」とある。

金葉集二度本の系統は初撰本と再撰本の系統に大きくわけられ、再撰本をさらに精撰する過程で多くの和歌を切り出しているという。『新編国歌大観』第一巻の底本である伝二条為明筆本は、解題によると再撰本のなかでも最終稿本系統と推定されているが、歌数は六百六十五首である。金葉集は巻十雑部下に連歌の部立がある。

12 **詞花十〔四百九〕**
袋草紙（三〇頁）にも四百九首とあり、八雲御抄と一致する。四百九首は、精撰本の歌数である。くわしくは、項目62参照。

13 **千載二十〔千二百八十四　又短歌〕**
『新編国歌大観』第一巻の底本の歌数は千二百八十八首である。「短歌」という見出しで、巻十八雑歌下、雑体に三首の長歌（一一六〇、一一六二、一一六三）と一首の反歌（一一六一）を入れているが、このように長歌を「短歌」ということについては、古来風体抄（初撰―三六頁・再撰―四三七頁）や八雲御抄巻一（三）「短歌或称長歌」でもくわしく述べられている。これは古今集が巻十九雑体に「短歌」という見出しで長歌五首を入れていることに由来しており、千載集は古今集に倣って長歌を「短歌」と記しているのである。

14新古今二十〔千九百七十六首〕

『新編国歌大観』第一巻の底本の歌数は千九百七十八首である。解題によると、建保四年（一二一六）に書写した家長本の系統で、都における切継ぎが完成した本文の姿を伝えるとされている。

15都合九千三百八十首也　此内同歌済々　巨細様相論説之多……

項目4～14に述べたように、現存伝本の間でも歌数の異同がはなはだしい。重出歌については後にあげる「子細」の各項目の中でもふれられている。

16撰者

万葉集、古今集から新古今集までの八代集、続詞花集について、それぞれの歌集の撰者と下命者、成立の年代などを記している。

17万葉〔奈良天皇御宇　橘諸兄左大臣撰之　子細雖多不決之〕

「奈良天皇（ならのみかど）」については、古今集の仮名序、真名序の解釈をめぐって古くから論議されており、現在確かめられるものとしては、聖武天皇、桓武天皇、平城天皇、文武天皇をあてる説があるが、八雲御抄のように万葉集の撰者を橘諸兄とする説をとるならば、年代的にみて聖武天皇になる。

古来風体抄（初撰―三二頁）は「そののち奈良のみやこ聖武天皇の御ときぞ、橘諸兄の大臣と申人勅をうけたまはりて万葉集をば撰ぜられける」と、八雲御抄と同じ説をとる。

袋草紙（一六頁）は「ならのみかど」に誰を当てるかに主眼を置いているので、撰者についての説は明らかではないが、栄花物語（月の宴）の「昔高野の女帝の御代、天平勝宝五年には、左大臣橘卿諸卿大夫等集りて、万葉集を撰ばせ給ふ」をあげ「然者叶二愚儀一。孝謙時太上天皇所二撰注一也」と記している。孝謙天皇が在位したのは天平勝宝元年から同八年（七四九～七五六）で、太上天皇は聖武天皇である。

なお、和歌色葉（一二三頁）は「平城天子勅にて万葉集を撰ぜらる。……橘大臣諸兄とおし義をなすやからあり。奈良帝と申せば聖武天皇の御事と、時代の前後をわきまへず、ひが事をいふ人もあり」と、橘諸兄撰者説と、ならのみかどを聖武天皇とする説の両方を批難している。袋草紙（一六頁）によると「撰者或称二橘大臣一、称二家持一」と家持を撰者とする説は当時もあった。

▽古来（再―四三）

18古今〔延喜五年四月十五日奉詔〕

古今集の真名序によると延喜五年四月十五日に奏覧したことになり、仮名序によると延喜五年四月十八日に奉詔したことになるのだが、八雲御抄は十五日を奉詔の日と考えていることになる。項目34、51参照。

19〔紀貫之為棟梁撰之　友則　躬恒　忠岑　同助成〕

古今集の真名序に「爰詔大内記紀友則　御書所預紀貫之　前甲斐少目凡河内躬恒　右衛門府生壬生忠峰」と四人の撰者の名前をあげている。また末尾には「臣貫之等謹序」とあり、これらの撰者の中心が、紀貫之であることを示している。

六巻抄（『中世古今集注釈書解題　三』片桐洋一　赤尾照文堂　昭56）の序文には、八雲御抄のこの箇所の「助成」を人名と誤解したために、古今集の撰者を五人とする説があったことが記されている。

20**後撰〔天暦五年十月　於梨壺和万葉集　次蔵人少将伊尹為……〕**

袋草紙（二六頁）に「天暦五年十月日詔二坂上望城、源順、紀時文、大中臣能宣、清原元輔等一、於二昭陽舎一令レ読二解万葉集一之次令レ撰レ之（号二梨壺五人一也）。一条摂政為二蔵人少将一之時為二此所之別当一（有二奉行文一）」とある。「撰和歌所」という語は、撰者の一人である源順が記した奉行文に記されており、正式な呼称であったと思われる。八雲御抄に「和歌所根源是也」とあるのは、これが新古今集撰集時の和歌所の先例となったことをいうか。

21**拾遺〔長徳比　公任卿撰之歟　抄は花山法皇撰　此事有説……〕**

八雲御抄は拾遺集が公任、拾遺抄が花山天皇の撰とするが、拾遺集の撰者を公任とする説は他には見あたらない。

後拾遺集の序には「又花山法王はさきのふたつのしふにいらざるうたをとりひろひて拾遺集となづけたまへり」とある。

袋草紙（二八頁）は拾遺集、拾遺抄ともに「花山天皇の勅撰云々」、古来風体抄（初撰—三三頁）は花山院が拾遺集を選び、公任が「この拾遺しふを抄して拾遺抄と名づけてありける」、定家の三代集之間事も拾遺集の撰者が花山院、拾遺抄が公任としている。また、和歌色葉（二四頁）は拾遺集の撰者が長能と道済、拾遺抄が花山院とする。

これらの説はすべて拾遺集を抄出したものが拾遺抄であると考えており、公任が撰した拾遺抄を花山院が二十巻に増補して拾遺集にしたと考える現在の説とは異なっている。

▽古来（再—四三四）

22**〔イ説　集花山　抄公任云々〕**

この異説がどの時点で本文に入ったのかは不明。国会本、幽斎本、書陵部本には、すべてこの本文が含まれている。

23**後拾遺〔応徳三年九月十六日　通俊卿撰進之　事次通俊……〕**

後拾遺集の序に「いぬる応徳のはじめのとしのなつ、みな月のはつかあまりのころほひ」すなわち、応徳元年（一〇八四）六月二十日すぎから撰集を始め、「おなじきみつのとしのくれあきのいざよひのころほひ（応徳三年九月十六日）えらびをはりぬる」とある。

通俊が撰者になったことについて、袋草紙（三九頁）は「于レ時有二経信匡房者一。此道之英才、先達也。不レ奉レ之、如何。但或人云、私撰之後、取二御気色一云々」、袋草紙の頭注に「故将作語云、件撰集事無レ受也。唯如レ此物ヲ仕タル号レ仰ト云シカバ、心ト仰畢云々。捍二世間一歟」と述べる。この項の末尾に「通俊所望撰云々」とあるが、八雲御抄巻六、用意部（四四頁）でも「白河院、後拾遺撰ぜられしをり、経信卿をおきながら、通俊これを承る。これ末代の不審なり。しかれども、この事ゆゑある事也。彼集は天気よりおこらず、通俊これを申おこなへり」とくりかえしている。

24**〔承保比始之　寛治元年又申出改之〕**

※「申出改之」は書陵部本による。国会本は「申□□之」。□□の

部分は誤写があるらしく難読。

後拾遺集の序に「このおほせこころにかかりておもひながら、としをおくることここのかへりのはるあきになりにけり」とあり、撰集を始めた応徳元年（一〇八四）の九年前、承保年間（一〇七四〜七七）に仰せがあったことになる。後拾遺和歌抄目録序（『新日本古典文学大系　後拾遺和歌集』）には「承保之比、予為侍中、季秋之天、……事及二和語一、須臾命曰、……汝挙篇目於数家之嘉什、備叡覧於万機之余仮、事出勅言、莫不服膺」と記されている。また目録序の末尾に「于時寛治元年秋八月、重以記之」と、寛治元年（一〇八七）ごろに再奏したとあり、袋草紙（二九頁）の「此集流布之後更被レ直之由見二目録序一」はこれを指している。

25**金葉〔天治元年　依白川法王倫言　俊頼朝臣撰之〕**

袋草紙（三〇頁）に「白河院御譲位之末、俊頼朝臣一人奉二院宣一撰レ之。天治元年月日奉レ之」とある。

26**〔再三任宣　大治二奏之　披露中度本也〕**

※「大治二奏之　披露中度本也」は幽斎本、書陵部本による。国会本は、次項の本文が混入したために、この箇所が脱落している。袋草紙（三〇頁）に「大治元二年之間上二奏之一。此集本不定也。奏覧之処両度返却。第三度之度以二中書之草案一先覧レ之……世間流布本、第二度本也」とある。金葉集には初度本、二度本、三奏本があるが、大治二年（一一二七）には三奏本を奏覧している。項目59、60、73参照。

27**詞花〔仁平　依崇徳院仰　顕輔卿撰之　天養元六二奏之……〕**

国会本、幽斎本、書陵部本とも「天養元六二奏之」とするが、院宣を奉じた日なので「奉之」とあるほうがよい。袋草紙（三〇頁）は、教長が顕輔に伝えた宣下状の内容を「被二院宣一云、自二中古一以来不レ入二勅撰集一之外和歌等、宜レ被二撰集一者。仍以執達如レ件。教長謹言。六月二日参議教長奉」と引いており、これは天養元年（一一四四）六月二日のことである。

この項の末尾に「仁平奏之」とあるように、詞花集の奏覧は作者の官位表記によって仁平元年（一一五一）と推定されている。

28**千載〔文治　依後白川院仰　入道俊成卿撰之〕**

千載集の序文に「文治みつのとしのあき、ながづきのなかのとをかに、えらびたてまつりぬるになんありける」とある。ただし、文治三年九月二十日に行われたのは形式的な奏覧であったようで、明月記によると、文治四年（一一八八）四月二十二日に奏覧されている。

古来風体抄（初撰—三五五頁）に「故後白川院のおほせごとにて、おいぼうし撰集のやうなるものつかうまつりて、たてまつり侍りし。千載集と申す……すでに勅によりてえらびたてまつりて、きみ又御納受ありて、蓮華王院の宝蔵におさめられ侍りにしかば」とある。

29**〔遁世者撰之　准喜撰和歌式歟〕**

▽古来（再—四三六）

※「准喜撰和歌式歟」は幽斎本、書陵部本による。国会本は脱落。

千載集の序文に「いにしへより勅をうけたまはりて集をえらぶこ

と……松のとぼそにのがれ苔のたもとしほれたるもの、これをえらべるあとなんなかりけれど、宇治山の僧喜撰といひけるなむ、すべらぎのみことのりをうけたまはりてやまとうたのしきをつくれりける、式をつくり集をえらぶこと、かのむかしのあとによりいまこのなずらへある」とあることによる。

30**新古今〔元久　通具　有家　定家　家隆　雅経等撰進申〕**

※「家隆」は幽斎本、書陵部本による。国会本は脱落。

新古今集の仮名序に「右衛門督源朝臣通具、大蔵卿藤原朝臣有家、左近中将藤原朝臣定家、前上総介藤原朝臣家隆、左近少将藤原朝臣雅経らにおほせて……ひろくもとめ、あまねくあつめしむ……そのうへ、みづからさだめ、てづからみがける」とある。

31**〔上皇有御点被定〕**

御点について、源家長日記（『源家長日記校本・研究・総索引』風間書房　昭60）に「五人撰者、おの〳〵せんじあげてのち、こと〴〵く御覧じとをして、その中にさもあるを御点ありて、左近将監清範かきいだして後、それを又御覧じて三度までかきいださる」とある。明月記によると、建仁三年（一二〇三）四月十九日に通具が、同じく二十日に定家が撰歌を奏覧したという記事があり、このころから元久元年（一二〇四）七月二十二日に「今日撰歌可致部類、可参和歌所由、一昨日有催、仍参入」と、部類のために撰者たちが召されるまでの間、後鳥羽上皇は御点をつける作業を続けたことになる。

32**此外　清輔　依二条院仰　撰続詞花集二十巻　而崩御之間……**

※「続詞花集」は幽斎本、書陵部本による。国会本は「読詞花集」。八雲御抄の「而崩御之間不准勅撰也」について、和歌現在書目録にも「清輔朝臣撰之　二条院召覧之清書了可奏之由　雖蒙勅命不遂崩御之由見序　々者長光朝臣」とあるが、続詞花集の現存伝本の中には、序のある本は見あたらない。続詞花集巻末の真名の跋文には「未及披露、然間入先朝之叡聞、召愚臣之撰集、不能地忍、憖備天覧、其後繕写之間、已遇遏密、恨之尤切、仙居之月早蔵」とあり、音楽の演奏などをやめて静かにするという意味の「遏密」という語などで、遠回しにではあるが、奏覧に備えているうちに院が崩御したことが記されている。

正治二年俊成卿和字奏状（『歌論集一　中世の文学』三弥井書店　昭46）は「清輔が続詞花集と申うちぎきをつかまつりて、二条院に勅撰と申なさんと申させ候しかども、御承引候はざりし上に」と、八雲御抄などとは異なる事情を伝えるが、その真相は不明。巻一（二十三）学書の項目12「続詞花集」参照。

33**序者**

古今集、後拾遺集、千載集、新古今集の序の執筆者と、古今集仮名序、真名序の問題点について記す。

34**古今〔真名序は非宣下儀〕**

古今集仮名序には「延喜五年四月十八日に……おほせられて」、真名序には「于時延喜五年歳次乙丑四月十五日、臣貫之等謹序」とある。これについて袋草紙（二四頁）は「此集宣下幷奏覧之年月不㆑審。如㆓仮名序㆒者延喜五年四月十八日、仰㆓其々㆒……此日之宣下歟。如㆓真名序㆒者延喜五年四月十五日臣貫之等謹序云々。如㆑此此日奏覧歟云々」と、仮名序によると延喜五年四月十八日に宣下されたことになるが、真名序によると同年四月十五日に奏覧したことになるという。八雲御抄の「真名序は非宣下」は袋草紙のこの記事によっている。八雲御抄が四月十五日奉詔説をとっていることについては項目18、51参照。

35 **〔貫之以淑望令書　仮名貫之〕**

袋草紙には「就㆑中歌仙之得失ヲ注之条似㆓貫之所為㆒。重案㆑之、貫之先以㆓仮名㆒書㆓土代㆒、令㆑書㆓真名序㆒歟」（二四頁）とあり、俊成から伝え聞いた基俊の説「序貫之以㆓仮名㆒書㆓土代㆒、令㆓淑望草㆒者也。而共依㆑有㆑興不㆑棄㆓仮名序㆒」（二五頁）も引く。いずれの説も貫之がまず下書きをして、淑望に真名序を書かせたとしており、八雲御抄もそれにしたがっている。

36 **後拾遺〔仮名序　通俊〕**

袋草紙（三五頁）に「後拾遺末代規模集也。雖㆑然彼時有㆓種々誹謗㆒云々。先序別様云々」、八雲御抄巻一（二一）序代の項目6に「古今序は歌眼なれば不及子細。後拾遺千載などの序はさる程也」とある。

37 **千載〔仮名　俊成〕**

千載集の序文に「和歌のうらのみちにたづさひては、ななそぢのしほにもすぎ、わがのりのすべらぎにつかへたてまつりては、むそじになんあまりにければ……みことのりをもうけたまはれるならし」と、俊成自身のことを記している。前項参照。

38 **新古今〔真名　親経奉仰書之　仮名　摂政良書之〕　此外無序**

隠岐抄序（『新編国歌大観』第一巻　解題）に「摂政太政大臣に勅して仮名の序をたてまつらしめたりき」とある。明月記によると、元久二年（一二〇五）二月二十一日に「左大弁持参撰集序、今日奏覧了」と親経が真名序を奏覧している。また、同じ年の三月二十六日に新古今の竟宴がおこなわれているが、その三日後の三月二十九日に「次参殿下、僧正御房参給、撰歌之間事頻被召問、又仮名序御草賜見之、殊勝々々」と良経が仮名序の草稿を持参している。八雲御抄巻一（二一）序代の項目7には「新古今の序は首尾かきあひて詞つゞき尤も神妙にありがたき程也」とある。

39 **部次第**

後撰集、拾遺集、金葉集、詞花集には、序が無い。

古今集から新古今集までの歌集の部立を記す。

40 **古今〔春上　春下　夏　秋上　秋下　冬　賀　別離　羇旅……〕**

※「秋上」は、幽斎本、書陵部本による。国会本は脱落。

巻八の部立「別離」は、古今集の永暦本や清輔本系統の諸本などに一致。定家本系統の諸本は「離別」としている。

41 **後撰〔春上　春中　春下　夏　秋上　秋中……別　旅　賀　哀〕**

※「……別　旅　賀　哀」は幽斎本、書陵部本による。国会本は「哀傷」が「……恋六　哀傷　雑一……」の位置にある。

後撰集の諸伝本では巻二十に「哀傷」の部立がある。

42 **拾遺〔春　夏　秋　冬　別　物名　雑上　雑下　神祇……〕**
巻九の部立「神祇」は、拾遺集の定家本系統の諸本では「神楽歌」、堀河本は「神部」、天理乙本、多久本は「神」としている。

43 **後拾遺〔春上　春下　夏　秋上　秋下　冬……尺教　誹諧〕**
後拾遺集の誹諧歌について、俊頼髄脳（一三頁）に「次に誹諧歌といへるものあり。これよく知れるものなし。……宇治殿の四条大納言にとはせ給ひけるに、これはたづねおはしますまじき事なり。公任あひとあひし先達どもに、随分に尋ねさふらひしに、さだかに申す人なかりき。さればすなはち後撰、拾遺抄にえらべることなしと申されければ、さらばすぢなき事なりと申してやみにきとぞ帥大納言におほせられける。それに通俊中納言の後拾遺抄といへる集をえらびて、誹諧歌を撰べり。若しおしはかりごとにや」とある。

44 **金葉〔春　夏　秋　冬　賀　別　恋上……雑上　雑下　連歌〕**
金葉集の部立は「連歌」を除けば拾遺抄と同じである。巻十雑下に「連歌」の部立がある。

古来風体抄（初撰—三四頁）に「拾遺抄ぞ抄なれば、十巻に抄せるを、金葉・詞華は拾遺抄を存じけるにや、二のしふは十巻に撰したるなり」とある。
▽古来（再—四三五）

45 **詞花〔同金葉　但無連歌〕**
詞花集の部立は金葉集と同じであるが「連歌」は無い。前項参照。

46 **千載〔春上　春下　夏　秋上……短　旋　物　誹　尺　神〕**
※「物　誹　尺　神」は幽斎本、書陵部本による。国会本は「尺　神　物　誹」。
千載集は巻十八雑下、雑体の中に短歌、旋頭歌、折句歌、物名、誹諧歌とあり、巻十九が釈教歌、巻二十が神祇歌である。

47 **新古今〔春上　春下　夏　秋上　秋下　冬　賀　哀……〕**
新古今集の部立は、巻七〜十と巻十九、二十の配列が異なるもの、千載集と同じである。ただし「雑体」は無い。

48 **子細**
「歌員数」、「撰者」、「序者」、「部次第」で述べていないことについて、以下に記す。

49 **古今　不入万葉歌云々　但誤有七首**
古今集仮名序に「万えふしふにいらぬふるきうた……たてまつらしめたまひてなむ」とあるが、古今和歌集目録は、八雲御抄と同じく、古今集の和歌と「万葉集七首」が重出すると記す。

50 **上古人は不注名　或注左　不入当帝御製**
袋草紙（一五頁）の「古今ニハ万葉以往歌、或書₂読人不₁レ知、或歌後著レ之。所レ謂奈良帝人麿等也」による。

古今集春下、九〇番が詞書に、秋上、二二二番と秋下、二八三番が左注に「奈良帝」と記す。また、左注に七例「人麿」とある。

古今集の撰集下命者である、醍醐天皇の和歌は入集していない。

51 **延喜五年奉仰　延喜末奏聞之**
八雲御抄は延喜五年奉詔説をとる。延喜末に奏覧とするのは、延喜七年の大井川行幸の際に詠まれた歌（雑上・九一九、雑体・誹諧歌・一〇六七）や、延喜十三年の亭子院歌合の歌（春上・六八、春下・八九、春下・一三四）など、明らかに延喜五年以降に詠まれている歌が古今集に入っていることによるのであろう。

一方、袋草紙（三五頁）は清輔の問いに対して俊成が語った、基俊の説を「先年相二尋基俊君一之処、答云、延喜五年四月十八日上奏日也」と引き、清輔も自身の説として「追案、此事、猶基俊儀宜歟」と、延喜五年奏覧説をとる。項目18、34参照。

52 **題不知読人不知とも書**

袋草紙（一五頁）に「或人云、古今ニハ題不レ知読人不レ知」とある。

53 **後撰〔不入万葉古今歌　但誤共入　無当帝御製〕**

※「但誤共入」は書陵部本による。国会本は「但誤無入」とする。後拾遺集の序文に「むらかみのかしこきみよにはまた古今和歌集にいらざるうたはたまきをえらびいでて後撰集となづく」とあるが、後撰集夏、一八四番と古今集夏、一〇三一番、後撰集恋五、九六七番と古今集恋二、六一四番などが重出している。後撰集と万葉集との重出も、後撰集春、三七番と万葉集巻十、一八四三番、後撰集夏、一九九番と万葉集巻八、一四五二番など多くみられる。

「無当帝御製」とあるが、後撰集の撰集下命者である村上天皇の和歌は二首（慶賀・一三七九・今上御製、同・一三八二・御製）入集している。

54 **〔題不知読人もとかけり　人名或童名異名等也〕**

袋草紙（一五頁）には「或人云……後撰には題不知読人も」とある。「人名或……」については、項目201にも「此外如後撰、童名、又異名など多」とあり、このほうがわかりやすい。

童名は、恋二、六三四番、六五九番、六九六番の歌の作者「おほつぶね」が、大和物語十四段に「本院の北の方のみおとうとの、童名をおほつぶねといふいますかりけり」とでていることによる。異名については、項目194〜196に「又異名済々或付夫名、是和泉式部号加賀左衛門書多」とあることから類推すると、後撰集作者では「大輔」（三八二など）「右近」（四三など）「少将内侍」（九四四）などがそれにあたるか。

55 **〔但俊成説　何も如古今　強不可替云々〕**

古来風体抄（初撰—三七一頁）の「後撰には題しらずよみ人もとかき、拾遺には、だいよみ人しらずとかくなりと、ちかき世の故人など申ときゝて、そのかみにはさやうにもかき侍りしを、なをふるき本どもたづねみはべりしかば、さまぐ〵にかたるさま、たゞをんなゝどのかきうつすほどに、さやうなる事を、人の中いでたるにこそとみえ侍れば、故後白川院の三代集かきてまいらせよとおほせられしとき、後撰をも拾遺抄をもみな古今のおなじ事にかきてたてまつり侍にしなり」による。

▽古来（再—四八〇）

56 **拾遺〔古今後撰歌誤多　於万葉集歌多入非誤体歟　不入……〕**

※「非誤体歟」は幽斎本、書陵部本による。国会本は「非体歟」と

する。

古今集、後撰集の歌が誤って入っている例は、秋・一八六番と古今集・賀・三六一番が重出、春・二七番と後撰集・春上・二七番が重出などである。

万葉集の歌が多く入っているのは誤りではないとするのは、拾遺集は万葉集からも撰歌する方針であったと考えたからであろう。古来風体抄（三三頁）には「万葉しふのうた、人麿、赤人がうたをもおほくいれられたれば、よきうたもまことにおほく」とある。

撰集時の帝である一条天皇の和歌は入集していない。

▽古来（再―四三四）

57〔**作者惣様々　大臣も或書姓名**〕

※「作者惣様々」「或書姓名」は幽斎本、書陵部本による。国会本は「作者惣様之」「或書性名」。

項目112参照。

58**後拾遺**〔**不入後撰作者云々　但誤入之　入御製**〕

後拾遺集の序文に「おほよそ古今後撰ふたつのしふにうたいりたるともがらのいへのしふをば……これにのぞきたり」とある。

袋草紙（三〇頁）は「兼盛歌入レ之。是後撰作者也。但非二失錯一歟。彼人拾遺集以後猶存生人也」と、兼盛を入れたのは失錯ではない、と記すが、八雲御抄は「誤入之」とする。なお兼盛は正暦元年（九九〇）に没しており、袋草紙に兼盛は拾遺集以後も生きていたとあるのは誤りである。

撰集下命者である、白河天皇の歌は、六首入集している。

59**金葉**〔**初は入三代集作者　中度流布　定後始入源重之……**〕

金葉集初度本に入集している三代集の作者を、試みに巻一から抜き出してみると、巻頭歌が貫之（古今集初出）で以下、朝忠（後撰集初出）、兼盛（後撰集初出）、順（拾遺集初出）などである。

「定後始入源重之」とあるのは、三奏本巻一の巻頭歌の作者が源重之であることをいうか。重之は拾遺集初出の歌人で初度本に三首、三奏本に三首（うち一首が重出）入集している。

「連歌」の部立は二度本にも三奏本にもある。初度本については巻五までしか現存しないので不明。「中度流布」については次項、「三ケ度撰改」については項目26、73参照。

60〔**第二度本流布　多は近世人　但六帖歌幷道済相模等入之**〕

袋草紙（三〇頁）に「世間流布本、第二度本也。近代人歌等也」とある。「但六帖歌」以下は八雲御抄が金葉集二度本について独自に記した部分で、「多は近世人　但」と、近世の歌人から外れる例として道済と相模をあげている。道済は拾遺集初出の歌人で二度本に一首、相模は後拾遺集初出の歌人で二度本に四首入集している。相模の没年は康平元年（一〇五八）ごろと推定されており、撰集の院宣が下ったのは天治元年（一一二四）である。金葉集が撰集された時点での「近世人」を区分する目安となるだろう。なお二度本に「六帖歌」が入っているとあるが未詳。時代的に見て「玄々集」の「玄」を「六」と誤った可能性が考えられるが、現存する二度本には玄々集の歌も古今六帖の歌も見あたらない。三奏本には玄々集から多くの歌がとられている。

61**詞花〔後撰已来作者入之　古今作者不入　仁平奏〕**

※「後撰已来作者入之　古今作者不入」は幽斎本、書陵部本による。国会本は「入之　古今作者」が脱落している。

八雲御抄がいうように、後撰集初出の歌人である兼盛の歌が六首、中務の歌が一首入集しているが、古今集初出の歌人の歌は見あたらない。「仁平奏」については、項目27参照。

62**〔有御覧　御製崇徳幷藤範綱　同盛経歌など被止〕**

袋草紙（三〇頁）の「御覧之後返給、御製少々幷藤範綱頼保同盛経等歌被レ除」によっている。

『新編国歌大観』第一巻によって、本文中に「依御定止了」という注記と切り出しを意味する符号がついている歌の歌番号と作者名を示すと、八番、新院御製、一一番、藤原盛経、一九九番、藤原頼保、二三九番、藤原範綱、三七九番、新院御製、四〇三番、新院御製の六首である。

『新編国歌大観』の底本の歌数は四百十五首で、これらの六首を除くと四百九首となり、八雲御抄が項目12にあげる歌数と一致する。

63**〔清書白色紙　顕輔書之〕**

国会本、幽斎本、書陵部本ともに「清書白色紙」とあるが不審。袋草紙（三〇頁）に「奏覧本　布目色紙草子　自筆也」とあることから、あるいは「白色紙」は「布目色紙」の誤りか。

64**千載〔正暦以後歌人撰之〕**

千載和歌集序に「かみ正暦のころほひよりしも文治のいまにいたるまでのやまとうたをえらびたてまつるべきおほせごとなんありける」とある。

65**新古今　万葉歌入之　古今歌皆不入之**

※「古今歌皆不入之」は書陵部本による。国会本は「古今歌は詠歟皆入之」。

新古今集の仮名序に「万葉集にいれる歌は、これをのぞかず、古今よりこのかた、七代の集にいれる歌をば、これをのする事なし」とある。

66**披露後又被宣　官位有相違事　所謂通光権大納言或左衛督など也**

通光は十四首入集しているが、二首（夏・二五九、冬・六五〇）が作者名を「権大納言通光」、十二首（春上・二五、秋上・三五一など）が「左衛門督通光」とする。

67**凡撰集無為披露尤不安　種々異名放言多**

袋草紙（三六頁）には「後拾遺……又号二小鯵集一」、「金葉集之時有二種々異名一。其中臂突あるじ第一名云々。是李部五品盛経之所レ付也」とある。

68**後拾遺後は経信書難後拾遺**

袋草紙（二九頁）に「于レ時有二難後拾遺一云物一。世以称二経信卿之所為一。通俊見レ之云々。先以二件集一内々令レ見二合彼卿一之処、神妙之由侍。而後日有二此難一、更不レ誤云々」とある。これによると通俊は奏覧する前に経信に後拾遺集を見せており、経信はそのときには良いと言いながら、後日批難する書を書いたという。

69金葉後　顕仲嘲之　撰良玉集

※「嘲之」は幽斎本、書陵部本による。国会本は「朝之」。

袋草紙（三頁）に「金葉集之後、良玉集出来。顕仲入道撰レ之。同除二彼集一」とある。巻一（二十三）学書の項目10「良玉集」参照。

70詞花後　教長撰拾遺古今　如此事多

袋草紙（三頁）に「詞花集之後、拾遺古今出来。教長入道撰レ之。同除二彼集歌一」とある。巻一（二十三）学書の項目11「拾遺古今」参照。

71詞花は則教長為院司　伝仰於顕輔　然而猶有腹立気撰之

教長が院司として顕輔に伝えた宣下状が、袋草紙（三〇頁）にある。項目27参照。

教長がなぜ腹を立てたのかは推測するしかないが、教長の歌が詞花集に二首しか入集しなかったことも理由のひとつであろう。正治二年俊成卿和字奏状（『歌論集一　中世の文学』三弥井書店昭46）は「且は教長と申候しもの、わたくしの打聞に拾遺古今と申名付け候て、あつめ撰したる事候き。そのとき清輔かれにつきたるものにて、かたはらにそひ候てもろともにつかまつりて候し、まことに見苦しきことども候き」と記す。真相は不明であるが、袋草紙（三頁・三六頁）によると、父の顕輔が自分の意見を聞かずに奏覧したことや、自分の詠んだ和歌が詞花集に一首も入集していないことに、清輔も不満をいだいていたようである。

72凡万人以己歌仙と思へり　叶一切人心難有事歟

だれもが自分のことをすぐれた歌人だと思っているので、みんなの心にかなうように撰集することは難しいという。

73金葉第三度本は乍草先奏　而自待賢門院実行申給て披見之間……

袋草紙（三〇頁）に「第三度之度以二中書之草案一先覧レ之。而件本無二左右一納畢。仍撰者許無二此本一云々。件本在二故待賢門院一。而今前大相国申出書二写之一。無二余所一云々」と、撰集を下命した白河院が三奏本は草稿のままお納めになったとある。八雲御抄はこれに加えて「其外本不留　其本は焼歟」と記しており、三奏本が流布しなかった事情がわかる。

74清書は時能書也　後拾遺　伊房卿欲書之処　我歌只一首也……

袋草紙（二九頁）の「欲レ令三伊房卿清二書之一処、件人歌唯入二一首一云々。故腹立不レ書レ之。仍令三若狭闍梨隆源書二写之一云々」によっている。

ただし、自分の歌が一首しか入集していなかったので腹を立てて清書しなかったとされる伊房だが、後拾遺集の家本系統の諸本の奥書（『新編国歌大観』第一巻　解題）には「件本者、朱雀師伊房卿自筆也、倫雖書入自歌二首、通俊批校之時、合懸鉤畢云々」とあって、伊房筆の本が存在していたことになる。

75以連歌成歌　有例〔後撰〕

俊頼髄脳（一二四頁）、袋草紙（一四頁）は後撰集の「あきのころほひ、ある所に女どものあまたすの内に侍りけるに、をとこの、歌のもとをいひいれて侍りければ、すゑはうちより　白露のおくにあまたの声すれば花の色色有りとしらなん」（秋中・二九三・よみ人しらず）の例をあげる。詞書によって、男が詠みかけた上句に簾の中にいた女の一人が下句をつけたことがわかる。

76 **又清輔云　読人不知とは有三様　一は不知　二は雖知凡卑……**

※「清輔云」は幽斎本、書陵部本による。国会本は「清輔之」。

袋草紙（一五四頁）の「読人不レ知と書事可レ有レ儀。一ニハ真実不レ知二作者一歌、一ニハ雖レ書二名字一世以難レ知二其人一下賤卑陋之輩、一ニハ詞有レ憚歌等也」によっている。

77 **古今は蝉丸歌不書名　後撰書之　如比類多**

袋草紙（二五四頁）に「又家持猿丸太夫集歌多以入レ之、称二読人不レ知一（二五四頁）とある。たとえば公任の三十六人撰に猿丸の作としてとられている歌は、三首とも古今集の「よみ人しらず」の歌（春上・二八、秋上・二〇四、秋上・二一五）である。現存する猿丸集の歌の中にも、古今集の詠人不知歌と重出するものは多い。

後撰集雑一、一〇八九番、新古今集雑下、一八五〇番は作者名を蝉丸とする。

78 **詞花　西行如比　又千載　平家依為勅勘者不書名歟**

詞花集雑上、三七二番の読人不知の歌は、西行法師家集五三五番に入っていることから、西行の歌と考えられる。

千載集では、平忠度（春上・六六）、平経盛（恋一・六六八）、平経正（夏・一九九、秋上・二四六）、平行盛（羇旅・五二〇）など、勅勘を蒙った平氏の人々の歌が、読人不知になっている。

79 **仏神詠　拾遺　吉野御歌住吉御歌など入　其後済々**

拾遺集雑下、五六九番は、柿本人麻呂の「よしのの宮にたてまつるうた」と題する長歌で、五七〇番は「反歌」とあるが、拾遺集堀河本には「御歌」とある。したがって、堀河本五七〇番によると、人麻呂が吉野の宮に奉った歌に対して、吉野の明神が「御歌」を返したことになる。「住吉御歌」については、拾遺集神楽歌、五八七番の左注に「ある人のいはく、住吉明神のたくせんとぞ」とある。

八雲御抄に「其後済々」とあるが、新古今集神祇歌の巻頭の一八五二〜一八六四番には「日吉明神」「太宰府天神」「春日榎本明神」「住吉明神」「春日明神」「熊野権現」「賀茂明神」「石清水八幡」「宇佐八幡」のように神詠がならんでいる。

80 **一　巻々一番**

勅撰集のそれぞれの巻の巻頭歌の作者について述べる。

81 **巻々端には不論古人現在　殊歌人又可然人詠也　卿相などは……**

巻頭歌の作者の条件を、公卿や大臣などは特に優れた作者でなくても入れる、女性の歌もそれに準じる、詠人不知も同じとあげていき、それに背く例を三つ示す。それらの例について見ていくと、「拾遺恋歌五　善祐法師」（九二五）は堀河本の詞書「善祐法師ながされ侍ける時ある女の家につかはしける」に一致する。ただし拾遺集の定家書写本系統の諸本の詞書「善祐法師ながされ侍ける時、母のいひつかはしける」によると作者は善祐法師の母になり、八雲御抄と相違する。「後拾遺雑四　披季通」（一〇四一）とある橘季通の官位は従五位下、「詞花恋下　藤相如」（二三三）とある藤原相如の官位は正五位下である。なお、ここにあげた説はほかの歌学書には見あたらず、八雲御抄の独自の説と思われる。

82**一　御製書様**

八雲御抄は巻二の最後に勅撰集の作者名の書き方を取り上げている。袋草紙〈四頁〉が「和歌会之次第」の中で、歌会の懐紙の「位署書様」として「於二公家一〈仙院、女院同レ之〉位官、兼官、臣姓朝臣名上〈但製字不レ書時不レ書二臣上一。不レ書二臣上一時又一官許也〉…於二諸家一、官姓名…」などと述べているが、先行の歌学書で勅撰集の作者名表記について言及しているものは見当たらない。八雲御抄は、官職、位ごとに勅撰集の作者名の書き方について多くの例をあげながら考証しているが、まず初めに、天皇の場合について、項目88までに述べている。

83**古今光孝已下書右**

古今集では「仁和のみかどみこにおはしましける時に、人にわかなたまひける御うた」（春上・二一）とあるのをはじめ、天皇御製はすべて詞書に書かれている。

84**後撰には延喜御製　あめのみかどの御製などかけり**

後撰集秋中、二七八番に醍醐天皇の御製を「延喜御製」とある。また同、三〇二番に「天智天皇御製」とあるが、中院本後撰集では「あめのみかとの御製」とある。

85**当帝をば御製　又今上御製とも**

前項に続いて後撰集の当代の帝の御製について述べる。

後撰集慶賀哀傷、一三七九番に「今上帥のみこときこえし時、太政大臣の家にわたりおはしましてかへらせ給ふ御おくりものに御本たてまつるとて」の詞書で詠まれる、村上天皇の藤原忠平の歌への返歌に「今上御製」とあり、また一三八一番では「今上むめつぼにをはしましし時たき木こらせてたてまつり給ひける」の詞書で詠まれた歌への村上天皇の返歌に「御製」とある。

86**拾遺以後皆延喜御製　天暦御製など也**

拾遺集夏、一一一番、拾遺抄夏、七一番に「延喜御製」とあり、拾遺集別、三二〇番に「天暦御製」とある。

87**後拾遺には只御製〈白河御歌〉**

後拾遺集冬、二七七番に「八月ばかりに殿上のをのこどもをめしてうたよませ給けるに旅中聞雁といふこころを」の詞書で「御製」とのみあるが、これは白河天皇の歌であると八雲御抄は注している。

88**新古今には御歌と有　是上皇令書給御詞なればなるべし**

新古今集では「天暦御歌」〈夏・一六四〉、「持統天皇御歌」〈秋上・一七五〉など、他の勅撰集が「御製」と書くところをすべて「御歌」と書く。これは、後鳥羽上皇がそのように書かせなさったのだと八雲御抄は述べる。

89**一　院号**

以下項目94まで院の書き方である。天皇同様「御製」と書かれると述べる。

90**後撰法皇御製　陽成院御製と書**

後撰集秋中、二七九番に「亭子院の御前の花の、いとおもしろくあさつゆのおけるを、めして見せさせ給ひて　法皇御製」とある。後撰集の法皇とは亭子院である。また恋三、七七六番に「陽成院御製」とある。

91**拾遺円融院御製と書　其後皆其院と書**

拾遺集春、二〇番、拾遺抄雑上、三七六番に「円融院御製」とある。その後も「花山院御製」（後拾遺・春下・一三六　金葉・春・四九）「崇徳院御製」（千載・春・四六）など、いずれの歌集でも「院御製」と書かれる。

92**新古今には御歌とあり**

「御製」の場合と同様、新古今集では「院御歌」と書く。春下、一三一番に「崇徳院御歌」とあり、一四六番に「後白河院御歌」、夏、一九八番に「白河院御歌」などの例がある。

93**又上東門院　陽明門院と書**

※「陽明門院」は幽斎本、書陵部本による。国会本は「陽明院」。

「院」と呼ばれても「上東門院」（後拾遺・哀傷・五六九）、「陽明門院」（後拾遺・雑一・八六一）などは「御製」とはしない。上東門院は一条天皇の中宮彰子、陽明門院は後朱雀天皇の皇后禎子である。

94**小一条院も後拾遺詞花共不書御製字　不経登極只院号故也**

三条天皇の東宮のまま退位した小一条院についても、「御製」とは書かないと述べる。後拾遺集雑一・九一八番に「小一条院」とある。小一条院は帝位には就いておらず、ただ「院」と呼ばれているだけであると八雲御抄は説明している。ただし詞花集雑上、二九〇番には「小一条院御製」とある。

95**一　親王**

※国会本には「親王」とあるのみで一つ書きになっていないが、幽斎本、書陵部本により、一つ書きとした。

項目105まで「親王」についての記述である。親王の書き方は一様ではなく、名前を書く場合、官職名を書く場合など、いろいろな書き方がなされていると述べる。

96**此書様尤不同也　古今には惟喬親王と書　又雲林院みこともあり**

親王の書き方は一定ではないと言う。古今集には「これたかのみこ」（春下・七四）と名前を書く場合もあり、「雲林院のみこ」（恋五・七八一）などと書かれる例もある。

97**後撰には行明　元良親王　又朱雀院兵部卿親王　閑院三親王……**

後撰集春上、一〇番に「行明親王」、恋二、六二九番に「元良のみこ」、春上、三七番に「朱雀院の兵部卿のみこ」とある。なお、「閑院三のみこ」とあるのは中院本後撰集で、『新編国歌大観』（底本は天福本）では「さだもとのみこ」（恋五・九三二）となっている。古今集、後撰集ともに名前を書く場合もあり、官職名で書く場合もあり、一定していないという点で「両集様同」とする。

98**拾遺兵部卿元良親王　中務卿具平親王　又盛明親王など也**

拾遺集春、二九番に「兵部卿元良親王」、拾遺集雑上、四三一番、拾遺抄雑下四九七番に「中務卿具平親王」、拾遺集夏、八二番に「盛明のみこ」などの例がある。拾遺抄では夏、五六番に「盛明親王」とある。

99**但保明親王をば只一宮とあり**

拾遺集恋三、八三八番に「広平親王」とあるのが、書陵部蔵堀河具世筆本（以下「堀河本」とする）や、天理図書館甲本の拾遺集では「一宮」となっている。八雲御抄が「保明親王」とするのは誤りであると思われる。

なお、八雲御抄に引用される拾遺集の作者表記の多くが、定家本の系統ではなく異本系統の本文に一致する例が多いことについては、平田喜信氏が「拾遺集の伝本について」（『平安中期和歌考論』新典社　平成5）で指摘、論究されている。

100 **後拾弾正尹清仁親王など也**

※「弾正尹」は書陵部本、幽斎本による。国会本は「弾正書」。後拾遺集雑一、八四六番に「弾正尹清仁親王」とある。

101 **金葉三宮と書〔輔仁院御弟也〕**

金葉集三奏本に「三宮」（夏・一三四）とある。増鏡（第一・おどろのした）に「白河院おりゐさせ給ひてのち。金葉集重ねて俊頼朝臣に仰せて撰ばせ給ひしとぞ。初め奏したりけるに、輔仁の親王の御名のり書きたる、わろし、とて返され、また奉るにも、何事とかやありて、三度奏して後こそ納まりにけれ。」とあり、金葉集初度本に「輔仁」の名前を記したために白河院の意に添わず、奏上しなおしたという話が伝えられている。

102 **千載は無品親王輔仁**

千載集には「延久三親王輔仁」（夏・一七七）とあるが、この歌は八代集抄本千載集では「無品親王輔仁」となっている。

103 **又法親王は千載には仁和寺入道法親王　仁和寺親王などかき……**

法親王は出家の後に親王宣下を受けた皇子である。勅撰集では千載集から「法親王」という記載が始まるが、千載集には春上、五九番に「仁和寺後入道法親王〔覚性〕」、秋上、一一二七番に「仁和寺法親王〔守覚〕」などと、名前を小字で注記する書き方が多い。ただし秋下、三三四番には「〔仁和寺〕道性法親王」と名前が書かれている例もある。

104 **新古今には某親王とあり**

新古今集には、春上、三一番に「惟明親王」、冬、六二九番に「守覚法親王」など、名前で書かれている。

105 **代々集雖不同於親王顕名例也　如俊頼俊成撰者　当時院御弟……**

八雲御抄は親王については名前を書くのが、代々の勅撰集の通常の書き方であると考える。ただ、撰者であった俊頼や俊成は当代の院の子弟の名前を書く事を、恐れ多く思ったのであると言う。

106 **一　摂関**

以下項目120まで摂政、関白をつとめた人物の書き方についてである。新古今集以前は「摂政」「関白」とは書かれず、大臣名で書かれることが多かったこと、新古今集では諡名で書かれる人物が、それ以前の歌集ではほとんど諡名が使われていないことなどを述べている。

107 **古今には忠仁公をば前太政大臣と書**

古今集春上、五二番に「さきのおほいまうちぎみ」とある。これは忠仁公すなわち藤原良房。清和天皇の摂政になった人物であるが、「摂政」あるいは「忠仁公」という名称では書かれていない。

108 **後撰には貞信公をば太政大臣と書〔薨後也〕**

貞信公は藤原忠平。後撰集夏、二〇三番に「師尹朝臣のまだわらはにて侍りける、とこ夏の花をりてもちて侍りければ、この花につけて内侍のかみのにおくり侍りける太政大臣」とある。後撰集は、撰集時にすでに故人である摂政関白藤原忠平を「太政大臣」とだけ書いているのである。なお、古今集も後撰集も作者名を諡名では記していない。

109 **拾遺には様々非一　実頼を小野宮太政大臣　頼忠三条太政大……**

拾遺集の作者名の書き方はさまざまであると述べる。拾遺集秋、一五八番に「小野宮太政大臣」、拾遺抄秋一〇五番に「小野宮おほいまうちぎみ」とある。また、拾遺集賀、二九〇番、拾遺抄賀、一八六番に「三条太政大臣」とある。藤原実頼は冷泉天皇の摂政、藤原頼忠は円融天皇時代の関白であった。

110 **伊尹は一条摂政**

「摂政」と書かれている例である。拾遺集恋一、六五七番、拾遺抄恋下、三四三番などに「一条摂政」とある。藤原伊尹は円融天皇の摂政であった。

111 **兼家は入道太政大臣など書**

拾遺集雑下、五七四番に「東三条太政大臣」とあるのが、拾遺集堀河本、多久市立図書館本、天理図書館乙本では「入道太政大臣」となっている。藤原兼家は一条天皇の摂政であった。

112 **さる程に道兼は右大臣道兼とあり　惣拾遺作者如此**

やはり拾遺集哀傷、一二八一番に「粟田右大臣」とあるのが、堀河本拾遺集では「右大臣道兼」となっている。官名と名前が記されている例である。道兼は、九九五年、右大臣から一条天皇の摂政になった直後に死去している。このように、拾遺集では総じて作者の記述の仕方が統一されていないことを、八雲御抄は例をあげて述べているのであるが、八雲御抄の指摘する拾遺集の特徴は、堀河本をはじめ異本系統の拾遺集の特徴なのである。

113 **凡は後拾遺已後集には道長は入道前太政大臣　頼通は宇治……**

後拾遺集春上、一七番、詞花集賀、一六一番に「入道前太政大臣」、後拾遺集夏、一九二番、詞花集雑下、三八六番、千載集恋三、七八五番に「宇治前太政大臣」など、後拾遺集以後はだいたい書き方が決まっているという。

114 **当時摂関をば後拾関白前左大臣　金葉摂政左大臣などかけり**

※「摂関」は幽斎本、書陵部本による。国会本は「接関」。

後拾遺集では当時関白であった藤原師実を「関白前左大臣」（秋上・三二九）、金葉集では当時摂政職にあった藤原忠通を「摂政左大臣」（春・二九）と書く。現職の場合は「摂政」「関白」と明記しているという。

115 **千載京極前太政大臣　法性寺入道前太政大臣など也**

前項の二人の人物について、千載集では藤原師実は「京極前太政大臣」（春上・五〇）と書かれ、藤原忠通は「法性寺入道前太政大臣」（夏・二〇四）と、書かれている。「摂政」「関白」とは書かれていないのである。

116 **師通は後二条関白内大臣とかけり**

千載集春上、五一番に「後二条関白内大臣」ある。やはり故人となっている藤原師通については「関白」と書いているのである。

117 **道長は不書**

千載集雑上、九五九番に「法成寺入道前太政大臣」とある。藤原道長には「関白」を付けていない。

118 **摂政字新古今には皆具　摂政関白入道字代々は不然　近代……**

※「摂政関白」は幽斎本、書陵部本による。国会本は「接政関白」。

新古今集では、藤原道長を「法成寺入道前摂政太政大臣」（恋一・一〇四五）、藤原師実を「京極前関白太政大臣」（春下・一〇三）、藤原忠通を「法性寺入道前関白太政大臣」（秋上・三〇二）などと書いており、故人、現存に関わらず「摂政」「関白」を明記している。以前は「摂政」「関白」は書かない場合が多かったが、近代は単なる「大臣」と混同しないように書くようになったと八雲御抄は述べる。

119 **諡号人は皆新古今には清慎公　謙徳公もあり**

※「諡号」は幽斎本、書陵部本による。国会本は「諡人」。

新古今集では藤原伊尹を「謙徳公」（恋一・一〇〇三）、藤原実頼を「清慎公」（恋三・一一七五）、藤原忠平を「貞信公」（雑上・一四四三）と、諡名のある人物については諡名で記している。

120 **詞には多一条摂政　法性寺摂政などあり**

※「摂政」は幽斎本、書陵部本による。国会本は「接政」

この「詞」は幽斎本では「詞歌」となっている。詞花集には一条摂政の歌はない。詞書には「一条摂政中将に侍りける時…」（拾遺・冬・二八二）「一条摂政みまかりてのち…」（後拾遺・哀傷・五八七）など多く例がある。「法性寺摂政」については未詳。藤原忠通のことかとも思われるが、「法性寺摂政」と書かれる例は作者名、詞書ともに見当たらない。ただし、新勅撰集賀、四五八番の詞書に「永治二年、崇徳院、摂政の法性寺家にわたらせ給て…」と書かれる例はある。

121 **一　大臣**

※国会本では「大臣」とのみあるが、幽斎本により、一つ書きとした。

以下、項目130まで大臣をつとめた人物の書き方について述べている。現役の大臣の書き方や、「前」「入道」を書くかどうか、といった点に言及している。八雲御抄は、特に拾遺集の書き方が不統一で、他の歌集にない書き方が見られることを指摘しているが、そこから八雲御抄に引かれる拾遺集が、定家本の系統ではないということが明らかになっている。

122 **古今後撰拾遺已後皆一様　仮名には其おほいまうちきみなど也**

古今集秋上、二三〇番に「左のおほいまうちぎみ」、恋四、七三六番に「近院の右のおほいまうちぎみ」、後撰集雑一、一〇八七番に「おほきおほいまうちぎみ」など、仮名書きされている例がある。

123 **普通真名には閑院左大臣　西宮前左大臣など也**

後撰集春上、一六番に「閑院左大臣」とあり、これは藤原冬嗣である。また、後拾遺集覊旅、五二六番に「西宮前左大臣」とあるのは源高明である。

124 前字入道或加或不加

「前」や「入道」は書いたり書かなかったりするという。「前」の付けられている大臣には、前項の「西宮前左大臣」や、項目126の「帥前内大臣」がある。また、千載集釈教、一二〇八番に「入道左大臣」とあるのは、源俊房である。また、新古今集恋三、一一八〇番に「九条入道右大臣」とあるのは、藤原師輔である。

125 当時のは左大臣右大臣となり

※「左大臣右大臣」は幽斎本、書陵部本による。国会本は「左大臣」。

当代の大臣については、後撰集に藤原実頼を「左大臣」（春上・五）、後拾遺集に藤原俊房を「左大臣」（恋二・六六一）後拾遺集に源顕房を「右大臣」（賀・四三六）と書く。

126 伊周をば帥前内大臣云々

内大臣から太宰権帥に左遷された藤原伊周は、後拾遺集に「帥前内大臣」（羇旅・五三九）とあり、詞花集にも「帥前内大臣」（雑上・三〇八）とある。

127 拾遺には枇杷大臣と書

拾遺集の多久市立図書館本、天理図書館蔵乙本に「枇杷大臣」（物名・三五九）とある。この歌は『新編国歌大観』（底本は中院本）では「読人不知」になっている。枇杷大臣とは藤原仲平で、正二位左大臣であった。

128 又右大臣師輔　左大臣道長などあり

官名と名前を書く例もあるとする。堀河本、多久市立図書館本、天理図書館乙本、北野天満宮本に「右大臣師輔」（賀・二八六）とある。この人物は『新編国歌大観』、拾遺抄賀、一八二番では「九条右大臣」とある。また堀河本、天理図書館甲本に「左大臣道長」とあるが、『新編国歌大観』では「左大臣」（雑春・一〇〇四）となっている。

129 又大和守藤原永平などあり　是は大臣とも不知歟　又多本……

堀河本、多久市立図書館本、天理図書館甲乙本、北野天満宮本に「大和守藤原永平」とある。拾遺抄春、一七番では「大和守藤原長平」とある。新編国歌大観の拾遺集では「読人不知」（春・一八）となっている。この歌は万葉集に「大和国守藤原永手朝臣」の歌として載せられている歌（巻十九・四二七七）の異伝歌である。藤原永手は大和守から中納言、大納言を経て左大臣に任ぜられた。しかし万葉集に一首歌があるのみで、大臣まで昇進したということがあまり知られていなかったのではないかと八雲御抄は述べている。

130 近代大臣は必加入道字　大納言已下不然　尤無其謂歟

新古今集には「入道左大臣」（秋下・四三八）、「九条入道右大臣」（恋三・一一八〇）など、大臣には「入道」を明記している場合がある。ただし、必ずとは言えない。大納言以下については「入道」と書かれている例はほとんど見当たらないが、千載集雑中、一一〇一番に「入道大納言公任」、一一五六番に「入道前中納言雅兼」の例がある。

131 **一　公卿書様**

以下、項目144まで公卿すなわち三位以上の人物の書き方について述べる。ここでは名前の下に「朝臣」を付けるか、あるいは官名も書くか、さらには拾遺集では「朝臣」ではなく「卿」と書かれていることなどを問題にしている。また、ここでも、八雲御抄に引かれる拾遺集の本文の特徴が明らかになっている。

132 **古今在原行平朝臣など也**

古今集春上、二三番に「在原行平朝臣」とある。姓名の下に「朝臣」を付ける書き方である。在原行平は正三位中納言であった。

133 **後撰大略同　藤原兼輔朝臣など也**

後撰集春上、一七番に「藤原兼輔朝臣」とある。やはり姓名の下に「朝臣」を付けるという書き方である。藤原兼輔は従三位中納言。

134 **又大納言顕忠　権中納言時望ともあり　左兵衛督師尹朝臣……**

※「大納言」は、幽斎本、書陵部本による。国会本は「納言」。

中院本後撰集恋二、六一四番に「大納言あきたゝ」、六一五番に「権中納言時望」、春中、六七番に「左兵衛督師尹朝臣」とある。これは官名と名前を書く例と、官名と名前の下に「朝臣」を付ける例もあることをあげている。藤原師尹は後撰集当時の中納言である。『新編国歌大観』では「藤原顕忠朝臣」「平時望朝臣」「藤原師尹朝臣」となっている。

135 **拾遺中納言朝忠卿　右衛門督公任卿など也　故人現存同**

官名と名前の下に「卿」をつける書き方もあるという。拾遺集の堀河本、多久市立図書館本では春、一〇番に「中納言朝忠卿」とある。また堀河本、多久市立図書館本、天理図書館甲乙本では、秋、二一〇番に「右衛門督公任卿」とある。これらは『新編国歌大観』では「中納言朝忠」「右衛門督公任」とあり、「卿」は付けられていない。拾遺抄では、賀、一六四番に「中納言藤原朝忠」、恋上二三五番に「右衛門督朝忠」、秋、一三〇番に「右衛門督公任朝臣」とある。そして、撰集当時故人であった朝忠も、現存していた公任も同じ書き方であると、八雲御抄は述べている。

136 **又源延光共　小野好古朝臣**

拾遺集秋、二〇〇番に「源延光朝臣」とあるのが、堀河本、多久市立図書館本、天理図書館甲乙本には「源延光」とある。源延光は従三位権大納言であったが、「朝臣」が付けられていない。拾遺抄は雑下、五五二番に「源延光朝臣」とある。また拾遺集賀、二八二番に「小野好古朝臣」とあるのは『新編国歌大観』も堀河本なども同じである。小野好古は参議従三位であった。

137 **又国章をば藤の　又蔵人藤とも　非一様　惣彼集作法也**

藤原国章は従三位、太宰大弐、皇太后宮権大夫などを務めた。拾遺集堀河本、多久市立図書館本、天理図書館甲乙本、北野天満宮本では雑下、五四四番に「藤原国章」とあり、堀河本、天理図書館甲本では雑春、一〇六八番に「蔵人藤原国章」、哀傷、一二八五番には「大弐国章卿」とある。このように統一されていないのが拾遺集の書き方であると八雲御抄は述べている。『新編国歌大観』では五四四番、一〇六八番は「皇太后宮権大夫国章」、一二八五番は「大弐国章」とある。

138 **多は左大将済時卿など也**

堀河本、多久市立図書館本、天理図書館乙本に「左大将藤原済時卿」（雑上・四四二）とある。『新編国歌大観』では「左大将済時」とあり、「卿」は付いていない。拾遺抄雑下、五二三番は「右大将済時」とある。藤原済時は、右大将、左大将などを経て正二位大納言に至り、長徳元年（九九五）に没している。

139 **其後代々皆一同　権大納言某　左衛門督某など也**

拾遺集以後は同一の書き方になっているとする。すなわち千載集春上、二九番「権大納言実家」、金葉集恋下、四四〇番「左衛門督実能」のように官名と名前という形である。

140 **前字　権字　入道字　或有或無**

「前」「権」「入道」は付けたり付けなかったりすると述べる。後拾遺集春下、一六二番に「中納言定頼」とあるが藤原定頼は権中納言であった。また千載集春上、二番に「中納言国信」とある源国信も権中納言であった。一方、千載集春上、二九番に「権大納言実家」、春下、九一番に「権大納言実国」など、「権」を付ける例もある。

また後拾遺集哀傷、五五六番に「前大納言隆国」、千載集春下、一〇一番に「前大納言俊実」などある。

また「入道」については項目130に大臣以上に付けるのが一般的であると述べている。

141 **多は書兼官　但又本官を書てもあり**

金葉集春、三六番に「春宮太夫公実」とある。公実は権大納言での兼官名で書かれている。また千載集春下、九〇番に「右近大将実房」とあるが、これも当時大納言であった実房の兼官名で書かれている。この他兼官名で書かれる例は多くある。

142 **二位も有官は官を書**

官職に就いていた場合は官職名が記されるという。

143 **官のきたるも少々はもとの官をもかけり　依便宜歟**

辞任した後ももとの官職名で書かれている場合もあるという。千載集春下、一二五番に「大納言隆季」とあるが、藤原隆季は千載集下命の前年である寿永元年（一一八二）権大納言を辞して出家し、元暦二年（一一八五）に没している。

144 **入道字上古はめづらしき事なれど多書　近日は多不書……**

古今集、後撰集には「入道」と書かれる例は見当たらない。千載集や、新古今集には多く見られる。ただし、この部分は意味がわかりにくく、誤写等あるかと思われる。「入道」が大臣以上についてのみ記されていることについては、項目130に述べている。八雲御抄は、官の上下によるべきではないと述べている。

145 **一　王**

「王」は天皇の子や孫で親王宣下のない人を言う。項目147まで「王」について、いずれの歌集も同じ書き方であるとする。

146 **兼覧王已下皆一同　某王也**

古今集秋上、二三七番、後撰集秋中、三三八番に「兼覧王」、古今集秋下、二九八番、後撰集春中、七八番に「かねみのおおきみ」、古今集物名、四五二番に「かげのりのおほきみ」、詞花集秋、一一七番に「敦輔王」などの例がある。

147 **千載道性法親王云々**

※「千載」は幽斎本、書陵部本による。国会本は「千栽」。千載集秋下、三三四番に「〔仁和寺〕道性法親王」とある。千載集の法親王の書き方については項目103参照。また、法親王については、項目95の「親王」に記述があり、ここで「道性法親王」を取り上げていることについては、疑問が残る。

148 **一　四位**

項目151まで四位についての記述である。四位の人物については姓名に「朝臣」を付けるのが一般的であると述べる。その中で拾遺集の書き方に例外が多いことを、八雲御抄は取り上げている。

149 **古今在原業平朝臣　藤原敏行朝臣已下代々一同如此**

「在原業平朝臣」（古今・春上・五三　後撰・秋上・三四　拾遺・物名・三八一　新古今・春下・一〇五）「藤原敏行朝臣」（古今・秋上・一六九　後撰・春上・一）とあるのをはじめ、いずれの歌集も同様の書き方であると述べる。すなわち姓名に「朝臣」を付けるという書き方である。

150 **拾遺少々加官　非普通事**

拾遺集には官名を記している例があるが、それは一般的ではないと述べる。拾遺集堀河本、天理図書館乙本に「左近少将藤原実方」（哀傷・一三四〇）、「文章博士藤原後生」（雑上・四七二）等とある。拾遺抄は夏、七九番「実方中将」とある。ただしこれらの作者名は新編国歌大観の拾遺集では「実方朝臣」「藤原後生」となっており、八雲御抄の引用する拾遺集が定家本ではなかったことがここでも示されている。

151 **非朝臣の四位は姓名也　千載に祝部宿祢成仲も姓次に書……**

祝部成仲は正四位、大舎人頭。千載集（春上・三九）に「祝部宿祢成仲」とある。祝部氏のように「宿祢」の者については、「朝臣」を付けず姓名を書く。その場合「宿祢」は名前の上に付けるということであろう。

152 **一　五位**

項目155まで五位についての記述である。五位の人物については、姓名のみ書くのが一般的であるとする。しかし、拾遺集などに例外的な書き方があることを取り上げている。

153 **在原棟梁　紀貫之以後代々同**

古今集春上、一五番、後撰集秋下、三五三番などに「在原棟梁」とある。紀貫之については「紀貫之」（古今・春上・二　後撰・春上・一八　新古今・春上・一四）、「つらゆき」（古今・春上・三三）、「貫之」（新古今・春下・一〇八）などと書かれる。いずれも姓名または名前のみ記すのが一般的な書き方である。

154 **拾遺少々加官例別事也**

拾遺集は五位の人物についても官職名を書く場合があるが、これも例外であるとする。拾遺集堀河本、天理図書館乙本に「判官代平公誠」（夏・八九）、堀河本、多久市立図書館本、天理図書館乙本、北野天満宮本に「右兵衛佐藤原信賢」（賀・二六九）、堀河本、天理図書館甲本、北野天満宮本に「太宰監大伴百代」（恋一・六六三）などある。ただしこれらの歌は『新編国歌大観』では「平公誠」「藤原信賢」「大伴百代」と名前のみ書く書き方になっている。

155 **詞花少将藤原義孝と書は伊勢守藤原義孝まがへるゆゑなり**

※「まかへるゆゑなり」は幽斎本による。国会本は「こまりつる故也」。

詞花集雑下、三九六番に「少将義孝」とあるが、これは同じく五位で後に流刑となった伊勢守藤原義孝と区別するためであるとする。後拾遺集にも哀傷、五六七番に「少将藤原義孝」とあり、巽本歌一二二六番には「伊勢守藤原義孝」として歌が収められている。

156 **一　六位**

項目158まで六位についての記述である。六位も五位と同じく姓名のみ書くのが普通であるが、やはり例外もあることを述べている。

157 **同五位　拾遺蔵人仲文と有は別事也　蔵人なりしかどふるき……**

※「蔵人」は、幽斎本、書陵部本による。国会本は「蔵人頭」。

六位も五位と同じ書き方であるが、官職名が書かれている場合があることを述べている。藤原仲文は東宮蔵人、加賀守、上野介などを歴任し、正五位下であった。

この仲文の記述が、なぜ「六位」の項にあるのか、「ふるき五位なり」というのはよくわからない。「五位」の注記が紛れ込んだものか。拾遺集雑上、四三六番に「藤原仲文」とあるのが、多久市立図書館本、天理図書館乙本に「蔵人藤原仲文」とある。拾遺抄では雑下、五〇一番に「蔵人藤原仲文」とある。

158 **又金葉左近衛府生秦兼方　神主大膳武忠などは□ものなれば也**

※国会本は「もの」の上の字が判読できない。幽斎本では「逸物」、書陵部本では「異物」とある。

これも六位の人物に官名が書かれている例である。金葉集雑上、五二四番にに「左近府生秦兼方」、同、五二七番に「神主大膳武忠」とある。秦兼方は自分の歌が後拾遺集に入集されるように申し出て、藤原通俊と議論になったという話が袋草紙（三六頁）などに見える。大膳武忠は香椎宮神主であったという以外不詳であるが、特別な人物と考えられていたのか。白河院の随身であったという下野武忠とは別人である。

159 **一　僧**

項目168まで僧の書き方について述べる。いくつかの書き方を取りあげているが、特に問題として取り上げているものはない。

160 **僧正遍昭已下大略同　但古今幽仙律師と有**

古今集春上、二七番、後撰集春下、一二三番、新古今集哀傷、七五七番などに「僧正遍昭」とあり、だいたい同じ書き方であるという。また、「古今集」離別、三九三番、三九五番に「幽仙法師」とあるのが、筋切本、元永本古今集などには「律師幽仙」、永暦本などに「幽仙律師」とある。

161 **後撰僧都仁教　其後皆大僧正某　権僧正某也　僧都某也**

後撰集慶賀哀傷、一三七七番に「僧都仁教」とある。また「大僧正行尊」（詞花・恋下・二六〇　新古今・夏・一六八）、「権僧正静円」（後拾遺・春上・四五）、「僧都覚雅」（千載・離別・四九二）など多くの例がある。

162 **後拾　金葉　詞花　千載　僧正僧都とはかかで天台座主と多書**

後拾遺集から千載集までは、天台宗の本山延暦寺の首座である天台座主になった僧については「天台座主」と書かれることが多いと言う。「天台座主教円」（後拾遺・雑五・一二五九）、「天台座主仁覚」（金葉・雑上・五八四）、「天台座主源心」（詞花・雑上・二七七　千載・離別・四八）などの例がある。

163 **新古今には不然　是両説也**

新古今集には「天台座主」とは書かず、慈円も「前大僧正慈円」（春上・九五）と記されている。両方の書き方があるとする。

164 **凡僧は皆某法師也　上人は或某上人　或又只法師共あり**

「法師」の例としては「素性法師」（古今・春上・六）、「隆源法師」（詞花・秋・一二五）、「空也上人」（拾遺・哀傷・一三四）、「覚俊上人」（千載・雑中・一二四七）など多数ある。また、詞花集冬、一五〇番には「瞻西法師」、千載集秋下、三八三番には「瞻西上人」とある。

165 **入道も多は法師なれども　拾遺満誓沙弥ともかけり**

拾遺集哀傷、一三二七番、拾遺抄雑下、五七六番に「沙弥満誓」とある。

166 **詞花にも沙弥蓮寂云々**

詞花集雑下、三七一番に「沙弥蓮寂」とある。

167 **抑古今遍昭共宗貞共あり**

古今集では「僧正遍昭」とも「よしみねのむねさだ」（春下・九一　雑上・八七二　雑下・九八五など）とも書かれている。遍昭については、項目160参照。

168 **拾遺高光如覚又同　是其歌詠時にしたがひてかける也**

※「其歌」は幽斎本、書陵部本による。国会本は「某歌」。

拾遺集雑上、四三五番、拾遺抄雑下、五〇〇番にに「法師にならんと思ひたち侍りけるころ、月を見侍りて藤原たかみつ」、拾遺集雑春、一〇六三番、拾遺抄異本歌・五八七番に「ひえの山にすみ侍りけるころ、人のたき物をこひて侍りければ…　如覚法師」とあり、二通りの書き方がなされている。その歌を詠んだ時の状況に従って書き分けられているというのである。

169 **一　女房**

最後に、項目203まで女房について述べる。ここでは、后、女御などの官職ごとに女性作者の書き方について多くの例をあげている。しかし、男性の作者名表記に比べると問題としている点はあまりなく、歌集による書き方の違いが指摘されることもほとんどない。

170 **后　後撰嵯峨后　七条后など書**

后についての書き方である。後撰集雑一、一〇八〇番、雑二、一一五六番に「嵯峨后」、また雑一、一〇九七番に「七条のきさき」、一一一七番に「七条后」とある。

171 **其後一条院皇后宮　四条中宮　枇杷皇后宮など也　詳は不注之**

前項に続いて后の例をあげる。

詞花集別、一七八番、新古今集雑下、一七一七番に「一条院皇后宮」、後拾遺集秋上、二六九番、詞花集雑下、三五五番に「四条中宮」、新古今集離別、八六八番に「枇杷皇太后宮」とある。

172 **内親王　高津内親王　選子内親王　近は式子内親王など皆同**

後撰集雑二、一一五五番に「高津内親王」、後拾遺集春上、四〇番、詞花集雑下、四一〇番に「選子内親王」、千載集春下、一二四番、新古今集春上、三番に「式子内親王」とある。

173 **但後撰斎宮のみことかけり**

※「みこ」は幽斎本、書陵部本による。国会本は「みこと」。

「内親王」の別の書き方の例である。後撰集雑二、一一一〇番に「斎宮のみこ」とあるのは、宇多天皇の息女である柔子内親王である。

174 **女御　斎宮女御とも女御徽子女王**

以下、項目176まで女御の書き方についてである。

徽子は醍醐天皇の孫娘で、伊勢斎宮を務めた後、村上天皇の女御になり、斎宮女御と呼ばれた。拾遺集雑上、四五一番、後拾遺集春下、一五三番には「斎宮女御」、新古今集秋上、三二五番には「女御徽子女王」とある。

175 **又麗景殿女御とも**

後拾遺集雑一、八四番に「麗景殿前女御」。また拾遺集雑下、五四二番に「麗景殿みやのきみ」とあるのが、堀河本では「麗景殿女御」となっている。麗景殿女御は右大臣藤原頼宗の娘延子で、後朱雀天皇の女御であった。ただし、八雲御抄は斎宮女御と麗景殿女御を同一人物人物と考えていたようである。この「麗景殿女御」も「斎宮女御」の別名としてあげていると考えられる。巻一（二十一）歌合子細の項目78、巻二（九）講師の項目40、（十五）殊歌合の項目23参照。

176 **凡女御は何女御とも其殿女御ともあり**

項目174、の藤原徽子は拾遺集雑賀、一二〇四番、拾遺抄雑上、四五九番には「承香殿女御」と記されている。金葉集秋、二〇二番にも「承香殿女御」とあるが、これは藤原元子である。また後拾遺集雑二、九九〇番に「ほりかはの女御」とあるのは藤原顕光の娘延子である。

177 **御息所更衣　近江更衣　中将更衣　大将御息所**

いずれも後撰集に「近江更衣」（秋上・二七七）、「中将更衣」（恋二・六四〇）、「大将更衣」（春中・六一）とある。

178 **御匣殿　土御門御匣殿と書**

後拾遺集春下、一四二番に「土御門御くしげ殿」、雑二、九六〇番に「土御門御匣殿」とある。

179 **二位三位　藤三位　源三位　大弐三位　或賢子とも**

後拾遺集春上、三七番に「藤三位」とあるのは白河院の乳母であった藤原親子である。また、新古今集哀傷・八二一番に「源三位」とある。源三位は後朱雀天皇の乳母であった。後拾遺集春下、一四三番、詞花集雑上、三二七番、千載集秋下、三〇二番、新古今集春上、四九番などに「大弐三位」とある女性は金葉集には「藤原賢子」（羇旅・六〇九）とあり、紫式部の娘である。

180 **典侍　典侍藤原因香朝臣　典侍治子朝臣　又中務典侍　備前……**

古今集賀、三六四番、恋四、七三六番に「典侍藤原よるかの朝臣」古今集春下、一〇七番に「典侍治子朝臣」後拾遺集雑一、八七八番に「中務典侍」、後拾遺集夏、一八四番に「備前典侍」、金葉集春、八五番、賀、三三一番に「大夫典侍」とある。

181 **掌侍　内侍平子　或又少将内侍　蔵内侍　又高内侍　周防内侍…**

後撰集恋五、九四九番に「内侍たひらけい子」、後撰集恋五、九四四番、後拾遺集雑二、九四五番に「少将内侍」、後撰集恋四、八八六番に「蔵内侍」、後拾遺集恋二、七〇一番、雑二、九〇六番に「高内侍」とある。また、後拾遺集哀傷、五六二番に「周防内侍」、千載集春下、八一番には「内侍周防」とある。また同じく千載集恋二、七四〇番に「二条院内侍参川」とある。

182 **宣旨　大和宣旨　御形宣旨**

後拾遺集哀傷、五五〇番、恋三、七三五番に「大和宣旨」、新古今集羇旅、九一四番、雑上、一五八五番に「御形宣旨」とある。

183 **東宮中宮ならでも摂関家も同**

※「東宮中宮ならても」は書陵部本による。国会本は「東宮中ならても」。摂関家にも「宣旨」が置かれたと述べる。

184 **命婦　小弐命婦　又命婦少納言**

拾遺集春、六六番に「小弐命婦」とある。拾遺抄春、四五番では「命婦小弐」とある。また、拾遺集別、三三二番に「御めのと少納言」とあるのが、堀河本、多久市立図書館本、天理図書館乙本、北野天満宮本では「御乳母命婦少納言」となっている。

185 **蔵人　女蔵人参川　女蔵人兵庫　三条院東宮女蔵人左近**

拾遺集別、三三三番、拾遺抄別、二二二番に「女蔵人参河」、拾遺集哀傷、一二八〇番に「女蔵人兵庫」とある。また、新古今集恋一、一〇四二番などに「三条院東宮女蔵人左近」とある。項目203参照。

186 **乳母　紀乳母　侍従乳母　弁乳母**

古今集物名、四五四番、雑体、一〇二八番に、「きのめのと」、千載集秋上、二二六番に「侍従乳母」、後拾遺集恋四、七七九番に「弁乳母」とある。

187 **母女　頼宗母　高松上**

以下、項目190まで「母女」の書き方についての記述である。幽斎本では「頼宗母は」とある。高松上は藤原頼宗の母である。詞花集雑上、三〇九番に「高松上」とある。

188 **公卿已上母書子官也　但又長実卿母　少将公教母とも**

子が公卿以上であれば官名をも記すというのである。しかし「長実卿母」（金葉・春・六一　恋・三九二）のように公卿であっても官名を書かない例もあり、また「少将公教母」（金葉・恋・三六六）のように公卿ではないのに官名を書く例もあると述べる。

189 **又顕忠朝臣母　大納言昇女**

後撰集春下、八一番に「藤原顕忠朝臣母」とある。「大納言昇女」については、大納言源昇の娘貞子が「小八条御息所」（後撰・恋二・六〇二）と書かれる例があるが、「大納言昇女」の例は未詳。

190 **大納言道綱母　又或只道綱母　又倫寧女とも**

後拾遺集恋二、七〇〇番、詞花集雑上、二八一番、金葉集雑上、五〇九番に「大納言道綱母」とある。「道綱母」とのみ書かれる例は見当たらない。また拾遺集雑賀、一二〇二番に「春宮大夫道綱母」とあるのが、堀河本、天理図書館乙本拾遺集では「倫寧女」となっている。

191 **室　右大臣北方　花園大臣室など也**

後拾遺集春上、二一八番に「右大臣北方」、金葉集雑上、五四一番に「六条右大臣北方」とある。また千載集哀傷、五八五番に「花園大臣の室」、新古今集秋下、五〇八番に「花園大臣室」とある。

192 **下ざまは某妻**

後拾遺集春上、三六番に「中原頼成妻」、詞花集雑下、三八〇番に「源義国妻」とする例がある。

193 **在家人　近衛姫君　経房女　平懐名歟**

※「近衛姫君」は幽斎本、書陵部本による。国会本は「近衛佐姫君」。

後拾遺集雑二、九四二番に「近衛姫君」とある。近衛姫君については、早大本後拾遺集の勘物に「太宰帥源経房卿女母中納言懐平卿女」とあり（藤本一恵『後拾遺和歌集全評釈』風間書房　平成5）、八雲御抄の記述に一致する。「勅撰作者部類」には「左衛門佐源良家女」とある。

194 **只官女　伊勢　中務　又閑院のご　又異名済々**

古今集春上、三一番に「伊勢」、後撰集春下、八五番、拾遺集春、三六番に「中務」、後撰集雑二、一一三〇番に「閑院のご」とある。また官女については、異名が数多くあると述べる。

195 **或付夫名　是和泉式部**

後拾遺集春上、一三番に「いづみしきぶ」、詞花集秋、一〇九番に「和泉式部」とある。和泉式部は夫橘道貞が和泉守となったところから、そう呼ばれるようになったのである。

196 **号加賀左衛門書多**

「加賀左衛門」は後拾遺集春上、八番、詞花集秋、八七番、新古今集離別、八七三番など多くの例がある。父が加賀守であったという。

197 **同名は注にたれがもとのなど注　是古今已来事也**

※「是古今」は書陵部本による。国会本では「号　上今」。

同じ名前については、仕えている所などを注するのが、古今集以来の書き方であるという。千載集恋二、七二八番に「法性寺入道前太政大臣家の三河」とあり、七三九番には「二条院内侍参河」とある。

198 **尼　尼敬信　其後少将井尼　井手尼**

古今集哀傷、八八五番に「あま敬信」とあり、後拾遺集雑一、八九六番に「少将井尼」、また雑三、一〇一九番に「ゐでのあま」

とある。

199
遊女　白女　其後遊女某と皆書

古今集離別、三八七番に「しろめ」とあり、その後、後拾遺集雑六、一一九七番に「遊女宮木」、千載集恋三、八一番に「遊女戸戸」などの例がある。

200
傀儡　傀儡靡と也

詞花集別、一八六番に「くぐつなびく」とある。

201
此外如後撰童名又異名など多

後撰集恋二、六三四番などに「おほつぶね」とあり、大和物語十四段に「本院の北方のみおとうとの、童名をおほふね（勝命本などでは「おほつふね」）といふいますかりけり」とある。

202
先集教良母　後は頼輔母などいへるは付当時様也　両名済々

詞花集では「藤原教良母」（雑下・三六八）、千載集では「刑部卿頼輔母」（夏・一五三）とあるが同じ人物である。歌集が作られた当時の呼び方に従って記されているというのである。

203
所謂小大君　東宮女蔵人左近類也

「小大君」とも「東宮女蔵人左近」とも呼ばれていた例と同様であると述べる。拾遺集雑秋、一一四七番、拾遺抄、雑上四二七番に「東宮女蔵人左近」とある。この人物は、後拾遺集賀、四五五番や千載集恋三、七八四番などでは「小大君」と書かれている。また、新古今集恋一、一〇四二番などには「三条院東宮女蔵人左近」とある。項目185参照。

巻第二　作法部　内閣文庫本補注

補注1　内閣本の目録では「作者」の次に「撰集」とあるが、本文では「作者」の次は「清書事」「殊歌合」「物合次歌合」「撰集事」と続き、以下に勅撰集に関する事項として「集歌員」「撰者」などがとりあげられていて、目録の「撰者」以外に広範な内容を含んでいる。これに対して、国会本、幽斎本、書陵部本では、「清書」と「撰集」の二つの内容にまとめられ、目録の「撰集」と大きく食い違うことはない。このような目録の立て方からみると、内閣本は、国会本などに比較して未整理の感がある。

補注2　目録に見られるだけであり、「学書」の本文そのものは国会本、幽斎本、書陵部本と同様、巻一正義部の巻末にある。久曾神昇氏は『校本八雲御抄とその研究』で、「学書」は内閣本の誤りか、もしくは内閣本以前の第一次御稿本では巻二に存在しそれに基づいて目録が作られたが、その後に本文は巻一に移され、目録の訂正がなされないままに残ったかと推測されている。

（一　内裏歌合事）

最初に範となるべき内裏歌合を天徳四年、永承四年、承暦二年の歌合とし、そのなかでも天徳歌合を重視するのは国会本と同様であるが、記述の順序が異なっている。すなわち、国会本が「兼日」と「当日」とに分けて、歌合前日までに行われる事柄を先にあげ、次に当日の歌合次第を述べるのに対して、内閣本は当日の歌合次第を先にあげ、その他の事項については「兼日事」と「当日事」に区分して一つ書きにする。他項目の混入や重複、脱落など本文の乱れがあるため、文意不通の箇所がある。

また国会本では、院や宮が主催する歌合を内裏歌合に準ずるとする見解が述べられているが、内閣本にはない。

補注1　物合の例としては、国会本にあげる根合の方が一般的である。内閣本独自部分（＊十六）物合次歌合の項目7の内裏の前栽合の例として「康保三年八月十五日　前栽合〈無別勝負〉」がある。物合に付随した歌合であったため、勝負は付けられていない。

補注2　項目Aの前栽合に伴う歌合のように、物合を主体とした場合では勝負付けのないものもあり、本格的な歌合とは見なさないと言うのである。国会本でも「自余者　菊合根合等次」と二次的に扱われているが、その理由については言及されていない。

補注3　寛和二年内裏歌合は、天徳四年内裏歌合に儀式面で及ばないので取り上げないとするところに、儀式尊重の姿勢が明瞭に認められる。国会本では「不均三度例」とするだけで、理由は述べていない。

補注4　内裏歌合では、まず主催者である天皇が最初に座に着かれるという歌合当日の記述である。続く項目24および項目25・26は、国会本では「御装束事」として歌合会場の設営を述べている箇所であるが、天皇の着座に関連してここにおかれたものであろうか。次の項目35・36でも天皇が入場される時刻が示されていて、「出御」に関連する事項となっている。以下項目37「念人公卿依召着座孫廂」から項目79「入御」まで、国会本では他項目(対照表に↓で示した項目)に入っている部分など(対照表に▼で示した箇所)を除外すれば、歌合当日の進行に沿っていて、その順序は国会本に一致している。

補注5　永承四年内裏歌合の場合は里内裏で行われたので、中殿(清涼殿に同じ)とするのは誤りである。脱文あるか。

補注6　袋草紙(九三頁)の「承暦左奏、左大将藤原朝臣(後二条殿)無㆓右奏㆒」によったと思われる。

補注7　「右方」に「サカタ」とふり仮名がある。袋草紙を始め左方を先とするのが一般的であるため、それにひかれたか。

補注8　右方を先にすることに疑問を呈している。八雲御抄は天徳四年内裏歌合を基準にして右方を先とする。国会本はこのことを明確にしているのに対して、内閣本は他にも項目45「永承左方先舁之歟」に「歟」を付し、また項目79「入御」と項目75「公卿禄」の順序を国会本と逆にするなど、右方を先とすることに揺れがみられる。

補注9　国会本は「延喜左黄鐘調……歌笛如例」及び項目59「長元頼通公歌合……」をあげるが、内閣本では後の一つ書きの「楽音声」にまとめている。

補注10　「有読師　又云参或無」は、読師は必ずいるわけではないの意か。国会本は「読師は依儀式参」と簡明に記す。

補注11　「役蔵人敷之例也」は、袋草紙(九四頁)に「次召㆓講読師等㆒。……承暦二年歌合経信卿記云、……被㆑仰㆘可㆑敷㆓判者座㆒之由㆖。蔵人取㆓菅円座一枚㆒、置㆓御前間右柱下㆒。是新儀歟」とあるのによる。また、「堪能之人等　依召重候云々」は袋草紙(九四頁)に「次臨㆓披講期㆒、撰㆓堪能者一両㆒、可㆑進㆓参之由仰㆑之」とあるのによる。

補注12　「又六位三行也」は袋草紙(九六頁)の「経信卿承暦歌合記云、……公卿幷方殿上人列㆓立庭中㆒(三行。六位有㆓五位後㆒)」によるか。

補注13　「御遊」および「天徳召人相交也」は、袋草紙(九六頁)の「次御遊事」「天徳時地下召人相交由見㆓御記㆒」の用語に近い。

補注14　「入御」と「公卿禄」の順序は永承四年内裏歌合と承暦二年内裏歌合を基準にする。天徳四年内裏歌合を基にした国会本の順序と逆になる。補注8参照。

補注15　前項までは歌合当日の行事次第が述べられていたが、ここからは歌合開催日以前に行われる事柄を述べる。しかし「兼日事」だけでは文意が通じない。国会本を参照することで、項目7～項目9が左右の方人の頭が決められた日および歌合開催日であることがわかる。また、次項「一　兼日定左右頭」と内容的にも一部重複する。

補注16　俊綱に関する注記か。だとすれば、袋草紙(九〇頁)に「以㆓位階上臈㆒用㆓俊綱㆒」とあるように、俊綱の官位が高かったため方人の頭をつとめた事実に反する。脱文があるか。

補注17　天徳四年内裏歌合の場合は、村上天皇の勅題であったが、臣下に命じて出題されることもあるので、国会本の「被下題」よりも具体的で実状に即した記述と言える。

補注18　袋草紙では歌合前に行われる「祈禱奉幣」と、歌合の後に行われる「宿願事」を区別しているのに対して、八雲御抄では一括して述べる。国会本では「祈禱事」とするが、内閣本では「祈禱願事」としていて、袋草紙の「祈禱奉幣」と「宿願事」を合わせた形になっている。また内閣本の項目20「左賀茂競馬　右八幡競馬」は袋草紙（九六頁）の表現に一致するが、国会本は「左賀茂右八幡競馬」と一部省略している。

補注19　歌合当日に行われる事柄を以下に一つ書きする。国会本同様、「方人男女有祓」を歌合当日の行事と誤解しているようであるが、祓は勝利祈願のため、通常、歌合前日までに行われる。「当日反閇」を歌合の当日のことと解したためであろうか。袋草紙（九一頁）には「祈禱奉幣」に続いて「次方人男女有二祓事一（当日有二反閇一）」とあり、歌合当日までに行われることは明白である。研究編でも述べたが、方人の祓の際に反閇が行われた確実な例は無い。国会本には「方人」の語がなく、内閣本の表現は袋草紙と酷似する。

補注20　「右同弘徽殿方也　可準之」は、書陵部本の「右弘徽殿」に一致するが、「同」が何を指すか不審。国会本、幽斎本、書陵部本も本文に乱れがある。

補注21　「長元左大臣会　直自家参乗舟進」は、集会の仕方の例としてもあげている。国会本では項目55「次左右参上」に「自舟参上」と舟で参上した例としてあげる。

補注22　「永承根合　依位次分之」は袋草紙（九三頁）「永承根合土記云、……依二位次一可二相分一者」による。

補注23　袋草紙の「歌合日装束」（九六頁）の項には「亭子院幷天徳歌合、束帯。永承四年（関白殿直衣云々。見二殿上記一。）承暦時無レ所レ見、定束帯歟。直衣布袴云々。……主上御服不二分明一。若御直衣歟。但亭子院歌合時、檜皮色御衣僧面色御袴之由見二仮名記一」とある。内閣本は袋草紙の記述から、要点をまとめて記していると思われる。国会本では、服装に関する項目は立てず、天皇については項目33「剋限出御着倚子」の注記で「御直衣張袴」と記し、臣下については項目37「念人公卿依召着孫廂」の注記で「直衣束帯　上さまの人は直衣　自余束帯」とする。国会本と内閣本では天皇の服装に表現上の相違があるが、石村貞吉『有職故実』下（講談社学術文庫　昭62）によると、引直衣は天皇だけに許される直衣であり、精好の張袴とともに着用されるとあるので、国会本と内閣本とは同じ内容と言える。

補注24　国会本では項目55「左右参上」にあげている。

補注25　「天徳　御府子所供菓子干物……」は、内閣本は一つ書きであるが、国会本では「勧盃肴物」の注記にしている。また、「又有公卿陪　講以前也」と項目L「自余多有之」は、袋草紙（九六頁）に「次盃盤事、天徳歌合時、御厨子所供二御菓子干物一。（重

信陪膳〕。次供㆓御酒㆒。左大臣起㆑座献㆑盃云々。〔見㆓西記㆒〕。又歌講以前賜㆓酒饌於方公卿㆒云々。永承幷承暦時此事不㆑見。自余歌合皆有㆓此事㆒。女房中或檜破子云々」とある。

補注26　「寛治前関白歌合有賠」は、高陽院七番歌合の仮名日記に「しだいに歌をかうず、帥大納言経信卿かちまけをさだめまうさる、このほど御かはらけたびたびまゐらす」とある。また中右記寛治八年八月十九日の条に「夜及参半、歌講之間居菓子・肴物等、初献無勧盃、第二献皇太后宮権大夫、次移居対南面饗饌、於此座頻盃酌、及暁更事了」とある。

補注27　「於女房中檜破子毎度也」は、袋草紙（九六頁）に「次盃盤事、天徳歌合時、御厨子所供㆓御菓子干物㆒。……女房中或檜破子云々」とあるのに同じ。国会本では項目83「雑事」の最後に、禄に準じて女房の破子について記すという形で記しており、扱いに違いがみられる。

補注28　「前駆取之」は、袋草紙（九六頁）に「祐子内親王歌合時、右大臣〔大㆓二条殿〕内大臣〔堀河殿判者也〕。各被㆑曳㆑馬云々。〔前駆者取㆑之〕」とある。

（二）　執柄家歌合

内閣本の冒頭目録にある「歌合」は、内閣本本文にいずれも一つ書きで立てられた「内裏歌合事」「執柄家歌合」「所々歌合」の部分を総称した章題名である。国会本、幽斎本、書陵部本の本文中の章題「執柄家歌合」の部分には「大臣家可准之」という細字注があるが、内閣本の本文中の章題「執柄家歌合」の部分にはこの注記はない。国会本などはこの注記によって、執柄家（摂政・関白家）主催歌合と大臣家主催歌合を区別しているが、内閣本はこの注記を持たないかわりに、「執柄家歌合」とは別に立てた「所々歌合」（項目A）の中に大臣家主催歌合を分類している。執柄家主催歌合と大臣家主催の歌合を区別してとらえようとする姿勢は、八雲御抄に共通したものである。なお、内閣本は独自に、国会本、幽斎本、書陵部本にはない（＊十五）殊歌合、（＊十六）物合次歌合の項目を立てて、より多くの歌合を網羅し、それらを主催者ごとに分類している。

補注1　項目2〜4の部分は、内閣本と国会本では記述がかなり異なっているが、長元八年（一〇三五）賀陽院水閣歌合と寛治八年（一〇九四）高陽院七番歌合を執柄家歌合の最も晴儀の例としている点において内容的に齟齬をきたさない。

補注2　「各事進を切歌読之」とあるが、「各事進」では意味が通じにくく、「各書進」の誤写ではないかと考えられる。また、内閣本によれば、左右それぞれから提出された和歌を披講する際に、歌を切って読み上げると解釈できるが、この部分は、国会本に「只切寄続之」とあることからすれば、内閣本の「切歌読之」は「切歌続之」の誤写である可能性もある。和歌の清書に切継ぎの料紙が用いられたことを言ったものか。

補注3　「少納言」は内閣本のみが加えているが誤りである。この時通俊は権中納言。

補注4　内閣本は「所々歌合」という項目を立て、后宮、大臣家、公卿已下、諸社の各所で行われた歌合を列挙しているが、国会本、幽斎本、書陵部本ではこの部分は、長元八年賀陽院水閣歌合と寛治八年高陽院七番歌合の「雑事」に続いて記された部分に相当し、内閣本のように新たに一つ書きの項目を立てているわけではない。

補注5　内閣本の「后宮儀　大略同除」、「后宮歌合除之也」という記述は内容的に重複しており、また、内閣本は国会本、幽斎本、書陵部本にある「禁中仙洞執政家歌合　或大略如此」という一文を欠いている。内閣本の「大略同除」の部分が、国会本などの「大略如此」に相当する部分であると考えるならば、本来、内閣本にも国会本などの「禁中仙洞執政家歌合　或」にあたる部分が存在していたものが、書写の過程において脱落した可能性もある（ただし内閣本「大略同除」の「除」字は目移りによる衍字か）。

補注6　内閣本は、大臣家主催歌合を「所々歌合」の一つとして位置付けている。執柄家主催のものとは区別している点において、内閣本の分類意識は国会本、幽斎本、書陵部本と基本的には共通している。ただし、内閣本が「大臣家」に続き「公卿已下」（項目B）をさらに立てているのに対して、国会本などではこれらを「大臣已下家々」と一括して扱っている点、両者の分類意識は微妙に相違している。そのため内閣本は、国会本などが「大臣已下家々」に分類する永久四年（一一一六）参議実行主催の歌合を「公卿已下」主催の歌合に分類しており、さらに、（＊十六）物合次歌合の項目31でも同様に「公卿家」主催の歌合としてあげている。

補注7　根合、菊合、前栽合のようなものは略儀で行い、多くの場合、歌合の次第と同じであるということ。内閣本のみは、独自に立てた「所々歌合」の項目において物合を歌合に準ずるものとして扱っている。なお、内閣本はさらに独自に（＊十六）物合次歌合の項目を立て、根合、菊合、前栽合などの物合に付随して催された歌合の具体例を主催者ごとに列挙している。

（三　禁中歌会事）

補注1　国会本では冒頭目録に「歌会〈中殿　尋常〉」とあり、本文中には「中殿会」及び「尋常会」の二章を立てる。内閣本においては冒頭目録は「歌会」とだけあるが、本文章題は「禁中歌会事」「尋常会」「私所会子細」の三章に分けて、説明される。

さて、内閣本における「禁中歌会」の内容であるが、（四）「尋常会」の説明に「禁中も非中殿之時、又仙洞已下」とあることから、国会本と同様に、その実質は中殿（清涼殿）における歌会について述べるものだと考えられる。

また、国会本の「尋常会」の説明には「内裏仙洞已下万人会同之」とあるように、中殿における歌会以外のすべてを包含する内容であり、内閣本「私所会子細」はその中に含まれるのである。

つまり、国会本「尋常会」は、内閣本「尋常会」と「私所会子細」を一つにした内容というわけである。

補注2　「中殿題」と見出しするように歌会の題四例を列挙する。国会本においても「題」を記すが、晴儀にかなった中殿会の代表的な五例として述べる。その内、天喜「新成桜花」、応徳「花契多春」、永長「竹不改色」は、ほぼ一致する。そして、国会本にはあげる、天承「松契遐齢」及び、順徳院主催の建保「池月久明」の二例を、内閣本では欠く。一方、内閣本には、鳥羽殿で催された嘉承「池上花」をあげる。

補注3　国会本では、「歌を置く」ことと「切灯台を立てる」行為のいずれを先にするかという問題を論じる時、切灯台を先に立てる例として嘉承二年に鳥羽殿で催された歌会をあげる。

内閣本においては、禁中歌会の題例として記すのみである。

補注4　国会本では、帝は「御直衣張袴」とする。内閣本にある「引去衣」は「引直衣」の誤りか。順徳院御記の建保五年（一二一七）九月十七日条に「亥時許予著引直衣。〔只尋常直衣、不及張袴〕」、同、承久元年（一二一九）正月二十七日条に「剋限予着座。引直衣」がある。

補注5　「有律呂曲」について、建保六年八月十三日中殿御会の会記に「絲竹発音〔呂安名尊、鳥破、席田、鳥急、律万歳楽、更衣、三台急〕」とある。

補注6　内閣本においては、「切灯台を立てる」「菅円座を敷く」「文台を置く」「歌を置く」という順序で歌会は進められる。しかしながら、国会本においてはその順序が異なり、「文台を置く」「歌を置く」「切灯台を立てる」「菅円座を敷く」とする。

補注7　「女歌」の扱いについては、国会本は歌会の順序に従って説明し終えた後、すなわち「入御」で歌会の流れを説明し終えた後、まとめて付記する。

原則的には中殿会に女性は参加しないということ、また例外的に参加する場合の手順などは同じである。しかし、「女歌出事野行幸多例」といった記述は国会本にはない。国会本は、野行幸では柳筥に入れて蔵人が持参するとあるばかりである。

補注8　内閣本の記述では意味不明の部分である。国会本によると「通俊説御製」とは、御製を置く文台の下に「土高月」を立てるというものである。この後、内閣本の記述はさらに、女歌に関する内容が続くことから、誤って混入したものと考えられる。

補注9　「重経七夕会」は国会本にある「京極関白七夕会」のことか。高陽院にて行われた関白師実主催の歌会である。

後二条師通記の寛治七年（一〇九三）七月七日の条に「講師了、次女房六人和歌、自御簾中置扇上被出云々、右中弁承仰、予取之置之、以有信令読之」とある。また、中右記同日条にも「則自簾中被和歌六首、紅紫女郎薄様書之置扇上、師頼朝臣取之置文台上、有信同講之」とある。国会本にはない「有信講之」という記述も含めて内容が一致する。

補注10　「寛治八暦月宴歌」以下は寛治八年（一〇九四）八月に鳥羽殿で催された管絃和歌の会における御製の取り扱いについて述べている。国会本では、（四）「尋常会」の項目1にある。中右記の同日条の記述に一致する。「左大臣歌は自関白後講之」は国会本にはない。これも、中右記、同日条に「予勤仕、講師左大臣為読師帥大納言歌了後、頃而頗遅々、是左大臣与関白殿歌次第之事也、依大殿命先講関白殿歌次左大臣、次大殿」とあるに一致する。

補注11　「講師取歌下読」とは講師が召される前に下読をするということであろうか。「或無之」とある。国会本には「下読」の記述はない。国会本においては、講師と共に読師も活躍する場面なのだが、内閣本では読師は全く無視されている。また、国会本では項目26に「次読師取歌自下重　或有下読師座　読師腋重之　下読師者非御気色　私心寄人也」とあることから、講師と読師の記述が混乱した結果、「下読師」について「或無之」と述べていたものが判然としなくなったものとも考えられる。

補注12　「下﨟」の歌から講ずるということであろうが、国会本には「講師読之」とあるだけである。

補注13　六位の者の歌の扱いについて、国会本では官による説をまず示しながら、「又随﨟先例　両説也」という。

補注14　国会本には「次御製講師者着」と説明するところを、内閣本では「次擬他歌講御製」となる。国会本に比して、次第の説明に省略が見られ、とりわけ読師の動きが全く紹介されない。

（四　尋常会）

補注1　内閣本における「尋常会」は禁中でも中殿以外で行われた場合と説明があり、しかも「私所会」を設けていることから、「内裏仙洞已下万人会同之」とする国会本の「尋常会」とは内容が異なるものと考えられる。「公」の会という意識であろう。

補注2　国会本とは歌会の手順に異同がある。内閣本の「禁中歌会」における順序に一致する。（三）禁中歌会事の補注6参照。

補注3　「寛治同宴」とは（三）禁中歌会事の項目35、及び項目（四）1に挙げる歌会と同じということか。（三）禁中歌会事の補注10参照。

補注4　（三）禁中歌会事の補注11、12に述べたように、内閣本には読師は登場しない。国会本においては「歌人近進」し、「召講師」の次に「読師取歌重」と、歌会は展開する。

「第二人為講師第一人給御製」の部分はどのような席次の人物が講師をつとめるかを述べているかのようである。しかし、「第一人為読師は同給御製」では講師ではなく、読師になる。国会本において、講師をつとめる者の位階は「四品多は弁官有便　或侍臣上﨟」とある。他の歌学書においても、内裏では「四位」それ以外の場合「五位」とある。一方、国会本では読師について、「第一人可有御製読師　仍或第二人又兼御製読師有例」とある。むしろ、ここは読師の説明とみるべきではないか。

内閣本では、読師の働きが表面化しないのは「禁中歌会」及び「尋常会」に共通することである。そのため講師と読師の説明にも混乱を招いているように見受けられる。

補注5　「次給御製於一座」は国会本にはない。

補注6　内閣本は「中殿会」「尋常会」と並べて「私所会」について言及している。ただし、「大略同之」とあるように詳しくは説明しない。

序者をつとめる者の位階については、国会本（四）尋常会の項目16参照。

（五　歌書様）

補注1　内閣本は「歌書様」を「御製書様」と「臣下書様」に大別し、国会本では「御製書様」と「大臣已下書様」とに大別するが、この分類名の相違は大臣以下を臣下とする認識によるものであって、分類の基準そのものは相違しないと思われる。しかし、叙述内容については、国会本の「御製書様」にある近臣の名を天皇が借りる「借名」に関する記述や、「大臣已下書様」にある袋草紙に拠るらしい「応製」「応令」「応教」の書き分けに関する記述が内閣本には見られないなど、内閣本と国会本の相違は大きい。

補注2　「詠其題和歌」の下に引かれた三本の棒線は、一首を懐紙に書く際、題目の次に和歌を三行で書くことを示したものか。

補注3　三首以上の書様を「三行或二行」と内閣本は記すが、三首以上を二行書きにするのは「三首歌」として「五七五／七七」の二行の書様を記す和歌秘抄（三七九頁）に同じ。国会本では細字注に「三首已上は三行」とあり、内閣本とは相違している。また、内閣本では二首についても「二首三行」のように三行の書様を記すが、同じく和歌秘抄（三七八頁）には、「常説」として「五七／五七／七」の三行の書様をあげる。

補注4　「是一枚事也」とは、以上に記した歌の書様が懐紙一枚に書く際の書様であることの確認。

補注5　歌会では「春日」「秋夜」等の時季を題目に書かないとする説と書くとする説の両説あるとするのが内閣本であるが、国会本では書かないのが普通であるとする。

補注6　国会本と同様に、後鳥羽院の「柿本一老」との作名について述べるが、国会本にはない「内々儀」「進皇」の表現によって、この作名が、近臣との、また順徳天皇同席の場において用いられたことがうかがえる。

補注7　「八月十五夜」のような年中行事の時季を臣下が題目に書くことについて、国会本では場合に応じて書くとするが、内閣本では「晴儀」のような公的な歌会においては書くべきだとし、書く場合がより明確である。「八月十五夜」を記した臣下の端作りの例に、たとえば和歌秘抄（東大本）のあげる「八月十五夜詠三首応製和歌」がある。

補注8　「八月十五夜」以外の時季を臣下が題目に書くことについて、国会本が場合に応じて書くとするのに対して、内閣本は公的な歌会では書くべきだとし、さらに題目の書様は題次第であると述べる。

補注9　「三月三日」や「九月九日」のような、いわゆる「節日」

は、題目に書いても書かなくてもどちらでもよいとする。

補注10　禁中の歌会であっても清涼殿以外の場や内々の歌会であれば、臣下は「位・兼・行・臣・上」を書かないと述べたものか。

補注11　国会本では禁中であっても内々や清涼殿以外の場の歌会では姓を書かないことが当然のようになっていると記すが、「細々には不然也」との内閣本の記述は、それは原則であって姓を書く場合もあるとの意か。

補注12　官を兼ねる場合の位署について、国会本が本官を書く場合が多いとするのに対し、内閣本は兼官を書く場合が多いとし、さらに「参議近衛少将」のように本官と兼官の両方を書いた位署の例をもあげている。

補注13　国会本では、歌合歌や屛障歌等のように披講のない歌の場合、懐紙の奥に官や姓名を書くという説を挙げるが、内閣本は、そのような書様以外に名のみを奥に書く書様もあることを記す。

補注14　国会本では、禁中での歌会であれば内々の歌会であれ清涼殿以外の場においてであれ、常に「上」の字を書き加えた源通光の例をあげるが、内閣本は書く説も書かない説もあるとしつつ、項目68のように端作りの位署に「上」の字を書き加えた藤原道家の例をあげる。補注17参照。

補注15　国会本の「大臣已下書様」の内容を、内閣本は「臣下書様」と「中殿已下所々書様」に分けている。中殿・行幸・仙洞における歌会での書様について、具体例を示しつつ述べたのち、所名や位署の書様、白紙作法を含む懐紙への書様、自名を和歌に詠むこと等について述べる。叙述の流れの大筋は国会本に近いが、一々の項目は細かく前後する。

補注16　晴御会部類記所引無名記にみえる建保六年（一二一八）八月十三日中殿会の序者道家の端作り。国会本は簡略化した形で挙げているが、内閣本はほぼそのまま引く。ただし、和歌の記が「秋夜侍中殿」とするのを、内閣本は「秋夜中殿」としており、「侍」字を脱する。以下の部分で内閣本が示す具体例は全て「陪宸宴」「陪太上皇仙洞」など、「陪」を用いており、「侍」とする例は示されていない。内閣本は「陪」で統一する方針であったように思われる。

補注17　序者は「和歌一首」と書くが序者以外の作者は書かない、また、序者以外の作者は「同」字は書かない、こうした書様は皆場合によって違うということか。国会本は、項目36が作者は「一首」と書かないこと、項目57、74が作者の「同」字の有無については両説があることと分散して書くが、内閣本はこれをひとまとまりに述べる形になっている。

補注18　内裏における歌会の書様例として、「陪中殿」「陪宴」以外の具体例を示したものか。本朝小序集に「冬日侍宸宴言志和歌（藤原行成）」とあるのによるか。ただし、本朝小序集が「侍」とするのを、内閣本は「陪」とする。補注16参照。

補注19　本朝文粋巻十一に「後一条院御時女一宮御着袴翌日宴和歌序　戸部尚書斉信」とある。この序の一部は新撰朗詠集帝王部に入れられている。

補注20　国会本では「夏夜於秘書閣守庚申同詠雨中早苗」となっており、所名を唐名で書く場合を例示したと理解できるが、前半部を欠く内閣本の形では、歌題を示すに過ぎず、例示の意図がよくわからない。「同詠」と「同」字を用いる例を示したか。

補注21　国会本項目76の「院中多陪太上皇仙洞」とかかわるか。

補注22　国会本「侍太上皇」を「陪太上皇」とする。補注16参照。

補注23　内閣本は、項目H「宗忠書様」が項目D「中殿已下所々書様」と同等の項目題であるかのような書式になっている。しかし「宗忠」は、国会本にみるとおり、項目72「春日陪太上皇…」の作者である。また、内閣本の「宗忠書様」以下の部分も、宗忠の書様について述べているわけではない。したがって、国会本の形が正しく、内閣本は、本来、前行に続いていた「宗忠」を項目題であるかのように誤認したものか。

補注24　国会本「侍太上皇」を「陪太上皇」とする。補注16参照。

補注25　内裏、仙洞以外では「陪宴」とは書かない、すなわち「詠其題和歌」といった書様にし、署名も位は書かず官と姓だけを書くということ。国会本項目46とかかわるか。

補注26　内閣本では「陪左相府……付小序」が「春日」に対する注であるかのような書式になっているが、この形では意味がとれない。国会本の項目82、83の「陪博陸書閣ミミ秋夜侍左相府尊閣ミミミ尊閣書閣水閣皆常事也」という形から錯誤したものか。

補注27　出典不明。次項目84とともに内裏仙洞以外の歌会例としてあげたか。

補注28　国会本項目90、91の形から脱文したものか。意図不明。

補注29　出典不明。

補注30　「春日藤尚書亜相亭」は出典不明。「於陪をは可依人」は「陪○○」と書くかどうかは人によって異なるということか。

補注31　「上柱閣」は「上相国」の誤り。また、内閣本では「上相国」の注であると思われる「正二位名」が、項目41の前に移動し、本文化している。唐名を書くことについては、国会本が「宿徳事」とするのに対し、内閣本は「普通にあらず」とし、重ねて「少々人（宿徳ではない人）」はすべきではないとする。

補注32　国会本には「秋日侍」とあるところを内閣本は「春日陪」とする。補注16参照。また「権中納言」は国会本のような形から簡略化されたものか。

補注33　国会本「歳暮侍」が「秋日陪」となっている。補注16参照。

補注34　勧進歌の作者名について、国会本には「或作者なと不書。尤不知子細事也」とあり、作者名を書くべきであるとするが、内閣本は「書作名」を「不可然事」とし、歌合同様名を書かないとしており、正反対の内容となっている。内閣本次項99は、歌合では奥に名を書くとしており、内容が矛盾する。あるいは、内閣本の「近日称花族見書作名」の「見」字は、「不」の誤りか。

補注35　内閣本は国会本の項目97と101の内容をまとめて述べる。国会本が「用高檀紙」とするのを内閣本は「高檀紙二枚」とし、女歌にしても、そうでなくても、十首以上は色紙のように書く、とする。

補注36　白紙の作法に関連して、中山内府家では歌が出来ない場合、国会本は古歌の上の句を引用したとする。内閣本は官姓だけを書いたとする。

補注37　「三行三字之条近代不然」という内容は、国会本にはないが、袋草紙（三四三頁）には「三行三字書レ之。但近代不二必一然」とあり、内閣本が袋草紙に近い。

補注38　俊頼や憶良のように自分の名を詠みこむことは、古今、後撰にも例がみえ、よくあることだが、良く考えずに名を詠みこむのは恐れ多いということか。和歌に名を詠み込む例としては、後撰集恋四、八四三番に「ある所に、近江といふ人をいとしのびてかたらひ侍りけるを、夜あけてかへりけるを人見てささやきければ、その女のもとにつかはしける　坂上つねかげ　鏡山あけてきつれば秋ぎりのけさやたつらんあふみてふなは」などがある。

補注39　「松陰」は国会本では「松影」。「応太上皇製」という書き方について、幽斎本、書陵部本が「一例也」（国会本は「可例也」）とするのに対し、内閣本は「普通不然也」とする。

補注40　袋草紙によると、高倉宮会で三題のうち一題だけ詠んだのは、顕輔ではなく頼通。また、別の歌会で二題のうち一題だけ詠んだのは、やはり顕輔ではなく証観法師。ここは国会本、内閣本ともに、袋草紙とは齟齬をきたす。また、「秀歌之時可開歟」は、直前と内容的につながらない。このあたり本文に脱落があるか。

補注41　御製がある場合や、序者である場合以外は、名を書かず、官名ばかりを書くということか。

補注42　内閣本は顕輔が自歌注を書いたとする。国会本は顕輔については触れていないが、袋草紙（九頁）には「日本紀竟宴歌多事。先新院歌宴、故左京有注被書」とあり、内閣本のほうが袋草紙により合致した内容となっている。

補注43　国会本では、同官は書かないとするのに対し、内閣本は、同官の人も官を書くとする。しかし、例示されているのは、「左大将家」の歌会の場合は（「近衛権大納言」とは書かず）「権大納言」、「后宮」の歌会の場合は「権大夫」「亮」とだけ書くという意味にとれ、国会本と同趣旨になる。

（六　題事）

出題について、内閣本はひとつ書きを多く用いて箇条書きに整理している。内閣本冒頭目録では、「題者」とあり、本文章題の「題事」とは異なっている。内容的には題者の条件を述べ、項目F以下、項目12、13、14、16で題事に触れているので、本文章題がすべての内容を包括するが、冒頭目録では「題者」に続いて「判者」「序者」「講師」「読師」と続くので、歌合の役職として「題者」としたか。内閣本本文章題「題事」は、国会本の冒頭目録章題「題」や本文章題「出題」という、「題」そのものに主眼をおいた呼称に近い。

補注1　「題事」は国会本の「出題」に該当する。これが「勅題」

「可然臣」「堪能」「儒者」と始まるのは、国会本に一致する。また内閣本は、以下各項目ごとに一つ書きをつけて、例をあげていく。この部分は国会本より整理された形式にみえる。

補注2　その他はどうかというと、右の条件の者でなければ、出題すべきでない、という。

補注3　「頼通」は、長元八年、賀陽院水閣歌合の主催者であるので、これを内閣本は「勧進人又出之（＝題）」とする。この例を内閣本が勅題の項に入れているのは、主催者はその場の最高の地位にあるものとして、形式としては勅題に準じると考えたか。国会本では「可然臣」の例に入っているが、頼通自身は「可然臣」であるものの、この場合は「勧進人」とある方がふさわしい。

補注4　内閣本が、匡房、国成、実政を「作者」と断るのは、大江匡房をはじめ式部大輔国成、頭中弁実政ともに儒者である出題者で、かつその場の和歌作者でもあるためである。

補注5　内閣本には定家のような和歌の道に長じているもの（堪能者）が出題する場合にも、「但」書きが付いて、漢字（漢文）の素養のない者は題者になるべきではないと言う。国会本が、非適任者として実名、家隆雅経をあげるのを、条件として書いた形である。

補注6　「会題」について、前以って定められた会には祝題が入ることが多く、臨時の歌合は、時期の景物題になることが多いという。

補注7　「延喜三歴　亭子院歌合」は、延喜十三年亭子院歌合で、題は「二月、三月、四月、恋」であったが、袋草紙（九九頁）には、「延喜十三年亭子院歌合……読師、題者、撰者、無レ所レ見也。」とある。「寛和歌合」は、寛和六年内裏歌合、内閣本の三行前や国会本にも題の内容は示されているが、題者は分からない。

補注8　項目Gの題者が分からない場合と合せて、袋草紙などの資料に、撰者の記載がない事を不審とするか。

（七　判者事）

冒頭目録に「判者」とあり、本文章題では「判者事」とする。本文章題は前章の「題事」に習ったか。内容は主に判者の条件、と実例、判者の慣例、難判の例にも触れようとしている。

判者の条件は国会本と異なっている（補注1参照）。また国会本は内閣本の前半と同じく、歌合名とその判者名という順に例をあげているのに対し、内閣本「此外代々判者」では、判者名を先にして、その歌合を示すという形式で記している。

補注1　内閣本の項目1と項目Aによれば、「堪能」「重代」が判者の条件になると言うのは国会本の項目1と同じであるが、国会本は「両事を兼ねる事」を必要とするのに対して、内閣本が「道に長ぜざると言えども、重代を以って之を得る」というのは、国会本の項目1の注記「重代といえども堪能にあらざるは万人聴すべからず」と、全く逆である。また内閣本は、項目Bで「重代なき堪能の重臣」が判者になった例もあるという。国会本が続けて

「又当時重臣雖不長道　候判者事有例歟」というのは内閣本のいうような例もあると考慮したためか。内閣本は実情に照らして書かれたように見えるが、判者の条件としては、国会本の方が整理されている。

補注2　項目C「専一」E「堪能」F「重代」は、実例が初めにあげたひとつ書き（判者の条件）のどれに該当するか、内閣本が注を付けたもの。C「専一」は、第一の意。

補注3　「右人内大臣頼宣　于時明誉也」国会本では花山院の寵臣として義懐だけをあげていたが、左右を整えるために内閣本が加えたか。公卿補任によれば、寛和二年（九八六）に内大臣はいないし、「頼宣」は未詳。内閣本は項目（七）47でも「頼宣」とあげたが、それは「頼宗」の誤りであった。藤原頼宗が内大臣であったのは永承二年（一〇四七）から康平三年（一〇六〇）であるので、「頼宗」でも不審である。

補注4　公任は長保五年（一〇〇三）には、左衛門督であったが、二十巻本など「右衛門督公任」とする本もある。

補注5　国会本と似ているが、この文脈では「御鳥羽院の時代には俊成、建保のころには定家が、判者となった。内々の事である。また彼等に障りのある時は他人に命じたが、判者は俊成定家とする（のが普通であった）」となるか。

補注6　国会本の項目28の「大和守」と29の年月、歌合名、判者命とを混同している。また「天徳三九」は国会本では、天禄三年九月（実際は八月）とあるが、二十巻本では「天暦」「天徳」「天延」など誤写が多い。

補注7　内閣本によれば「根合の如き前栽（合）では、後の（歌の）勝負が本となる。物合は歌合の判者でない人でも判をする。その判者資格は人による」となるか。

補注8　「此外代々判者」は以下判者名をあげて、歌合の名称や場所、年次などを註している。国会本の歌合名、主催者に判者を書いていく書き方とは逆の順になっている。

補注9　「内大臣家」は通常の字で書かれているが、項目35「顕季」がの判者を務めた例として書かれたもの。本来細字となるべきところである。

補注10　「師頼家」も判者「俊頼」が判をした歌合の主催者の家を註したものである。

補注11　「保安会」から次項とも見えるが、ここは項目37「俊頼基俊二人判」の例の続きで「内大臣家忠通歌合」の例を、元永、保安と二例あげたと考える。次の項目36「保安三無動寺」も俊頼基俊二人判者の例。

補注12　「永縁奈良房歌合」には基俊判と俊頼判の二伝本がある。「奈良華林院歌合」と標する本は基俊判なので、ここから基俊の判者例としてあげる。

補注13　正しくは「三年」であるが、袋草紙（一五九頁）には「大治二年」とあり、八雲御抄の記述は袋草紙と一致する。基俊が判者をつとめた。

補注14　内閣本は、長承三年（一一三四）九月十三日に行われた中宮亮顕輔家歌合（「顕輔家」）を、基俊が判者をつとめた例の中にあげる。袋草紙（一五九頁）に「顕輔朝臣歌合（長承三年九月十三日判者基俊）」とある。袖中抄（三六頁）にも「一、ちはこのたま……此は左京大夫顕輔卿歌合、雅親所レ詠恋歌也。而基俊判云」とある。

内閣本の項目38「内大臣家忠通」から「保安会」「無動寺歌合」「奈良華林歌合」「広田社歌合」「顕輔家」「家成家」までは、基俊の判例をあげていて、袋草紙（一三三〜一六一頁）の記述順に完全に一致する。

補注15　「家成家」は顕仲との二人判者であるが、ここまでが基俊の判者をつとめた家の例となる。

補注16　「難判有例」は、実例の項目42・43は国会本にもあがるが、国会本の項目43「如此事多歌合」を、見出し化したもので、形式的に内閣本が整理されている。

補注17　「京極御息所歌合」は、国会本では難判の例には入れていない。内閣本は、項目28・29を混同して書いていたので改めて正しく記述したか。補注6参照。

（八　序者）

補注1　国会本が「公宴」の序者を、「宸遊」と「仙院」の見出しを掲げて分類し、実例をあげるのに対し、内閣本では区別せず、その両方が入り交じったかたちで、ほぼ開催年次順にあげる。さらに、国会本では「公宴」に対して、「后宮已下貴所晴会」「雲客遊覧所々」「大臣家已下所々」に分けて、それぞれの序者の要件を述べているが、内閣本は「公宴」に対するものを総括して項目C「所々会」を置く。

補注2　国会本が「公宴序者　大臣若大納言中納言也　参議雖有例猶上卿之役也」として、公宴の序者として参議を好ましくないとするのに対し、内閣本では、大将や参議を含めて、時に応じて、ふさわしい上﨟が書けばよいと述べる。この見解の相違は、内閣本が密宴を含めて、公宴の序者の要件を提示しているのに対し、国会本が、国会本の項目4「雖公宴密々事などは侍臣なども随便書之」の記述に見られる通り、密宴の場合を別に考えていることによるものと思われる。

補注3　国会本では当該の寛弘元年（一〇〇四）の会を「密宴」と記すのに対し、内閣本は「宸宴」とする。本朝小序集に収載された、この時の藤原行成の序代中に「密宴」の語がある一方、その端作りには「冬日侍二宸宴一言レ志和歌」とある通り、この会は、天皇主催の会であるものの、内々の会であり、いずれの記述も誤りではない。

補注4　「院」とあるのは、次項27「長元四暦」の歌会が院主催の会であることを示す。したがって、国会本に分類見出しとしてある「仙院」という記述とは質が異なる。

補注5　当該の項目29の歌会は、寛治元年（一〇八七）に催された白河院の歌会である。したがって、開催年次からすれば、これと項目

30「寛治八」の会は順番が逆だが、当該の歌会の開催年を把握していなかったため、逆になったものか。

補注6　当該の項目10の歌会は、応徳元年（一〇八四）の中殿会で、開催順からすれば、これは項目9「承保三」と30「寛治八」の間に位置すべきである。

補注7　国会本では題が「松樹久緑」とあり、その場合、天承元年（一一三一）十月二十三日の歌会のことと確認できる。一方、内閣本の「松契遐齢」の題も、国会本の（四）「中殿会」の項目6に「崇徳院天承松契遐齢」とあり、また、今鏡（すべらぎの中）に「『松遐かなる齢を契る』といふ題にて……序は堀河の大納言師頼ぞ書き給ひける」とあるのと一致することから見ても、誤りで片付けられない。松野陽一氏は、両者が同じ会だとする認識を「崇徳天皇歌壇集成」（『立正女子短大研究紀要』昭42・12、『藤原俊成の研究』笠間書院　昭48）に示しておられる。

補注8　内閣本が、歌題をあげるだけで、序者名のないままに、前項までと同列に並べているのに対し、国会本は、「序不書歟」として、序者の実例ではなく、補足として書かれている。

補注9　国会本では、項目2に「非成業人於和歌序者希代事也」とあるのに対し、内閣本では公宴の序者は非成業でもよいとして、見解が異なる。これも、内閣本が公宴に、内々の会を含めて考えているところからくる相違か。

補注10　公宴の序者をつとめることが名誉なことだといい、一方、内々の会はいくらでもあることを指摘する。

補注11　国会本が公宴以外の会を「后宮已下貴所晴会」「雲客遊覧所々会」「大臣家已下所々」に分類するのに対し、内閣本は、公卿以下の者が主催する会を総括して、「所々会」としてあげ、その場合の序者の要件をあげる。

補注12　この「経文章生也」は「成業六位」の下方のかなり離れた位置に、小字で書かれ、何に対する注記かわからないままに写されたものと思われるが、国会本では、項目40に「大井逍遙　多成業六位或経文章生五位也」とある。

補注13　巻一の（二）「序代」に「たゞの序代はかまへてみじかくて、いたくことばがちにはあるべからぬもの也」（項目8）、「清輔曰、匡房真名序もたゞ詞にまかせて書といへり」（項目10）として、序代製作の心得が記されているが、内閣本は、序者の要件を中心に提示している当該部分にも、序は詞を飾らず、素直に確かに書くことが重要だという説を「一説也」として引いている。

（九　講師）

補注1　内閣本には、次の（十）読師からの混入かと思われる箇所があり（読師を講師と書き誤っている）、これらの混入は項目2、3、A、（十）読師の項目24、Bの順で、二回繰り返される。また、講師作法の項目43、44が三回繰り返し載り、各々本文が違う。

補注2　人（臣下）の歌を講じ天皇が御製を懐中より出す。読師が関わるので（十）読師の項目8の内容でもある。重出がある（補注10参照）。

補注3　内容的には（十）読師の項目1か。重出がある（補注11参照）。

補注4　重出がある（補注11参照）。「文台」についての叙述は国会本の（九）講師にはない。袋草紙（一二頁）「更居他文台」による補入か。

補注5　国会本では「女房講師例」として載る項目25「延喜十三年亭子院歌合」が、内閣本では歌合講師の例としてあげられ、その後、項目C「院会多四品也」として、院主催の歌合講師の位について述べる。補注11参照。

補注6　「頼忠前栽合」は袋草紙（一〇三頁）に「三条太政大臣前栽合講師、左、紀時文　右、平兼盛」とあり、大臣家の例である。

補注7　講師作法に関して、項目43、44が他二か所にもある（補注8と補注15）。ここでの異同は項目42「講師作法は別儀無し」と言い切っている点と項目43で座り方が述べられていない点。

補注8　重出が他に二か所ある（補注7と補注15）。ここが最も国会本に近い。ただし国会本との違いは、歌は微音でないとする点。これは袋草紙（一二頁）の説。研究編（九）講師の項目44参照。

補注9　ここから項目Bまで、（十）読師の混入部分。混入は「読師」とあるべきところを「講師」と誤っていることによる。袋草紙（一二頁）には「或人云、侍以下歌不置文台。於下講之云々。但近代不然歟」とある。「地下」「文台」のいずれも（九）講師の国会本などの本文にはない。

補注10　既出。補注2の箇所と同文だが、補注2の場合は講師の説明として理解できるが、ここは読師からの混入であろう。

補注11　補注3、補注4の箇所と同文。袋草紙（一二頁）では、「次臣下歌講了自簾中被出御製。其儀取払臣下歌。更居他文台」と、時間の流れで説明され、文台を置き、臣下の歌の後、御製がでて、文台を改めと続くが、それがここで「位署読様」の後にあるのは不審。

補注12　補注5と重出するが、項目25「亭子院歌合」は講師について述べるなかで、「女房講師」に言及したもので、以下、項目C「院会」、a「内親王女御」などの歌合講師の位と具体例をあげる。

補注13　「麗景殿」は次の項目40の歌合の名称の一部。項目bの末部に誤写があることが原因か。

補注14　脱文があり、横に細字で「再三……退出」と書き込まれている。国会本（十）読師の項目12参照。

補注15　補注7、補注8の箇所と重複。講師作法の抜粋。「其音不微一句云云」「名微音也」は補注6の箇所と同じ。「不読位」が補注7、補注8どちらの本文とも異なるが、袋草紙（一二頁）「其音不微。一句々々読切之」の後に、「有両題之時」として「件時更又読名字。於位署者不可読歟」とあるのによるものか。

（十 読師）

補注1 ここで「三番人」をあげるのは内閣本独自。

補注2 本来（十）読師にあるべき内容の一部は内閣本の（九）講師の項目に混入している。「下読師」を「下講師」と誤るのは、これと関係があるだろう。「大臣など参議以下などは有便宜奉之」は意味が通じにくい。国会本を参考にすれば、大臣などが読師の時に参議以下の者が下読師として奉仕する場合がある、の意か。Aの後の「有子人は子常事也」は、国会本に「有親私（知）之人には」とある部分。読師に子があれば、その子が下読師として歌を重ねるのは常のことだという。続く「四位五位何も可然」は、四位五位どちらも下読師として奉仕してよい、の意であろう。

補注3 「近俊重云」は、近年、「俊」某なる人物が重ねて言うには（あるいは「俊重」が言うには）、として清輔説を引用したと解せるが、未詳。

補注4 「雅定為読師也」は、国会本「雅定為第一人為読師」のように、雅定が席次第一番であるゆえに読師をつとめたという説明のある方がわかりやすい。

補注5 内閣本は、冒頭の項目1でも「三番人」をあげている。Cの「第三番人読師例」も、席次第三番の人が読師をつとめた例として、項目4もしくは項目3の歌会をあげたと解せるが、4の保安の歌会は首席者読師、3の寛治月宴では、首席者御製読師、次席者臣下読師であった。ただし、3の寛治月宴を前関白・当関白に次ぐ席次三番の左大臣が読師をつとめた例と誤解して、書写段階で補入された可能性もある。

補注6 前関白、当関白に続けて「左大臣俊房重之」とあるので、左大臣俊房が座の席次第三番であったことがわかりにくい。

補注7 「第四番近例」は、前関白・関白・内大臣が同席する歌会で、第四番の人が読師をつとめた近年の例があると解せるが、未詳であり、書写段階における補入の可能性がある。項目3「寛治月宴」の「当関白」は関白内大臣師通であるから、「前関白　関白内大臣」は、項目3の書入注が本文化したと考えられる。それを「前関白　関白　内大臣」の三人と誤解して「第四番」としたのではなかろうか。

補注8 「有両題は先開端題許」は、国会本には「二首三首時は端許を巻よせて置也　皆は不披也」とある。袋草紙に「両題時開端歌許」とあり、内閣本本文は袋草紙により近い。

補注9 歌合の読師は歌を開いて講師に授ける役目か、というのだが、次の「非私事」は意味が通じにくい。あるいは、国会本17「清輔説　地下者歌不置文台　私所にも侍品已下者歌不置文台也」のように袋草紙に似た内容であったものが、伝来の途中で本文が乱れたか。

補注10 「経家（右中弁）」は、「右大弁」が正しい。なお「右中将」「経家」は、国会本、幽斎本、書陵部本ともに「少将」「経季」とあるが、内閣本の方が正しい。

補注11　項目21であげる読師二人は左右方人の頭であったこと。21の次にある「皆四位侍臣也」は、一例のみあげて「皆…」と述べるのは不審だが、たしかに読師の二人は歌合当時四位である。国会本では項目21から24で四つの歌合をあげ、25で総括する。

補注12　「講師」と「読師」の混同については補注2参照。天徳四年内裏歌合で読師が置かれなかったことを述べる。「右は擬無後人は在とも非読師儀歟」は、右方の覆いは講師ではなく蔵人藤原助信が取り去ったことについて、右方講師の後ろに人がいても、読師の仕儀ではないという。

補注13　「但非内裏儀」と、内裏歌合ではない場合に読師が置かれた例として、以下項目22、23の例をあげる。

補注14　「只有無不定事也」は、読師の有無は定まっていないことをいう。

補注15　読師が置かれなかった歌合として、国会本、幽斎本、書陵部本は項目26で四度の内裏歌合のみをあげ、「延喜十三年亭子院歌合」を入れない。研究編で述べたように、この項は袋草紙（九七～一〇三頁）があげる歌合のうち、読師の名が見えない歌合をあげたものだが、亭子院歌合についても、袋草紙（九九頁）に「読師、題者、撰者、無所見也」とある。なお（一）内裏歌合の項目1～5では、国会本に「天徳四年、永承四年、承暦二年、以此三ケ度為例。……仍以天徳例、勘入永承々暦幷延喜十三年亭子院歌合已下例也」とあり、代表的な歌合として、三度の内裏歌合とあわせて亭子院歌合の名をあげている。

補注16　「多者歌合には無歟」と、多くの歌合において読師は置かれなかったようだと結論づける。ただし次項24は、読師が置かれた例。

補注17　「頼通長元八年三十講次歌合」は、国会本には「宇治関白長元　行経兼房也」とある部分。袋草紙（一〇三頁）に「三十講歌合長元八年……」をあげて「読師左、右近少将行経朝臣　右、中宮亮兼房朝臣」とあって、内閣本は袋草紙により近い。

補注18　「共四位也」は、前項24「行経　兼房」の注。

（十一　番事）

補注1　内閣本では国会本の項目1のような詳細な叙述は見られず、「近代以下嫌事　是非嫌品嫌歌歟」とだけ述べて項目2の例をあげるが、人の品ではなく歌を嫌う近年の例としては、項目3（内閣本にはなし）の忠定のような例がふさわしい。

補注2　「如此之堪能も官位も事外事不可然。能々可有斟酌」は、雅経ほどの歌詠みで官位も然るべき人が（重長との番を嫌がるという）思いのほかのを言うのはよくないと述べる。

補注3　「一番左僧番事不普通」と、能因の例は普通ではないと言い、上古から近代に至るまで、一番は相応の結番がなされていると述べる。

補注4　「但尚は自他不可召御番」は、四位五位以下の者は御製と結番すべきではないと解せるが、国会本では、四位五位であっても「過法下劣」すなわちあまりに劣る人は、と述べている。

補注5　「番例、無人等名誉」は国会本に「歌人与非歌人番事」とある部分。内閣本には「非歌人」の語は見えないにもかかわらず、若年のときに一首も歌会（歌合）に撰歌されなかった者は「非歌人」であると解説するのは不審。

補注6　「紀乳母」は国会本に「侍従乳母」とあり、弘徽殿女御歌合本文、袋草紙とも一致する。百年前のこの歌合を内閣本がなぜ「近曾」のものとするか不明。

補注7　「長元女御歌合　赤染与永成」は、長元ではなく、長久二年（一〇四一）に催された弘徽殿女御歌合であろう。九番左「永成法師」、右「赤染」。永成は後拾遺集以下の勅撰集に五首入集する。

（十二　作者事）

補注1　内閣本の「一作者事」という項目の内容は国会本の「一作者」に該当するのだが、その内容は内閣本の方がより簡略である。すなわち、国会本は「中殿御会」、「内裏歌合」、「屏風歌」、「御書歌」、「東遊歌」、「大嘗会」の作者について記すが、内閣本では、その内の「禁中御会」、「歌合」、「屏風歌」の作者についてのみ記している。ただし個々の例について見ると、内閣本には国会本に無い説明が記されていることもある。

補注2　禁中での歌会に地下は参加できないが僧は参加できることを述べる。当然参加しうる公卿等については言及していない。正式の参会有資格者を列挙し、次に例外を記すという国会本とは記述態度が異なる。

補注3　歌合の歌は地下および身分の低いものが詠作するという。国会本は地下は上古は参会したが次第に不可能になったことを記すのに対し、内閣本は地下は参加はできないことを前提に、詠作することも憚るようになった近年のことを述べる。

補注4　地下は屏風歌、歌召いずれも詠作はするが、天子に近侍することはできないので、内裏での歌会への参加はかなわない理由をかさねて強調する。

補注5　作者が多い例として、最勝四天王院障子をあげる点は国会本と同じだが、内閣本では精選すべきかという批評をも記す。

補注6　「歌合之時、代人事、如恒也」との内閣本の記述は、国会本の「歌合歌会、常事也」よりも意味が取りやすい。

補注7　藤原孝善が代詠した事実をあげるのみならず、内閣本は家忠、経実について「二人不詠歌人也」との評を加えている。

補注8　歌合における代作は頻繁に行なわれたことに加えて、歌を詠ぜずして歌合に臨む作者の様子をも記している。

補注9　「元久八十嶋」は、百錬抄の元久二年（一二〇五）八月二十九日の条に「被立八十島祭使。御乳母典侍前大納言隆房卿娘。上皇於鳥羽殿有御見物」とある八十島祭のことか。明月記の同日の条にも「今日八十島、典侍発向云々」とある。

八十島祭は、江家次第にも「大嘗会次年行之」とあるように、本来は、土御門天皇が即位された正治元年（一一九九）に行なわれるべきであったものが、延引されたもの。ただし、この折に「代実教家隆詠之」という事実があったかどうかについては不明。なお、実教は正二位前権中納言（元久元年に辞退）、皇后宮大夫。

補注10　内閣本にのみある項目であり、和歌作者が歌合に参加する場合をいう。また、代詠の例、一人が左右の歌を詠じる場合等についても記している。国会本の「作者」の項目とほとんど同じ例をあげているが、内閣本は歌合の作者をより詳しく列挙している。

補注11　国会本では「地下歌人皆参」とあるのみだが、内閣本は左右の歌の作者をすべて列挙しており、延喜十三年内裏菊合に記された作者名と一致する。

補注12　列挙する作者のうち、「博か」は「博雅」を指すとも考えられるが「博雅」は講師である。あるいは右方の作者「博古」の誤りか。また「順は入歟　如何」とあるが、袋草紙（一〇四頁）に「天徳歌合順歌云」と、同歌合に順の歌が入ることが記されている。

「元輔好古朝臣一人不入歟云々」とあるのは、天徳四年内裏歌合の五番が、左元輔、右朝忠であるのが、『平安朝歌合大成』第一巻所収の十巻本の歌合本文では、左元真、右好古となっている。元輔好古のどちらかの歌は「不入歟」と記したのは、この番の作者異伝にかかわるものか。

補注13　袋草紙（一四二頁）に「永承四年殿上根合良暹歌、無二草字一而被二撰入一」とある。これは、永承六年内裏根合の誤りで、菖蒲題の右の歌「筑摩江の底のふかさをよそながらひけるあやめの根にて知るかな」をいう。同歌は後拾遺集夏部、二一一番にも重出、その詞書には「永承六年五月五日殿上根合によめる」とあり作者は「良暹法師」である。『平安朝歌合大成』第二巻所収の十巻本本文には、同歌の作者名は記されないが、二十巻本本文では「源信房」となっており、栄花物語（根あはせ）にも「少納言源信房〔良暹歌歟〕」と記されている。「一説替人」とは源信房に代わって良暹法師が詠じたことを言うのであろう。

補注14　寛治七年（一〇九三）五月五日郁芳門院根合の例は国会本にもあるが、「能俊朝臣」は記されていない。「能俊」は歌人ではなく右方の講師である。ただし、袋草紙（一〇三頁）に「寛治根合……頼綱朝臣好二此道一経レ年之者也。其聟能俊朝臣歌須レ入二一首一也。而無二宜歌一、又読二左方歌一之縦有二風聞一。仍不レ入レ之」とあり、能俊は右方の歌を詠じたが、宜しき歌が無く、しかも左方の歌も詠じたとの風聞により、結局は選ばれなかったという。内閣本はこの記事によるものか。

補注15　寛和二年内裏歌合の作者「行成」については、袋草紙（新古典大系　四六〇頁）に、蛍題、右の作者を「行成卿」とある。同歌の作者は、寛和二年内裏歌合にも「惟成　ある本ゆきなり」とある。ただし「惟理、弘信、是長」の名は見えない。

補注16　永承四年内裏歌合の左方の作者は、十一人で「以上七人」は何によったか不明。ただし、池水題、左の作者「少将」は、袋草紙（一二七頁）に「侍従乳母」とあり、八雲御抄と一致する。

（十三　清書事）

補注1　以下、歌合の清書人について記し、さらに、「大嘗会歌」の起源、作者、製作次第、「東遊歌」の作者、女御入内の御書の書き手について記す。国会本では、「大嘗会歌」以下の事項は「作者」の項目にまとめている。内閣本は、書写の過程で落丁、錯簡があったか。

補注2　「天暦御幸歌合　道風左右両方例」は、国会本にある、左右の清書を道風一人が行なった天暦詩合のことか。

補注3　天喜四年皇后宮春秋歌合の清書についての「于時左も女房可書与皆乱例書之」は国会本に無い記述である。栄花物語（根あはせ）に、右は「経任の中納言権大夫の母北方書き給へり。九十余の人の、さばかり塗りかため書きたる絵に、露も墨がれせず書きかため給へる、あさましうめでたし」とあるのに対して、左は「兼行ぞ歌は書きたるを、歌をむねとしたる事に、など悪きものにかかすべき。絵書きいみじきものに書くべき也、左の人人もどきけり」とある。兼行は額書もこなす代々の著名な能書家であったが、「左の人人もどきけり」と非難された。「左も女房可書云々」の記述は、この記事をふまえたものか。

補注4　内閣本が大嘗会に関する記述を「(十三) 清書事」に後置するのは不審。国会本が「(十二) 作者」の項目に分類するのがよい。

補注5　国会本が「自中古」とあるが、内閣本は「自御（後）一条」と具体的である。袋草紙（三頁）にも「後一条院、儒者始㆑従㆓此時㆒」とある。

補注6　国会本は「儒者」とのみあるが、内閣本は儒宗、儒郷、文章博士とより細分化して記している。

補注7　内閣本における、東遊歌等に関する記述の位置は不審。国会本の位置が本来か。国会本は「近は儒者多献之」と、近年の傾向をも記すのに対し、内閣本では儒者については記さず、「如此之時可選時歌人」と、東遊歌の作者は当時の有名な歌人が多いことのみ記す。

補注8　内閣本は国会本よりも簡略であり、「近日新儀云々」については記していない。前項とともに、内閣本には近日の例が記されていない点は注意すべきか。

（十四　撰集事）

補注1　国会本の内容が、歌員数、撰者、序者、部次第、子細という見出しごとに、それぞれ歌集別に整理されているのに対して、内閣本は八代集を全部あげていないなど、整理されていない。また、国会本の、序者、部次第に相当する項目が無い。頭注に示したように、内閣本の本文はあきらかな誤写の例も多いのだが、補注3、補注12に述べたように、内閣本の本文のほうが、原初的なかたちを残していると考えられる箇所もある。

補注2　「可入」以下の部分は、袋草紙（一四頁）の「有㆓秀歌一首㆒、次歌一両可㆑入㆑之。故実也」にほぼ一致する。また、「其外事不注之」の「其外事」が、袋草紙、撰集故実（一四頁）の撰歌、排列等について述べている部分をさすと思われ、この箇所については、内閣本のほうが、国会本よりも、袋草紙の本文に即して記述していると言える。また国会本には「無詮事也」と、項目2に引く袋草紙の清輔説を批判する箇所があるが、内閣本には無い。

補注3　「四千三百十三首」「長歌二百五十九首」は、それぞれ袋草紙（一五頁）の記述に一致する。内閣本でも、この項目の前に、「集歌員」という見出しがついているが、「万葉」以外の歌数は書かれていない。

一方の国会本では、袋草紙とは異なる歌数を記している（研究編項目4参照）。万葉集以外の歌集の歌数も含めて、袋草紙の説をそのまま書き写すのではなく、みづからの調査にもとづいた、八雲御抄独自の説を記しているのである。

このようにみると、内閣本の、項目2と項目4については、袋草紙の説を無批判に書き抜いていることから、順徳院が調査研究をすすめる前の、執筆の初期の段階の本文をとどめていると考えられる。

補注4　「撰者不入」は、後撰集の撰者である、梨壺の五人が詠んだ歌が、後撰集には入集していないことをいう。

補注5　身分などからみても、公任のうえに長能の名を記すのは明らかに誤りであるが、和歌色葉（一二四頁）のように、拾遺集の撰者の一人を長能とする説もある。

補注6　教長が宣下状を伝えたのは詞花集の撰集時なので、「教長」のうえに「詞花事」という語を補う必要がある。

補注7　古今集の撰者たちの歌が、古今集に入集していることをいう。

補注8　袋草紙（一五頁）の「或人云、古今には題不知読人不知。後撰には題不知読人も、拾遺には題読人不知、如此書云々」に一致する。内閣本では、次に項目54「後撰題不知読人も」があり記述が重複していることから、もとは項目52「題不知読人不知とも書」の注であったEが、本文化したと考えられる。

補注9　金葉集初度本は、古今集以降の歌人の和歌を入れ（研究編項目59参照）、貫之の歌を巻一、巻頭歌にしているが、白河院の院宣により、これを改めさせられている。今鏡、武蔵野の草は「貫之もめでたしと云ひながら、三代集にももれきてあまり古たり」などと院の言葉を伝えている。内閣本の「其時過法多」は、二度本について述べていると思われるが、当代の歌人の歌が多すぎることをいうか。

内閣本のFの内容のうち、初度本の巻一、巻頭歌の作者が貫之で、二度本の巻一、巻頭歌の作者が顕季であることは、重要な事実であると思われるのだが、国会本にはこのことが述べられていない。ここから、内閣本にあるFの部分は、国会本が成立する際には参考にされていないと言い得るのではなかろうか。

補注10　項目76「読人不知」について、国会本は袋草紙（一五頁）によって「三様」としているが、内閣本は「真実不知作者歌」を欠いて「二様」としている。

補注11　古今集、後撰集、拾遺集の範囲では、拾遺集の一例をのぞけば、巻頭歌の作者はいずれも、優れた歌人か、公卿や大臣の歌、または、女性歌人の歌や詠人不知の歌であるという意か。

補注12　優れた歌人でもなく、公卿や大臣でもない男性歌人の歌が巻頭に入った例は無いという記述は、その直前に、優れた歌人でもなく、公卿や大臣でもない人の歌が巻頭に入っている例として三例があげられていることとと矛盾する。さらに、末尾に「能々可思遍也」とあることから、Hについても、順徳院が調査研究する前の、執筆の初期の段階の本文が残っていると考えられる。

補注13　内閣本「実頼をは一条摂政…」は、国会本の「小野宮…伊尹」の部分が脱落したのであろう。

補注14　「法性寺前太政大臣」は項目115の「法性寺入道前太政大臣」を再度誤って書いてしまったと思われる。

補注15　「先例は…」は国会本の項目118の記述に関わるか。以前は「前関白」という書き方はしないが、近代は「関白」とは書かず「太政大臣」と書くことがある、ということか。

補注16　「東三条左大臣」と漢字で書かれているのは、古今集筋切本である。『新編国歌大観』（底本は伊達本）では「東三条の左のおほいまうちぎみ」（春上・三六）とある。東三条左大臣とは源常である。

補注17　国会本は「前字入道或加或不加」と述べていたのに対して内閣本は前字少々也　非普通事」と、「前」と書かれるのは特別の場合であると述べている。詞花集以前では「前」の付く大臣は「西宮前左大臣」（後拾遺・羈旅・五二八　新古今・恋一・九九九）すなわち源高明と、「帥前内大臣」（後拾遺・羈旅・五二九　詞花・雑上・三〇八）すなわち藤原伊周の二人だけである。この二人はいずれも失脚して太宰権帥に左遷された大臣である。千載集には「久我前太政大臣」（春上・一八）、「大宮前のおほきおほいまうちぎみ」（春下・七九）、「入道前太政大臣」（離別・四九四）、「八条前太政大臣」（羈旅・五〇二）の例があり、新古今集には「前太政大臣」（夏・二〇）、「八条前太政大臣」（雑一・一四七九）の例がある。この中で入道前太政大臣と書かれる藤原師長は治承三年（一一七九）解任されて、千載集編集当時まだ健在である。また、前太政大臣すなわち藤原頼実は元久元年（一二〇四）に辞して、新古今集編集時にやはり健在である。内閣本は特別な人物について、例外的に「前」を付けると指摘している。

補注18　「源忠明」は見当たらない。拾遺集に「源景明」（秋・一七四）とあるのが、堀河本、多久市立図書館本、天理図書館甲本では「源高明」となっており、あるいはこのいずれかの誤写かとも思われる。源高明とは前項であげた西宮前左大臣である。ここでは堀河本拾遺集などには「藤原永平」と書かれる藤原永手とともに大臣であっても姓名だけしか書かれていない例としてあげられていると思われる。

補注19　「小野篁」は、古今集冬、三三五番に「小野たかむらの朝臣」とある。小野篁は参議従三位であった。

補注20　「以上故人也」と、内閣本は後撰集の用例について故人と現存の書き方の違いを指摘する。国会本は項目135の拾遺集の例について、故人と現存の区別はないと述べている。それに対して内閣本は、故人は姓名に朝臣、あるいは官名と名前を書き、現存の人物については官名、名前に朝臣をつける書き方があるという。

補注21　は拾遺集哀傷、一二八五番に「大弐国章」とある。国会本では藤原国章を「藤の」「蔵人藤」とも書くとあるが、内閣本では更にまた別の例があげられている。

補注22　「大伴家持」も拾遺集の書き方の特徴を示す具体例である。拾遺集は権中納言である大伴家持について、春、一一番に「大伴家持」と、姓名しか書いていない。また、「平随時」は見当たらない。拾遺集恋二、七二〇番に「平行時」とあり、「随時」は「行時」の誤写かとも思われる。しかし「勅撰作者部類」には、平行時は五位とあり、公卿ではなかったらしい。なお「公卿補任」によれば天暦年間に参議として平随時という人物がおり、あるいは混同したかとも思われる。

補注23　「三品も有官…」は「三品」とのみ書かれる親王も官職についている場合があるということであろうが、用例が見当たらない。新古今集巻恋二、一一六九番に「太宰帥敦道親王」とあり、三品敦道親王について官名を記している例はある。また新古今集恋三、一一二九番に「正三位経家」とある。藤原経家は宮内卿などを経て正三位に叙せられた後、新古今集編纂当時は出家している。

補注24　国会本は項目150「拾遺少々加官」と述べるのみで具体例を書いていない。内閣本は以下項目Uまで、官名が書かれているいくつかの例をあげている。拾遺集の堀河本、多久市立図書館本、天理図書館乙本に「文章博士藤原後生」とある。『新編国歌大観』では「藤原後生」(雑上・四七二)となっている。また、北野天満宮本拾遺集に「中納言源経房」とある。これも『新編国歌大観』では「源経房朝臣」(雑下・五三八)と書かれる。源経房は左近衛少将、蔵人頭を経て長和四年権中納言になった。

補注25　内閣本は拾遺集(堀河本なども同じ)が春・二四番「大中臣よしのぶ」と、正四位下で伊勢神宮祭主であった能宣に「朝臣」を付けていないことに対して、疑問を呈している。拾遺集の後は「大中臣能宣朝臣」(後拾遺・春上・五　詞花・春・三六　新古今・夏・一九六)といずれも「朝臣」と書かれている。

補注26　内閣本はさらに後拾遺集秋下、三五〇番に「藤原義忠朝臣」とあることを取り上げる。藤原義忠は長暦三年に没した後、参議従三位を追贈された。没後に三位になった義忠が「朝臣」と書かれるのに、能宣に書かないのはおかしいということであろう。

補注27　拾遺集堀河本、天理図書館乙本では、哀傷、一三四〇番に「左近少将藤原実方」とあり、恋一、六七〇番は「藤原実方朝臣」とある。このように拾遺集では、作者の書き方が不統一である場合があることを指摘している。

補注28　古今集春上、一番、秋上、一九五番、二〇六番などに「在原元方」とある。

補注29　内閣本では「蔵人仲文」は、五位で官名が記されている例としてあげられている。

補注30　堀河本、多久市立図書館本、天理図書館乙本、北野天満宮本に「右兵衛佐藤原信賢」とある。『新編国歌大観』では「藤原のぶかた」（賀・二六九）とある。内閣本には拾遺集の具体例があげられている。

補注31　後拾遺集春上、二七番などに「賀茂成助」とある。また津守国遠の例は見当たらず、津守国基の誤りと思われる。後拾遺集春上、七一番、冬、四〇九番などに「津守国基」とある。賀茂成助は賀茂神社神主、津守国基は住吉神社神主でいずれも従五位下に叙せられた。
また、内閣本は「近日社寺…」と、社司については四位であっても「朝臣」をつけないという。千載集夏・一五〇番新古今集雑中、一六六九番に「賀茂重保」とある。賀茂重保は賀茂神社神主で従四位下であったが、姓名しか書かれていない。

補注32　内閣本に「神主前大膳」とあるのは未詳。国会本には「大膳武忠」とあり、脱落や誤りがあると思われる。

補注33　内閣本は「或少僧都　大僧都」とも書かれると述べるが用例は見当たらない。

補注34　「千載快修…」は千載集釈教、一二一四番に「大僧正快修」とある。

補注35　「女房」の部分は、国会本、幽斎本、書陵部本では「内親王」「后」「女御」など、さらに小さい見出しごとに改行して書かれている。それに対して内閣本では改行せずに書かれており、国会本などに比べて記述の量も少なく、誤写も目立つ。ここでは他の三本と同様に小見出しごとに改行して翻刻した。

補注36　「中務内侍」は見当たらない。後撰集恋五、九五六番に「中将内侍」の例はある。

補注37　国会本には「母女」の小見出しがあるが、内閣本には「母女」の語がない。

補注38　「顕房」とあるのは意味不明である。「顕忠朝臣母」とあったものの誤写か。

補注39　「詞花尻とかけり」とあるのは未詳である。「尻」は誤写と思われる。

巻第二　作法部　内閣文庫本独自部分

（＊十五　殊歌合）

一　殊歌合（近代不入之）

（＊十五）殊歌合、（＊十六）物合次歌合は内閣本のみにある独自部分である。

すでに内閣本は、歌合を「内裏歌合」「執柄家歌合」「所々歌合」の三項目に分類していたが、さらに（＊十五）殊歌合で近代の例を除いた特筆すべき歌合を、（＊十六）物合次歌合で物合に付随して行われた歌合をそれぞれ列挙している。挙例の多くが袋草紙と重なっており、袋草紙を参考にしながら構成したことは明らかであるが、袋草紙以外にも十巻本歌合総目録、和歌合抄目録、二十巻本類聚歌合目録などの先行歌合目録や、歌合記録を参考にしている。

ところで、この内閣本の独自部分の構成は、歌合を「一　殊歌合」「一　物合次歌合」「臣家歌合」の三つの大きな項目に分類し、主催者別にそれぞれの特筆すべき歌合を列挙するというものであるが、「臣家歌合」の部分だけには一つ書きがない。その意味でも「臣家歌合」はもともと「殊歌合」「物合次歌合」と同列に扱うことには疑問のある部分である。また、底本が、「殊歌合」の中の「内裏」「内々儀」「院」などの項目と同様に単に「臣家」という項目を立てるのではなく、歌合という語を加えて「臣家歌合」としている点や、さらに「臣家歌合」の項目の中に並列的に下位分類されるべき「摂関家」「大臣家」「公卿家」「四品以下」の四項目のうち、「摂関家」を除いた三つの項目がいずれも「臣家歌合」と同じ位置から書き始められていて、「摂関家」のように一字下げられていない点などに底本の書式面における不統一さが残るものの、むしろ内容的に見て、「臣家歌合」に相当する（＊十六）物合次歌合の項目20〜40の部分は、（＊十五）殊歌合に含まれるべきものではなかったかと考えられる。すなわち、「臣家歌合」にあたる約二丁分は（＊十五）殊歌合末尾の項目24に続く部分に相当し、本来、（＊十六）物合次歌合の直前に位置していたものであったが、親本以前の段階で綴じ誤られた結果、錯簡が生じた可能性が高い。

1内裏

項目2〜6は禁中で盛儀として開催された天皇主催の内裏歌合の例。項目2〜5は、袋草紙「歌合判者講読師幷題者或撰者清書人等」の項（九七頁）にこの順序であげられている。また、項目6も袋草紙「古今歌合難」の項（一三四頁）にある。

2天徳四年三月三十日　二十番　左勝〔左　禄鶴含齡冬　右……〕

村上天皇主催の内裏歌合で、袋草紙（九七頁）に「〔左勝　二十番〕天徳四年歌合……左歌、銀鶴含㆓款冬一枚㆒以㆓黄金㆒作㆓八重葩㆒、……右歌、以㆓色紙㆒書㆓小字㆒」とある。内閣本の記述は「禄鶴含齢冬」という注記部分に誤写があると考えられるものの、袋草紙の抜粋部分とほぼ一致している。袋草紙をさらに簡潔に要約したのであろう。

また、十巻本歌合総目録巻二に「内裏歌合〔天徳四年〕」、和歌合抄目録巻一に「同（村上）御時歌合〔二十番……天徳四年三月三十日〕」とあるほか、西宮記巻八にも、殿上日記とほぼ同文の詳細な記録がある。（一）内裏歌合の項目1参照。

3 **寛和二年三月九日　二十番　左勝**

袋草紙（九七頁）に「寛和二年歌合〔左勝二十番〕」とあるが、開催月日については記さない。

十巻本歌合総目録巻三には「内裏歌合〔寛和二年〕」とあり、開催月日についてはふれないが、和歌合抄目録巻一に「同（華山院）御時歌合〔二十番　寛和二年六月十日〕」、また、二十巻本類聚歌合目録巻二に「同（華山院）御時歌合〔寛和二年六月九日〕」とある。

内閣本が開催日を三月九日とするのは誤りであろう。（六）出題の項目13では開催日を六月九日としている。（一）内裏歌合の項目4参照。

4 **永承四年十一月九日　十五番　持**

「永承」の右上に「後冷」と朱書きがある。

後冷泉天皇主催の内裏歌合で、袋草紙（九六頁）に「〔十五番〕永承四年歌合〔十一月九日　左右持〕」とある。（一）内裏歌合の項目1参照。

5 **承暦二年四月二十八日　十五番　勝　左方製書歌総楽具風流也**

白河天皇主催の内裏歌合で、袋草紙（九九頁）に「〔十五番〕承暦二年歌合〔左勝〕……左歌以二方磬一為二文台一、以二鏡十六枚一為レ磬。其面以二金泥一書二和歌一云々。右歌巻物三巻、各随二題目一図二其趣一、書二和歌一、納二銀透筥一云々」とある。内閣本の左方に関する記述は、袋草紙を踏まえ、清書と文台などの調度品に楽器や舞楽を調和させた左方の総合的な風流を指摘したものであろう。

『平安朝歌合大成』第二巻に別本の記録切として所収されている殿上日記の承暦二年四月二十八日条の記事にも、左方の文台洲浜、員刺具、灯台の風流に関する詳細な記録がある。

和歌合抄目録巻一に「同（当院）御時歌合〔十五番……承暦二年四月二十八日〕」、二十巻本類聚歌合目録巻二に「同（院）御時歌合〔承暦二年四月二十八日〕」とある。（一）内裏歌合の項目1参照。

6 **同五月六日　右方製番歌合　十五番　已上禁中歌合殊儀也**

承暦二年（一〇七八）の内裏後番歌合のことと見られ、『日本歌学大系』別巻三所収の志香須賀文庫蔵本（御稿本）に「同五月六日、右方後番歌合、十五番」とあるので、内閣本の「右方製番歌合」は誤写によるもので、「右方後番歌合」と校訂されるべきであることがわかる。また、八雲御抄が開催月日をいずれも「五月六日」とするのは誤りであろう。

袋草紙（一三四頁）に「承暦後番歌合」の難に関する記述があるが、開催月日についてはふれていない。

この歌合は、前項にあげた白河天皇主催承暦二年（一〇七八）四月二十八日の歌合における判者源顕房の左方を勝ちとする判定を不服とした右方を中心に、歌合二日後の四月三十日に再度同題の十五番で白河天皇勅判のもとに催されたもので、仮名日記に「右のかぎりをあはせて、御判にせさせたまふ」とある。

7内々儀

項目8〜11は天皇が主催した内々の密儀の歌合の例。ただし袋草紙（九七頁）は「歌合判者講読師幷題者或撰者清書人等（但密儀幷次々所レ不レ載レ之）」とあるように、原則として密儀の歌合はあげない方針であった。したがって、内閣本は歌合目録などを参考にしてこの項目を構成したものと考えられる。

8応和二年五月四日　庚申夜　九番

十巻本歌合総目録巻二に「内裏歌合（庚申　応和二年）」、和歌合抄目録巻一に「同（村上）御時歌合（九番……応和二年五月四日）」とあり、応和二年内裏歌合と称されているが、本歌合所載の御記に「応和二年五月四日庚申、今夜内蔵寮設庚申具、亥刻召侍臣於前打攤、及丑刻奏絃歌、暁更男女房献倭歌」とあるように、庚申夜に催された当座の小規模な歌合であったことがわかる。

袋草紙の「古今歌合難」の項（一三〇頁）には「応和二年内裏歌合（五月四日）」とある。

9寛和元年八月　六番

和歌合抄目録巻一に「華山院御時歌合（六番……寛和元年八月十日）」、二十巻本類聚歌合目録巻二に「華山院御時歌合（寛和元年八月十日）」とある。また十巻本歌合総目録巻三にも「内裏歌合（寛和元年八月）」とあり、寛和元年内裏歌合とされている歌合であるが、仮名日記に「寛和元年八月十日、殿上にはかにいでさせおはしまして、さぶらふ人人をとりわかせたまひて、歌合せさせたまひける」とあるように、即興で行われた内々の歌合である。

10永承六年　六番

二十巻本類聚歌合目録巻二に「同（後冷泉院）御時歌合（永承六年）」とある。番数については記さないが、「鶯」以下六題をあげている。

11承保三年九月　七番

和歌合抄目録巻一に「当院御時歌合（七番……承保二年）」、また、二十巻本類聚歌合目録巻二にも「院御時歌合（承保二年九月日　殿上）」とある白河天皇主催の歌合で、承保二年殿上歌合と称されている。いずれの歌合目録も開催年次を承保二年（一〇七五）としており、内閣本と異なっているが、歌合本文の標題には「承保三年九月日殿上歌合」とあって、内閣本の開催年次と一致している。

12院

項目13、14は院、女院が主催した歌合の例。

13延喜十三年　歌　三十番　霞歌（付梅）　郭公歌（付橘）……

亭子院歌合のことで、袋草紙（九九頁）に「延喜十三年亭子院歌合……〔頭注、霞歌付㆓梅花㆒、郭公歌付㆑橘、自余歌造㆓鵜舟㆒入㆑篝令㆑持㆓云々〕」とある。ただし、番数についての記述はない。仮名日記にも詳細な記録があり、趣向を凝らした文台の洲浜に和歌をつけて提出されたさまがうかがわれる。

この歌合は、春二十番（二月、三月各十番）、夏五番、恋十番の計七十首で構成されているが、恋十番のうち「ひだりもみぎもこれはあはせずなりぬ」と記された末尾の五番は披講されなかったため、実際に勝負が行われたのは三十番であった。

14 **嘉応　于法住寺殿上歌合**

「于」をミセケチにして、その左に「於」と朱書きされている。

嘉応二年（一一七〇）に建春門院平滋子が主催した建春門院北面歌合のことで、歌合本文の標題に「法住寺殿歌合〔嘉応二年　十月十六日　卿相侍臣等合之〕」とある。

玉葉の嘉応二年十月十三日条に「或云、明日於建春門院可有和歌会云々」、同十九日条に「参建春門院、余参入以前有和歌会云々、去十四日延引云々」とある。

15 **后宮**

次項は后宮主催の歌合の例。袋草紙が「歌合判者講読師幷題者或撰者清書人等」の項（一〇〇頁）で后宮主催の歌合として唯一あげているものである。

16 **天喜四年　皇后宮歌合　十番　左勝〔左　禄舟盛歌〕**

「禄舟」は「銀舟」の誤りである。

天喜四年（一〇五六）の皇后宮春秋歌合のことで、内閣本の記述は袋草紙（一〇〇頁）に「〔宇治殿女寛子　十番〕皇后宮春秋歌合〔天喜四年左勝　四条宮〕……左銀舟盛㆓和歌葉子十帖㆒。男女画工図㆓歌意㆒」とある部分によっている。

『平安朝歌合大成』第二巻所収の漢文日記にも、左方の和歌に風流についての詳細な記録があるが、「〔其前銀船二隻相並、上有透銀之屋形、其中置和歌葉紙十帖、画叶題目之春絵〕」という記述は内閣本とは異なっている。

十巻本歌合総目録巻五、和歌合抄目録巻三、二十巻本類聚歌合目録巻五にもあるが、和歌の風流については記していない。（二一）執柄家歌合の項目32参照。

17 **親王**

項目18〜20は親王、内親王主催の歌合の例。項目18、20は、袋草紙「歌合判者講読師幷題者或撰者清書人等」の項（一〇一頁）に並んで配列されている歌合である。

18 **天禄三年之野宮歌合　十番〔左勝〕**

女四宮歌合のことで、袋草紙（一〇一頁）に「〔村上皇女規子　十番〕野宮歌合〔天禄三年九月二十八日　左勝員八番〕」とある。

十巻本歌合総目録巻七、和歌合抄目録巻六、二十巻本類聚歌合目録巻八にもあるが、いずれも歌合の番数についての記述はないので、内閣本は袋草紙の記述によったか。

19 **延喜　是貞親王家歌合**

二十巻本類聚歌合目録巻十に「〔是貞〕仁和二宮歌合〕」、和歌合抄目録巻五にも「〔是貞〕仁和第二親王家歌合〔……光孝天皇第二

親王〕」とあるが、内閣本がこの歌合の開催を延喜年間とする根拠は不明である。

20永承五年六月五日　祐子内親王歌合

袋草紙（一〇二頁）に「〔後朱雀院皇女〕祐子内親王歌合〔永承五年六月五日〕」とある記述によるか。

十巻本歌合総目録巻五に「宮歌合〔永承五年〕」、和歌合抄目録巻五には「〔祐子　号高倉一宮〕後朱雀院一宮歌合〔永承五年六月五日　後朱雀院女〕」とある。

21女御更衣

項目22〜24は御息所、女御主催の歌合の例。袋草紙は「歌合判者講読師并題者或撰者清書人等」の項（一〇三頁）に、女御、御息所主催の代表的な歌合として、項目23、24、22の順に列挙している。

22延木二十一年　京極御息所　二十二番〔持〕

「延木」は「延喜」のこと。

袋草紙（一〇三頁）に「〔時平公女〕京極御息所歌合〔延喜二十一年三月、……二十二番、左右持歟〕」とある記述によるか。

十巻本歌合総目録巻六に「京極御息所歌合〔延喜二十一年〕」とあり、和歌合抄目録巻四にも「〔褒子〕京極御息所歌合〔二十二番……延喜二十一年三月七日　亭子院御息所　左大臣時平女〕」とあるが、歌合の勝負付についての記述はない。

23天暦九年　麗景殿女御徽子歌合　十二番〔左勝〕

「天暦九年」は「天暦十年」の誤りで、天暦十年（九五六）に催された麗景殿女御歌合のことをさすのであろう。

袋草紙に「〔重明親王女斎宮女御歟〕麗景殿女御歌合〔十二番左勝〕」（一〇三頁）、「同（斎宮）女御天暦十年歌合〔号二麗景殿女御歌合一〕」（三六・一二三頁）とある。麗景殿女御を斎宮女御徽子女王のこととする内閣本の説は袋草紙によっている。

ちなみに、和歌合抄目録巻四には「〔徽子歟〕承香殿女御歌合〔十二番　題十二首　天暦十年二月二十九日　村上女御　斎宮女御是歟　式部卿重明親王一女〕」とある。

24長久二年　弘徽殿御歌合　十番〔左勝〕

「弘徽殿御」は「弘徽殿女御」の誤りである。

袋草紙（一〇三頁）に「〔閑院太政大臣女　十番〕弘徽殿女御歌合〔長久二年　右勝〕」とある。勝負付の記録が内閣本と異なっているが、袋草紙の「右勝」が正しいことが歌合記録によって確認できる。

なお、袋草紙は弘徽殿女御を閑院太政大臣（公季）女（義子）とするが、和歌合抄目録巻四では「〔生子〕弘徽殿女御歌合〔……長久二年二月十二日　後朱雀院女御　関白教通公一女〕」と、関白教通女生子をあてる。

（＊十六　物合次歌合）

一　物合次歌合

物合に次いで、物合に付随した形で行われた歌合を列挙する。ただし内閣本は、主体が物合にあり、和歌は物合に添えられただけで実際には披講、判が行われなかったケースも、物合と歌合の両方が勝負として実際に行われたケースも、いずれも一括して扱っている。

1内裏

項目2～8は内裏で行われた天皇主催の物合の例。これらのうち、唯一袋草紙に記載されている項目8を除いた項目2～7は、掲出順序、記述内容において、おおむね先行の歌合目録によっている。ただし、二十巻本類聚歌合目録は項目7を、和歌合抄目録は項目4を、十巻本歌合総目録は項目4、7を、それぞれあげていない。

2寛平　菊合　十番〔無勝負〕

和歌合抄目録巻一に「寛平御時歌合〔十番　題菊〕」とあり、また、二十巻本類聚歌合目録巻一に「寛平御時菊合　題〔菊　名所左右不読合〕」とある記述による。この歌合は菊合が主体の物合であったため、十番の菊合の菊花に添えて提出された二十首の和歌は、披講されることなく、勝負の対象ともならなかった。

3延木十三年十月十三日〔辛巳〕　菊合　七番〔無勝負〕

「延木」は「延喜」のこと。

延喜十三年内裏菊合の冒頭所載の御記に「延喜十三年十月十三日辛巳、此日仰殿上侍臣、令献菊花各一本分一二番相角勝劣」とあり、歌合本文には左右七番計十四首の和歌をあげている。二十巻本類聚歌合目録巻一には「醍醐御時菊合〔延喜十三年……〕題〔菊　無勝負〕」とある。内閣本はこれらの記述によったか。

4同御宇又菊合〔無勝負　十六年歟〕

二十巻本類聚歌合目録巻一に、前項の延喜十三年（九一三）の「醍醐御時菊合」に続き、「同（醍醐）御時菊合　題〔菊　無勝負〕」とある醍醐御時菊合のことか。

ただし、内閣本がこの菊合の開催を延喜十六年と推定する根拠は不明である。

5天暦七年十月二十八日　菊合　一番

二十巻本類聚歌合目録巻一に「村上御時菊合〔天暦七年十月二十八日……〕題〔菊〕」、和歌合抄目録巻一に「村上御時歌合〔一番　題菊〕」とある記述によっている。

なお、この行事の様子は九条殿記に詳しい。

6同九年二月　紅葉合　二番〔無勝負〕

二十巻本類聚歌合目録巻一に「同（村上）御時歌合〔天暦九年閏九月……〕題〔紅葉〕」、和歌合抄目録巻一に「同（村上）御時歌合〔二番　題紅葉　天暦九年〕」とある天暦九年内裏歌合をさすものと見られ、内閣本が開催を「二月」とするのは誤りであろう。また、歌合本文には勝負の判も記録されており、「無勝負」も誤りである。

7康保三年八月十五日　前栽合〔無別勝負〕

和歌合抄目録巻一に「〔可尋〕同（村上）御時歌合〔題前栽合　康保三年閏八月十五日〕」とある記述によっている。

なお、この前栽合についての記述は、西宮記巻八、栄花物語（月の宴）にもある。

8 永承六年　根合　五番〔持〕　左　洲浜松鶴　右　立大鼓面……

後冷泉天皇主催の内裏根合のことで、袋草紙（九八頁）に「〔五番……左右持〕同（永承）六年根合……左方洲浜立二松鶴一、右立二八足机一脚一。其上置二和歌一巻一五首書二此一巻一。右、立二大鼓一面一、其前立二胡蝶舞童六人一。其翼書二和歌一云々」とある。

根合当日の模様は殿上日記にも詳しいが、殿上日記が「左方已勝」とするのに対して内閣本は「左右持」としていることからも、内閣本が袋草紙によって記述したことがわかる。

十巻本歌合総目録巻三、和歌合抄目録巻一、二十巻本類聚歌合目録巻二にもある。

9 院

項目10〜12は女院主催の物合の例。配列、内容ともに袋草紙と一致する。

10 長元五年　上東門院菊合　十番

袋草紙（九九頁）に「〔御堂女〕上東門院菊合〔十番　長元五年十月〕」とある。また、十巻本歌合総目録巻五に「女院歌合〔菊合　長元五年〕」とある。

11 寛治七年　郁芳門根合　十番〔持〕　左　鏡筥歌書□紙　右……

「□」の判読不明の文字は朱でミセケチにされ、「紙」字の下に「色」と朱書きされている。

袋草紙に「〔白河院皇女〕郁芳門院根合〔寛治七年左右持　十番〕……左以二沈作一鏡筥一以レ懸レ枕為二和歌料紙一。続二色々紙一以二水精一為二籍軸一」（九九頁）、「次立二右文台幷員刺具等一。……郁芳門根合、江記云、……右方五節儀也。其童宿装束也」（九三頁）とある。

内閣本の記述は、左方の文台の風流と和歌の提出方法、さらに、右方の童女による文台の舁き出しの風流について箇条書き的に説明したもので、袋草紙の記述によったものと考えられる。

郁芳門院は白河天皇第一皇女媞子内親王のことで、この根合の行事次第の詳細な記録は、大日本史料第三編之二の進献記録抄纂所収の中右記の逸文、寛治七年五月五日条にもある。

12 嘉保二年　同院前栽合　十番〔右勝〕

袋草紙（一〇〇頁）に、前項の「郁芳門院根合」に続いて「〔十番〕同（郁芳門）院前栽合〔嘉保二年　右勝〕」とある記述によっている。

和歌合抄目録巻二はこの歌合を「鳥羽院歌合」として上皇宮主催の歌合に分類しているが、「可入女院分」という注記がある。なお、中右記の嘉保二年八月二十八日条にも詳細な記録がある。

13 后

次項は后主催の物合の例。

14 寛治三年　四条宮藤合　十二番〔右勝〕

四条宮扇歌合のことか。

「四条宮藤合」とあるが、寛治三年（一〇八九）四月一日、四条宮寛子（後冷泉天皇皇后）が宇治泉殿において音楽の催しに臨御したことは確認できるものの（中右記・後二条師通記の同日条）、藤合のことは不明である。

ところで、寛子は同年宇治泉殿において歌合を催している。後二条師通記の寛治三年八月二十三日条に「泉殿和歌合」という朱書きに続き、「有歌合事云々、左講師権弁基綱朝臣、右四位侍従宗忠朝臣、判者民部卿、泉殿例也、謂之宇治殿云々」とあるのがそれであるが、ただしこの歌合は、中右記の同日条に「大后於宇治有女房扇合、基綱朝臣・予為講師」とあるように扇合であった。内閣本の「四条宮藤合」は「四条宮扇合」の誤りかと思われる。ちなみにこの扇合は、袋草紙（一〇二頁）に「〔十五番〕同（皇后〔宇治殿女寛子〕）宮扇合〔寛治三年　右勝〕」とあるもので、「右勝」は内閣本と一致するが、「十五番」とあるのは不審である。二十巻本類聚歌合目録巻五には「同（皇后）宮扇合〔寛治三年八月二十三日於宇治被行之〕題〔月　霧　萩　鹿　紅葉　雁〕」とあり、六題十二番で、内閣本の番数と一致する。また、和歌合抄目録巻三にも「〔同（寛子）〕同（四条）宮歌合〔扇合　寛治三年八月二十二日於宇治被行〕」とある。

15 **親王**

項目16、17は内親王主催の物合の例。

16 **〔正子内親王造紙合〕**

前麗景殿女御歌合とも称され、内閣本の「正子内親王造紙合」という呼称は、袋草紙（一〇三頁）の「〔後朱雀院皇女〕正子内親王造紙合〔三番〕」という記述によったものである。

十巻本歌合総目録巻七には「麗景殿女御歌合〔絵合　永承五年〕」とある。また和歌合抄目録巻四にも「〔延子〕麗景殿女御歌合〔題絵合……永承五年四月二十六日　後朱雀院女御　右大臣頼宗公二女〕」とあって、これを女御家（付御息所）主催の歌合に分類している。歌合目録の分類は、歌合が行われた永承五年（一〇五〇）、正子内親王は幼少であり、実質的な主催者は内親王の母、麗景殿女御藤原延子であったことによる分類であろう。

17 **〔祐子内親王物語合〕**

「祐子内親王」は「禖子内親王」の誤りであろう。

和歌合抄目録巻五には（＊十五）殊歌合の項目20であげたものを含め、計四度にわたる祐子内親王主催の歌合が「後朱雀院一宮歌合」という名称であげられているが、いずれも物語合ではない。同目録で物語合と目されるものは、巻六の斎宮斎院主催の歌合に分類されている「同（前斎）院歌合」である。前斎院は六条斎院とも呼ばれた、後朱雀天皇第四皇女禖子内親王のことである。

一方、二十巻本類聚歌合目録の現存部分からも、内閣本のいう「祐子内親王物語合」を確認することはできないが、前述した禖子内親王主催の物語合は、「六条斎院歌合」として巻八の斎宮（付斎院）主催の歌合に分類されている。

このように歌合目録からは内閣本のいう祐子内親王主催の物語合を確認することはできない。内閣本は、いずれも後朱雀天皇皇女であった祐子内親王と禖子内親王を誤ったのであろう。

禖子内親王物語合は天喜三年（一〇五五）五月三日庚申の夜に六条斎院禖子内親王が催したもので、新作の物語十八編にちなんだ物語題の和歌を番えた九番からなる。

18 **大臣**

次項は大臣家主催の物合の例。

19 **頼忠家前栽合〔有序　非歌人歟　但有左右講師　歌合〕**

貞元二年（九七七）八月十六日に催された三条左大臣殿前栽歌合のことで、袋草紙（一〇三頁）に「三条太政大臣前栽合　無二判者一。講師、〔左、紀時文　右、平兼盛〕此和歌有レ序。常非二歌合儀一」とある。

なお、袋草紙に「三条太政大臣前栽合」とあるのは藤原頼忠の最終官位によるものであり、本前栽合が行われた時、頼忠は左大臣であった（公卿補任）。

本朝文粋巻十一所収の「左丞相花亭遊宴和歌序」は、「非歌人」の菅原文時がこの時奉った和歌序である。

20 **臣家歌合**

（＊十五）殊歌合において前述した如く、内閣本には本文の乱れがあり、この「臣家歌合」は、（＊十五）の「殊歌合」、（＊十六）の「物合次歌合」と並列的に立てられた項目ではないと考えられる。「臣家歌合」にあたる項目20〜40は、内容的に見て、本来（＊十五）殊歌合の末尾の項目24に続く部分に位置していたものと思われる。

21 **摂関家**

項目22〜25は摂関家主催の歌合の例。歌合目録が大臣家の歌合として一括分類しているものの中から摂関家の歌合だけを独立させて一項目とした。いずれも袋草紙にあるもので、内閣本の記述は袋草紙の記述に近い。

22 **長保五年　左大臣道長　七番〔右勝〕**

袋草紙（一〇三頁）に「〔法成寺〕御堂歌合〔長保五年七番、右勝歟〕」とある。

23 **長元八年　三十講次頼通　十番〔左勝〕　左　透筥扇十書歌……**

賀陽院水閣歌合とも称され、内閣本の記述は袋草紙（一〇三頁）に「〔宇治殿　十番〕三十講歌合〔長元八年五月十六日　左勝〕……左、扇十枚書二和歌一、納二銀透筥一。右、作二銀瞿麦一栽二櫃内一。銀蝶各書二和歌十首一云々」とある部分によっている。（二）執柄家歌合の項目1、13参照。

24 **寛弘八年八月　師実高陽院歌合　毎題七番　左女勝**

「寛弘八年」は「寛治八年」の誤りである。

高陽院七番歌合とも称され、袋草紙（一〇三頁）に「〔京極大殿女七番〕高陽院歌合〔左勝〕……女為レ左、男為レ右、相番合レ之」とあり、和歌合抄目録巻七にも「〔藤原師実〕前太政大臣家歌合〔……寛治八年八月十九日於高陽院合之〕」とある。内閣本の記述はこれらによったものであろう。（二）執柄家歌合の項目2、15、28、29参照。

25 **保安　法性寺関白　九月十二日**

保安二年（一一二一）に藤原忠通が催した関白内大臣歌合のことで、袋草紙（一五五頁）に「関白殿歌合〔保安二年九月十二日〕」、二十巻本類聚歌合目録巻十二に「同（内大臣）家歌合〔保安二年九月十二日〕」とある。

26**大臣家**

項目27、28は大臣家主催の歌合の例。

27**実資**

藤原実資は、永延二年（九八八）七月七日と七月二十七日の二度にわたって歌合を主催した。袋草紙（一〇八頁）は、後度歌合を「小野宮右大臣歌合」と呼称し、内閣本も同様にこの歌合を大臣家主催の歌合に分類している。歌合が行われた永延二年当時、実資は正四位下で蔵人頭であったので（公卿補任）、袋草紙や内閣本の分類は、最終官職（右大臣）によるものである。

なお、先行する歌合目録や歌合記録では、前度の歌合は、和歌合抄目録巻八に納言家（付参議　非参議家）主催の歌合として「蔵人頭家歌合〔永延二年七月七日〕」とあり、歌合本文の標題には「蔵人頭家歌合〔永延二年〕」とある。また、後度の歌合は、『平安朝歌合大成』第一巻所収の二十巻本歌合に「同朝臣家歌合〔永延二年七月二十七日〕」という標題がある。これらはいずれも、歌合開催時の実資の官位官職名を冠してこの歌合を呼称したものである。

28**忠通　二度〔元永二　又元永〕**

元永二年内大臣家歌合と元永元年十月二日内大臣家歌合の二度の歌合をさすか。

二十巻本類聚歌合目録巻十二には、合計十二度の藤原忠通主催「内大臣家歌合」があげられており、これらのうち、元永年間に開催されたことが確認できるものは、目録から元永元年（一一一八）に行われたことがわかるもの四度に加え、他系統の歌合本文によって元永二年（一一一九）に行われたことがわかるもの一度の計五度ある。これに対して、袋草紙は「〔今殿下〕内大臣家歌合〔元永二年七月日〕」（一四九頁）、「〔今殿下〕内大臣家歌合〔元永元年十月二日〕」（一五三頁）の二度の歌合しかあげていない。

内閣本は袋草紙によったため、忠通主催の数多くの歌合の中から二度の歌合のみをあげたのではないだろうか。とすれば、内閣本の「又元永」は「又元永元」と訂せられるべきであろう。

29**公卿家**

項目30〜33は公卿家主催の歌合の例。掲出の順序がいずれも袋草紙「古今歌合難」（一四三頁）と一致し、記述の内容も袋草紙によっていると考えられる。

30**国信〔寛和二　衆儀〕**

「寛和二」は「康和二」の誤りである。

康和二年（一一〇〇）に催された源宰相中将家和歌合のことで、袋草紙（一四三頁）に「国信卿歌合〔康和二年四月二十八日　衆議判〕」とある。

31**実行〔永久四〕**

六条宰相家歌合を指し、袋草紙（一四三頁）には「実行卿歌合〔永久四年二月四日……〕」とある。（二一）執柄家歌合の項目33参照。

32**俊忠〔長治元〕**

左近権中将俊忠朝臣家歌合のことで、袋草紙（一五三頁）に「俊忠朝臣歌合〔長治元年五月二十六日……〕」とある。

内閣本はこの歌合を公卿家主催の歌合に分類しているが、歌合が開催された長治元年（一一〇四）当時、藤原俊忠は正四位下で、参議に任じられたのは嘉承元年（一一〇六）であった（公卿補任）。

33 **師頼〔天仁二〕**

袋草紙（一五三頁）に「師頼卿歌合〔天仁二年冬……〕」とある。

34 **四品以下**

項目35〜39は四品以下の臣家主催の歌合の例。

35 **貞文**

左兵衛佐定文歌合を指し、十巻本歌合総目録巻十に「左兵衛佐定文朝臣歌合」とあるほか、和歌合抄目録巻九に「平定文宅歌合〔二十番　延喜五年二月二十九日〕」、「同（平定文）宅歌合〔十二番　延喜六年〕」とある。また、二十巻本類聚歌合目録巻十七には、延喜五年（九〇五）四月二十八日と同六年（九〇六）に行われた二度の「平定文家歌合」を士大夫家主催の歌合としてあげている。

36 **義忠〔自判　万寿二　於任国也〕**

東宮学士義忠歌合のことで、内閣本の記述は袋草紙（一二六頁）に「義忠朝臣歌合〔万寿二年五月五日於二任国一合レ之、自判レ之」とある記述によっている。

二十巻本類聚歌合仮目録巻十四には「東宮学士義忠家歌《ママ》〔万寿二年五月五日於阿波国有此事……〕」とある。

37 **公基〔康平六〕**

康平六年丹後守公基朝臣歌合のことで、袋草紙（一三九頁）に「公基朝臣歌合〔康平六年十月〕」とある。

38 **顕輔〔長承二〕**

「長承二」は「長承三」の誤りである。

中宮亮顕輔家歌合のことで、袋草紙（一五九頁）に「顕輔朝臣歌合〔長承三年九月十三日〕」とある。

39 **家成〔長承四　保安歟〕**

「保安」は「保延」の誤りか。

袋草紙（一六一頁）に「家成朝臣歌合〔長承四年〕……」とある記述によったものと考えられるが、内閣本の「保安歟」は不審である。長承四年（一一三五）は四月二十七日に改元されて保延元年になったので、夫木抄の詞書などから八月に催行されたことがわかる本歌合の開催年次は保延元年ということになる。

40 **以上有同評を注之　此外不可勝許**

「不可勝許」は「不可勝計」の誤りである。

以上、同類の評釈を種本として用いてこれを記した。この他にも歌合の実例は枚挙に暇がないという意か。

〔論考〕

国会図書館本と内閣文庫本の関係について

巻二は、国会図書館本、幽斎本、書陵部本の三本と内閣文庫本の間に著しい本文の相違がある。これについては、内閣文庫本頭注および補注でも触れたが、ここでは各章ごとに、主として国会図書館本と内閣文庫本の相違や関係について具体的に論述する。原則として、一章を複数の担当者で分担している場合は、同一の章についてはできるだけ見解の統一が取れるように努めつつ、各担当者がそれぞれ執筆するようにした。また、一担当者が連続した複数の章を担当している場合は、まとめて比較検討を行った。特に内閣文庫本だけにある（＊十五）殊歌合と（＊十八）物合次歌合は、（二）執柄家歌合にまとめて論述した。

（一　内裏歌合）

〈対照表〉

国会本

一　内裏歌合〔院宮可准之〕

ア　総論

1～5（天徳、永承、承暦の内裏歌合を範とする）

イ　歌合前日までに行われる事柄

6兼日定左右頭事

15同雑事定文事

17同祈禱事

21同被下題事

ウ　歌合当日の準備

22当日朝　男女有祓又反閇事

23同御装束事（会場の設営）

エ　歌合の進行

33剋限出御着御倚子

37次念人公卿依召着孫廂

40次奏

43次右方自殿上舁文台立弘廂

47次立左員判具於簀子……

48次舁左方文台……

49次立員判具於簀子

52次依召供灯〔風流也〕

55次左右参上

60次左右講師参　読師は依儀式参

61次有判

68次勝方念人公卿已下　於前庭拝

内閣本

一　内裏歌合事

ア　総論

1～5（天徳、永承、承暦の内裏歌合を範とする）

エ　歌合の進行

33先出御着御倚子

▼24～26→**23御装束**（会場の設営）

35天徳〔申時〕……（出御の時刻）

37次念人公卿依召着座孫廂

42承暦左大将取奏……

40次奏

43次右方自殿上舁文台立孫廂

47次立同員判具於簀子

48次左方文台舁

49次立同員判具

▼63于時院半巻御簾有見物→**61判**

52次依召供灯

a次員判進〔円座兼敷之……童也〕

▼64寛和歌合……→**61判**

55次左右参

60次左右講師参〔有読師……〕

61次有判

68次勝方念人公卿已下　於庭前拝

▼66左右念人読歌両三度…→**61判**

71次有御遊

国会本

71次有管絃

75次公卿禄

79次入御〔公卿平伏〕

80～82は勝負の結果

オ　その他の補足事項

83雑事

84天徳有勧盃肴物……

85公卿念人当日分之　或依次分之

86左右集会事

89勝方舞……

90禄は流例也〔有差〕

93女房破子流例也　破子也

内閣本

▼77天徳夏装束一装…→**75公卿禄**

79次入御

75次公卿禄

▼84抑天徳有勧盃……→**83雑事**

80、82、81は勝負の結果

▼78長元左大臣歌合…→**75公卿禄**

オ　その他の補足事項

イ　歌合前日までに行われる事柄

6兼日事

7～9→**6兼日定左右頭事**

6一　兼日定左右頭

21一　下題事

15一　雑事有定又

17一　祈禱願事

ウ　歌合当日の準備その他

22当日事

22一　方人男女有祓……

23一　御装束

▼86一　左右集会事→**83雑事**

85一　公卿念人当日或分之……

J一　装束（服装）

▼34上御引直衣御袴→**33出御**

▼38臣直衣或……→**37念人公卿**

K一　楽音声

▼57・58・59……→**55左右参上**

▼89一　或有勝負舞……→**83雑事**

▼84一　天徳御府子所…→**83雑事**

L寛治前関白歌合有賠……

▼93於女房中檜破子……→**83雑事**

90一　禄毎度事也　衣〔有著〕

▼63根合被半簾→**61判**

〈構成の違い〉

本文編の頭注にも指摘したように内閣本の本文には誤写と思われる箇所が多く存在する上に、重複する箇所や、他項目の記述が混入したと解される箇所（対照表に▼印で示した箇所）、記述の順序が乱れている箇所（たとえば項目42のあとに項目40がある）などがあるために、記述に一貫性がないように見える。しかし、これら問題となる部分を除外すると、内閣本の記述の輪郭が明らかになる。

対照表ではおもな項目のみをとりあげ、内容のまとまりごとに見出しを付した。総論にあたる部分（ア）は、字句に相違があるものの、国会本、内閣本ともに最初に位置するが、以後の記述順序に大きな相違がある。すなわち、国会本では、次に歌合前日までに準備すべき事項を「兼日」（イ）として示し、次に歌合当日の準備（ウ）をあげ、続いて歌合の進行（エ）を述べ、最後に「雑事」としてその他の補足事項（オ）をあげる。総論、歌合前日までの準備、歌合当日の準備および進行、その他の四部構成と見ることもできる。これに対して内閣本では、歌合の進行（エ）を先にあげ、次にその他の補足事項（オ）を一つ書きであげていて、総論を含めた全体としては三部構成と見ることができる。さらに一つ書きされている補足事項を述べた部分（オ）では、まず「兼日事」として歌合前日までの準備（イ）があげられ、続いて「当日事」として歌合当日の補足事項（ウ）が列挙されている。

構成面から見ると、国会本では歌合開催に向けた準備段階から終了までが記述の中心となっているのに対して、内閣本では歌合の進行が中心であり、国会本は内閣本より歌合開催への関心の高さが窺えるようである。また八雲御抄のこの章は先行歌学書の袋草紙（九〇頁）「和歌合次第〔内裏儀〕」に負うところが大きいが、袋草紙では兼日の準備段階で行われるべき事柄から始まり、当日の歌合開催に向けた準備および歌合の進行について、多くの実例を列挙しながら記述している。「兼日」から述べている点において、国会本の構成に近い面がある。

〈叙述内容の違い〉

① 国会本と内閣本で叙述の順序が異なる箇所

・内閣本は項目6「一　兼日定左右頭」、項目21「一　下題事」、項目15「一　雑事有定又」、項目17「一　祈禱願事」の順に記していて、袋草紙（九〇頁）の「兼日定二和歌題幷左右頭念人等一」、「次左右定二雑事一」、「次祈禱奉幣」、の順に近い。国会本では、項目21「同被下題事」は項目17「同祈禱事」の後になっている。

・内閣本は項目79「入御」、項目75「公卿禄」の順に記すが、国会本は「禄」「入御」の順である。これは天徳歌合が右方を先とし、禄は入御の前であることによる。しかし袋草紙を始め左方を先とするのが一般的であり、内閣本は項目D「左方可為先歟」と、右方を先にすることに疑問を呈し、項目45「永承左方先昇之歟」にも「歟」を付しているというように、天徳歌合を基準にすることに揺れがみられる。国会本はこの点については終始一貫して天徳歌合を基準にしている。

② 国会本と内閣本で扱いが異なる項目

・国会本では服装については出御および念人公卿の記述中に注記するのに対して、内閣本では「装束」の項を設けて一つ書きにする。袋草紙（九六頁）では「歌合日装束」の章を立てて亭子院歌合以下の例を列挙しているので、内閣本は国会本よりも袋草紙に近い。

・国会本は項目55「次左右参上」に参音声の例として、長元頼通歌合と郁芳門院根合の項目59「自舟参上　歌笛如例」をあげる。内閣本は参音声を「左右参上」から独立させて一つ書きにした「一　楽音声」にあげる。さらに船で直接御前にきたことに注目して項目86「一　左右集会事」にも長元頼通歌合の「直自家参乗舟進」をあげる。

・国会本は「天徳御厨子……」を項目84「天徳有勧盃肴物……」の注として記すが、内閣本はこれを一つ書きにする。

・項目98「女房檜破子」は、国会本では項目83「雑事」の最後に禄に準じて記すが、内閣本では袋草紙のままにあげる。

③ 内閣本には国会本よりも袋草紙の記述に近い箇所がある。

・国会本項目22「当日朝　男女有祓又反閇事」は、内閣本では項目22「一　方人男女有祓　当日反閇」となっていて、袋草紙の「次方人男女有二祓事一（当日有二反閇一）」に酷似している。

・内閣本が項目17「祈禱願事」として「于時○○　左賀茂競馬　右八幡競馬」とするのは、袋草紙（九六頁）が「次有二宿願事一。後日果レ之」としてあげる「根合時、左賀茂競馬、右八幡競馬云々」によっている。国会本では項目17「同祈禱事」の項に「郁芳門院根合五社奉幣……其度持也　左賀茂右八幡競馬」とあり、歌合前の祈禱と歌合後に行われる宿願成就のお礼参りを一括する。また内閣本が「祈禱」だけではなく「願」を付加するのは、袋草紙の二つの表記を合わせた形とも考えられる。

・国会本は項目61「次有判」で項目62「承暦有仰敷判者円座長元左大臣歌合敷之」と判者の円座の有無のみを記すが、内閣本はさらに「役蔵人敷之例也」、「堪能之人等依召重候云々」とある。これは袋草紙（九四頁）に「被レ仰下可レ敷二判者座一之由上。蔵人取二菅円座一枚一、置二御前間右柱下一。是新儀歟」、同「次臨二披講期一、撰二堪能者一両一、可二進参一之由仰レ之」とあるのによる。

・項目91「前駆取此」は、袋草紙（九六頁）に「祐子内親王歌合時、右大臣（大二条殿）内大臣（堀河殿判者也）。各被レ曳レ馬云々。（前駆者取レ之）」とあるのによる。

・項目84「天徳有勧盃肴物……」の「講以前也」「自余多有之於女房中檜破子毎度也」は、袋草紙（九六頁）に「次盃盤事、天徳歌合時、……又歌講以前賜二酒饌於方公卿一云々。永承幷承暦時此事不レ見。自余歌合皆有二此事一。女房中或檜破子云々」とあるのによる。なお「女房檜破子」の箇所は国会本にもあるが、雑事の最後「禄」の続きとしてあげており、内閣本は袋草紙のままである。

・項目71「御遊……天徳召人相交也」は、袋草紙（九六頁）の「次御遊事……天徳時地下召人相交由見二御記一」の用語に近い。

④ 国会本のほうが整理されている。

・「内裏歌合」としながらも亭子院歌合や郁芳門院根合などが引用さ

れていることについて内閣本は何も記さないが、国会本は「院宮可准之」と注記しているので、内裏歌合に準じた例として矛盾は無くなる。（ただし、国会本に例としてあげる長元三十講歌合は執柄家歌合なので、内裏歌合の例としては不適切であることに変わりない）。

・内閣本では「兼日事」として「天徳三月一日定　三十日合……承暦三月一日定　四月二十八日合」とあり、続いて「一　兼日定左右頭……永承　五位蔵人俊長執筆分事之」とある。「兼日定左右頭」以下は袋草紙によっているが、頭の決定した日は袋草紙に記載がないので、「兼日事」と「一　兼日定……」の重複現象は、袋草紙とそれ以外の資料を併記した結果と考えることができるのではないだろうか。国会本では項目6「兼日定左右頭事」に続いて「天徳三月一日　歌合晦日……」とあり、左右の頭の決定と決定した日も合わせ記していて、整理された形になっている。

・項目L「寛治前関白歌合有膳」は、高陽院七番歌合の仮名日記や中右記寛治八年八月十九日の条に見える。高陽院七番歌合は（二）執柄家歌合で取りあげているので、直接引いたかと思われるが、ここは内裏歌合についてのことであるので、あえて取りあげる必要はないといえる。

⑤　内閣本には書陵部本と一致する箇所がある。

・内閣本は項目8「承暦（永承の誤り）十月中旬　十一月九日合」とするが、国会本には「九日合」はなく、「九日」は書陵部本に一致する。

・内閣本の項目16「歌合左右雑事」は書陵部本に一致する。国会本では「歌合左方雑事」とする。

・項目a「次員判進（円座兼敷之殿上童也）」は書陵部本に一致し、袋草紙（九三頁）のあげる「永承四年殿上記云、……敷㆓所円座各一枚㆒為㆓員刺座㆒」に員刺の円座の記述がある。しかし内閣本では「供灯」の次に「次員判進」とあるが、袋草紙は次第としてはとりあげていない。

〈国会本と内閣本の関係〉

以上、国会本と内閣本の違いをあげてきたが、内閣本が先に存在し、整理されて国会本になったと考えるべきかと思う。まず袋草紙（九〇頁）の「和歌合次第（内裏儀）」から行事次第を抽出し、残る部分を取捨選択しつつ「兼日事」と「当日事」に二分して一つ書きとし、歌合資料などから集めた例も加えて列挙したのが内閣本であったと思われる。多くの項目を列挙している内閣本の一つ書き部分から、「兼日事」を行事次第の前に配し、「当日事」は歌合次第に関連する箇所にあげるという方法で整理され、再構成されたのが国会本であったと考えられるのである。

（吉田　薫・阪口和子）

（二　執柄家歌合）
（＊十五　殊歌合・＊十六　物合次歌合）

〈対照表〉

「執柄家歌合の構成」

国会本	内閣本
「歌合（臣下）」（冒頭目録）	「歌合」（冒頭目録）
（二）	（二）
一　執柄家歌合（大臣家可准之）	一　執柄家歌合
（雑事）	一　所々歌合
后宮	后宮
大臣已下家々	大臣家
諸社歌合	公卿已下
	諸社

「殊歌合・物合次歌合の構成」（内閣本独自部分）

（＊十五）
一　殊歌合
内裏
内々儀
院
后宮
親王
女御更衣

臣家歌合 摂関家 大臣家 公卿家 四品以下

（＊十六）
一　物合次歌合
内裏
院
后
親王
大臣

臣家歌合 摂関家 大臣家 公卿家 四品以下

※内閣本には錯簡があり、（＊十六）の点線枠で囲んだ約一丁分（内閣本の書式で表示）は、本来は（＊十五）末尾の実線枠で囲んだ部分にあったと考えられる。

「執柄家歌合の概要」

国会本	内閣本
（二）	（二）
一　執柄家歌合（大臣家可准之）	一　執柄家歌合
（長元・寛治歌合次第の説明）	（長元・寛治歌合次第の説明）
25雑事	（項目25は内閣本になし）
（長元・寛治歌合の「雑事」に該当するのは項目26〜30）	（長元・寛治歌合次第に続いて雑事を列挙）
31禁中仙洞執政家歌合　或大略如此	（項目31は内閣本になし）
（内裏歌合・執柄家歌合の総括）	

国会本

（項目Aは国会本になし）
32后宮　四条宮春秋歌合為本
（四条宮春秋歌合の例）
33大臣已下家々　多略儀也　永久　実行……近日不及此式歟
（永久四年実行歌合の例）
（項目Bは国会本になし）
34抑於諸社歌合者　勧進人書番之……
（諸社歌合の例を列挙）
（項目Cは国会本になし）

内閣本

A一　所々歌合
32后宮儀　大略同除〔四五（ママ）宮春秋歌合為本之外無殊事……〕
（四条宮春秋歌合の例）
33大臣家　無別儀
B公卿已下　不能儀　〔33承久（ママ）　実行……〕
（永久四年実行歌合の例）
34於諸社之儀　勧進之人事番之外無別事……
（諸社歌合の例を列挙）
〔C如根合菊合前栽合者　依略儀多同歌合体〕
（内閣本独自の（＊十六）物合次歌合で物合の具体例を列挙）

「執柄家歌合の叙述の具体例」

国会本

1長元八年五月　三十講次左大臣〔頼〕歌合　2寛治八年八月十九日前関白〔師〕高陽院歌合　3已上両度為例　其外無可然歌合　仍就寛治例注之
6次置左右文台〔寛治　女房　左馬頭隆（ママ）　小将能俊　男方　少将宗輔　蔵人宗佐　長元　蔵人役也〕
7次左右参上　長元　舟にて発歌笛右は只参
8次召講師〔長元　左　々少弁経長　右　中弁（ママ）資通　寛治　基綱　宗忠弁也〕
9次歌評定〔人々進寄　10長元　念人各二人　左　兼頼　公成　右　顕基　隆国　11員判　殿上童　員判（ママ）　殿上童〕

内閣本

1長元八暦〔有三十講次〕　2寛治以（ママ）暦　3為例之外無晴儀也
4先大殿已下公卿十余輩著（ママ）座〔直衣〕
3高陽得儀也
6次置左右文台〔寛治　女房　左馬頭師澄　少将能俊　男方　少将宣輔　蔵人宗佐〕
7長元〔左方　自舟発歌曲楽　右　只楽　6蔵人役之　11員判　殿上童　10公卿念人各二人　左　兼頼　公儀　右教基　隆国〕
8次召講師　長元〔左　右中弁経長　右　々中弁資通〕　寛治〔宗忠　基綱〕
9次和歌評定

〈分類の違い〉

国会本の冒頭目録章題に「歌合〔臣下〕」とあるが、内閣本の冒頭目録章題は単に「歌合」とだけあって、国会本のような下位分類はない。また、国会本には「一　執柄家歌合〔大臣家可准之〕」という一つ書きの本文章題が立てられているのに対して、内閣本本文には「一　執柄家歌合」「一　所々歌合」という一つ書きの本文章題が立てられている。

〈構成の違い〉

〈対照表〉の「執柄家歌合の構成」にあげたように、国会本の「一　執柄家歌合」の部分には、内閣本にある「一　所々歌合」という章題は立てられていない。そのために、国会本では、「后宮」、「大臣已下家々」、「諸社歌合」の各歌合が「執柄家歌合」の中に分類されてしまい、しかも、国会本のこれらの歌合は、執柄家歌合の典型として八雲御抄があげる賀陽院水閣歌合と高陽院七番歌合の「雑事」に関する記述部分に含まれた形になっていて、未整理のまま追記されたように見え、内容的にも適切ではない。これらの歌合は、内閣本では「一　所々歌合」に分類されているものである。ただし内閣本は、国会本が

「大臣已下家々」と一括する歌合を「大臣家」と「公卿已下」に区別している。

〈叙述内容の違い〉

国会本と内閣本では歌合の分類方法、方針が根本的に異なっていると考えられる。

国会本は、「内裏歌合」（天皇主催）をまず第一に重んじ、それに次ぐ「執柄家歌合」（摂関家主催）をあげるという意識による記述がなされており、その他の歌合は重視されていない。すでに述べたように、国会本には「一　所々歌合」という本文章題が立てられていない点が内閣本と異なる。また、国会本には（一）内裏歌合、（二）執柄家歌合の本文章題の下にそれぞれ「院宮可准之」、「大臣家可准之」という注記が付されているが、これらは内閣本にはない。この注記は、院宮主催の歌合と大臣家主催の歌合をそれぞれ内裏歌合、執柄家歌合に準ずるものとして位置づけたものであって、このことからも、国会本の分類が、内裏歌合と執柄家歌合の二つを歌合の中で重要なものとみなす意識がより強調された分類となっていることがわかる。

これに対して、内閣本では、冒頭目録章題の「歌合」に対応する本文記述部分は、「一　内裏歌合事」「一　執柄家歌合」「一　所々歌合」の三つからなっており、それらはいずれも一つ書きによって並列的に扱われている。さらに内閣本は、〈対照表〉の「殊歌合・物合次歌合の構成」で表示したように、独自部分の（＊十五）殊歌合、（＊十六）物合次歌合においても数多くの歌合を集成し、それらを主催者ごとに分類している。このように、内閣本は歌合全体を系統的に分類整理しようとする意識がうかがわれる。

〈内閣本独自部分について〉

（＊十五）殊歌合の内裏の項目2〜6には、天徳四年、寛和二年、永承四年、承暦二年、同後番歌合があげられているが、これらのうち、天徳四年、永承四年、承暦二年内裏歌合は（一）内裏歌合において詳述されている歌合である。また、本来は（＊十五）殊歌合の末尾に位置していたと考えられる（＊十六）物合次歌合の臣家歌合（摂関家）の項目22〜25には、長保五年道長、長元八年頼通（賀陽院水閣歌合）、寛治八年師実（高陽院七番歌合）、保安（二年）法性寺関白歌合があげられている。その中で、長元八年頼通、寛治八年師実歌合は（二）執柄家歌合において摂関家主催歌合の代表例として歌合次第が詳述されている。

このように、（一）内裏歌合、（二）執柄家歌合にその典型として説明されている歌合は、いずれも内閣本独自部分にも重複してあげられている歌合である。内閣本独自部分は当初、歌合を広く集成し、主催者ごとに分類した歌合一覧資料（歌合目録）の役割りを果たしていたのではないかと考えられる。そして、歌合目録的性格を持った内閣本独自部分を参考にして（一）内裏歌合、（二）執柄家歌合の部分が執筆された可能性もある。

なお、〈対照表〉の「殊歌合・物合次歌合の構成」で示した内閣本の錯簡に関しては、内閣文庫本独自部分（＊十五）殊歌合、（＊十六）

物合次歌合を参照されたい。

〈両者の関係について〉

「執柄家歌合の叙述の具体例」の〈対照表〉の項目1〜3は、八雲御抄が長元八年賀陽院水閣歌合と寛治八年高陽院七番歌合の二つの歌合の名前をあげている部分である。内閣本の項目1の「長元八暦（有三十講次）」、項目2の「寛治以暦」（「以」は「八」の誤写か）という表記が、国会本では、「長元八年五月　三十講次左大臣（頼）歌合」（項目1）、「寛治八年八月十九日　前関白（師）高陽院歌合」（項目2）と表記されている。内閣本が歌合名を正式な名称というよりもむしろ覚え書き的に簡略化して書いているのに対して、国会本の方が整った形になっている。また、内閣本の項目7には国会本にある「次左右参上」の項目はなく、「長元」以下の部分に長元八年賀陽院水閣歌合に関する事項が小字で列挙されている。内閣本が「次左右参上」の項目を欠いているのは書写段階における単純な脱落の可能性も考えられるが、それに続く、項目6の蔵人や、項目11の員刺、項目10の念人に関する記述は、いずれも内閣本の位置よりも国会本の位置にある方がふさわしい。この部分に関して言えば、内閣本は歌合記録などから重要な事項を抜き出して箇条書きにした、草稿本的性格を持つものであり、国会本はそれをより整った体裁にまとめ直したものではないかと考えられる。

ところで、国会本と内閣本が（一）内裏歌合、（二）執柄家歌合の中で歌合について叙述した部分には、内閣本独自の（＊十五）殊歌合、（＊十六）物合次歌合にあげられているような多くの歌合例をすでに念頭においた上で書いたと思われる部分が存在する。たとえば、（一）内裏歌合の国会本に「自余者　或菊合根合等次　又率爾内々密儀也」（項目2・3）、あるいは内閣本に「此外或菊合　前栽合次也　仍不本歌合　或率爾事又内々儀也」（項目2・A・B・3）と見える内容は、（＊十五）殊歌合と（＊十六）物合次歌合に対応する記述であると考えられる。また、「執柄家歌合の概要」の〈対照表〉にあげた項目のうち、項目34の諸社歌合についての記述は内閣本独自部分とは重ならないものの、それ以外の各所で催された歌合については内閣本独自部分と内容的に重なり、これらの記述が、内閣本独自部分での分類の仕方や歌合の具体例を参考にして書かれた可能性があることを示唆している。これを内閣本で示せば、たとえば、内閣本が「所々歌合」（項目A）に后宮、大臣家、公卿已下の項目を立てる分類の仕方は「殊歌合・物合次歌合の構成」の〈対照表〉にあげた独自部分の分類項目とほぼ一致している。そしてそれぞれの歌合には、「后宮儀　大略同除」（項目32）、「大臣家　無別儀」（項目33）、「公卿已下　不能儀」（項目B）などのコメントがつけられているが、これらのコメントはこれらの歌合を総括する役割りを果たしており、歌合全体を体系的に把握して初めてつけることが可能なコメントであったと思われる。内閣本の「如根合菊合前栽合者　依略儀多同歌合体」（項目C）という注記も、根合、菊合、前栽合の具体的な実例をあげて分類した（＊十六）物合次歌合に対応し、それを意識した記述であろう。また、項目31の「禁中仙洞執政家歌合　或大略如此」（「或」は「式」の誤写か）は国会本にあって内閣本にはない記述であるが、やはり内裏歌合と執柄家歌合の歌合次第を総括してまとめた説明になっている。このコメントも今までに行われた多くの「禁中仙洞執政家歌合」の先例を踏まえてのものであろう。

以上、八雲御抄の歌合に関する叙述部分において、（一）内裏歌合、（二）執柄家歌合の叙述部分には、すでに先例の多くの歌合全体を概観した上で、それらを前提として書かれたと思われる記述が見られ、それが歌合目録的性格を持った内閣本独自部分であった可能性が高いこと、そして、内閣本が国会本に比べてより草稿本的性格を持っていることについて述べた。

（木藤智子）

（三　中殿会・四　尋常会）

〈対照表〉

国会本

一　中殿会
▼中殿会の定義と範とすべき中殿会五例
項目1〜8
▼歌会の作法
項目9　出御
10
11
12
13
14
15
16・17 ｝歌を置く作法について
18
19　切灯台が歌を置いた後に置かれる例
20　切灯台・菅円座を置く
21・22
23・24
25
26
27
28
29・30
31・32
33　入御

内閣本

一　禁中歌会事
▼中殿会における題四例
項目3・4・5・19
▼歌会の作法
項目9　出御
10
11
12
20　切灯台・菅円座を置く
14
16
34・30・35・36　女歌の扱い方
（四）1
21・22
23・24
26・34・39
29・28
31
33　入御

34・35・36・37・38・39　女歌の扱い方

一　尋常会
▼尋常会の定義
▼歌会の作法
項目1　出御
2
3・4・5・6
7
8　切灯台・菅円座を置く
9
10
11
12
13
14　人々退下
15・16
17　康保三年の歌会について

一　尋常会
▼尋常会の定義
▼歌会の作法
項目1　出御
2
8　切灯台・菅円座を置く
3
7
9
10・11
12
13
14　人々退下
▼私所会子細

〈分類の違い〉

内閣本は、歌会を「禁中歌会」と「尋常会」と「私所会」の三章に分けて説明するに対して、国会本では「中殿会」と「尋常会」の二章に分ける。内容を見ると、内閣本の「禁中歌会」と「尋常会」は、各々、国会本における「中殿会」および「尋常会」に相当する。さらに、国会本の「尋常会」の説明には「内裏仙洞已下万人会同之」とあり、内閣本の第三の章「私所会」の内容はすでに含まれている。また、「私所会子細」のには「大略同之」とあり、特別に項目を立てなければならない必然性はない。国会本の項目の立て方がより整理された形といえる。

〈構成の違い〉

国会本「中殿会」はまず、帝の「出御」から始まり、「参加者の参上」「管弦の遊び」と続く。この次第は内閣本も同様である。しかし、その後、「管弦の遊び」の次に、国会本では「文台を置く」「歌を置く」「切灯台を立てる」「菅円座を敷く」と展開する。ところが、内閣本では「切灯台を立てる」「菅円座を敷く」「文台を置く」「歌を置く」の順序である。

「歌を置く」場面において、内閣本では「女歌」の扱いに言及するが、国会本では歌会の次第を述べ終えた後、付記の形をとる。歌会の流れに沿って説明する立場から見れば、内閣本が自然な形といえよう。しかし、建前としては、内閣本にも女は「中殿会には不交」とあるのであるから、国会本のように例外として、女歌の扱いを付記する形の方がより整理された様式であろう。

〈叙述内容の違い〉

国会本「中殿会」の項には先例となるべき歌会五例を列挙する。内閣本にはその内の三例が記されるが、「中殿題」と説明にもあるように、先例となる歌会であるというより、その「歌題」に重点がある。国会本の「以五ケ度例定之」という記述は歌会を説明する姿勢として整然としている。また、国会本にあって、内閣本にない歌会は、「崇徳院天承松契遐齢」と「順徳院建保池月久明」である。近年の例を新に追加したと考えられる。一方、内閣本にあり、国会本の五例にはあげられない「嘉承池上花」は鳥羽殿での歌会であるから、中殿の例としては除かれたと見られる。

歌会の作法の説明において内閣本には「読師」は登場しない。国会本では、その役割が説明され、「尋常会」では「読師」をつとめる者の地位にも言及する。「読師」は実際の歌会においても重要な役割を分担する存在であり、元来あった説明から省くことに必然性はなく、不自然である。歌会の次第をより詳細に述べるにあたって、追加されたと見るべきであろう。

ただし、内閣本にも一箇所「読師」の文字が見られる。「尋常会」項目11に「第一人為読師は同給御製」とあるのがそれだが、これは「次講師取歌」とある項目の割注であり、「第二人為講師は第一人給御製」に続く部分である。講師と読師のいずれを説明しているのか判然としない部分であるが、割注の内容は「読師」についてのものである。また、「禁中歌会事」の項目Bに「下読」とあるのも、国会本にある「下読師」のことかもしれない。いずれにしても、内閣本に「読師」は判然とした形で現れることはなく、乱れる前の痕跡なのか、あるいは書写の過程での混乱なのか見極めがたい。

（山崎節子）

（五　歌書様）

〈対照表〉

国会本

一　歌書様
1御製書様
（端作り）2〜
（三行三字）3（時節、所、題）4〜9（作名）10〜13（不書「同」字）14
15大臣已下書様
（「応製」、「応令」、「応教」）16〜30
（時節）31〜34
（「一首」の有無）35・36
（署名）37〜
（官位）39〜40（唐名）41・42
（官姓の省略等）43〜55
（親王「臣」字）45
（「上」の有無）51・52
（「陪」「同」の有無）56〜59
（諸社会、無披講、大嘗会など）60〜62
（中殿会書様実例）63〜68
（中殿会書様説明）69・70
（中殿以外の書様実例）
71・72春日侍太上皇城南水閣同詠池上花応製・・〔宗忠公〕73八月十五日

内閣本

一　歌書様
1御製書様
（三行三字）2・3・A
（時節、題）4〜9
15臣下書様
（時節、所）31〜B〜33
（「同」の有無）57・14・58
（「応詔」）18
（同姓）43・44
（「応製臣上」）17・C・51
（官、姓の省略等）46・49・54・47・48
（無披講）61
（「上」の有無）51
D中殿已下所々書様
68秋夜中殿同詠池上月明応製和歌一首〔幷序〕右大臣正二位下藤原朝臣道家〔上〕
（中殿書様説明）56執柄不審陪宴陪中殿之字　59・36・57・74
（中殿書様実例）71・E・F・78・81・85・G・72春日陪太上皇城南水閣…

夜侍太上皇鳥羽院同詠翫池上月応製
（臨幸所書様説明）74〜77
（臨幸所書様実例）78〜
82春日陪博陸書閣ゝゝ　83秋夜侍左相府尊閣ゝ〔尊閣書閣水閣皆常事也〕
〜92
（所名）93・94
（懐紙）95〜98
（署名）99〜108
（白紙）109〜113
（歌が詠めない時）114〜117

H宗忠書様
73八月十五夜陪太上皇鳥羽院…I…
82春日〔83陪左相府尊閣…陪転陪書閣総書閣とも只閣とも書之　J
84〕93
（実例）90・91・K・L
（唐名）41・42
（同姓）43・108
（署名）108・99
（懐紙）97・101
（大臣の姓の有無）30・55
（白紙の作法）109・110・111・114
（懐紙）96
（署名）102・103・M…（以下略）

（項目1〜62）

〈分類の違い〉

「歌書様」を国会本は「御製書様」と「大臣已下書様」とに分類するのに対し、内閣本は「御製書様」と「臣下書様」に分類する。

〈構成の違い〉

叙述順序はとくに「大臣已下書様」（内閣本では「臣下書様」）において異なっており、また後述するように、国会本にあって内閣本にはない叙述が両者の構成の違いともなっている。

〈叙述内容の違い〉

叙述が微妙に異なる個所は多いが、誤読誤写によると思われるものもあり、両本間の大きな相違は、以下①〜④にあげるように、国会本にはあるが内閣本にはない叙述とその性格にあると思われる。

①「御製書様」の項目10〜13において、国会本では天皇が内々の御会で近臣の名を借りるのはよくあることとして、高倉、後鳥羽、順徳天皇が位署に用いた近臣の名をそれぞれ記している。

②「大臣已下書様」（内閣本「臣下已下書様」）の項目51は、内々や中殿（清涼殿）以外での御会、また当座の御会において「上」の字を書くか否かについて記すが、国会本ではその例に順徳院の重臣源通光の言をあげている。

③「大臣已下書様」の項目16〜30において、国会本では歌会の場と主

催者によって参会者が「応製」「応令」「応教」と書き分けのあることを例をあげつつ記し、内閣本に比べてより整った構成を示しているが、その記述は、国会本研究編で述べたように、また次にあげた表の下段に示すように、袋草紙、和歌色葉、中右記等の引用によるものと考えられる。

国会本	歌学書他
16禁中　仙洞　応製	袋草紙・和歌色葉
〔19中殿会以前は密儀也　乃不書之〕	中右記
20院号　后宮　応令	袋草紙・和歌色葉
〔21小一条院　匡衡和歌序応令と書〕	袋草紙
22東宮　応令	袋草紙
〔23但匡房和歌序応教と書　可有両説歟〕	袋草紙
24内親王　応令	袋草紙・和歌色葉
〔25斎院　義忠応令と書〕	本朝続文粋
26摂関　応教	袋草紙
〔27大臣已下惣可然同之〕	袋草紙・和歌色葉
〔28清輔説　教字は家礼人書之云々……〕	袋草紙
30大治五年無御製応製臣上字如何……	中右記

④「大臣已下書様」の項目38・40の尋常でない位置の例も袋草紙によるか。

国会本	歌学書他
38土御門右大臣云　菅丞相碧玉装箏時……	袋草紙
40而堀河院御時　京極前関白散位従一位……	袋草紙割注

〈両者の関係について〉

以上のように、内閣本に比べ国会本は、①②のように天皇が著した歌学書という性格や当代性がより強く顕れており、③④のようにとくに袋草紙の引用が顕著である。このことを合わせ考えると、内閣本のような段階の八雲御抄に、順徳院が父帝や御自身の具体例を加え、また袋草紙の引用によって肉付けをしつつ、さらに論の構成を整えようとされたのが国会本のような八雲御抄ではなかったか、と思われるのである。

（泉　紀子）

（項目63～最後）

〈分類の違い〉

「(五) 歌書様」において、国会本が「御製書様」「大臣已下書様」の二つに分類しているのに対し、内閣本は「御製書様」「臣下書様」「中殿已下所々書様」の三分類。国会本の「大臣已下書様」は、内閣本の「臣下書様」と「中殿已下所々書様」を統合した内容となっているが、示される書様の具体例や説明の順序はかなり異なる。

〈構成の違い〉

国会本では「大臣已下書様」の項目30～62にまとめられていた、書様の細則、例えば序者以外は「一首」「同詠」等の字を書くべきか否か（35、36…）、唐名を用いてよいか（41、42）、同姓を書くか（43）、官職の書き方、姓の有無、位署の有無等が、内閣本では数カ所に分散している。

また、国会本では、中殿会書様の実例と説明、中殿会以外での書様の実例と説明を示したのち、懐紙への書き方（95～98）、署名の有無（99～108）、白紙の作法（109～113）、歌が詠めない時（114～117）についてまとめられている。

内閣本では、中殿会書様の実例（68）と説明を示すものの、そのあとに示される例は、何のための実例かわかりにくい。また署名の有無（108、99、61、99）と署名の一方法である自名を歌中に詠むこと（102、103）、懐紙の用い方（97、101）と懐紙へ何行で書くか（96）が分散しており、国会本にくらべて、整理されていない。

〈叙述内容の違い〉

1、袋草紙との比較

袋草紙の「三行三字書之。但近代不必然。古老書墨黒顕然可書之。不可執手跡云々」という記述には、国会本の形よりも、内閣本96「三行三字之条近代不然　只三行書吉程也　三字不書之」という書き方のほうが近い。また、項目107で、顕輔が自歌注をつけたとする内閣本のほうが袋草紙の内容と合致している。国会本の項目107には本文の乱れがあるか。

2、具体例の挙げ方

国会本は、項目63から68まで中殿会における端作りの具体例、項目71から73が行幸先の歌会、項目78から92が所々の具体例となっている。内閣本は中殿会の例は68の一例に過ぎず、71・E・F・78・81・84・G・72・73・I・84に内裏・行幸先・所々の例が混在している。示される例の数も、国会本に較べて少ない。

3、内閣本における「陪」

国会本は、解説の部分では70「又陪中殿陪清涼殿字等両説也　陪宴は…」76「院中多陪太上皇仙洞…」と「陪」字を用いることが多いが、示される実例は63「暮春陪中殿」68「秋夜侍中殿」72「春日侍太上皇」73「八月十五夜侍太上皇」91「秋日侍住吉社壇」となっていて、「陪」「侍」が混在するものの、「侍」が多い。本来は「陪」を基本として解説を加えていたが、「侍」を用いる例を増補していったため、「陪」「侍」が混在することになったとも考えられる。内閣本は「侍」を全く用ず、一貫して「陪」とする。68「秋夜中殿」（「侍」を脱する）E「冬日陪震宴」（本朝小序集「冬日侍宸宴」）72「春日陪太上皇」73「八月十五夜陪太上皇」91「春日陪住吉社壇」など。内閣本からは「陪」で統一する方針が読み取れる。

〈両者の関係について〉

右に示したことから、未整理な状態の内閣本から国会本に、あるいは内閣本が増補されて国会本に、という筋道が想定できる。しかし、現存の内閣本には、国会本ようなの形から乱れたとしか考えられない部分も存する。

たとえば、内閣本81「同詠雨中早苗和歌」は、国会本81「夏夜於秘書閣守庚申同詠雨中早苗〔時綱〕」が省略されてしまい、例として意味をなさなくなっている。また（表にも示したが）、国会本72の末尾「宗忠公」が、内閣本ではH「宗忠書様」と無意味な見出しとなっている。国会本の82、83の途中が脱落して、内閣本の「春日〔陪左相府尊閣…〕」となり、国会本の90、91の途中が脱落して、内閣本の「於戸部大卿水閣詠　左衛門督源〻〻」となっている。これらは、いずれも国会本のような形から内閣本の形へ乱れていったものと思われ、内閣本の形では、意味をなしていない。他にも、誤りや脱落によって、意味がとりづらい部分がかなりある。

したがって、内閣本は、国会本に先行する草稿本的要素を残存させているものの、国会本のような形から乱れたとしか考えられない部分もあわせもっている。もとの草稿本に後人による編集・改変の手が入っていると思われる。

（東野泰子）

（六　出題・七　判者）

〈対照表〉

国会本

（六）出題

（題者の資格）

1儒者

2勅題

3或可然臣

例　長元八年歌合　宇治関白自出之

4院御時　後京極摂政常奉之

5建保中殿会　右大臣道奉之

6道堪能人　例如定家なと時々密儀に
は出之

7又在時儀　例雖為歌人如家隆雅経は
非其仁……

（題者の実例）

2の例　8天徳歌合　勅題

1の例　9永承四年（国成）

10承暦四年（実政）

11長治　永長　堀河院百首
郁芳門根合等　惣其比大略
匡房也

（出題の実例）

12天徳（三月尽日　春夏恋題）

13寛和（六月九日　四季祝恋）

14永承（十一月　紅葉等景物祝恋）

15承暦（四月十八日　四季祝恋）

16建保（閏六月　四季恋）

17凡時景物は有之　過は不可然事也

（七）判者

（判者の資格）

ア1以堪能重代為其仁（雖堪能非重代
者能々可有儀　雖重代非堪能者万人
不可聴）　兼両事携此道年久之人
為其仁　又当時重臣雖不長道　候判
者事有例歟

イ例　▼2寛和儀懐　▼3承暦顕房

4（2、3の説明として）重臣で重代
之上歌人―▼5重代歌人定家―▼6千

内閣本

（六）題事

（題者の資格）

2勅題

3可然臣

6或和歌堪能者

1或儒者也　B其外無何不可出題

（題者の実例）

2勅題　昔今不可勝計

C勧進人又出之　長元八暦五
月関白歌合頼近自出之

3可然乍　5建保之比同又明右大臣

1儒者　11堀河院百首題　匡房　長治
永共匡房奉之

9永承四暦歌合　式部大輔国
成

10承暦歌合　頭右中弁実政

11郁芳根合　左大弁匡房

6其道長　所謂如定家也

E但不知漢字之人　非其謂

（題の内容について）

F会題は一首は多祝言　其詞臨時歌合
多景物也　17過色は不用　末物用之

内閣本

（出題の実例）

12天徳題三月尽日　春題　夏題　恋

13寛和六月九日　春夏秋冬恋

14永承十一月九日　松月紅葉景物祝言
恋

16建保閏二月日　四季恋

（題者不明の例）

G延喜三暦　亭子院歌合　寛和歌合
題者不分明

一　歌合撰者

（七）45天徳（左朝忠　右兼盛）

（七）46長元三十講次（両方　二
時）

（七）47天喜皇后歌合（左頼宣
右長家）

（七）49郁芳門根合（左々中弁通
俊　右々中弁匡房）

H此外亭子院歌合　及寛和永承　未一
見

（七）判者事

（判者の資格）

ア一　1長是道人得之

一　A雖不長道以重代得之

一　B無重代堪能只寄当時之重臣有
例

五百番歌合十人判—▼8衆儀判—9衆
議判の例と続く

〔判者の実例〕10例
11延喜十三年亭子院歌合〔勅判　…
…13寛和二年〔中納言儀懐〕……
18承暦四年〔皇后宮大夫顕房　不可
叶御意　後番勅判〕19寛治八年〔前
関白高陽院　大納言経信〕

〔例の続き〕
ウ〔物合判者の資格〕
20又如根合　前栽合等時　歌合判者
大略同之　但一向不択歌仙歟　殊択
其人事也　可斟酌歟
例　21永承六年根合〔内大臣頼宗〕
……24寛治郁芳門院根合〔右大臣顕
房〕
エ25**女房為判者事**非普通事……
オ27**可然所々殊歌合等判者**
例28延喜二十一年京極御息所歌合〔大
和守忠房〕……36奈良花林院　山無
動寺広田　住吉等歌合　択当世歌仙

〔判者の実例〕
11延喜十三年　勅判　……▼2・13寛
和二年　〔左人中納言義懐〕……▼3・
18永暦二年　皇后宮大夫顕房……19寛
治八年　大納言経信
▼5・7仍法皇御宇　俊成入道　建保
比定家　内々事　又彼等有障之時
用他人とも両人也　▼6上皇千五百
番歌合　十人判之　如此事別儀也
〔例の続き〕
28・29天徳三　九　野宮歌合者大和守
順　永承五　祐子歌合　内大臣頼宗
エ25長久二　弘徽殿御歌合〔左通忠
右家信〕　相模也
ウ〔物合判者の資格〕
20抑如根合先栽以後勝負為本　非歌
合人も判之　其は一向依人歟
例　22寛治三年四条宮　民部卿経信
21永承二年根合内頼宗　……24郁
芳門院根合　寛治左大臣顕房
▼8如此衆議判にて無判者も有例　9
永承皇后宮歌合　頼宗　長家　顕房な
と各申之　可依時儀
エ25**女房判例**　弘徽殿女御歌合　右相
模判之〕
オ27此外代々判者
例33範永〔公基家　康平〕……35俊

俊頼基俊　俊成等也
カ37判者二人常事歟
例38法性寺歌合　俊頼　基俊　39又家
成家　顕仲　基也　如然事只在時儀

キ40判者は或不書自勝負　衆儀判又仰
上なとは不及子細　41其外は俊頼
顕仲已下皆我は負　判者或替人詠
其も同　近代も多は負　或為持
ク42承暦歌合叡慮仍後番勅判也　43師
頼家歌合　**基俊難俊頼判**　如此事多

頼〔俊忠家〕35師頼家
カ37而俊頼基俊二人判之事
例38是承元内大臣家　忠通法性寺関
白　保安会　36保安三　無動寺歌合
36基俊　奈良華林歌合　大治二
広田社歌合　H顕輔家　39家成家
39顕仲家　基俊　36家成歌合　36
其後大略俊成也
キ40又清輔　**判者は不書自勝負**　衆儀
判仰なとにて定ぬるは不及子細　41
我も持なとかく　俊頼　顕仲皆我負
判者多は我為人詠之　代人之時同
事也
クー難判有例
18・42永暦顕房有難判
43師頼歌合基俊難俊頼
28延喜二十一年京極御息所歌合　大
和守忠房

〔歌合撰者〕
44歌合撰者は判者に継ては可撰事歟能
々可思慮
45天徳〔左朝忠〈右〉兼盛〈われのみ
入〉〕
46長元三十講次〔両方公任〕
47天喜皇后歌合〔左頼宗判　右長家〕
48承暦〔両方経信〕
49郁芳根合〔左通俊　右遅房〕

〈　〉内は校訂本文

〈構成と叙述内容の違い〉

一、〔題者の資格〕と〔題者の実例〕

〔題者の資格〕について、国会本は、儒者・勅題・可然臣とし、その例をあげてから、堪能者といい、定家などの例もあげる。続いて国会本は〔題者の実例〕として勅題の例、儒者の例をあげる。可然臣、堪能者の資格をいう途中で当代の例をあげてしまったため、勅題、儒者と戻りつつ古い例もあげていったようにみえる。

内閣本は（題者の資格）を、勅題・可然臣・堪能者・儒者と初めに書く。つぎの例のためのひとつ書きでは、勅題・可然臣・儒者・堪能者の順で例をあげている。例示のところで最後二つの順が入れ代わっているが、まず、出題の有資格者をあげ、実例に及ぶというかたちが作られている。

これによれば、国会本は、一番出題の可能性の高い儒者から書き出し、堪能者の例は、定家などをあげるという、ごく身近な例に及ぶという順序であり、内閣本は、身分的な順序にしたがって、出題者を整理したように見うけられる。実例が身近な定家以下の例で終わっているところは国会本と同じであるが、Eなどでは国会本の実例を抽象化しようとする態度が見える。

出題有資格者とその例を列挙するという点においては、内閣本のほうが整理されているようにみえる。

二、（出題の実例）

国会本が出題例を五つあげて、景物の時期について言及するのに対し、内閣本は、本文は乱れているものの、景物については（題の内容）としてまとめている。また実際は題者が記録されることのほうが少ないとはいえ、（題者不明の歌合）を二例だけあげている。

三、（判者の資格）と（判者の実例）

国会本は（判者の資格）について、

ア堪能重代を併せいうが、堪能を重視、次に重臣をあげる。

イ重臣の判（古い例）から連想して5定家へ、また9衆議判の実例まであげる。イの項は思いつくまま連想に任せて記したようにみえる。

（判者の実例）では、時代順に主な歌合をあげてゆく。ア、イの例をあげたと思われる。

ウ（物合判者の資格）とその例をあげる。

オまた殊歌合と題して、主な歌合と判者をあげ、二人判者、判者の慣習、難判などについて列挙する。

内閣本は、

ア（判者の資格）に、堪能、重代、重臣をあげ、（判者の実例）へ続く。国会本の項目10から19までの例がここに含まれるが、▼印のように国会本がイに続けてあげた例をもまとめ示している。

その後、例の混入は見られるが、**ウ**以下は国会本と同じ事項が記されていることがわかる。ただ、国会本**オ**の例で列挙された項目36の内容を、内閣本は**カ二人判事**に入れている。俊頼基俊二人判に36「広田社」例を入れるのは誤りであるものの、忠通家歌合から奈良華林院まで は、俊頼基俊判で、袋草紙の記述順に従って記したことが知られる（補注参照）。また特に**ク難判有例**という項目を立てて、判者を記しているのは、国会本の事項を整理しようとしているように見うけられる。

四、（歌合撰者）

国会本は、判者の項の中に、（七）判者の次によく考えて選ぶべきものとして、歌合撰者をあげているが、内閣本は、（六）題事の次のひとつ書きに歌合撰者の項を立てている。

〈両者の関係について〉

国会本と内閣本では歌合撰者の位置が、異なっている。内閣本では、①題事②歌合撰者③判者となり、出題から和歌の選出、判へと歌合の流れの順に必要な人物をあげて、整理されているよう思えるが、国会本は、①題者②判者③歌合撰者と、人選をする際に重要な役目と考えたものからあげている。多く実例をあげる中、内閣本はひとつ書きで項目見出しを立て整理しようとしているが、一方で、袋草紙の記述順をそのまま残した箇所もある。国会本にも、俊成、定家、有家、家隆などの同時代の人名を思いつくままあげるところが見られるものの、例は、部類ごとに時代順に並べられている。

国会本内閣本ともに、どちらかから一方へ整理されたと断定するには、編集の基準が異なっていて、どちらの基準にも優劣はつけがたい。

（三木麻子）

（八　序者）

〈対照表〉（　）内は校訂本文

国会本

▼総論…公宴の序者要件

1大臣若大納言中納言也　参議雖有例猶上卿之役也　2非成業人於和歌序者（希）代事也　3震宴序は同人不可過一度　4雖公宴密々事なとは侍臣なとも随便書之

▽補足…中右記の見解

5儒者殿上人又大弁又高年宿徳上臈

▼公宴の序者実例

ア天皇主催の会の実例　6震遊

7寛弘元年十月密宴　参議右大弁行成
8天喜四年〔中殿〕大納言師房
9承保三年十月大井行幸　右大臣師房
10応徳花契多春〔中殿〕大納言経信
11永長竹不改也〔中殿〕左大臣俊房
12嘉承池上花〔鳥羽殿行幸〕権中納言宗忠
14天承松樹久緑〔中殿〕権中納言師頼
15建保池月久明〔中殿〕右大臣道家

▽補足…密宴の序者

16此外震遊或密儀也　無何侍臣等多書之
17二条院花有喜色　雖似晴儀無序
18建保松間雪　前中納言資実　密儀也

内閣本

▼総論…公宴の序者要件

〔1於公宴者大臣納言大将参議有例於于時可書上臈注之〕

▼公宴（天皇または院主催）の序者実例

7寛（弘）元暦震宴〔参議左大弁行成〕
27長元四暦上東門院住吉　右衛門督師房
8天喜四翫新盛桜花　大納言師房
28延（久）五後三条院住吉御幸〔参議左大弁経信〕
9承保三大井河行幸　左大臣（師）房
30寛治八鳥羽殿月宴〔大納言経（信）〕
29寛治鳥羽殿松陰浮水〔左大弁匡房〕
31嘉保花契千年〔権中納言匡房〕
10応徳花契多春〔大納言経（信）〕
11永長中殿竹不改色　左大臣俊房
12嘉承鳥羽池上花〔権中納言宗忠〕
32保安花見御幸　内大臣有仁
14天（承）元暦中殿松契遐齢〔権中納言師頼〕

▽補足…大井河行幸
19以中殿為大会　大井行幸等又勿論也
▽補足…仮名序代
20上古は多仮名序也　仍不入之
〈仮名序代の序者実例〉
21延喜大井河行幸　紀貫之
22円融院大井御幸　同時(文)
23同子日　平兼盛
24万寿高陽院競馬行幸上東門御会　為政
イ院主催の会の実例　26仙院
27長元上東門院住吉詣　左衛門督師房
28延久住吉詣　参議左大弁経信
29寛治鳥羽松影浮水　左大弁匡房
30同八年月宴翫池上月　大納言経信
31嘉保花契千年〔中殿〕権中納言匡房
32保安両院花見御幸　内大臣有仁
33大治於院始御会〔無御製〕左中弁実光
34正治鳥羽池上松風　内大臣通(親)
▽補足…序者不明
36永治法性寺関白家松契千年　序不書歟
▼后宮以下の貴所晴会の序者要件
37后宮已下貴所晴会　多公卿也　於卿相不論成業　只撰器量也

34正治鳥羽池上松風　内大臣通親
15建保六池月久明〔(右)大臣(道)家〕
36永治法性寺家松契千年…序者不明
▼総論…公宴の序者要件
〔2已上公宴如此　不論成業非成業
A当世名誉　又内々事不可勝計
▽補足…仮名序代
20上古多有仮名序　無真名序
〈仮名序代の序者実例〉
21延喜大井河行幸　紀貫之書序代〕
22同大井河御幸　明文
23円融院子日　平兼盛
24万寿元高陽院行幸　為政
▽補足繰り返し…仮名序代
20上古は多仮名序代也

▽補足…禁中における私会
38雖禁中便所会は私事也　仍康保花宴陣〔議也　准私事　小内記昌言書之〕
▼殿上人の遊覧歌会の序者要件
39雲客遊覧所々時　儒者五位　或非成業も如時範者或書之　40大井逍遙　多成業六位　或経文章生五位也　41八十嶋　成業六位多書之
▼大臣家以下の公卿歌会の序者要件
42大臣家已下所々　多は儒者五位　或四位也　不及公卿歟

▼総論…公宴以外の歌会の序者要件
B所々会　儒者五位或四位也　40 41大井河逍遙　八十嶋烨事　以公私相並逍遙　成業非成六位或五位　41八十嶋　成業六位〔40経文章生也〕
▼序代製作の心得
C序は只不飾詞　すく〱とたしかに〱是存　一説也

〈分類の違い〉

歌会の序者の要件を提示するに当たり、国会本は項目1「公宴」、37「后宮已下貴所晴会」、39「雲客遊覧所々」、42「大臣家已下所々」に分け、内閣本は「公宴」に対するものとして項目B「所々会」を置くのみで、公宴以外はひとまとめにしている。また「公宴」の序者の例を、国会本は項目6「宸遊」と26「仙院」に分けてあげ、内閣本は両者を区別せず、入り混じったかたちであげている。

〈構成の違い〉

右の通り、国会本は、「公宴」を「宸遊」（天皇主催）と「仙院」（院主催）に分けて、序者の例をあげ、その例は、開催年次順に並べられている。ただし、国会本は、項目31の「嘉保」の中殿会を「仙院」に分類するという誤りを犯している。一方、内閣本は、二つに分けることをせず、「公宴」をひとまとめにし、ほぼ年次順に並べられているが、厳密にいえば、項目10の「応徳」の中殿会は、項目8と28の間にあるべきものであり、また、項目30と29は逆の順にあるべきものである。

〈叙述内容の違い〉

「公宴」の序者の要件について、国会本が「大臣若大納言中納言也　参議雖有例猶上卿之役也」（項目1）として、参議を好ましくないとするのに対し、内閣本は、大将や参議を含めて、時に応じて、ふさわしい上臈が書けばよいと述べている。さらに国会本が「非成業人於和歌序者希代事也」（項目2）とするのに対し、内閣本では公宴の序者は「不論成業非成業」としている。ただし、この見解の相違は、内閣本が内々の会（密宴）を公宴に含めるのに対し、国会本は「密々事などは侍臣なども随便書之」（項目3）というように、密宴での序者を公宴の序者と切り離して考えているためであろう。

項目40「大井逍遥」と41「八十島（祭）」の序者の要件にも、両者に多少の相違があるが、これは内閣本の本文の乱れによる可能性がある。

また、項目20～25で仮名序代について言及する意味あいも両者で異なり、国会本が「上古は多仮名序也　仍不入之」として、ここでは真名序代を扱うので、仮名序代の序者の要件は除いているということを補足しようとしているのに対し、内閣本は「上古多有仮名序　無真名序」として、単に「上古」には真名序代が製作されなかったことを補足しようとしている。

最後に、内閣本の末尾に書かれた項目C「序は只不飾詞　すく〳〵とたしかに〳〵是存」は、国会本にはなく、内閣本だけにある叙述内容だが、これは、序者の要件についてではなく、序代製作に当たっての心得に言及したものである。

〈両者の関係について〉

国会本が「公宴」を「宸遊」と「仙院」に分けて、序者の例をあげるのに対し、内閣本は、それを区別していない。これは、内閣本のように区別していなかったものを、後に国会本のように分類したと考えられる。しかし、逆に、整理のためか、両者の分類が必要のないものとされたためか、内閣本のようにひとつにまとめ直した可能性も考えられる。

また、国会本が「公宴」以外の歌会を「后宮已下貴所晴会」（項目37）、「雲客遊覧所々」（項目39）、「大臣家已下所々」（項目42）などの場合に分けているのに対し、内閣本は、これらを区別せず、「所々会」（項目B）だけをあげている。これも、内閣本のようなかたちから、国会本のような細かい分類に改めた可能性が高いように思われるが、逆に、簡略にまとめ直した可能性もある。

内閣本の末尾に、序代製作の心得（項目C）が述べられているが、序者の要件を中心に記されているこの章に含まれるのには不審がある。むしろ、巻一（二）序代の章で述べられるべき内容であり、この部分に存するのは、後人の書き入れが本文化した可能性がある。したがって、この叙述の存在をもって、内閣本の方が後の成立であるとすることはできない。

以上の通り、この部分の国会本と内閣本の相違によって、両者の成立の前後関係を断じることは難しい。

（田中まき）

（九　講師）

〈対照表〉

国会本

1～25中殿会講師（御製講師・臣下講師の説明と例）
26～40歌合講師（説明と具体例）
（内裏27～30・関白家31～33・物合33～38・后宮39・40）
41講師の位についての説明
42～47講師作法（説明と具体例）
48～49題目読様（一般的な例と説明、具体例）
50～52位署読様（説明と例）
53～（歌合講師についての具体的な注意点）

内閣本

1御製講師（説明と具体例）
15臣下講師（説明と具体例）
2人歌講じて御製を懐中より……（袋
26歌合講師（具体例）内裏27～32
25亭子院歌合女房講師　C院会多四位也
41講師の位についての説明
30関白家
42講師作法43只参著円座（①）
53（歌合講師についての具体的な注意）
32（歌合講師は非作者の例が多い）
43依召著円座……（②）
48題目読様
50位署読様
（十）18地下は文台を置かず……
25亭子院歌合女房講師
C院会多四位也・34上東門院菊合（院歌合の講師の具体例）
36郁芳門院根合～39同宮藤合・a天禄野宮歌合・b永承祐子内親王・40麗景殿歌合（E内親王女御歌合の講師の具体例）
（十）10不限御製　高倉宮会
42講師作法（③）

〈構成の違い〉

国会本では、講師になった者の身分について述べる時に、中殿会の臣下講師や御製講師、内裏歌合や関白家歌合などの歌合講師に分類して例をあげ、その後、講師作法、題目読様、位署読様、歌合や歌会の際の注意などを述べる。一方内閣本では、中殿会講師という項目がなく、御製講師と臣下講師と歌合講師とが並立し、次いで講師作法について述べた後、歌合や歌会の際の注意、題目読様、（十）読師からの混入、院や内親王、女御主催の歌合の例、（十）読師からの混入、講師作法という構成になっている。

内閣本の特色は、「講師作法」に関する記述（項目43～44の内容）が三回繰り返されることと、「延喜十三年亭子院歌合女房講師也」「院会多四品也」（項目25及びCの内容の一部分）が二回述べられていること、さらに「物合講師」という項目がないことである。つまり、国会本では「物合講師」の例（項目34～38）としてあげられているものが、内閣本では院や内親王、女御主催の歌合の例としてあげられているのだが、題目読様や位署読様の後に院や内親王、女御主催の歌合の講師例をあげる必然性がない。

また、国会本が一行十五～十七字で一丁裏表各八行であるのに対し、内閣本の現状は一行二十二字一丁表裏各十行であるが、一行十五字にして八行～十六行前後ずつひとまとまりの内容になって、六回以上、特に意味なく切り替わっている。そして、その混乱した内容を書き入れ注の本文化でつないだような構成になっており、祖本の状態は極めて悪かったと推測される。

なお、読師の混入では読師が講師と混同されている。詳細は（十）読師〔論考〕参照。

〈叙述内容の違い〉

国会本では、中殿会講師の身分に関して強くこだわっており、中殿会講師を一度「臣下（講師）四位殿上人多くは弁官」「御製（講師）中納言参議」と説明してから、もう一度、身分別に、中納言で御製講師になった者、参議で御製講師になった者の例をそれぞれあげる。これに対して内閣本では「中殿会講師」という語が出てこないため、「御製講師」「臣下講師」「歌合講師」が同等のごとく並んでおり、中殿会（禁中御会）が国会本ほどに意識されていない。

また、内閣本は①～③として次に示す通り、同様の叙述が繰り返されている。

①　42講師作法は無別儀　43只参て著菅円座　44講師のかさぬるまゝに指声に読也　先題次官位　姓名微音不聞　歌は一句つゝ閑に読之様也

②　43依召著菅円座　取篇一説正は不居懸膝　次第読之　44歌は一句不微音読　位署は微音　名他不聞之程也　故実也

③　42講師作法　43逃右足及臨可読之　正以不忝円座　44其音不微一句云々　後切可巡之後又不読位　名微音也　助音一反之後也

研究編の項目44で述べたように、国会本と袋草紙では位署以外の読み方が相違している。特に歌の読様は、①では国会本と一致する「微音」で、②③では袋草紙と一致する「不微」となっている。内閣本の本文は、①で「講師作法は別儀無し」とあったために一、袋草紙によって別々に注されて本文化したものが②③であろう。③は、袋草紙(二頁)の講師の作法を「助音」までまとめた結果、両題の場合の読み方(袋草紙には「有二両題一之時、同題一巡講了読二次歌一。雖二数十一准レ之。件時更又読二名字一。於二位署一者不レ可レ読歟」とある)を誤って加えたものではないか。

この他、内閣本で読師からの混入は抄出で、「人歌講御製…(人歌という表現は内閣本独自のもの)」「地下は不置文台」「私所侍以下」「御製」「不論貴賤」と身分に関係する文言が目を引く。

〈両者の関係〉

ここでは内閣本に次の読師からの混入や書き入れ注の本文化と思われる部分などがあるため、どこまでが後人の手によるものか判然とせず、国会本と内閣本とについて前後関係を述べるのは難しい。そもそも、内閣本の講師の部分を、書き入れ注本文化や読師混入より以前の状態を復元するのは非常に困難であろう。

(内田美由紀)

(十　読師・十一　番事)

〈対照表〉▼▽印は独自項目。▽は例、▼はコメント。

国会本

(十)読師
(総論)1(座の第一人、第二人)
2下読師
(例)3寛治月宴(第二人の例)
4保安花見御幸(第一人の例)
▽5大治(下読師の例)
▼6(多くは第二人)
7読師作法
8御製読師(読師が御製を受け取る)
(例)9寛治月宴(例外…子)
10〜14(御製懐中の例)
15臣下読師(重ね方・順序・抜き方)
16(僧・女歌)17(六位)
18清輔説(地下者歌)
19歌合読師(読師有と無がある)
(例)20天徳(読師無の例)
21〜24(読師有の例)
(身分)25凡皆例四品也
26天徳…(内裏歌合は読師無)

内閣本

(十)読師
(総論)1(第二人或一番人三番人)
2下読師
(例)4保安五花見
▼B第三番人読師例
3寛治月宴
▼C第四番近例…
(作法)15有両題は先開端題許
19歌合読師
(例)21永承根合(読師有の例)
(身分)25皆四位侍臣也
▼D以上二人両方頭也
20天徳(読師無の例)
22・23(読師有の例)
▼F只有無不定事也
▽G亭子院26天徳…(読師無の例)
▼H多者歌合には無歟
24頼通…(読師有の例)
(身分)25共四位也

（十一）番事
（総論）1（人程と歌程が共に相応するのは難しいこと、無判歌合、女官、撰歌合、乱合）
（番を嫌った例）2　▽3承久
（総論補足）4（女歌、撰歌合）
（一番左）5
6御製番人事（上古不見　寛和始之…）
（例）7　8　9院御時
▽10院御製亭子院歌合…
11歌人与非歌人番事
（例）12〜14　15弘徽殿女御　16
17長元
▼18如此事不可勝計…19
20貴種与凡卑番事
（例）21▼22是は只例也…　23〜26
27実行歌合　28師頼歌合
▼29我家歌合などには…
▼30（敦隆の説明）

（十一）番事　歌合
（総論）▼A近代以下嫌事　是非嫌品嫌歌歟
（例）2
（総論補足）4（女房、撰歌合、乱合）
5一番左僧番事
6上古御製右歌合事（寛和の例）
（例）7　8　9上皇御時
B番例　無人等名誉
若干之時不入一首会非歌人
（例）12〜14　15近曾弘徽殿女御
16　17長元
▽C長元女御歌合　19
20貴種与凡卑
（例）21　23〜26
27・28師実歌合
▼D一位二位ハ勝負不祥…
4於女歌ハ不謂子細…
▼E但女勝男劣には…

〈分類・構成の違い〉

（十）読師の章では、国会本は「読師作法」の項目を立て、歌会における読師の作法を「御製読師」と「臣下読師」に分けて述べるのに対して、内閣本は「読師作法」の項がなく、一部は（九）講師の章に混入する。混入部分では「読師作法」の項目を立てず、「御製読師」と「臣下読師」とに分けていない（区別するのは八雲御抄独自）。

国会本は、講師、読師ともに「御製」と「臣下」を区別し、内閣本も講師については「御製」「臣下」を区別しているので、読師についても区別するのが本来の形と考えられる。内閣本は未整理段階の姿を留めるという考え方もできるが、内閣本に「読師作法」のすべてが存するわけではないので、判断は難しい。

（十一）番事では、違いは二ケ所にある。一つは、項目5が内閣本で「一番左僧番事」と見出しのようになっていること。これは次の項目6「上古御製右歌合事」と呼応すると見られ、「左」「右」と対応させたようだが、9に「上皇（後鳥羽）御時」の例があるので、「上古…」は6〜9を総括する見出しにはなり得ていない。国会本では「御製番人事」として6〜10をまとめるので、項目5との関連性はうすいものの、全体としては整った形と言える。

もう一つは、国会本11と内閣本Bの項目名が異なること。ただし内容的には共通する。なお内閣本に「非歌人」の語はないにもかかわらず「非歌人」について注釈するのはやや不審。

〈叙述内容の違い〉

対照表では、国会本、内閣本各々の独自項目に▼▽印を付した。挙例（▽印）の異動よりもコメント（▼印）の異動の方が多いことがわかるが、同じ項目内で独自内容を含む場合を含めるとさらに多くなる。（十）読師の章では、項目1で、国会本は座の第一の人もしくは第二の人が読師をつとめるとするが、内閣本は三番人まであげている。

▼印を見ると、国会本6は総論部を総括するコメントだが、内閣本にはそのようなコメントはなく（5と6が脱落した可能性もある）、BCDは前後の例に関するコメント、FHも、歌合読師の有無を云々するものである。特にBCは前後の例と矛盾し、後人による加筆かと思われるのは注意される。

項目1〜6の総論部のうち、BCと関わる部分を比較する。

国会本

3寛治月宴　前関白当関白左大臣在座
左大臣為読師　是其時左大臣俊為当
関白上　然者第二人也
4保安花見御幸　太政大臣雅実為第一
人為読師

内閣本

4保安五花見　太政大臣雅定為読師也
B第三番人読師例
3寛治月宴　前関白当関白在座　左大
臣俊房重之
C第四番近例　前関白　関白　内大臣

BCは項目4と3の注のように見えるが、項目4は第一の人の例、項目3は第二の人の例で、いずれも「第三番」「第四番」の例ではない。Bは内閣本1で「三番人」をあげることとも関わるかもしれない。

思うに、Bは、3「前関白当関白在座」を左大臣の上位に二人同座したと誤解しての注ではないだろうか。またCは、本来は3についての「前関白　関白内大臣」という注記であったか。それを左大臣の上位に「前関白・関白・内大臣」の三人が同座したと誤解したのではないか。よって内閣本の古い形は、

4保安五花見　太政大臣雅定為読師也
3寛治月宴　前関白当関白在座　左大臣俊房重之
〔前関白　関白内大臣〕

のような本文だったのではないかと推測される。

項目19〜26「歌合読師」は、国会本は整然としているが、内閣本は、読師が置かれた例と置かれなかった例が混じりあっていて、論旨が通りにくい。また読師の身分について二ケ所で述べている。これは祖本において、注の一部（21〜25または25・26）が書入注の形で記されていたことを物語るか。

項目7〜18「読師作法」の一部は、内閣本（九）講師の章に混入するが、「読師作法」と共通する内容が三ケ所に見られるので、以下、仮にアイウの記号を付して本文を示し、なぜ混入したのかを含めて考えてみたい。

ア（九）22「建保右大弁範時朝臣」と26「歌合講師事」の間
（九2＝十8）◇人歌講御製自懐中出之　講師給之
（九3）召他講師或通用之
（九A）◇取他歌置之　或改本文台云々
（九1・15・26・32＝十25）四位可然有也
（十18）◇地下は歌不置文台　私所持以下同不置之　清輔云近代
不然也

イ（九）50「位署読様…」と25「延喜十三年亭子院歌合…」の間
（九2＝十8）◇人歌講て御製出自懐中　講師給之
（九3）召他講師或通用之（九1・15・26・32＝十25）四位可然
など也

（九A）◇取他歌置之　或改本文台云々

このうち、イの冒頭（十18）が読師の項からの混入である。講師の項にあってもおかしくない内容ではあるが、歌を置く（披講の順に重ねる）のは読師の役目であるから、読師の項にある方がふさわしい。イ末尾の（九A）でも文台への置き方を述べているが（アも同文）、Aは読師の項にはない。なお（十）18、（九）Aともに、袋草紙の内容と重なる（◇印）。

（九）講師の項目2は、国会本には「人々歌撤後自御懐中更被取出読師人進て給て披之」（訂正本文）とあり、（十）読師の項目8「御製読師は歌披講畢臣下読師撤歌後　自御懐中被出之時　膝行給之披置之」と共通する。この部分は混入ではないが、このように講師とも読師とも関わる内容であるゆえに、読師の項目（十）18が混入する一因となったのだろう。なお、内閣本（九）2末尾の「講師給之」（アイとも）は、「読師給之」とあるべきで、おそらくは伝流の過程で、内容を理解しない人物によって、講師の項に合うよう書き替えられたと思われる。

ウ（九）40「準麗景殿家歌合…」と42「講師作法」の間

国会本読師の項と対照する。

国会本読師の項（校訂本文）	**内閣本講師の項**
10講畢懐御製退事感興之余也　但不可為常事　此事又不限御製歟　◇高倉一宮会宇治関白　月だにあれや郭公時大二条為読師	B講師講御製事能々可用 （十10）不限御製　◇高倉宮会　宇治殿月だにあれやの歌　大二条殿
11懐中可依時儀　近年此事多	（十11・12）恒も如何　近年少々不可然之人講之　如件
12院御時実氏懐中　浅位壮年人などは不相応歟	
13◇清輔云　顕輔崇徳院御製可取之由再三思惟ども猶有恐て退出云々　誠可恐事歟	（十13）◇清輔云　顕輔崇徳院御製可講事也 （十16）◇僧歌女は不論貴賤後講之 （十13）◇〔再三思乱有恐無退出〕
14嘉承〔池上月〕関白懐中御製	
15臣下読師只自下臈次第重〔歌下為御所方〕二首三首時は端許を巻よせて置也　皆は不披也	
16◇僧并女歌は人歌講畢後可重歟　不論殿上地下只守位也	

（十）の項目10・13・16は袋草紙の内容と重なる（◇印）。項目10・13は御製懐中に関する内容であり、懐中するのは読師が多いので、国会本のように読師の項にあるのがふさわしい。項目16は披講の順序に関するもので、講師の項にあってもおかしくないが、やはり歌を重ねる役目の読師の方がふさわしい。

（十）の項目13が内閣本で二箇所に分かれ、一つは書入注の形態をとどめているのは、この13全体が祖本において書入注であったことを物語るだろう。また「崇徳院御製可講事也」の「可講事也」は、おそらく講師の項に混入後、講師の項に合うよう書き替えられたと思われる。同様に、Bの「講師講御製事」は「読師懐御製事」とあるべきだし、（十）11・12の「不可然之人講之」も「不可然之人懐（中）」とあるべきで、やはり講師の項に合うよう書き替えられている。後人の手が加わっていると見るべきであろう。

（十一）番事でも、▼▽印で示した国会本・内閣本各々の独自項目を除けば、両者はほぼ同じ順序で述べられており、共通の祖本にそれぞれが注を付加したことがうかがえる。そして独自項目はやはり▼印のコメント部分が多い。国会本の項目4は、総論1の補足と見られ、祖本で書入注であったことをうかがわせるが、内閣本で4が二ヶ所に分かれているのはその傍証になるかもしれない。

〈両者の関係について〉

いまの内閣本は、誤写等により本文の意味が通らないことが多く、叙述の順序も整っていない。また、後人による加筆や改変と思われる部分もある。久曾神昇氏によれば、内閣本と同じく御稿本系統に属する現存伝本は志香須賀文庫本だけの由であり、『日本歌学大系』別巻三に翻刻されているが、内閣本と比べてみると、小異はあるものの今回取り上げた重要な箇所を含めてほとんど一致しており、御稿本系統は内閣本のような伝本しか現存しないと考えてよさそうである。

したがって国会本と内閣本との関係は、現在の内閣本本文を見るかぎりでは、内閣本は御稿本すなわち草稿本系統、国会本は御精撰本すなわち再撰本系統、という単純な図式だけでは説明できない。結論はたしかに間違っていないと思われるが、草稿本の形を明らかにするためには、両者に共通する祖本の存在を考え、その姿を探ることが重要なのではないか。

対照表に示した国会本・内閣本の独自項目が▼印のコメント部分に特に多いこと、国会本・内閣本など諸本間で順序が違う部分は、もと書入注であったと思われる場合が多く、また袋草紙など別資料からの引用に多いことは、その共通祖本の姿を推測する手がかりを与えてくれよう。すなわち、まさしく草稿本であった共通祖本は、袋草紙など別資料から順次増補されていった、書入注を多く含む本であった。該当部分に書ききれない時は貼り紙がなされたかもしれない。紙を挟むだけのこともあっただろう。これを写したのが内閣本の祖本であるが、書写が繰り返されるうちに、本来の位置や順序がわからなくなったり、書写者による加筆や改変が行われたりしながら今に伝えられた。

その後、注が整理されたが、その際、適宜コメントを加えたり叙述の順序を変えることもあっただろう。先に述べた（十）読師の章から内閣本（九）講師の章への混入は、ひとまずは「混入」と考えたが、逆に、最初は講師の章にあったものを、整理の段階で読師の章に移した可能性も否定できない。ともかく、このようにして出来上がったのが再撰本であり、それが今の国会本の系統であると言ってよいだろう。

以上述べてきたように、草稿本「八雲御抄」の姿は、現存伝本の共通祖本の存在を考え、内閣本のみならず国会本をはじめとする伝本を広く深く検討することによってはじめて仄見えてくると思われる。

（青木賜鶴子）

（十二　作者・十三　清書）

〈対照表〉

国会本	内閣本
一　作者	**一　作者事**
（総論）中殿御会の作者	（総論）禁中御会の作者
（総論）内裏歌合の作者	ナシ
（具体例）歌合の作者	一部アリ（後出）
屏風歌の作者	一例ノミ
御書歌の作者	ナシ（後出）
東遊歌の作者	ナシ（後出）
大嘗会の歌等の作者	ナシ（後出）
一　ナシ	一　作者試歌合事
ナシ（一部前出）	（具体例）歌合の作者
一　清書	**一　清書事**
（具体例）歌合の清書人	（具体例）歌合の清書人
ナシ（前出）	大嘗会歌の作者等
ナシ（前出）	東遊歌の作者
ナシ（前出）	近代女御入内

〈構成・分類の違い〉

「十二　作者」及び「十三　清書」の項目における国会本と内閣本の本文を比較すると、構成、分類、用例、説明等の叙述内容の相違がある。これらの相違については、いずれかの加筆、あるいは省筆、または錯簡などの物理的原因等が考えられようが、右のように比較してみると、内閣本が「清書」の項目に、大嘗会に関する説明、東遊歌の作者、女御入内の書等をまとめていること、内閣本には「作者試歌合事」という項目があることという二つの大きな相違がある。

前者については、国会本が「作者」の大項目のもとに、中殿御会、内裏歌合、障子歌、屏風歌、御書歌、東遊歌、大嘗会歌の作者についての記述をまとめており、より整理されている。一方、内閣本が、内容の異なる説明を「清書」の項目にまとめることには無理がある。まとめるという意図はなく、ただ、並べただけのものであろう。あるいは、内閣本の順序は錯簡によるものとも考えられよう。

後者については、国会本にない「作者試歌合事」の項目を設けた内閣本は、この項目で歌合の作者をくわしく列挙している。例えば天徳四年内裏歌合を「左右念人誡作者」の例としてあげるように、ここでは歌合歌作者が歌合に参加する場合をいうのであろうか。総論を「作者」の項で説明し、具体例を「作者試歌合事」として分けて記しているのである。

〈叙述内容の違い〉

両者には用例の有無について、次のような相違がある。

ア内閣本にあって、国会本にない例。

①「元久八十島」（代作の例）

②「同御時（永承）根合」（代作の例）

イ国会本にあって、内閣本にない例。

①「堀河院中宮」（御製交他会の例）

②「上東門院入内屏風」（屏風歌の例）

③「宜秋門院入内屏風」（屏風歌の例）
④「船岡今宮」（東遊歌の例）
⑤「元暦」（大嘗会歌作者の例）
⑥「建久」（大嘗会歌作者の例）

内閣本にのみある二例は、いずれも代作の例であるのに対して、国会本の方は複数の項目において用例が多い。用例数が多い分、説明も詳しい。例えば、イの②③によって、国会本は屏風歌の作者が遁世者や法皇の場合等について、より詳しく記述している。これらの例のない内閣本は、屏風歌の作者の人数（これは国会本にも記述される）を問題にするのみである。

さらに、同じ事項の記述においても、国会本には、内閣本には見られない「近日」の実例等をあげている点は注目される。

次に、記述・説明内容の相違を比較する。

「東遊歌」の作者について、内閣本は「東遊歌なども大略同之」として六例をあげ、「如此之時可選時歌人」と記すのに対し、国会本は「東遊等歌又被召事歌人一人也　近は儒者多献之　是非儒者役自然事也（六例をあげる）又船岡今宮尊崇時　長能詠之」と記す。内閣本が東遊歌の作者は歌人を選ぶとのみ記すのに対し、国会本は、儒者が作者に選ばれる近年の傾向をも記している。

女御入内の折の「御書（歌）」についても、内閣本は「近代女御入内などに同書始被召事流例也　非外人可然人可進　関白得之歟　但非其旨　大臣納言中には可召之也　御返事女次侍者人也」とあるが、国会本は「近代女御入内露顕立后時被召御書歌　是親知近臣公卿之中歌人詠進之歟　関白尤可詠　不然には書事は執柄所為之　御返事は其方親知也　是非先例　近日新儀也」とある。内閣本は「御書」とのみ記し、歌が付されたことは明記してないが、国会本は「御書歌」と明記し、しかも、「近日の新儀」であると記している。明月記等にも、「御書歌」は土御門天皇の女御入内の際以来の儀であると記録されている。国会本の説明が、より詳しく、歴史的な変化をもふまえた記述がなされていると考えられる。

また、「作者」の項目はそれぞれ次のように書き始められるが、ここには、両者の記述態度の相違が表れている。

（国会本）中殿御会　公卿殿上人也　女房猶不可交　但有例…
（内閣本）禁中御会には地下無参　女房他所人皆詠歟…

この箇所には、両者の記述態度の相違が明らかである。すなわち、国会本は、参会する有資格者をあげている。また、女房についても、原則を記し、例外を但し書きにするという叙述である。その後に地下について記している。一方、内閣本は、当然参加する公卿については触れずに、地下の参会あるいは不参から書き始めている。女房についても、詠じるものとして記している。

国会本の方が、事実を順次、漏らさず記そうとするものであるといえよう。

このように見てくると、国会本の本文は、内閣本の本文を整理し用例を追加し、説明内容も詳しくしたものであるといえそうである。とはいえ、同じ事例の説明において内閣本の方が詳細な場合もある。次に、内閣本の方が詳しい箇所（内閣本にのみある説明）について見ておきたい。

①国会本と内閣本が、「作者」の説明に用例としてあげる歌合はほぼ同様である。ところが、国会本が、「延喜天暦菊合等地下歌人皆参」とある箇所が、内閣本では「作者試歌合事」という見出し（国会本にはない）のもとに「延喜十三之菊合　興風　是則　貫之　躬恒　天暦七年菊合忠見」と作者名を具体的にあげている。他にも天徳四年、寛和二年、永承四年の内裏歌合についても作者名一々を左右とも詳しく列挙している。この点は、前述した項目の相違にも関連するが、内閣本の書写過程において歌合作者が書き加えられた、あるいは内容を分けて詳しく記した可能性も考えられる。

②内裏の歌合の作者について、国会本では「内裏歌合……地下者上古は参　自中古は不然歟」「以上二代は地下参　二代は自然不被召」と地下の参不参のみを記すが、内閣本では、「於歌合地下凡卑輩可詠也……又只被召歌事多　於御会竜顔咫尺之条不可叶　仍不参也」と歌は詠じても参加は許されないと記したり、「非如法儀卒爾歌合なとには　地下者不参　唯殿上人許也」と詳しい。

③藤原孝善が代作した例の説明において、国会本は「藤孝善承暦代家忠　郁芳根合代経実」と事実のみを記すのに対して、内閣本は「青衛門孝善代家忠経実　彼二人不詠歌人也　仍如此　総如此例甚多　又内々替事は不及注　無合時も左右座不詠無宏無便　仍先例　又請人は露顕之定也」と詳述する。

④大嘗会歌の作者について、国会本では「自中古儒者必交之」とあるのが、内閣本では「自御（後）一条御宇」と時代を特定している。この記述は袋草紙によるものである。

⑤また、国会本が「一人必儒者」とある箇所が、内閣本では「一人は必儒宗　或儒郷　又多は文章博士」とより具体的に記される。

⑥国会本で「歌合歌会時常事也」として代作の説明が始まるが、内閣本では「歌合之時代人事如恒也」と、より明確に記している。

以上、当該箇所は、内閣本を草稿、国会本を精選本と見る通説と矛盾しない例がめだつ箇所である。一方、内閣本の詳細な説明は加筆された可能性もあるが、他の箇所の例と合わせて考察する必要があろう。

（中　周子）

（十四　撰集）

〈対照表〉

国会本	内閣本
2清輔云　撰集故実　時之大臣英雄公達などは雖非秀逸可入　非重代非其人は不可入　無双歌人は勿論也　此故実為集尤無詮事也	2清輔云　撰集故実には時大臣英雄人などは雖不秀逸可入非指重代非其人は不可入　於無双歌人はA可入　有秀逸人次歌一首は可入　是故実云り其外事不注之
3歌員数	3一　集歌員
4万葉廿巻　四十(千)三百十五首　長歌二百五十此内也	4万葉廿巻　四千三百十三首　此内長歌二百五十九
76又清輔之　読人不知とは有三様　一は不知　二は雖知凡卑　三は詞など有憚歌也	76顕(清)輔云　読人不知有二様　一には雖知凡卑　二には詞有憚云々
80一　巻々一番	80一　巻一番事
81巻々端には不論古人現在　殊歌人又可然人詠也　卿相などは雖非殊作者入之　女歌又准之　読人不知又然背両方之者入一番之例　拾遺恋歌五　善祐法師　後拾遺雑四　披季通詞花恋下藤相如是也　此外皆歌人又女房可然人也八代集数一(十)巻内　只三人例也	81巻一番には不論故人現存人有之　名又可然貴所御歌又相卿之上者　雖非強歌人入之　又読人不知歌多之　女歌不可謂子細　指歌人ならず又卿相已上ならぬものは入一番之例　拾遺恋〔五〕一番　善祐法師　G此外古今　後撰拾遺　皆有之謂者歟　其後　81々拾遺雑四　橘季通　詞花恋下　藤相如　此外集皆可然人也　H非歌人は卿相以上又女房など也　無指事者無例也　能々可思遍也
121　大臣	121一　大臣事
123普通真名には閑院左大臣　西宮前左大臣なと也	123閑院左大臣なとかけり　おほいまうちきみなとそ同事也　後拾遺には西宮前左大臣と云々
124前字入道或加或不加	**124前字少々也　非普通事**
129又大和守藤原永平なとあり　是は大臣とも不知歟　又多本不入はいふにをよはす　次凡拾遺様如此唯其大臣普通事也	**129又大和守藤原永平　L源忠明なとかけり　非普通事**
130近代大臣は必加入道字　大納言已下不然　尤無其謂歟	
131一　公卿書様	131一　公卿書様事
132古今在原行平朝臣なと也	132古今在原行平朝臣　**M小野篁朝臣とかけり**
133後撰大略同　藤原兼輔朝臣なと也	133後撰も大略同　古今又藤原兼輔朝臣なとあり
134又納言顕忠　権中納言時望ともあり左兵衛督師尹朝臣ともあり	134但大納言顕□　権大納言時望ともかく　**N以上故人也　当時人師尹をは左兵衛督師尹朝臣なとかけり**
135拾遺中納言朝忠卿　右衛門督公任卿なと也　**故人現存同**	135拾遺には中納言朝忠卿　右衛門督公任卿なともかけり
138多は左大将済時卿なと也	138多は左大将済時卿なとていにかけ

139其後代々皆一同　権大納言某　左
衛門督某なと也
140前字　権字　入道字　或有或無
144入道字上古はめつらしき事なれと
多書近日は多不書　大臣已上を書
其条無其謂　入道事更不可依官
尊事也書は大中納言をも書　有何
事哉
148一　四位
150拾遺少々加官　非普通事
152一　五位
153在原棟梁　紀貫之以後代々同
154拾遺少々加官例別事也
155詞花少将藤原義孝と書は伊勢守藤
原義孝こまりつる故也

り
P大伴家持　平随時なとかけるは無
何事也
139其後代々集皆同　権大納言某　左
衛門督某なと也
140前字　権字　入道字なとは或加或
不加
148一　四位
150而拾遺には少々
R文章博士藤原後生　中納言源経房
朝臣なとあり
S又能宣は不加朝臣如何　以後集皆
加之
T抑後拾遺贈参議義忠をは只藤原義
忠朝臣かけり
U拾遺には実方は或加朝臣　或左近
少将なとかけり　是をは例也　非
常事
152一　五位
153紀貫之
V在原元方也
157千今不相違拾遺蔵人仲文とかき
W又兵衛佐信賢なとかけり　凡彼集
事皆如此
155詞花に少将藤原義孝とかけるは伊
勢守義孝にまかへはかける歟

156一　六位
157同五位拾遺蔵人仲文と有は別事也
蔵人頭なりしかとふるき五位也
158又金葉左近衛府生秦兼方　神主大
膳武忠なとは□ものなれは也

X賀茂成助　津守国遠は五位也　近
日社司皆四位なれと無朝臣
156一　六位
157同五位　たゝ姓名許也
158金葉左近衛府生秦兼方とかける事
は別事歟　又神主前大膳

（項目1〜81）

〈叙述内容の違い〉と〈両者の関係について〉

内閣本の「撰集」の項は、国会本に比べると分量が少ない。国会本の「序者」「部次第」に相当する項目が無い上に、「集員数」「撰者」の各項目でも一部の歌集しかとりあげていないためである。また全体的に内閣本の書写態度が杜撰で、あきらかに誤写と思われる箇所が目だつことを最初に指摘しておく。

さて「撰集」の項目79までを前半部分、項目80以降を後半部分とすると、袋草紙をはじめとする先行の歌学書との関係が大きく異なっている。前半では多くの項目で袋草紙や古来風体抄の説をふまえて書いているのに対して、後半の「一　巻々一番」や、「御製書様」以下の八代集の作者名表記について述べている部分は先行する説がほとんど無く、八雲御抄が独自の調査にもとづいて執筆したと思われる部分なのである。このような点にも留意しながら、国会本と内閣本の関係を考えることにしよう。

項目2について、内閣本の傍線部分A「有秀逸人次歌一首は可入是故実云り　其外事不注之」は国会本には無いが、袋草紙（一四頁）の撰集故実の「於二無双歌一者無二左右一。又歌仙之歌有二秀歌一首一、次歌一両可レ入レ之、故実也」にほぼ一致している。また袋草紙、撰集故実ではこれに続けて「以前撰集漏歌好ヲバ不レ可レ入レ之。此集決定劣二彼集一之趣顕然之故也……」「秀歌一所不レ可レ並」などと撰歌や排列について述べているのだが、内閣本の「其外事不注之」の「其外事」がこれらの部分を指していると考えれば、八雲御抄には撰歌、排列等についての記述はないので「不注之」にあてはまり、内閣本が袋草紙をほぼそのまま利用していることになる。国会本の「無詮事也」は袋草紙の清輔説を批判している箇所だが、内閣本にはこれが無いことにも注目したい。

項目4の万葉集の歌数について、袋草紙（一五頁）には「四千三百十三首、此中長歌二百五十九首」とあり、内閣本の数のほうが袋草紙に一致している。内閣本の「集歌員」は万葉集の歌数しか書いていないが、国会本では万葉集と八代集のすべてに、袋草紙とは別に調査したと思われる歌数を記している。

つまり以上の二例では、国会本の叙述と比べると内閣本のほうが袋草紙の説を無批判に書き抜いていることから、内閣本のほうが執筆の初期の段階の本文をとどめていると思われる。しかし、逆に国会本のほうが袋草紙の本文に一致している例もある。

項目76について、袋草紙（一五頁）には「読人不レ知ト書事可レ有レ儀。一ニハ真実不レ知二作者一歌、一には雖レ書二名字一世以難レ知二其人一下賤卑陋之輩、一ニハ詞有レ憚歌等也」とあり、国会本の「有三様」のほうが袋草紙に一致している。内閣本は「真実不知作者歌」を欠いて「二様」としているが、前の二例でみたように袋草紙の内容を元にしてそれに加筆していくという八雲御抄の執筆方法を考え合わせると、この例では内閣本の伝流の過程において本来はあったはずの「不知」が脱落し、それを後代の人が合理的に「二様」と改めたものと思われる。

国会本と内閣本の本文異同を袋草紙の本文と照らし合わせてみると、内閣本のほうが初期の本文を残していると考えられる箇所と、内閣本に後人の手が加わっているとみられる箇所が混在していることが明らかになるようである。

次に八雲御抄が独自に調査して説を記している後半の部分について、内閣本の特徴をみることにしよう。

「一　巻々一番」について、国会本と内閣本にともにある項目81には、優れた歌人でもなく、公卿や大臣でもない人の歌が巻頭に入っている例として善祐法師、橘季通、藤相如の三人の名があげられているが、内閣本の項目Hには「非歌人は卿相以上又女房など也　無指事者無例也」とあり矛盾している。また末尾には「能々可思遍也」とある。つまり内閣本には項目81と項目Hという内容的に矛盾する本文が混在しているのだが、項目81にあげられている三人の例は、項目Hをうけて、八代集のそれぞれの巻の巻頭歌の作者を調査した、すなわち遍く考えた結果だと考えられる。内閣本のほうが草稿に近い本文をより多く残しているようである。

用例はいちいちあげないが、内閣本の本文にはこれ以外にも調査しながら加筆していく過程がそのままとどめられている部分が散見される。このことから全体的に言えるのは、国会本の本文は内閣本の祖本の本文を土台にして用例を加えたり、内容を補足したり修正するなどして成立しているということである。しかし、わずかながら例外的な部分もある。

「子細」の項目F「西入古今以下　古今第一番入貫之　不可然之由有院宣又改之　其時過法多仍又改之　然間第二番度于今披露　第三番第一源重之と有　流布本は顕季也　大治以後奏」は金葉集の初度本、二度本、三奏本の巻一巻頭歌の作者について記している。これらの項目がどの時点で書かれたのかは不明であるが、金葉集に関する重要な内容なので、現在の国会本の祖本となる本を執筆するときに、項目Fがすでに内閣本の祖本に書かれていたのならば、それを削除したとは考え難いのである。

以上をまとめると、大筋では内閣本のような草稿本が先に成立して、それを整理し新たに調査した結果を書き加えるなどして、国会本のような本文が成立したと考えてよいと思うのだが、現在の内閣本の祖本と国会本の祖本が枝分かれしたあとから、内閣本のほうに手を加えている箇所もあるようである。

（鳥井千佳子）

（項目82～最後）

〈叙述内容の違い〉

一　国会本にのみ見える記述について

　項目129の藤原永平が「大臣」と書かれていないことについて、国会本では「是は大臣とも不知歟」などとある部分が、内閣本には見られない。また、国会本では項目130や144において、大臣や公卿に「入道」を付けるかどうかについての記述があるが、内閣本では、項目140に「前字　権字　入道字なとは或加或不加」とあるのみで、国会本のような記述は見られない。このように、国会本の方がより詳しい説明や考察が書かれているところがある。

　また国会本項目158にある「神主大膳武忠」についての説明が、内閣本では「又神主前大膳」としかなく、誤写か、脱落かとも思われるが、わかりにくい記述になっている。さらに項目169以後の「女房」についての記述が、内閣本は誤写が目立つだけでなく、記述の量が国会本に比べてかなり少なく、杜撰に感じられる。このように国会本の方が、より整った、充実した内容になっているところは、各所に見られる。

二　内閣本にのみある項目について

　「四位」の作者名表記について、国会本では項目150「拾遺少々加官非普通事」と述べて、拾遺集では官職名を書く場合があることを指摘するだけである。これに対して内閣本は、項目R「文章博士藤原後生」「中納言源経房朝臣」などの用例をあげ、項目S「又能宣は不加朝臣如何」、項目U「拾遺には実方は或加朝臣　或左近少将などかけり」と、拾遺集の書き方の問題点について、さらに具体的に説明している。

　「五位」についても、国会本では項目154「拾遺少々加官例別事也」と述べるのみであるのに対して、内閣本は項目157「蔵人仲文とかき」項目W「又兵衛佐信賢なとかけり」と、具体的に例をあげて示している。また、「公卿書様」でも項目P「大伴家持」「平随時」など、内閣本には国会本にない用例があげられている。

　これらの用例は、内閣本が成立する段階で手を加えたか、あるいは後人の書き入れが本文化したものと考えられる。ただし、内閣本のこのような特徴は、「大臣」「公卿」「四位」「五位」の部分に特に集中しており、後の「女房」のところなどには全く見られない。

三　国会本と内閣本で、異なる説について

　「公卿書様」の中で国会本は、項目135「拾遺中納言朝忠卿　右衛門督公任卿なとも　故人現存同」と述べて、拾遺集の例について故人も現存の人物も書き方に違いはないと述べる。これに対して内閣本は、後撰集の例について項目133「古今又藤原兼輔朝臣なとあり」134「但大納言顕□　権大納言時望ともかく」N「以上故人也　当時の人は左兵衛督師尹朝臣なとかけり」と述べ、現存の藤原師尹は故人とは異なる書き方をしていると指摘している。国会本も内閣本も挙げられている用例は同じであるが、これは、内閣本の方が後で、後撰集の用例の中に故人と現存の違いを見いだして書き改めたと考えられる。

　また国会本が「大臣」について項目124「前字入道或加或不加」と述

べるのに対して、内閣本は「前字少々也　非普通事」と述べる。詞花集以前では「前」と書かれる大臣は西宮前左大臣と帥前内大臣のみで、極めて例外的な書き方と言えるのである。（補注17参照）これも内閣本においてより詳しい考察が加えられて、書き改められたと思われるのである。

〈両者の関係について〉

以上のような叙述内容の違いについてまとめると、内閣本には、国会本より古い、より未整理の状態の本文が多く残されており、そういった草稿段階の本文を整理し、さらに詳しく考察を付け加えて、現在の国会本ような本文が出来上がっていったと思われる。そして、国会本が作られていくのとはまた別に、用例を付け加えたり書き改めたりして、現在の内閣本の本文が成立したのではないかと思われるのである。

（金井まゆみ）

引用文献

歌学書関係

歌経標式　真本・抄本　日本歌学大系　第一巻
和歌作式（喜撰式）　日本歌学大系　第一巻
和歌式（孫姫式）　日本歌学大系　第一巻
石見女式　日本歌学大系　第一巻
新撰和歌髄脳　日本歌学大系　第一巻
新撰髄脳　日本歌学大系　第一巻
能因歌枕　略本・広本　日本歌学大系　第一巻
隆源口伝　日本歌学大系　第一巻
俊頼髄脳　日本歌学大系　第一巻
奥義抄　日本歌学大系　第一巻
和歌童蒙抄　日本歌学大系　第一巻・別巻一
袋草紙　日本歌学大系　第二巻・新日本古典文学大系
和歌初学抄　日本歌学大系　第二巻
古来風体抄　初撰本・再撰本　日本歌学大系　第二巻
後鳥羽天皇御口伝　日本歌学大系　第三巻
和歌色葉　日本歌学大系　第三巻
長明無名抄　日本歌学大系　第三巻
和歌秘抄　日本歌学大系　第三巻
定家物語　日本歌学大系　第四巻
井蛙抄　日本歌学大系　第五巻
綺語抄　日本歌学大系　別巻一
袖中抄　日本歌学大系　別巻二
色葉和難集　日本歌学大系　別巻二
万葉集時代難事　日本歌学大系　別巻四
古今集序注　日本歌学大系　別巻四
古今集注　日本歌学大系　別巻四
後拾遺集注　日本歌学大系　別巻四
和歌一字抄　日本歌学大系　別巻七
三十六人歌仙伝　群書類従　（第五輯）
古今問答　『国語国文学研究史大成　古今集・新古今集』（三省堂）
正治二年俊成卿和字奏状　『歌論集一　中世の文学』（三弥井書店）
三代集之間事　『三代集の研究』（明治書院）
連理秘抄　日本古典文学大系『連歌論集』
筑波問答　日本古典文学大系『連歌論集』

和歌関係

古今和歌集嘉禄二年本　冷泉家時雨亭叢書2
中殿御会部類記　群書類従（第一六輯）
万寿元年高陽院行幸和歌　新編国歌大観（第五巻）
建保六年八月中殿御会　新編国歌大観（第十巻）

大嘗会悠紀主基和歌　新編国歌大観（第十巻）
菟玖波集　日本古典文学大系『連歌集』
古今和歌集目録　群書類従（第一六輯）
和歌現在書目録　続群書類従（第一七輯上）
二十巻本類聚歌合目録　『類聚歌合とその研究』（大学堂書店）
和歌合抄目録　『類聚歌合とその研究』（大学堂書店）
十巻本歌合総目録　古典文庫『歌合巻』
古蹟歌書目録　「日本学士院紀要」第十二巻第三号

漢詩文関係

菅家文草　日本古典文学大系
本朝文粋　新日本古典文学大系
本朝続文粋　新訂増補国史大系
本朝文集　新訂増補国史大系
江吏部集　群書類従（第九輯）
扶桑古文集　「東京大学史料編纂所報」第二号
本朝小序集　同志社女子大学「日本語日本文学」第十号
王沢不渇鈔　寛永十一年刊板本

史料関係

日本書紀　日本古典文学大系
続日本後記　新訂増補国史大系
日本紀略　新訂増補国史大系
本朝世紀　新訂増補国史大系
百錬抄　新訂増補国史大系
扶桑略記　新訂増補国史大系
帝王編年記　新訂増補国史大系
尊卑分脈　新訂増補国史大系
公卿補任　新訂増補国史大系
職事補任　群書類従（第四輯）
弁官補任　群書類従（第四輯）
延喜式　新訂増補国史大系
江家次第　新訂増補故実叢書
西宮記　新訂増補故実叢書
北山抄　新訂増補故実叢書
夜鶴庭訓抄　群書類従（第二八輯）
小右記　大日本古記録
御堂関白記　大日本古記録
後二条師通記　大日本古記録
中右記　大日本古記録（未刊行部分は、増補史料大成による）
殿暦　大日本古記録
猪隈関白記　大日本古記録
権記　増補史料大成

左経記	増補史料大成
江記	増補史料大成
長秋記	増補史料大成
兵範記	増補史料大成
山槐記	増補史料大成
後鳥羽院宸記	増補史料大成『歴代宸記』
順徳院御記	増補史料大成『歴代宸記』
明月記	国書刊行会
玉葉	国書刊行会
家長日記	『家長日記校本・研究・総索引』（風間書房）
時信記	陽明叢書『平記』
栄花物語	日本古典文学大系
大鏡	日本古典文学大系
今鏡	講談社学術文庫
増鏡	講談社学術文庫

説話関係

江談抄	新日本古典文学大系
古事談	新訂増補国史大系
続古事談	続古事談注解（和泉書院）
古今著聞集	日本古典文学大系
十訓抄	新日本古典文学全集（小学館）

参考文献

『校本八雲御抄とその研究』（図書出版厚生閣　昭14）久曾神昇
『日本歌学と中国詩学』（弘文堂　昭33）太田青丘
『古代歌学の形成』（塙書房　昭38）小沢正夫
『平安の和歌と歌学』（笠間書院　昭54）小沢正夫
『袋草紙注釈』（塙書房　昭49）小沢正夫・後藤重郎・島津忠夫・樋口芳麻呂
『袋草紙考証　歌学篇』（和泉書院　昭58）藤岡忠美・芦田耕一・西村加代子・中村康夫
『新日本古典文学大系　袋草紙』（岩波書店　平7）藤岡忠美
『古今和歌集成立論』（風間書房　昭35）久曾神昇
『古今和歌集全評釈』（講談社　平10）片桐洋一
『後撰和歌集総索引』（大阪女子大学国文学研究室　昭40）大阪女子大学
『拾遺和歌集の研究　校本篇・伝本研究篇』（大学堂書店　昭45）片桐洋一
『拾遺抄―校本と研究』（大学堂書店　昭52）片桐洋一
『後拾遺和歌集全評釈』（風間書房　平5）藤本一恵
『千載和歌集』（笠間書院　昭44）久保田淳・松野陽一
『八代集全註』（有精堂　昭35）山岸徳平
『平安中期和歌考論』（新典社　平5）平田喜信
『院政期の歌壇史研究』（武蔵野書院　昭41）橋本不美男
『平安後期歌人伝の研究』（笠間書院　昭63）井上宗雄
『平安後期歌学の研究』（和泉書院　平9）西村加代子
『平安朝歌合大成　増補新訂』（同朋舎出版　平7～8）萩谷朴
『中世歌合集と研究』上・中・下・続（未刊国文資料）井上宗雄・福田秀一他
『中世歌合伝本書目』（明治書院　平3）中世歌合研究会編
『未刊中世歌合集』上・下（古典文庫）谷山茂・樋口芳麻呂編
『中世散佚歌集の研究』（碧冲洞叢書　昭33）簗瀬一雄
『聯句と連歌』（要書房　昭25）能勢朝次
『菟玖波集の研究』（風間書房　昭40）金子金治郎
『連歌史論考上』（明治書院　昭46）木藤才蔵
『歌経標式　注釈と研究』（桜楓社　平5）沖森卓也・佐藤信・平沢竜介・矢嶋泉
『和歌文学大辞典』付載「和歌史年表」（明治書院　昭12）窪田空穂・佐々木信綱他
『和歌文学辞典』（桜楓社　昭57）有吉保
『和歌大辞典』（明治書院　昭61）犬養廉・井上宗雄他
『新訂官職要解』（講談社学術文庫　昭58）和田英松

索引篇

索引篇目次

索引篇凡例

一 本索引は、人名・歌合・歌会・和歌・書名・事項の各部から成る。

一 付録として、索引に収めた歌合・歌会を年代順に並べた「歌合一覧」「歌会一覧」を付した。

一 掲出項目の所在は、「八雲御抄」の巻一正義部を「一」、巻二作法部を「二」とし、巻数、章番号（丸数字）、章題の略称、項目番号（算用数字）、の順に示した。例えば、二⑧序者7は、巻二作法部、（八）序者、項目7を示す。また章題の語を示す場合は、便宜的に「0」の番号を付して「二⑧序者0」のように示した。

一 同じ巻、同じ章の項目が続く場合は、二番目以下の項目の巻数、章番号、章題を省略した。

一 巻一で国会図書館本になく幽斎本、書陵部本、内閣文庫本にのみある小文字アルファベットの項目a～zは、アルファベットの次に伝本名を略称（「幽」「書」「内」）で示した。巻二幽斎本・書陵部本もこれに同じ。ただし巻二内閣文庫本のみにある大文字アルファベットA～Zの項目は伝本名を省略した。

一 国会図書館本本文が誤っていると考えられ、幽斎本、書陵部本、内閣文庫本によって訂正できる場合は、番号の後に訂正に用いた伝本名の略称を示した。四本ともに誤っていると考えられ、研究編において正しい本文を推定した場合は「研」とした。

なお幽斎本、書陵部本、内閣文庫本の誤字と考えられるものは、原則として索引には採っていない。

一 章番号と章題の略称は次頁の通り。なお巻二で内閣文庫本のみにある章のうち、「殊歌合」「物合次歌合」の章（国会図書館本⑬清書と⑭撰集の間）は、便宜的に「二内⑮」「二内⑯」とした。また、底本とした四本にないゆえに研究篇に本文のみ示した巻一「（付）私記」は、便宜的に「一㉔」とし、項目番号なしで示した。

〈略称一覧〉

	章題	略称
(序)	序	序

巻一　正義部

(一)	六義事	一①六義
(二)	序代	一②序代
(三)	短歌	一③短歌
(四)	反歌	一④反歌
(五)	旋頭歌	一⑤旋頭
(六)	混本歌	一⑥混本
(七)	廻文歌	一⑦廻文
(八)	無心所着	一⑧無心
(九)	誹諧歌	一⑨誹諧
(十)	折句	一⑩折句
(十一)	折句沓冠	一⑪折沓
(十二)	沓冠	一⑫沓冠
(十三)	物名	一⑬物名
(十四)	贈答	一⑭贈答
(十五)	諸歌	一⑮諸歌
(十六)	異体	一⑯異体
(十七)	連歌	一⑰連歌
(十八)	八病	一⑱八病
(十九)	四病	一⑲四病
(二十)	七病	一⑳七病
(二十一)	歌合子細	一㉑歌合
(二十二)	歌会歌	一㉒歌会
(二十三)	学書	一㉓学書
(付)	私記	一㉔私記

巻二　作法部

	章題	略称
(一)	内裏歌合	二①内裏
(二)	執柄家歌合	二②執柄
(三)	中殿会	二③中殿
(四)	尋常会	二④尋常
(五)	歌書様	二⑤書様
(六)	出題	二⑥出題
(七)	判者	二⑦判者
(八)	序者	二⑧序者
(九)	講師	二⑨講師
(十)	読師	二⑩読師
(十一)	番事	二⑪番事
(十二)	作者	二⑫作者
(十三)	清書	二⑬清書
(十四)	撰集	二⑭撰集
(＊十五)	殊歌合	二内⑮殊合
(＊十六)	物合次歌合	二内⑯物合

人名索引

人名索引凡例

・『八雲御抄』の本文中に見える人名・神名等を収めた。
・『八雲御抄』が同一人物としているものは原則として従った。
・見出しは実名または一般的な呼称とした。『八雲御抄』に別称で示されている場合や、国会本本文が誤っている場合などは、当該箇所の番号の後の（　）内に本文を注記した。その他略称などは、見出しの後の〔　〕内にゴシック体で本文を示した。
・男性名は「定家（藤原）」のように実名の「名（姓氏）」の形で掲出した。
・天皇は「〇〇天皇」に統一した。
・女性名は、八雲御抄での呼称または一般的な呼称を優先し、実名がわかる場合は見出しの後の（　）内に注記した。実名で示されている場合は男性名と同じく「名（姓氏）」の形とした。
・男性名は訓読みを原則としたが、「儀懐」のように読みづらいものは音読みもしくは音読みからの参照を付けた。
・官名は「前太政大臣（さきのだじょうだいじん）」のように一般的な読み方によった。
・天皇・親王は通常の読み方に従った。
・女性名は音読みを原則としたが、「赤染衛門」「和泉式部」のように実名でない場合などは通常の読み方に従った。また「顕忠朝臣母」のような場合は「顕忠母（藤原）」の形で掲出し、読みは男性名に準じて「あきただのはは」のようにした。
・僧侶名は音読みによった。
・『八雲御抄』本文からの参照項目を適宜付した。国会本が誤っている場合は、誤った本文の所在をあげた上で、正しい本文への参照を付した。
・ふりがなは現代仮名遣いにより、配列はふりがなの五十音順とする。

《あ》

赤染衛門《あかぞめえもん》〔赤染〕　一⑲四病19、㉑歌合22、58、二⑪番事17、B
顕季《あきすえ》(藤原)　一㉑歌合28(顕昭)、28書内、㉓学書35、二⑦判者31、35、⑭撰集F
顕輔《あきすけ》(藤原)　二⑤書様106、107書、⑦判者H、⑩読師13幽書、⑫作者52、62、70、⑭撰集26(27の混入)、27、63、71、内⑯物合38
顕忠《あきただ》(藤原)　二⑭撰集134
顕忠母《あきただのはは》(藤原)　二⑭撰集189
顕綱《あきつな》(藤原)　一⑳七病8、㉑歌合65、94
顕仲《あきなか》(藤原)　一㉓学書10、二⑭撰集69
顕仲《あきなか》(源)　二⑦判者39、41
顕房《あきふさ》(源)　一㉑歌合66、二⑦判者3、9、18、24、⑩読師22、⑭撰集BB
顕基《あきもと》(源)　二②執柄10
朝忠《あさただ》(藤原)　一⑳七病17、22、㉑歌合89、㉒歌会69、二⑦判者45、⑪番事12、21、⑭撰集135
朝光《あさみつ・あさてる》(藤原)　一㉒歌会56
味耜高彦根尊《あじすきたかひこねのみこと》　一㉒歌会37(みにすきたかひこねのみこと)
敦隆《あつたか》(橘／藤原)　一㉓学書51、二⑪番事27、28、30
敦仲《あつなか》(藤原)　一㉔私記
敦実親王《あつみしんのう》　二①内裏41(上野親王)
敦光《あつみつ》(藤原)　一㉓学書17、二⑩読師5、⑫作者51、52、64
敦固親王《あつもとしんのう》　二⑭撰集97(朱雀院兵部卿親王)
敦慶親王《あつよししんのう》　二①内裏41(中務親王)
敦頼《あつより》(藤原)　一㉔私記
安部朝臣《あべあそん》　一⑧無心2(大舎人安部朝臣)
洽子《あまねいこ》　二⑭撰集180(典侍洽子朝臣)
あめのみかど　二⑭撰集84
天稚彦尊《あめわかひこのみこと》　一㉒歌会37(あめわかひこ)
有家《ありいえ》(藤原)　二⑥出題7(有)、7幽書、⑫作者60、62、⑭撰集30
有国《ありくに》(藤原)　二⑧序者7
有綱《ありつな》(藤原)　二⑤書様78
有仁《ありひと》(源)　二③中殿a幽(内大臣)、⑧序者14、32、⑩読師5(内大臣)
有安《ありやす》(中原)　一㉔私記

《い》

伊《い》　→**伊尹《これただ》**
家仕《いえ?》　二⑫作者68　(→**家経《いえつね》**)
家隆《いえたか》(藤原)　一⑳七病53、二⑤書様117、⑥出題7、⑫作者46(→**家経《いえつね》**)、⑭撰集30幽書
家忠《いえただ》(藤原)　一㉑歌合2、二⑫作者8、20
家経《いえつね》(藤原)　二⑦判者25、⑨講師b幽書、⑫作者46(家隆)、46幽書、68(家仕)、68幽書
家成《いえなり》(藤原)　一㉑歌合92、二⑦判者39、内⑯物合39
家信《いえのぶ》(藤原)　二②執柄33
家宣《いえのぶ》(藤原)　二⑪番事2
郁芳門院《いくほうもんいん》〔郁芳・郁芳門〕(媞子内親王)　一㉑歌合89、二①内裏20、51、59、63、88、⑥出題11、24、⑦判者49、⑨講師36、37(同)、⑩読師23、⑫作者14、20、⑬清書5、内⑯物合11、12(同院)
池主《いけぬし》(大伴)　一⑮諸歌29
和泉式部《いずみしきぶ》　二⑭撰集195
伊勢《いせ》　一③短歌19、22、㉑歌合53、㉒歌会50、二⑭撰集194
伊勢寺入道《いせでらにゅうどう》　一㉓学書28
伊勢大輔《いせのたいふ》　一⑰連歌46、㉑歌合32
一条院皇后宮《いちじょういんのきさいのみや》(藤原定子)　二⑭撰集171
一条摂政《いちじょうせっしょう》　→**伊尹《これただ》**
一条天皇《いちじょうてんのう》〔一条院・一条〕　二⑫作者42、⑭撰集56
一宮《いちのみや》　→**保明親王《やすあきらしんのう》**
井手尼《いでのあま》　二⑭撰集198
祝緒《いわお》　一㉔私記
石見女《いわみじょ》　一㉓学書56
院《いん》　→**郁芳門院《いくほうもんいん》**
院《いん》　→**後鳥羽天皇《ごとばてんのう》**
院《いん》　→**白河天皇《しらかわてんのう》**

《う》

宇治関白《うじかんぱく》　→**頼通《よりみち》**
宇治前太政大臣《うじさきのだじょうだいじん》　→**頼通《よりみち》**
宇治殿《うじどの》　→**頼通《よりみち》**
右大臣《うだいじん》　→**教通《のりみち》**
右大臣《うだいじん》　→**道家《みちいえ》**
右大臣《うだいじん》　→**道兼《みちかね》**

右大臣教《うだいじんきょう》 →教通《のりみち》
右大臣道《うだいじんどう》 →道家《みちいえ》
右大臣北方《うだいじんのきたのかた》(源隆子) 二⑭撰集191
宇多天皇《うだてんのう》 一⑳七病50(亭子院)、㉑歌合36(亭子院)、53(亭子院)、63(亭子院)、㉒歌会50(寛平)、二①内裏5(亭子院)、11(亭子院)、36(亭子院)、⑨講師25(亭子院)、⑪番事10(亭子院)、⑫作者4(亭子院)、⑭撰集90(法皇)
雲林院みこ《うりんいんのみこ》 →常康親王《さねやすしんのう》

《え》

永承皇后宮《えいしょうきさいのみや》 →四条宮《しじょうのみや》
永成法師《えいしょうほうし》 一㉒歌会7
恵光房《えこうぼう》 一㉔私記
延喜《えんぎ》 →醍醐天皇《だいごてんのう》
円融天皇《えんゆうてんのう》〔円融院〕 二⑧序者22、23(同)、⑫作者41、⑭撰集91

《お》

近江更衣《おうみのこうい》(源周子) 二⑭撰集177
大炊御門右大臣《おおいみかどのうだいじん》 →公能《きんよし》
大殿《おおとの》 →師実《もろざね》
大伴卿《おおともきょう》 →家持《やかもち》
大二条《おおにじょう》 →教通《のりみち》
大二条関白《おおにじょうかんぱく》 →教通《のりみち》
大二条関白《おおにじょうかんぱく》 →頼通《よりみち》
大宮大相国《おおみやだいしょうこく》 →伊通《これみち》
興風《おきかぜ》(藤原) 一㉑歌合101、二⑫作者4
憶良《おくら》(山上) 一㉓学書23、二⑤書様103
小野小町《おののこまち》〔小町〕 一⑥混本4、⑭贈答4
小野大臣《おののだいじん》 →実頼《さねより》
小野宮《おののみや》 →実頼《さねより》
小野宮太政大臣《おののみやだじょうだいじん》 →実頼《さねより》
小野宮大臣《おののみやのだいじん》 →実頼《さねより》
女七宮《おんなしちのみや》(依子内親王) 二①内裏11
女六宮《おんなろくのみや》(誨子内親王) 二①内裏11

《か》

快修《かいしゅう》 二⑭撰集Z
改長《かいちょう》 一㉒歌会71(→政長《まさなが》)
加賀左衛門《かがのさえもん》 二⑭撰集196
柿下一老《かきのもとのいちろう》(後鳥羽院の作名) 二⑤書様7
覚盛《かくしょう》 一㉔私記
覚性法親王《かくしょうほっしんのう》 二⑭撰集103(仁和寺入道法親王)
覚審《かくしん》 一㉔私記
花山天皇《かざんてんのう》〔花山法皇・花山院・花山〕 一㉑歌合93、97、㉓学書26、二⑫作者17、42、⑭撰集21、22
兼明親王《かねあきらしんのう》 一㉓学書a幽書内
兼家《かねいえ》(藤原) 二⑭撰集111(入道太政大臣)
兼方《かねかた》(秦) 二⑭撰集158
兼輔《かねすけ》(藤原) 二⑭撰集133
兼澄《かねずみ》(源) 二⑫作者28、43
兼長《かねなが》(源) 二⑪番事25
兼房《かねふさ》(藤原) 二⑦判者9、⑨講師34、⑩読師24
兼昌《かねまさ》(源) 一㉑歌合57
兼光《かねみつ》(藤原) 二⑫作者57
兼覧王《かねみのおおきみ》 二⑭撰集146
兼盛《かねもり》(平) 一⑲四病2、11、⑳七病25、㉔私記、二⑦判者45、⑧序者23、⑨講師D、⑪番事21、⑫作者5、6、40、41
兼行《かねゆき》(源) 二⑬清書2、3
兼頼《かねより》 二②執柄10
上野親王《かみつけのみこ》 →敦実親王《あつみしんのう》
閑院左大臣《かんいんさだいじん》 →冬嗣《ふゆつぐ》
閑院のご《かんいんのご》 二⑭撰集194
閑院三親王《かんいんのさんのみこ》 →貞元親王《さだもとしんのう》
菅家《かんけ》 →道真《みちざね》
菅丞相《かんじょうしょう》 →道真《みちざね》
貫首《かんず》 →資綱《すけつな》
貫首《かんず》 →経家《つねいえ》
関白《かんぱく》 →忠実《ただざね》
関白《かんぱく》 →忠通《ただみち》
関白《かんぱく》 →師通《もろみち》
関白《かんぱく》 →頼通《よりみち》
関白《かんぱく》(前関白) →師実《もろざね》
関白《かんぱく》(当関白) →師通《もろみち》
関白前左大臣《かんぱくさきのさだいじん》 →師実《もろざね》
寛平《かんぴょう》 →宇多天皇《うだてんのう》
寛平后宮《かんぴょうきさいのみや》 一⑱八病16、㉑歌合101

《き》

基《き》 →基俊《もととし》

儀懐《ぎかい》　→よし《よしちか》
(皇)后宮《きさいのみや》　→**四条宮**《しじょうのみや》
后宮《きさいのみや》　→**寛平后宮**《かんぴょうきさいのみや》
徽子女王《きしじょおう》(麗景殿女御と同一人物とする)
　一㉑歌合61(徽子女御)、78(徽子)、二⑨講師40(麗景殿)、⑭撰集174(斎宮女御・女御徽子女王)、175(麗景殿女御)、内⑮殊合23(麗景殿女御徽子)
徽子女御《きしにょうご》　→**徽子女王**《きしじょおう》
宜秋門院《ぎしゅうもんいん》(藤原任子)　二⑫作者18
喜撰《きせん》　一③短歌28、⑱八病0、27、⑲四病0、㉓学書54
義忠《ぎちゅう》　→のり《のりただ》
紀乳母《きのめのと》(紀全子)　二⑭撰集186
教《きょう》　→**教通**《のりみち》
京極《きょうごく》　→**師実**《もろざね》
京極関白《きょうごくかんぱく》　→**師実**《もろざね》
京極前関白《きょうごくさきのかんぱく》　→**師実**《もろざね》
京極前太政大臣《きょうごくさきのだじょうだいじん》　→**師実**《もろざね》
京極御息所《きょうごくみやすんどころ》(藤原褒子)　一㉑歌合60、二⑦出題28、内⑮殊合22
敬信《きょうしん》　二⑭撰集198
清輔《きよすけ》(藤原)　一②序代10、⑰連歌17、24、㉑歌合63、㉒歌会58、㉓学書39、62、67書、㉔私記、二③中殿24、⑤書様28、96、⑨講師49、56、⑩読師2、13、18、⑪番事19、⑫作者57(→**季経**《すえつね》)、62、⑭撰集2、32、76
清仁親王《きよひとしんのう》　二⑭撰集100
清行《きよゆき》(安倍)　一⑭贈答4、㉓学書56
公定《きんさだ》(藤原)　二②執柄19
公忠《きんただ》(源)　一㉒歌会60
公継《きんつぐ》(藤原)　二⑤書様42、⑬清書2(→**公経**《きんつね》)
公経《きんつね》(藤原)　二⑬清書2(公継)、2幽書
公任《きんとう》(藤原)　一⑨誹諧1、3、4、㉑歌合35、㉓学書25、26、27、29、31、33、58、72、㉔私記、二⑤書様104、⑦判者14、46、⑧序者7、⑨講師28、⑪番事6、⑭撰集21、22、135
公成《きんなり》(藤原)　二②執柄10
公教母《きんのりのはは》　二⑭撰集188
公基《きんもと》(藤原)　二⑦判者33、内⑯物合37
公能《きんよし》(藤原)　一㉑歌合84(大炊御門右大臣)
公資《きんより》(大江)　二⑪番事17

《く》

傀儡靡《くぐつなびく》　二⑭撰集200
国章《くにあき・くにのり》(藤原)　二⑭撰集137
国信《くにざね》(源)　二内⑯物合30
国遠《くにとお》(津守)　二⑭撰集X
国成《くになり》(藤原)　二⑤書様78、⑥出題9
国基《くにもと》(津守)　二⑭撰集X研
蔵内侍《くらのないし》　二⑭撰集181
黒主《くろぬし》(大伴)　二⑫作者38

《け》

慶算法眼《けいさんほうげん》　一㉔私記
源賢《げんけん》　一㉓学書4(多々法眼)
源三位《げんざんみ》　二⑪番事7、⑭撰集179
賢子《けんし》(藤原)　一⑭贈答6(大弐三位)、㉒歌会4、二⑭撰集179
顕昭《けんしょう》〔**顕昭法師**〕　一㉑歌合28(→**顕季**《あきすえ》)、㉓学書13、45、㉔私記、二②執柄37
源相公《げんしょうこう》　→**当時**《まさとき》
賢辰《けんしん》　一㉔私記
謙徳公《けんとくこう》　→**伊尹**《これただ》
監命婦《げんのみょうぶ》　一⑰連歌9

《こ》

小一条院《こいちじょういん》(敦明親王)　二⑤書様21、⑭撰集94
後一条天皇《ごいちじょうてんのう》〔**後一条院**〕　一⑭贈答12
更衣《こうい》(中将更衣藤原修子)　二①内裏10
更衣《こうい》(弁更衣藤原有序)　二①内裏10
更衣《こうい》　→**中将更衣**《ちゅうじょうのこうい》
孝言《こうげん》　→のり《のりとき》
皇后(宮)《こうごうぐう》　→**四条宮**《しじょうのみや》
光孝天皇《こうこうてんのう》〔**光孝**〕　二⑫作者33、⑭撰集83
江帥《ごうのそち》　→**匡房**《まさふさ》
高内侍《こうのないし》(高階貴子)　二⑭撰集181
弘徽殿御《こきでんのご》　→**弘徽殿女御**《こきでんのにょうご》
弘徽殿女御《こきでんのにょうご》(藤原生子)　一㉑歌合4、㉒歌会7、二⑦判者25(弘徽女御)、25幽書、⑪番事15、内⑮殊合24(弘徽殿御)
弘徽女御《こきにょうご》　→**弘徽殿女御**《こきでんのにょうご》

後京極《ごきょうごく》 →**良経**《よしつね》
後京極摂政《ごきょうごくせっしょう》 →**良経**《よしつね》
後三条天皇《ごさんじょうてんのう》〔**後三条院・後三**〕 一㉓学書17、二⑧序者28
後白河天皇《ごしらかわてんのう》〔**後白川院**〕 二⑭撰集28
小大君《こだいのきみ》 二⑭撰集185（三条院東宮女蔵人左近）、203
後鳥羽天皇《ごとばてんのう》 二④尋常5（院）、⑤書様7（院）、11（院）、⑥出題4（院）、⑦判者6（院）、⑩読師12（院）、⑪番事2（院）、9（院）、⑭撰集31（上皇）、88（上皇）
後二条関白内大臣《ごにじょうかんぱくないだいじん》 →**師通**《もろみち》
近衛姫君《このえのひめぎみ》 二⑭撰集193（近衛佐姫君）、193幽書
小町《こまち》 →**小野小町**《おののこまち》
伊家《これいえ》（藤原） 二⑬清書4
後冷泉天皇《ごれいぜいてんのう》〔**後冷泉院・後冷泉・後冷**〕 一⑭贈答6、㉓学書17、二③中殿3、⑪番事7、⑫作者36
後冷泉后宮《ごれいぜいのきさいのみや》 →**四条宮**《しじょうのみや》
是貞親王《これさだしんのう》 二内⑮殊合19
惟成《これしげ》（藤原） 一㉑歌合62、98
伊陟《これたか》（源） 二①内裏53（伊渉）
惟喬親王《これたかしんのう》 二⑭撰集96
伊尹《これただ・これまさ》（藤原） 一㉔私記（謙徳公）、二④尋常17（伊）、17幽書、⑭撰集20、110（一条摂政）、119（謙徳公）、120（一条接政）、120幽書（一条摂政）
伊周《これちか》（藤原） 二⑭撰集126
是則《これのり》（坂上） 一㉑歌合36、二⑫作者4
伊平《これひら》（藤原） 二⑪番事3
伊房《これふさ》（藤原） 二①内裏53、⑪番事13、⑬清書4、⑭撰集74
伊通《これみち》 一㉔私記

《さ》

斎院《さいいん》（令子内親王） 二③中殿37
西行《さいぎょう》 二⑭撰集78
西行法師《さいぎょうほうし》 一㉑歌合69（→**西住法師**《さいじゅうほうし》）
斎宮女御《さいぐうにょうご》 →**徽子女王**《きしじょおう》
斎宮のみこ《さいぐうのみこ》（柔子内親王） 二⑭撰集173
西住法師《さいじゅうほうし》 一㉑歌合69（西行法師）、69書内
在納言《ざいなごん》 →**行平**《ゆきひら》
嵯峨后《さがのきさき》（橘嘉智子） 二⑭撰集170
相模《さがみ》 一㉑歌合4、二⑦判者25、⑪番事15、⑭撰集60
前関白《さきのかんぱく》 →**師実**《もろざね》
前太政大臣《さきのだじょうだいじん》 →**良房**《よしふさ》
定家《さだいえ》（藤原） 一㉑歌合41、二⑥出題6、7（定）、7幽書、⑦判者5、7、⑨講師10、⑭撰集30
左大将《さだいしょう》 →**忠実**《ただざね》
左大将《さだいしょう》 →**良経**《よしつね》
左大臣《さだいじん》 →**実頼**《さねより》
左大臣《さだいじん》 →**俊房**《としふさ》
左大臣《さだいじん》 →**道長**《みちなが》
左大臣《さだいじん》 →**頼通**《よりみち》
左大臣俊《さだいじんしゅん》 →**俊房**《としふさ》
左大臣頼《さだいじんらい》 →**頼通**《よりみち》
左大臣良《さだいじんりょう》 →**良経**《よしつね》
定信《さだのぶ》（源） 一㉑歌合5、二⑪番事16
定文・貞文《さだふん》（平） 一㉑歌合33、72、二内⑯物合35
貞元親王《さだもとしんのう》 二⑭撰集97（閑院三親王）
定頼《さだより》（藤原） 一⑳七病30、㉓学書32
讃岐典侍《さぬきのすけ》 一㉔私記
実氏《さねうじ》（藤原） 二⑩読師12
実方《さねかた》（藤原） 二⑭撰集u
実資《さねすけ》（藤原） 二内⑯物合27
実綱《さねつな》（藤原、資業男、1011〜1082） 二⑤書様78、79
実綱《さねつな》（藤原、公教男、1127〜1180） 二⑪番事19
実教《さねのり》（藤原） 二⑤書様117
実政《さねまさ》（藤原） 二①内裏67、⑤書様78、⑥出題10、⑨講師16、⑫作者29、47、48
実光《さねみつ》（藤原） 二⑧序者33、⑨講師21
常康親王《さねやすしんのう》 二⑭撰集96（雲林院みこ）
実行《さねゆき》（藤原） 二②執柄33、⑦判者35、⑪番事27、⑭撰集73、内⑯物合31
実能《さねよし》（藤原） 一㉑歌合28（徳大寺左大臣）、二⑪番事27
実頼《さねより》（藤原） 一㉑歌合6（小野大臣）、6書（小野宮大臣）、47（小野宮）、二①内裏84（左右臣）、84幽書（左大臣）、⑦判者12、⑨講師11（左大臣）、⑭撰集109（小野宮太政大臣）、119（清慎公）
左馬頭隆《さまのかみりゅう》 →**師隆**《もろたか》

左右臣《さゆうじん》　二①内裏84（→実頼《さねより》）
三条院東宮女蔵人左近《さんじょういんとうぐうのにょくろうどさこん》　→小大君《こだいのきみ》
三条太政大臣《さんじょうだじょうだいじん》　→頼忠《よりただ》
三条天皇《さんじょうてんのう》〔三条院〕　一㉑歌合71、二⑫作者42
三宮《さんのみや》　→輔仁親王《すけひとしんのう》

《し》

慈円《じえん》　一㉑歌合70（吉水僧正）
重資《しげすけ》（源）　二⑨講師8
重長《しげなが》（藤原）　二⑪番事2
滋野内侍《しげののないし》　→少弐命婦《しょうにのみょうぶ》
重信《しげのぶ》（源）　二①内裏84
滋春《しげはる》（在原）　一㉓学書75
重保《しげやす》（賀茂）　一㉓学書19
重之《しげゆき》（源）　二⑭撰集59
侍従乳母《じじゅうのめのと》　一㉑歌合4、二⑪番事15、⑭撰集186
四条中宮《しじょうちゅうぐう》（藤原遵子）　二⑭撰集171
四条宮《しじょうのみや》（藤原寛子）　一⑰連歌47、㉑歌合19、二①内裏54、②執柄32、⑦判者9（永承皇后宮）、17（皇后宮）、22、47（天喜皇后）、⑨講師39（后宮（天喜））、⑩読師22（天喜皇后宮）、⑪番事7（永承皇后宮）、26、⑫作者3（後冷泉后宮）、⑬清書3（天喜皇后宮）、内⑮殊合16（（天喜）皇后宮）、⑯物合14
順《したごう》（源）　一⑳七病2、二⑦判者29、⑫作者5、⑭撰集20
七条后《しちじょうのきさき》（藤原温子）　二⑭撰集170
四宮《しのみや》（篤子内親王）　二⑦判者34
寂然《じゃくねん》　一㉔私記
寂蓮《じゃくれん》　一⑳七病53
守覚法親王《しゅかくほっしんのう》　二⑭撰集103（仁和寺親王）
主上《しゅじょう》　→白河天皇《しらかわてんのう》
俊《しゅん》　→俊房《としふさ》
俊恵《しゅんえ》　一㉔私記
上皇《じょうこう》　→後鳥羽天皇《ごとばてんのう》
上皇《じょうこう》　→白河天皇《しらかわてんのう》
少将井尼《しょうしょういのあま》　二⑭撰集198
少将内侍《しょうしょうのないし》　二⑭撰集181
上東門院《じょうとうもんいん》（藤原彰子）〔上東門院・上東門〕　一⑭贈答12、㉒歌会78、二⑧序者24、27、⑫作者17、⑭撰集93、内⑯物合10
上東門院女房《じょうとうもんいんのにょうぼう》　一⑰連歌46
少（小）弐命婦《しょうにのみょうぶ》　一⑰連歌10（滋野内侍・少弐命婦）、⑳七病24、二⑭撰集184
勝命《しょうみょう》　一㉔私記
聖武天皇《しょうむてんのう》〔聖武〕　序1
式子内親王《しょくしないしんのう》　二⑭撰集172
舒明天皇《じょめいてんのう》　一③短歌15
白河天皇《しらかわてんのう》〔白川（河）・白川院・白川法皇〕　一㉓学書17、二①内裏42（主上）、51（院）、63（院）、③中殿4、32、④尋常4、⑤書様5、⑨講師24、⑩読師9（上皇）、⑭撰集25、87、101（院）
白女《しろめ》　二⑭撰集199
真浄法師《しんじょうほうし》　→真静法師《しんせいほうし》
真静法師《しんせいほうし》　一⑭贈答4（真浄法師）、4書

《す》

随時《ずいじ》　→《ゆきとき》
季経《すえつね》（藤原）　二⑫作者57（清輔）、57研、58
季仲《すえなか》（藤原）　二⑩読師23、⑬清書7
季通《すえみち》（橘／藤原）　二⑭撰集81
周防内侍《すおうのないし》　一㉒歌会6、二⑭撰集181（内侍周防）
典侍《すけ》　→大夫典侍《たいふのすけ》
典侍《すけ》　→中務典侍《なかつかさのすけ》
典侍《すけ》　→備前典侍《びぜんのすけ》
典侍《すけ》　→《じてん》
祐家《すけいえ》　二⑪番事25
資実《すけざね》（藤原）　二⑧序者18、⑫作者59、60
輔親《すけちか》（大中臣）　一㉑歌合14、71、二①内裏78、②執柄23、⑦判者15、⑫作者43、44、45
資綱《すけつな》（源）　二①内裏12（貫首）、67、⑩読師21
資仲《すけなか》（藤原）　一㉓学書16、二⑨講師29
資業《すけなり》（藤原）　二⑫作者46、67、69
助信《すけのぶ》（藤原）　二①内裏53
輔仁親王《すけひとしんのう》〔輔仁〕　二⑭撰集101（三宮）、102
佐理《すけまさ》（藤原）　一㉑歌合91
輔正《すけまさ》（菅原）　二⑧序者7
輔相《すけみ》（藤原）　一⑬物名2（藤六）
資通《すけみち》（源）　二②執柄8、⑨講師30
相如《すけゆき》（藤原）　二⑭撰集81
朱雀院兵部卿親王《すざくいんひょうぶきょうのみこ》　→敦固親王《あつもとしんのう》

素戔嗚尊《すさのおのみこと》 一⑯異体7(すさのをのみこと)
崇徳天皇《すとくてんのう》〔崇徳院・崇徳〕 一③短歌32、二③中殿6、⑤書様107、⑧序者36、⑨講師9、⑩読師13、⑭撰集26、27、62
住吉《すみよし》(住吉明神) 二⑭撰集79

《せ》

正子内親王《せいしないしんのう》 二内⑯物合16
清少納言《せいしょうなごん》 一㉔私記
清慎公《せいしんこう》 →実頼《さねより》
清和天皇《せいわてんのう》〔清和〕 二⑫作者33
摂政左大臣《せっしょうさだいじん》 →忠通《ただみち》
摂政良《せっしょうりょう》 →良経《よしつね》
蝉丸《せみまる》 二⑭撰集77
選子内親王《せんしないしんのう》 二⑭撰集172
善祐法師《ぜんゆうほうし》 二⑭撰集81

《そ》

宗円法眼《そうえんほうげん》 一㉔私記
増基法師《ぞうきほうし》 一㉔私記
帥前内大臣《そちさきのないだいじん》 →伊周《これちか》

《た》

第一皇女《だいいちこうじょ》(未詳) 二⑤書様F
醍醐天皇《だいごてんのう》 二⑭撰集84(延喜)、86(延喜)、内⑯物合4(同(延喜)御宇)
大将御息所《たいしょうのみやすんどころ》(藤原慶子) 二⑭撰集177
大納言《だいなごん》 →高明《たかあきら》
大弐三位《だいにのさんみ》 →賢子《けんし》
大夫典侍《たいふのすけ》 二⑭撰集180
高明《たかあきら》(源) 二①内裏77(大納言)、⑭撰集123(西宮前左大臣)、L研
隆国《たかくに》(源) 一㉔私記、二②執柄10、⑪番事7
高倉一宮《たかくらいちのみや》(祐子内親王) 二⑤書様105、⑩読師10
高倉天皇《たかくらてんのう》〔高倉〕 二⑤書様11、⑨講師46
隆季《たかすえ》(藤原) 二③中殿18
高津内親王《たかつないしんのう》 二⑭撰集172
隆経《たかつね》(藤原) 一㉓学書8、二⑪番事26
隆俊《たかとし》(源) 二⑧序者28、⑨講師35、⑩読師22
高松上《たかまつのうえ》(源明子) 二⑭撰集187
高光《たかみつ》(藤原) 二⑭撰集168(如覚)
隆宗《たかむね》(藤原) 二①内裏42
篁《たかむら》(小野) 二⑭撰集M
孝善《たかよし》(藤原) 一㉑歌合2、26、38、二⑫作者8、20
武忠《たけただ》(大膳) 二⑭撰集158
太政大臣《だじょうだいじん》 →忠平《ただひら》
忠明《ただあきら》(源) 二⑭撰集L
忠定《ただささだ》(藤原) 二⑪番事2、3
忠実《ただざね》(藤原) 一㉓学書40(知足院)、二②執柄14(左大将)、⑩読師14(関白)
忠輔《ただすけ》(藤原) 二⑧序者7
忠隆《ただたか》(藤原) 一㉑歌合86
忠親《ただちか》(藤原) 二⑤書様114(中山内府)
忠俊《ただとし》(藤原) 二①内裏54
斉信《ただのぶ》(藤原) 二⑧序者7、27
忠平《ただひら》(藤原) 二⑭撰集108(貞信公・太政大臣)
忠房《ただふさ》(藤原) 二⑦判者11、28
多々法眼《ただほうげん》 →源賢《げんけん》
忠見《ただみ》(壬生) 二⑫作者5
忠通《ただみち》(藤原) 一㉑歌合5(法性寺関白)、67(法性寺関白)、二⑤書様102(法性寺入道)、⑦判者31(法性寺関白)、38(法性寺)、⑩読師5(関白)、⑪番事16(法性寺)、⑫作者17(法性寺入道→道長《みちなが》)、17幽書(法成寺入道)、⑭撰集114(摂政左大臣)、115(法性寺入道前太政大臣)、120(法性寺摂政)、I(法性寺前太政大臣)、内⑯物合25(法性寺関白)、28
忠岑《ただみね》(壬生) 一③短歌25、⑲四病10、㉒歌会2、㉓学書70、二⑭撰集19
たづ →頼通《よりみち》(童名)
為家《ためいえ》(藤原) 二③中殿22
為隆《ためたか》(藤原) 二⑩読師a書
為経《ためつね》(惟宗) 一㉔私記
為義《ためのり》(橘) 二⑪番事6
為政《ためまさ》(善滋) 二⑧序者24、⑫作者44
弾上宮《だんじょうのみや》 一㉑歌合93
丹波内侍《たんばのないし》 二⑫作者22

《ち》

親定《ちかさだ》(藤原) 二⑤書様11
親経《ちかつね》(藤原) 二⑭撰集38
親通《ちかみち》(藤原) 二⑤書様11

親盛《ちかもり》(藤原)　一㉔私記
知足院《ちそくいん》　→**忠実**《ただざね》
遅房《ちぼう》　二⑦判者49(→**匡房**《まさふさ》)
中宮《ちゅうぐう》(篤子内親王)　二⑨講師12
中将更衣《ちゅうじょうのこうい》　二⑭撰集177
忠仁公《ちゅうじんこう》　→**良房**《よしふさ》
中納言乳母《ちゅうなごんのめのと》　二⑬清書1

《つ》

通《つう》　→通親《みちちか》
土御門右大臣《つちみかどうだいじん》　→**師房**《もろふさ》
土御門御匣殿《つちみかどのみくしげどの》(藤原光子)　二⑭撰集178
経家《つねいえ》(藤原)　二①内裏12(貫首)、67、⑩読師21(経季)、21内
経国《つねくに》　一㉔私記
経実《つねざね》(藤原)　二⑫作者20
経季《つねすえ》　二⑩読師21(→**経家**《つねいえ》)
経輔《つねすけ》(藤原)　二②執柄27
経任《つねとう》(藤原)　二②執柄27
経任母《つねとうのはは》(藤原)　二⑬清書3(経信母)、3幽書
経仲《つねなか》(高階)　二⑤書様11
経長《つねなが》(源)　二②執柄8、⑨講師30
経信《つねのぶ》(源)　一⑨誹諧1、3、4、⑰連歌13、⑱八病29、㉑歌合38、39、43、94、95、㉒歌会54、75、㉓学書15、㉔私記、二⑤書様65、73、⑦判者19、22、48、⑧序者10、28、29、30、31、⑨講師29、⑪番事13、⑭撰集68
経信母《つねのぶのはは》　二⑬清書3(→**経任母**《つねとうのはは》)
経衡《つねひら》(藤原)　一㉓学書9、二⑫作者30、47
経房《つねふさ》(源)　二⑭撰集R
経房女《つねふさのむすめ》(源)　二⑭撰集193(→**近衛姫君**《このえのひめぎみ》)
貫之《つらゆき》(紀)　一①六義21、②序代3、③短歌25、㉑歌合16、㉓学書21、24、a幽書内、二⑧序者21、⑫作者4、26、⑭撰集19、35、153

《て》

定《てい》　→**定家**《さだいえ》
亭子院《ていじいん》　→**宇多天皇**《うだてんのう》
貞信公《ていしんこう》　→**忠平**《ただひら》
天喜皇后宮《てんぎきさいのみや・てんぎこうごうぐう》　→**四条宮**《しじょうのみや》
典侍《てんじ》　→**洽子**《あまねいこ》
典侍《てんじ》　→**因香**《よるか》
天暦《てんりやく》　→**村上天皇**《むらかみてんのう》

《と》

同(**円融**)《どう(えんゆう)》　→**円融天皇**《えんゆうてんのう》
道《どう》　→**道家**《みちいえ》
道《どう》　→**道長**《みちなが》
当関白《とうかんぱく》　→**師通**《もろみち》
同(**延喜**)**御宇**《どうぎよう》　→**醍醐天皇**《だいごてんのう》
春宮大夫《とうぐうたいふ》　→**頼宗**《よりむね》
東宮女蔵人左近《とうぐうのによくろうどさこん》　→**小大君**《こだいのきみ》
東三条左大臣《とうさんじょうさだいじん》　→**常**《ときわ》
藤三位《とうさんみ》(藤原親子)　二⑭撰集179
道性法親王《どうしょうほっしんのう》　二⑭撰集147
登蓮《とうれん》　一⑬物名3
藤六《とうろく》　→**輔相**《すけみ》
時綱《ときつな》(源)　二⑤書様81、⑧序者38幽書
時範《ときのり》(平)　二⑧序者39
時平《ときひら》(藤原)　二⑨講師11
時文《ときふみ》(紀)　二⑧序者22(時又)、22書、⑨講師D、⑭撰集20
時昌《ときまさ》(藤原)　一㉑歌合67
時又《ときまた》　二⑧序者22(→**時文**《ときふみ》)
時光《ときみつ》　一㉔私記
時望《ときもち》(平)　二⑭撰集134
常《ときわ》(源)　二⑭撰集K(東三条左大臣)
徳大寺左大臣《とくだいじのさだいじん》　→**実能**《さねよし》
俊明《としあきら》(源)　二③中殿18、⑩読師a書
俊賢《としかた》(源)　二⑧序者7
俊貞《としさだ》　一㉔私記
俊実《としざね》(源)　二①内裏13(右頭)
俊忠《としただ》(藤原)　二⑦判者35、内⑯物合32
俊綱《としつな》(橘)　二①内裏13、67
俊長《としなが》(源)　二①内裏14
俊成《としなり》(藤原)　一③短歌2、9、32、⑱八病5、⑳七病48、55、㉑歌合17、30、41、d書、㉓学書69、㉔私記、二②執柄36、⑦判者5、36、⑫作者18、55、62、⑭撰集28、37、55、105
俊憲《としのり》(藤原)　二⑫作者54
俊房《としふさ》(源)　二⑤書様63、⑦判者23、⑧序者10、11、12(左大臣…俊)、12幽書(左大臣俊)、13、28、29、30、31、⑩読師3(左大臣俊)

敏行《としゆき》（藤原） 一⑭贈答5、二⑫作者25、⑭撰集149
俊頼《としより》（源） 一③短歌9、24、31、33、⑤旋頭3、⑨誹諧1、⑭贈答10、⑮諸歌12、17、⑰連歌40、⑱八病8、9、33、⑲四病7、⑳七病15、28、54、㉑歌合5、10、25、57、63、67、㉒歌会3、6（同）、76、㉓学書60、二②執柄33、⑤書様102、⑦判者31、35、36、38、41、43、⑪番事16、⑭撰集25、105
舎人親王《とねりしんのう》 一⑧無心2
鳥羽天皇《とばてんのう》〔**鳥羽**〕 一㉓学書17
知家《ともいえ》（藤原） 二③中殿22
友則《とものり》（紀） 一⑲四病3、二⑭撰集19
具平親王《ともひらしんのう》 一㉔私記（後中書王・六条宮）、二⑤書様45、⑭撰集98
倫寧女《ともやすのむすめ》 →**道綱母**《みちつなのはは》
友于《ともゆき》（在原） 二⑤書様110

《な》

内侍《ないし》 →**中務内侍**《なかつかさのないし》
内侍周防《ないしすおう》 →**周防内侍**《すおうのないし》
典侍《ないしのすけ》 →**洽子**《あまねいこ》
典侍《ないしのすけ》 →**因香**《よるか》
内侍参川《ないしのすけみかわ》 二⑭撰集181
内大臣《ないだいじん》 →**有仁**《ありひと》
内大臣《ないだいじん》 →**教通**《のりみち》
内大臣《ないだいじん》 →**頼宗**《よりむね》
内大臣通《ないだいじんつう》 →**通親**《みちちか》
内大臣頼《ないだいじんらい》 →**頼宗**《よりむね》
長家《ながいえ》（藤原） 一㉑歌合22、二①内裏92、②執柄24、⑦判者9、47
仲実《なかざね》（藤原） 一㉑歌合10、56、67、㉒歌会5、㉓学書36、61、二②執柄33
長実《ながざね》（藤原） 二⑫作者21
長実母《ながざねのはは》（藤原） 二⑭撰集188
永輔《ながすけ》（大中臣） 二⑪番事13
長忠《ながただ》 一㉒歌会3
中務《なかつかさ》 一㉑歌合13、61、二⑫作者41、⑭撰集194
中務典侍《なかつかさのすけ》 二⑭撰集180
中務内侍《なかつかさのないし》 二⑭撰集AA
中務親王《なかつかさのみこ》 →**敦慶親王**《あつよししんのう》
永範《ながのり》（藤原） 一㉓学書11、二⑨講師46、⑫作者53、56
仲平《なかひら》（藤原） 一㉒歌会50、二⑭撰集127（枇杷大臣）
永平《ながひら》（藤原） 二⑭撰集129
仲文《なかぶみ》（藤原） 二⑭撰集157
長光《ながみつ・ながてる》（藤原） 一㉓学書12
中山内府《なかやまないふ》 →**忠親**《ただちか》
長能《ながよし・ながとう》（藤原） 一㉑歌合79、二⑨講師28、⑫作者31
靡《なびく》 二⑭選集200
奈良天皇《ならのみかど》 二⑭撰集17
成助《なりすけ》（賀茂） 二⑭撰集X
済時《なりとき》（藤原） 二⑭撰集138
成仲《なりなか》（祝部） 二⑭撰集151
業平《なりひら》（在原） 一⑭贈答5、15、16、㉓学書74、二⑭撰集149

《に》

西宮前左大臣《にしのみやさきのさだいじん》 →**高明**《たかあきら》
二条院讃岐《にじょういんさぬき》 一⑱八病30（二条讃岐）、30書内
二条天皇《にじょうてんのう》〔**二条院**〕 一㉓学書12、二③中殿2、⑧序者17、⑫作者22、⑭撰集32
入道前太政大臣《にゅうどうさきのだじょうだいじん》 →**道長**《みちなが》
入道太政大臣《にゅうどうだじょうだいじん》 →**兼家**《かねいえ》
如覚《にょかく》 →**高光**《たかみつ》
女蔵人参川《にょくろうどみかわ》 二⑭撰集185
仁教《にんきょう》 二⑭撰集161
仁徳天皇《にんとくてんのう》 一①六義3
仁和寺入道法親王《にんなじにゅうどうほっしんのう》 →**覚性法親王**《かくしょうほっしんのう》
仁和寺親王《にんなじしんのう》 二⑭選集103
仁和寺法親王《にんなじほっしんのう》 →**守覚法親王**《しゅかくほっしんのう》
仁明天皇《にんみょうてんのう》〔**仁明**〕 二⑫作者33

《ね》

念西入道《ねんゆうにゅうどう》 一㉓学書14

《の》

能因《のういん》 一㉑歌合2、35、48、㉓学書5、42、59、二⑪番事5、24、25、⑫作者7
後生《のちのお》（藤原） 二⑭撰集R
後中書王《のちのちゅうしょおう》 →**具平親王**《ともひらしんのう》
信賢《のぶかた》（藤原） 二⑭撰集W

延光《のぶみつ》（源）　二④尋常17、⑨講師27、40、⑩読師20、⑭撰集136
昇女《のぼるのむすめ》　二⑭撰集189
範兼《のりかね》（藤原）　一㉓学書41、65、㉔私記、二⑫作者22、54
義孝《のりたか》（藤原、伊勢守）　二⑭撰集155
義孝《のりたか》（藤原、伊尹男、少将）　→よしたか
義忠《のりただ》（藤原）　一㉑歌合4、二⑤書様25、78、⑦判者25、32、⑨講師24、⑫作者45、⑭撰集T、内⑯物合36
範綱《のりつな》（藤原）　二⑭撰集62
孝言《のりとき》（藤原）　一㉒歌会4
範時《のりとき》（藤原）　二⑨講師22（範）、22幽書
教長《のりなが》（藤原）　一㉓学書11、二⑨講師9、⑭撰集70、71
範永《のりなが》（藤原）　二⑤書様104、⑦判者33
教通《のりみち》（藤原）　一㉑歌合20（大二条関白）、二①内裏91（右大臣教）、92、②執柄24（内大臣）、⑩読師10（大二条）
教良母《のりよしのはは》　二⑭撰集202

《は》

禖子内親王《ばいしないしんのう》　二内⑯物合17（祐子内親王）、17研
長谷雄《はせお》（紀）　二⑨講師11
花園大臣室《はなぞのだいじんのしつ》　二⑭撰集191
浜成《はまなり》（藤原）　一③短歌27、⑳七病0、49、㉓学書53
範《はん》　→範時《のりとき》

《ひ》

孫姫《ひこひめ》　一③短歌27、㉓学書55
備前典侍《びぜんのすけ》　二⑭撰集180
秀能《ひでよし・ひでとう》（藤原）　二⑪番事9
人丸《ひとまる》（柿本）　一⑤旋頭4
兵庫《ひょうご》　二⑭撰集185
広言《ひろこと》（惟宗）　一㉔私記
広経《ひろつね》（大江）　一㉓学書50
広成《ひろなり》（斎部）　一㉔私記
広信《ひろのぶ》（源）　一㉒歌会58
博古《ひろふる》（藤原）　二⑪番事12
博雅《ひろまさ》（源）　二⑨講師27
枇杷大臣《びわのおとど》　→仲平《なかひら》
枇杷皇后宮《びわのこうごうぐう》　→枇杷皇太后宮《びわのこうたいごうぐう》
枇杷皇太后宮《びわのこうたいごうぐう》（藤原妍子）　二⑭撰集171（枇杷皇后宮）

《ふ》

傅大納言母《ふのだいなごんのはは》　→道綱母《みちつなのはは》
冬嗣《ふゆつぐ》（藤原）　二⑭撰集123（閑院左大臣）

《へ》

平子《へいし》　二⑭撰集181
遍昭・遍照《へんじょう》　一⑰連歌9（宗貞）、⑱八病2、二⑭撰集160、167（宗貞）
弁乳母《べんのめのと》（藤原明子）　二⑭撰集186

《ほ》

法皇《ほうおう》　→宇多天皇《うだてんのう》
法成寺入道《ほうじょうじにゅうどう》　→道長《みちなが》
法信《ほうしん》　一㉔私記
法性寺《ほっしょうじ》　→忠通《ただみち》
法性寺関白《ほっしょうじかんぱく》　→忠通《ただみち》
法性寺前太政大臣《ほっしょうじさきのだじょうだいじん》　→忠通《ただみち》
法性寺摂政《ほっしょうじせっしょう》　→忠通《ただみち》
法性寺入道《ほっしょうじにゅうどう》　→忠通《ただみち》
法性寺入道前太政大臣《ほっしょうじにゅうどうさきのだじょうだいじん》　→忠通《ただみち》
堀河院中宮《ほりかわいんちゅうぐう》（篤子内親王）　一㉒歌会5、55、二⑫作者3
堀河天皇《ほりかわてんのう》〔堀河院・堀川〕　一㉒歌会3、㉓学書17、㉔私記、二③中殿5、⑤書様40、⑥出題11、⑫作者3

《ま》

正家《まさいえ》（藤原）　二⑫作者50
雅兼《まさかね》（源）　二⑨講師13 20
雅実《まさざね》（源）　二⑤書様58、⑩読師4、⑬清書5
当純《まさずみ》（源）　一⑳七病11
雅経《まさつね》（藤原）　二⑥出題7、⑪番事2、⑭撰集30
昌言《まさとき》（大江）　二⑧序者38幽書
当時《まさとき》（源）　一㉓学書3（源相公）
雅俊《まさとし》　一㉑歌合95
雅長《まさなが》　二⑨講師34
政長《まさなが》（藤原）　一㉒歌会71（改長）、71幽書内、二

⑪番事14
匡衡《まさひら》(大江) 二⑤書様21
匡房《まさふさ》(大江) 一②序代10、⑳七病31、㉑歌合49、55、82、㉓学書66(江帥)、二②執柄28、⑤書様23、36、66、77、⑥出題11、⑦判者49(遅房)、49幽書、⑧序者12、13、29、31、⑪番事14、⑫作者48、49、50、69
満誓沙弥《まんせいしやみ》 二⑭撰集165

《み》

御形宣旨《みあれのせんじ》 二⑭撰集182
参川《みかわ》 →内侍参川《ないしのすけみかわ》
参川《みかわ》 →女蔵人参川《にょくろうどみかわ》
右頭《みぎのとう》 →俊実《としざね》
道家《みちいえ》(藤原) 二⑤書様68(道—)、68幽書、⑥出題5(右大臣道)、⑧序者15
道風《みちかぜ》(小野) 二⑬清書5
道兼《みちかね》(藤原) 二⑭撰集112
道真《みちざね》(菅原) 一㉓学書3(菅家)、二⑤書様38(菅丞相)
通季《みちすえ》(藤原) 二⑤書様117、⑫作者21
通親《みちちか》(源) 二⑧序者34(内大臣通)、34書(内大臣通親)
道綱母《みちつなのはは》(藤原) 一㉔私記(傅大納言母)、二⑭撰集190(大納言道綱母・道綱母・倫寧女)
道経《みちつね》(藤原) 一㉑歌合76、二②執柄33
通光《みちてる・みちみつ》(源) 二⑤書様51、⑭撰集66
道時《みちとき》(源) 二⑨講師18
通俊《みちとし》(藤原) 一⑨誹諧3(通俊通)、3幽書、㉑歌合45、64、76、㉓学書34、二②執柄28、③中殿30、⑤書様84、⑦判者49、⑧序者29、31、⑨講師5、6、47、55、⑭撰集23、36、74
通具《みちとも》(源) 二⑭撰集30
道長《みちなが》(藤原) 一⑭贈答12書(法成寺入道)、二⑦判者14(道)、⑪番事23、⑫作者17(法性寺入道)、17幽書(法成寺入道)、⑭撰集113(入道前太政大臣)、117、128、内⑯物合22
道済《みちなり》(源) 一㉓学書71、二⑭撰集60
通成《みちなり・みちしげ》(藤原) 二⑤書様J
道信《みちのぶ》(藤原) 一⑰連歌46
通憲《みちのり》(藤原) 一㉓学書23
道雅《みちまさ》(藤原) 一㉓学書32
通宗《みちむね》(藤原) 二⑦判者34、⑭撰集74
道良《みちよし》(藤原) 二⑪番事14
躬恒《みつね》(凡河内) 一③短歌19、⑱八病3、⑲四病14、⑳七病50、㉑歌合72、㉒歌会2、二⑫作者4、⑭撰集19
光範《みつのり》(藤原) 二⑫作者58
みにすきたかひこねのみこと《あじすきたかひこねのみこと》 →味耜高彦根尊
命婦少納言《みょうぶしょうなごん》 二⑭撰集184

《む》

宗貞《むねさだ》(良岑) →遍昭《へんじょう》
宗佐《むねすけ》 二②執柄6(蔵人宗佐)
宗輔《むねすけ》(藤原) 二②執柄6(少将宗輔)
宗忠《むねただ》(藤原) 二②執柄8、③中殿32、⑤書様72、⑧序者5、12、13、14、⑨講師12、19、31、36、37、38(宗信)、38書
宗信《むねのぶ》 二⑨講師38(→宗忠《むねただ》)
棟梁《むねやな》(在原) 一㉑歌合101、二⑭撰集153
村上天皇《むらかみてんのう》〔村上〕 一⑰連歌10(天暦)、二⑫作者39、⑭撰集86(天暦)

《も》

望城《もちき》(坂上) 二⑫作者5、⑭撰集20
元方《もとかた》(在原) 二⑭撰集V
基兼《もとかね》 二②執柄19
元真《もとざね》(藤原) 二⑪番事21、⑫作者5
元輔《もとすけ》(清原) 二⑫作者40、⑭撰集20
基綱《もとつな》(源) 二②執柄8、⑨講師17、31、38
基俊《もととし》(藤原) 一㉑歌合25、63、67、83、84、92、㉒歌会82、㉓学書30、37、38(同)、㉔私記、二②執柄35、⑦判者31、36、38、39(基)、39幽書、43
元良親王《もとよししんのう》 二⑭撰集97、98
盛明親王《もりあきらしんのう》 二⑭撰集98
盛忠《もりただ》(橘) 一㉓学書17
盛経《もりつね》(藤原) 二⑭撰集62
師氏《もろうじ》(藤原) 一㉔私記
諸兄《もろえ》(橘) 二⑭撰集17
師賢《もろかた》(源) 二⑨講師55
師実《もろざね》(藤原) 二①内裏L②執柄2(前関白師)、4(大殿)、③中殿36(京極関白)、④尋常1(大殿)、⑤書様40(京極前関白)、⑦判者19(前

関白)、⑩読師3(前関白)、9(前関白)、⑬清書6(京極)、⑭撰集114(関白前左大臣)、115(京極前太政大臣)、内⑯物合24
師輔《もろすけ》(藤原)　二⑭撰集128
師隆《もろたか》　二②執柄6(左馬頭隆)、6幽書(左馬頭師隆)
師尹《もろただ》(藤原)　二⑭撰集134
師忠《もろただ》(源)　二①内裏64、②執柄12
師時《もろとき》(源)　二⑨講師52
師房《もろふさ》(源)　二⑤書様38(土御門右大臣)、64、71、⑦判者16、⑧序者8、9、27、28
師通《もろみち》(藤原)　二①内裏42、②執柄14(関白)、④尋常1(関白)、⑩読師3(当関白)、9、⑬清書6、⑭撰集116(後二条関白内大臣)
師光《もろみつ》(源)　一㉔私記
師基《もろもと》(藤原)　二⑨講師35、⑬清書1
師頼《もろより》(源)　二③中殿36、⑤書様67、⑦判者35、43、⑧序者5、14、⑩読師23、⑪番事28、内⑯物合33
文武天皇《もんむてんのう》〔文武〕　序1

《や》

家持《やかもち》(大伴)　一③短歌16(大伴卿)、⑮諸歌29、⑰連歌5、二⑭撰集P
保明親王《やすあきらしんのう》　二⑭撰集99(保明東宮・一宮)
康資王《やすすけおう》〔康資〕　一㉑歌合14(→**康資王母**《やすすけおうのはは》)
康資王母《やすすけおうのはは》　一㉑歌合14(康資)、14幽書(康資母)
泰憲《やすのり》(藤原)　二⑤書様111
保光《やすみつ》(源)　二⑨講師40
康頼《やすより》　一㉔私記
大和宣旨《やまとのせんじ》　二⑭撰集182

《ゆ》

有《ゆう》　→**有家**《ありいえ》
祐子内親王《ゆうしないしんのう》　二①内裏91、⑤書様105(高倉一宮)、⑦出題30、⑩読師10(高倉一宮)、内⑮殊合20、⑯物合17(禖子カ)
祐盛《ゆうじよう》　一㉔私記
幽仙律師《ゆうせんりつし》　二⑭撰集160
行家《ゆきいえ》(藤原)　二⑫作者49
行経《ゆきつね》(藤原)　二⑩読師24
随時《ゆきとき》(平)　二⑭撰集P
行成《ゆきなり》(藤原)　二⑧序者7
行平《ゆきひら》(在原)　一㉑歌合96(在納言)、二⑤書様110、⑭撰集132
行盛《ゆきもり》(藤原)　二⑨講師14、⑫作者51
行明親王《ゆくあきらしんのう》　二⑭撰集97

《よ》

陽成天皇《ようぜいてんのう》〔**陽成院・陽成**〕　二⑫作者33、⑭撰集90
陽明院《ようめいいん》　→**陽明門院**《ようめいもんいん》
陽明門院《ようめいもんいん》(禎子内親王)　二⑭撰集93(陽明院)、93幽書
善《しよ》(源)　二⑤書様110
令明《よしあき》(藤原)　二⑫作者53、64
良輔《よしすけ》(藤原)　二⑧序者15
義孝《よしたか》(藤原、伊勢守)　→のりたか
義孝《よしたか》(藤原、伊尹男、少将)　二⑭撰集155(少将藤原義孝)
好忠《よしただ》(曾祢)　二⑪番事23、⑫作者6、13
儀懐《よしちか》(藤原)　二⑦判者2、13
良経《よしつね》(藤原)　一㉑歌合41(左大将・後京極)、二④尋常5(後京極摂政)、⑥出題4(後京極摂政)、⑧序者34(左大臣良)、34書、⑭撰集38(摂政良)
能俊《よしとし》(源)　二②執柄6、⑨講師36、37
吉野《よしの》(吉野明神)　二⑭選集79
能信《よしのぶ》(藤原)　二①内裏92、②執柄24、⑧序者27
能宣《よしのぶ》(大中臣)　一⑳七病7、一㉑歌合15、39、二⑫作者5、6、27、40、41、二⑭撰集20、S
良房《よしふさ》(藤原)　二⑭撰集107(忠仁公・前太政大臣)
好古《よしふる》(小野)　二⑭撰集136
吉水僧正《よしみずのそうじよう》　→**慈円**《じえん》
淑望《よしもち》(紀)　二⑭撰集35
頼輔母《よりすけのはは》　二⑭撰集202
頼忠《よりただ》(藤原)　二⑨講師D、⑭撰集109(三条太政大臣)、内⑯物合19
頼範《よりのり》　二⑨講師45
頼通《よりみち》(藤原)　一⑨誹諧1(宇治関白)、㉑歌合20(宇治関白)、55(たづ(童名))、二①内裏30

(関白)、59、62(左大臣)、78(左大臣)、②執柄1(左大臣頼)、④尋常4(宇治殿)、⑥出題3(宇治関白)、⑦判者15(頼)、⑩読師10(宇治関白)、24(宇治関白)、⑭撰集113(宇治前太政大臣)、内⑯物合23
頼宗《よりむね》(藤原)　一㉑歌合75、二①内裏91(内大臣頼)、92、②執柄24、⑦判者9、17、21、30、47、⑧序者8、27、⑪番事24、25(内大臣頼)、26(内大臣)
頼宗母《よりむねのはは》(藤原)　→**高松上**《たかまつのうえ》
因香《よるか》(藤原)　二⑭撰集180(典侍藤原因香朝臣)

《ら》

頼《らい》　→**頼通**《よりみち》
頼《らい》　→**頼宗**《よりむね》

《り》

隆《りゅう》　→**師隆**《もろたか》
隆源《りゅうげん》　一㉓学書64、二⑭撰集74
良《りょう》　→**良経**《よしつね》
両院《りょういん》(白河院・鳥羽院)　二⑧序者32
良暹《りょうぜん》　一⑰連歌47、㉓学書7

《れ》

麗景殿女御《れいけいでんにょうご》(荘子女王)　→**徽子女王**《きしじょおう》
麗景殿女御徽子《れいけいでんにょうごきし》(麗景殿女御と徽子女王を同一人物とする)　→**徽子女王**《きしじょおう》
冷泉天皇《れいぜいてんのう》〔冷泉院・冷泉〕　二⑫作者36、40
令明《れいめい》　→《よしあき》
蓮寂《れんじゃく》　二⑭撰集166

《ろ》

六条宮《ろくじょうのみや》　→**具平親王**《ともひらしんのう》

《わ》

王仁《わに》　一①六義3

歌合索引

歌合索引凡例

・『八雲御抄』の本文中に見える歌合を収めた。年号・場所・人名などによって示されている場合も採録した。また、〇〇年間の歌合というように漠然と示されている場合もなるべく採録した。
・同じ歌合はひとつの見出しにまとめた。『八雲御抄』本文が見出しと異なる場合は、見出しの後の〔 〕内にゴシック体で本文を示した。国会本本文が誤っている場合などは、当該箇所の番号の後の（ ）内に本文を注記した。
・見出しは、原則として『新編国歌大観』の名称に従い、巻-番号を見出しの後の［ ］内に示した。
・『新編国歌大観』に収録されていない場合は『平安朝歌合大成（増補新訂）』により、年月日から後の部分を歌合名、巻-番号を［大成4-331］のような形で示した。
・どちらにも収録されていない場合や、歌合が特定できない場合は、八雲御抄の本文を生かしつつ、できるだけ一般的な名称で示した。
・『八雲御抄』本文からの参照項目のほか、人名、歌合内容からの参照項目を適宜付した。
・配列は現代仮名遣いの発音による五十音順とする。

《あ行》

《な行》

《は行》

《ま行》

《や行》

《ら行》

歌会索引

歌会索引凡例

・『八雲御抄』の本文中に見える歌会を収めた。歌会のほか、屏風・障子、行幸、大嘗会など和歌関係の行事はなるべく採録するようにした。また、年号・人名・歌題などによって示されている場合も採録した。
・同じ歌会はひとつの見出しにまとめた。『八雲御抄』本文が見出しと異なる場合は、見出しの後の〔　〕内にゴシック体で本文を示した。国会本本文が誤っている場合などは、当該箇所の番号の後の（　）内に本文を注記した。
・見出しは、八雲御抄の本文を生かしつつ、以下のような方針により、できるだけ一般的な名称で示した。
・『新編国歌大観』所収の歌会はその名称に従い、巻・番号を歌会名の後の［　］内に示した。
・中殿御会は、『新編国歌大観』の「建保六年中殿御会［10－136］」にならって「開催年＋中殿御会」の形とした。
・その他の歌会も、おおむね開催年を先頭にした。ただし、天皇の行幸、皇族の御幸、大嘗会などは、「上東門院住吉詣」のように原則として人名を先頭にしたので、年号からの検索は、付属の「歌会一覧」を併せ参照されたい。
・『八雲御抄』本文からの参照項目のほか、人名、歌会内容からの参照項目を適宜付した。
・配列は現代仮名遣いの発音による五十音順とする。

《あ行》

安徳天皇大嘗会〔寿永〕寿永元(一一八二)　二⑫作者57
一条天皇大嘗会〔一条〕寛和二(九八六)　二⑫作者42
一条天皇松尾行幸〔松尾行幸〕寛弘元(一〇〇四)　二⑫作者28
院始御会　→大治五年鳥羽殿御会
宇多上皇宮滝御幸〔寛平宮滝御覧〕昌泰元(八九八)　二⑤書様110
宇多法皇大井河行幸〔延喜大井河行幸〕延喜七(九〇七)　二⑧序者21
永承　→後冷泉天皇大嘗会
永長竹不改色　→長治二年中殿御会
延喜　→醍醐天皇大嘗会
延喜大井河行幸　→宇多法皇大井河行幸
円融院大井河御幸〔円融院大井御幸〕寛和二(九八六)　二⑧序者22
円融院紫野子日御遊〔同(円融院)子日〕寛和元(九八五)　二⑧序者23
円融天皇大嘗会〔円融〕天禄元(九七〇)　二⑫作者41
応徳元年中殿御会〔白川院応徳花契多春・中殿同詠花契多春・応徳花契多春〕応徳元(一〇八四)　二③中殿4、⑤書様65、⑧序者10
応徳 花契多春　→応徳元年中殿御会
大井河行幸　→宇多法皇大井河行幸
大井河 翫紅葉和歌　→後一条天皇大井河行幸
大井御幸　→円融院大井河御幸

《か行》

嘉応　→高倉天皇大嘗会

花山天皇大嘗会〔花山〕永観二(九八四)　二⑫作者42

嘉承　池上月(花ヵ)　→堀河天皇鳥羽殿行幸

嘉承　池上花　→堀河天皇鳥羽殿行幸

嘉保　→嘉保三年中殿御会

嘉保　花契千年　→嘉保三年中殿御会

嘉保三年三中殿　→嘉保三年中殿御会

嘉保三年中殿御会〔嘉保・嘉保三年三中殿・嘉保花契千年・嘉保和歌会・中殿同詠契多年〕嘉保三(一〇九六)　二⑤書様66、⑧序者31、⑨講師5、17、47

嘉保和歌会　→嘉保三年中殿御会

賀茂臨時　→寛平元年賀茂臨時祭

高陽院行幸和歌　→万寿元年高陽院行幸和歌

高陽院競馬行幸　→万寿元年高陽院行幸和歌

高陽院直盧歌会〔高陽院直盧同詠池辺落葉〕二⑤書様84

寛弘元年十月密宴　寛弘元(一〇〇四)　二⑧序者7

寛治　→堀河天皇大嘗会

寛治月宴　→寛治八年月宴

寛治鳥羽　松影浮水　→白河上皇鳥羽殿御幸

寛治八年月宴〔寛治月宴・同(寛治)八年月宴翫池上月・鳥羽院同詠翫池上月〕寛治八(一〇九四)　二③中殿35、④尋常1、⑤書様5、73、⑧序者30、⑨講師6、19、⑩読師3、9

寛平元年賀茂臨時祭〔賀茂臨時〕寛平元(八八九)　二⑫作者25

寛平宮滝御覧　→宇多上皇宮滝御幸

祇園行幸　→後三条天皇祇園行幸

宜秋門院入内屏風〔建久宜秋門院入内〕建久元(一一九〇)　二⑫作者18

久寿　→後白河天皇大嘗会

行幸遊覧大井河　→白河天皇大井河行幸

京極関白七夕会　寛治七(一〇九三)　二③中殿36

禁中同詠　池上落葉　→殿上御会

公任卿会　二⑤書様104

建久　→土御門天皇大嘗会

建久宜秋門院入内　→宜秋門院入内屏風

元久八十嶋　→土御門天皇八十嶋祭

賢子侍所御会〔賢子侍所孝言出題月暫隠〕　一㉒歌会4

賢子侍所孝言出題月暫隠　→賢子侍所御会

建保　→建保六年中殿御会

建保　池月久明　→建保六年中殿御会

建保　松間雪　→建保二年密宴

建保中殿　→建保六年中殿御会

建保中殿会　→建保六年中殿御会

建保二年密宴〔建保松間雪〕建保二(一二一四)　二⑧序者18

建保四年中殿詩会〔建保詩中殿会〕建保四(一二一六)　二⑨講師45

建保六年中殿御会〔10-136〕〔建保・建保池月久明・建保中殿・建保中殿会・中殿同詠池月久明〕建保六(一二一八)　二③中殿7、12、20、22、⑤書様68、⑥出題5、⑧序者15、⑨講師10、22

建暦　→順徳天皇大嘗会

元暦　→後鳥羽天皇大嘗会

後一条天皇大井河行幸〔初冬於大井河翫紅葉和歌〕長元五(一〇三二)　二⑤書様78

後一条天皇大嘗会〔同(長和)四年〕長和五(一〇一六)　二⑫作者44

光孝天皇大嘗会〔光孝〕元慶八(八八四)　二⑫作者33

康治　→近衛天皇大嘗会

康保三年花宴〔臨時花宴康保三年〕康保三(九六六)　二④尋常17

康保二年花宴〔康保花宴・陣座翫桜花〕康保二(九六五)　二⑤書様80、⑧序者38

康保花宴　→康保二年花宴

康和元年四月斎院歌会〔康和元四斎院和歌・康和元年四月斎院会和歌会〕康和元(一〇九九)　二③中殿37、⑨講師52

康和元年中宮御遊和歌〔康和元中宮御遊和歌〕康和元(一〇九九)　二⑨講師12

後三条院住吉詣〔延久五年後三条院住吉詣〕延久五(一〇七三)　二⑧序者28

後三条天皇祇園行幸〔祇園行幸〕　二⑫作者30

後三条天皇大嘗会〔治暦〕治暦四(一〇六八)　二⑫作者47

後三条天皇日吉行幸〔日吉行幸〕延久三(一〇七一)　二⑫作者29

後白河天皇大嘗会〔久寿〕久寿二(一一五五)　二⑫作

者53
後朱雀天皇大嘗会〔長元〕長元九(一〇三六)　二⑫作者45
後鳥羽天皇大嘗会〔元暦〕元暦元(一一八四)　二⑫作者58
近衛天皇大嘗会〔康治〕康治元(一一四二)　二⑫作者52
後冷泉天喜(四)年新成桜花　→天喜四年中殿御会
後冷泉天皇大嘗会〔永承〕永承元(一〇四六)　二⑫作者46

《さ行》

斎院和歌　→康和元年四月斎院歌会
最勝四天王院和歌〔5―261〕〔最勝四天王院障子〕建永二(一二〇七)　二⑫作者16
三条天皇大嘗会〔三条院大嘗会・三条院・長和元〕長和元(一〇一二)　一㉑歌合71、二⑫作者42、43
治承高倉院中殿詩会〔高倉院詩中殿治承〕治承年間(一一七七〜一一八一)　二⑨講師46
寿永　→安徳天皇大嘗会
順徳天皇大嘗会〔建暦〕建暦二(一二一二)　二⑫作者60
正治三年鳥羽殿御会〔正治鳥羽池上松風〕正治三(建仁元、一二〇一)　二⑧序者34
上東門院　岸菊久句　→万寿元年高陽院行幸和歌
上東門院入内屏風　長保元(九九九)　二⑫作者17
上東門院住吉詣〔長元四年上東門院住吉詣〕長元四(一〇三一)　二⑧序者27
上東門御会　→万寿元年高陽院行幸和歌
城南水閣同詠　池上花　→堀河天皇鳥羽殿行幸
承平四年平野祭〔平野女使〕承平四(九三四)　二⑫作者27
承保　→白河天皇大嘗会
承保三年十月大井行幸　→白河天皇大井河行幸
承保野行幸　→白河天皇大井河行幸
承和　→仁明天皇大嘗会
初冬於大井河翫紅葉和歌　→後一条天皇大井河行幸
白川院応徳　花契多春　→応徳元年中殿御会
白川御所直廬会〔白川御所於直廬会〕　二⑤書様J
白河上皇鳥羽殿御幸〔寛治鳥羽松影浮水・松影浮水〕寛治元(一〇八七)　二⑤書様77、⑧序者29
白河天皇大井河行幸〔行幸遊覧大井河・承保三年十月大井行幸・承保野行幸〕承保三(一〇七六)　二⑤書様71、⑧序者9、⑨講師16
白河天皇大嘗会〔承保〕承保元(一〇七四)　二⑫作者48
白川子日　→長元六年白川第子日御遊
治暦　→後三条天皇大嘗会
陣座　翫桜花　→康保二年花宴
崇徳院天承　松契遐齢　→天承元年中殿御会
崇徳院鳥羽田中殿御会〔崇徳院鳥羽田中殿竹巡年友〕仁平二〜久寿二(一一五二〜一一五五)　二⑨講師9
崇徳院法性寺関白家御会〔永治二年崇徳院於法性寺関白家松契千年〕永治二(一一四二)　二⑧序者36
崇徳天皇大嘗会〔保安〕保安四(一一二三)　二⑫作者51
住吉詣　→後三条院住吉詣
住吉詣　→上東門院住吉詣
清和天皇大嘗会〔清和〕貞観元(八五九)　二⑫作者33

《た行》

第一皇女着袴翌日宴　二⑤書様F
醍醐天皇大嘗会〔延喜〕寛平九(八九七)　二⑫作者35、38
大治　→大治五年鳥羽殿御会
大治　菊送多秋　→大治五年鳥羽殿御会
大治於院始御会　→大治五年鳥羽殿御会
大治五　菊送多秋　→大治五年鳥羽殿御会
大治五年鳥羽殿御会〔大治・大治於院始御会・大治菊送多秋・大治五菊送多秋〕大治五(一一三〇)　二③中殿a幽、⑤書様30、⑧序者33、⑨講師14、⑩読師5
大嘗会　→安徳天皇大嘗会
大嘗会　→一条天皇大嘗会
大嘗会　→円融天皇大嘗会
大嘗会　→花山天皇大嘗会
大嘗会　→後一条天皇大嘗会
大嘗会　→光孝天皇大嘗会
大嘗会　→後三条天皇大嘗会

和歌索引

和歌索引凡例

・『八雲御抄』の本文中に見える和歌の初句を示した。
・和歌の一部が引用されている場合は、原則として二句以上示されていて和歌が特定できるものは採録し、先頭の句を見出し語とした。それが初句でない場合は、見出し語の末尾に「＊」の印を付け、初句からの参照項目を付した。初句と両方引用されている場合は、相互に参照を付した。
・連歌は、前句と付句の先頭の句を見出し語とし、相互に参照を付した。
・初句が同じ場合は第二句を示した。その際、『八雲御抄』に引用されていない部分は（　）内に入れた。
・表記は歴史的仮名遣いに統一した。その際、意味が変わるおそれのある場合は（　）内に『八雲御抄』の本文を注記した。
・配列は歴史的仮名遣いの五十音順とする。

《あ行》

書名索引

書名索引凡例

・『八雲御抄』の本文中に見える書名と、「家々撰集」のように書名を統括する語を収めた。
・同一の文献を指していると考えられる場合は、ひとつの見出しにまとめた。『八雲御抄』が同一としているものはそれに従った。
・見出しは、『八雲御抄』の本文の中からもっとも一般的と思われる呼称を選んだ。複数の呼称で示されている場合は、見出し語に近い形のものは見出しの後の〔　〕内に、少し離れるものは、当該箇所の番号の後の（　）内に本文を示した。また、見出しの後の（　）内に、現在の一般的な書名などを適宜注記した。
・『八雲御抄』本文からの参照項目を適宜付した。
・配列は現代仮名遣いの発音による五十音順とする。

《あ行》

《か行》

《さ行》

《た行》

《な行》

《は行》

《ま行》

《や行》

《ら行》

《わ行》

事項索引

事項索引凡例

・『八雲御抄』の本文中、人名・歌合・歌会・和歌・書名以外のもので、『八雲御抄』が項目を立てて説明している事柄、歌学上重要と思われる語句、歌語、地名、などを収めた。
・章題の語は、番号「0」によって代表させ、同じ章内のものは採らなかった場合もある。
・見出しは、原則として『八雲御抄』の本文のままとしたが、漢文体を読み下し文にしたり、内容を要約するなど適宜見出しを改めた場合がある。その場合は、（ ）内に入れて示した。
・読みづらいものには適宜よみがなを、また平仮名表記のものは適宜漢字混じりの表記を（ ）内に示した。
・配列は現代仮名遣いの発音による五十音順とする。なお底本の表記は歴史的仮名遣いに統一した。

《あ行》

《さ行》

《た行》

歌合一覧

・この一覧は、「歌合索引」に収めた歌合を開催年月日の順に並べ、『新編国歌大観』『平安朝歌合大成（増補新訂）』の名称、巻－番号と対照したものである。
・『平安朝歌合大成（増補新訂）』の歌合名は、年月日から後の部分を示した。
・年月日は、推定の場合は〔　〕内に入れた。未詳の場合、おおよその年代が推定できるものはその年代のところに入れた。〇〇主催の歌合全般を指す場合などは、最後に一括してあげた。

開催年月日	八雲御抄	新編国歌大観（巻－番号／名称）		平安朝歌合大成 増補新訂（巻－番号／名称）	
〔仁和(八八五)頃〕	在納言歌合	5-1	民部卿家歌合	1-1	民部卿行平歌合
〔寛平三年(八九一)頃〕	寛平菊合	5-2	寛平御時菊合	1-3	内裏菊合
〔寛平四年(八九二)頃〕	是貞親王家歌合	5-3	是貞親王家歌合	1-4	是貞親王家歌合
〔寛平四年(八九二)頃〕	寛平后宮歌合	5-4	寛平御時后宮歌合	1-5	皇太夫人班子女王歌合
延喜五年(九〇五)四月二八日	定文歌合・貞文・貞文家歌合	5-8	左兵衛佐定文歌合	1-16	右兵衛少尉貞文歌合
延喜一三年(九一三)三月一三日	延喜・延喜十三年・亭子院歌合	5-10	亭子院歌合	1-20	亭子院歌合
延喜一三年(九一三)一〇月一三日	延喜(菊合)・延木十三年十月十三日菊合	5-13	内裏菊合 延喜十三年	1-25	内裏菊合
延喜二一年(九二一)三月七日	京極御息所・京極御息所歌合	5-15	京極御息所歌合	1-28	京極御息所褒子歌合
〔延喜末(九二一-九二三)頃〕	同(延喜)御宇菊合	5-18	醍醐御時菊合	1-32	内裏菊合
天暦七年(九五三)一〇月二八日	天暦菊合・天暦七年十月二十八日菊合	—	—	1-43	内裏菊合
天暦九年(九五五)閏九月	同(天暦)九年二月紅葉合	5-23	内裏歌合 天暦九年	1-44	内裏紅葉合
天暦一〇年(九五六)二月〔二九日又は三〇日〕	徽子歌合・徽子女御歌合・女御麗景殿歌合・麗景殿女御徽子歌合	5-24	麗景殿女御歌合	1-45（1-46）	［2月29日］麗景殿女御荘子女王歌合（［3月29日］斎宮女御徽子女王歌合と両度とする）

〔天暦年間（九四七–九五七） ※天徳（九五七–九六一）カ〕	天暦詩合	—	—	—	—
天徳四年（九六〇）三月三〇日	天徳・天徳歌合・天徳三月尽日・天徳内裏歌合・天徳四年・天徳四年三月三十日	5–28	内裏歌合　天徳四年	1–55	内裏歌合
応和二年（九六二）五月四日	応和歌合・応和二年歌合・応和二年五月四日庚申夜	5–29	内裏歌合　応和二年	1–60	内裏歌合
康保三年（九六六）閏八月一五日	康保三年八月十五日前栽合	5–33	内裏前栽合　康保三年	1–64	内裏前栽合
天禄三年（九七二）八月二八日	天禄三年之野宮歌合・野宮歌合	5–34	女四宮歌合	1–72	規子内親王前栽歌合
貞元二年（九七七）八月一六日	頼忠家前栽合	5–39	三条左大臣殿前栽歌合	1–77	左大臣頼忠前栽合
寛和元年（九八五）八月一〇日	寛和・寛和元年八月	5–43	内裏歌合　寛和元年	1–87	内裏歌合
寛和二年（九八六）六月一〇日	寛和・寛和歌合・寛和二年・寛和二年歌合・寛和二年三月九日・寛和六月九日	5–44	内裏歌合　寛和二年	1–88	内裏歌合
永延二年（九八八）七月七日	実資	5–46	蔵人頭家歌合　永延二年七月七日	1–91	蔵人頭実質歌合
永延二年（九八八）七月二七日	小野宮大臣歌合・実資	—	—	1–92	蔵人頭実資後度歌合
〔正暦–長徳年間（九九〇–九九八）〕	花山院歌合	5–48	花山院歌合	1–99	花山法皇東院歌合
長保五年（一〇〇三）五月一五日	左大臣家歌合・長保五年左大臣道長	5–51	左大臣家歌合　長保五年	2–109	左大臣道家歌合
万寿二年（一〇二五）五月五日	義忠　万寿二・万寿義忠歌合	5–54	東宮学士義忠歌合	2–120	東宮学士阿波守義忠歌合
長元五年（一〇三二）一〇月一八日	上東門院菊合	5–55	上東門院菊合	2–122	上東門院彰子菊合
長元八年（一〇三五）五月一六日	宇治関白長元・左大臣頼歌合 ・三十講歌合・三十講次歌合・長元・長元歌合・長元左大臣歌合・長元三十講次・長元三十講次歌合・長元春宮大夫・長元八年歌合・長元八年左大臣家歌合・長元八年三十講次頼通・長元頼通公歌合	5–56	賀陽院水閣歌合	2–123	関白左大臣頼通歌合
長久二年（一〇四一）二月一二日	弘徽殿御歌合・弘徽女御歌	5–60	弘徽殿女御歌合　長久二年	2–128	弘徽殿女御生子歌合
永承四年（一〇四九）一一月九日	永承・永承歌合・永承十一月・永承四年・永承四年十一月九日・永承四年殿上歌合・永承四歌合	5–64	内裏歌合　永承四年	2–136	内裏歌合

永承五年(一〇五〇)四月二六日	正子内親王造紙合	5-67	前麗景殿女御歌合	2-139	前麗景殿女御延子歌絵合
永承五年(一〇五〇)六月五日	祐子内親王家歌合・祐子内親王歌合	5-69	祐子内親王家歌合　永承五年	2-141	祐子内親王歌合
永承六年(一〇五一)五月五日	永承殿上根合・永承根合・永承六年根合・根合	5-71	内裏根合　永承六年	2-146	内裏根合
永承六年(一〇五一)	永承六年(永承六年歌合)	—	—	—	—
天喜三年(一〇五五)五月三日	祐子(禖子カ)内親王物語合	5-77	六条斎院歌合　天喜三年	2-160	六条斎院禖子内親王物語合
天喜四年(一〇五六)四月三〇日	永承皇后宮歌合・后宮歌合天喜例・皇后宮春秋歌合・後冷泉后宮歌合・四条宮歌合・四条宮春秋歌合・天喜皇后宮歌合・天喜皇后歌合・天喜四条宮・天喜四年皇后宮歌合	5-80	皇后宮春秋歌合	2-163	皇后宮寛子春秋歌合
天喜四年(一〇五六)五月	顕房歌合	5-81	六条右大臣家歌合	2-164	頭中将顕房歌合
康平六年(一〇六三)一〇月三日	公基　康平六・康平公基	5-90	丹後守公基朝臣歌合　康平六年	2-178	丹後守公基歌合
承保二年(一〇七五)九月	承保三年九月	5-105	殿上歌合　承保二年	2-199	内裏歌合
承暦二年(一〇七八)四月二八日	承暦・承暦歌合・承暦二年・承暦四月十八日・承暦二年四月二十八日・承暦四年・内裏承暦	5-108	内裏歌合　承暦二年	2-203	内裏歌合
承暦二年(一〇七八)四月三〇日	後番・承暦後番・承暦内裏後番歌合・同(承暦二年)五月六日右方製番歌合	5-109	内裏後番歌合　承暦二年	3-204	内裏後番歌合
永保三年(一〇八三)三月二〇日	永保四宮歌合	5-114	後三条院四宮侍所歌合	3-213	篤子内親王侍所歌合
寛治三年(一〇八九)八月二三日	四条宮扇合・四条宮藤合(扇合カ)・天喜扇合	5-117	四条宮扇歌合	3-217	太皇太后宮寛子扇歌合
寛治七年(一〇九三)五月五日	郁芳門院根合・郁芳根合・郁芳門根合・根合	5-120	郁芳門院根合	3-223	郁芳門院媞子内親王根合
寛治八年(一〇九四)八月一九日	高陽院歌合・寛治・寛治高陽院歌合・寛治京極歌合・寛治八年・寛治例・師実高陽院歌合	5-121	高陽院七番歌合	3-227	前関白師実歌合
嘉保二年(一〇九五)八月二八日	前栽合・嘉保二年院前栽合・嘉保鳥羽殿前栽合	—	—	3-230	郁芳門院媞子内親王前栽合

永長元年(一〇九六)五月二五日	永長	—	—	3-236	権中納言匡房歌合
康和二年(一一〇〇)四月二八日	国信 寛和二	5-126	源宰相中将家和歌合 康和二年	3-242	宰相中将国信歌合
長治元年(一一〇四)五月二六日	俊忠 長治元	5-131	左近権中将俊忠朝臣家歌合	3-249	左近権中将俊忠歌合
長治元年(一一〇四)六月	長治	—	—	3-251	権中納言匡房歌合
長治二年(一一〇五)閏二月二四日	堀河院中宮花合	—	—	3-別22	中宮篤子内親王花合
天仁二年(一一〇九)冬	師頼歌合・師頼家歌合・師頼 天仁二	—	—	3-260	右兵衛督師頼歌合
永久四年(一一一六)六月四日	実行 永久四	5-137	六条宰相家歌合	3-284	参議実行歌合
元永元年(一一一八)六月二九日	実行歌合	5-140	右兵衛督家歌合	3-295	右兵衛督実行歌合
元永元年(一一一八)一〇月二日	忠通 元永・法性寺関白歌合	5-141	内大臣家歌合 元永元年十月二日	3-296	内大臣忠通歌合
元永元年(一一一八)一〇月一一日	法性寺関白歌合	—	—	3-297	内大臣忠通歌合
元永元年(一一一八)一〇月一三日	法性寺関白歌合	5-142	内大臣家歌合 元永元年十月十三日	3-298	内大臣忠通歌合
元永二年(一一一九)七月一三日	忠通 元永二	5-143	内大臣家歌合 元永二年	3-300	内大臣忠通歌合
保安二年(一一二一)九月一二日	保安法性寺関白九月十二日	5-146	関白内大臣歌合	3-305	関白内大臣忠通歌合
保安三年(一一二二)二月二〇日	山無動寺	—	—	3-306	無動寺歌合
天治元年(一一二四)春〔三月二四日頃〕	奈良花林院	5-147	永縁奈良房歌合	3-311	権僧正永縁花林院歌合
大治元年(一一二六)八月	法性寺関白家歌合	5-148	摂政左大臣家歌合 大治元年	3-315	摂政左大臣忠通歌合
大治三年(一一二八)八月二九日	大治二年広田歌合・広田	5-149	西宮歌合	3-320	神祇伯顕仲西宮歌合
大治三年(一一二八)九月二八日	住吉	5-151	住吉歌合 大治三年	3-322	神祇伯顕仲住吉社歌合
長承三年(一一三四)九月一三日	顕輔 長承二	5-154	中宮亮顕輔家歌合	4-329	中宮亮顕輔歌合
保延元年(一一三五)八月	家成家・家成 長承四保安歟(保延カ)	—	—	4-331	播磨守家成歌合
保延元年(一一三五)〔一〇月〕	家成家歌合、家成家	—	—	4-332	播磨守家成歌合
嘉応二年(一一七〇)一〇月九日	嘉応住吉・嘉応住吉歌合・住吉歌合・住吉	5-160	住吉社歌合 嘉応二年	4-381	散位敦頼住吉社歌合

嘉応二年(一一七〇)一〇月一九日	嘉応于法住寺殿上歌合	5-161	建春門院北面歌合	4-382	建春門院滋子北面歌合
承安二年(一一七二)一二月八日	広田	5-162	広田社歌合　承安二年	4-387	沙弥道因広田社歌合
〔建久四年(一一九三)〕	左大将歌合　後京極	5-175	六百番歌合	―	―
建久年間(一一九〇―一一九九)	建久日吉恋歌合	―	―	―	―
〔建仁二年(一二〇二)一〇月―建仁三年初頭〕	千五百番歌合	5-197	千五百番歌合	―	―
〔建暦二年(一二一二)五月一一日ヵ〕	建暦詩歌合	―	―	―	―
建保四年(一二一六)閏六月九日	建保閏六月	5-213	内裏百番歌合　建保四年	―	―
承久元年(一二一九)七月二七日	承久	5-218	内裏百番歌合　承久元年	―	―
※永長年間(一〇九六―一〇九七)の歌合全般	永長(永長年間歌合)	―	―	―	―
※長治年間(一一〇四―一一〇六)の歌合全般	長治(長治年間歌合)	―	―	―	―
※藤原俊忠(一〇七一―一一二三)主催の歌合全般	俊忠（俊忠歌合）	―	―	―	―
※源師頼(一〇六八―一一三九)主催の歌合全般	師頼（師頼歌合）	―	―	―	―
※藤原実行(一〇八〇―一一六二)主催の歌合全般	実行（実行歌合）	―	―	―	―
※藤原忠通(一〇九七―一一六四)主催の歌合全般	法性寺関白歌合	―	―	―	―
※住吉社での歌合全般	住吉（住吉社歌合）	―	―	―	―
※広田社での歌合全般	広田（広田社歌合）	―	―	―	―

歌会一覧

・この一覧は、「歌会索引」に収めた歌会、屏風・障子、行幸、大嘗会を、開催年月日の順に並べたものである。
・年月日は、推定の場合は〔 〕内に入れた。未詳のものは最後に一括し、おおよその年代が推定できるものから年代順に並べた。

年月日	八雲御抄	歌会名（歌会索引見出し）	歌題
天長一〇年(八三三)一一月一五日	仁明・承和	仁明天皇大嘗会	
貞観元年(八五九)一一月一六日	清和	清和天皇大嘗会	
元慶元年(八七七)一一月一八日	陽成	陽成天皇大嘗会	
元慶八年(八八四)一一月二三日	光孝	光孝天皇大嘗会	
寛平元年(八八九)一一月二一日	賀茂臨時	寛平元年賀茂臨時祭	
寛平九年(八九七)一一月二三日	延喜	醍醐天皇大嘗会	
昌泰元年(八九八)一〇月	寛平宮滝御覧	宇多上皇宮滝御幸	
延喜七年(九〇七)九月一〇日	延喜大井河行幸	宇多法皇大井河行幸	
承平四年(九三四)一一月一二日	平野女使	承平四年平野祭	
天慶九年(九四六)一一月一六日	村上	村上天皇大嘗会	
康保二年(九六五)三月五日	康保花宴・陣座翫桜花	康保二年花宴	翫桜花
康保三年(九六六)二月二一日	臨時花宴康保三年	康保三年花宴	
安和元年(九六八)一一月二四日	冷泉院・冷泉	冷泉天皇大嘗会	
天禄元年(九七〇)一一月一七日	円融	円融天皇大嘗会	
永観二年(九八四)一一月二一日	花山	花山天皇大嘗会	

寛和元年(九八五)二月一三日	同(円融院)子日	円融院紫野子日御遊	
寛和二年(九八六)一〇月一四日	円融院大井御幸	円融院大井河御幸	
寛和二年(九八六)一一月一六日	一条	一条天皇大嘗会	
長保元年(九九九)一一月一日入内	上東門院入内屏風	上東門院入内屏風	
寛弘元年(一〇〇四)一〇月一四日	松尾行幸	一条天皇松尾行幸	
寛弘元年(一〇〇四)一〇月一七日	寛弘元年十月密宴	寛弘元年十月密宴	
長和元年(一〇一二)一一月二二日	三条院大嘗会・三条院・長和元	三条天皇大嘗会	
長和五年(一〇一六)一一月一五日	同(長和)四年	後一条天皇大嘗会	
万寿元年(一〇二四)九月一九日	上東門院岸菊久匂・万寿高陽院競馬行幸上東門御会	万寿元年高陽院行幸和歌[5-255]	岸菊久匂
長元四年(一〇三一)(九月又は一〇月)	長元四年上東門院住吉詣	上東門院住吉詣	
長元五年(一〇三二)一〇月二日	初冬於大井河翫紅葉和歌	後一条天皇大井河行幸	翫紅葉
長元六年(一〇三三)二月一六日	長元六年白川子日・長元六年二月	長元六年白川第子日御遊	
長元九年(一〇三六)一一月一七日	長元	後朱雀天皇大嘗会	
永承元年(一〇四六)一一月一五日	永承	後冷泉天皇大嘗会	
永承五年(一〇五〇)六月五日	高倉一宮会(祐子内親王家歌合[5-69]の後宴和歌)	高倉一宮会	
天喜四年(一〇五六)閏三月二七日	後冷泉天喜年新成桜花・中殿翫新成桜花・天喜四年閏三月翫新成桜花	天喜四年中殿御会	新成桜花
治暦四年(一〇六八)一一月二二日	治暦	後三条天皇大嘗会	
延久三年(一〇七一)一〇月二九日	日吉行幸	後三条天皇日吉行幸	
延久五年(一〇七三)二月二五日	延久五年後三条院住吉詣	後三条院住吉詣	
未詳	祇園行幸	後三条天皇祇園行幸	
承保元年(一〇七四)一一月二一日	承保	白河天皇大嘗会	
承保三年(一〇七六)一〇月二四日	行幸遊覧大井河・承保三年十月大井行幸・承保野行幸	白河天皇大井河行幸	
応徳元年(一〇八四)三月一六日	白川院応徳花契多春・中殿同詠花契多春・応徳花契多春	応徳元年中殿御会	花契多春
寛治元年(一〇八七)一一月一九日	寛治	堀河天皇大嘗会	
寛治元年(一〇八七)一一月二五日	寛治鳥羽松影浮水・松影浮水	白河上皇鳥羽殿御幸	松影浮水
寛治七年(一〇九三)七月七日	京極関白七夕会	京極関白七夕会	

寛治八年(一〇九四)八月一五日	寛治月宴・寛治八年月宴・同八年月宴翫池上月・鳥羽院同詠翫池上月	寛治八年月宴	翫池上月
嘉保三年(一〇九六)年三月一一日	嘉保・嘉保三年三中殿・嘉保花契千年・嘉保和歌会・中殿同詠契多年	嘉保三年中殿御会	花契千年(契多年)
康和元年(一〇九九)三月二八日	康和元中宮御遊和歌	康和元年中宮御遊和歌	
康和元年(一〇九九)四月一日	康和元四斎院和歌・康和元年四月斎院会和歌会	康和元年四月斎院歌会	
長治元年(一一〇四)四月二四日	長治元年中宮和歌会	長治元年中宮御会	松契遐年
〔長治年間(一一〇四―一一〇六)〕	長治夏日同詠鶴有遐齢	長治年間夏歌会	鶴有遐齢
長治二年(一一〇五)三月五日	堀河院永長竹不改色・永長竹不改色・中殿同詠竹不改色	長治二年中殿御会	竹不改色
嘉承二年(一一〇七)三月六日	嘉承池上月(花ヵ)・嘉承池上花・城南水閣同詠池上花	堀河天皇鳥羽殿行幸	池上花
天仁元年(一一〇八)一一月二一日	天仁	鳥羽天皇大嘗会	
保安四年(一一二三)一一月一八日	保安	崇徳天皇大嘗会	
保安五年(一一二四)閏二月一二日	花見御幸・保安花見行幸・保安両院花見御幸・保安花見	保安五年花見御幸	
大治五年(一一三〇)九月五日	大治・大治於院始御会・大治菊送多秋・大治五菊送多秋	大治五年鳥羽殿御会	菊送多秋
天承元年(一一三一)一〇月二三日	崇徳院天承松契遐齢・中殿詠松樹久緑・天承中殿・天承松樹久緑	天承元年中殿御会	松樹久緑(松契遐齢)
康治元年(一一四二)一一月一五日	康治	近衛天皇大嘗会	
永治二年(一一四二)	永治二年崇徳院於法性寺関白家松契千年	崇徳院法性寺関白家御会	松契千年
〔仁平二―久寿二年(一一五二―一一五五)〕	崇徳院鳥羽田中殿竹巡年友	崇徳院鳥羽田中殿御会	竹巡年友
久寿二年(一一五五)一一月二三日	久寿	後白河天皇大嘗会	
保元四年(一一五九)三月	二条院花有喜色	保元四年中殿御会	花有喜色
平治元年(一一五九)一一月二三日	平治	二条天皇大嘗会	
仁安元年(一一六七)一一月一五日	仁安	六条天皇大嘗会	
仁安三年(一一六八)一一月二二日	嘉応	高倉天皇大嘗会	
〔治承年間(一一七七―一一八一)〕	高倉院詩中殿治承	治承高倉院中殿詩会	
寿永元年(一一八二)一一月二四日	寿永	安徳天皇大嘗会	
元暦元年(一一八四)一一月一八日	元暦	後鳥羽天皇大嘗会	

建久元年(一一九〇)一月一一日入内	建久宜秋門院入内	宜秋門院入内屏風	
建久九年(一一九八)一一月二二日	建久	土御門天皇大嘗会	
正治三年(建仁元〈一二〇一〉)四月二六日	正治鳥羽池上松風	正治三年鳥羽殿御会	池上松風
〔元久二年(一二〇五)二月〕	八十嶋・元久八十嶋	土御門天皇八十嶋祭	
建永二年(一二〇七)	最勝四天王院障子	最勝四天王院和歌[5-261]	
建暦二年(一二一二)一一月一三日	建歴	順徳天皇大嘗会	
建保二年(一二一四)一〇月一六日	建保松間雪	建保二年蜜宴	松間雪
建保四年(一二一六)一二月八日	建保詩中殿会	建保四年中殿詩会	
建保六年(一二一八)八月一三日	建保・建保池月久明・建保中殿・建保中殿会・中殿同詠池月久明	建保六年中殿御会[10-136]	池月久明
未詳〔藤原公任(九六六-一〇四一)主催〕	公任卿会	公任卿会	
未詳〔堀河天皇御宇(一〇八六-一一〇七)〕	堀河院中宮・堀河院中宮花契遐年	堀河院中宮御会	花契遐年
未詳〔堀河天皇御宇(一〇八六-一一〇七)〕	堀河院御宇長忠出題夢後郭公	堀川天皇御宇歌会	夢後郭公
未詳〔堀河天皇御宇(一〇八六-一一〇七)〕	賢子侍所孝言出題月暫隠	賢子侍所御会	月暫隠
未詳〔藤原忠通(一〇九七-一一六四)主催〕	法性寺入道会	法性寺入道会	
未詳	高陽院直蘆同詠池辺落葉	高陽院直蘆歌会	池辺落葉
未詳	白川御所於直蘆会	白川御所直蘆会	
未詳	第一皇女着袴翌日宴	第一皇女着袴翌日宴	
未詳	禁中同詠池上落葉	殿上御会	池上落葉
未詳	秘書閣守庚申同詠雨中早苗	秘書閣庚申歌会	雨中早苗
未詳	八幡臨時	八幡臨時祭	
未詳	船岡今宮崇尊時	船岡今宮御幸	

編者・執筆者紹介

片桐洋一（かたぎり　よういち）　関西大学教授・大阪女子大学名誉教授

＊　＊

青木賜鶴子（あおき　しづこ）　大阪女子大学大学院修士課程修了、大阪女子大学助教授

泉　紀子（いずみ　のりこ）　大阪女子大学大学院修士課程修了、羽衣学園短期大学教授

内田美由紀（うちだ　みゆき）　大阪女子大学大学院修士課程修了、大阪府立阿倍野高等学校教諭

金井まゆみ（かない　まゆみ）　大阪女子大学大学院修士課程修了、大阪府立泉北高等学校教諭

木藤智子（きとう　ともこ）　大阪女子大学大学院修士課程修了、兵庫県立夢野台高等学校教諭

阪口和子（さかぐち　かずこ）　大阪市立大学大学院修士課程修了、大谷女子大学教授

田中まき（たなか　まき）　大阪女子大学大学院修士課程修了、神戸松蔭女子学院大学助教授

鳥井千佳子（とりい　ちかこ）　大阪女子大学大学院修士課程修了

中　周子（なか　しゅうこ）　大阪女子大学大学院修士課程修了、大阪樟蔭女子短期大学教授・大阪樟蔭女子大学教授

東野泰子（ひがしの　やすこ）　大阪市立大学大学院博士課程満期退学、大阪工業大学・神戸女学院大学非常勤講師

三木麻子（みき　あさこ）　大阪女子大学大学院修士課程修了、大谷女子大学・金蘭短期大学・帝塚山学院大学非常勤講師

山崎節子（やまざき　せつこ）　大阪女子大学大学院修士課程修了、大阪府立守口北高等学校教諭

吉田　薫（よしだ　かおる）　関西大学大学院博士課程満期退学、大阪信愛女学院短期大学教授

担当一覧

本文篇・研究篇	
（序）	吉田
八雲御抄巻第一正義部	
（一）六義事	吉田
（二）序代	田中
（三）短歌	田中
（四）反歌	田中
（五）旋頭歌	阪口
（六）混本歌	阪口
（七）廻文歌	阪口
（八）無心所着	阪口
（九）誹諧歌	阪口
（十）折句	木藤
（十一）折句沓冠	木藤
（十二）沓冠	木藤
（十三）物名	木藤
（十四）贈答	山崎
（十五）諸歌	泉
（十六）異体	泉
（十七）連歌1～13	泉
連歌14～49	東野
（十八）八病	三木
（十九）四病	三木
（二十）七病	田中
（二十一）歌合子細1～41	内田
歌合子細42～76	吉田
歌合子細77～104	金井
（二十二）歌会歌1～51	青木
歌会歌52～82	中
（二十三）学書	鳥井
（付）私記	青木
八雲御抄巻第二作法部	
（一）内裏歌合1～42	吉田
内裏歌合43～93	阪口
（二）執柄家歌合	木藤
（三）中殿会	山崎
（四）尋常会	山崎
（五）歌書様1～62	泉
歌書様63～117	東野
（六）出題	三木
（七）判者	三木
（八）序者	田中
（九）講師	内田
（十）読師	青木
（十一）番事	青木
（十二）作者	中
（十三）清書	中
（十四）撰集1～81	鳥井
撰集82～203	金井
（＊十五）殊歌合	木藤
（＊十六）物合次歌合	木藤
索引篇	青木

研究叢書273

八雲御抄の研究　正義部　作法部

二〇〇一年一〇月二五日初版第一刷発行
（検印省略）

編者　片桐洋一
発行者　廣橋研三
印刷所　亜細亜印刷
製本所　渋谷文泉閣
発行所　有限会社　和泉書院
大阪市天王寺区上汐五―三―八
〒五四三―〇〇〇二
電話　〇六―六七七一―一四六七
振替　〇〇九七〇―八―一五〇四三

ISBN 4-7576-0122-0　C3395　定価はケースに表示